『나이팅게일』에 보낸 아마존 독자들의 찬사

이야기가 끝나는 게 싫어서 마지막 페이지에 도달하는 게 무서웠다. 나이팅게일은 책을 덮은 후에도 오랫동안 가슴에 맴도는 그런 이야기이다. - K****s

이 책은 내 감정을 완전히 혼란에 빠뜨렸다. 강렬하고, 감동적이고, 가슴 아프고, 잊을 수 없는 책이다. - J****a

가슴 아픈 이야기지만 그만한 가치가 있는 이야기다. - m****r

지난 10년 동안, 아니 지금까지 읽은 책 중 최고의 작품이다. 완벽하다. 모험적이고, 인간적이고, 감동적이다. - H***y

인생에 대한 새로운 시각과 놀라운 이야기를 다루어준 크리스틴 해나에게 감사하다. - T****y

전쟁의 영웅인 여성들의 힘과 회복력을 기념하는 서사를 찾는 누구에게나 이 책을 강력히 추천하고 싶다! - J****t

혼란스러운 이 시기에 우리에게 위안과 희망을 안겨주는 소설이다. - E****y

5점 만점에 10점을 주고 싶다. 이 책이 얼마나 좋은지, 얼마나 잘 쓰여졌는지, 내가 몰랐던 감정이 얼마나 많은지 설명할 수 있는 단어가 부족하다. - B****e

책을 읽으며 울고 또 울었다. 전쟁이 실제로 어떤 것인지, 전쟁이 우리 삶에 어떤 영향을 미치는지에 대한 감동적인 이야기. - K****r

나이팅게일은 자신이 통제할 수 없는 상황에 내몰린 평범한 사람들의 삶을 생생하게 묘사한다. 그들의 두려움과 고통, 그리고 그들 앞에 놓인 장애물을 극복하려는 힘과 결단력을 느낄 수 있다. - J*

이것은 책 그 이상의 문이다. 역사로 들어가는 문, 용기, 그리고 한 사람이 많은 삶을 바꿀 수 있다는 사실을 상기시켜 주는 문이다. - O**a

이 책은 아름답고 가슴 아프다. 사랑, 자매애, 생존, 인내, 저항을 기념하는, 반드시 읽어야 할 책이다. - M*****a

책을 읽으며 이보다 더 울어 본 적이 없다. 정말 아름다웠고, 충격적이다. - K**C*r

마지막 50페이지를 읽으며 눈물을 멈추지 못했다. 정말 인상적인 작품이다. - P***K

이 책은 용감한 여성들에 대한 아름다운 이야기이다. 마치 소설 속 두 자매와 함께 있는 듯한 느낌을 받았다. 책을 읽으며 미소를 짓고 또 많은 눈물을 흘렸다. - J***on

놀랍다. 모든 관점, 모든 캐릭터, 모든 이야기가 나를 정말 감동시켰다. 정말 많이 울었고 환상적이었다. - A***o

책을 펼치기 전 반드시 휴지를 준비해야 한다. 아름답고도 가슴 아픈 이야기. - D***n

한번 펼치면 끝까지 페이지를 넘길 수밖에 없다. 끝나지 않으면 하는 생각이 드는 작품. - I***e

사랑, 상실, 희생, 전쟁에 남겨진 아이들과 여성을 포함한 모든 사람이 어떻게 싸웠는지에 대한 감동적이고 감동적인 소설. - c***2

몇 년 동안 이렇게 빨리 책을 읽은 적이 없는 것 같다. 내려놓기가 정말 어려운 훌륭한 작품이다. - K***e

책을 읽는 동안 도저히 내려놓을 수가 없었다. 이 책은 내가 가장 좋아하는 책 중 하나가 되었다. - E***r

경이로운 작품이다. 이 책은 나를 숨 막히게 만들었고, 내려놓고 싶지 않았다. -J***a

나이팅게일은 소설 그 이상이다. 역사가 종종 간과하는 여성에 대한 헌정이다. - J***i

이 시대를 살아갔던 여성들의 용기와 영웅심을 조명하는 놀라운 이야기이다. - A***d

나이팅게일

Copyright © 2015 by Kristin Hannah
All Rights Reserved
Korean translation copyright ⓒ2025 by Alpha Media
Korean translation rights arranged with JANE ROTROSEN AGENCY
through EYA Co.,Ltd

이 책의 한국어판 저작권은 EYA Co.,Ltd를 통해 JANE ROTROSEN AGENCY과
독점 계약한 '알파미디어'에 있습니다. 저작권법에 의하여 한국 내에서
보호를 받는 저작물이므로 무단전재 및 복제를 금합니다.

나이팅게일

크리스틴 해나 글 | 공경희 옮김

알파미디어

작가의 말

용감하고 강인한 여성들의 이야기

내 인생을 바꾼 책, 혹은 적어도 그 길을 바꾼 책에 대해 글을 쓰려 하니, 스무 살 때 시작된 작가의 길을 되돌아보지 않을 수 없습니다. 아버지는 철저한 탐험가였습니다. 어릴 적 우리는 며칠씩 길 위에서 보냈습니다. 부모님과 삼남매, 그리고 개 한 마리가 폭스바겐에 타고 동전 던지기로 방향을 정해 달리고, 굽이굽이 길 너머에 숨겨진 비밀들을 발견하곤 했습니다. 지도나 계획도 목적지도 없었습니다.

이 모든 것이 어떻게 『나이팅게일』의 탄생 배경과 연결되는지 궁금하실 수도, 아니면 제가 어디로 가려는지 눈치채셨을지도 모르겠습니다. 이 소설은 쉬운 길에서 벗어난 순간이었습니다. 그토록 중요한 이야기를 쓸 수 있을지 자신 없어서 두려웠던 기억이 납니다. 이미 열두 권이 넘는 소설을 쓴 제 말이 이상하게 들릴지 모르지만, 『나이팅게일』은 특별했습니다.

이야기가 저를 찾아왔던 날을 절대 잊지 못할 거예요. 제2차 세계대전 당시 레닌그라드를 배경으로 한 다른 소설을 조사하던 중, 나치 점령 프랑스에서 추락한 비행사들을 위한 최초의 탈출 경로 중 하나를 아버지와 함께 마련한 소녀의 이야기를 접했거든요. 저는 깜짝 놀랐습니다. 십대 소녀가 목숨을 걸고 비행사를 구하며, 낡은 에스파드리유를 신고 피레네 산맥을 넘었다니? 어떻게 이런 이야기를 몰랐을까?

바로 내 인생을 바꾼 결정적인 순간이었습니다. 당시 나는 50세 생일을 앞둔 나이였고, 중요한 여성들의 역사적 이야기가 어떻게든 잊혀지고 가르쳐지지 않았다는 사실을 깨닫고 분노했습니다.

누군가는 프랑스 레지스탕스 여성들에 관한 소설을 써야 한다고 생각했지만, 그토록 중요하고 방대한 이야기를 감당할 용기가 나지 않았습니다. 우리 모두 가끔은 명백한 것, 도전적인 것을 두려워하지 않나요? 바로 그 두려움의 순간에 우리가 취하는 행동이 우리를 정의하고 삶의 방향을 정합니다. 그때 어린 시절 부모님께 배운 것이 떠올랐습니다. 그 가르침이 나를 일으켜 세우고 용기를 주었죠. 나는 목숨을 걸고 타인을 구한 용감하고 강인한 여성들의 이야기를 반드시 써야겠다고 결심했습니다.

나는 스스로에게 물었습니다. 내가 낯선 이의 생명을 구하기 위해 내 아들의 목숨을 걸겠는가? 이사벨과 비안느에 대해 쓸수록 나는 자신을 더 발견했고, 작가로서의 정체성을 찾아갔으며, 수년간 내 예술과 영혼을 지탱해줄 열정을 발견했습니다. 그것은 큰 선물이었습니다.

소설을 쓰는 일을 사랑하는 이유 중 하나는 수년간 그 이야기가 온전히 내 것이라는 점입니다. 하지만 결국 세상으로 내보내야 하죠. 마치 자녀를 내가 바라는 모습이 아닌, 스스로 성장하게 하는 것과 같습니다. 『나이팅게일』 같은 소설이 독자들에게 어떤 영향을 미치는지 보는 것을 사랑합니다.

사랑 속에서 우리는 되고 싶은 모습을 발견합니다. 전쟁 속에서 우리는 진짜 모습을 발견합니다. 그리고 독서를 통해 우리는 믿는 바와 싸워야 할 가치가 무엇인지 깨닫습니다. 세상을 바꿀 수 있는 이야기의 힘을 믿어주고 독자로 함께해 주는 여러분께 진심으로 감사드립니다.

크리스틴 해나

1

1995년 4월 9일
오리건 해안

이 기나긴 생을 살면서 배운 게 있다면 사랑에 빠지면 자신이 어떤 사람이 되고 싶은지 알게 되고, 전쟁에 휘말리면 자신이 어떤 사람인지 알게 된다는 것이다. 오늘날의 젊은이들은 모든 사람에 대해 모든 것을 알고 싶어한다. 그들은 어떤 문제에 대해 말을 하면 해결되리라 생각한다. 나는 말수가 적은 세대 사람이다. 우리는 망각의 가치를, 고쳐 말하기의 유혹을 안다.

하지만 최근 나도 모르게 그 전쟁과 내 과거를, 내가 잃어버린 사람들을 떠올린다.

잃어버린 사람들.

마치 내가 사랑하는 이들을 두고 온 곳을 잊은 것처럼 들린다. 내가 그들을 원래 있던 곳이 아닌 데 두고 떠났다가 찾지 못한 것처럼.

그들을 잃어버린 게 아니다. 그들이 더 좋은 곳에 있는 것도 아니다. 그들은 세상을 떠났다. 삶의 마지막에 다가가면서 나는 알게 된다. 후회와 같은 애달픔은 우리의 DNA 속에 자리 잡아서 우리의 일부로 영원히 남는다는 것을.

남편이 죽고 암 진단을 받은 후 한 번에 몇 달씩 나이를 먹은 듯하다. 피부는 누가 다시 쓰려고 펴놓은 기름종이처럼 쭈글쭈글하다. 눈은 자주 잘 안 보인다 – 어둠 속에서 헤드라이트가 비칠 때, 비가 내릴 때 더 그렇다. 시각적으로 믿음직하지 못한 새로운 증상은 사람을 무기력하게 한다. 아마 나도 모르게 뒤돌아보는 것도 그 때문이다. 현재에서 보지 못하는 명료함이 과거에는 있으므로.

내가 떠나면 평온이 깃들 거라고, 내가 사랑했고 잃어버린 사람들 모두 만나게 될 거라고 상상하고 싶다. 적어도 내가 용서받을 거라고 상상하고 싶다.

하지만 아니라는 걸 알고 있다.

*

내 집 이름 '더 피크스'는 백 년도 더 전에 목재 사업가가 지었다. 집을 팔려고 내놓고 이사갈 준비 중이다. 아들이 내가 그래야 된다고 생각하기 때문이다.

아들은 나를 보살피려고, 이 가장 힘든 시기에 나를 얼마나 사랑하는지 보여주려고 애쓴다. 그러니 나도 이래라저래라 하는 아들의 태도를 눈감아준다. 어디서 죽을지 무슨 상관이 있느냐고? 사실 그게 핵심이다. 이제 어디서 사는지는 중요하지 않다. 나는 50년 가까이 지낸 오리건 해변 생활을 정리 중이다. 가져가고 싶은 짐은 별로 없다. 아니, 하나 있다.

다락으로 올라가는 계단의 손잡이에 손을 뻗는다. 어느 신사가 손을 내밀 듯 천장에서 계단이 펼쳐진다. 흔들리는 계단들을 밟고 다락으로 올라가니 곰팡내가 풍긴다. 머리 위에 외등 하나가 매달려 있다. 전등 줄을 당긴다.

옛날 증기선 화물칸에 있는 느낌이다. 벽에 넓은 널들이 붙어 있고, 은빛 거미줄이 늘어져 있다. 천장의 경사가 아주 가팔라서 방 한가운데서만 똑바로 서 있을 수 있다.

내가 쓰던 흔들의자와 낡은 아기 요람과 녹슨 용수철이 달린 초라해 보이는 흔들 목마가 눈에 들어온다. 내 딸이 아플 때 마감을 다시 한 의자도 있다. '크리스마스' '부활절' '핼러윈' '파티용 그릇' '스포츠'라는 표시가 된 상자들이 벽에 세워져 있다. 그 상자들에는 이제 쓸 일이 별로 없지만 차마 버릴 수가 없는 물건들이 담겨 있다.

크리스마스에 트리를 꾸미는 일은 없을 거라고 인정하지만 난 놓아버리는 데는 능숙하지 않다. 구석에 내가 찾는 물건이 박혀 있다. 바로 여행지 스티커들이 다닥다닥 붙은 구닥다리 스티머 트렁크(배의 침대 밑에 들어가게 만든 납작한 트렁크).

힘을 써서 무거운 트렁크를 다락방 가운데로 끌어낸다. 전등 바로 밑으로. 무릎 통증이 심해서 나는 트렁크 옆에 미끄러져 엉덩이를 대고 앉는다.

30년 만에 처음으로 트렁크 뚜껑을 연다. 맨 위의 트레이에는 아기 기념품들이 꽉 차 있다. 조막만한 구두들, 도자기 손 모형들, 막대기 같은 사람과 웃는 해를 그린 크레용 그림들, 성적표들, 무용발표회 사진들.

트렁크에서 트레이를 들어내 옆으로 치운다.

트렁크 바닥에 추억 어린 물건들이 잔뜩 쌓여 있다. 빛바랜 가죽장정 일기책 몇 권, 파란 새틴 리본으로 묶은 오래전 엽서 뭉치, 한쪽 귀퉁이가 구겨진 종이 상자, 줄리앙 로시뇰의 얇은 시집 세트, 흑백 사진 수백 장이 담긴 구두상자.

위에 누렇게 바랜 종이가 놓여 있다.

그 종이를 집는데 손이 떨린다. 카르트 디당티테^{carte d'identité}, 전쟁 때 신분증이다. 나는 젊은 여자의 작은 여권 크기 사진을 본다. 줄리엣 제르베즈.

"엄마?"

아들이 나무 계단을 밟는 소리가 들리고, 거기 맞춰 내 심장도 방망이질친다. 그가 전에도 나를 불렀을까?

"엄마? 여기 올라오시면 안 돼요. 아이고 참, 계단이 약해요."

아들은 내 옆에 와서 선다. 그가 말을 잇는다.

"한번 넘어졌다 하면……."

나는 아들의 바짓가랑이를 건드리며 가만히 고개를 젓는다. 올려다볼 수가 없다.

"그만해라."

그 말밖에 할 수가 없다.

아들이 무릎을 꿇더니 바닥에 앉는다. 가볍고 톡 쏘는 애프터쉐이브와 담배 냄새도 얼핏 난다. 그는 밖에서 몰래 담배를 피우고 왔다. 몇십 년 전에 담배를 끊었지만 최근에 내가 암 진단을 받자 다시 담배를 피운다.

내가 잔소리를 할 이유가 없다. 아들은 의사다. 더 잘 안다.

신분증을 트렁크에 넣고 뚜껑을 닫아서 다시 감추고 싶은 게 내 본능이다. 평생 그렇게 해왔다.

이제 나는 죽어가고 있다. 금방은 아니겠지만 한참 후도 아닐 터여서 나는 삶을 되돌아봐야 된다고 느낀다.

"엄마, 울고 있네요."

"내가?"

아들에게 진실을 밝히고 싶지만 그럴 수가 없다. 민망하고 부끄럽다, 이 실패가. 이 나이면 아무것도 두렵지 않아야 마땅한데-특히 내 자신의 과거는.

나는 그저 말한다.

"이 트렁크를 가져가고 싶다."

"트렁크는 너무 커요. 엄마가 갖고 가고 싶은 것들을 제가 작은 상자에 다시 담을게요."

나는 이래라저래라 하는 아들에게 미소를 짓는다.

"난 너를 사랑하고 내가 아프다는 이유 때문에 네가 나를 마음대로 하게 내버려둔다만 난 아직 안 죽었다. 난 이 트렁크를 가져가고 싶어."

"그 안에 엄마에게 필요한 게 뭐가 있을까요? 저희 그림이랑 쓰레기들밖에 없는데."

오래전에 내가 비밀을 털어놓았다면 그는 의지할 만한 평범한 엄마 대신 '나'를 봤겠지. 하지만 그는 불완전한 다른 나를 사랑한다. 난 사랑과 찬사받는 게 내가 원하는 것이라고 늘 생각했다. 지금은 아들이 나를 제대로 알아주면 좋겠다 싶다.

"이것을 내 마지막 청으로 생각하렴."

아들은 그런 식으로 말하지 말라고 하고 싶지만 목소리가 나오지 않을까 겁낸다. 그가 헛기침을 한다.

"전에도 두 번이나 병마를 이기셨잖아요. 이번에도 그러실 거예요."

그렇지 않다는 것을 우리 둘 다 안다. 나는 불안정하고 허약하다. 약물의 도움 없이는 잠을 자지도 먹지도 못한다.

"당연히 그럴 테지."

"저는 엄마를 안전하게 모시고 싶을 뿐이에요."

나는 미소 짓는다. 미국인들은 너무나 순진해질 수 있다.

예전에는 나도 아들처럼 낙관적이었다. 세상이 안전하다고 생각했다. 하지만 그건 오래전이다.

"줄리엣 제르베즈가 누구예요?"

아들 입에서 그 이름이 나오자 나는 충격을 받는다.

나는 눈을 감고 흰곰팡이와 죽음의 냄새가 나는 어둠 속으로 되돌아가고, 세월과 대륙을 뛰어넘는다. 의지와 달리-아니, 어쩌면 의지에 따라서인지 누가 알까?- 나는 기억을 되살린다.

2

> "유럽 전체에 불이 꺼졌고,
> 생전에 다시 그 불을 못 볼 것이다."
> 에드워드 그레이 경, 제1차 세계대전에 대해

1939년 8월

프랑스

비안느 모리악은 서늘한 부엌에서 나와 앞마당으로 들어섰다. 르와르 계곡의 이 아름다운 여름 아침, 모든 게 화사했다. 하얀 이불보들이 산들바람에 펄럭이고, 도로에서 집이 보이지 않게 가리는 고풍스런 돌담을 따라서 핀 장미가 웃음처럼 흔들렸다. 부지런한 꿀벌 한 쌍이 꽃송이 틈에서 윙윙댔고, 멀리서 칙칙폭폭 기차소리가 나더니 귀여운 여자애의 웃음소리가 터져나왔다.

소피였다.

비안느는 생긋 웃었다. 토요일 피크닉 채비를 하면서 여덟 살인 딸은 아버지를 졸졸 따라다니게 만들고 있을 터였다.

앙투안이 문간에 나타나서 말했다.

"당신 딸은 폭군이야."

그가 비안느에게 다가올 때, 포마드를 바른 검은 머리가 햇빛에 반짝였다. 앙투안은 이날 아침 가구를 만드는 중이어서—이미 비단결처럼 매끄러운 의자를 사포질했다 – 얼굴과 어깨에 뽀얀 톱밥 가루를 뒤집어썼다. 체구가 크고 어깨가 떡 벌어진데다 얼굴은 울퉁불퉁하고, 거뭇거뭇한 턱수염이 길지 않도록 꾸준히 면도해야 했다.

앙투안이 한 팔로 비안느를 감싸안아 바싹 당겼다.

"사랑해, 브이."

"나도 당신을 사랑해요."

그녀의 세상에서는 이것이 가장 진실에 가까운 사실이었다. 비안느는 이 남자의 모든 것을 사랑했다. 그의 미소, 자면서 뭐라고 중얼대고 재채기를 한 다음에 웃음을 터뜨리고 샤워하면서 오페라를 흥얼대는 것까지 다 사랑했다.

그녀는 사랑이 뭔지조차 모르는 15년 전 학교 마당에서 앙투안에게 홀딱 반했다. 그는 비안느의 모든 처음이었다 – 첫 키스, 첫사랑, 첫 애인. 앙투안을 만나기 전 그녀는 말라깽이에 어색하고 안절부절 못하는 여자애였다. 자주 겁에 질렸고 그럴 때면 말을 더듬었다.

엄마 없는 애.

아버지는 비안느에게 '이제 넌 어른이 될 게다'라고 말했다. 비안느는 열네 살이었고, 울어서 눈이 붓고 견딜 수 없는 슬픔에 사무쳤다. 한순간 이 집은 가족의 여름 별장에서 일종의 감옥으로 변해버렸다. 마망(프랑스어로 '엄마')이 세상을 떠난 지 2주가 지나지 않아서 파파(프랑스어로 '아빠')는 아버지 노릇을 포기했다. 이곳에 도착할 때까지 그는 딸의 손을 잡거나 어깨에 손을 내려놓지 않았다. 눈물을 닦으라고 손수건을 건네주지도 않았다.

'하, 하지만 저는 아직 아이인 걸요'라고 비안느는 말했다.

'이제는 아니지.'

비안느는 동생 이사벨을 내려다보았다. 이사벨은 네 살인데도 아직 엄지를 빨았고, 무슨 일이 벌어지는지 이해하지 못했다. 이사벨은 마망이 언제 집에 돌아오느냐고 계속 물어댔다.

문이 열리자, 키가 크고 호리호리한 여자가 나왔다. 코가 물마개처럼 생기고 눈은 건포도처럼 작고 까만 여자였다.

'이 아이들이 따님들인가요?' 여자가 물었다.

파파는 고개를 끄덕였다.

'아이들이 성가시게 하지 않을 겁니다.'

너무나 급히 벌어진 일이었다. 비안느는 제대로 이해하지 못했다. 파파는 더러운 빨랫감처럼 딸들을 낯선 사람에게 맡기고 갔다. 자매는 나이 차가 너무 커서 다른 가정에서 온 아이들 같았다.

비안느는 이사벨을 달래고 싶었지만-마음은 그랬다- 너무나 고통이 심해서 다른 사람을 챙길 여력이 없었다. 특히 이사벨처럼 고집 세고 참을성 없고 시끄러운 아이라면 더욱 그랬다. 비안느는 이곳에서 처음 보낸 시절을 여전히 기억했다. 이사벨이 비명을 지르면 마담이 찰싹 때렸다. 비안느는 동생에게 몇 번이고 거듭 당부했다.

'이사벨, 비명을 그쳐. 저 여자가 시키는 대로 해.'

하지만 네 살 때도 이사벨은 다룰 수 없는 아이였다.

비안느는 이 모든 것이 당황스러웠다-죽은 어머니에 대한 애달픔, 아버지에게 버림받은 아픔, 갑작스러운 환경 변화, 질리도록 달라붙는 이사벨.

비안느를 구제해준 사람은 앙투안이었다. 마망이 세상을 떠난 후 처음 맞은 여름, 두 사람은 헤어질 수 없는 사이가 되었다. 비안느는 앙투안에게서 탈출구를 발견했다. 열여섯 살 즈음 그녀는 임신했고, 열일곱 살 때는 결혼해서 '르 자르댕'의 안주인이 되었다. 2개월 후 아기가 유산되자 한동안 그녀는 제정신이 아니었다. 달리 표현할 길이 없었다. 슬픔 속으로 폭 파묻혀서-애정에 굶주려 울어대는 어린 동생은 물론이고- 어느 누구도 어떤 일도 신경쓸 수가 없었다.

하지만 다 지난 일이었다. 오늘처럼 아름다운 날 그녀가 떠올리고 싶은 기억이 아니었다.

비안느가 남편에게 몸을 기댈 때 딸이 소리치며 달려왔다.

"준비 됐어요. 가요."

앙투안이 빙그레 웃으면서 말했다.

"음, 공주님이 준비되었으니 우리도 움직여야겠는걸."

비안느는 웃으며 집에 들어가서 문간 옆 고리에 걸린 모자를 집어 들었다. 붉은 기 도는 금발, 피부가 도자기같이 곱고 눈이 바다처럼 파란 그녀는 늘 햇볕을 차단했다. 그녀가 챙 넓은 밀짚모자를 쓰고 레이스 장갑과 피크닉 바구니를 챙길 무렵, 소피와 앙투안은 이미 문 밖에 나가 있었다.

비안느는 집 앞쪽 흙길에서 그들과 만났다. 길은 자동차 한 대가 지나다니지 못할 만큼 좁았다. 이 길 뒤쪽으로 뻗은 수 에이커의 건초지는 여기저기 초록색이고 곳곳에 빨간 양귀비와 파란 수레국화가 피어 있었다. 수풀들은 군데군데 있었다. 르와르 계곡의 이쪽 지역 들판은 포도보다는 건초가 자라고 있는 것 같았다. 파리에서 기차로 두 시간이 채 안 걸리는 곳이지만 이곳은 완전히 다른 세상으로 느껴졌다. 심지어 여름인데도 관광객이 찾아오지 않았다.

이따금 자동차가 웅웅대며 달리거나 자전거나 우마차가 지나갔지만 대부분 도로에는 세 식구만 있었다. 그들은 주민이 천 명도 안 되는 고장인 카리보에서 약 1.5킬로미터 거리에 살았다. 카리보는 주로 성녀 잔다르크가 순례 중 들렀던 지점으로 알려져 있었다. 마을에 산업체가 없었고 일자리도 없었다. 다만 카리보의 자랑인 비행장이 있었다. 주변에서 유일한 비행장이었다.

시내는 다닥다닥 붙은 오래된 석회암 건물들 사이에 좁은 자갈길들이 있었다. 마을은 – 구불구불한 도로들, 평편하지 않은 계단들, 막다른 골목들 – 수백 년을 두고 조금씩 조성되었다. 색채가 석조 건물들에 생기를 주었다. 검은 철제 틀에 씌운 빨간 차양, 제라늄 토분들로 꾸민 발코니들. 어디에나 눈을 끄는 것이 있었다. 파스텔 색 마카롱들이 담긴 진열장, 투박한 버드나무 바구니들에 치즈, 햄, 소시지가 채워져 있고, 색감이 좋은 토마토, 가지, 오이 상자들이 있었다. 이런 화창한 날에는 카페마다 손님이 많았다. 남자들은 테이블에 둘러앉아서 커피를 마시고 손으로 만 갈색 담배를 피우면서 큰소리로 입씨름을 했다.

카리보의 전형적인 하루였다. 무슈 라코아는 '살라데리(saladerie 샐러드 레스토랑)' 앞 도로를 비로 쓰는 중이었고 마담 클로네는 모자 가게의 유리창을 닦고 있었다. 사춘기 소년 한 무리가 어깨를 맞대고 시내를 누비고 다니면서 쓰레기를 발로 차고 담배를 돌려가며 피웠다.

시내 끝에서 세 식구는 강 쪽으로 돌았다. 물가에 있는 평편하고 풀이 난 자리에 도착하자 비안느는 바구니를 내려놓고, 밤나무 그늘 속에 담요를 펼쳤다. 그녀는 피크닉 바구니에서 바삭바삭한 바게트, 맛이 풍부한 더블크림 치즈 한 조각, 사과 두 개, 종이처럼 얇은 바욘 햄(프랑스 바욘 지방의 와인에 절인 스모크 햄) 몇 조각, '1936년산 볼랭저(유명한 샴페인 브랜드)' 한 병을 내놓았다. 남편에게 샴페인을 한 잔 따라주고 그 옆에 앉자, 소피가 강둑을 향해 달려갔다.

몽롱하게 나른한 따사로운 햇살 속에서 하루가 지나갔다. 그들은 이야기하며 웃고 음식을 나누었다. 그날 늦게 소피가 낚싯대를 들고 강으로 가고, 앙투안은 데이지로 딸의 화관을 만든 후에야 말했다.

17

"곧 히틀러가 우리 모두를 전쟁으로 끌어들일 거야."

전쟁.

요즘은 누구한테나 들을 수 있는 이야기였고, 비안느는 전쟁에 대해서는 듣고 싶지 않았다. 더구나 이 눈부신 여름날에는.

그녀는 눈 위에 손을 얹고 딸을 쳐다보았다. 강 건너로 푸른 르와르 계곡이 펼쳐졌다. 울타리도 경계선도 없이 그저 푸른 들판과 수풀, 이따금 돌집이나 헛간이 몇 킬로나 뻗어 있었다. 공중에 목화 같은 작은 흰 꽃송이들이 떠다녔다.

비안느는 일어나서 손뼉을 쳤다.

"이리 와, 소피. 집에 갈 시간이다."

"이 일을 넘겨들으면 안 돼, 비안느."

"내가 고민을 찾아다녀야 되는 거야? 어째서? 당신이 여기서 우릴 지켜줄 거잖아."

미소 지으면서 그녀는 음식을 챙기고 가족을 모아서 다시 흙길로 나갔다.

30분이 지나지 않아서 그들은 르 자르댕의 튼튼한 나무문에 도착했다. 르 자르댕은 3백 년간 비안느의 친정에 대물림된 돌집이었다. 세월이 흐르면서 십여 가지 색조의 회색을 띠게 된 이층집에는 과수원이 내려다보이는 파란 덧문 달린 창들이 있었다. 아이비가 굴뚝 두 개를 타고 오르고 그 아래 벽돌을 뒤덮었다. 본래 땅 중 7에이커만 남았다. 나머지 2백 에이커는 2세기 동안 집안의 경제력이 나빠지면서 팔아야 했다. 비안느에게는 7에이커도 충분했다. 더 필요하다는 것은 엄두조차 낼 수가 없었다.

비안느는 가족이 들어간 후 문을 닫았다. 부엌에는 스토브 위 철제 선반에 황동과 무쇠 냄비들, 팬들이 매달려 있었다. 말리고 있는 라벤더, 로즈마리, 타임 뭉치가 들보에 걸려 있었다. 푸르스름한 세월의 더께가 낀 황동 개수대는 작은 개 한 마리를 넣고 씻길 수 있을 만큼 큼직했다.

안쪽 벽 여기저기 회반죽이 벗겨져서 오래전에 칠한 페인트가 드러났다. 거실은 가구와 패브릭이 뒤섞여 있었다-태피스트리를 씌운 2인용 소파, 소형 카펫들, 골동품 중국 도자기, 사라사 무명과 얇은 리넨. 벽에 걸린 그림들 중 일부는 훌륭했고-중요한 작품들 일부는 아마추어 티가 났다. 재산을 잃고 취향이 없어져서 뒤죽박죽 엉성한 분위기가 풍겼다. 좀 허름하지만 편안했다.

비안느는 살롱에 잠시 멈추어서 뒷마당으로 이어지는 창유리를 끼운 문들을 힐끗 들여다보았다. 뒷마당에서는 앙투안이 소피를 그네에 태우고 있었다. 그가 딸을 위해 직접 만든 그네였다.

비안느는 문 옆 고리에 얌전하게 모자를 걸고 앞치마를 꺼내서 둘렀다. 소피와 앙투안이 밖에서 노는 사이, 그녀는 저녁식사를 준비했다. 분홍빛 돼지고기 등심을 두툼하게 자른 베이컨으로 감싸고 실로 묶어서 뜨거운 기름으로 갈색이 나게 지졌다. 돼지고기가 오븐에서 구워지는 사이 비안느는 나머지 식사를 만들었다.

8시 제 시간에 그녀는 식사하라고 가족을 불렀고, 쿵쿵대는 발소리와 재잘대는 말소리, 자리에 앉을 때 의자 다리가 바닥에 긁히는 소리를 들으면서 미소 짓지 않을 수가 없었다. 소피는 앙투안이 강변에서 만들어준 화관을 쓰고 식탁의 상석에 앉았다.

비안느가 접시를 내려놓았다. 접시에서 고소한 냄새가 피어올랐다. 돼지구이와 바삭한 베이컨, 갈색이 나는 감자 위에 얹은 진한 와인 소스를 뿌린 사과. 그 옆에 놓인 그릇에는 버터를 뿌리고 텃밭에서 딴 타라곤으로 맛을 낸 신선한 콩이 담겨 있었다. 물론 비안느가 어제 아침에 구운 바게트도 있었다.

평소처럼 소피는 식사 내내 수다를 떨었다. 그런 면에서–입을 다물고 있지 못하는 여자애라는 점에서– 이사벨 이모와 비슷했다.

마침내 디저트를 먹을 때가 되자–진한 크렘 앙글레즈(프랑스 요리에 쓰이는 커스터드)에 구운 머랭(달걀 흰자에 설탕을 섞어 만든 디저트) 덩어리들이 잠겨 있었다– 식탁에 만족스러운 침묵이 흘렀다.

비안느가 반만 먹은 디저트 접시를 옆으로 밀면서 말했다.

"자, 설거지할 시간이다."

"아아, 마망."

소피가 우는 소리를 했다.

"우는 소리는 하지 말아라. 너는 그럴 나이가 아니야."

앙투안이 말했다.

매일 저녁 그러듯 비안느와 소피는 부엌으로 갔고 각자 자리에 서서–비안느는 속이 깊은 황동 개수대에, 소피는 돌로 된 조리대 앞– 설거지를 하고 행주로 닦기 시작했다. 비안느는 앙투안이 식사 후에 피우는 향긋한 담배 냄새를 맡을 수 있었다.

비안느가 그릇들을 벽에 걸린 거친 선반에 올려놓을 때 소피가 말했다.

"오늘 내가 여러 가지 이야기를 했는데도 파파는 한 번도 안 웃었어요. 뭔가 이상해요."

"안 웃었어? 저런, 분명히 주의할 일이네."

"파파는 전쟁에 대해 걱정해요."

전쟁. 또 그 얘기.

비안느는 서둘러 딸을 부엌에서 내보냈다. 위층 소피의 침실에서 비안느는 침대에 앉아서 딸이 재잘대는 소리를 들었다. 소피는 잠옷을 입고 양치질하고 침대에 누웠다.

비안느가 몸을 굽혀서 잘 자라고 키스했다.

"난 무서워요. 전쟁이 벌어지는 거예요?"

소피가 물었다.

"무서워할 것 없어. 파파가 우릴 지켜줄 거야."

비안느가 말했다. 하지만 그 말을 하면서도 그녀는 과거를 떠올렸다. 그녀의 마망이 '무서워할 것 없어'라고 말했던 때. 바로 그녀의 아버지가 전쟁에 나갔을 때였다.

소피는 믿지 못하는 표정을 지었다.

"하지만……"

"하지만이 아니야. 걱정할 게 전혀 없어. 이제 자도록 해라."

그녀는 딸에게 다시 키스했다. 어린 소녀의 뺨에 한참 동안 입술을 대고 있었다.

비안느는 계단을 내려가서 뒷마당으로 향했다. 바깥은 밤공기가 후텁지근했고 대기에서 재스민 향이 풍겼다. 남편은 풀밭에 놓인 철제 카페 의자에 앉아 다리를 쭉 뻗고 몸을 불편하게 한쪽으로 기대고 있었다.

비안느가 옆으로 다가가서 그의 어깨에 한 손을 올렸다. 앙투안은 연기를 내뿜고 담배를 다시 한 모금 길게 빨았다. 그러더니 아내를 올려다보았다. 달빛 속에서 그의 얼굴은 창백했고 그늘져 보였다. 낯설다시피 한 얼굴이었다. 앙투안은 조끼 주머니에 손을 넣어서 종이 한 장을 꺼냈다.

"난 전시 동원 통보를 받았어, 비안느. 18세에서 35세 사이의 남자들 대부분과 함께."

"전시 동원? 하지만…… 우린 전쟁을 하지 않는데. 난 대체……"

"화요일에 나가야 해."

"하지만…… 당신은 집배원이잖아."

앙투안이 그녀와 눈을 맞추었고, 불현듯 그녀는 숨을 쉴 수 없었다.

"이제 나는 군인인가 봐."

3

비안느는 전쟁에 대해 좀 알았다. 탕탕, 슝, 포화, 유혈 같은 게 아니라 전쟁 후유증에 대해 알았다. 그녀가 태어난 시기는 평화기였지만 어릴 적 기억은 전쟁과 관련이 있었다. 어머니가 아버지에게 작별 인사를 하면서 우는 모습을 지켜보던 기억이 있었다. 허기지고 늘 추웠던 기억이 있었다.

하지만 무엇보다도 어떻게 아버지가 다른 사람이 되어 집에 돌아왔는지, 어떻게 그가 다리를 절고 한숨 쉬고 말수가 없어졌는지 기억했다. 바로 그때부터 아버지는 술을 마시고 계속 외톨이로 지내고 가족을 모른 체하기 시작했다. 문이 쾅 닫히고 말다툼이 일어났다가 잦아들면서 어색한 침묵이 흐르고, 부모가 다른 방에서 자던 것을 비안느는 기억했다.

전쟁터에서 돌아온 아버지는 예전의 아버지가 아니었다. 비안느는 아버지에게 사랑을 받으려 노력했고, 더 중요한 것은 아버지를 계속 사랑하려고 애썼지만 결국 모두 불가능했다. 아버지가 카리보에 두고 간 이후 비안느는 자신의 삶을 살아갔다. 아버지에게 크리스마스와 생일에 카드를 보냈지만 답장을 받지 못했고 부녀지간에 대화가 없다시피 했다. 할 말이 뭐가 남아 있을까?

놓아버리지 못하는 이사벨과 달리 비안느는 어머니가 세상을 떠나면서 가족이 회복할 수 없는 지경으로 깨졌다는 것을 이해했다. 그리고 받아들였다. 그는 자식들에게 아버지가 되어주는 것을 거부한 사내였다.

"당신이 전쟁을 얼마나 두려워하는지 알아."

앙투안이 말했다.

"마지노선이 사수되겠지. 당신은 크리스마스까지는 집에 돌아올 거야."

비안느가 설득력 있게 들리도록 애쓰면서 말했다.

마지노선은 제1차 세계대전 후에 프랑스를 지키기 위해 독일 국경선을 따라 길게 쌓은 콘크리트 벽, 장애물, 무기로 구축한 방어선이었다. 독일군은 이 방어선을 돌파하지 못했다.

앙투안은 그녀를 품에 안았다. 재스민향이 짙게 풍겼고 그는 문득 분명하게 알았다. 이 순간부터 계속 재스민 냄새를 맡을 때마다 이날의 작별을 떠올릴 거란 사실을.

"사랑해, 앙투안 모리악. 그리고 당신이 내가 있는 집으로 돌아올 거라고 기대해."

나중에 비안느는 두 사람이 집으로 들어가 계단을 올라서 침대에 누워 서로 옷을 벗긴 일은 기억하지 못했다. 오로지 알몸으로 그의 품에 안겨 그의 몸 아래서 사랑을 받아냈던 것만 기억했다. 앙투안은 해본 적 없는 격렬한 사랑의 행위를 하면서 키스를 퍼부었다. 그의 손은 그녀를 안고 있으면서도 그녀를 산산이 부수고 싶은 듯했다.

나중에 두 사람이 조용히 누워 껴안았을 때 앙투안이 말했다.

"당신은 스스로 생각하는 것보다 강인해, 브이."

"아니야."

비안느가 너무 나직하게 대답해서 그는 듣지 못했다.

*

다음 날 아침 비안느는 남편을 종일 침대에 누워 있게 하고 싶었고, 심지어 가방을 꾸려서 도둑처럼 야반도주하자고 설득하려고 했다.

하지만 어디로 간단 말인가? 유럽 전역에 전쟁이 벌어지고 있는데.

그녀가 아침 식사를 준비하고 설거지를 끝낼 즈음, 머리가 두통으로 욱신거렸다.

"슬퍼 보여요, 마망."

소피가 말했다.

"눈부신 여름날, 우린 가장 친한 친구들을 만나러 갈 건데 어떻게 슬플 수 있겠니?"

비안느는 지나치다 싶게 환하게 웃었다.

현관문 밖으로 나와서 앞마당의 사과나무 아래 섰을 때에야 그녀는 맨발인 것을 알아차렸다.

"마망."

소피가 안달했다.

"엄마 간다."

그녀는 소피를 따라 앞마당을 걸어서 낡은 비둘기장(지금은 원예 도구 헛간)과 빈 헛간 앞을 지났다. 소피가 뒷문을 열고 잘 가꾸어진 옆집 마당으로 뛰어 들어가서 파란 덧문이 달린 작은 돌집으로 향했다.

소피는 문을 한 번 노크했고 대답이 없자 집으로 들어갔다.

"소피!"

비안느가 날카롭게 소리쳤지만 딸은 엄마의 혼내는 소리를 들은 체 만 체했다. 가장 친한 친구의 집에서 예의범절을 따질 게 없었고, 라셸 드 샹플랭은 15년간 비안느의 절친이었다. 두 사람이 만난 것은 아버지가 매몰차게 자식들을 르 자르댕에 팽개친 후 겨우 한 달 지나서였다.

이후 두 사람은 한 쌍이 되었다. 비안느는 가냘프고 창백하고 예민했고, 라셸은 키가 남자애들만큼 컸고, 목소리는 경적 소리만큼 컸다. 둘 다 외톨이일 때 만났다. 그 후 친구로 지냈고 학교에서 늘 붙어 다녔다. 함께 대학에 진학했고 둘 다 선생이 되었다. 두 사람은 심지어 임신도 같은 시기에 했다. 이제 동네 학교의 나란히 붙은 교실에서 아이들을 가르쳤다.

라셸이 갓난아기 아리엘을 안고 열린 문간에 나타났다.

두 친구는 눈길을 주고받았다. 그 안에 그들이 느끼고 겁내는 모든 게 담겨 있었다.

"오늘은 술이 필요할 것 같네, 안 그래?"

라셸이 말했다.

"두말하면 잔소리지."

비안느는 친구를 따라서 작고 환한 실내로 들어갔다. 집은 아주 깔끔했다. 가대(물건 따위를 얹어 놓기 위하여 세운 구조물)에 상판을 얹은 투박한 목재 테이블에는 야생화가 소담하게 담긴 화병이 놓여 있고, 옆에는 짝이 맞지 않는 의자들이 있었다. 식당 구석에는 가죽 여행가방이 있고 그 위에 라셸의 남편 마크가 아끼는 갈색 모직 페도라(중절모자)가 놓여 있었다. 라셸은 화이트 와인 두 잔을 따르고, 카눌레(보르도에서 처음 만든 과자)가 수북이 담긴 작은 도기 접시를 꺼냈다. 두 사람은 바깥으로 나갔다.

작은 뒷마당에는 쥐똥나무 생울타리 밑에 장미가 자랐다. 돌이 깔린 베란다에 테이블 하나와 의자 네 개가 대충 놓여 있었다. 밤나무 가지에는 앤티크 등잔이 매달려 있었다.

비안느는 카눌레 한 개를 집어 한 입 베어물고, 가운데 바닐라향이 진한 크림과 약간 탄 맛이 나는 겉면의 바삭함을 맛보았다. 그녀가 의자에 앉았다.

라셀은 아기를 팔에 안고 친구의 맞은편에 자리 잡았다. 두 사람 사이에 침묵이 내려앉았고 그들의 두려움과 불안이 번졌다.

"이 아이가 제 아버지를 알지 모르겠어."

라셀이 아들을 물끄러미 내려다보면서 말했다.

"그들은 변할 거야."

비안느가 기억을 떠올리며 말했다. 그녀의 아버지는 75만 명 이상이 목숨을 잃은 솜 전투(1916년 서부전선에서 영국과 프랑스 군이 독일군과 벌인 대규모 전투)에 참여했다. 얼마 안 되는 생존자들은 귀국하면서 독일군의 잔악 행위에 대한 소문을 퍼뜨렸다.

라셀은 아기를 어깨로 옮겨 안고 가만히 등을 쓸어주었다.

"마크는 기저귀를 제대로 갈 줄 몰라. 그리고 아리는 우리 침대에서 자는 걸 좋아하지. 이제 그건 괜찮겠네."

비안느는 미소가 나오려는 기미를 느꼈다. 라셀의 말은 가벼운 농담이었지만 도움이 됐다.

"앙투안의 코골이는 참기 힘들거든. 나도 잠을 푹 자게 생겼네."

"그리고 우린 저녁밥으로 수란만 해도 되고."

"빨랫감도 절반으로 줄고."

비안느의 목소리가 갈라졌다. 그녀가 말을 이었다.

"난 이런 일을 감당할 만큼 강하지 못해, 라셀."

"당연히 넌 강해. 우리는 같이 이겨낼 거야."

"앙투안을 만나기 전에 나는……."

라셸은 그만하라는 듯이 손을 흔들었다.

"알아, 알지. 너는 꼬챙이처럼 말랐고, 초조할 때는 말을 더듬었고, 별별 것에 다 알레르기가 있었지. 알아. 나도 거기 있었거든. 하지만 이제 그건 다 끝났어. 너는 강인해질 거야. 왜 그런지 알아?"

"왜?"

라셸의 미소가 사라졌다.

"내가 덩치가 크다는 걸 알지만 난…… 이 일로 무너져버린 기분이야, 브이. 그리고 나도 이따금씩 너한테 의지해야 될 거야. 물론 내 체중을 '다' 싣지는 않을게."

"그러면 우리 둘 다 동시에 무너질 수는 없겠네."

"빙고! 그게 작전이지. 이제 우리 코냑이나 진으로 바꿔 마실까?"

"오전 10시인데."

"맞아. 당연하지. 프렌치 75(제1차 세계대전 때 사용된 대포 '프렌치 75mm'에서 이름을 딴 진과 샴페인을 넣은 칵테일)로 하자."

*

화요일 아침 비안느가 깼을 때, 창으로 햇살이 들어 기둥들을 비추었다.

앙투안은 창가 의자에 앉아 있었다. 그것은 비안느가 두 번째 임신했을 때 그가 만든 호두나무 흔들의자였다. 몇 년간 썰렁한 의자는 부부를 비웃었다. 이제 비안느는 그 시절을 유산의 세월이라고 생각했다. 풍요의 땅에 깃든 빈곤함. 4년간 아기 셋을 잃었다. 작은 가냘픈 심장박동, 새파란 손. 그러다가 기적처럼 한 아이가 살아남았다. 소피. 그 의자의 무늬목 속에 슬픈 어린 영혼들이 갇혔지만 좋은 기억도 있다.

"당신이 소피를 파리로 데려가야 될 것 같아. 아버님이 돌봐줄 거야."

그녀가 일어나 앉았을 때 앙투안이 말했다.

"아버지는 딸들과 사는 것에 대한 의견을 아주 분명하게 밝혔지. 아버지에게 환영받으리란 기대는 할 수 없어."

비안느는 침대보를 밀치고 일어나서 낡은 러그에 맨발을 딛었다.

"당신, 괜찮겠지?"

"소피랑 나는 잘 지낼 거야. 아무튼 곧 당신이 집에 올 텐데 뭐. 마지노선이 사수될 거야. 그리고 독일군이 우리와 대적이 안 될 거야."

"놈들의 무기가 아주 형편없지. 내가 은행에서 우리 돈을 다 인출했어. 매트리스 속에 6만 5천 프랑이 들어 있어. 현명하게 쓰도록 해, 비안느. 당신이 받는 봉급이랑 같이 쓰면 제법 오래 버틸 거야."

그녀는 아픔을 느꼈다. 비안느는 집안의 재정 상태에 대해 아는 게 없었다. 돈 관리는 앙투안이 도맡았다.

그가 천천히 일어나서 그녀를 안았다. 비안느는 나중에 외로움과 두려움으로 갈증이 느껴질 때 마실 수 있도록 이 순간의 안전한 느낌을 병에 담아두고 싶었다.

그녀는 '이 순간을 기억해.'라고 속으로 중얼댔다. 햇빛이 내려앉은 그의 부스스한 머리, 사랑을 머금은 갈색 눈, 바로 한 시간 전 어둠 속에서 그녀에게 키스한 갈라진 입술.

뒤쪽의 열린 창으로, 느릿느릿 따각 따각 따각 말이 도로를 올라오고 뒤에 짐차가 끌려오는 소리가 들렸다.

무슈 퀴이앙이 장터에 꽃을 팔러 가는 길일 터였다. 비안느가 마당에 있으면 그는 멈추어 서서, 그녀에게 꽃 한 송이를 건네면서 꽃이 그녀의 미모를 당할 순 없다고 말할 것이다. 그러면 비안느는 미소지으면서 '메르시(프랑스어로 감사합니다)'라고 말하고 그에게 음료를 권할 테고.

비안느는 마지못해 몸을 뺐다. 나무 경대로 가서 푸른 도자기 주전자에서 미지근한 물을 대야에 따라 세수했다. 금색과 흰색 리넨 커튼을 치고 옷장으로 사용하는 벽감으로 들어가서 브래지어와 레이스가 달린 속바지를 입었다. 가터를 차고 실크 스타킹을 매끄럽게 올려 가터에 연결한 다음, 덧댄 사각형 칼라와 벨트가 달린 면 원피스를 입었다. 커튼을 닫고 몸을 돌리니 앙투안이 방에 없었다.

그녀는 핸드백을 챙겨서 복도를 지나 소피의 방에 갔다. 부부 침실처럼 작은 방은 천장이 경사지고 서까래가 드러났다. 바닥에 넓은 널이 깔려 있고, 창으로 과수원이 내려다보였다. 철제 침대, 싸구려 램프가 놓인 협탁, 넓은 자리를 차지하는 파란색 옷장. 벽에는 소피의 그림들이 붙어 있었다.

비안느는 덧문을 열어 방에 빛이 들게 했다.

더운 여름철에는 늘 그러듯 소피가 밤중에 걷어찬 이불이 바닥에 떨어져 있었다. 소피는 분홍색 곰인형 베베를 뺨에 대고 잤다.

비안느는 곰인형을 집어 들고, 많이 쓰다듬어서 뭉개진 얼굴을 내려다보았다. 소피가 새 장난감들을 갖고 놀면서 그동안 베베는 창가 선반에 덩그러니 놓여 있었다. 이제 베베가 돌아왔다.

비안느는 몸을 굽혀서 딸의 뺨에 키스했다.

소피가 몸을 뒤척이더니 눈을 깜빡이며 깼다.

"파파가 안 가면 좋겠어요, 마망."

소피가 속삭였다. 아이는 손을 뻗어서 엄마의 손에서 베베를 낚아 채다시피 했다.

"알아. 엄마도 알아."

비안느가 한숨지었다.

그녀는 옷장으로 가서 소피가 가장 좋아하는 세일러 드레스를 꺼냈다.

"파파가 만들어준 데이지 왕관을 써도 돼요?"

데이지 '왕관'은 작은 꽃송이들이 시든 채 협탁에 놓여 있었다. 비안느가 그것을 가만히 집어서 소피의 머리에 씌워 주었다.

비안느는 꿋꿋하게 버틸 거라고 생각했다. 그러다가 거실에 들어가서 앙투안을 보았다.

"파파? 가지 마요."

소피가 시든 데이지 왕관을 어설프게 만지면서 말했다.

앙투안은 무릎을 꿇고 딸을 품에 안았다.

"우리 딸이랑 마망을 안전하게 지켜주려면 아빠가 군인이 되어야 해. 하지만 금방 돌아올 거야."

비안느는 그의 목소리가 갈라지는 것을 알아차렸다.

소피가 몸을 뺐다. 데이지 왕관이 머리 옆으로 흘러내렸다.

"집에 돌아온다고 약속하죠?"

앙투안은 딸의 심각한 얼굴을 지나 비안느의 수심어린 눈길을 바라보았다.

"그럴게."

마침내 그가 말했다.

소피가 고개를 끄덕였다.

세 사람은 말없이 집을 나섰다. 그들은 손을 잡고 비탈길을 올라가 나무로 지은 잿빛 헛간으로 향했다. 작은 둔덕에 무릎 높이의 풀이 덮여 있고, 단지의 경계선을 따라 건초 마차 크기의 라일락 덤불이 자랐다. 작고 하얀 십자가 세 개는 비안느가 잃은 아기들이 세상에 남긴 유일한 흔적이었다. 오늘 그녀의 시선은 그 자리에 머물지 않았다. 당장의 감정도 감당하기가 버거워서 그 기억들의 무게까지 보탤 수가 없었다.

헛간 안에 초록색 고물 르노 자동차가 있었다. 세 사람 모두 자동차에 오르자 앙투안은 차를 헛간 밖으로 몰아서, 죽은 잔디 위를 지나 도로로 들어섰다. 비안느는 먼지 낀 작은 창을 멍하니 내다보았다. 푸른 계곡을 지나며 낯익은 이미지들이 보였다―붉은 기와 지붕들, 돌집들, 건초와 포도밭, 가냘픈 나무들이 서 있는 수풀들.

모든 게 휙휙 지나가 그들은 투르 인근 기차역에 도착했다.

플랫폼에는 가방을 든 젊은 사람들과 그들에게 작별 키스를 하는 여자들, 우는 아이들이 넘쳐났다.

한 세대의 남자들이 전쟁터로 나서고 있었다. 또 다시.

비안느는 생각했다.

'그런 생각 하지 마. 지난번에 남자들이 다리를 절고 얼굴에 화상을 입고 팔다리가 잘린 채 집에 돌아왔던 것은 기억하지 말자고……'

비안느는 남편의 손을 꼭 잡았고, 앙투안은 가족의 기차표를 사서 기차로 데려갔다. 3등칸에 올라―숨 막히게 덥고 승객이 늪지의 갈대처럼 빼곡히 들어차 있었다― 그녀는 무릎에 핸드백을 내려놓고 뻣뻣하게 앉아서 여전히 그의 손을 잡고 있었다.

그들의 목적지에서 열댓명의 남자들이 내렸다. 비안느, 소피, 앙투안은 다른 승객들을 따라서 자갈길을 내려가, 투렌에서 가장 작은 마을로 보이는 예쁘장한 동네로 들어섰다. 전쟁이 오고 있을 수 있을까.

어떻게 꽃들이 흔들대고 담장이 무너져내리는 이 고풍스런 마을에 병사들이 싸우러 몰려들 수 있을까.

앙투안은 아내의 손을 당겨서 다시 걷게 했다. 그녀가 언제 멈추었을까?

앞쪽 돌담 안에 최근에 만든 철문들이 있었다. 그 문들 뒤로는 임시 숙소가 줄줄이 있었다.

철문들이 활짝 열렸다. 말을 탄 병사가 새로 도착한 병사들을 맞이하러 달려 나왔다. 말이 걸음을 옮기자 가죽 안장이 삐걱거렸고, 그의 얼굴은 먼지투성이고 더위 때문에 빨갰다. 그가 고삐를 당기자 말이 멈추면서 머리를 젖히고 힝 소리를 냈다. 머리 위에서 비행기가 날았다.

병사가 말했다.

"제군들, 저기 문 옆에 있는 중위에게 서류를 가져가라. 당장. 움직여."

앙투안은 비안느에게 부드럽게 키스했고, 그녀는 그 포근함에 울고 싶었다.

"사랑해."

그가 키스하며 말했다.

"나도 사랑해."

그녀는 늘 굉장히 커 보이던 그 말이 지금은 초라해 보였다. 전쟁을 맞닥트렸을 때 사랑은 무엇일까?

"나도 파파. 나도!"

소피가 그의 품에 달려들면서 외쳤다. 그들은 가족으로서 포옹했다. 그가 돌아올 때까지는 마지막 포옹이었다.

"안녕."

앙투안이 말했다.

비안느는 차마 말할 수가 없었다. 그녀는 저만치 걸어가는 남편을 바라보았다. 그는 웃고 수다를 떠는 젊은 남자들 속에 섞여서 누가 누군지 구분되지 않았다. 큰 철문이 쾅 닫히면서 덥고 먼지 나는 대기에 쇠 부딪치는 소리가 울려퍼졌다. 비안느와 소피만 길 가운데 서 있었다.

4

1940년 6월

프랑스

짙푸른 나무가 무성한 언덕 비탈에 중세 저택이 당당하게 서 있었다. 사탕가게 진열장에 있는 캐러멜로 만든 성 같았다. 솜사탕 창문들에 설탕 입힌 사과 같은 색깔 덧문이 있는 집. 저택 아래 깊고 푸른 호수에 구름떼가 비쳤다. 손질된 정원에는 저택에 사는 사람들―그리고 더 중요한 것은 손님들―만 주위를 거닐면서 허락된 화제에 대해서 이야기할 수 있었다.

정찬용 식당에서 스물네 명은 넉넉히 앉을 흰 탁자보를 씌운 식탁에 이사벨 로시뇰이 뻣뻣하게 앉아 있었다. 이 공간은 온통 희미한 색이었다. 벽과 바닥과 천장은 모두 굴빛이 감도는 돌로 꾸며져 있었다. 천장은 아치형이었고 꽤 높았다. 이 서늘한 방에서는 소리가 여기 사는 사람들처럼 갇혀서 증폭되었다.

단아한 검정 드레스를 입은 마담 뒤푸르가 식탁 상석에 서 있었다. 그녀의 긴 목 아래쪽에 수프 숟가락만하게 구멍이 뚫린 모양의 드레스였다. 다이아몬드가 한 개 박힌 브로치가 유일한 장신구였다. 갸름한 얼굴에 턱이 뭉툭하고, 곱슬머리는 표백한 티가 너무 나서 젊어 보이려는 의도는 수포로 돌아갔다. 그녀는 딱 부러지는 훈련된 억양으로 말했다.

"완벽히 조용하고 눈에 띄지 않게 해내는 것이 핵심입니다."

식탁에 앉은 소녀들은 몸에 붙는 파란색 모직 재킷과 스커트의 교복 차림이었다. 겨울에는 괜찮지만 이렇게 더운 6월 오후에 이런 투피스는 견디기 힘들었다. 이사벨은 땀이 흐르는 것을 느낄 수 있었다. 아무리 라벤더 향이 짙은 비누를 써도 톡 쏘는 땀내는 가릴 수가 없었다.

그녀는 리모주(프랑스 중남부 도시로 도자기로 유명) 도자 접시의 가운데 놓인 껍질을 벗기지 않은 오렌지를 내려다보았다. 접시 양쪽으로 은식기류가 정확하게 배열되어 있었다. 샐러드 포크, 디너 포크, 나이프, 수저, 버터나이프, 생선용 포크. 계속 이어졌다.

마담 뒤푸르가 말했다.

"자, 정확한 도구를 집도록 해요, 제발 조용히. 소리나지 않게. 그리고 오렌지 껍질을 벗기세요."

이사벨은 포크를 집어서 뾰족한 끝을 두꺼운 껍질 속으로 밀어 넣으려 했지만, 오렌지가 굴러서 접시의 금박 무늬 테두리에 부딪쳐서 덜컥 소리를 냈다.

"젠장."

이사벨은 오렌지가 바닥에 떨어지기 전에 낚아채면서 중얼댔다.

"젠장?"

마담 뒤푸르가 그녀 곁으로 왔다.

이사벨은 의자에 털썩 앉았다. 아이고, 이 여자는 갈대밭 속의 독사처럼 움직였다.

"죄송해요, 마담."

이사벨이 말하면서 오렌지를 다시 접시에 담았다.

마담이 말했다.

"마드모아젤 로시뇰. 우리 학교에서 2년이나 지냈는데도 어쩌면 그렇게 배운 게 없지?"

이사벨은 다시 포크로 오렌지를 찔렀다. 우아하지 않은-하지만 효과적인-손놀림이었다. 그리고 나서 그녀는 환하게 웃었다.

"일반적으로 학생이 학습에 실패하는 것은 교사가 가르치는 데 실패했기 때문입니다, 마담."

식탁에 앉은 사람들이 숨을 멈추었다.

마담이 말했다.

"아, 그러니까 네가 여전히 오렌지 하나 제대로 벗기지 못하는 게 우리 때문이구나."

이사벨은 껍질을 자르려고 했다-너무 힘이 세고 너무 빨랐다. 칼날이 껍질에서 미끄러져서 도기 접시에 쨍 하고 부딪쳤다.

식탁에 앉은 여학생들 모두 지켜보았다.

마담은 희미하게 웃으면서 말했다.

"예의 바른 대화를 해요, 여러분. 아무도 조각상을 만찬 파트너로 원하지 않으니까."

지시에 따라 여학생들은 조용히 대화를 나누기 시작했다. 하나같이 이사벨의 관심을 끌지 않는 주제였다. 원예, 날씨, 패션. 여자들에게 용납되는 주제들. 이사벨은 옆에 앉은 여학생이 나직하게 말하는 소리를 들었다.

"알라송 레이스가 무척 마음에 들어, 넌 안 그래?"

비명을 지르지 않는 것이 이사벨이 할 수 있는 전부였다.

마담이 말했다.

"마드모아젤 로시뇰, 너는 마담 알라르에게 가서 우리 실험은 끝났다고 전하거라."

"그게 무슨 뜻인데요?"

"그분이 아실 게다. 가거라."

마담이 마음을 바꿀까봐 이사벨은 얼른 식탁에서 물러났다.

의자 다리가 돌바닥에서 미끄러지며 요란한 소리를 내자, 마담이 얼굴을 찡그렸다.

이사벨은 미소지었다.

"실은 제가 오렌지를 좋아하지 않거든요."

"실은?"

마담이 비아냥대며 대꾸했다.

이사벨은 이 답답한 방에서 뛰쳐나가고 싶었지만 안 그래도 문제를 일으킨 터라, 어깨를 젖히고 턱을 올리고 천천히 걸을 수밖에 없었다. 그러다가 계단에서(필요하면 머리에 책 세 권을 얹고 올라갈 수도 있었다) 옆쪽을 흘끔대며 아무도 없음을 확인하자 뛰어내려갔다.

아래층 복도에서 속도를 늦추고 몸을 바로 폈다. 교장실 앞에 다다랐을 즈음 그녀는 숨을 가쁘게 쉬지도 않았다.

노크를 했다.

마담의 무덤덤한 '들어와요'란 말에 이사벨은 문을 열었다.

마담 알라르는 가장자리가 금박인 마호가니 책상에 앉아 있었다. 돌벽에 중세 태피스트리가 걸려 있고, 아치형 유리창으로 자연보다는 미술품처럼 가꾼 정원들이 내려다보였다. 새들도 여기 내려앉지 않았다. 숨막히는 분위기를 감지하고 그냥 날아가버릴 테지.

이사벨은 의자에 앉았다−앉으라는 권유를 받지 않았다는 사실을 너무 늦게 알아차렸다. 그녀는 다시 일어났다.

"죄송합니다, 마담."

"앉아라, 이사벨."

이사벨은 숙녀답게 얌전하게 발목을 교차하고 양손을 포개고 앉았다.

"마담 뒤푸르가 교장 선생님께 실험이 끝났다고 전해드리라고 하셔서요."

마담은 책상에 놓인 무라노(이탈리아 베네치아 유리공예로 유명한 섬) 만년필에 손을 뻗어 집어서 책상을 톡톡 두드렸다.

"넌 왜 여기 있니, 이사벨?"

"저는 오렌지를 싫어해요."

"뭐라고?"

"그리고 제가 오렌지를 먹어야 된다면-솔직히 싫어하는데 왜 먹어야 되는지 모르겠습니다, 마담- 미국인들이 하는 것처럼 손을 쓰고 싶어요. 실은 다른 사람들은 그렇게 하거든요. 포크와 나이프로 오렌지를 먹다니요?"

"내 말은 왜 이 학교에 있느냐는 뜻인데?"

"아, 그거요. 저기, 아비뇽에 있는 성심 수녀원에서 저를 쫓아냈으니까요. 아무 일도 안 했는데 그랬다고 말씀드려야겠네요."

"그리고 성 프란시스 자매회에서도?"

"아, 거기서는 쫓겨날 이유가 있었지요."

"그리고 이전 학교에서도?"

이사벨은 뭐라고 대답할지 난감했다.

마담은 만년필을 내려놓고 말했다.

"넌 열아홉 살이 다 되었다."

"그렇습니다, 마담."

"네가 나갈 때가 되었다는 생각이 드는구나."

이사벨은 발딱 일어났다.

"오렌지 수업으로 돌아가도 될까요?"

"내 말을 오해하는구나. 네가 학교에서 나가야 된다는 뜻이란다, 이사벨. 네가 우리가 가르쳐야 되는 것을 배우는 데 흥미가 없다는 게 분명하니까."

"오렌지를 어떻게 먹느냐, 언제 치즈를 펴발라도 되느냐, 누가 더 중요한 인물이냐-공작의 차남이냐, 상속받지 못할 딸이냐, 중요하지 않은 나라의 대사냐? 마담, 세상에서 어떤 일이 벌어지는지 아세요?"

이사벨은 시골 구석 깊숙이 박혀 있을지 몰라도 여전히 알고 있었다. 생울타리로 방책을 두르고 예의범절을 강요당하는 이곳에서조차 그녀는 프랑스에서 무슨 일이 벌어지는지 알았다. 밤이면 수도원 방에서 친구들은 잠들었지만 그녀는 일어나 밤이 깊도록 숨겨 들여온 라디오로 BBC 방송을 들었다. 프랑스는 영국과 함께 독일에 전쟁을 선포했고 히틀러는 움직이고 있었다. 프랑스 전역에서 사람들이 식품을 비축하고 암막 가리개를 드리우고 어둠 속에서 두더쥐처럼 사는 법을 익혔다.

그들은 준비하고 걱정해 왔는데…… 아무 일도 없었다.

몇 달이 흘러도 아무 일도 일어나지 않았다.

처음에는 누구나 세계대전과 수많은 가족이 입은 피해에 대해 말할 수 있었지만, 몇 달 지나면서 오직 전쟁에 대한 '소문'만 있었다. 이사벨은 교사들이 그것을 '가짜 전쟁'이라고 부르는 것을 들었다. 진짜 공포는 유럽의 다른 곳에서, 그러니까 벨기에와 네덜란드와 폴란드에서 벌어지고 있었다.

"전쟁에서 예의범절이 중요하지 않을까, 이사벨?"

"지금은 중요하지 않지요."

이사벨은 충동적으로 대답했지만 잠시 후 잠자코 있을 걸 하고 후회했다.

마담이 일어섰다.

"우리는 너에게 알맞은 곳이 아니었지만……"

"아버지는 저를 치우기 위해서라면 어디에나 밀어 넣을 거예요."

이사벨이 말했다. 다른 거짓말을 듣기보다 진실을 툭 내뱉는 편이 나았다. 그녀는 10년 이상 일반 학교와 수녀원 학교를 전전하면서 많은 걸 배웠다-그중에서도 자신에게 의지해야 된다는 것을 배웠다. 아버지와 언니에게 의지할 수 없다는 것은 분명했다.

마담이 이사벨을 바라보았다. 코가 약간 벌렁대는 것은 예의를 지키지만 못마땅해하는 기색이었다.

"사내가 아내를 잃는 것은 힘든 일이란다."

"딸이 어머니를 잃는 것은 힘든 일이지요."

이사벨은 반항조로 미소 지었다. 그녀가 말을 이었다.

"그런데 저는 양친 모두 잃었어요, 안 그런가요? 한 분은 돌아가시고 다른 한 분은 제게 등을 돌렸지요. 어느 상처가 더 큰지 말할 수가 없네요."

"맙소사. 이사벨, 꼭 항상 마음에 있는 것을 말해야 되겠니?"

이사벨은 평생 이런 비난을 들으면서 살았지만 입을 다물면 또 뭐 하나? 어차피 아무도 귀담아 들어주지 않는데.

"그래서 너는 오늘 떠나게 될 거다. 네 아버지께 전보를 보내마. 토마스가 너를 기차역에 데려다줄 거야."

이사벨은 눈을 깜빡였다.

"오늘 밤에요? 하지만…… 파파는 저를 원하지 않을 거예요."

"아, 자승자박이지. 이제 너도 결과를 받아들여야 한다는 것을 알게 되겠지."

　이사벨은 다시 혼자 기차에 올라 어떤 대접을 받을지 모르는 곳으로 향했다. 그녀는 지저분한 얼룩진 차창으로 휙휙 지나가는 푸르른 경치를 바라보았다. 건초 들판, 붉은 지붕, 돌집, 잿빛 다리, 말 등이 지나갔다.
　모든 게 언제나 전에 본 그대로였고, 그 사실이 놀라웠다. 전쟁이 다가오고 있었고, 그녀는 그게 시골에 어떤 흔적이라도 남길 거라고 상상했다. 풀밭 색깔을 변하게 하거나 나무를 죽이거나 새들을 내쫓거나. 하지만 이제 파리로 향하는 기차에 앉아 있는 지금, 모든 게 완벽하게 예사로워 보인다는 것을 이사벨은 알았다.
　옆으로 쭉 뻗은 파리 리옹역에서 기차는 가쁜 숨을 몰아쉬고 덜컥대면서 멈추었다. 이사벨은 몸을 굽혀 발치에 있는 작은 옷가방을 집어서 무릎에 올렸다. 옆을 지나 객실에서 나가는 승객들을 쳐다보자니, 이제껏 외면했던 질문이 다시 머리에 떠올랐다.
　파파.
　그가 집에 온 것을 환영할 거라고 믿고 싶었다. 마침내 아버지는 양손을 내밀고 그녀의 이름을 사랑스럽게 부를 거라고, 예전에 어머니가 그들을 하나로 엮어주던 시절처럼 불러줄 거라고 믿고 싶었다.
　그녀는 문질러서 닳은 옷가방을 물끄러미 내려다보았다.
　아주 작았다.
　이사벨이 다닌 학교들마다 여학생들이 가죽 줄로 묶고 황동 압정이 박힌 다양한 옷가방들을 가져왔다. 그들은 책상에는 사진들을, 침대 협탁에는 추억거리를, 서랍에는 사진첩들을 놔두었다.
　이사벨은 기억하고 싶지만 그러지 못하는 여인의 사진이 든 액자

하나만 갖고 있었다. 기억하려고 애써도 사람들이 울고, 의사들이 고개를 젓고, 언니의 손을 잡고 무슨 말을 하는 어머니의 흐릿한 이미지들만 떠오를 뿐이었다. 그렇게 당부하면 도움이 되기라도 할 것처럼. 사실 비안느는 아버지만큼이나 서둘러 이사벨을 버렸다.

그녀는 열차 안에 혼자만 남았다는 것을 깨달았다. 장갑 낀 손에 옷가방을 들고, 자리에서 미끄러지듯 벗어나 열차 밖으로 나왔다.

플랫폼에 사람들이 북적댔다. 기차들이 줄줄이 서서 공중에 내뿜은 연기가 높은 아치형 천장으로 피어올랐다. 어디선가 호각 소리가 났다. 커다란 철 바퀴들이 움직이기 시작했다. 그녀의 발아래 플랫폼이 떨렸다.

사람들 속에서도 그녀의 아버지는 눈에 띄었다.

그가 딸을 보자 짜증스러움에 표정이 바뀌고 음울한 단호한 얼굴로 변하는 것을 이사벨은 느꼈다.

그는 키가 185센티미터쯤 되는 장신이었지만 세계대전 때문에 몸이 굽었다. 아니면 적어도 이사벨은 그런 말을 들은 기억이 있었다. 마음속에 생각할 게 너무 많아서 자세 따위는 안중에 없는 듯 그는 넓은 어깨를 축 늘어뜨렸다. 숱이 없는 머리는 잿빛이었고 부스스했다. 코는 펑퍼짐하고 주걱처럼 납작했으며 입술은 다시 봐야 보일 만큼 얄팍했다. 이 무더운 여름날 그는 주름진 흰 셔츠의 소매를 걷어 입고, 해진 칼라에 타이를 느슨하게 맸고, 코르덴 바지는 세탁해야 될 것 같았다.

이사벨은 성숙해 보이려고 애썼다. 어쩌면 그게 아버지가 그녀에게 바라는 바였다.

"이사벨."

그녀는 옷가방의 손잡이를 잡았다.

"파파."

"다른 학교에서도 쫓겨났구나."

이사벨은 숨을 힘들게 삼키면서 고개를 끄덕였다.

"이런 시기에 학교를 어떻게 찾겠니?"

그녀는 이렇게 대답했다.

"저는…… 파파랑 살고 싶어요."

"나랑?"

그는 짜증스럽고 놀란 듯했다. 하지만 딸이 아버지랑 살고 싶은 것은 정상이지 않은가?

이사벨이 아버지에게 한 걸음 다가섰다.

"제가 서점에서 일하면 돼요. 아빠한테 방해가 되지 않을게요."

그녀는 숨을 멈추고 기다렸다. 갑자기 소리가 증폭되었다. 사람들이 걸어오고 아래쪽 플랫폼이 신음을 냈다. 머리 위에서 비둘기들이 퍼덕대고 아기가 울었다.

'물론이지, 이사벨.'

'집에 가자.'

아버지는 못마땅해서 한숨을 쉬고 걸음을 옮겼다.

그가 뒤돌아보며 말했다.

"저기, ……안 갈래?"

*

이사벨은 향긋한 냄새가 나는 풀밭에 깔아놓은 담요에 누워서 책을 펼쳤다. 근처 꽃에서 벌이 부지런히 윙윙댔고, 이 정적 속에서 벌 소리가 작은 오토바이 소리처럼 들렸다. 찌는 듯이 더운 날이었다. 그녀가 파리의 집에 온지 1주일 후였다. 하긴 '집'은 아니었다.

이사벨은 아버지가 여전히 자신을 치워버릴 궁리를 한다는 것을 알았지만, 공중에 체리와 달콤하고 상큼한 풀 냄새가 감도는 이 멋진 날 그런 생각을 하고 싶지 않았다.

"넌 책을 너무 많이 읽어. 그건 무슨 책이야, 로맨틱한 소설?"

크리스토프가 건초 줄기를 씹으면서 말했다.

이사벨은 책장을 덮고 크리스토프 쪽으로 몸을 굴렸다. 에디스 카벨에 대한 책이었다. 세계대전의 간호사 영웅.

"난 전쟁 영웅이 될 수도 있어, 크리스토프."

그가 웃음을 터뜨렸다.

"여자가? 영웅? 말도 안 돼."

이사벨은 모자와 가죽 장갑을 낚아채며 재빨리 일어섰다.

크리스토프가 빙그레 웃으면서 말했다.

"화내지 마. 그저 전쟁 얘기가 지겨워서 그래. 그리고 전쟁에 여자들이 쓸모없다는 것은 사실이야. 우리의 귀환을 기다리는 게 너희 여자들이 할 일이지."

그는 한 손으로 뺨을 받치고, 눈을 가리는 금발 사이로 그녀를 올려다보았다. 요트 스타일의 스포츠 재킷과 통 넓은 흰 바지 차림은 그의 처지를 – 어떤 종류의 일에도 익숙하지 않은 특권층 대학생 – 그대로 드러냈다. 많은 또래 대학생들이 대학을 자퇴하고 군에 입대했다. 크리스토프는 그러지 않았다.

이사벨은 언덕을 올라가서 과수원을 지나, 풀이 많이 자란 둔덕으로 나갔다. 거기 크리스토프의 뚜껑 열린 파나르(프랑스 자동차 브랜드)가 주차되어 있었다.

그녀가 이미 운전석에 앉아 시동을 걸었을 때 크리스토프가 나타났다. 그는 팔에 빈 피크닉 바구니를 걸치고, 판에 박힌 미남 얼굴에는 땀이 번들거렸다.

"그건 뒷자리에 던져 둬."

그녀가 환하게 미소 지으며 말했다.

"네가 운전하는 게 아니겠지."

"내가 운전할 것 같은데. 자, 타세요."

"이건 내 자동차야, 이사벨."

"저기, 정확히 말하자면-그리고 당신한테 사실이 얼마나 중요한지 알아, 크리스토프- 당신 어머니의 자동차지. 난 여자의 자동차는 여자가 운전하는 게 맞다고 믿어."

그가 바구니를 운전석 뒷자리에 내려놓고 눈을 굴리면서 '좋아'라고 말할 때 이사벨은 생긋 웃지 않으려고 애썼다. 크리스토프는 감정을 분명히 보이기 위해 무척 느릿느릿 움직여서 자동차 앞쪽을 빙 돌아 운전석 옆자리에 올라가 앉았다.

그가 문을 닫자마자 이사벨은 기어를 넣고 가속페달을 꽉 밟았다. 차가 잠시 멈칫거리더니 앞으로 휙 나갔고, 속도가 나면서 흙먼지와 연기를 날렸다.

"맙소사, 이사벨. 속도를 늦춰!"

이사벨은 한 손으로 휘날리는 밀짚모자를 누르고, 다른 손으로 운전대를 잡았다. 다른 차량들이 지나갈 때도 그녀는 감속하지 않았다.

"요즘은 여자들도 전쟁에 나갈 수 있어."

마침내 파리의 교통량 때문에 속도를 줄일 수밖에 없자 이사벨이 말했다. 그녀는 계속 말을 이었다.

"어쩌면 난 앰뷸런스 운수가 될 수 있을 거야. 아니면 암호 해독하는 일을 할 수도 있지. 혹은 적을 매혹시켜서 비밀 지역이나 계획을 알아낼 수도 있고. 그 게임을 기억해봐."

"전쟁은 게임이 아니라고, 이사벨."

"그건 나도 안다고 생각해, 크리스토프. 하지만 만약 전쟁이 '벌어진다'면 내가 도울 수 있어. 내가 하는 말은 그거야."

그녀는 트럭과 부딪치지 않으려고 브레이크를 밟았다. 코메디 프랑세즈(프랑스의 국립 극장)의 차량이 루브르 박물관에서 나오고 있었다. 사실 사방에 트럭들이 있고 제복을 입은 경찰관들이 교통 정리 중이었다. 공격에서 보호하기 위해 몇 군데 건물과 기념물 주변에 모래 주머니들이 쌓여 있었다 – 프랑스가 전쟁에 합류한 후 아직 공격은 없었지만.

왜 이렇게 많은 프랑스 경찰관들이 여기 나와 있을까?

"이상하네."

이사벨이 양미간을 찌푸리면서 중얼댔다.

크리스토프는 목을 쭉 빼고 무슨 일인지 쳐다보았다.

"루브르에서 귀중품들을 꺼내고 있군."

그가 말했다.

이사벨은 차들이 별로 없는 것을 보고 속도를 올렸다. 곧 그녀는 아버지의 서점 앞에 차를 세웠다.

그녀가 크리스토프에게 손을 흔들며 인사하고 서점으로 들어갔다. 폭이 좁고 길쭉한 공간에 바닥부터 천장까지 책이 꽂혀 있었다. 오랜 세월 동안 그녀의 아버지는 독립된 서가들을 만들어 재고를 늘리려고 애썼다. 그 '개선'의 결과 미로가 생겼다. 많은 책들이 이쪽 저쪽으로, 안쪽 더 깊숙한 곳에 비치되었다. 맨 뒤쪽은 여행자를 위한 책들이 있었다. 어떤 부분은 환하고 어떤 부분은 어두웠다. 구석구석 조명을 비추기에는 콘센트가 충분하지 않았다. 하지만 그녀의 아버지는 어느 서가에 어떤 책이 있는지 다 알았다.

"늦었구나."

그가 뒤쪽의 책상에서 고개를 들고 말했다. 아버지는 인쇄기로 작업 중이었다. 아마 팔리지 않는 시집을 찍고 있을 것이다. 끝이 뭉툭한 손가락에 파란 얼룩이 있었다. 아버지가 덧붙여 말했다.

"너한테는 직장보다 남자들이 더 중요한가 보구나."

이사벨은 현금 등록기 뒤쪽 의자에 걸터앉았다. 아버지와 지낸 한 주 동안 그녀는 말대꾸하지 않는 것을 원칙으로 삼았다. 물론 입을 다물고 있자니 속이 끓기는 했다. 이사벨이 조바심 내며 발을 탁탁 두드렸다. 단어들, 문장들―변명들―이 입 밖으로 쏟아지려고 했다. 아버지에게 감정을 말하지 않기가 힘들었지만, 그가 이사벨이 옆에 없기를 얼마나 바라는지 알기에 입을 꾹 다물었다.

얼마 후 아버지가 물었다.

"저 소리 들었니?"

그녀가 깜빡 졸았을까?

이사벨은 똑바로 앉았다. 아버지가 다가오는 소리를 못 들었는데 그는 이맛살을 찌푸리고 옆에 서 있었다.

서점에서 이상한 소리가 나는 것은 확실했다. 천장에서 먼지가 쏟아졌고 서가들이 살짝 흔들리면서 이가 딱딱 맞부딪치는 소리를 냈다. 서점 입구의 유리 진열장 앞을 그림자들이 지나갔다. 수백 명의 그림자였다.

이렇게 많은 사람들이?

아버지가 문으로 향했다. 이사벨은 의자에서 내려와 그를 따라갔다. 그가 문을 열자, 군중이 거리를 뛰어가고 인도를 메우는 광경이 보였다.

한 남자가 그녀와 세게 부딪쳐서 이사벨은 비틀거렸지만, 그는 사과조차 하지 않았다. 더 많은 사람이 그녀와 아버지 앞을 서둘러 지났다.

"무슨 일이에요? 무슨 일이 생겼나요?"

불그레한 얼굴로 숨을 몰아쉬면서 인파 속을 뚫고 지나려는 사내에게 이사벨이 물었다.

"독일군이 파리로 들어오고 있소. 우린 떠나야 해요. 난 세계대전을 치뤘소. 난 알아요……"

사내가 말했다.

이사벨이 비웃었다.

"독일군이 파리에요? 그럴 리 없어요."

그가 달려갔다. 인파 속을 이리저리 누비면서 주먹을 쥐었다 폈다 하면서 뛰었다.

"집에 가야겠다."

아버지가 서점 문을 잠그면서 말했다.

"사실일 리 없어요."

이사벨이 말했다.

"최악의 상황은 언제나 사실일 수 있지."

아버지가 침울하게 중얼댔다. 그러고는 군중 속으로 들어갔다.

"나한테 바싹 붙어라."

이사벨은 그런 공포 상태를 본 적이 없었다. 모두 거리 이쪽저쪽으로 뛰고 불이 들어오고, 자동차들이 출발하고 문이 쾅쾅 닫혔다. 사람들이 서로 고함을 지르면서 손을 뻗어 혼란 속에서 헤어지지 않으려 했다.

이사벨은 아버지 가까이 따라갔다. 거리가 아수라장이어서 빨리 걸을 수가 없었다. 지하철은 너무 혼잡해서 들어갈 수가 없어서 집까지 걸어가야 했다. 밤이 되어서야 두 사람은 집에 당도했다.

아파트 건물에 도착하자 아버지는 손이 심하게 떨려서 두 번 시도 끝에 현관문을 열 수 있었다. 건물 안에 들어서자 그들은 흔들거리는 새장 모양의 승강기를 쳐다보지 않고 5층까지 서둘러 걸어 올라갔다.

"전등을 켜지 말아라."

아버지가 아파트 문을 열면서 매몰차게 말했다.

이사벨은 아버지 앞을 지나서 창가로 갔다. 거기서 암막 커튼을 살며시 들어올리고 밖을 내다보았다.

멀리서 웡웡대는 소리가 들렸다. 그 소리가 점점 커지면서 창문이 덜컹대고, 유리잔에 든 얼음덩이가 부딪치는 소리가 났다. 고음의 휘파람 같은 소리가 들리더니 곧 하늘에 검은 그림자들이 보였다. 대오를 지어 날아가는 새떼 같았다. 비행기들이었다.

"보쉬(제1차 세계대전 당시 독일인을 경멸적으로 칭하는 속어)군."

아버지가 속삭였다.

독일군.

독일 비행기들이 파리 상공을 날았다. 휘파람 소리가 점점 커져서 여자의 비명 같아지더니 어디선가-아마 2구 쪽이라고 이사벨은 생각했다- 폭탄이 터지면서 무시무시한 밝은 빛을 내고 뭔가에 불길이 붙었다.

공습경보 사이렌이 울렸다. 아버지는 커튼을 단단히 치고 이사벨을 데리고 아파트에서 나와 계단을 내려갔다. 이웃 사람들 모두 똑같이 코트와 아기들과 반려동물들을 안고 집에서 나왔다. 그들은 계단을 내려가서, 로비를 지나서 좁고 구불구불한 돌계단을 내려가 지하실로 갔다.

어둠 속에서 사람들이 옹기종기 모여 앉았다. 곰팡내와 사람들의 체취와 두려움의 냄새가 풍겼다―가장 강렬한 것은 두려움의 냄새였다. 폭격이 계속되면서 끼익거리거나 웅웅대는 소리가 났고 지하실 벽이 흔들리고 천장에서 먼지가 쏟아져 내렸다. 아기가 울기 시작했지만 달래지지 않았다.

"그 아기 좀 조용히 시켜요."

누군가 쏘아붙였다.

"그러려고 하는데요, 무슈. 아기가 겁에 질려서요."

"그건 다들 마찬가지지."

영원 같은 시간이 흐른 후 적막감에 휩싸였다. 그게 소음보다 끔찍했다. 파리의 뭐가 남았으려나?

공습 해제경보가 울릴 즈음 이사벨은 멍해졌다.

"이사벨?"

그녀는 잠시만이라도 아버지가 팔을 뻗어서 손을 잡고 위로해주기를 바랐다. 하지만 그는 어둡고 구불구불한 지하실 계단을 오르고 있었다. 아파트에 올라가자, 이사벨은 곧장 창가로 가서 커튼을 밀치고 에펠탑을 찾아보았다.

거기, 짙은 검은 연기 벽 위로 탑이 솟아 있었다.

"창가에 서 있지 말아라."

아버지가 말했다.

이사벨이 천천히 몸을 돌렸다. 방 안에는 그의 손전등 불빛뿐이었다. 어둠 속에 희미한 노란 빛줄기가 있었다.

"파리는 무너지지 않을 거예요."

이사벨이 말했다.

아버지는 아무 대꾸도 하지 않았다. 얼굴만 찌푸렸다. 그녀는 그가 세계대전과 참호들 속에서 봤던 것에 대해 생각하는지 궁금했다. 아마 그는 부상당한 데가 다시 아프고, 떨어지는 폭탄들과 쉬쉬대는 불길 소리에 더 아픔이 찾아든 듯했다.

"가서 자거라, 이사벨."

"이런 때 어떻게 자는 게 가능해요?"

그는 한숨을 쉬었다.

"많은 게 가능하다는 것을 배우게 될 게다."

5

정부는 국민에게 거짓말을 했다. 정부는 마지노선이 독일군을 프랑스에 들어오지 못하게 할 거라고 몇 번이나 장담했다.

거짓말이었다.

콘크리트와 철도, 프랑스 병사들도 히틀러의 진군을 막지 못했고, 정부는 파리에서 도둑처럼 야반도주했다. 정부는 투르에서 전략을 짜고 있다고 했지만 파리가 적의 손에 넘어가는데 전략이 무슨 소용이 있을까?

"준비 됐니?"

"저는 안 갈 거예요, 파파. 안 간다고 말했잖아요."

이사벨은-그가 당부한 대로- 빨간색 물방울무늬 여름 드레스와 낮은 구두로 여행할 차림을 했다.

"우리는 이것에 대해 다시 왈가왈부하지 않을 거야, 이사벨. 홈베르 가족이 곧 너를 태우러 올 게다. 그들은 너를 투르까지 데려다줄 거야. 거기서 네 언니의 집에 가는 것은 네 재주에 맡기마. 네가 언제나 도망치는 재주가 있다는 것은 신이 아시니까."

"그러니까 저를 내버리시는 거군요. 또다시."

"이 이야기는 그만하자, 이사벨. 네 형부가 전선에 있지. 비안느는 딸과 둘이 지내고 있어. 너는 내 말대로 하는 거야. 파리를 떠나거라."

이런 조치가 딸의 마음을 얼마나 아프게 하는지 아버지는 알까? 상관이나 할까?

"아버지는 비안느나 저한테 신경 쓴 적이 없죠. 그리고 언니는 아버지보다도 더 저를 원하지 않아요."

"넌 가는 거야."

그가 말했다.

"저는 여기 남아서 싸우고 싶어요, 파파. 에디스 카벨처럼 되고 싶다고요."

그는 눈을 굴리면서 쏘아붙였다.

"그 여자가 어떻게 죽었는지 기억하니? 독일군에게 처형당했지."

"파파, 제발이요."

"그만해라. 난 그들이 무슨 짓을 할 수 있는지 봤다, 이사벨. 너는 보지 못했고."

"그렇게 끔찍하다면 아빠도 저랑 같이 가셔야 해요."

"그러면 아파트랑 서점이 그자들 수중에 들어가는데?"

그는 이사벨의 손을 잡아서 아파트 밖으로 끌고나가 계단 아래로 밀었다. 밀짚모자와 옷가방이 벽에 부딪혔고, 그녀는 숨이 가빴다.

마침내 아버지가 문을 열고 이사벨을 대로로 떠밀었다.

아수라장. 먼지. 인파. 거리는 인간들로 이루어진 살아서 숨 쉬는 용 같았다. 먼지를 일으키며 꼼지락꼼지락 앞으로 나아갔고 자동차 경적이 울어댔다. 사람들은 도와달라고 소리치고 아기들은 울고, 대기 중에 땀 냄새가 질펀했다.

자동차들이 거리를 메웠다. 차마다 상자들과 짐들이 꽉꽉 채워져 있었다. 사람들은 구할 수 있는 이동 수단은 뭐든 끌고 나왔다-수레, 자전거, 심지어 유모차까지.

휘발유나 자동차나 자전거를 구하거나 살 형편이 안 되는 이들은 걸었다. 수 백명-수천 명-의 여자와 아이들이 최대한 짐을 많이 들고 손을 잡고 발을 끌고 걸어갔다. 옷가방, 피크닉 바구니, 반려동물.

아주 늙은 사람들과 어린이들은 벌써 뒤처지고 있었다.

이사벨은 이 희망 없고 무기력한 노약자들 속에 끼고 싶지 않았다. 젊은 남자들이 떠나 있는-전선에서 가족을 위해 죽어가는- 사이에 가족들은 남쪽이나 서쪽으로 떠나고 있었다. 솔직히 왜 사람들은 피난 간 데가 더 안전할 거라고 생각할까? 히틀러의 군대는 이미 폴란드, 벨기에, 체코슬로바키아를 침공했다.

이사벨과 아버지는 인파에 휩쓸렸다. 어떤 여자가 이사벨과 부딪치자 미안하다고 중얼대고 계속 걸어갔다.

이사벨은 아버지를 쫓아갔다.

"제가 쓸모 있을 수 있어요. 부탁이에요. 저는 간호사가 되거나 앰뷸런스를 운전할 거예요. 붕대를 감거나 심지어 상처를 봉합할 줄 안다고요."

그들 옆에서 빽빽 경적이 울렸다.

그의 시선이 이사벨을 지나쳤고, 그녀는 아버지의 얼굴에 안도감이 퍼지는 것을 보았다. 이사벨은 그 표정의 의미를 알아차렸다. 그가 딸을 치워버리게 된다는 뜻이었다. 또다시.

"그들이 여기 왔구나."

아버지가 말했다.

"저를 보내지 마세요. 부탁이에요."

이사벨이 말했다.

그는 인파를 뚫고 먼지 낀 검은 자동차가 주차된 곳으로 딸을 떠밀었다. 푹 꺼진 얼룩진 매트리스, 낚싯대 세트, 토끼가 든 토끼장이 차 지붕에 매어 있었다. 트렁크는 열려 있었지만 역시 끈으로 맸고, 안에 바구니와 옷가방과 램프 들이 섞여 있었다.

자동차 안에서 무슈 홈베르는 통통하고 허연 손가락으로 운전대를 꽉 잡고 있었다. 차가 언제라도 뛰쳐나갈 말이라도 되는 것처럼. 그는 서점 옆 정육점에서 평생을 보낸 땅딸막한 사내였다. 그의 아내인 파트리샤는 시골에서 자주 보는 턱이 늘어진 아낙네 같은 인상의 강건한 여자였다. 그녀는 담배를 피우면서 눈앞의 광경을 믿을 수 없다는 듯 창밖을 내다보았다.

무슈 홈베르가 창문을 내리고 얼굴을 내밀었다.

"안녕하세요, 줄리앙. 따님이 준비가 됐습니까?"

아버지가 고개를 끄덕였다.

"준비가 됐네. 고맙네, 에두아르."

파트리샤가 말하려고 열린 창쪽으로 몸을 숙였다.

"저희는 오를레앙까지만 갈 거예요. 그리고 아가씨는 자기 몫의 기름 값을 내야 해요."

"물론이지요."

이사벨은 떠날 수가 없었다. 겁쟁이가 할 일이었다. 틀린 처사였다.

"파파……."

"잘 가라."

이사벨이 선택의 여지가 없다는 것을 알 정도로 그가 단호하게 말했다. 아버지가 고개로 차를 가리키자 그녀는 멍하게 그쪽으로 움직였다.

이사벨이 뒷문을 여니, 작고 지저분한 여자애 셋이 그물 속의 물고

기들처럼 뒤엉켜서 누워 있었다. 아이들은 크래커를 먹고 병에 든 물을 마시면서 인형 놀이를 했다. 이사벨은 그들과 같이 가기 싫었지만 차에 올라타서, 얼핏 치즈와 소시지 냄새를 풍기는 낯선 이들 속에 자리를 만들어 앉고 차문을 닫았다.

앉은 자리에서 몸을 뒤틀어 뒷창문으로 아버지를 바라보았다. 이사벨은 아버지의 입이 살짝 처지는 것을 보았다. 이것이 그가 딸을 본다는 유일한 힌트였다. 물이 바위 주변에 몰리듯 사람들이 아버지에게 몰려들었고, 결국 이사벨은 차 뒤로 다가오는 후줄근한 사람들의 장벽밖에 보지 못했다.

그녀는 다시 앞으로 몸을 돌렸다. 옆 창문으로 젊은 여인이 그녀를 빤히 쳐다보았다. 거친 눈빛, 새집이 된 머리, 젖을 빠는 아기. 차는 천천히 움직였고, 때때로 거북이걸음으로 나아갔고 때때로 아주 오랫동안 멈춰 섰다. 동포들이 망연하고 겁에 질리고 정신없는 표정으로 차 옆을 지나갔다. 이따금씩 어떤 사람은 차의 보닛이나 트렁크를 쾅쾅 치면서 뭔가 달라고 간청했다. 차 안의 더위가 숨막혔지만 계속 창문을 올리고 가야 했다.

처음에 이사벨은 떠나는 게 슬펐고 그러다가 분노가 솟구쳐서 이 냄새나는 차의 뒷자리 공기보다 뜨거워졌다. 버릴 수 있는 아이 취급당하는 게 신물났다. 처음에는 파파가 버리더니 다음에는 비안느가 밀어냈다.

이사벨은 참을 수 없는 눈물을 감추느라 눈을 감았다. 소시지와 땀과 연기 냄새가 풍기고 옆에서 아이들이 싸우는 어둠 속에서, 그녀는 처음 어디론가 보내졌을 때를 떠올렸다.

기차를 오래 타고 갔다 ······이사벨은 비안느 옆에서 잔뜩 먹어댔다. 언니는 훌쩍이고 울면서 잠든 척하기만 했다.

그러다가 마담이 구리 파이프 같은 코 아래를 내려다보면서 '애들이 성가시게 굴지 않을 겁니다'라고 말했다.

이사벨은 어려도-겨우 네 살이었다- 외톨이인 게 뭔지 안다고 생각했지만 그것은 틀린 생각이었다. 르 자르댕에서 산 3년 동안 이사벨에게는 언니가 있었다. 비안느가 챙겨주지는 않았지만. 이사벨은 위층 창문으로 멀리서 비안느와 친구들이 노는 모습을 바라보면서, 언니가 자신을 기억해서 같이 놀자고 말해주기를 기도하던 것을 기억했다.

그러다가 비안느가 앙투안과 결혼하고 마담 둠(Doom '최후의 심판'이라는 뜻이 있다) -물론 진짜 이름은 아니었지만 그 이름이 딱 어울렸다- 을 해고했을 때 이사벨은 자신이 가족의 일원이라고 믿었다. 하지만 그건 오래 가지 않았다. 비안느가 유산하자 곧 '잘 가, 이사벨' 하는 상황이 되었다. 3주 후-일곱 살 때- 이사벨은 첫 번째 기숙학교로 보내졌다. 그때 처음 외톨이가 뭔지 진짜로 알았다.

"이사벨, 먹을 걸 가져왔니?"

파트리샤가 물었다. 그녀는 자리에서 몸을 돌려서 이사벨을 쳐다보았다.

"아뇨."

"와인은?"

"돈이랑 옷이랑 책을 가져왔어요."

"책이라…… 참 도움이 되겠구먼."

파트리샤가 오만하게 중얼대더니 다시 돌아앉았다.

이사벨은 다시 창밖을 내다보았다.

그녀는 벌써 어떤 실수를 했을까?

*

 몇 시간이 지났다. 자동차는 느릿느릿 어렵게 남쪽으로 향했다. 이사벨은 먼지가 폴폴 이는 게 고마웠다. 덕분에 유리창에 먼지가 껴서 끔찍하고 심란한 풍경이 보이지 않았다.
 사방 천지의 사람들. 그들 앞과 뒤, 그리고 옆에 너무 사람들이 몰려서 차는 이따금 굼벵이처럼 기어갈 수밖에 없었다. 벌떼가 잠깐 흩어졌다가 다시 몰려드는 와중에 운전하는 것과 비슷했다. 태양은 벌을 주는 것처럼 뜨거웠다. 악취 나는 차 안은 오븐 속이 되었고, 바깥에서는 뙤약볕 속에서 여자들이 발을 질질 끌며 걸었다…… 무엇을 향해 가는 걸까? 그들 뒤에서 정확히 어떤 일이 벌어지는지, 어디가 안전한지 아무도 몰랐다.
 차가 앞으로 쏠리면서 급정거했다. 이사벨은 앞쪽 의자에 몸이 부딪쳤다. 곧 아이들이 큰소리로 엄마를 불렀다.
 "제길."
 무슈 홈베르가 중얼댔다.
 "여보, 아이들이 있어요."
 파트리샤가 새침하게 말했다.
 한 노파가 발을 끌고 지나가며 차의 보닛을 두드렸다.
 "다 끝났어, 우린 휘발유가 떨어졌어."
 그가 말했다.
 파트리샤는 뭍에 올라온 물고기 같은 표정을 지었다.
 "뭐예요?"
 "난 오는 길에 기회 있을 때마다 들렀어. 그랬다는 걸 당신도 알잖아. 휘발유가 바닥났고 구할 방도도 없어."

"하지만…… 아…… 어떻게 하죠?"

"머물 만한 곳을 찾아야지. 내가 우리를 데리러 오라고 형을 설득할 수 있을 거야."

홈베르는 지나가는 사람을 치지 않도록 조심하면서 운전석 문을 열었다. 그는 먼지 낀 흙길로 나섰다.

"봐, 저기. 에탕프가 얼마 멀지 않아. 방을 얻고 요기를 하면, 아침에는 모든 게 더 나아보이겠지."

이사벨은 똑바로 앉았다. 그녀가 깜빡 잠들어서 뭔가 놓친 모양이었다. 그들은 차를 버리고 가는 걸까?

"투르까지 걸어서 갈 수 있을까요?"

파트리샤가 자리에 앉은 채 몸을 돌렸다. 그녀는 이사벨처럼 지치고 더워 보였다.

"어쩌면 책 한 권이 네게 도움이 될 수 있겠네. 빵이나 물을 가져오는 것보다 참 똑똑한 선택이었지. 가자, 애들아. 차에서 내려."

이사벨은 발치에 놓인 가방에 손을 뻗었다. 가방이 꽉 끼어 있어서 빼내려면 힘을 써야 했다. 그녀는 신음하면서 마침내 가방을 빼내서 차문을 열고 밖으로 나갔다. 곧 사람들이 그녀를 에워싸고 이리저리 떠밀고 욕했다.

누군가 그녀가 들고 있는 옷가방을 낚아채려고 했다. 이사벨은 가방을 꽉 쥐고 버텼다. 어떤 여자가 짐 실은 자전거를 끌고 옆을 지나갔다. 여자는 무기력하게 이사벨을 바라보았고, 그 검은 눈에 지친 기색이 완연했다.

다른 사람이 밀치는 통에 그녀는 발을 헛디디며 넘어질 뻔했다. 앞에 사람들이 빽빽하게 있는 덕분에 흙구덩이에 무릎을 꿇고 주저앉는 것을 면했다. 그녀는 옆 사람의 사과를 듣고 대답하려다가 홈베르 가족이 떠올랐다.

사람들 사이를 비집고 차 쪽으로 가면서 소리쳤다.

"무슈 훔베르!"

대답은 없고 끊임없는 발소리만 들렸다.

그녀는 파트리샤의 이름을 불렀지만 외침은 너무 많은 사람과 타이어가 흙길을 밟는 소리에 묻혀버렸다. 무릎을 꿇고 주저앉는다면 그녀는 여기서 발에 밟혀 죽을 터였다.

이사벨은 매끄러운 가방 손잡이를 움켜쥐고 에탕프로 향하는 행렬에 끼었다.

몇 시간 걸었을 때 밤이 되었다. 발이 아프고 걸음을 옮길 때마다 물집이 욱신거렸다. 허기가 동행하면서 계속 날카로운 팔꿈치로 찔러댔지만 그녀가 어쩔 수 있을까? 끝없는 피난길을 떠나는 게 아니라 언니 집에 가는 짐을 꾸린 것을. 좋아하는 책인 '마담 보바리'와 '바람과 함께 사라지다'를 비롯해 옷 몇 가지를 쌌을 뿐 먹고 마실 것은 챙기지 않았다. 도착까지 몇 시간 걸릴 거라고 예상했다. 카리보까지 '걸어'가게 될 줄은 몰랐다.

작은 구릉 꼭대기에서 이사벨은 걸음을 멈추었다. 달빛에 옆에서, 앞뒤에서 걷는 수천 명이 보였다. 사람들이 밀치고 부딪치고 앞으로 떠밀어서 함께 비틀비틀 나아가는 수밖에 없었다. 수백 명이 비탈길을 쉬어갈 곳으로 택했다. 부녀자들은 도로, 들판, 배수로, 도랑 옆에 자리를 잡았다.

흙길에 고장난 자동차들과 세간살이들이 버려져 있었다. 잊거나 버리고 간 물건들, 밟히거나 무거워서 가져가지 못하는 물건들. 여자들과 아이들은 풀밭이나 나무 밑, 도랑가에 모여서 서로 껴안고 잠들었다.

이사벨은 에탕프 외곽에서 지쳐서 걸음을 멈추었다. 그녀 앞으로 인파가 쏟아져 나가며 힘겹게 시내 쪽으로 걸어갔다.

그녀는 알고 있었다.

에탕프에는 쉴 거처와 먹을 게 없을 것이다. 먼저 도착한 피난민들이 메뚜기 떼처럼 시내를 훑고 지나가며 음식을 모두 샀을 테니까. 빌릴 방도 남아 있지 않을 테고. 돈이 있어도 소용이 없었다.

그러면 어떻게 해야 하나?

남서쪽으로, 투르와 카리보 쪽으로 향해야지. 달리 갈 데가 있을까? 어릴 때 파리로 돌아가고 싶은 마음에 이 지역 지도를 공부한 적이 있었다. '생각'할 수만 있다면 이 지역을 잘 알았다.

이사벨은 인파에서 떨어져 나와 멀리 달빛이 비치는 회색 돌 건물들로 향했다. 계곡을 지날 때는 조심스럽게 길을 선택했다. 주변 사람들은 모두 풀밭에 앉거나 담요를 덮고 잤다. 그들이 움직이고 소곤대는 소리를 들을 수 있었다. 수백 명. 수천 명. 이사벨은 들판의 저쪽 끝에서 낮은 돌담을 따라 이어지는 길을 찾았다. 그 길로 접어드니 혼자라는 것을 알았다. 잠시 멈춰 서서 안정감이 몸에 퍼지고 차분해지는 기분을 느꼈다. 그러다 다시 걷기 시작했다. 1.5 킬로미터 남짓 걷자 가는 잡목림 속으로 접어들었다.

그녀는 깊은 숲속에 들어갔을 때-발가락이 쑤시고 배가 아프고 목이 마른 데 신경쓰지 않으려고 애썼다- 연기 냄새가 났다. 그리고 고기 굽는 냄새. 허기가 그녀의 단호함을 무너뜨리고 조심성 없게 만들었다. 이사벨은 오렌지색 불빛을 보고 그쪽으로 움직였다. 마지막 순간에 위험을 알아차리고 걸음을 멈추었다. 발에 밟혀 잔가지가 부러졌다.

"건너와도 괜찮아요. 꼭 숲속을 지나는 코끼리처럼 움직이는군요."

남자 목소리였다.

이사벨은 얼어붙었다. 멍청하게 굴었다는 것을 알았다. 여기 아가씨 혼자 있는 것은 위험할 수 있었다.

"내가 당신을 죽이고 싶다면 당신은 죽은 목숨이에요."

그것은 분명한 사실이었다. 사내는 얼마든지 어둠 속에서 덮쳐서 그녀의 목을 벨 수도 있었다. 이사벨은 빈 뱃속이 뒤틀리는 것과 고기 굽는 구수한 냄새 외에는 아무것도 안중에 없었으니.

"나를 믿어도 됩니다."

그녀는 어둠 속을 노려보며 사내의 모습을 알아보려고 애썼다. 그럴 수가 없었다. 그녀가 말했다.

"사실 그 반대라고 해도 얼마든지 말은 그렇게 하겠죠."

웃음.

"맞아요. 이제 이리 와요. 내가 불에 토끼를 구웠어요."

이사벨은 모닥불 불빛을 따라서 돌투성이 도랑과 비탈길을 지나갔다. 주위의 나무줄기들은 달빛을 받아 은색으로 보였다. 그녀는 언제든 달아날 준비를 하고 가뿐하게 움직였다. 그녀와 모닥불 사이에 있는 마지막 나무 앞에서 이사벨은 걸음을 멈추었다.

불가에 청년이 거친 나무줄기에 등을 댄 채, 한 다리는 쭉 펴고 한 다리는 무릎을 굽히고 앉아 있었다. 이사벨보다 몇 살 연상으로 보였다.

오렌지색 불빛 속에서 그를 제대로 보기가 힘들었다. 헝클어진 긴 검은 머리는 빗질이나 비누칠을 좀처럼 하지 않는 듯했고, 옷은 허름하고 누더기여서 이사벨은 최근에 파리에서 본 피난민이 생각났다. 피난민은 담배와 종이와 빈병을 줍고 돈푼이나 도움을 구걸하며 발을 질질 끌고 지나갔다. 청년은 끼니 걱정이 끊이지 않는 사람처럼 창백하고 건강이 나빠 보였다.

그런데 그가 이사벨에게 음식을 권하고 있었다.

"당신이 신사기를 바라요."

그가 웃음을 터뜨렸다.

"분명히 그렇겠지요."

그녀는 불빛이 비치는 곳으로 들어섰다.

"앉아요."

청년이 말했다.

이사벨은 그의 맞은편 풀밭에 앉았다. 청년이 불가로 몸을 숙여서 와인병을 내밀었다. 이사벨은 와인을 쭉 들이켰고, 그 시간이 워낙 길어서 청년이 웃었다. 그녀가 다시 병을 건네주고 턱에 흐른 와인을 닦아냈다.

"예쁘장한 술꾼이네요."

그녀는 그 말에 뭐라고 대꾸할지 난처했다.

청년이 미소 지었다.

"가에탕 뒤브와입니다. 친구들은 가에트라고 부르죠."

"이사벨 로시뇰이에요."

"아, 프랑스어로 나이팅게일(밤꾀꼬리로 불리는 새의 종류)이군요."

그녀는 어깨를 으쓱했다. 새로운 반응이 아니었다. 그녀의 성씨는 '나이팅게일'을 의미했다. 어머니는 비안느와 이사벨을 나이팅게일이라고 부르면서 잘 자라고 키스하곤 했다. 그것은 이사벨이 간직한 어머니에 대한 드문 기억 중 하나였다.

이사벨이 말했다.

"왜 파리를 떠나죠? 당신 같은 남자는 남아서 싸워야죠."

"정부가 감옥을 열었거든요. 독일군이 폭풍처럼 몰려들면 철창 뒤에 앉아 있는 것보다는 우리가 프랑스를 위해 싸우는 게 낫겠죠."

"감옥에 있었어요?"

"그래서 겁나요?"

"아뇨. 다만 ……예상하지 못한 일이라서요."

"겁날 텐데요."

그가 헝클어진 머리를 눈 위로 넘기면서 말을 이었다.

"아무튼 나랑 있으면 안전해요. 안 그래도 머릿속에 생각할 게 많거든요. 나는 가서 어머니와 누이를 살펴본 다음 부대를 찾아내서 합류할 겁니다. 있는 힘을 다해 나쁜 놈들을 죽일 거예요."

"당신은 운이 좋네요."

이사벨이 한숨을 쉬면서 말했다. 왜 세상 남자들은 하고 싶은 일을 하는 게 쉬운데 여자들은 그리도 어려울까?

"나랑 같이 가요."

이사벨은 그를 믿으면 안 된다는 것을 알 정도의 지혜는 있었다.

"내가 예쁘장하고 같이 있으면 결국 당신 잠자리에 들어갈 거라고 생각해서 권하는 거겠죠."

이사벨이 말했다.

가에탕은 모닥불 너머로 그녀를 바라보았다. 기름이 불꽃에 뚝뚝 떨어지자 탁탁 지글지글 소리가 났다. 그는 와인을 한 모금 쭉 들이켜고 병을 이사벨에게 건넸다. 불꽃 근처에서 둘의 손이 스쳤다. 아주 살짝 지나쳤다.

"내가 원한다면 당신을 지금 당장 잠자리로 데려갈 수 있어요."

"원해서는 아니죠."

그녀가 눈길을 피하지 않고 와인을 꿀꺽 삼키면서 말했다.

"원해서."

가에탕의 말투에 그녀는 피부에 소름이 돋고 숨쉬기가 힘들어졌다. 그가 말을 이었다.

"하지만 내가 하려던 말은 그게 아니에요. 난 그런 말을 한 게 아니에요. 당신에게 나랑 같이 싸우러 가자고 요청했던 겁니다."

이사벨은 뭔가 새로운 것을 느꼈지만 그게 뭔지 가늠할 수가 없었다. 자신이 미인이라는 것을 알고 있었다. 이사벨에게 그것은 단순한 사실이었다. 사람들은 그녀를 만날 때마다 그렇게 말했다. 남자들은 노골적인 욕망을 품고 그녀를 응시하고, 머리나 초록빛 눈이나 도톰한 입술을 칭찬하거나 가슴을 쳐다봤다. 여자들도 그 미모를 알아보는 것을 이사벨은 알고 있었다. 학교에서 여자애들은 좋아하는 남자들 옆에 이사벨이 가까이 가는 것을 싫어했고, 그녀가 한마디 말을 하기도 전에 거만하다고 판단했다.

미모는 그녀를 무시하게, 그녀를 외면하게 하는 또 다른 수단이었다. 이사벨은 다른 방식으로 관심을 끄는 데 익숙해졌다. 그리고 열정에 대해서도 전혀 백치는 아니었다. 성 프란시스 자매회에서는 미사 중에 남자애랑 키스했다는 이유로 퇴학당하지 않았던가?

하지만 이건 다른 느낌이었다.

가에탕이 어둑한 곳에서도 아름다움을 알아본 것을 이사벨은 알 수 있었지만 그의 눈길은 그대로 지나갔다. 아니면 그는 영리해서, 그녀가 예쁜 얼굴 이상의 것을 세상에 내주고 싶다는 것을 눈치챘다.

"나는 중요한 일을 할 수 있어요."

이사벨이 나직하게 말했다.

"물론 당신은 그럴 수 있지요. 난 당신에게 총과 칼을 쓰는 법을 가르쳐줄 수 있어요."

"난 카리보에 가서 언니가 잘 있는지 확인해야 해요. 형부가 전선에 나갔거든요."

그는 단호한 표정으로 모닥불 너머로 이사벨을 응시했다.

"카리보에 가서 당신 언니를 만나고, 프아티에에 가서 내 어머니를 만난 다음 같이 전쟁에 참가하러 나갑시다."

가에탕의 말은 모험에 나서는 것처럼, 서커스단에 들어가기 위해 도망가자는 말처럼 들렸다. 가는 길에 남자들이 칼을 삼키고 수염이 난 뚱보 여자들을 보게 되기라도 할 듯이.

이것은 이사벨이 평생 기다렸던 일이었다.

"그럼 계획을 세워야죠."

그녀가 말했다. 미소를 감출 수가 없었다.

6

 다음 날 아침 이사벨은 머리 위의 나뭇잎들을 비추는 햇살을 느끼면서 잠에서 깼다.
 일어나 앉아 치맛자락을 매만졌다. 자는 도중에 치맛단이 올라와서 레이스 달린 흰 가터와 더러워진 실크 스타킹이 드러났다.
 "나 때문에 그럴 건 없어요."
 이사벨이 왼쪽을 힐끗 보니 가에탕이 다가오고 있었다. 처음으로 그녀는 그를 제대로 보았다. 그는 깡마르고 단단한 체구였고 거지 굴에서 나온 듯한 차림새였다. 너덜너덜한 모자 밑 얼굴은 지저분하고 수염이 덥수룩했다. 굵은 눈썹, 튀어나온 턱, 움푹한 잿빛 눈과 숱 많은 속눈썹. 그 눈빛은 턱 끝만큼 날카롭고 분명히 허기 같은 게 배어났다. 지난밤 이사벨은 그가 그녀를 이렇게 본다고 생각했다. 이제 그녀는 그가 세상을 그렇게 본다는 것을 알았다.
 그녀는 가에탕에게 전혀 겁먹지 않았다. 이사벨은 두려움과 불안에 벌벌 떠는 언니 비안느와는 달랐다. 하지만 이사벨은 바보가 아니었다. 이 남자랑 같이 여행하려면 몇 가지 확실히 해두는 게 좋다는 것을 알았다.

"그래서, 감옥이라고요."

이사벨이 말했다.

가에탕은 그녀를 빤히 보면서, '아직도 겁나나?'라고 말하는 듯 검은 눈썹을 치떴다.

"당신 같은 아가씨는 그런 일에 대해 감도 잡지 못할 거예요. 내가 장발장 같은 종류의 옥살이였다고 말할 수 있다면 당신은 낭만적이라고 생각하련만."

그것은 이사벨이 늘 듣는 말이었다. 몹시 신랄한 비평이 그러듯 이 말은 다시 그녀의 외모를 끄집어냈다. 예쁜 금발 아가씨는 경박하고 멍청하다 이거겠지. 그녀가 쏘아붙였다.

"가족을 먹이려고 음식을 훔쳤나요?"

가에탕이 입술을 뒤틀며 빙그레 웃었다. 한쪽 입매가 다른 쪽보다 높이 올라가서 한쪽으로 처진 인상을 풍겼다.

"아니요."

"당신은 위험인물인가요?"

"보기에 따라서는. 공산주의자를 어떻게 생각해요?"

"아, 그러니까 정치범이었군요."

"그 비슷하죠. 하지만 말했듯이 당신처럼 얌전한 아가씨는 생존에 대해 아무것도 모를 테죠."

"당신은 내가 아는 것에 깜짝 놀랄 걸요, 가에탕. 감옥 같은 것보다 더한 것도 있어요."

"그래요, 예쁜 아가씨? 감옥에 대해 뭘 아는데요?"

"무슨 죄를 졌는데요?"

"내 것이 아닌 것을 취했죠. 충분한 대답이 됐나요?"

도둑질.

"그러다 잡혔고요."

"그렇죠."

"그랬다니 딱히 위로가 되지 않는데요, 가에탕. 당신은 부주의했나요?"

"가에트."

그가 조용히 말하면서 이사벨에게 다가왔다.

"난 아직 우리가 친구인지 결정하지 않았어요."

가에탕이 그녀의 머리를 쓰다듬고 머리칼 몇 올을 더러운 손가락에 돌돌 말았다. 그가 말했다.

"우린 친구예요. 그렇게 믿어요. 이제 갑시다."

그가 손을 잡으려고 하자 이사벨은 거절해야 된다고 생각했지만 그러지 않았다. 두 사람은 숲에서 나와 도로로 돌아가 다시 피난민들 속에 섞였다. 주먹을 폈다 쥐는 것처럼 인파 속에 두 사람이 끼어들 만큼의 틈이 생겼다가 없어졌다. 이사벨은 한 손은 가에탕을, 다른 손은 옷가방을 단단히 잡았다.

그들은 몇 킬로미터를 걸었다.

주변에서 자동차들이 멈춰 버렸다. 짐수레 바퀴가 망가졌다. 말들이 멈추고 더 이상 움직이지 않았다. 더위와 먼지와 갈증에 지쳐서 이사벨은 기운이 없고 정신이 멍했다. 곁에서 절룩이면서 걷던 여자가 울면서 먼지와 검댕이 때문에 검은 눈물을 흘렸다. 곧 그 여자 자리에 더 나이 든 여자가 들어섰다. 그녀는 모피코트를 입고 땀을 비 오듯 흘렸고, 가진 보석들을 전부 몸에 찬 듯했다.

뙤약볕이 점점 강해지고, 답답하고 휘청할 만큼 뜨거워졌다. 아이들은 칭얼대고 여인네들은 끙끙댔다. 코를 찌르는 후텁지근한 체취와 땀내가 대기에 가득했지만 이사벨은 익숙해져서 다른 사람들이나 자신의 체취를 거의 의식하지 못했다.

거의 3시가 다 되었고 하루 중 가장 뜨거운 이 시간, 그들은 옆에서 총을 질질 끌면서 걷는 프랑스 병사들을 보았다. 병사들은 대오를 지어 착착 행군하지 않고 흩어져서 이동했다. 그들 옆에서 탱크 한 대가 우르르 소리를 내면서 길에 버려진 물건들을 밟고 지나갔다. 탱크에 창백한 프랑스 병사 몇 명이 고개를 푹 숙이고 앉아 있었다.

이사벨은 가에탕의 손을 놓고 비틀대며 인파를 뚫고 병사들에게 다가갔다.

"당신들은 길을 잘못 들었어요!"

이사벨이 고함을 질렀다. 걸쭉한 쉰 목소리가 나와서 스스로 놀랐다.

가에탕이 한 병사에게 다가들어 홱 밀치는 바람에, 병사는 비틀대면서 느릿느릿 굴러가는 탱크에 부딪혔다.

"누가 프랑스를 위해 싸우고 있소?"

멍한 눈빛의 병사는 고개를 저었다.

"아무도 없어요."

은빛이 번쩍였고 이사벨은 가에탕이 병사의 목에 칼을 겨눈 광경을 보았다. 병사가 눈을 가늘게 떴다.

"해치워요. 어서. 날 죽여줘요."

이사벨이 가에탕을 밀어냈다. 그의 눈빛에 담긴 분노가 너무 깊어서 그녀는 겁이 났다. 가에탕은 이 사람의 목을 베어서 죽일 수도 있었다. 그때 이사벨은 떠올렸다. '정부가 감옥 문을 열었지요.' 그는 도둑보다 더 나쁠까?

"가에탕?"

이사벨의 목소리가 그를 파고들었다. 가에탕은 머리를 맑게 하려는 것처럼 고개를 저으면서 칼을 내렸다.

"누가 우리를 위해 싸우지?"

그가 쓸쓸하게 중얼대다가 먼지 때문에 기침했다.

"우리가 그럴 거예요. 곧."

이사벨이 말했다.

그녀 위에서 자동차가 경적을 울렸다. 빵빵. 이사벨은 못 들은 체했다. 자동차를 타고 가나 걸어가나 매한가지였다―그나마 드물게 아직 굴러가는 차들은 진흙탕 강변 갈대숲에 뜬 부유물처럼 인파가 길을 터줄 때만 움직였다.

"가요."

이사벨이 군기 빠진 부대원들에게서 가에탕을 끌어냈다.

그들은 손을 잡고 계속 걸었지만 몇 시간 지나면서 이사벨은 가에탕의 변화를 눈치챘다. 그는 말수가 없고 웃음기가 사라졌다.

도시를 거칠 때마다 인파가 줄었다. 사람들은 아르트네, 사랑, 오를레앙으로 비척비척 들어섰고, 간절한 눈빛으로 핸드백과 주머니와 지갑에 손을 넣었다. 그들은 그곳에서 돈으로 필요한 것을 살 수 있기를 바랐다.

여전히 이사벨과 가에탕은 계속 걸음을 옮겼다. 온종일 걷다가 어두워지자 지쳐서 잠들고, 다음 날 일어나서 다시 걸었다. 사흘째 되는 날 이사벨은 피로에 젖어서 멍했다. 발꿈치에 빨간 물집이 생겨서 진물이 나고 발을 디딜 때마다 고통스러웠다. 탈수 증세 때문에 머리가 욱신대며 심하게 아팠고 허기가 빈 뱃속을 비틀었다. 목구멍과 눈에 흙먼지가 끼어서 연신 기침이 나왔다.

힘없이 걸어서 길가에 막 생긴 무덤 앞을 지났다. 대충 망치질해서 만든 나무 십자가가 박혀 있었다. 신발에 뭔가―죽은 고양이― 걸려서 앞으로 휘청하면서 주저앉을 뻔했다. 가에탕이 붙잡아주었다.

이사벨은 그의 손을 꼭 잡고 넘어지지 않으려 버텼다.

무슨 소리가 들린 것은 얼마나 지나서였을까?

한 시간? 하루?

벌떼. 벌들이 머리 위에서 윙윙대서 손으로 탁탁 치며 쫓았다. 이사벨은 마른 입술을 핥으면서, 정원에서 벌들이 날아다니던 즐거웠던 날들을 떠올렸다.

아니. 벌떼가 아니야.

그녀는 그 소리를 알았다.

이사벨은 걸음을 멈추고 이맛살을 찌푸렸다. 머릿속이 복잡했다. 기억하려고 애썼던 게 뭐더라?

웅웅대는 소리가 점점 커지면서 허공을 메우더니 비행기들이 나타났다. 예닐곱 대의 비행기는 구름 없는 파란 하늘에 작은 십자가들처럼 보였다.

이사벨은 눈 위에 손을 대고, 점점 가까이 날아오는 비행기들을 보았다.

누군가 소리쳤다.

"독일군이다!"

멀리서 돌다리가 불꽃과 연기를 일으키며 폭파되었다.

비행기들이 피난민들 위로 낮게 내려왔다.

가에탕은 이사벨을 땅에 쓰러트리고 그 위에 몸을 던졌다. 세상이 소리 천지가 되었다. 비행기 엔진들이 우르릉대는 소리, 탁탁탁 기관총이 발사되는 소리, 그녀의 심장박동 소리, 사람들의 비명. 총알들이 줄줄이 풀밭을 집어삼켰고 사람들은 비명을 지르고 울부짖었다. 이사벨은 한 여자가 헝겊인형처럼 공중으로 날아가다가 땅에 처박히는 것을 보았다.

나무들이 두 동강 나서 쓰러지고 사람들은 고함을 질렀다. 불꽃들이 터져나왔다. 허공에 연기가 자욱했다.

그러다가…… 정적.

몸으로 이사벨을 덮었던 가에탕이 비켜났다.

"괜찮아요?"

그가 물었다.

이사벨은 눈을 가린 머리카락을 넘기면서 일어나 앉았다.

사방에 절단난 주검들이 나뒹굴고, 불타고 검은 연기가 솟구쳤다. 사람들은 비명을 지르고 울면서 죽어갔다.

한 노인이 신음했다.

"도와주시오."

이사벨이 엉금엉금 기어서 그에게 다가가다가, 주변 바닥에 노인의 피가 흥건한 것을 알았다. 찢긴 셔츠 사이로 총상을 입은 배가 벌어지고, 찢긴 살 밖으로 창자가 튀어나왔다.

"의사가 있을 거예요."

생각나는 말은 그것뿐이었다. 그 순간 이사벨은 그 소리를 다시 들었다. 웅웅대는 소리.

"놈들이 다시 오고 있어요."

가에탕이 그녀를 일으켜 세웠다. 이사벨은 피에 젖은 풀밭에서 미끄러질 뻔했다. 멀지 않은 데서 폭탄이 떨어져서 불이 났다. 이사벨은 죽은 아낙 옆에 서서 우는 젖은 기저귀를 찬 아이를 보았다.

그녀가 비척비척 아기에게 다가갔다. 가에탕이 그녀를 옆으로 끌어냈다.

"도와줘야 해요."

"당신이 죽는 게 그 애한테 도움이 안 될 거요."

그가 윽박지르면서 힘껏 잡아당기자 이사벨은 아팠다. 그녀는 멍한 정신으로 가에탕 옆을 비척비척 걸었다. 그들은 버려진 자동차들과 사람들을 피했다. 대부분 회생할 수 없게 망가지고, 피를 흘리고 옷 밖으로 뼈가 튀어나와 있었다.

마을 초입에서 가에탕은 이사벨을 끌고 돌로 지은 작은 교회로 들어갔다. 다른 사람들이 이미 와서 구석에 웅크리거나 신도석에 숨어서 사랑하는 이들을 끌어안고 있었다.

머리 위에서 비행기들이 으르렁댔고, 이어서 기관총 발사하는 소리가 터져나왔다. 스테인드글라스가 산산조각 나면서 색유리가 바닥으로 와르르 쏟아졌고, 근처에 있는 사람들을 베었다. 기둥이 갈라지고 먼지와 돌들이 쏟아졌다. 총알들이 교회를 지나 날아가자 사람들이 바닥에 엎드려 꼼짝하지 않았다. 예배당의 제단이 폭발했다.

가에탕이 이사벨에게 뭐라고 말하자 그녀는 대답했다. 아니, 대답했다고 생각했지만 확실하지 않았고, 그녀가 상황을 파악하기도 전에 다시 폭탄이 휙 소리를 내면서 떨어졌다. 머리 위 지붕이 폭발했다.

7

 초등학교는 시의 기준으로 보면 큰 규모는 아니지만 널찍하고 배치가 잘 되어 있었다. 카리보 마을 아이들을 수용하기에 충분한 크기였다. 학교로 사용되기 전 이 건물은 부유한 지주의 마굿간이었다. 그래서 건물이 U자형이었고, 가운데 마당은 마차들과 상인들이 모이는 장소였다. 학교 건물은 회색 돌담, 밝은 파란색 덧문들, 마룻바닥을 뽐냈다. 이 건물과 일렬로 서 있던 저택은 세계대전 때 폭격당했고 재건축되지 않았다. 프랑스 작은 마을의 학교들이 흔히 그렇듯 이 초등학교도 마을 변두리에 있었다.
 비안느는 맡은 반의 교탁 뒤에 앉아서, 앞에 앉은 학생들의 반들거리는 얼굴을 바라보았다. 그녀는 구깃구깃한 손수건으로 윗입술을 연신 두드렸다. 학생마다 책상 옆 바닥에 의무적으로 방독면이 놓여 있었다. 이제 아이들은 어디 가든 방독면을 갖고 다녔다.
 열린 창문과 두꺼운 돌벽은 햇살을 막는 데 도움이 됐지만, 여전히 더위는 숨이 막혔다. 안 그래도 집중하기 힘든데 더위까지 기승을 부리다니. 파리에서 온 소식은 무섭고 공포스러웠다. 사람들은 오직 우울한 장래와 충격적인 현재에 대해서만 말했다. 독일군 파리 입성. 무너진 마지노선. 프랑스 병사들은 참호에서 죽고 전선에서 도망치고 있었다. 지난 사흘 밤 내내-아버지에게 전화를 받은 이후- 비안느는 잠을 이루지 못했다. 이사벨은 파리와 카리보 사이 어딘가에 있었고, 앙투안에게는 아무 소식도 없었다.

"누구 courir(프랑스어로 달리다)란 동사를 변화시키고 싶은 사람?"

비안느가 심드렁하게 물었다.

"우린 독일어를 배워야 되지 않나요?"

그녀는 무슨 질문을 받았는지 깨달았다. 이제 학생들은 관심이 생겨서 똑바로 앉아 눈을 빛냈다.

"뭐라고?"

그녀는 헛기침을 하면서 시간을 벌었다.

"우리가 독일어를 배워야 된다고요. 프랑스어가 아니라."

정육점 아들 질 푸르니에였다. 아버지와 세 형 모두 전쟁에 나가는 바람에 질과 어머니가 집안의 정육점을 꾸려가야 했다.

프랑수아가 고개를 끄덕이며 맞장구쳤다.

"총쏘기도요. 엄마가 그러는데 우리도 독일놈한테 총 쏘는 법을 배워야 될 거래요."

"할머니가 그러시는데 우리 모두 떠나야 된대요. 할머니는 지난번 전쟁을 기억하시는데 피하지 않고 있는 것은 멍청이나 하는 짓이래요."

클레어가 말했다.

"독일군은 르와르 지방으로 넘어오지 않을 거예요. 그렇죠, 선생님?"

앞줄 가운데 소피가 몸을 숙이고 앉아, 눈이 휘둥그레져서 나무 책상을 손으로 꽉 쥐었다. 소피는 비안느처럼 소문들을 듣고 불안했다. 아이는 아버지를 걱정하느라 연 이틀 밤을 울면서 잠들었다. 이제 베베도 학교에 데려왔다. 단짝인 사라가 똑같이 겁먹은 표정을 짓고 옆 책상에 앉아 있었다.

"무서워하는 것은 괜찮아요."

비안느가 아이들 쪽으로 가면서 말했다. 이것은 어젯밤 그녀가 소피와 자신에게 한 말이기도 했다. 하지만 말이 공허하게 퍼졌다.

"저는 무섭지 않아요. 칼이 있거든요. 더러운 독일놈들이 카리보에 나타났다 하면 다 죽일 거예요."

질이 말했다.

사라가 눈을 크게 뜨고 물었다.

"독일군이 여기에 와요?"

"아니야."

비안느가 대답했다. 쉽게 부인할 수가 없었다. 두려움이 그녀의 말에 휘감겨서 더 커졌다. 그녀가 말을 이었다.

"프랑스 병사들은—여러분의 아버지와 삼촌과 형 들은— 세상에서 가장 용감한 사람들이에요. 지금도 그들은 파리와 투르와 오를레앙을 위해서 싸우고 있을 거라 믿어요."

"하지만 파리는 넘어간 걸요. 프랑스 병사들은 어떻게 됐어요?"

질이 말했다.

"크고 작은 전투들이 있어요. 그러다보면 빼앗기기도 하지요. 하지만 우리 병사들은 독일군이 승리하게 허용하지 않을 거예요. 우리는 결코 포기하지 않을 거예요."

그녀는 학생들에게 더 가까이 다가갔다.

비안느가 계속 말했다.

"하지만 우리 역시 해야 될 역할이 있지요, 남아 있는 우리에게도!

우리 또한 용감하고 강인해야 되고, 최악이 될 거라고 믿으면 안 돼요. 우리는 계속 잘 지내서 아버지와 형과 ……남편이 집에 돌아와서 살 수 있게 해야 돼요, 알겠죠?"

소피가 물었다.

"하지만 이사벨 이모는 어떡해? 할아버지는 이모가 지금 여기 왔어야 된다고 말했는데."

"내 사촌도 파리에서 도망쳤거든. 그도 여기 도착하지 않았어."

프랑수아가 말했다.

"우리 삼촌이 그러는데 도로 사정이 나쁘대."

종이 울리자 학생들은 용수철처럼 자리에서 일어났다. 순식간에 전쟁, 비행기, 두려움이 잊혀졌다. 여덟 살, 아홉 살 아이들은 더운 하루의 일과에서 풀려났다. 소리치고 웃고, 한꺼번에 떠들어대고 서로 밀치면서 교실 밖으로 뛰어나갔다.

비안느는 종소리가 고마웠다. 그녀는 교사였다. 뭘 알아서 이런 위험한 상황에 대해 이야기한단 말인가? 자신의 두려움이 튀어나오려는 마당에 어떻게 아이들의 두려움을 달랠 수 있단 말인가? 비안느는 평범한 일들을 분주하게 처리했다─열여섯 명이 어지르고 간 것들을 모으고, 칠판지우개에서 분필가루를 탁탁 털고 교과서들을 치웠다. 모든 게 원래대로 정돈되자 그녀는 종이와 연필을 가죽 가방에 넣고 교탁 맨 아래 서랍에서 핸드백을 꺼냈다. 그러고 나서 밀짚모자를 쓰고 핀으로 고정한 후 교실에서 나왔다.

조용한 복도를 내려가면서 아직 교실에 남은 동료 교사들에게 손을 흔들었다. 남자 교사들이 징병되어서 교실 몇 개는 폐쇄되었다.

비안느는 라셀의 교실 앞에서 걸음을 멈추고, 친구가 아들을 유모차에 태우고 교실에서 나오는 모습을 지켜보았다. 라셀은 이번 학기에 휴직을 하고 집에서 아리를 보살필 계획을 세웠지만 전쟁이 모든 것을 바꾸어놓았다. 이제 그녀는 아기를 데리고 일하러 나오는 것 외에 선택의 여지가 없었다.

"네 표정이 영락없이 내 기분이네."

친구가 다가오자 비안느가 말했다. 공기가 습해서 라셀의 검은 머리가 바구니처럼 부풀었다.

"칭찬하는 말일 리가 없지만 난 절망적이니까 칭찬으로 받아들일게. 그나저나 네 뺨에 분필가루가 묻었다."

비안느는 뺨을 닦고 유모차에 몸을 굽혔다. 아기가 곤히 잤다.

"아리는 어때?"

"집에서 엄마랑 있어야 되는데 적군 비행기가 날아다니는 시내를 누비고 다니고 온종일 열 살 먹은 학생들이 질러대는 소리를 듣는 생후 10개월 아기 말이야? 잘 지내."

그녀는 미소를 지으면서 얼굴에 달라붙은 작은 곱슬머리를 떼냈다. 그들은 복도를 내려갔다.

라셀이 물었.

"내 말투가 신랄한가?"

"다른 사람들도 다 그런 걸."

"아이고! 신랄한 게 너한테도 좋을 거야. 그렇게 미소 짓고 담담한 척하는 걸 보면 난 두드러기가 날 것 같아."

라셀은 유모차를 밀고 돌계단 세 개를 내려가서 통로에 섰다. 거기서 이어지는 풀이 많이 자란 놀이터는 예전에는 말들의 운동장이고 상인들이 배달한 물건을 부리는 곳이었다. 4백년 된 석조 분수에서 물이 솟아서 마당 가운데로 물이 떨어졌다.

"가자, 애들아!"

라셀이 벤치에 나란히 앉은 소피와 사라를 불렀다. 두 아이는 곧장 다가와서 엄마들보다 앞장서서 걸으면서, 머리를 맞대고 손을 잡고 연신 수다를 떨었다. 대를 이은 단짝이었다.

그들은 골목으로 접어들었다가 빅토르 위고 가로 나왔다. 선술집 앞에서는 노인들이 철제 의자에 앉아서 커피를 마시고 담배를 피우면서 정치 이야기를 했다. 그들 앞쪽에 절룩이며 걸어가는 초췌한 아낙 세 명이 비안느의 눈에 들어왔다. 남루한 옷을 입은 여자들은 먼지투성이 노란 얼굴이었다.

라셀이 한숨을 쉬며 말했다.

"가여운 여자들. 오늘 아침에 헬렌 루엘한테 들었는데, 어젯밤 늦게 적어도 피난민 열두어 명이 마을에 들어왔대. 그들이 전한 이야기들이 심상치 않아. 하지만 헬렌처럼 말을 붙여서 전하는 사람은 또 없으니까."

평소라면 헬렌이 소문을 떠벌리는 것에 대해 한마디 했겠지만 이제 비안느는 재잘댈 수가 없었다. 파파에 따르면 이사벨은 며칠 전에 파리를 떠났다. 그런데 동생은 아직 르 자르댕에 도착하지 않았다.

"난 이사벨이 걱정 돼."

그녀가 말했다.

라셀은 비안느의 팔짱을 끼면서 말했다.

"네 동생이 처음 리옹에 있는 기숙학교에서 달아나던 때가 기억나니?"

"이사벨이 일곱 살이었지."

"그 아이는 앙브아즈까지 왔지. 혼자서 돈도 없이. 이틀 밤을 숲에서 보내고 사정사정해서 기차를 탔지."

비안느는 자신의 슬픔 외에는 그때 일이 거의 기억나지 않았다. 그녀는 첫 아이를 잃자 절망의 나락에 빠졌다. 앙투안은 그 시절을 '잃어버린 1년'이라고 불렀다. 그녀 역시 그렇게 생각했다. 남편이 이사벨을 파리로, 파파에게 데려다주겠다고 말하자 비안느는 마음이 놓였다-신이 그녀를 도우시기를!

이사벨이 기숙학교에서 도망쳤던 게 놀랄 일일까? 오늘까지도 비안느는 어린 동생을 그렇게 보내버렸다는 수치심을 계속 느꼈다.

"이사벨이 처음 파리까지 갔을 때 아홉 살이었어."

비안느가 익숙한 이야기에서 위안을 찾으려고 말했다. 이사벨은 끈질기고 의욕이 넘치고 결단력이 있었다. 늘 그랬다.

"내가 제대로 기억한다면 그 아이는 2년 후 순회 서커스단을 보려고 학교에서 도망쳤다는 이유로 퇴학당했지. 아니 침대보를 타고 기숙사 2층 창문에서 내려간 게 그때던가?"

라셀은 미소지으면서 덧붙여 말했다.

"요점은 이사벨은 원하면 여기 올 거라는 거야."

"누가 그 아이 좀 말려주면 좋겠어."

"언제라도 이사벨은 올 거야. 내 장담해. 추방당한 왕자를 만나서 죽고 못 사는 사랑에 빠졌다면 모를까."

"이사벨한테는 얼마든지 일어날 수 있는 일이지."

"봤지? 넌 벌써 기분이 나아졌어. 이제 우리 집에 가서 레모네이드를 마시자. 이렇게 더운 날은 그게 제격이지."

*

저녁 식사 후 비안나는 소피를 침대에 눕히고 아래층으로 내려갔다. 너무 염려가 되어서 긴장을 풀 수가 없었다. 집 안의 정적이 계속 아무도 오지 않았다는 점을 상기시켰다. 그녀는 가만히 있을 수가 없었다. 라셸과 그런 대화를 나누었지만 이사벨에 대한 걱정을-무시무시한 예감도- 떨칠 수가 없었다.

비안느는 일어났다가 앉았다가 다시 일어나서 현관문으로 걸어가서 문을 열었다.

바깥에 나가니 보랏빛과 분홍빛 저녁 하늘 아래 들판이 펼쳐져 있었다. 그녀의 마당에는 익숙한 것들이 줄줄이 늘어서 있었다-현관문과 장미와 덩굴이 뒤덮은 돌담 사이에 잘 가꾼 사과나무들이 보호하듯 서 있었고, 그 뒤로는 시내로 들어가는 도로와 몇 에이커나 되는 벌판이 이어졌다. 벌판 여기저기 호리호리한 수풀이 있고, 오른쪽으로 더 깊은 숲이 있었다. 그녀와 앙투안이 젊었을 때 둘이 오붓하게 있으려고 자주 숨어들던 곳이었다.

앙투안.

이사벨.

그들은 어디 있을까? 그는 전선에 있을까? 이사벨은 파리에서 걸어오는 중일까?

'그 생각을 하지 말아.'

뭔가 해야 했다. 정원 일.

낡은 원예 장갑을 챙기고 문 옆에 놓인 장화를 신고 정원으로 나갔다. 광과 헛간 사이에 평편한 텃밭이 있었다. 감자, 양파, 당근, 브로콜리, 완두콩, 콩, 오이, 토마토, 순무가 잘 손질된 이랑에서 자랐다. 텃밭과 헛간 사이의 비탈길에는 딸기류가 있었다-잘 가꾼 산딸기, 검은 딸기가 줄줄이 있었다. 그녀는 기름진 검은 흙에 무릎을 꿇고 앉아 잡초를 뽑기 시작했다.

초여름은 보통 기대가 큰 시기였다. 계절이 무르익을 때 상황이 잘못될 수도 있지만 꾸준히 잡초를 뽑고 솎아내는 중요한 일을 게을

리하지 않으면 식물은 제대로 잘 자랄 수 있었다. 비안느는 늘 모판을 제대로 가꾸었다. 그녀가 정원에 주는 것보다 훨씬 더 소중한 것을 정원이 그녀에게 주었다. 정원에서 그녀는 차분함을 얻었다.

비안느는 천천히 뭔가 잘못된 것이라는 것을 깨달았다. 먼저 어울리지 않는 소리가 났다. 진동, 쿵쿵 소리, 그러더니 웅성대는 소리. 다음으로 냄새가 났다. 싱그러운 정원 냄새와는 전혀 다른 냄새, 톡 쏘는 듯한 썩는 냄새 같았다.

그녀는 얼굴에 검은 흙이 묻었다는 것을 알고 이마를 훔치면서 몸을 일으켰다. 흙투성이 장갑을 바지 주머니에 쑤셔 넣고, 벌떡 일어나서 대문 쪽으로 걸음을 옮겼다. 문에 닿기도 전에 그림자로 조각된 것 같은 세 여자가 나타났다. 그들은 대문 바로 뒤쪽 도로에 옹기종기 모여 있었다. 누더기를 걸친 노파가 두 사람을 바싹 안고 있었다―젊은 여인은 품에 아기를 안았고, 십대 소녀는 한 손에 빈 새장을, 다른 손에는 삽을 들고 있었다. 각자 눈알이 반들거리고 열이 나는 것처럼 보였고, 젊은 엄마는 보기에도 몸을 떨었다. 그들의 얼굴에 땀이 흘렀고 눈에는 패배감이 넘실댔다. 노파가 더러운 빈 손을 내밀었다.

"물 좀 얻을 수 있을까요?"

그녀가 질문하면서도 확신이 없는 표정을 지었다. 희망 없는 표정.

비안느는 대문을 열었다.

"물론이죠. 들어오시겠어요? 좀 앉으실래요?"

노파는 고개를 저었다.

"우리가 앞서 왔어요. 뒤에 오는 사람들이 얻을 게 아무것도 없지요."

비안느는 노파가 무슨 말을 하는지 몰랐지만 그건 중요하지 않았다. 그녀는 세 사람이 피로와 허기에 시달리는 것을 알 수 있었다.

"잠깐만요."

비안느는 집에 들어가서 빵과 당근, 약간의 치즈를 쌌다. 그녀가 아껴둬야 될 먹거리였다. 그녀는 와인 병에 물을 채워서 가지고 나와 그들에게 물과 먹을 것을 건넸다.

"약소하네요."

비안느가 말했다.

"투르 이후 저희가 먹은 것보다도 많네요."

젊은 아낙네가 무덤덤한 목소리로 말했다.

"투르에 있었나요?"

비안느가 물었다.

"마셔라, 사비네."

노파가 물을 소녀의 입술에 대면서 말해다.

비안느가 이사벨에 대해 물어보려는 순간, 노파가 날카롭게 말했다.

"저들이 여기 왔네요."

젊은 어머니는 신음을 내면서 아기를 꼭 안았다. 아기가 너무 조용해서-그리고 아기의 주먹이 새파랬다- 비안느는 놀랐다.

아기는 죽은 상태였다.

비안느는 슬픔을 움켜쥐는 것에 대해 잘 알았다. 그녀는 희망이 사라진 지 오랜 후에도 바닥 모를 잿빛 속에 빠진 적이 있었다.

노파가 비안느에게 말했다.

"안으로 들어가요. 문을 걸어 잠가요."

"하지만……."

누더기 삼인조가 물러났다-마치 비안느의 숨결에 독이라도 있는 것처럼 홱 몸을 돌렸다.

그 순간 비안느는 들판을 지나 도로로 올라오는 검은 형체들을 보았다. 그들보다 먼저 냄새가 들이닥쳤다. 사람의 땀내, 배설물 냄새. 비안느는 도로와 들판에 있는 사람들을 보았다. 그들이 걷고 절룩이면서 다가왔다. 일부는 자전거나 유모차를 밀고 수레를 끌었다. 개들이 짖고 아기들이 울었다. 기침 소리, 칭얼대는 소리가 났다. 그들이 들판을 지나고 도로를 올라와서 다가왔다. 가차없이 점점 가까이, 서로 밀치고 다가오면서 소리를 높였다.

비안느는 그렇게 많은 이들을 도울 수 없었다. 그녀는 집에 들어가서 문을 걸어 잠갔다. 방방마다 돌면서 문을 잠그고 덧문을 닫았다. 그 일을 마치자 그녀는 어쩔 줄 모르고 거실에 서 있었다. 심장이 두근거렸다.

집이 약간 흔들리기 시작했다. 창문이 덜컹댔고 덧문이 돌에 부딪쳐 쿵쿵댔다. 천장 서까래에서 먼지가 내려앉았다.

누군가 현관문을 쾅쾅 두드렸다. 그 소리가 계속 이어졌다. 망치로 내려치듯 주먹으로 문을 두드리자 비안느는 움찔했다.

소피가 베베를 품에 안고 계단을 뛰어 내려왔다.

"마망!"

비안느는 양팔을 벌렸고 소피가 품에 뛰어들었다. 비안느가 딸을 꼭 안을 때 밖에서 들어오려는 공세가 더 맹렬해졌다. 누군가 옆문을 두드려댔다. 부엌에 걸린 구리 냄비들과 팬들이 서로 부딪쳐서 교회 종소리같이 쨍그랑댔다. 그녀는 마당에서 끼익대는 펌프질 소리를 들었다. 피난민들이 물을 퍼올리는 것이었다.

비안느가 소피에게 말했다.

"여기서 잠시만 기다려. 소파에 앉아."

"나만 두고 가지 마!"

비안느는 딸을 밀어내고 억지로 앉게 했다. 그녀는 벽난로 옆에서 철제 부지깽이를 들고 조심스럽게 계단을 올라갔다. 안전한 침실에 들어가 조심스럽게 몸을 숨긴 채 창밖을 내다보았다.

그녀의 집 마당에 수십 명이 들어와 있었고, 대부분 여자들과 아이들이었다. 그들은 굶주린 늑대 떼처럼 움직였다. 목소리가 뒤섞여서 절규하는 신음만 들렸다.

비안느는 뒤로 물러났다. 문들이 버티지 못하면 어쩌지? 사람들이 많으니 문과 창문을, 심지어 벽도 얼마든지 부술 수 있었다.

잔뜩 겁을 먹은 채 그녀는 계단을 내려왔다. 소파에 안전하게 앉은 소피를 보기 전까지는 숨도 제대로 못 쉬었다. 비안느는 딸 옆에 앉아서, 훨씬 어린 아기처럼 품에 꼭 끌어안았다. 그녀는 딸의 곱슬머리를 쓰다듬었다.

더 좋은 어머니, 더 강인한 어머니라면 이런 순간에 들려줄 이야기가 있겠지만 비안느는 두려운 나머지 목소리를 제대로 낼 수 없었다. 생각할 수 있는 것은 끝없이 나오지만 시작도 못 하는 기도뿐이었다. '제발'이라는.

그녀가 소피를 더 바싹 끌어안고 말했다.

"자거라, 소피. 엄마가 여기 있으니까."

"마망, 이사벨 이모가 저기 밖에 있으면 어쩌지?"

소피가 물었다. 문 두드리는 소리에 아이의 말소리가 묻혀버렸다.

비안느는 소피의 작고 진지한 얼굴을 내려다보았다. 이제 아이의 얼굴은 땀과 먼지범벅이었다.

"하느님이 도우시기를."

비안느가 떠올릴 수 있는 말은 그것뿐이었다.

*

잿빛 돌집을 보자 이사벨은 피로감에 젖었다. 그녀의 어깨가 축 처졌다. 발의 물집들은 참을 수가 없게 되었다. 그녀 앞에서 가에탕이 대문을 열었다. 그녀는 문이 망가져서 덜컹대며 옆으로 기울어지는 소리를 들었다.

그녀는 가에탕에게 몸을 기대면서 비틀비틀 현관문으로 다가갔다. 두 번 문을 두드렸고, 피 묻은 관절이 나무에 닿을 때마다 얼굴이 찌푸려졌다.

집 안에서 아무도 나오지 않았다.

양 주먹으로 두드리면서 언니의 이름을 외치려 했지만 목소리가 너무 쉬어서 크게 소리칠 수가 없었다.

그녀는 비척비척 물러나다가 패배감에 무릎을 꿇고 주저앉다시피 했다.

"잠은 어디서 잘 수 있죠?"

가에탕이 그녀의 허리를 잡아서 일으켜 세우며 물었다.

"뒤쪽이요. 정자에서."

그는 이사벨을 이끌고 집을 돌아서 뒷마당으로 갔다. 푸르게 우거진 재스민 향이 풍기는 정자 그늘에서 이사벨은 무릎을 꿇고 주저앉았다. 가에탕이 사라진 줄도 몰랐는데 그가 미지근한 물을 떠서 돌아왔다. 이사벨은 그의 손바닥에 담긴 물을 꿀꺽꿀꺽 마셨다. 성에 차지 않았다. 허기 때문에 뱃속이 뒤틀려서 아주 깊고 깊은 곳이 아팠다.

하지만 가에탕이 다시 물을 뜨러 가려고 일어나자, 이사벨은 팔을 잡으면서 혼자 두고 가지 말라고 간절하게 말했다. 그러자 그는 옆에 누워서 이사벨에게 팔베개를 해주었다. 그들은 더운 흙바닥에 나란히 누워서 기둥을 타고 드리워지거나 폭포처럼 늘어진 검은 덩굴들 사이를 올려다보았다. 재스민과 피어나는 장미꽃의 강한 향기와 기름진 흙냄새가 아름다운 나무그늘을 만들어냈다. 하지만 심지어 여기서도, 이 고요함 속에서도 그들이 겪은 일들을 잊을 수가 없었다. 그리고 그들 뒤를 바싹 쫓아오는 변화도.

이사벨은 가에탕에게 일어난 변화를 보았다. 분노와 무력한 분노가 그의 눈에 담긴 연민과 입가의 미소를 지우는 것을 목격했다. 폭격을 겪은 후 그는 좀처럼 말하지 않았고, 말해도 짧고 무뚝뚝했다. 이제 두 사람 다 전쟁에 대해 어떤 일이 일어날지 더 잘 알았다.

"여기서 언니와 지내는 게 안전할 수 있어요."

가에탕이 말했다.

"난 안전하고 싶지 않아요. 그리고 언니는 나랑 있고 싶지 않을 거예요."

이사벨은 몸을 뒤틀어서 그를 바라보았다. 격자 세공 사이로 달빛이 쏟아져서 그의 눈과 입을 비추었고, 그의 코와 턱은 어둠 속에 있었다. 가에탕은 다시 달라 보였다. 불과 며칠 사이에 이미 더 나이 먹고, 걱정으로 초췌하고 화난 사람 같았다. 그에게 땀과 피, 진흙과 죽음이 뒤섞인 냄새가 났지만 이사벨은 자신도 마찬가지라는 것을 알았다.

"에디스 카벨에 대해 들어봤어요?"

그녀가 물었다.

"나를 교육받은 사람으로 생각하는 거예요?"

이사벨은 잠시 그 질문에 생각하다가 대답했다.

"네."

가에탕이 한참 조용히 있자 이사벨은 그가 그녀의 대답에 놀랐다는 것을 알았다. 그가 입을 열었다.

"그녀가 누구인지 알아요. 세계대전 중에 연합군 조종사 수백 명의 목숨을 구했지요. '애국심으로는 충분하지 않다'라는 말로 유명하고요. 또 그 여자는 당신의 영웅이지요, 적에게 처형당한 여자."

이사벨이 그를 찬찬히 보면서 말했다.

"변화를 일으킨 여자죠. 나는 당신이 ― 범법자고 공산주의자인 ― 내가 변화를 일으킬 수 있게 도와주기를 기대하고 있어요. 어쩌면 난 그들이 말하듯 미치고 충동적이죠."

"'그들'이 누군데요?"

"모두 다."

이사벨은 말을 잠시 멈추었다. 기대감이 모여드는 느낌이었다. 이제껏 그녀는 아무도 믿지 않는 것을 신조로 삼았지만 가에탕을 믿었다. 그는 그녀가 중요한 사람인 듯 바라봤다.

이사벨이 말했다.

"날 데리고 가요. 약속했던 것처럼."

"그런 거래는 어떻게 성립되는지 알아요?"

"어떻게?"

"키스로."

"놀리지 말아요. 이건 진지한 얘기라고요."

"전쟁 와중에 키스보다 진지한 게 뭐가 있는데요?"

가에탕은 미소지었지만 환한 웃음은 아니었다. 다시 분노에 찬 눈빛이 되자 이사벨은 두려워졌고, 실은 그를 전혀 모른다는 생각이 되새겨졌다.

"나를 전쟁터에 데려갈 만큼 용기 있는 남자랑 키스하고 싶어요."

"내가 보기에 당신은 키스에 대해 아무것도 몰라."

가에탕이 한숨을 쉬면서 말했다.

"당신은 뭘 아는데요."

이사벨은 몸을 굴려서 그에게서 떨어졌지만 곧 그의 손길이 그리워졌다. 그녀는 태연하려고 애쓰면서 다시 그와 마주보았다. 가에탕의 숨결이 그녀의 속눈썹을 스쳤다.

"나도 당신을 데려가고 싶어."

그가 말했다.

가에탕이 천천히 손을 뻗어서 그녀의 목덜미를 감싸며 몸을 바싹 당겼다.

"확실해?"

그가 물었다. 그의 입술이 이사벨의 입술에 닿을락 말락 했다. 가에탕이 묻는 게 전쟁터에 나가는 것인지, 키스를 해도 되냐는 것인지 그녀는 아리송했지만 지금 이 순간 그런 건 중요하지 않았다. 전에 남자애들이랑 키스했을 때는 두 사람이 공원 벤치에 떨어지거나 의자 쿠션 뒤에 박힌 동전 두 개 신세처럼 무의미했다. 전에는 결코, 단 한 번도 키스를 갈망했던 적이 없었다.

"네."

그녀가 대답하고 가에탕 쪽으로 몸을 기울였다.

그의 입맞춤에 그녀의 굵히고 공허한 마음속에서 뭔가가 열리고 펼쳐졌다. 처음으로 연애 소설들이 이해가 됐다. 여인의 영혼 풍경이, 전쟁통의 세상만큼 빨리 변할 수 있음을 이사벨은 깨달았다.

"사랑해요."

이사벨이 속삭였다. 네 살 때 엄마에게 말한 이후 해본 적이 없는 말이었다. 그녀의 고백에 가에탕의 표정이 변했다, 굳어졌다. 그녀에게 짓던 미소가 뻣뻣한 억지웃음으로 변하자 그녀는 이해가 되지 않았다.

"왜요? 내가 뭘 잘못 했나요?"

"아니. 물론 아니에요."

가에탕이 대답했다.

"서로 찾아낼 수 있어서 우린 운이 좋아요."

이사벨이 말했다.

"우린 운이 좋지 않아요, 이사벨. 내 말을 믿어요."

그는 그녀를 끌어당겨 다시 키스했다.

이사벨은 키스의 감각에 자신을 내던져서 그것이 온 세상이 되게 했다. 마침내 그녀는 누군가에게 충만감을 느끼는 게 어떤 것인지 알았다.

*

비안느가 잠에서 깼을 때 먼저 적막감을 의식했다. 어디선가 새가 지저귀었다. 그녀는 침대에 똑바로 누워서 새소리에 귀기울였다. 옆에서 소피가 코를 골고 잠투정을 하면서 잤다.

비안느는 창가로 가서 암막 커튼을 들추었다.

집 마당의 사과나무는 가지들이 부러진 팔처럼 늘어지고, 대문은 경첩 세 개 중 두 개가 떨어져 나가서 옆으로 내려앉았다. 길 건너 들판이 밟히고 꽃들이 뭉개져버렸다. 마을에 들이닥쳤던 피난민들은 소지품과 쓰레기를-옷가방, 유모차, 너무 무거워서 가져갈 수 없고 너무 더워서 입을 수 없는 외투, 베개, 짐수레- 버리고 떠났다.

비안느는 아래층으로 내려가서 조심스럽게 현관문을 열었다. 소리가 나는지 귀기울인 후-아무 소리도 나지 않았다- 잠금장치를 풀고 손잡이를 돌렸다.

피난민들이 그녀의 마당을 망가뜨리고 먹을 만한 것은 죄다 뽑아가서 부러진 줄기들과 흙더미만 남았다. 모든 게 망가지고 사라졌다. 비안느는 패배감을 느끼면서 집을 빙 돌아 뒷마당으로 갔다. 그곳 역시 짓밟힌 상태였다.

다시 집으로 들어가려는데 무슨 소리가 들렸다. 가냘픈 울음소리. 아기 울음소리일까.

다시 소리가 났다. 누군가 아기를 두고 갔을까?

비안느는 조심스럽게 마당을 가로질러서 장미와 재스민이 만발한 나무 정자로 갔다. 이사벨이 바닥에 웅크리고 누워 있었다. 옷은 갈갈이 찢기고 얼굴은 베이고 멍들고, 눈은 부어서 거의 감겨 있었다. 가슴팍에 종이가 핀으로 붙어 있었다.

"이사벨!"

동생이 턱을 살짝 들면서 핏발 선 눈을 떴다.

"언니, 문전박대 해줘서 고마워."

이사벨은 갈라진 쉰 소리로 중얼댔다.

비안느는 동생에게 달려가서 곁에 무릎을 꿇고 앉았다.

"이사벨, 너 온통 피 묻고 멍이 들었어······."

이사벨은 잠시 알아듣지 못하는 듯했다.

"이건 내 피가 아니야. 아무튼 대개는 내 피가 아냐."

그녀가 주위를 둘러보면서 물었다.

"가에탕은 어디 있지?"

"뭐?"

이사벨은 비틀거리며 일어나다가 고꾸라질 뻔했다.

"그가 날 버리고 갔나? 맞네. 나를 버렸네."

그녀가 울기 시작했다.

"가자."

비안느가 상냥하게 말했다. 그녀는 동생을 서늘한 집 안으로 데려갔다. 집에 들어서자 이사벨은 피가 얼룩진 구두를 벗어던졌다. 구두가 탁 하고 벽에 부딪쳤다가 바닥에 쿵 떨어졌다. 그녀는 피 묻은 발자국을 남기며 계단 아래 욕실로 갔다.

비안느가 물을 데워 욕조를 채우는 사이, 이사벨은 다리를 뻗고 바닥에 주저앉았다. 발에 피가 나서 엉망진창이었다. 그녀가 혼잣말을 중얼대면서 흐르는 눈물을 닦자 뺨이 흙투성이가 되었다.

목욕 준비가 되자 비안느는 이사벨을 돌려 앉히고 가만히 옷을 벗겼다. 이사벨은 아기처럼 고분고분했고 아파서 징징댔다. 비안느는 빨간 색이었던 드레스의 뒷단추를 풀고 옷을 살그머니 벗겼다. 살짝 숨결이라도 닿으면 동생이 고꾸라질까봐 걱정스러웠다. 이사벨이 입은 레이스 속옷은 군데군데 피 얼룩이 있었다. 비안느는 코르셋 허리 부분의 끈을 풀어서 벗겨냈다.

이사벨은 이를 갈면서 욕조에 발을 담갔다.

"뒤로 누워."

이사벨은 시키는 대로 했고, 비안느는 동생의 눈에 물이 들어가지 않게 조심하면서 머리에 더운 물을 부었다. 이사벨의 지저분한 머리와 멍든 몸을 씻기면서 그녀는 계속 뜻없이 달래는 말을 했다.

비안느는 동생이 욕조에서 나오도록 부축해서, 보드라운 흰 수건으로 몸의 물기를 닦아주었다. 이사벨은 입을 헤벌리고 멍한 눈빛으로 언니를 빤히 쳐다보았다.

"좀 자는 게 어때?"

비안느가 물었다.

"잠."

이사벨이 머리를 한쪽으로 갸우뚱하면서 중얼댔다.

비안느는 라벤더와 장미수 향이 나는 잠옷을 가져와서 이사벨이 입도록 도와주었다. 언니가 위층 침실로 데려가서 눕히고 가벼운 담요를 덮어주는 사이, 이사벨은 눈을 뜨고 있을 수가 없었다. 그녀는 베개에 머리가 닿기도 전에 잠들었다.

*

이사벨은 어둠을 느끼며 깼다.

여기가 어디지?

얼른 일어나 앉아서 고개를 돌렸다. 몇 차례 얕게 심호흡한 후 주위를 두리번거렸다.

르 자르댕의 위층 침실. 그녀의 예전 방. 이사벨은 이 방에서 따뜻한 느낌을 받지 않았다. 마담 둠은 '너를 위해서'라면서 이사벨을 얼마나 자주 이 방에 가두었던가?

"그 생각은 하지 말자."

그녀가 소리 내어 중얼댔다.

훨씬 더 지독한 기억이 이어졌다. 가에탕.

결국 가에탕은 그녀를 버렸다. 이사벨이 너무도 잘 아는 사무치는 실망감 같은 게 밀려들었다.

그녀는 인생에서 '아무것도' 배우지 못한 건가? 사람들은 떠났다.

비안느가 침대 발치에 걸쳐두었던 모양 없는 파란 실내복을 입었다. 그런 다음 철제 난간을 잡고 좁고 얕은 계단을 내려갔다. 걸을 때마다 솟구치는 통증이 승리감으로 느껴졌다.

아래층에 내려가니 라디오에서 조그맣게 나는 치직대는 소리 외에 집이 조용했다. 그녀는 모리스 슈발리에(프랑스의 샹송 가수이자 영화배우)가 노래하고 있다고 확신했다. '완벽하네.'

비안느는 연노란색 실내복에 체크무늬 앞치마를 두르고 부엌에 있었다. 머리에는 꽃무늬 스카프를 쓰고 있었다. 그녀는 작은 칼로 감자 껍질을 벗기는 중이었다. 비안느 뒤쪽에서는 무쇠 냄비에서 보글보글 끓는 소리가 났다.

구수한 냄새에 이사벨은 군침이 돌았다.

비안느가 얼른 부엌 구석에 있는 작은 식탁에 의자를 끌어왔다.

"여기 앉아."

이사벨은 의자에 주저앉았다. 비안느가 이미 준비해둔 접시를 동생 앞에 놓았다. 아직 따뜻한 빵 덩어리, 삼각형 치즈, 모과 잼, 햄 몇 조각.

이사벨은 빨간 상처투성이 손으로 빵을 집어서 얼굴 앞에 대고 냄새를 맡았다. 떨리는 손으로 칼을 집어서 빵에 과일잼과 치즈를 펴 발랐다. 칼을 내려놓는데 쨍그랑 소리가 났다.

그녀는 빵을 집어서 베어 물었다. 평생 최고의 음식이었다. 딱딱한 빵 껍질과 베개처럼 푹신한 속, 버터 같은 치즈와 과일 맛이 합해져서 그야말로 황홀경에 빠지게 했다.

이사벨은 미친 여자처럼 남은 빵을 먹느라 언니가 옆에 블랙커피를 놓아준 것도 몰랐다.

"소피는 어디 있어?"

이사벨이 음식을 잔뜩 입에 물고 물었다. 먹는 것을 멈추기가, 심지어 예절을 지키기도 어려웠다. 그녀는 복숭아를 집어서 양손으로 말캉하게 익은 감촉을 느끼고 베어 물었다. 과즙이 턱에 주르르 흘러내렸다.

"옆집에서 사라랑 놀아. 내 친구 라셀을 기억하지?"

"기억해."

이사벨이 대답했다.

비안느는 자신이 마실 커피를 에스프레소 잔에 따라서 식탁으로 가져와 의자에 앉았다.

이사벨이 트림을 하고는 입을 막고 말했다.

"실례."

"예절을 못 지켜도 눈감아줄 수 있지 뭐."

비안느가 미소 지으면서 말했다.

"언니는 마담 뒤푸르를 만나본 적 없지. 그 여자 앞에서 그런 실례를 하면 틀림없이 나한테 벽돌이 날아올걸."

이사벨이 한숨을 쉬었다. 이제 배가 아프고 토할 것 같은 기분이었다. 그녀는 옷소매로 턱의 과즙을 닦았다. 이사벨이 물었다.

"파리는 어떤 소식이 있어?"

"에펠탑에 만자 깃발이 날리고 있어."

"그리고 파파는?"

"괜찮다고 하셔."

"내 걱정을 하셨을 거야. 날 보내면 안 되는 거였어. 하긴 언제는 안 보냈나 뭐?"

이사벨이 쓸쓸하게 말했다.

자매 사이에 어떤 눈빛이 오갔다. 버려진 것은 두 사람이 공유한 몇 안 되는 기억들 중 하나였다. 하지만 비안느는 그 일을 기억하고 싶지 않았다.

"천만 명 이상이 피난길에 올랐다고 해."

"최악은 피난민이 많은 게 아니었어. 끊임없는 독일군의 공격이었지."

"다행히 이제 끝났어. 가에탕이 누구야? 넌 넋이 나간 상태에서 그 사람에 대해 말했어."

이사벨은 손등의 긁힌 상처 하나를 뜯었고, 그냥 내버려둬야 했다는 것을 너무 늦게야 깨달았다. 딱지가 뜯기면서 피가 솟았다.

"아마 그 사람이 이것과 관계가 있겠지."

침묵이 길어지자 비안느가 말했다. 그녀는 앞치마 주머니에서 구겨진 종이를 꺼냈다. 이사벨의 가슴팍에 핀으로 붙어 있던 메모였다. 꼬질꼬질한 피 묻은 손자국들이 종이에 찍혀 있었다. 거기에는 '당신은 준비가 안 됐어요'라고 적혀 있었다.

이사벨은 발밑의 세상이 무너지는 것을 느꼈다. 유난스럽고 소녀스러운 과한 반응인 줄 알지만 그래도 충격이 크고 깊은 상처를 주었다. 키스를 하기 전까지 가에탕은 그녀를 데려가고 싶어했다. 그런데 키스하면서 그는 그녀의 부족함을 감지했다.

"아무도 아냐."

이사벨이 침울하게 말했다. 그녀는 메모를 구기면서 말을 이었다.

"검은 머리와 갸름한 얼굴을 가진 거짓말하는 남자일 뿐이야. 아무도 아냐."

그러더니 그녀는 비안느를 바라보면서 덧붙여 말했다.

"난 전쟁에 나갈 거야. 누가 뭐라고 생각하든 상관없어. 앰뷸런스를 운전하거나 붕대를 감을 거야. 무슨 일이든 할 거야."

"어유, 그러지 말아, 이사벨. 파리가 함락되었어. 나치가 파리를 통제한다고. 그런 상황에서 열여덟 살 소녀가 뭘 어쩌겠어?"

"나치가 프랑스를 파괴하는 동안 난 시골에 숨어 있지 않을 거야. 그리고 우리 제대로 보자고. 언니는 나에 대해 한 번도 언니처럼 느낀 적이 없으면서 뭘 그래. 난 걸을 수 있게 되는 대로 떠날 거야."

그녀의 아픈 얼굴이 일그러졌다.

"여기 있는 게 안전할 거야, 이사벨. 중요한 건 그거라고. 넌 여기 머물러야만 해."

"안전? 지금 중요한 게 그거라고 생각해? 저기 바깥에서 내가 뭘 봤는지 말해줄까? 적에게서 도망치는 프랑스 부대들. 무고한 이들을 살해하는 나치. 언니는 그런 걸 모른 체할 수 있겠지만 난 안 그럴 거야."

"넌 여기 안전하게 머물도록 해. 이 이야기는 더 하지 말자."

"언제 내가 언니랑 있어서 안전했던 적이 있어?"

이사벨이 맞받아쳤다. 그녀는 언니의 눈에 아픔이 얼룩지는 것을 보았다.

"난 어렸어, 이사벨. 난 네게 엄마가 되려고 애썼어."

"제발 이러지 말아. 거짓말로 시작하지 말자고."

"내가 아기를 잃은 후……."

이사벨은 용서 못할 말을 내뱉기 전에 언니에게 등을 돌리고 절룩이며 나갔다. 그녀는 양손을 모아 쥐어서 떨림을 멈추려고 했다. 이 집에 돌아와서 언니를 만나고 싶지 않았던 게 바로 '이' 이유 때문이었다. 그래서 오랜 세월 멀찍이 있었는데. 자매 사이에는 너무 큰 아픔이 있었다. 그녀는 생각을 떨쳐버리려고 라디오의 볼륨을 높였다.

지직대며 누군가의 목소리가 흘러나왔다.

"……페탱 장군이 여러분에게 말씀드리기를……."

이사벨은 이맛살을 찌푸렸다. 페탱은 세계대전의 영웅으로 프랑스의 사랑받는 지도자였다. 그녀는 볼륨을 더 올렸다.

비안느가 와서 옆에 섰다.

"……프랑스 정부의 방향은……."

잡음이 그의 저음을 뒤엎어서 직직댔다.

이사벨은 성급하게 라디오를 탕탕 쳤다.

"……우리의 놀라운 군대는 오랜 군 전통을 가진 군대답게 수와 무기가 월등한 적군과 맞서서 영웅적으로 싸우고 있습니다……."

잡음. 이사벨은 다시 라디오를 때리면서 중얼댔다.

"빌어먹을."

"……이 고통스러운 때에 저는 극도의 고통에 시달리는 우리의 도로를 메운 불우한 피난민들을 생각합니다. 그들에게 제 연민과 위로를 드립니다. 오늘 저는 무너지는 심정으로 싸움을 중단할 필요가 있다고 여러분에게 말씀드립니다."

"우리가 승리했어?"

비안느가 말했다.

"쉿."

이사벨이 매몰차게 말했다.

"……어젯밤 저는 적장에게, 병사 대 병사로서 실전이 끝난 후, 명예롭게 적대감을 종식할 수단으로 저와 대화할 용의가 있는지 물었습니다."

노인의 연설이 계속되면서 '시험기' '분노를 억제하고' 같은 말이 언급되었고, 그중 최악은 '조국의 운명'이란 표현이었다. 그러더니 그는 이사벨이 프랑스에서 들을 줄은 상상도 못한 말을 내뱉었다.

'항복.'

이사벨은 피나는 발을 절룩이며 방에서 나와 뒷마당으로 갔다. 갑자기 제대로 심호흡을 할 수가 없어서 공기가 필요했다.

'항복.'

프랑스가. 히틀러에게.

"분명히 그게 최선일 거야."

언니가 차분히 말했다.

비안느가 언제 여기 나왔을까?

"페탱 원수에 대해 너도 들어봤겠지. 그는 독보적인 영웅이야. 우리가 싸움을 중단해야 된다고 그가 말하면 우린 그래야 해. 난 페탱이 히틀러를 설득할 거라고 확신해."

비안느가 손을 뻗었다.

이사벨은 손을 뿌리쳤다. 비안느가 위로하려고 내민 손길이 그녀에게 구토를 안겨주었다. 이사벨은 절룩이면서 몸을 돌려 언니와 마주보았다.

"히틀러 같은 작자는 '설득' 못 해."

"그러면 우리 영웅보다 네가 더 잘 알아?"

"우리가 포기하면 안 된다는 건 알아."

비안느는 혀 차는 소리를 냈다. 실망하는 소리였다.

"페탱 원수가 프랑스를 위해 항복이 최선이라고 생각하면 그런 거야. 그걸로 얘긴 끝이야. 적어도 전쟁은 끝날 거고 우리 병사들은 집에 돌아올 거야."

"언니는 바보야."

"그래."

비안느가 대꾸하고 집으로 들어갔다.

이사벨은 구름 없는 청명한 하늘을 올려다보았다. 얼마나 더 있으면 이 파란 하늘에 독일 전투기들이 꽉 찰까?

최악의 상황을 상상하면서-투르에서 나치가 무고한 여인들과 아이들에게 폭탄을 투하해서 그들을 제거하고, 풀밭을 피로 붉게 물들이던 일을 떠올리면서- 얼마나 시간을 보냈을까.

"이사벨 이모?"

이사벨은 마치 먼 곳에서 들리는 듯한 작고 조심스러운 목소리를 들었다. 그녀가 천천히 몸을 돌렸다.

예쁘장한 여자애가 르 자르댕의 뒷문에 서 있었다. 아이는 엄마처럼 도자기 같은 흰 피부와 아버지의 표정 많은 눈을 갖고 있었다. 동화책에서-'백설공주'나 '잠자는 숲속의 미녀'- 빠져나왔다고 해도 믿을 만한 아이였다.

이사벨이 말했다.

"설마 네가 소피는 아니겠지? 저번에 봤을 때 넌 손가락을 빠는 아기였는데."

"아직도 가끔 빨아요. 말 안 할 거죠?"

소피가 공범 같은 미소를 지으면서 말했다.

"내가? 난 비밀을 지키는 데는 선수거든."

이사벨이 소피에게 다가가 말했다.

"우리가 공평해지게 나도 비밀 하나 말해줄까?"

소피는 눈을 크게 뜨고 열심히 고개를 끄덕였다.

"난 안 보이게 할 수 있단다."

"아뇨, 못 해요."

이사벨은 비안느가 뒷문에 나타난 것을 알아차렸다.

"네 엄마한테 물어봐. 난 슬쩍 창문을 타넘고 수녀원의 지하실에서 빠져나온 적이 있지. 내가 사라질 수 있기 때문에 가능한 거야."

"이사벨."

비안느가 엄격한 소리로 불렀다.

소피는 황홀해하면서 이사벨을 올려다보았다.

"정말이에요?"

이사벨은 비안느를 힐끗 보았다.

"아무도 보지 않을 때는 사라지는 게 쉬워."

"내가 이모를 보고 있어요. 지금 안 보이게 할 수 있어요?"

소피가 묻자 이사벨은 웃음을 터뜨렸다.

"당연히 안 되지. 마법은 예상하지 못할 때 일어나는 거야. 그렇게 생각하지 않니? 이제 우리 체커스 게임(다이아몬드 게임) 할까?"

8

 항복은 삼키기 쓴 약이었지만 페탱 원수는 명예로운 사람이었다. 지난번 독일과 벌인 전쟁 영웅이기도 했다. 맞다, 그는 늙었지만 덕분에 더 높은 안목으로 국가의 상황을 판단할 수 있다는 세간의 믿음에 비안느도 공감했다. 페탱 원수가 병사들을 집으로 돌려보낼 길을 모색했으니 세계대전처럼 되지는 않을 것이다.
 이사벨이 이해 못하는 것을 비안느는 알았다. 인명을 구하고 조국과 삶의 양식을 보전하기 위해 페탱은 프랑스를 대표해서 항복했던 것이다. 이 항복의 조건이 까다로운 것은 사실이었다. 프랑스는 허리 부분이 반으로 잘려서 두 구역으로 분단되었다. 점령지-나라의 북부 절반과 해안 지대(카리보 포함)-는 나치가 점령해서 통치할 터였다. 나라의 가운데 부분, 즉 파리 아래쪽과 바다(지중해) 위쪽 지역은 자유 지역이 되어, 나치와 협력하는 새 프랑스 정부가 통치할 터였다. 비시에 자리잡은 새 정부의 수반이 바로 페탱 원수였다.
 프랑스가 항복하자마자 식량이 부족해졌다. 세탁비누는 구할 수가 없었다. 배급표가 있어도 물품을 구한다는 보장이 없었다. 전화 서비스는 믿을 수가 없었고 우편배달도 마찬가지였다. 나치는 도시와 시골 마을 간의 연락을 효과적으로 차단했다. 유일하게 허용되는 우편물은 공식 독일 엽서였다. 하지만 비안느에게 이런 것은 최악의 변화가 아니었다.

이사벨이 함께 살 수 없게 되었다. 항복 이후 비안느는 정원을 다시 조성하고 텃밭을 일구려고 갖은 애를 쓰다가 일손을 멈추고 고개를 돌리면, 몇 번이나 이사벨은 뒷문에 서서 하늘을 올려다보고 있었다. 마치 무시무시한 검은 것이 이쪽으로 날아오기라도 할 것 같은 표정이었다.

이사벨은 괴물 같은 나치와 프랑스를 죽이려는 그들의 결단에 대한 말밖에 하지 않았다. 그녀는 -물론- 입을 다물고 있지 못했고, 비안느가 귀담아 듣지 않으려 했으므로 소피가 청취자이자 신봉자가 되었다. 이사벨이 소피의 머릿속에 어떤 일이 벌어질지에 대해 무서운 이미지들을 심어주었고, 그게 심한 나머지 아이는 악몽을 꾸었다. 비안느는 두 사람만 놔둘 수가 없었고, 그래서 평소처럼 오늘도 배급표로 무엇을 구할 수 있을지 보려고 시내에 나가면서 둘을 데려갔다.

그들은 이미 두 시간째 정육점 앞에 줄을 서 있었다. 이사벨은 그 시간 내내 생각에 잠겨 있었다. 그녀가 식료품을 사야 된다는 게 납득되지 않는 기색이 역력했다.

"비안느, 봐. 맙소사."

이사벨이 말했다.

그녀가 더 극적인 말투로 다시 말했다.

"비안느, 보라고."

비안느는 몸을 돌렸고 -단지 동생의 입을 다물게 하려고- 그들을 보았다.

독일군.

거리에 있는 집들의 창문과 현관문 들이 쾅 소리를 내며 닫혔다. 사람들이 재빨리 자리를 피했고, 갑자기 비안느는 보도에 동생, 딸과 셋만 서 있다는 것을 알아차렸다. 그녀가 소피를 붙잡아서 정육점의 닫힌 문으로 밀었다.

이사벨이 반항적으로 거리로 내려섰다.

"이사벨."

비안느가 윽박질렀지만 이사벨은 서서 버텼다. 초록색 눈에 증오가 타올랐고, 선이 고운 흰 얼굴에는 긁히고 멍든 상처가 나 있었다.

선두의 초록색 트럭이 이사벨 앞에서 멈추었다. 트럭 뒷칸에는 병사들이 무릎에 소총을 아무렇게나 둔 채 마주 보고 앉아 있었다. 그들은 말끔하게 면도했고, 새 헬맷을 쓴 진지한 표정이었다. 녹회색 군복에 달린 메달들이 반짝였다. 대부분이 젊었다. 괴물이 아니고 실은 소년에 불과했다. 그들은 목을 쭉 빼고 트럭이 멈춘 이유를 살폈다. 도로에 서 있는 이사벨을 보자, 병사들은 미소를 지으면서 손을 흔들기 시작했다.

비안느는 이사벨의 손을 홱 잡아당겨 비키게 했다.

군대 행렬이 덜컹대면서 그들 앞을 지나갔다. 차량들, 오토바이들, 위장용 그물망을 씌운 탱크들이 줄지어 지났다. 무장한 탱크들이 자갈 도로 위를 천둥 치듯 굴러갔다. 그 뒤로 병사들이 왔다.

그들은 이열종대로 행군해서 시내로 들어왔다.

이사벨은 대담하게 그들 옆에 서서 빅토르 위고 가를 걸어갔다. 독일군들이 그녀에게 손을 흔드는 모습은 점령군보다 관광객처럼 보였다.

"마망, 이모 혼자 가게 하면 안 돼요."

소피가 말했다.

"이런."

비안느가 소피의 손을 꼭 잡고 이사벨에게 달려갔다. 두 사람은 다음 블록에서 이사벨을 따라잡았다.

시내 광장은 평소 사람들이 북적댔지만 완전히 텅 비어 있었다. 독일군 차량들이 시청 앞으로 와서 멈추었을 때, 몇 명만 거기 남아 있었다.

장교가 나타났다-그가 호령하듯 명령하기 시작한 것으로 봐서 비안느는 그가 장교라고 짐작했다.

병사들이 넓은 자갈 깔린 광장 주위를 행군하면서 점령군의 위세를 자랑했다. 그들은 프랑스 국기를 내리고 대신 나치 깃발을 달았다. 빨강과 검정 바탕에 검고 커다란 만자가 새겨져 있었다. 깃발이 게양되자 병사들은 일시에 동작을 멈추고 오른 팔을 내밀며 '하일 히틀러'라고 외쳤다.

이사벨이 말했다.

"내가 총을 갖고 있다면 우리 모두 항복하고 싶은 것은 아니라는 것을 저들에게 보여줄 텐데."

"쉿. 네 입 때문에 우리 모두 죽겠다. 가자."

비안느가 말했다.

"싫어. 나는……."

비안느가 홱 돌아서서 이사벨과 마주섰다.

"그만해. 너 때문에 저들이 우리에게 시선을 주게 하면 안 돼. 알아들어?"

이사벨은 행진하는 병사들에게 마지막으로 증오에 찬 시선을 던지고는 비안느가 이끄는 대로 걸음을 옮겼다.

그들은 중앙로에서 빠져나와 좁은 골목 사이로 들어갔다. 그곳을 지나면 모자 가게 뒤편 골목이 나왔다. 그들은 병사들의 노랫소리를 들을 수 있었다. 그러더니 총성이 울려 퍼졌다. 그리고 다시 누군가 비명을 질렀다.

이사벨은 멈추어 섰다.

"감히 움직일 생각하지 마."

비안느가 쏘아붙였다.

출입구에 바싹 붙어서 계속 어두운 골목들을 지나갈 때 사람들 목소리가 들려왔다. 평소 시내를 지나는 것보다 시간이 오래 걸렸지만 결국 그들은 흙길에 들어섰다. 가만가만 묘지 앞을 지나서 집까지 갔다. 일단 집에 들어서자 비안느는 현관문을 걸어잠갔다.

"알았지?"

곧 이사벨이 말했다. 이 질문을 던지는 순간을 기다렸던 게 분명했다.

"네 방으로 가거라."

비안느가 소피에게 말했다. 이제 동생이 무슨 말을 하든 딸이 듣게 하고 싶지 않았다. 비안느는 모자를 벗고 빈 바구니를 내려놓았다. 그녀는 손을 덜덜 떨었다.

"놈들이 여기 온 것은 비행장 때문이야."

이사벨이 말했다. 그녀는 왔다갔다하면서 말을 이었다.

"우리가 항복까지 했는데 이렇게 빨리 들이닥칠 줄은 몰랐어. 난 믿지 않았지…… 아무튼 우리 병사들이 싸울 거라고 생각했는데. 내 생각에는……."

"손톱 좀 그만 물어뜯어. 그러다 피나겠다."

이사벨은 미친 여자의 행색이었다. 허리까지 드리운 땋은 머리에서 금발이 삐져나왔고, 멍든 얼굴은 분노로 일그러졌다.

"나치들이 '여기' 왔다고, 카리보에. 그들의 깃발이 시청에서 휘날린다고. 개선문과 에펠탑에서 휘날리는 것처럼! 그들은 시내에 들어온 지 5분도 안 되어 총을 발사했어."

"전쟁은 끝났어, 이사벨. 페탱 원수가 그렇게 말했어."

"전쟁이 끝났다고? 전쟁이 '끝'났어? 우린 여기서 빠져나가야 해. 소피를 데리고 카리보를 떠나자고."

"그럼 어디로 가지?"

"어디든. 리옹쯤으로. 프로방스 지방으로 가. 마망이 태어난 데가 도르도뉴의 어느 도시였더라? 브랑톰이지. 우린 마망의 친구를 찾을 수 있을 거야. 그 바스크(프랑스와 스페인에 걸쳐 있는 지역) 출신인데 그분 이름이 뭐였지? 마담 바비노. 그녀가 우리를 도와줄 거야."

"너 때문에 골치가 아프다."

"골치 정도는 손톱만큼도 문제가 아니야."

이사벨이 다시 왔다갔다하면서 말했다.

비안느가 그녀에게 다가왔다.

"미친 짓이나 어리석은 짓을 벌일 생각 말아. 내 말 알아듣겠어?"

이사벨은 화가 나서 위층으로 뛰어올라가 문을 쾅 닫았다.

항복.

그 말이 이사벨의 생각 속에 턱 걸렸다. 그날 밤 그녀는 아래층 손님방에서 천장을 올려다보면서 누워 있었다. 분노가 너무 깊이 자리 잡아서 똑바로 생각할 수가 없었다.

무력한 여자애처럼 이 집에 박혀서 빨래하고, 식료품점 앞에 줄서고, 바닥을 닦으면서 전쟁 기간을 보내야 하나? 옆에 물러서서 적들이 프랑스에서 모든 것을 약탈하는 것을 구경해야 하나?

이사벨은 언제나 외로움을 타고 분개했지만-적어도 기억하는 한 아주 어릴 때부터- 지금처럼 그 느낌이 통렬한 적은 없었다. 그녀는 친구도 없고 할 일도 없이 여기 시골에 박혀 있었다.

아니.

그녀가 할 수 있는 일이 틀림없이 있을 것이다. 여기서라도, 지금이라도.

'귀중품을 숨겨.'

그 생각밖에 떠오르지 않았다. 독일군은 시내 집집마다 약탈할 테고, 그것은 의심할 나위가 없었다. 약탈할 때 그들은 귀중한 것은 뭐든 가져갈 것이다. 조국의 정부는-그들은 겁쟁이들이었다- 그것을 알고 있었다. 루브르 박물관에서 많은 소장 작품들을 빼돌리고 대신 벽에 위작들을 건 것도 그 때문이었다.

"대단한 계획은 아니네."

이사벨이 중얼댔다. 하지만 손놓고 있는 것보다는 나았다.

다음 날 비안느와 소피가 학교에 가자마자 이사벨은 행동 개시했다. 시내에 가서 식료품을 구하라는 언니의 당부는 무시했다. 나치들을 보는 것을 참을 수가 없었고, 하루 고기를 먹지 않는다고 큰일이 나지도 않을 터였다.

대신 집 안 구석구석 살폈다. 옷장들을 열고 서랍들을 뒤졌고, 침대마다 밑을 들여다보았다. 귀중품은 뭐든 꺼내서 식당의 식탁에 올려놓았다. 여러 가지 소중한 유품들이 있었다. 증조할머니가 짠 레이스, 은제 소금통과 후추통, 숙모에게 물려받은 금박 물린 리모주 접시, 인상파 그림 소품 몇 점, 고운 상아색 알랑송 레이스 식탁보, 사진첩 몇 권, 소피가 아기였을 때 찍은 가족사진이 든 은 액자, 어머니의 진주, 비안느의 웨딩드레스를 비롯해 몇 가지 더 있었다.

이사벨은 모든 물건을 담은 나무 테두리로 된 가죽 트렁크를 끌고 짓밟힌 잔디밭 위를 지나갔다. 트렁크가 돌에 긁히거나 뭔가에 부딪칠 때마다 얼굴이 찌푸려졌다. 헛간에 다다를 즈음, 그녀는 가쁜 숨을 몰아쉬며 땀을 흘렸다.

헛간은 기억했던 것보다 작았다. 건초 다락은—그녀가 행복을 느낀 세상의 유일한 장소— 사실 2층의 좁은 돌출부, 흔들리는 사다리 꼭대기의 튀어나온 마룻바닥이었고, 지붕 밑이어서 하늘을 볼 수 있었다. 누군가 마음을 써서 찾으러 올 것처럼 상상하면서 그림책을 보며 얼마나 긴 시간을 보냈던가? 늘 라셀이나 앙투안과 나가 노는 언니를 기다리면서.

이사벨은 그 기억을 밀어냈다.

헛간은 폭이 9미터도 되지 않았다. 증조부는 작은 마차들을 두려고 이 헛간을 지었다—그 시절에는 집안이 부유했다. 이제 헛간에는 고물 르노 자동차 한 대만 달랑 세워져 있었다. 헛간의 각 칸들에는 트랙터 부품들과 거미줄이 드리워진 나무 사다리들, 녹슨 농기구들이 있었다.

이사벨은 헛간 문을 닫고 자동차로 갔다. 운전석 문이 삐걱 소리를 내며 빡빡하게 열렸다. 그녀는 시동을 걸고 2미터 남짓 차를 앞으로 빼서 세웠다.

널빤지를 가죽 끈으로 연결해서 만든 길이 1.5미터, 폭 1.2미터인 지하실 문은 보이지 않았다. 특히 지금은 먼지와 말라비틀어진 건초가 잔뜩 덮여서 더 안 보였다. 이사벨은 문을 당겨서 차의 움푹 패인 범퍼에 기대고 퀴퀴한 어둠 속을 내려다보았다.

트렁크의 손잡이를 잡고 손전등을 켜서 가방을 들지 않은 쪽 겨드랑이에 꼈다. 그런 다음 천천히 사다리를 타고 내려갔다. 트렁크를 부딪치면서 한 칸씩 내렸고 결국 밑바닥에 닿았다. 트렁크가 그녀 옆 바닥에 툭 떨어졌다.

건초 다락처럼 이 은신처도 어릴 때보다 훨씬 작아 보였다. 좁은 공간 한쪽에는 선반이 있고 바닥에는 낡은 매트리스가 깔려 있었다. 예전에는 선반마다 와인을 만드는 통들이 놓여 있었지만, 이제 달랑 등잔 하나만 남아 있었다.

그녀는 트렁크는 안쪽 구석에 밀어 넣고 본채로 돌아갔다. 저장 식품과 담요, 약품들, 아버지의 사냥용 총, 와인 한 병을 챙겨 와서 모두 선반에 올렸다.

다시 사다리를 타고 올라오니 비안느가 헛간에 와 있었다.

"도대체 여기서 뭘 하는 거야?"

이사벨은 먼지투성이 손을 낡은 면 치맛자락에 닦았다.

"언니의 귀중품을 숨기고 물품을 아래 갖다 놨어.―우리가 나치를 피해 숨어야 될 때를 대비해서. 내려가서 살펴봐. 내가 제법 잘해 놓은 것 같아."

그녀는 다시 사다리를 타고 내려갔고 비안느가 뒤쫓아 어둠 속을 내려갔다. 등잔에 불을 켜고 이사벨은 아버지의 총이며 식료품, 의약품을 자랑스럽게 보여주었다.

비안느는 곧장 어머니의 보석함을 열었다. 안에 있는 브로치, 귀고리, 목걸이 들은 주로 모조 장신구들이었다. 하지만 상자 바닥, 파란 벨벳 위에 할머니가 결혼식에 걸었고, 어머니가 결혼식에 걸도록 물려준 진주 패물이 놓여 있었다.

"언젠가 이것들을 팔아야 될지도 몰라."

이사벨이 말했다.

비안느는 보석함을 탁 소리가 나게 닫았다.

"그건 가보야, 이사벨. 소피의 결혼식, 그리고 네 결혼식에 쓸 거라고. 난 절대 진주를 팔지 않을 거야."

그녀는 성미 급하게 한숨을 쉬고 이사벨에게 몸을 돌렸다. 비안느가 동생에게 물었다.

"시내에 나가서 어떤 식품을 구할 수 있었니?"

"난 대신 이 일을 했어."

"당연히 그랬겠지. 마망의 진주를 숨기는 게 네 조카에게 저녁을 먹이는 것보다 중요하지. 솔직히 그렇지, 이사벨."

비안느는 못마땅해서 폭폭 한숨을 쉬어 불만을 표시하고 사다리를 타고 올라갔다.

이사벨은 지하실에 혼자 남았다. 문을 닫고 르노 자동차를 제자리에 돌려놓았다. 그런 다음 헛간의 망가진 널빤지 뒤에 차 열쇠를 숨겼다. 마지막으로 차의 배전기 뚜껑을 빼내서 차가 운행되지 못하게 했다. 그녀는 배전기 뚜껑을 열쇠와 함께 감추었다.

마침내 이사벨이 집에 돌아왔을 때, 비안느는 부엌에서 무쇠 팬에 감자를 튀기고 있었다.

"네가 배고프지 않으면 좋겠네."

"안 고파."

이사벨은 눈을 맞추지 않고 언니 앞을 지났다. 그녀가 다시 말했다.

"참, 차 열쇠랑 배전기 뚜껑을 헛간 맨 앞 망가진 널빤지 뒤쪽에 숨겼어."

그녀는 거실에 들어가서 라디오를 켜고, BBC 뉴스를 들을까 해서 바싹 다가들었다.

지지직 소리가 나다가 낯선 목소리가 들렸다.

"여기는 BBC입니다. 드 골 장군이 여러분에게 연설하고 있습니다."

"비안느! 드 골 장군이 누구야?"

이사벨이 부엌에 대고 소리쳤다.

비안느가 앞치마에 손을 닦으면서 거실로 들어왔다.

"무슨……"

"쉿."

이사벨이 말을 끊었다.

"……오랜 세월 프랑스 군의 수장이었던 지휘관들이 정부를 결성했습니다. 우리 군이 패하고 있다는 핑계를 내세워 이 정부는 적대 행위를 중단시키겠다면서 적과 접촉해왔습니다."

이사벨은 매료되어서 소형 나무 라디오를 응시했다. 그들이 처음 들어보는 이 사람은 프랑스 국민에게 직접 말했다. 페탱이 빗대어 말했던 것과 달리 담담한 말투로 국민에게 이야기하고 있었다.

"핑계를 내세웠다. 내 그럴 줄 알았지!"

"……우리는 육지와 공중 모두에서 적의 물리적인 위세에 눌려왔고 지금도 그런 것은 분명합니다. 탱크들, 비행기들, 독일군의 전술들이 우리 장성들의 간담을 너무도 서늘하게 만든 나머지, 그들은 오늘날 고통에 빠지게 되었습니다. 하지만 다 끝났습니까? 모든 희망이 사라져버렸습니까? 최종 패배한 겁니까?"

"맙소사."

이사벨이 중얼댔다. 이것이야말로 그녀가 기다려온 말이었다. 뭔가 할 일이, 뛰어들어야 될 싸움이 있었다. 최종적으로 항복한 게 아니었다.

드 골의 목소리가 계속 흘러나왔다.

"무슨 일이 있더라도 프랑스인의 정의의 횃불은 죽어서도 안 되고 죽지도 않을 것입니다."

이사벨은 자신이 울고 있는 것을 알아차리지 못했다. 프랑스인들은 포기하지 않았다. 이제 이사벨이 해야 될 일은 이 부름에 어떻게 응답할지 알아내는 것이었다.

*

나치군은 카리보를 점령하고 이틀 후, 늦은 오후에 회의를 소집했다. 전 주민이 참석해야 했다. 예외는 없었다. 그런데도 비안느는 이사벨을 데리고 나오느라 싸움을 해야 했다. 평소처럼 이사벨은 평범한 규율들을 지켜야 된다고 생각하지 않았고, 반항심을 내세워서 못마땅한 기분을 드러냈다. 성깔 있는 열여덟 살 아가씨가 조국이 점령당한 것을 어떻게 생각하는지 나치군이 신경이나 쓰는 듯이 굴었다.

"여기서 기다려."

마침내 이사벨과 소피를 집에서 데리고 나오자, 비안느가 짜증스럽게 말했다. 그녀는 두 사람을 내보내고 망가진 문을 가만히 닫았다. 살짝 딸깍 소리가 나면서 문이 닫혔다.

잠시 후 라셀이 그들에게 다가왔다. 그녀는 아기를 품에 안았고, 사라가 옆에서 따라왔다.

"내 가장 친한 친구 사라예요."

소피가 이모를 올려다보면서 말했다.

"이사벨, 다시 만나니 좋구나."

라셀이 미소지으며 말했다.

"그래요?"

이사벨이 대꾸했다.

라셀이 이사벨에게 더 가까이 다가왔다.

라셀이 상냥하게 말했다.

"그건 오래전이었잖아. 우린 어리고 멍청하고 이기적이었지. 우리가 널 푸대접해서 미안해. 널 무시했지. 틀림없이 몹시 힘들었을 거야."

이사벨은 입을 벌렸다가 다물었다. 이번만은 할 말이 없었다.

"가자. 이러다 늦겠다."

비안느가 말했다. 그녀가 이사벨에게 하지 못했던 말을 라셀이 하자 짜증스러웠다.

이렇게 늦은 시간대인데도 날씨가 이해 안 될 만큼 더웠고, 곧 비안느는 땀이 나기 시작하는 걸 느꼈다. 시내에서 그들은 투덜대는 인파와 섞였다. 가게 앞에도 자갈 박힌 좁은 도로에도 사람들이 꽉 차 있었다. 상점들은 문을 닫았고, 나중에 집에 돌아가면 더위를 참지 못할 거라는 듯 창마다 덧문이 닫혀 있었다.

대부분의 진열장들은 비어 있었지만 놀라운 일이 아니었다. 독일군들은 아주 많이 먹어치웠고, 더 나쁜 것은 그들이 카페에서 음식을 먹다가 남기는 것이었다. 조심성 없고 잔인한 짓이었다. 수많은 어머니가 아이들에게 소중한 음식을 조금이라도 아껴 먹이려고 지하실에 있는 음식 단지들을 헤아리기 시작하고 있었다.

나치의 선전 문구가 상점 벽이며 사방에 나붙었다. 미소 띤 독일 병사들이 프랑스 아이들에 둘러싸여 있고, 프랑스인들이 정복자들을 받아들이고 제 3제국의 선량한 시민들이 되라고 격려하는 문구가 적혀 있었다.

사람들은 시청으로 다가가자 투덜대는 것을 멈추었다. 가까워지니 지시를 따르는 게 훨씬 더 기분 나빴다. 병사들이 문을 지키고 창문들을 걸어 잠근 곳으로 떠밀려 들어가야 되는 게 못마땅했다.

"우린 들어가면 안 돼."

이사벨이 말했다.

자매 사이에 우뚝 서 있는 라셸이 혀 차는 소리를 냈다. 그녀는 품의 아기를 고쳐 안고 달래듯 반복해서 등을 토닥였다.

"우리는 불러서 나온걸."

"숨을 이유가 더 많아진 거죠."

이사벨이 말했다.

"소피랑 나는 들어갈 거야."

비안느가 말했다. 하지만 그녀 역시 불안한 예감이 느껴진다는 것을 인정해야 했다.

"영 예감이 안 좋아."

이사벨이 중얼댔다.

다리가 천 개 달린 지네처럼 인파가 앞으로 움직여 대강당으로 들어갔다. 원래 강당 벽에는 르와르 계곡이 왕실 사냥터였던 왕조 때 유물인 태피스트리들이 걸려 있었지만 지금은 하나도 없었다. 대신 나치스의 만장들과 선전용 포스터들—'제 3제국을 믿으십시오'—과 히틀러의 대형 그림이 벽에 붙어 있었다.

그림 밑에 메달들과 철십자 훈장이 달린 검은 군복 상의와 무릎길이의 바지를 입은 사내가 서 있었다. 그의 군화가 반짝반짝 윤이 났다. 사내는 오른쪽 팔뚝에 만장 완장을 차고 있었다.

강당이 꽉 차자 병사들이 참나무 문들을 닫았고, 문은 삐걱대며 닫혔다. 강당 앞쪽에 선 장교가 사람들을 마주보고 서서 오른팔을 쑥 내밀며 외쳤다.

"하일 히틀러."

좌중에서 두런대는 소리가 났다. 그들이 어떻게 해야 하나? 몇 사람이 마지못해 '하일 히틀러'라고 따라 말했다. 실내에서 땀내와 가죽

광택제와 담배 연기 냄새가 나기 시작했다.

"나는 비밀국가경찰의 벨트 소령이다. 게슈타포다."

검은 제복 차림의 사내는 사투리 억양이 강한 프랑스어로 말을 이어갔다.

"내가 여기 있는 것은 조국과 총통을 대신해서 휴전 조건을 전달하기 위해서다. 규칙에 순종하는 사람들에게는 큰 어려움이 없을 것이다."

그가 헛기침을 하고 나서 계속 말했다.

"규칙. 모든 라디오는 당장 시청에 있는 우리에게 제출해야 한다. 모든 총, 폭탄, 탄환도 마찬가지다. 모든 작동 가능한 차량들은 압수될 것이다. 모든 창문은 암막용 천으로 가려야 한다. 오후 9시 통행금지가 즉시 시행된다. 해가 진 후에는 어떤 빛도 불허된다. 재배 작물이든 수입 작물이든 모두 우리가 통제할 것이다."

그는 말을 멈추고 앞에 서 있는 사람들을 내다보았다. 소령이 다시 말을 이어갔다.

"별로 힘들지 않겠지? 여러분은 조화롭게 함께 살 것이다, 알겠나? 하지만 이것을 알아주도록. 어떤 방해공작, 첩보활동, 저항행위라도 신속하고 무자비하게 처리될 것이다. 그런 행위에 대한 벌은 사형이다."

소령은 가슴팍 주머니에서 담뱃갑을 꺼내서 한 개비 뺐다. 그는 담배에 불을 붙이고 나서, 사람들의 얼굴을 하나하나 기억하려는 듯 강렬한 눈길로 좌중을 응시했다.

"또 여러분의 초라한 겁쟁이 병사들이 많이 돌아오겠지만, 우리에게 포로로 잡힌 자들은 독일에 남으리란 것을 여러분에게 알려야겠다."

비안느는 사람들 사이에서 술렁이는 혼란을 느꼈다. 그녀는 라셀을 쳐다보았다. 친구의 넓적한 얼굴이 군데군데 얼룩덜룩했다-불안하다는 신호였다.

"마크와 앙투안은 집에 돌아올 거야."

라셀이 완고하게 말했다.

소령이 계속 말했다.

"이해했을 테니 이제 가도 좋다. 나는 오늘 밤 8시 45분까지 여기 병사들을 둘 것이다. 그들이 여러분의 접수품을 받을 것이다. 늦지 말도록. 그리고……"

그가 싹싹하게 미소 지으면서 말을 이었다.

"라디오를 소지하는 데 목숨을 걸지 말도록. 뭐든 갖고 있으면-감추면- 우리가 찾아낼 것이고, 우리가 찾아내면…… 죽음이다."

소령이 보기 좋은 미소를 지으면서 어찌나 태연하게 말하던지, 말뜻이 언뜻 이해되지 않았다.

사람들은 자리를 벗어나도 안전할지 확신이 서지 않아서 잠시 더 그대로 서 있었다. 아무도 먼저 움직여서 눈에 띄고 싶지 않았다. 그러다 갑자기 사람들이 무리지어 움직이기 시작하며 열린 문 바깥으로 나갔다.

"나쁜 자식들."

일행이 골목으로 접어들자 이사벨이 중얼댔다.

"난 저들이 우리에게 총 소지를 허용할 거라고 믿었거든."

라셀이 말했다. 그녀는 담배에 불을 붙여서 깊이 쭉 빨고 얼른 연기를 내뿜었다.

"난 우리 총을 갖고 있을 거야, 그건 확실히 말할 수 있어. 그리고 우리 라디오도."

이사벨이 큰소리로 말했다.

"쉿."

비안느가 만류했다.

"드 골 장군의 생각은……."

"그 헛소리 듣고 싶지 않아. 우린 남자들이 집에 올 때까지 고개를 숙이고 살아야 해."

비안느가 말했다.

"맙소사. 언니는 형부가 이 상황을 바꿀 수 있다고 생각해?"

이사벨이 매몰차게 쏘아붙였다.

비안느가 대답했다.

"아니, 난 네가 이 상황을 바꿀 수 있다고 믿지. 너랑 들어본 적도 없는 드 골 장군이. 자, 가자. 네가 프랑스를 구하기 위해 계획을 세우는 사이 나는 텃밭을 가꿔야 되거든. 가자고, 라셀, 우리 멍청이들은 물러가야지."

비안느는 소피의 손을 단단히 잡고 잰걸음으로 앞서 나갔다. 그녀는 이사벨이 따라오고 있는지 보려고 뒤돌아보지 않았다. 하지만 뒤에서 동생이 다친 발을 절룩대면서 오는 것을 알았다. 평소라면 비안느는 예의를 지켜서 동생과 보조를 맞추겠지만, 지금은 화가 솟구쳐서 배려할 수가 없었다.

"네 동생이 아주 틀리지 않을지도 몰라."

그들이 시내 끝에 있는 노르망디 양식의 교회 앞을 지날 때 라셀이 말했다.

"이 일에서 네가 이사벨 편을 든다면 난 네게 상처를 줄 수밖에 없을 거야, 라셀."

"그 말이 나왔으니 말인데 네 동생이 완전히 틀린 건 아닐지 모른다고."

비안느는 한숨을 쉬었다.

"이사벨한테는 그런 말 하지 말아. 안 그래도 봐줄 수가 없으니까."

"이사벨이 예의를 배워야겠지."

"네가 가르쳐보지 그래. 그 아이는 발전하거나 이성에 따르는 것에 완전히 반발하는 것으로 드러났어. 학교를 두 군데나 다녔는데 아직도 입을 다물거나 예의바르게 대화하지 못한다고. 이틀 전에는 시내에 가서 고기를 구해 오랬더니, 귀중품을 숨기고 우리가 숨을 대피소를 만들어 놨더라고. 만약의 경우에 대비한다나."

"나도 귀중품을 숨겨야겠네. 그리 많지 않지만."

비안느는 입술을 오무렸다. 이 일에 대해 더 말해봤자 도움이 되지 않았다. 곧 앙투안이 집에 돌아올 테고 그가 이사벨을 설득하면 되리라.

르 자르댕의 대문에서 비안느는 라셀과 작별 인사를 나누었다.

"왜 그 사람들에게 우리 라디오를 줘야 돼요, 마망? 파파 라디오인데요."

소피가 물었다.

"안 줄 거야. 우린 라디오를 숨길 거야."

이사벨이 그들 옆에 다가와서 말했다.

비안느가 매섭게 말했다.

"우리는 라디오를 숨기지 않을 거야. 우린 조용히 지낼 거고, 곧 앙투안이 집에 돌아올 거고 어떻게 할지 그이가 알 거야."

"중세에 온 걸 환영한다, 소피."

이사벨이 말했다.

비안느는 피난민들이 대문을 부수었다는 사실을 깜빡하고 대문을 활짝 열었다. 경첩 하나에 붙어 있는 대문이 덜컹댔다. 아무 일도 없었던 것처럼 행동하기 위해 비안느는 무척 애써야 했다. 그녀는 성큼성큼 집으로 걸어가서 현관문을 열었고, 곧 부엌 불을 켰다.

"소피, 식탁을 차려주겠니?"

그녀가 모자의 핀을 빼면서 말했다.

비안느는 딸이 투덜대는 소리를 못 들은 체했다―예상한 일이었다. 겨우 며칠 사이에 이사벨은 조카에게 권위에 도전하도록 가르쳤다.

비안느는 스토브에 불을 피우고 요리하기 시작했다. 부드러운 감자와 돼지고기를 넣은 수프가 끓기 시작하자 그녀는 정리하기 시작했다. 물론 이사벨은 어디 갔는지 도와주지 않았다. 비안느는 한숨을 쉬면서 설거지를 하려고 개수대에 물을 채웠다.

그 일에 몰두하느라, 한참 지나서야 누군가 현관문을 두드리는 소리를 들었다. 그녀는 머리를 두드리면서 거실로 걸어갔다. 이사벨이 손에 책을 들고 소파에서 일어났다. 비안느가 요리하고 부엌을 정리하는 사이 책을 읽다니. 당연히 그러겠지.

"올 사람이 있어?"

이사벨이 물었다.

비안느는 고개를 저었다.

"나가면 안 될 거야. 집에 아무도 없는 척해."

이사벨이 말했다.

"아마 라셀일 거야."

다시 문을 두드리는 소리가 났다.

천천히 문고리가 돌아가고 삐그덕 문이 열렸다.

그랬다. 당연히 라셀이었다. 달리 올 사람이 누가……

독일 병사가 그녀의 집에 들어섰다.

"저, 실례합니다."

사내는 형편없는 프랑스어로 말했다. 그는 군모를 벗어서 겨드랑이에 끼더니 미소 지었다. 잘생긴 남자였다—장신에 넓은 어깨, 작은 엉덩이, 창백한 피부와 연회색 눈. 비안느는 대략 비슷한 연배라고 짐작했다. 반듯하게 다린 군복은 완전히 새옷 같았다. 스탠드업 칼라에 철십자 훈장이 달려 있었다. 목에는 쌍안경을 걸고, 허리에는 불룩한 가죽 다용도 벨트를 차고 있었다. 그의 뒤쪽 열린 문틈으로 도로 옆에 세워진 오토바이가 보였다. 오토바이는 기관총이 달린 사이드카와 연결되어 있었다.

"마드모아젤."

병사가 비안느에게 말하면서, 재빨리 목례를 하고 딱 소리 나게 부츠 발을 부딪쳤다.

"마담."

비안느가 그의 말을 바로잡았다. 오만하고 자제력 있는 말투로 들리기를 바랐지만, 그녀가 듣기에도 겁먹은 기색이 역력했다. 그녀가 다시 말했다.

"마담 모리악이에요."

"저는 볼프강 벡 대위입니다."

그가 비안느에게 종이 한 장을 내밀고 다시 양발을 딱 붙였다. 대위가 말을 이었다.

"프랑스어가 그리 뛰어나지 않습니다. 부족함을 양해해주십시오."

그가 미소 짓자 뺨에 깊은 볼우물이 생겼다.

비안느는 종이를 받아서 양미간을 찌푸리고 들여다보았다.

"독일어를 못 읽는데요."

"원하는 게 뭐예요?"

이사벨이 비안느 옆에 와서 물었다.

"부인의 집이 가장 아름답고 비행장이랑 아주 가까워서요. 저는 도착하자마자 이 집을 눈여겨보았습니다. 방이 몇 개나 됩니까?"

"왜요?"

이사벨이 질문하는 동시에 비안느가 말했다.

"셋인데요."

"제가 이 집을 숙소로 쓸 겁니다."

대위가 어설픈 프랑스어로 말했다.

"숙소요? 그러니까…… 머무른다는 건가요?"

"그렇습니다, 마담."

"당신이요? 남자가? 나치가? 아뇨, 안 돼요."

이사벨은 고개를 흔들면서 다시 말했다.

"안 돼요."

대위의 미소는 옅어지지도 없어지지도 않았다.

"시내에 오셨지요. 도착하면서 당신을 봤습니다."

"나를 눈여겨봤어요?"

그가 미소 지었다.

"혈기 왕성한 병사라면 누구나 당신을 눈여겨봤을 걸요."

"당신이 피를 언급하니 우습네요."

이사벨이 말했다.

비안느가 팔꿈치로 동생을 찔렀다.

"죄송합니다, 대위님. 제 동생이 가끔 고집을 부린답니다. 하지만 저는 아시다시피 결혼했고 남편은 전선에 있어요. 그리고 여기 제 동생이랑 딸이랑 있어서, 대위님이 여기서 사는 게 적절하지 않다는 것을 아실 겁니다."

"아, 그러면 집을 저한테 넘기셔야 될 텐데요. 그러면 분명히 여러분이 무척 힘들 겁니다."

"넘겨요?"

비안느가 반문했다.

이사벨이 대위를 계속 쳐다보면서 말했다.

"대위 말을 언니가 제대로 이해 못 하는 거야. 그는 언니의 집을 차지하겠다는 거고, 저 종잇조각은 그것을 가능하게 하는 몰수 명령서야. 물론 페탱의 휴전 조건이겠지. 우린 이 사람에게 방을 내주거나 대대로 내려온 집을 양도하거나 둘 중 하나를 할 수 있어."

그가 불편해 보였다.

"이것이 해결책일 겁니다. 당신들의 이웃 역시 같은 곤란에 빠져 있을 겁니다."

"우리가 집을 떠나면 다시 집을 되찾게 되나요?"

이사벨이 물었다.

"그럴 것 같지 않군요, 마담."

비안느는 용기를 내서 대위에게 한 걸음 다가섰다. 어쩌면 그를 설득할 수 있을 듯했다.

"이제 언제라도 제 남편이 집에 올 것 같네요. 그이가 집에 올 때까지 기다려줄 수 있나요?"

"안타깝게도 제가 장군이 아니라서요. 그저 국방군 소속 대위에 불과하지요. 저는 명령을 따르지 명령을 내리지 않습니다, 마담. 그리고 여기서 기거하라는 명령을 받았습니다. 하지만 제가 신사라는 점은 자신합니다."

"우리가 떠날게요."

이사벨이 말했다.

"떠난다고? 여긴 내 집이야."

비안느가 믿을 수 없는 듯이 동생에게 쏘아붙였다. 그녀는 대위에게 말했다.

"당신이 신사라고 믿어도 되겠어요?"

"물론입니다."

비안느가 이사벨을 바라보았고, 동생은 천천히 고개를 저었다.

비안느는 선택의 여지가 없다는 것을 알았다. 앙투안이 집에 올 때까지 소피를 안전하게 데리고 있어야 했고, 그 다음에는 남편이 이 힘든 상황을 해결할 것이다. 이제 휴전 협정이 성립되었으니 분명히 그는 곧 집에 돌아오리라.

비안느가 말했다.

"아래층에 작은 침실이 있어요. 그 방이 편하실 거예요."

대위가 목례했다.

"메르시, 마담. 짐을 가져오겠습니다."

*

대위가 나가고 문이 닫히자마자 이사벨이 말했다.

"미쳤어? 우린 나치랑 같이 살 수 없어."

"그는 국방군 소속이라고 말했어. 그거랑 같은 거야?"

"난 그들의 명령체계에는 관심 없어. 그들이 우리에게 무슨 짓을 하려는지 언니가 못 봐서 그래. 난 봤다고. 우린 떠나야 해. 옆집으로, 라셀의 집으로 가. 라셀이랑 같이 살면 돼."

"라셀의 집은 너무 좁아서 모두 같이 지낼 수가 없어. 그리고 내 집을 독일군에게 양도하지 않을 거야."

그 말에 이사벨은 대꾸하지 않았다.

비안느는 불안해서 목덜미가 가려운 것을 느꼈다. 오래전 초조할 때 버릇이 다시 나타났다.

"가야 한다면 넌 가. 하지만 난 앙투안을 기다리고 있어. 우리가 항복했으니까 곧 그이가 집에 돌아올 거야."

"언니, 제발……."

현관문이 거세게 덜컹댔다. 다시 노크 소리.

비안느가 멍하니 앞으로 걸어갔다. 그녀는 떨리는 손으로 문을 열었다.

벡 대위가 한 손에는 군모를, 다른 손에는 작은 가죽 여행 가방을 들고 서 있었다.

"다시 안녕하십니까, 마담."

그는 한참 만에 온 사람처럼 인사했다.

비안느는 이 남자의 시선에 약해진 기분을 느끼면서 목을 긁적였다. 그녀가 얼른 뒤로 물러나면서 말했다.

"이쪽입니다, 대위님."

그녀는 3대에 걸친 집안 여인들이 꾸민 거실을 보았다. 금색 벽토를 바른 벽은 갓 구운 브리오슈(달걀이 든 작은 빵) 색깔이 났고, 잿빛 돌바닥에는 고풍스런 오뷔숑 융단이 깔려 있었다. 태피스트리 천을 씌운 화려하게 조각된 목재 가구, 도자기 램프들, 금색과 빨간색 리넨 커튼, 로시뇰 가문이 부유한 상인이었던 시절부터 내려온 골동품과 귀한 물건들. 최근까지 벽에는 그림들이 걸려 있었는데 지금은 하찮것없는 작품들만 남아 있었다. 좋은 그림들은 이사벨이 숨겨두었다.

비안느는 이 모든 것을 지나서 계단 밑에 있는 작은 손님방으로 갔다. 20세기 초반에 증축한 욕실의 왼쪽, 닫힌 문 앞에서 그녀가 멈추었다. 비안느는 뒤에서 나는 대위의 숨소리를 들을 수 있었다.

그녀가 문을 열자 좁은 방이 나타났다. 커다란 창에 달린 청회색 커튼은 바닥까지 끌렸다. 페인트 칠을 한 서랍장에 파란 물주전자와 입구가 넓은 물단지가 놓여 있었다. 구석에 있는 오래된 장농 문짝에 거울이 붙어 있었다. 더블 침대 옆에 협탁이 있고, 그 위에 골동품 도금 시계가 있었다. 이사벨이 장기 휴가를 떠나려고 짐을 싸는 중이기라도 한 것처럼 사방에 옷이 흩어져 있었다. 비안느는 얼른 옷들을 집고 여행가방도 챙겼다. 그 일을 마치자 그녀가 몸을 돌렸다.

그의 옷가방이 바닥에 놓여 있었다. 그녀는 대위를 바라보았고, 예의상 억지로 뻣뻣하게 미소지었다.

대위가 말했다.

"걱정하실 필요 없습니다, 마담. 저희는 신사처럼 행동하라는 경고를 받았습니다. 어머니도 똑같이 요구하실 거고, 솔직히 저는 장군님보다 어머니가 더 무섭습니다."

너무나 평범한 말이어서 비안느는 깜짝 놀랐다.

적군의 옷을 입었지만 교회에서 만났을 법한 청년으로 보이는 이 낯선 사람에게 어떻게 대응해야 될지 그녀는 난감했다. 또 틀린 말을 하면 어떤 대가를 치를까?

벡 대위는 그녀와 적절한 거리를 두고 그 자리에 서 있었다.

"불편을 끼쳐서 죄송합니다, 마담."

"남편이 곧 집에 돌아올 거예요."

"우리 모두 곧 집에 돌아가기를 바라지요."

또다시 의표를 찌르는 대꾸. 비안느는 예의 바르게 목례하고 그를 방에 두고 나와서 문을 닫았다.

"그가 머물지 않을 거라고 말해줘."

이사벨이 얼른 달려와서 말했다.

"그는 머물겠다고 해."

비안느는 눈에서 머리칼을 떼내면서 지친 말투로 대답했다. 이제 그녀는 떨고 있다는 것을 깨달았다. 비안느가 덧붙여 말했다.

"나치들에 대한 네 감정을 알아. 그에게 그런 감정을 들키지 않도록 해. 난 네가 유치한 반발심으로 소피를 위험에 처하게 두지 않을 거야."

"유치한 반발심! 언니는……."

손님방 문이 열리자 이사벨은 입을 다물었다.

벡 대위가 환한 미소를 지으면서 확신에 찬 걸음으로 그들에게 다가왔다. 그러다가 그는 거실에 있는 라디오를 보았고 멈추어 섰다.

"걱정 마십시오, 숙녀분들. 제가 기쁜 마음으로 대신 라디오를 사령부에 전달하겠습니다."

"정말이에요? 이걸 친절을 베푼다고 생각하는 거예요?"

이사벨이 말했다.

비안느는 가슴이 조여드는 것을 느꼈다. 이사벨 안에서 폭풍이 몰아치고 있었다. 동생의 뺨은 창백하고 입술은 가는 무색의 선 같았고 눈은 가늘어졌다. 그녀는 잡아먹을 듯한 표정으로 독일인을 노려보고 있었다.

"물론입니다."

그는 약간 어리둥절한 표정으로 미소 지었다. 갑작스러운 침묵이 그를 무기력하게 만드는 듯했다. 불현듯 그가 말했다.

"아름다운 머리를 가졌네요, 마드모아젤."

이사벨이 얼굴을 찌푸리자 그가 다시 말했다.

"이것은 적절한 칭찬이지요, 그렇죠?"

"그렇게 생각하세요?"

이사벨이 낮은 목소리로 물었다.

"무척 아름답습니다."

벡이 미소지었다.

이사벨은 부엌에 들어가더니 뼈를 바르는 가위를 들고 나왔다.

그의 미소가 사라졌다.

"제 말을 오해하십니까?"

이사벨이 숱 많은 금발을 한데 모아 주먹에 쥐자 비안느가 나서서 말했다.

"이사벨, 그만둬."

이사벨은 벡 대위의 잘생긴 얼굴을 침울하게 쳐다보고는 긴 금발 머리채를 잘라서 주었다.

"저희가 뭐든 아름다운 것을 갖는 것은 틀림없이 금지일 거예요. 그렇지 않은가요, 벡 대위님?"

비안느가 놀라서 숨을 헐떡였다.

"부탁입니다, 대위님. 이 아이의 말을 무시하세요. 이사벨은 아둔하고 자만심이 강한 아이예요."

"아니요. 그녀는 화가 나 있습니다. 전쟁 중에 화가 난 사람들은 실수를 저지르고 죽습니다."

벡이 말했다.

"정복한 병사들도 마찬가지죠."

이사벨이 쏘아붙였다.

벡은 그녀를 비웃었다.

이사벨은 실제로 으르렁대는 소리를 내고는 휙 몸을 돌렸다. 그녀는 당당하게 계단을 올라가서 거세게 문을 닫았고, 그 바람에 집이 흔들렸다.

*

 "제가 장담하는데 이제 동생분과 이야기를 나누고 싶으시겠지요. 그런…… 엉뚱한 곳에서 그런…… 과장된 행동을 하면 극도로 위험할 수 있습니다."

 벡이 말했다. 그는 서로 이해하는 것 같은 눈길로 비안느를 바라보았다.

 비안느는 그를 거실에 세워두고 위층으로 올라갔다. 이사벨은 소피의 침대에 앉아서 화가 난 나머지 부들부들 떨고 있었다.

 볼과 목덜미의 긁힌 상처들이 그녀가 보고 견뎌낸 것을 연상하게 했다. 그리고 이제 머리칼이 싹둑 잘려서 끝이 들쭉날쭉했다.

 비안느는 헝클어진 침대에 이사벨의 소지품을 던지고 방에 들어가 문을 닫았다. 그녀가 말했다.

 "도대체 무슨 생각을 한 거야?"

 "잠든 사이에 그를 죽일 수도 있어, 목을 따면 돼."

 "그러면 그들이 여기서 기거하라는 명령을 받은 대위를 찾아오지 않을 것 같아? 제발이지, 이사벨."

 비안느는 뛰는 신경을 가라앉히려고 숨을 크게 들이마셨다.

 "우리 사이에 문제가 있다는 것을 나도 알아, 이사벨. 어릴 때 내가 너를 푸대접했고-난 너무 어렸고 겁이 나서 널 도울 수가 없었어-파파는 너를 더 푸대접했어. 하지만 지금 이건 우리 문제가 아니고, 더 이상 충동적인 행동을 하면 안 돼. 이제 내 딸이 걸려 있다고. 네 조카. 우린 그 아이를 보호해야만 돼."

"하지만……."

"프랑스는 항복했어, 이사벨. 분명히 이 사실은 너한테도 영향을 미칠 거야."

"드 골 장군의 말을 못 들었어? 그가 말하기를……."

"그런데 드 골 장군이 누구야? 왜 우리가 그 사람 말을 들어야 되지? 페탱 원수는 전쟁 영웅이고 우리의 지도자야. 우린 정부를 신뢰해야 된다고."

"농담하는 거야, 비안느? 비시에 있는 정부는 히틀러와 협력하고 있어. 어떻게 이 위험성을 모를 수가 있지? 페탱은 틀렸어. 지도자를 맹목적으로 따라야 되는 거야?"

비안느는 천천히 이사벨에게 다가갔다. 이제 동생이 두렵기까지 했다. 그녀가 손 떨림을 막으려고 양손을 맞잡고 말했다.

"너는 지난 전쟁을 기억 못 해. 나는 기억하지. 집에 돌아오지 않은 아버지와 오빠와 숙부 들을 기억해. 우리 반에서 전보로 나쁜 소식을 받은 친구가 조용히 우는 소리를 들은 걸 기억해. 다리가 없는 바짓가랑이를 펄럭이면서 목발을 짚고, 팔 하나가 떨어지거나 얼굴이 망가져서 집에 돌아온 사내들을 기억해. 파파가 전쟁 전에 어떤 사람이었는지-그리고 집에 돌아왔을 때 얼마나 달라졌는지 기억하지. 그가 얼마나 술을 마시고 문을 쾅쾅 닫고 우리를 윽박질렀는지, 그러다가 언제 그걸 멈추었는지 기억하지. 베르댕(제1차 세계대전 때 크게 파괴된 프랑스 북동부의 요새 도시)과 솜(프랑스 북동부. 제1, 2차 세계 때 격전지)에 대한 이야기들을 기억해. 백만 프랑스인이 죽은 참호들이 피로 붉게 물들었지. 그리고 독일의 잔악 행위. 그 부분을 잊으면 안 돼. 그들은 '잔인'했어, 이사벨."

"그게 바로 내 말이야. 우리는 반드시……."

"그들이 잔인했던 것은 우리가 맞서서 전쟁을 벌였기 때문이야, 이사벨. 페탱은 다시 그런 일을 겪지 않도록 우리를 구제했어. 그는 우리를 안전하게 지켜주고 있다고. 페탱은 전쟁을 중지시켰어. 이제 앙투안과 우리 남자들이 집으로 돌아올 거야."

"'하일 히틀러' 세상으로?"

이사벨은 조소하면서 말을 이었다.

"'프랑스인의 저항의 횃불은 죽어서도 안 되고 죽지도 않을 겁니다.' 드 골 장군이 그렇게 말했어. 우리는 할 수 있는 한 싸워야 해, 언니. 그래서 프랑스를 보존해야 해."

"그만해."

비안느가 말했다. 그녀는 이사벨에게 속삭이거나 키스할 수 있을 정도로 가까이 다가왔지만 아무것도 하지 않았다. 단호하고 침착한 목소리로 말했다.

"너는 위층 소피의 방을 쓰도록 해. 소피는 내 방으로 옮길 거야. 그리고 이걸 기억해, 이사벨. 그는 우리를 쏠 수도 있었어. '우리를 쏴 죽여도' 아무도 신경쓰지 않을 거야. 내 집에서 그를 자극하지 마."

비안느는 이 말이 급소를 찔렀음을 알았다. 이사벨의 몸이 굳었다.

"말조심하려고 해볼게."

"해보는 정도로는 안 돼."

9

비안느는 침실 문을 닫고, 신경을 가라앉히려고 문에 몸을 기대고 섰다. 방 안에서 이사벨이 왔다갔다하는 소리를 들을 수 있었다. 그녀는 매우 화가 나서 움직이느라 바닥이 흔들렸다. 비안느는 얼마 동안이나 거기 혼자 서서 떨면서 마음을 다독이려 애썼을까? 두려움과 싸우는 사이 몇 시간이 지난 느낌이었다.

평소 같았다면 그녀는 기운을 차리고 동생과 이성적으로 대화하며, 오랫동안 말하지 못했던 이야기를 했을 것이다. 어린 동생을 그런 식으로 대해서 얼마나 미안한지 말했으리라. 어쩌면 이사벨을 이해시킬 수 있었을 것이다.

어머니가 세상을 떠난 후 비안느는 너무나 무기력했다. 아버지가 이 작은 도시에서 아무 애정도 보여주지 않는 냉정하고 엄한 여자의 감시하에서 살도록 딸들을 보냈을 때 비안느는 기운을 잃고 말았다.

다른 때 같았다면 비안느는 이사벨과 둘이 공통으로 겪은 일들을 이야기했을 것이다. 어머니의 죽음으로 그녀가 얼마나 주저앉았는지, 아버지의 거부에 얼마나 상심했는지 이야기했을 것이다. 혹은 열여섯 살 때 사랑에 빠져 임신해서 아버지를 찾아갔는데…… 그에게 뺨을 맞고 수모를 당했던 일도. 앙투안이 아버지를 거칠게 떠다밀고 '난 비안느와 결혼할 겁니다'라고 말했던 것도.

그때 아버지는 대꾸했다. '좋아, 네가 가져. 집도 네가 가져도 좋아. 하지만 악을 쓰며 울어대는 네 동생도 데려가.'

비안느는 눈을 감았다. 오랜 세월 그런 생각은 하기 싫었다, 사실 잊고 살았다. 이제 어떻게 그걸 밀어낼 수 있을까? 아버지가 딸들에게 했던 짓과 똑같은 짓을 그녀가 이사벨에게 했는데. 그게 비안느의 인생에서 가장 뼈아픈 후회였다. 하지만 지금은 그 아픔을 치유할 시기가 아니었다.

이제 그녀는 남편이 집에 돌아올 때까지 소피를 안전하게 지키기 위해 모든 일을 다 해야 했다. 이사벨에게 그 점을 이해시켜야 될 것이다. 비안느는 한숨을 쉬면서 저녁 식사를 준비하러 아래층으로 내려갔다.

부엌에 가보니 감자 수프가 끓어 넘쳐서 얼른 뚜껑을 열고 불을 낮추었다.

"마담? 명랑하십니까?"

그녀는 벡의 목소리에 움찔했다. 언제 그가 여기 들어왔을까?

비안느는 숨을 깊이 들이마시고 머리를 매만졌다. 그는 그런 말을 하려던 게 아니었다. 그의 프랑스어 실력은 정말 형편없었다.

"고마워요."

"맛있는 냄새가 나네요."

그가 비안느의 등 뒤로 다가오며 말했다.

그녀는 나무 주걱을 스토브 옆 거치대에 세웠다.

"뭘 만들고 있는지 봐도 됩니까?"

"물론이죠. 그냥 감자 수프예요."

비안느가 말했다. 두 사람은 그녀의 대답이 중요하기라도 한 것처럼 말을 주고받았다.

"아쉽게도 제 아내는 음식 솜씨가 별로거든요."

이제 벡은 그녀 바로 옆에, 원래 앙투안의 자리에 섰다. 배고파서 만들고 있는 음식을 들여다보는 사내.

"결혼하셨군요."

비안느가 말했다. 왜 그런지 알 수 없었지만 안심이 됐다.

"그리고 곧 아기가 태어납니다. 우리는 아기 이름을 빌헬름이라고 지을 계획이지요. 하긴 저야 아기가 태어날 때 거기 없을 테니까 물론 그런 결정은 아기 엄마가 해야겠지만요."

너무도…… 인간적인 말이었다. 비안느는 자기도 모르게 살짝 몸을 돌려서 그를 바라보았다. 벡 대위는 그녀와 키가 비슷했다. 거의 똑같았고 그게 그녀를 불안하게 했다. 그의 눈을 똑바로 보자 비안느는 약해지는 기분을 느꼈다.

"정말이지, 우리 모두 곧 집에서 지내게 될 겁니다."

그가 말했다.

'이 사람 역시 이 전쟁이 끝나기를 바라는구나.'

비안느는 그렇게 생각하며 안도했다.

"저녁 시간이네요, 대위님. 저희랑 같이 식사하시겠어요?"

"그러면 영광이지요, 마담. 하지만 제가 거의 매일 저녁 늦게까지 일하느라 사령부에서 식사할 거라는 말씀을 드리면 부인은 반가우실 테죠. 또 자주 작전을 나갈 겁니다. 때로 제 존재를 느끼지 못하실 걸요."

비안느는 그를 부엌에 두고 포크와 나이프를 챙겨서 식당에 들어가다가 이사벨과 부딪칠 뻔했다.

"그 작자랑 단둘이 있으면 안 돼."

이사벨이 이를 악물고 말했다.

대위가 식당으로 들어왔다.

"설마 제가 환대를 받으면서 해를 끼칠 거라고 생각하시지 않겠지요? 오늘 밤만 해도 제가 와인을 가져왔습니다. 맛좋은 상세르(프랑스 르와르 지방산 백포도주)입니다."

"우리한테 와인을 가져왔다고요."

이사벨이 말했다.

"선량한 손님이라면 그래야 마땅하지요."

벡 대위가 대답했다.

비안느는 '아, 안 되는데'라고 생각했지만 이사벨의 말대꾸를 막을 방도가 없었다.

이사벨이 물었.

"투르에 대해서 아시나요, 대위님? 당신네 슈투카(제2차 세계대전 독일의 급강하 전투기)가 목숨을 구하려고 피난하는 무고한 부녀자들과 아이들에게 발포하고 우리에게 폭탄을 투하한 걸 아세요?"

"우리라뇨?"

그가 생각에 잠긴 표정을 지으면서 물었다.

"난 거기 있었어요. 내 얼굴의 상처들을 보면 알 텐데요."

"아, 말할 수 없이 불쾌했겠군요."

대위가 말했다.

이사벨은 미동도 하지 않았다. 빨간 흉터가 있는 멍든 창백한 얼굴에서 초록색 눈이 타올랐다.

"불쾌하다."

"소피 생각을 해."

비안느가 차분한 태도로 말했다.

이사벨은 이를 갈더니 곧 억지 미소를 지었다.

"자, 벡 대위님. 제가 자리를 안내해드리죠."

비안느는 적어도 한 시간 만에 처음으로 편히 숨을 쉬었다. 그녀는 천천히 부엌으로 가서 음식을 퍼담았다.

*

비안느는 말없이 저녁 식사를 날랐다. 무거운 식탁 분위기가 모두를 짓눌렀다. 비안느는 신경이 끊어질 지경이었다. 밖에서 해가 지기 시작하면서 창으로 분홍색 빛이 들어왔다.

"와인 드시겠습니까, 마드모아젤?"

벡이 이사벨에게 물었다. 그는 식탁에 가져온 상세르 와인을 큰 잔에 직접 따랐다.

"여느 프랑스 가정들은 와인을 마실 여유가 없을 겁니다, 대위님. 그런데 내가 어떻게 그걸 즐길 수 있겠어요?"

"조금 마시는 것은 괜찮을 텐데요……."

이사벨은 수프를 다 먹고 발딱 일어났다.

"실례합니다. 뱃속이 안 좋네요."

"나도요."

소피가 말했다. 아이는 자리에서 일어나서 고개를 숙이고 이모를 쫓아서 나갔다.

비안느는 숟가락을 든 채 꼼짝 않고 앉아 있었다. 이사벨과 소피는 그녀를 벡 대위와 둘만 남겨두었다.

숨결이 가슴 안에서 흔들렸다. 그녀는 조심스럽게 수저를 내려놓고 냅킨으로 입가를 눌렀다.

"제 동생을 용서하세요, 대위님. 아이가 성미가 급하고 제멋대로예요."

"제 맏딸이 그런 아이지요. 저희는 아이가 조금 더 크면 골칫덩이가 될 거라고 각오합니다."

그 말에 비안느는 너무나 놀라서 고개를 돌렸다.

"딸이 있으세요?"

"지셀라라고 해요."

그가 입꼬리를 올리며 미소 지었다. 벡 대위가 덧붙여 말했다.

"여섯 살인데 벌써 아이 엄마는 아주 간단한 일도 시키지 못하지요-양치질 같은 일도요. 우리 지셀라는 독서보다는 성 쌓기를 더 좋아할 겁니다."

그는 미소 지으면서 한숨을 내쉬었다.

그에 대해 알게 되자 비안느는 당황스러웠다. 그녀는 대꾸할 말을 떠올리려고 애썼지만 잔뜩 긴장해서 생각이 나지 않았다. 그래서 수저를 들고 다시 수프를 먹기 시작했다.

식사는 끝이 나지 않는 것 같았고 적막감 때문에 비안느는 초조했다. 그가 식사를 마치면서 말했다.

"맛있는 식사였습니다. 감사드립니다."

그러자 비안느는 일어나서 식탁을 치우기 시작했다.

다행스럽게도 벡은 그녀를 따라서 부엌으로 오지 않았다. 그는 식탁에 혼자 앉아서 가져온 와인을 마셨다. 비안느는 그 와인이 가을 맛-배와 사과-이 나리라는 것을 알았다.

그녀가 그릇을 닦아서 치워둘 무렵 이미 밤이 내렸다. 비안느는 잠시 평온을 맛보려고 집에서 나와 별이 빛나는 앞뜰로 들어섰다. 정원의 돌담에 그림자 움직임이 비쳤다. 고양이일 거야.

등 뒤에서 발소리가 들리더니 성냥 긋는 소리와 유황 냄새가 났다.

비안느는 그늘 속으로 숨고 싶어서 조용히 한 걸음 물러났다. 소리 나지 않게 움직이면 벡 대위가 눈치채지 못하게 옆문을 통해 집에 들어갈 수 있을 터였다. 그녀가 잔가지를 밟았고 발굽 아래서 가지가 뚝 부러졌다. 비안느는 얼어붙었다.

벡이 과수원에서 나왔다.

"마담께서도 달빛을 좋아하시는군요. 방해해서 미안합니다."

그가 말했다.

비안느는 움직이는 게 겁났다.

벡 대위가 둘 사이의 거리를 좁히면서 다가와 그녀 옆에 자리 잡았다. 그는 원래 이 집 사람인 것처럼 그녀의 과수원을 내다보았다.

"여기 서 있으니 전쟁이 벌어지는 걸 모르겠습니다."

비안느는 그의 말소리가 애처롭다고 생각했다. 어떤 면에서 둘이 비슷하다는 사실이 되새겨졌다. 두 사람 다 사랑하는 이들과 멀리 떨어져 있었다.

"대위님의 상관이…… 모든 전쟁 포로는 독일에 남을 거라고 말했지요. 그게 무슨 뜻인가요? 우리 병사들은 어떻게 되나요? 설마 그들 '모두' 붙잡힌 것은 아니겠지요."

"모르겠습니다, 마담. 일부는 돌아올 겁니다. 다수가 그러지 못할 거고요."

"어머나, 이거 새로운 친구들 사이에 멋진 순간이잖아."

이사벨이 말했다. 송곳처럼 날카로운 말투였다.

비안느는 움찔했다. 독일인이자 적인 남자랑 있는 것을 들켜서 겁났다.

이사벨이 달빛 속으로 들어섰다. 캐러멜 색의 외출복을 입고 한 손에는 여행 가방, 다른 손에는 비안느의 가장 좋은 도빌(프랑스 도시로 샤넬이 시작된 지역) 모자를 들고 있었다.

"내 모자를 갖고 있구나."

비안느가 말했다.

"난 기차를 기다려야 될 거야. 나치의 공격 때 다친 얼굴이 아직도 얼얼하네."

이사벨은 이 말을 하면서 벡 대위에게 미소를 지었다. 그것은 진짜 미소가 아니었다.

벡은 무뚝뚝하게 고개를 숙였다.

"자매간에 나눌 이야기가 있겠지요. 저는 이만 자리를 비키겠습니다."

그는 예의를 차려 간단히 목례하고 집으로 들어갔다.

"난 여기서 지낼 수가 없어."

이사벨이 말했다.

"물론 넌 여기서 지낼 수 있어."

"난 적이랑 친구하는 데는 흥미 없다고."

"시끄러워, 이사벨. 감히……."

이사벨이 더 가까이 다가섰다.

"난 언니와 소피를 위험에 빠트릴 거야. 조만간 그럴 거라고. 내가 그러리라는 걸 언니도 알잖아. 언니는 나한테 말했지, 내가 소피를 보호해야 된다고. 이게 내가 할 수 있는 유일한 방법이야. 난 여기 머물면 폭발할 것 같아."

비안느의 분노가 사그라들었고, 화가 나지 않으니 표현할 길 없이 기진맥진했다. 자매 사이에는 항상 이 근본적인 차이가 있었다. 비안느는 규칙을 따랐고 이사벨은 반항했다. 어린 시절 슬픔에 젖어서도 그들은 감정을 다르게 표현했다. 어머니가 죽은 후 비안느는 조용해졌고, 아버지에게 버림받았지만 상처받지 않은 척하려고 애썼다. 반면 이사벨은 생떼를 부리고 달아났고, 관심을 요구했다. 마망은 언젠가 자매가 단짝이 될 거라고 장담했다. 하지만 그 예상대로 되지 않을 것 같다.

지금 이 상황에서는 이사벨이 옳았다. 비안느는 동생이 대위 앞에서 무슨 말이나 행동을 할지 계속 걱정할 테고, 솔직히 그런 상황을 처리할 힘이 없었다.

"어떻게 갈 건데?"

"기차로. 무사히 도착하면 전보를 보낼게."

"조심해. 어리석은 짓 하지 말고."

"내가? 안 그러리란 것을 잘 알면서 그래."

비안느는 이사벨을 힘껏 포옹하고 보내주었다.

*

시내로 들어가는 길이 어찌나 어두운지 바로 코앞도 보이지 않았다. 으스스하리만치 조용하고, 숨을 참는 것처럼 긴장감이 감도는 가운데 이사벨은 비행장에 이르렀다. 거기서 부츠를 신고 단단하게 다져진 흙길 위를 행진하는 소리를 들을 수 있었다. 이제 탄약창을 지키기 위해 쳐놓은 철조망을 따라서 오토바이와 트럭이 굴러가는 소리가 났다.

트럭 한 대가 어디선지 휙 나타나서 헤드라이트를 끈 채 도로 위를 마구 달렸다. 이사벨은 얼른 트럭을 피했고 뒤뚱대다 도랑에 빠졌다.

시내에 접어들어도 길을 걷기가 더 수월해지지 않았다. 상점들이 문을 닫았고 가로등도 꺼지고 창문마다 암막이 드리워졌다. 적막감이 소름끼치고 불안하게 했다. 그녀의 발소리가 너무 소란스러운 것 같았다. 통행금지가 발효중이었는데 걸음을 옮길 때마다 그녀가 법을 어기고 있다는 사실을 깨달았다.

이사벨은 어느 골목으로 피해 들어가서, 상점들을 손으로 훑어서 울퉁불퉁한 길을 더듬어 나갔다. 사람들 소리가 들리면 이사벨은 얼어붙어서 다시 조용해질 때까지 그림자 속에 숨어 있었다. 목적지인 시내 외곽 기차역에 도착하는 데 영원이라도 걸릴 듯했다.

"정지!"

이사벨이 그 소리를 듣는 동시에 하얀 불빛이 그녀에게 쏟아졌다. 그녀는 빛 아래 그림자 속에 쭈그려 앉았다.

독일군 보초병이 소총을 들고 이사벨에게 다가왔다.

더 가까워지자 그가 말했다.

"아가씨일 뿐이잖아. 통행금지에 대해 알아요?"

보초병이 물었다.

이사벨은 천천히 일어나서 없는 용기를 짜내어 병사와 마주섰다.

"이런 늦은 시간에 나와 있으면 안 되는 줄 알아요. 하지만 긴급한 상황이어서요. 난 꼭 파리에 가야 해요. 아버지가 아프세요."

"여행 허가증은 어디 있어요?"

"허가증이 없는데요."

그는 소총을 내려서 손에 들었다.

"허가증이 없으면 여행 못 해요."

"하지만……"

"내 손에 다치지 말고 얼른 집에 가요, 아가씨."

"하지만……."

"당장! 내가 아가씨를 봐주지 않겠다고 결정하기 전에."

이사벨은 화가 나서 속으로 절규했다. 보초병에게 아무 대꾸도 하지 않고 물러나기 위해서 상당한 노력이 필요했다.

집으로 돌아갈 때는 어둠 속으로 걸어가지도 않았다. 통행금지를 어기고 있으니 다시 멈춰 세워보란 듯이 활보했다. 마음 한구석으로는 붙잡히고 싶었다. 그러면 머릿속에서 질러대는 욕설을 입 밖으로 쏟아낼 수 있을 테니까.

이렇게 살 수는 없었다. 나치에게 한마디 반항도 없이 포기한 고장에서 집구석에 박혀 지낼 순 없었다. 프랑스가 항복하지도 점령당하지도 않은 척하고 싶은 사람은 비안느만이 아니었다. 시내에서 상점과 식당 주인들은 독일인들에게 웃으면서 샴페인을 따라주고 고기의 가장 좋은 부위를 팔았다. 주로 농부인 마을 사람들은 어깨를 으쓱하고 계속 살아갔다. 못마땅해서 중얼대면서 고개를 내젓고, 독일군이 길을 물으면 엉뚱한 방향을 가리켰지만 이런 사소한 저항 말고는 아무것도 없었다. 독일 병사들이 잔뜩 오만을 부리는 것은 당연했다. 그들은 싸움 한 번 없이 이 고장을 점령했다. 그들은 프랑스 전역에서 그렇게 했다.

하지만 이사벨은 투르 인근 들판에서 목격한 일을 잊을 수 없었다.

집에 돌아오자 다시 위층으로 올라가 어릴 때 쓰던 방으로 갔다. 방에 들어가서 쾅 소리가 나게 문을 닫았다. 잠시 후 담배 연기 냄새가 나자, 이사벨은 어찌나 부아가 나는지 고함을 지르고 싶었다.

그는 아래층에서 담배를 피우고 있었다. 돌조각 같은 얼굴로 억지 미소를 짓는 벡 대위. 그는 원하면 가족 모두를 이 집에서 쫓아낼 수 있었다. 어떤 이유로도, 혹은 아무 이유 없이도. 좌절감은 그녀가 전에 몰랐던 수위의 분노로 굳어졌다. 가슴이 터져버릴 듯 느껴졌다. 조금만 거슬리는 행동이나 말 하나면 그녀는 폭발할 것 같았다.

성큼성큼 비안느의 침실로 가서 문을 열었다.

"시내를 떠나려면 여행 허가증이 필요하대. 그 자식들은 우리가 기차를 타고 가족을 만나러 가게 해주지 않을 거야."

이사벨이 화를 내면서 말했다.

어둠 속에서 비안느가 대답했다.

"그것 봐."

이사벨은 언니의 말투에서 느껴지는 것이 안도인지 실망인지 알 수 없었다.

"내일 아침에 네가 나 대신 시내에 가도록 해. 내가 학교에 간 사이 너는 줄을 서서 구할 수 있는 것을 구해 와."

"하지만……."

"말꼬리 달지 말아, 이사벨. 이제 넌 여기 머무르는 거야. 너도 제 몫을 할 때가 됐어. 내가 네게 의지할 수 있어야 해."

*

다음 주 이사벨은 얌전하게 처신하려고 애를 썼지만, 그 남자랑 한 지붕 아래 사는 게 너무 힘들었다. 매일 밤 그녀는 잠을 이루지 못했다. 어둠 속에서 깬 채로 혼자 침대에 누워서 최악의 상황을 상상했다.

이날 아침, 새벽이 되기 한참 전에 이사벨은 자는 체하는 것을 포기하고 자리에서 일어났다. 세수하고 소박한 면 드레스를 입고, 싹둑 자른 머리에 스카프를 맨 다음 아래층으로 내려갔다.

비안느가 등잔을 켜놓고 소파에 앉아 뜨개질을 하고 있었다. 등잔불이 어둠 속에서 그녀의 모습을 밝혔다. 비안느는 창백하고 아파 보였고, 그녀 역시 이번 주에 잠을 제대로 못 잔 기색이 역력했다. 비안느가 놀라서 동생을 올려다보았다.

"일찍 일어났네."

"줄을 서야 되는 긴 하루가 기다리고 있거든. 맨 앞에 줄을 서면 가장 나은 걸 살 수 있거든."

이사벨이 말했다.

비안느는 뜨개질감을 밀어놓고 일어났다. 그녀는 드레스를 가지런히 펴고(그가 이 집에 사는 것을 알려주는 증거였다. 두 자매 모두 잠옷 바람으로 아래층에 내려오지 않았다), 부엌에 들어갔다가 배급표를 들고 나왔다.

"오늘은 고기야."

이사벨은 비안느에게 배급표를 받아 들고 집을 나서 어두운 세상으로 들어갔다.

시내로 향하는데 동이 트면서 세상을 비추었다-카리보처럼 보였지만 완전히 낯선 곳으로 느껴졌다. 비행장을 지나갈 때, 뒤에 '경찰'이라고 적힌 초록색 소형차가 그녀 앞을 쌩하고 지나갔다.

'게슈타포'.

비행장은 이미 분주하기 짝이 없었다. 앞쪽에 경비병 네 명이 보였다-둘은 신축한 정문 입구에, 둘은 건물의 이중문 앞에 서 있었다. 새벽 바람에 나치 깃발들이 나부꼈다. 비행기 몇 대가 벌써 이륙할- 영국과 유럽 지역에 폭탄을 투하할- 준비를 하고 있었다. '접근 금지 사형'이라고 적힌 빨간 표지판 앞에서 경비병들이 행진했다.

이사벨은 계속 걸어갔다.

정육점에 도착하니 이미 여자 넷이 줄을 서 있었다. 그녀는 줄의 맨 뒤에 가서 섰다.

그때 길에 버려진 분필 토막이 눈에 들어왔다. 분필은 보도가 시작되는 곳에 박혀 있었다. 이사벨은 그것을 보자마자 어떻게 쓸 수 있을지 알아차렸다.

주위를 둘러봤지만 그녀를 쳐다보는 사람이 아무도 없었다. 사방에 독일 병사들이 있는데 왜 사람들이 그녀를 볼까? 군복 차림의 남자들이 시내를 누비면서 눈에 들어오는 것은 뭐든 사들였다. 그들은 거침없고 시끄럽고 걸핏하면 웃음을 터뜨렸다. 예의를 지켜서 여자들에게 문을 열어주고 모자를 살짝 들어올렸지만 이사벨은 그런 태도에 속지 않았다.

그녀가 허리를 굽히고 손바닥으로 분필을 감싸서 주머니에 숨겼다. 그것을 갖고 있는 것만으로도 위험하고 근사한 기분이 느껴졌다. 그 후 성미 급하게 발을 까딱까딱 하면서 고기를 살 순서를 기다렸다.

"안녕하세요."

이사벨이 말하면서 정육점 여주인에게 배급표를 내밀었다. 지친 표정의 여주인은 머리숱이 적고 입술은 아주 얄팍했다.

"돼지 뒷다리뼈 900그램. 그것만 남았네요."

"뼈라고요?"

"좋은 부위는 독일인들이 싹 가져가거든요, 마드모아젤. 사실 아가씨는 운이 좋네요. 돼지고기는 프랑스 사람들에게는 '금지품목'인데 몰랐어요? 그런데 그들이 뼈 부위는 사지 않거든요. 그거라도 살래요, 안 살래요?"

"내가 가져갈게요."

이사벨의 뒤쪽에서 누군가 말했다.

"내가 살게요!"

다른 여자가 외쳤다.

"제가 가져갈게요."

이사벨이 말했다. 그녀는 구겨진 종이에 싸서 노끈으로 묶은 작은 뭉치를 받았다.

길 건너편에서 가죽장화들이 자갈길을 지나는 소리가 들렸다. 칼집에 든 군도가 덜컹거리는 소리와 남자들의 웃음소리, 그들과 잠자리를 한 프랑스 여자들의 아양 떠는 소리가 들렸다. 멀지 않은 식당 테이블에 독일 병사 세 명이 앉아 있었다.

병사 한 명이 이사벨에게 손을 흔들며 말했다.

"마드모아젤? 이리 와서 우리랑 커피나 마셔요."

그녀는 부족하긴 해도 종이에 싼 귀한 고기가 담긴 바구니를 꽉 쥐고, 병사들을 모른 체했다. 얼른 길모퉁이를 돌아서 골목으로 들어갔다. 골목길은 시내의 여느 뒷골목들처럼 폭이 좁고 구불구불했다. 골목들의 입구가 좁아서 도로에서 보면 막힌 길 같았다. 주민들은 뱃사공들이 늪이 많은 강을 헤쳐나가듯 수월하게 그런 골목들을 지나다녔다. 이사벨은 사람들 눈에 띄지 않고 앞으로 걸어갔다. 골목에 있는 가게들은 모두 폐점 상태였다.

버려진 여자 모자 가게 진열창에 붙은 포스터에는 코가 크고 굽은 구부정한 노인이 있었다. 탐욕스럽고 사악해 보이는 그가 돈 주머니를 들고 피를 흘리는 시신들을 끌고 갔다. 이사벨은 포스터에 적힌 문구-유대인-를 보고 걸음을 멈추었다.

계속 걸어야 된다는 것을 알았다. 이것은 선전에 불과했다. 세상과 이 전쟁의 잘못을 유대 민족에게 돌리려는 적의 살벌한 계략이었다.

그렇지만.

그녀는 왼쪽을 힐끗 살폈다. 15미터 떨어진 라 그랑드 가는 시내를 관통하는 중앙로였다. 오른쪽의 L 자형 길은 골목이었다.

이사벨은 주머니에 손을 넣어서 분필 조각을 꺼냈다. 인적이 없는 것을 확인하자 그녀는 포스터에 크게 빅토리를 의미하는 V를 그려서 최대한 포스터 그림을 지웠다.

누군가 팔목을 꽉 움켜잡아서 그녀는 깜짝 놀랐다. 분필이 손을 빠져나가서 자갈길에 툭 떨어져 갈라진 틈새로 굴러들어갔다.

"마드모아젤, 그러는 게 '금지'라는 걸 몰라요? 사형이라는 걸?"

사내가 말했다. 그가 이사벨을 방금 훼손한 포스터에 떠밀면서 뺨을 누르는 바람에 그녀는 사내를 볼 수 없었다.

10

비안느는 눈을 감고 생각했다.

'얼른 집에 와요, 앙투안.'

그녀가 바라는 것은 이제 작은 간청 하나뿐이었다. 이 모든 일을 -전쟁과 벡 대위, 그리고 이사벨- 혼자 몸으로 어떻게 감당할 수 있을까?

비안느는 백일몽에 빠지고 싶었다. 그녀의 세상이 뒤집어진 게 아니라 똑바로 된 체하고 싶었다. 닫힌 손님방의 문이 아무 의미도 없는 척, 어젯밤 소피가 안방에서 잔 것이 같이 책을 읽다가 잠든 것인 척하고 싶었다. 앙투안이 밖에서 새벽이슬을 밟으며 아직 몇 달 남은 겨울에 대비해 장작을 패고 있는 척하고 싶었다. 곧 그가 안에 들어와서 말하리라. '저기, 나 우편물 배달하러 나가.' 어쩌면 그는 최근에 본 아프리카나 미국의 소인이 찍힌 편지에 대해 말해주리라. 앙투안은 낭만적인 상상 속으로 그녀를 빠져들게 하리라.

하지만 그녀는 뜨개질감을 소파 옆 바구니에 다시 담고, 장화를 신고 장작을 패러 나갔다. 어느 결에 다시 가을이 될 테고 겨울이 올 것이다. 피난민들이 짓밟은 황폐한 정원은 그녀가 얼마나 아슬아슬하게 살아가는지 상기시켰다. 비안느는 도끼를 들고 힘껏 내리쳤다.

꽉 쥐고. 추켜세우고. 가만히 있다가. 탁 쪼개는 거지.

도끼를 찍을 때마다 팔이 흔들리고 어깨 근육이 고통스럽게 뒤틀렸다. 땀이 송골송골 맺히고 머리칼이 젖었다.

"그 일은 제가 대신하게 해주시지요."

그녀는 도끼를 허공에 든 채 얼어붙었다.

벡이 가까이 서 있었다. 반바지와 부츠, 얇은 흰 티셔츠만 입은 차림새였다. 그의 창백한 뺨이 아침 면도로 불그레하고 금발은 젖은 상태였다. 티셔츠에 물방울이 떨어져서 작은 햇살 무늬로 번졌다.

비안느는 옷차림새와 장화를 신고 머리를 헤어롤로 만 것이 몹시 신경에 거슬렸다. 그녀가 도끼를 아래로 내렸다.

"집에서 남자가 할 일들이 있습니다. 부인은 장작을 패기에는 너무 연약하십니다."

"할 수 있어요."

"당연히 할 수 있지만 왜 그래야 하죠? 가십시오, 마담. 따님을 돌봐주세요. 제가 이 작은 일 정도는 해드릴 수 있습니다. 안 그러면 어머니께 회초리를 맞을 걸요."

비안느는 마음과 달리 왠지 움직여지지 않았다. 그러자 벡이 그녀의 손에서 가만히 도끼를 당겼다. 그녀는 잠시 본능적으로 그대로 있었다.

두 사람의 눈길이 마주쳐서 엉켜들었다.

비안느가 도끼를 잡은 손을 놓고 너무 급작스럽게 뒤로 물러서는 바람에 비틀거렸다. 벡이 얼른 그녀의 손목을 잡아서 중심을 잡게 했다. 그녀는 고맙다고 중얼대고는 그에게 등을 돌려 멀어지면서 최대한 등을 꼿꼿이 펴려고 했다. 그나마 없는 용기를 다 짜내서 빨리 걷지 않으려고 애썼다. 그런데도 문에 다다를 즈음, 그녀는 파리에서 도망친 기분을 느꼈다. 커다란 정원용 장화를 벗어던졌다. 장화가 벽에 툭 부딪쳐 바닥에 떨어졌다. 정말이지, 비안느는 가정을 침범한 이 남자의 친절을 원치 않았다.

집에 들어가 문을 쾅 닫고 부엌으로 갔다. 스토브에 불을 붙이고 물을 끓이려고 냄비를 올렸다. 그런 다음 계단 아래로 나가서 소피에게 아침식사를 하라고 불렀다.

두 번 더 소리친 후에야 소피가 쿵쾅대며 내려왔다. 머리는 새집이고 새초롬한 눈빛이었다. 세일러 원피스를 입고 있었다. 앙투안이 집을 비운 10개월 사이 옷이 작아졌지만 소피는 계속 입겠다고 고집을 부렸다.

"일어났어요."

소피가 말하면서 느릿느릿 식탁으로 다가와 앉았다.

비안느는 옥수수죽 그릇을 딸 앞에 내려놓았다. 오늘 아침에는 호사를 부려서 병조림 복숭아 한 수저를 죽에 올렸다.

"마망? 저 소리 안 들려요? 누가 문을 두드려요."

비안느는 고개를 저으면서(그녀가 들은 소리는 탁탁탁 도끼 내려치는 소리뿐이었다) 현관으로 가서 문을 열었다.

거기 아기를 안은 라셸과 엄마 옆에 달라붙은 사라가 서 있었다.

"오늘은 머리에 헤어롤을 말고 가르칠 거야?"

"어머!"

비안느는 바보가 된 기분이었다. 뭐가 잘못된 걸까? 오늘은 종업식 날이었고 내일부터 여름 방학이 시작되었다.

"가자, 소피. 늦었다."

그녀는 안에 뛰어 들어가서 식탁을 치웠다. 소피가 그릇을 깨끗하게 비워서 비안느는 나중에 씻으려고 그릇을 놋쇠 개수대에 넣었다. 남은 죽 그릇을 덮고 복숭아 병조림을 치웠다. 그런 다음 위층으로 뛰어올라가서 준비했다.

얼른 머리에서 헤어롤을 빼고 머리를 빗었다. 모자, 장갑, 핸드백을 챙겨서 집에서 나가니, 라셀과 아이들이 과수원에서 기다리고 있었다.

벡 대위도 거기, 헛간 옆에 서 있었다. 흰 티셔츠 군데군데 땀이 배어서 가슴에 달라붙어 가슴팍 털이 드러났다. 그는 도끼를 한쪽 어깨에 아무렇게나 걸치고 있었다.

"아, 안녕하십니까."

그가 말했다.

비안느는 라셀이 찬찬히 쳐다보는 것을 느낄 수 있었다.

벡이 도끼를 아래로 내렸다.

"친구분이신가요, 마담?"

비안느가 가볍게 대답했다.

"라셀이에요. 이웃에 살아요. 여기는 벡 대위. 이분은…… 우리랑 같이 거주 중이셔."

"안녕하십니까."

벡이 정중하게 목례하면서 말했다.

비안느가 소피의 등에 한 손을 대고 가볍게 앞으로 밀자, 그들은 출발했다. 과수원의 잡초덤불을 지나서 먼지 이는 길로 나섰다.

"잘생겼네. 나한테 그 말은 안 했잖아."

비행장 앞을 지나면서 라셀이 말했다. 철조망 울타리 뒤쪽에서는 부산한 움직임이 있었다.

"그 사람이?"

"미남이라는 걸 분명히 알 텐데 그렇게 묻다니 이상하네. 어떤 사람이야?"

"독일인."

"클레어 모로의 집에 거주하는 병사들은 소시지에 다리가 달린 것처럼 생겼대. 병사들이 술독에 빠진 것처럼 와인을 마셔대고 꿀꿀대는 돼지처럼 코를 곤다고 하던데. 넌 행운아인 것 같네."

"행운아는 바로 너지, 네 집에는 아무도 들어오지 않았으니까."

"가난 덕을 볼 때도 있네."

그녀는 비안느와 팔짱을 끼면서 덧붙여 말했다.

"그렇게 심란한 표정을 짓지 마, 비안느. 그들이 '제대로' 처신하라는 명령을 받았다는 말을 들었어."

비안느는 가장 친한 친구를 바라보았다.

"지난주에 이사벨이 대위 앞에서 머리를 싹둑 자르고, 아름다운 것은 '금지'되어야 된다고 말했어."

라셀은 미소를 완전히 자제하지 못했다.

"아이고."

"안 웃겨. 그 성질머리 때문에 우리 모두 죽을 수도 있었다고."

라셀의 웃음기가 가셨다.

"동생한테 이야기해볼 수 있잖아?"

"아, 이야기야 하지! 그런데 언제 누구 말을 듣는 애여야 말이지."

*

"아파요."

이사벨이 말했다.

사내는 그녀를 벽에서 홱 당겨서 끌고 가듯 거리를 내려갔다. 걸음이 어찌나 빠른지 이사벨은 따라가기 위해 뛰어야 했고, 걸을 때마다 돌담에 부딪쳤다. 그녀가 자갈에 걸려서 넘어질 뻔할 때마다, 사내는 손을 더 꽉 잡아서 몸을 세워주었다.

'생각해봐, 이사벨. 군복을 입지 않았으니 분명히 게슈타포일 거야.'

그건 나쁜 일이었다. 그리고 사내는 그녀가 포스터를 훼손하는 것을 보았다. 그게 독일의 점령에 대한 방해나 간첩이나 저항 행위일까?

다리를 폭파하거나 영국에 비밀을 팔아넘기는 짓도 아닌데.

'나는 그림을 그리고 있었어요 ……꽃이 가득 담긴 화병이 될 거였다고요 ……승리를 뜻하는 V가 아니라 화병이라고요.'

저항이 아니라 멍청한 여자애가 구할 수 있는 유일한 종이에 그림을 그린 것뿐이라고. 드 골 장군에 대해 들어본 적도 없다고.

그런데 그들이 그 말을 믿지 않으면 어쩐다?

사내는 참나무 문 앞에 서 있었다. 문 가운데 문을 두드릴 때 쓰는 검은 사자머리 모양 고리가 있었다.

사내가 문을 네 번 두드렸다.

"나를 어, 어디로 데려가는 거예요?"

이게 게슈타포 본부의 뒷문인가? 게슈타포 심문관들에 대해 무서운 소문이 돌았다. 그들이 잔인하고 사디스트 같다고 했지만 확실히 아는 사람은 없었다.

천천히 문이 열리고 베레모를 쓴 노인이 나타났다. 그는 두툼한 입술에 손으로 만 담배를 물고 있었다.

"열어요."

이사벨 옆에 선 사내가 윽박지르자 노인이 옆으로 물러섰다.

이사벨이 끌려간 방 안은 연기가 자욱했다. 그녀는 아린 눈으로 주위를 두리번거렸다. 한때는 여자 모자, 새로운 물건들, 재봉 도구를 팔던 버려진 잡화점이었다. 연기 낀 빛 속에서 그녀는 벽에 밀어놓은 빈 진열장들을 보았다. 구석에는 빈 철제 모자걸이들이 쌓여 있었다. 바깥 창은 벽돌로 막았고, 라 그랑드 가에 면한 뒷문은 안쪽에서 맹꽁이자물쇠를 채워놓았다.

방에는 사내 넷이 있었다. 구석에 서 있는, 누더기를 걸친 머리가 희어지는 키 큰 사내, 문을 열었던 노인 옆에 앉은 남자아이, 너덜너덜한 스웨터와 닳아빠진 바지, 낡은 부츠를 신고 카페 테이블에 앉은 잘생긴 청년.

"이 사람은 누군가, 디디에?"

문을 열었던 노인이 물었다.

이사벨은 그녀를 데려온 사람을 처음으로 쳐다보았다─크고 건장한 체구의 사내는 서커스단의 철인처럼 의기양양한 표정이었고, 턱이 튀어나오고 얼굴이 컸다.

그녀는 어깨를 뒤로 젖히고 턱을 들고 최대한 꼿꼿이 섰다. 면 스커트와 꼭 맞는 블라우스 차림이 이상하게 어려 보이는 줄 알지만, 그들이 겁먹은 기색을 눈치채고 즐거워하게 하기 싫었다.

"이 여자가 독일군 포스터에 분필로 V를 그리고 있더군요."

그녀를 잡아온 가무잡잡한 사내가 말했다. 디디에라고 했지.

이사벨은 오른손을 주먹 쥐어서, 사람들 몰래 오렌지색 분필가루를 털어내려고 했다.

"할 말이 없소?"

구석에 선 노인이 말했다. 그가 대장일 게 뻔했다.

"분필을 갖고 있지 않은데요."

"여자가 그러는 걸 내가 봤어요."

이사벨이 기회를 잡아서 말했다.

"당신은 독일군이 아니군요."

그녀가 말을 이었다.

"당신은 프랑스인이에요. 그렇다는 데 돈이라도 걸죠. 그리고 당신은."

그녀가 계속해서 노인에게 말했다.

"……당신은 돼지고기 푸주한이에요."

이사벨은 소년을 그냥 지나가며 너덜너덜한 옷을 입은 미남 청년에게 말했다.

"당신은 허기져 보이고, 내가 보기에 형 옷이나 어느 집 빨랫줄에 걸린 옷을 입고 있는 것 같은데요. 공산주의자죠."

그가 이사벨에게 빙그레 웃자 분위기가 완전히 변했다.

하지만 이사벨이 신경 쓰이는 사람은 구석에 선 남자였다. 책임자. 그녀가 그에게 한 걸음 다가갔다.

"당신인 아리안족일 수도 있겠는데요. 어쩌면 당신이 다른 사람들을 강제로 여기 있게 하는 거겠군요."

"난 그를 평생 알았소, 마드모아젤. 나는 그의 부친-그리고 당신 부친- 옆에서 싸웠소-솜에서. 아가씨는 이사벨 로시뇰, 그렇지요?"

그녀는 대답하지 않았다. 이건 함정일까?

"대답하지 않는 것."

공산주의자가 말했다. 그는 자리에서 일어나 이사벨 쪽으로 다가오면서 말을 이었다.

"잘했어요. 포스터에 분필로 V는 왜 그렸지요?"

다시 한번 이사벨은 침묵을 지켰다.

청년은 몸이 닿을 만큼 가까이 서서 말했다.

"난 앙리 나바레라고 해요. 우리는 독일인이 아니고 그들과 일하지도 않습니다, 마드모아젤."

그가 이사벨에게 의미있는 표정을 던졌다. 그가 덧붙여 말했다.

"우리 모두가 소극적인 것은 아니지요. 자, 왜 포스터에 그림을 그리고 있었던 겁니까?"

"그게 내가 생각할 수 있는 전부였어요."

이사벨이 대답했다.

"무슨 뜻이죠?"

그녀가 담담하게 숨을 내쉬었다.

"라디오에서 드 골의 연설을 들었어요."

앙리가 방 뒤쪽으로 고개를 돌리고, 노인을 힐끗 쳐다보았다. 그녀는 말없이 두 사람이 그녀에 대해 대화하는 것을 지켜보았다. 대화 말미에 그녀는 누가 대장인지 알았다. 미남 공산주의자 앙리였다.

마침내 앙리가 다시 이사벨에게 몸을 돌리고 말했다.

"뭔가…… 더한 일을 할 수 있다면 하겠어요?"

"무슨 뜻이지요?"

그녀가 물었다.

"파리에 어떤 사람이 있는데……."

"사실은 한 무리의 인류박물관 사람들이에요……."

건장한 사내가 보충해서 설명했다.

앙리가 한 손을 들어 제지했다.

"꼭 밝혀야 되는 것 이상은 말하지 맙시다, 디디에. 아무튼 어떤 인쇄공이 목숨을 걸고 전단지를 만들고, 우린 그것을 배포하면 되지요. 우리가 프랑스인들을 일깨워 어떤 일이 벌어지는지 알게 할 수 있다면 기회가 있는 거예요."

앙리는 의자에 걸린 가죽 가방에 손을 넣어서 종이다발을 꺼냈다. 전단지 맨 윗줄이 그녀의 눈에 들어왔다.

'드 골 장군 만세.'

페탱 원수에게 보내는 공개편지로 항복을 비난하는 내용이 적혀있었다. 글 말미에 'Nous sommes pour le général de Gaulle. 우리는 드 골 장군을 지지한다'라는 문장이 있었다.

"어때요?"

앙리가 나직하게 물었다. 그 한마디에서 이사벨은 기다리던 부름을 들었다. 그가 다시 말했다.

"전단지를 배포해줄래요?"

"내가요?"

"우린 공산주의자들이고 급진주의자들입니다. 저들은 이미 우리를 감시하고 있어요. 당신은 아가씨예요. 게다가 예쁘죠. 누구도 당신을 의심하지 않을 거예요."

앙리가 말했다.

이사벨은 망설이지 않았다.

"내가 할게요."

사내들이 그녀에게 고맙다고 말하자 앙리가 조용히 시켰다.

"인쇄공은 목숨 걸고 이 원고를 썼고, 누군가는 목숨 걸고 만들었어요. 그리고 우리는 목숨 걸고 이 전단지를 가져옵니다. 그런데 이것을 배포하다가 들킬 사람은-만약 들킨다면- 이사벨, 바로 당신이에요. 실수하지 말아요. 이것은 포스터에 분필로 V라고 쓰는 것과는 달라요. 이것은 사형당할 일입니다."

"안 들킬 거예요."

이사벨이 말했다.

그 말에 앙리가 미소지었다.

"몇 살이에요?"

"열아홉 살이 다 됐어요."

"아, 그렇게 어린 사람이 가족에게 이 일을 어떻게 숨길 수 있지요?"

앙리가 물었다.

"내 가족은 문제 되지 않아요. 그들은 나한테 아무 관심도 없어요. 하지만…… 우리 집에 거주하는 독일 병사가 있어요. 그리고 난 통행금지를 위반해야 될 거예요."

"쉽지 않을 겁니다. 당신이 두려워한대도 이해합니다."

이사벨은 그의 손에서 전단지 뭉치를 낚아챘다.

"내가 하겠다고 했잖아요."

*

이사벨은 들떴다. 휴전 이후 처음으로 혼자만 프랑스를 위해 뭔가 해야 된다고 생각하는 게 아님을 알았다. 그들은 전국에 그런 집단이 수십 개 있으며 드 골을 추종해서 저항하고 있다고 이사벨에게 말해주었다. 그들이 말을 하면 할수록, 이사벨은 함께한다는 기대감에 점점 흥분했다. 물론 두려워해야 된다는 것을 알고 있었다.(그들도 자주 그 말을 했다.)

하지만 독일군들이 종이 쪼가리 몇 장 돌렸다고 사형하겠다고 위협하는 것은 어처구니없는 일이었다. 이사벨은 붙잡힌다고 해도 말로 설득해서 빠져나올 수 있다고 자신했다. 잡힐 거라는 말은 아니고. 문

잠긴 학교에서 몰래 빠져나와 기차에 무임승차하고도 말을 잘해서 무사히 빠져나온 게 몇 번이던가? 규칙을 어겨도 벌 받지 않고 넘어가는 데는 늘 미모가 한몫했다.

이사벨이 떠날 때 앙리가 문을 열어주면서 물었다.

"돌릴 전단지가 더 생기면 어떻게 연락하면 될까요?"

그녀는 거리를 힐끗 쳐다보았다.

"마담 라 포이의 모자점 위층 아파트 말이에요. 여전히 비어 있나요?"

앙리가 고개를 끄덕였다.

"전단지가 있으면 커튼을 열어두세요. 제가 최대한 빨리 들를게요."

"문을 네 번 두드려요. 우리가 나오지 않으면 그냥 돌아가요."

앙리가 말했다. 잠시 후 그가 한마디 덧붙였다.

"조심해요, 이사벨."

그가 문을 닫고 들어갔다.

이사벨은 다시 혼자가 되자 바구니를 내려다보았다. 빨간색과 흰색 체크무늬 리넨 보 밑에 전단지가 담겨 있었다. 전단지 뭉치 위에 포장된 고기 뼈를 올려두었다. 대단한 위장은 아니었다. 전단지를 숨길 더 괜찮은 방법을 궁리해야 될 것이다.

이사벨은 골목을 내려와서 복잡한 거리로 들어섰다. 하늘이 어두워졌다. 그녀는 온종일 그 사람들과 같이 보냈다. 상점들이 문을 닫고 있었고, 북적대는 사람들은 독일 병사들과 어울리기로 작정한 여자 몇 명뿐이었다. 카페의 야외 테이블들에는 군복 차림의 사내들이 몰려 앉아서 최고급 음식과 와인을 마셨다.

온정신을 쏟아서 천천히 걸어야 했다. 시내를 빠져나오자마자 그녀는 뛰기 시작했다. 비행장 근처에 다다랐을 때 그녀는 땀이 줄줄 흐르고 숨이 가빴지만 속도를 늦추지 않았다. 집 마당까지 줄곧 달렸다. 삐걱대는 대문을 닫자 헉헉대며 결리는 옆구리를 부여잡으면서 숨을 고르려고 애썼다.

"마드모아젤 로시뇰, 어디 안 좋아요?"

이사벨은 홱 몸을 일으켰다. 심장이 두근거렸다.

벡 대위가 옆에 나타났다. 그는 이사벨이 오기 전부터 거기 있었을까?

그녀가 뛰는 가슴을 어렵게 진정시키면서 대답했다.

"대위님, 호송차량이 지나가서…… 제가…… 음, 그들 앞에서 비키려고 뛰었거든요."

"호송차량이요? 난 못 봤는데."

"한참 전이었어요. 그리고 제가…… 가끔 바보스럽거든요. 시간이 흐르는 줄 모르고 친구랑 이야기하다가 저기……."

이사벨은 최대한 예쁘게 미소를 지으면서 부스스한 머리를 가다듬었다. 그에게 예쁘게 보이는 게 중요한 것 같은 태도였다.

"오늘은 줄이 어땠습니까?"

"끝이 없더라고요."

"제가 바구니를 안에 들어다드리게 해주십시오."

이사벨은 바구니를 내려다보았다. 리넨 덮개 밑으로 흰 종이 모서리가 삐죽 나와 있었다.

"아니요, 제가……."

"아, 제가 할게요. 아다시피 저희는 신사인 걸요."

그가 손톱을 깔끔하게 정돈한 긴 손으로 버드나무 손잡이를 잡았다. 벡이 현관문 쪽으로 몸을 돌리자 이사벨이 옆에서 따라갔다.

"오늘 오후에 시청에 사람들이 많이 모인 걸 봤어요. 비시 경찰이 여기서 뭐 하는 거죠?"

"아, 마드모아젤이 신경 쓸 일은 없습니다."

그는 현관문 앞에서 이사벨이 문을 열기를 기다렸다. 그녀는 더듬더듬 문 가운데 달린 손잡이를 돌려서 문을 열었다. 벡 대위는 마음대로 안에 들어갈 권리를 가졌으면서도 손님이라도 되는 듯 권유를 받을 때까지 기다렸다.

"이사벨, 너니? 어디 갔다 온 거야?"

불빛 속에 불쑥 비안느가 나타났다.

"오늘 줄이 어마어마하게 길었어."

소피가 벽난로 옆 바닥에 베베를 갖고 놀다가 벌떡 일어났다.

"오늘은 뭘 가져왔어?"

"돼지 뒷다리뼈."

이사벨이 말하면서 벡이 든 바구니를 걱정스럽게 흘끔댔다.

"그게 다야? 식용유는 어떻게 됐니?"

비안느가 매몰차게 물었다.

소피는 다시 바닥의 소형 카펫에 주저앉았다. 실망한 기색이 역력했다.

"내가 식품 저장고에 돼지 뒷다리뼈를 갖다둘게."

이사벨이 말하면서 바구니에 손을 뻗었다.

"아니요, 제가 해드리지요."

벡이 말했다. 그는 이사벨을 빤히 보면서 찬찬히 살폈다. 아니면 그런 기분이 느껴지는 것에 불과했다.

비안느가 촛불을 켜서 이사벨에게 건네주었다.

"고기가 상하면 안 돼. 서둘러."

벡은 무척 씩씩하게 그늘진 부엌을 누비고 지나서 지하실 문을 열었다.

이사벨이 먼저 내려가면서 불빛을 비추었다. 그녀가 나무 계단을 밟자 삐걱대는 소리가 났고, 마침내 단단한 흙바닥에 내려서서 지하실의 서늘함에 휩싸였다. 벡이 그녀 옆에 서자, 두 사람은 주변의 나무 선반들에 에워싸인 듯했다. 그들 앞에서 촛불이 너울댔다.

이사벨은 손을 떨지 않으려고 애쓰면서 종이에 싼 돼지 뒷다리뼈에 손을 뻗었다. 그녀는 그것을 선반 위 점점 줄어가는 물품들 옆에 놓았다.

"감자 세 알이랑 순무 하나를 갖고 올라와."

비안느가 지하실에 대고 소리쳤다. 이사벨은 깜짝 놀랐다.

벡이 말했다.

"초조한가봐요. 그 표현이 맞습니까, 마드모아젤?"

두 사람 사이에서 촛불이 탁탁 타올랐다.

"오늘 시내에 개들이 많았어요."

"게슈타포 때문입니다. 그들은 셰퍼드를 좋아하거든요. 당신이 겁낼 이유는 없습니다."

"제가…… 큰 개들을 무서워해서요. 한 번 물렸거든요. 어렸을 때."

벡이 그녀에게 미소를 지었고, 불빛에 미소가 일그러져 보였다.

'바구니를 쳐다보지 말아.'

하지만 너무 늦었다. 그녀는 더 많은 종이들이 삐죽 나온 것을 알았다.

이사벨이 억지로 미소를 지었다.

"우리 여자들이 어떤지 아시지요. 뭐든 다 무서워해요."

"당신이 그런 사람이라고는 말할 수 없겠는데요, 마드모아젤."

이사벨이 조심스럽게 손을 뻗어서 그가 든 바구니를 살짝 잡아당겼다. 그녀는 계속 눈을 맞추면서 바구니를 선반 위 불빛이 비치지 않는 곳에 올렸다. 바구니가 어둠 속에 놓이자 마침내 그녀는 숨을 내쉬었다.

그들은 불편한 침묵 속에서 서로 쳐다보았다.

벡이 고개를 끄덕였다.

"이제 나가봐야겠습니다. 오늘 밤에 회의에 쓸 서류를 가지러 잠깐 들어왔거든요."

벡이 계단 위로 올라가기 시작했다.

이사벨은 대위를 따라서 좁은 계단을 올라갔다. 그녀가 부엌에 나오자 비안느가 팔짱을 끼고 서서 얼굴을 찌푸렸다.

"감자랑 순무는 어디 있니?"

비안느가 이사벨을 노려보면서 물었다.

"잊었네."

비안느가 한숨을 쉬었다.

"가서 가져와."

그녀가 말했다. 이사벨은 몸을 돌려서 다시 지하실로 내려갔다. 감자와 순무를 챙긴 다음 바구니 앞으로 가서 촛불을 비췄다. 흰 삼각형의 종이 모서리가 삐죽 나와 있었다. 이사벨은 얼른 종이 뭉치를 바구니에서 꺼내서 코르셋 속에 쑤셔 넣었다. 종이가 살에 닿는 감촉이 느껴지자 미소 지으면서 올라갔다.

*

저녁 식탁에서 이사벨은 언니, 조카와 나란히 앉아 멀건 수프와 하루 지난 빵을 먹었다. 이야깃거리를 떠올려보려고 했지만 아무 생각도 나지 않았다. 소피는 아무 눈치도 채지 못하고 이런저런 이야기를 계속 주절댔다. 이사벨은 초조하게 발을 까딱이면서 집에 다가오는 오토바이 소리가 나는지, 현관 앞 보도를 독일군 가죽부츠로 밟는 소리가 나는지, 현관문을 날카롭고 단호하게 두드리는 소리가 나는지 귀를 기울였다. 그녀의 시선이 계속 부엌과 지하실 문에 쏠렸다.

"오늘 밤, 이상하게 행동하는구나."

비안느가 말했다.

이사벨은 언니의 말을 못 들은 체했다. 마침내 식사가 끝나자 그녀는 자리에서 발딱 일어나면서 말했다.

"설거지는 내가 할게. 언니랑 소피는 체커게임(보드 게임의 일종)을 마저 하지 그래?"

"네가 설거지를 한다고?"

비안느가 동생을 의심스럽게 쳐다보면서 되물었다.

"왜 이래, 전에도 몇 번 그러겠다고 했는데."

이사벨이 대꾸했다.

"내 기억에는 그런 적 없는데."

이사벨은 빈 수프 그릇과 숟가락을 모았다. 설거지를 하겠다고 나선 것은 오로지 바쁘게 움직이기 위해서, 일감을 손에 잡고 있기 위해서였다.

나중에 이사벨은 할 일을 찾을 수가 없었다. 밤이 꾸물꾸물 깊어 갔다. 비안느, 소피와 셋이서 벨로트(프랑스에서 트럼프 카드로 하는 게임의 일종)를 했지만 이사벨은 집중할 수가 없었다. 너무나 안달이 나고 흥분됐다. 그녀는 피곤한 체하면서 서투르게 양해를 구하고 일찍 게임을 마무리했다. 위층 방으로 올라가자 옷을 입은 채로 이불 위에 누웠다. 기다림.

벡 대위가 돌아오는 소리를 들은 것은 자정 지나서였다. 그녀는 그가 마당에 들어오는 인기척을 들었고, 위로 올라오는 담배 냄새를 맡았다. 나중에 벡은 집으로 들어왔지만—부츠 발로 쿵쾅거리며 걸었다— 1시 무렵에는 다시 사방이 잠잠했다. 이사벨은 기다렸다.

새벽 4시, 침대에서 나와서 묵직한 털실로 짠 검은 스웨터와 모직 스커트를 입었다. 가벼운 코트의 솔기를 뜯어서 안에 전단지 뭉치를 넣은 다음 코트를 입고 허리띠를 맸다. 배급표는 앞주머니에 넣었다.

아래층으로 내려가면서 삐걱 소리가 날 때마다 이사벨은 미간을 찌푸렸다. 현관문까지 가는 데 영원이 걸리는 느낌이었다. 드디어 도착해서 소리나지 않게 문을 열고 나갔다.

새벽은 공기가 차고 어두웠다. 어디선가 새가 울었다. 현관문이 열리는 소리에 잠을 방해받은 모양이었다. 그녀가 숨을 들이쉬자 장미 향기가 났다. 이 순간이 너무도 평범해 보인다는 게 가슴 벅찼다.

여기서부터는 돌아갈 길이 없으리라.

그녀는 여전히 망가진 대문으로 걸어가면서 암막이 드리워진 집을 연신 돌아다보았다. 부츠를 신은 벡 대위가 팔짱을 끼고 전사 같은 태도로 서서 그녀를 지켜볼 것 같았다.

하지만 이사벨은 혼자였다.

맨 먼저 들린 곳은 라셀의 집이었다. 요즘은 우편물 배달이 없다시피 했지만 라셀처럼 남편을 전쟁터에 보낸 여자는 희망이 없는데도 혹시 소식이 올까 해서 매일 우편함을 확인했다.

이사벨은 코트에 손을 넣어 실크 안감의 솔기를 더듬어서 종이 한 장을 꺼냈다. 잽싸게 우편함 뚜껑을 당겨서 전단지를 안에 넣고 소리 나지 않게 뚜껑을 닫았다.

이사벨은 다시 도로에 나와서 주위를 둘러보았다. 아무도 없었다. 그녀가 해낸 것이다!

두 번째로 들린 곳은 리베 노인의 농장이었다. 그는 뼛속까지 공산주의자이자 혁명가였고, 전선에 나간 아들을 잃었다.

마지막 전단지를 돌릴 즈음, 불굴의 용사가 된 기분이었다. 막 동틀 녘이 지나서 여린 햇빛이 시내의 석회암 건물들을 비추었다.

이날 아침 이사벨은 상점 바깥에 맨 처음으로 줄을 섰고, 그 덕분에 버터 배급량을 전부 받았다. 한 달 분량 150그램. 3분의 2컵.

보물이나 다름없었다.

11

기나긴 더운 여름 내내 매일 비안느는 해야 될 집안일들을 챙겼다. 그녀는 (소피, 이사벨과 함께) 채소를 다시 심고 텃밭을 늘리고, 낡은 책꽂이 두 개를 토끼장으로 바꾸었다. 또 정자에 철망을 둘렀다. 이제 마당에서 가장 낭만적인 곳은 거름 악취를 풍겼다 - 그들은 텃밭에 뿌리려고 거름을 모았다. 비안느는 도로 아래쪽에 사는 농부의 - 리베 노인 - 빨래를 해주고 먹이를 얻었다.

그녀가 유일하게 느긋해지고 본래의 자신으로 느끼는 때는 일요일 아침이었다. 소피를 데리고 (이사벨은 미사 참석을 거부했다) 성당에 갔다 와서 뒷마당 그늘에 앉아 라셀과 커피를 마실 때였다. 절친한 두 친구는 수다를 떨고 웃고 농담을 했다. 이따금 이사벨이 함께했지만 두 사람과 대화를 나누기보다 아이들을 데리고 노는 경우가 더 많았다 - 비안느에게는 그것도 괜찮았다.

물론 그런 가사일은 필요한 일이었고, 먼 것 같아도 불청객처럼 닥칠 겨울을 맞을 새로운 방식이기도 했다. 더 중요한 것은 일이 비안느의 마음을 휘어잡는다는 점이었다. 정원에서 작업하거나 저장할 딸기를 끓이고 오이 피클을 담을 때는 앙투안을 떠올리지 않았다. 그에게 소식을 들은 지 얼마나 됐는지 생각하지 않았다. 그녀를 좀먹는 것은 불확실성이었다. 남편은 전쟁 포로가 됐을까? 어디선가 부상당했을까? 죽었나? 아니면 어느 날 고개를 들어보면, 환하게 웃으면서 이 도로를 걸어오는 그를 보게 될까?

그를 그리워하고 갈망하고 걱정하는 것. 그런 감정은 그녀가 밤에 맞이하는 여정이었다.

이제 나쁜 소식들과 무소식이 난무하는 세상에서 희소식 한 가지는, 벡 대위가 여름 내내 이런저런 작전에 나간 것이다. 그가 집에 없으니 집안은 평소 분위기를 되찾았다. 이사벨은 부탁받은 모든 일을 불평 없이 처리했다.

이제 10월이었고 쌀쌀했다. 비안느는 수업 후에 소피와 집에 돌아가면서 정신이 딴 데 팔렸다. 한쪽 신발굽이 헐렁해서 걸음걸이가 약간 불안정했다. 검은 가죽 옥스퍼드 구두는 일상적으로 신는 용도가 아니었지만 지난 몇 달간 매일 신고 다녔다. 밑창의 앞코 부분이 떨어져나가기 시작해서 그녀는 자주 발이 걸려 넘어졌다. 이제 구두 같은 물품을 대체해야 될 걱정이 코앞이었다. 배급표를 받아도 구두—혹은 식품—를 뜻대로 살 수 있는 게 아니었다.

비안느는 한 손을 소피의 어깨에 둘렀다. 그러면 걸음걸이를 유지하고 딸을 가까이 안고 걸을 수 있었다. 트럭에 타고 오토바이를 탄 나치 병사들이 어디나 있었다. 그들은 광장에서 행진하면서 소리 높여 승전가를 불렀다.

군용 트럭 한 대가 경적을 울리자 비안느와 소피는 더 멀리 골목길로 들어갔다. 호송차량이 덜컹대며 지나갔다. 더 많은 나치가 들어왔다.

"저기 이사벨 이모예요?"

소피가 물었다. 비안느는 소피가 손짓하는 쪽을 힐끗 보았다. 과연 이사벨이 바구니를 들고 골목에서 나오고 있었다. 그녀는…… '은밀해' 보였다는 게 딱 들어맞는 표현이었다.

이사벨은 자주 꼭두새벽에 르 자르댕을 나섰다. 그녀는 왜 집을 비우는지에 대해 비안느가 대수롭게 여기지 않는 이유들을 잔뜩 둘러댔다. 구두굽이 부러졌다, 바람에 모자가 날아가버려서 쫓아가야 했다, 개가 길 앞을 막아서서 무서웠다.

동생은 남자랑 만나려고 몰래 빠져나갈까?

"이사벨 이모!"

소피가 소리쳤다.

아이는 대답이나 허락을 기다리지 않고 냅다 도로로 뛰었다. 소피는 공을 주고받는 독일 병사 세 명을 간신히 피했다.

"이런."

비안느가 중얼댔다.

그녀가 병사들에게 말했다.

"죄송해요."

비안느는 병사들을 피해서 자갈길을 성큼성큼 건넜다.

"오늘은 뭘 샀어요?"

소피가 버드나무 바구니에 손을 넣으면서 이사벨에게 묻는 소리가 들렸다.

이사벨은 아이의 손을 찰싹 때렸다. 세게.

소피가 비명을 지르면서 손을 뺐다.

"이사벨! 너, 뭐가 잘못 된 거니?"

비안느가 매몰차게 말했다. 이사벨은 얼굴을 붉혔다.

"미안해. 단지 피곤해서 그래. 온종일 줄을 서 있었거든. 그런데 뭘 구했는지 알아? 고깃점이 거의 없는 송아지 도가니랑 우유 한 깡통. 기운이 빠져서 원. 그래도 거칠게 굴면 안 되는데. 미안하다, 소피."

"그렇게 꼭두새벽에 몰래 빠져나가지 않으면 피곤하지 않을 텐데."

비안느가 말했다.

"몰래 빠져나가는 게 아니야. 식품을 구하러 상점에 가는 거라고. 언니가 내게 그걸 바라는 줄 알았는데. 그런데 우린 자전거가 있어야 겠어. 망가진 구두를 신고 시내까지 다니려니 미치겠어."

비안느는 동생의 눈빛을 알아차릴 수 있으면 좋겠다고 생각했다. 죄책감 어린 눈빛일까? 아니면 걱정이나 반항하는 기미인가? 누가 보면 이사벨이 자존심을 부리는 줄 알겠지만 비안느는 그렇게 생각하지 않을 만큼은 동생을 알았다.

소피가 이사벨의 팔짱을 끼었고, 세 사람은 집을 향해 걸었다.

비안느는 카리보에 일어난 변화들을 애써 모른 체했다―나치가 너무 많은 공간을 차지했고, 석회석 담장들에 포스터가(새로운 반 유대적인 선전물이 구역질났다) 나붙었다. 문간과 발코니에 붉은 색과 검은색 나치 깃발들이 걸렸다. 사람들은 집을 독일군에게 넘기고 카리보를 떠나기 시작했다. 그들이 자유 지역으로 간다는 소문이 있었지만 확실히 아는 사람이 없었다. 상점은 문을 닫고 다시 열지 않았다.

비안느는 뒤에서 나는 발소리를 듣고 차분하게 말했다.

"더 빨리 걷자."

"방해가 되겠지만, 마담 모리악."

"맙소사, 그가 우리를 '따라오는' 거야?"

이사벨이 중얼댔다.

비안느는 천천히 몸을 돌렸다.

"대위님."

그녀가 말했다. 거리의 사람들이 못마땅해서 눈을 가늘게 뜨고 비안느를 잔뜩 노려보았다.

"오늘 밤 늦을 거고, 아쉽게도 식사를 못 할 거라고 말씀드리고 싶어서요."

벡이 말했다.

"정말 아쉽네요."

이사벨은 탄 캐러멜처럼 달콤 씁쌀한 말투로 대꾸했다.

비안느는 미소 지으려고 애썼지만, 실은 벡 대위가 불러세운 이유를 알 수 없었다. 그녀가 말했다.

"제가 음식을 남겨놓을 게요."

"아니요, 아닙니다. 친절한 말씀입니다만."

벡은 입을 다물었다. 비안느도 마찬가지였다.

마침내 이사벨이 크게 한숨을 쉬면서 말했다.

"저희는 집에 가는 길인데요, 대위님."

"제가 해드릴 일이라도 있나요, 대위님?"

비안느가 물었다. 벡이 더 가까이 다가섰다.

"부인이 얼마나 남편을 걱정하는지 압니다. 그래서 제가 좀 알아봤습니다."

"어머."

"좋은 소식이 아닙니다. 저도 이런 소식을 전하게 되어 속상합니다. 남편인 앙투안 모리악은 이 고장의 병사들 여럿과 함께 붙잡혔습니다. 전쟁 수용소에 포로로 잡혀 있습니다."

그는 비안느에게 이름들이 적힌 명단과 공식 엽서 묶음을 건넸다. 벡 대위가 말했다.

"그는 집에 돌아오지 않을 겁니다."

*

 비안느는 시내를 빠져나온 기억이 나지 않았다. 이사벨이 옆에서 똑바로 서게 부축하고 한 걸음 한 걸음 옮기도록 채근했다는 것은 알았다. 또 소피가 옆에서 송곳처럼 날카롭게 질문들을 쏟아냈다.
 '전쟁 포로가 뭐예요? 대위님이 파파가 집에 오지 않을 거라고 말한 게 무슨 뜻이에요? 완전히 못 와요?'
 비안느가 집에 도착했다는 것을 안 것은 정원 냄새가 그녀를 맞아주고 환영해주어서였다. 그녀는 눈을 깜빡거리면서, 막 혼수상태에서 깨서 세상이 어이없게 변한 것을 깨달은 기분을 느꼈다.
 이사벨이 굳은 목소리로 말했다.
 "소피, 가서 엄마께 커피 한 잔 만들어드려. 우유 깡통을 따도록 해."
 "하지만……."
 "얼른."
 이사벨이 말했다. 소피가 들어가자 이사벨은 차가운 손으로 언니의 얼굴을 감쌌다.
 "형부는 무사할 거야."
 비안느는 조금씩 무너지는 느낌을 맛보았다. 애써 피했던 생각을 떠올렸다. 남편 없는 삶. 그녀는 이를 딱딱 부딪치며 떨기 시작했다.
 "안에 들어가서 커피를 마셔."
 이사벨이 말했다.
 집 안에? 그들의 집에? 거기 사방에 그의 유령이 있겠지―앙투안이 앉아서 책을 읽던 소파의 틈새에, 그의 모자가 걸려 있던 고리에. 그리고 침대에.

비안느는 고개를 흔들었다. 울 수 있으면 좋으련만 눈물이 나지 않았다. 이 소식은 그녀를 비워냈다. 숨조차 쉴 수가 없었다.

갑자기 그녀가 남편의 스웨터를 입었다는 생각만 났다. 비안느는 옷을 훌떡훌떡 벗기 시작했다. 코트와 조끼를 찢듯이 벗고-'안 돼!'라는 이사벨의 만류를 무시하고- 머리 위로 스웨터를 획 올려서 보드라운 털실에 얼굴을 묻고 남편의 체취를 맡으려 했다-앙투안이 좋아하는 비누 냄새, 그를.

하지만 그녀의 체취밖에 없었다. 비안느는 뭉쳐진 스웨터를 물끄러미 내려다보면서 마지막으로 그가 입었던 때를 떠올리려고 애썼다. 빠져나온 실을 당기니 올이 풀려 구불구불한 와인색 실타래가 되었다. 그녀는 소매의 나머지 부분이 풀리지 않도록 매듭 지었다. 요즘은 털실이 귀했다.

요즘.

세상이 전쟁 중이고 모든 게 부족하고 남편이 집에 없는 이 시기.

"어떻게 혼자 해나갈지 모르겠어."

"무슨 말을 하는 거야? 언니는 오랫동안 혼자 해나왔어. 마망이 세상을 떠난 순간부터 쭉."

비안느가 눈을 깜빡거렸다. 어휘들이 서로 다른 속도로 입 밖에 내뱉어지는 것처럼 뒤엉켜서 들렸다.

그녀가 말했다.

"네가 혼자였지. 나는 혼자가 아니었어. 열네 살 때 앙투안을 만나서 열여섯 살에 임신했고, 열일곱 살도 안 되어서 그이와 결혼했지. 파파는 나를 치워버리려고 이 집을 내게 주었어. 그러니까 봐, 나는 한 번도 혼자가 아니었다고. 그래서 너는 이토록 강하고 나는…… 아닌 거야."

"언니는 강해져야 될 거야. 소피를 위해서."

이사벨이 말했다.

비안느가 숨을 멈추었다. 과연 그랬다. 그녀가 비소를 한 사발 들이키거나 기차 앞에 몸을 내던지지 못하는 이유가 있었다. 비안느는 구불구불한 짧은 실타래를 집어서 사과나무 가지에 묶었다. 초록색과 갈색 사이에서 와인색이 도드라졌다. 이제 매일 정원에 들어올 때, 대문으로 걸어갈 때, 사과를 딸 때 그녀는 이 나뭇가지를 지나면서 이 실을 보고 앙투안을 생각하리라. 매번 그녀는―그에게 그리고 신에게― 기도하리라. '집에 돌아와요'라고.

"가자고."

이사벨이 말하면서 비안느에게 한 팔을 둘러 끌어당겼다. 안에 들어가자, 집에 없는 사람의 목소리가 메아리쳤다.

*

비안느는 라셀의 작은 돌집 밖에 서 있었다. 이 쌀쌀한 늦은 오후, 머리 위 하늘은 연기 색깔이었다. 금잔화색, 귤색, 진홍색 나뭇잎들은 가장자리가 거뭇거뭇 물들기 시작했다. 곧 땅에 떨어질 터였다.

비안느는 현관문을 빤히 쳐다보면서 여기 올 필요가 없으면 좋았겠다고 생각했다. 하지만 벡 대위가 그녀에게 준 포로 명단에는 마크 드 샹플랭의 이름도 있었다.

마침내 용기를 내서 문을 두드리자마자, 낡은 실내복과 늘어진 모직 스타킹 차림의 라셀이 문을 열었다. 단추를 잘못 채워서 카디건이 옆으로 늘어졌다. 그래서 라셀은 이상하게 기울어진 느낌을 풍겼다.

"비안느! 들어와. 사라랑 내가 막 라이스푸딩을 만들던 참이었어

-물론 물이랑 젤라틴이 전부이다시피 하지만 우유를 조금 넣었어."

비안느는 억지로 미소 지었다. 그녀는 친구의 재촉을 받아서 부엌으로 들어갔다. 라셸이 씁쓸한 대용품 커피를 한잔 따라주었다. 요즘은 그것밖에 구할 수가 없었다. 비안느가 라이스 푸딩에 대해 뭐라고 말하자-그녀 스스로 무슨 말을 하는지 몰랐다- 라셸이 고개를 돌리고 물었다.

"무슨 일이야?"

비안느는 친구를 응시했다. 강한 사람이-한 번만- 되고 싶었지만 눈에 차오르는 눈물을 막을 수가 없었다.

라셸이 사라에게 말했다.

"부엌에 있거라. 동생이 깨면 가서 돌봐."

그녀가 비안느에게 고개를 돌리고 말했다.

"나를 따라와."

라셸은 친구의 팔을 잡아서 작은 거실을 지나 안방으로 들어갔다.

비안느는 침대에 걸터앉아서 친구를 올려다보았다. 조용히 그녀가 벡에게 받은 명단을 내밀었다.

"전쟁 포로들이야, 라셸. 앙투안과 마크, 다른 사람들이 다 있어. 그들은 집에 돌아오지 않을 거야."

*

사흘 후 서리 내린 토요일 아침, 비안느는 교실에 서서 앞에 앉은 한 무리의 여인들을 바라보았다. 그들이 앉은 책상이 너무 작아 보였다. 다들 지치고 좀 조심스러워 보였다. 요즘은 아무도 모이는 것이 편치 않았다. 전쟁에 대한 대화가 어느 수위부터 '금지'인지 명확하지

앉았고, 게다가 카리보 여인들은 기진맥진했다. 그들은 매일같이 부족한 식료품을 사려고 줄을 섰고, 줄을 서지 않을 때면 시골을 누비면서 식량을 구하거나, 괜찮은 빵 한 덩이를 사려고 댄싱 슈즈나 실크 스카프를 팔려고 애썼다. 교실 뒤쪽 구석에서는 소피와 사라가 나란히 무릎을 끌어안고 앉아 책을 읽었다.

라셸은 잠든 아들을 한쪽 어깨에서 다른 어깨로 옮겨 안고 문을 닫았다.

"모두 와주셔서 감사합니다. 요즘은 꼭 필요한 일 이상의 어떤 일도 하기가 얼마나 어려운지 압니다."

여자들이 수런대며 동감을 표했다.

"우리가 왜 여기 있는 거죠?"

마담 푸르니에가 지친 듯이 물었다.

비안느가 앞으로 나왔다. 그녀는 이 여자들 중 몇 명과 같이 있으면 늘 불편했다. 그녀는 열네 살에 이곳으로 이주했을 때 많은 여자들의 미움을 받았다. 비안느가 앙투안을—이 지역 최고 미남 청년—을 '붙잡자' 미움이 더욱 커졌다. 물론 오래전 일이었고, 이제 이 여인들과 친하게 지내면서 그들의 아이들을 가르치고 그들의 상점에 드나들었다. 하지만 그렇다고 해도 청소년기의 아픔은 불편한 상흔을 남겼다.

"제가 카리보 출신의 프랑스 전쟁 포로 명단을 얻었어요. 유감스럽지만 여러분의 남편들이—그리고 제 남편과 라셸의 남편도— 명단에 있다고 말씀드릴 수밖에 없네요. 그들이 집에 돌아오지 않을 거라고 들었습니다."

비안느는 말을 멈추고 여인들이 반응할 틈을 주었다. 그들의 얼굴이 슬픔과 상실감 어린 표정으로 바뀌었다. 비안느는 그 아픔이 자신의 아픔과 똑같다는 것을 알았다. 그렇더라도 지켜보기가 어려웠고, 그녀의 눈이 다시 뿌얘졌다. 라셀이 가까이 다가와서 손을 잡았다.

비안느가 말했다.

"제가 엽서를 갖고 있어요. 공식 엽서입니다. 그러니까 우린 남편에게 엽서를 쓸 수 있어요."

"그렇게 많은 엽서를 어디서 구했어요?"

마담 푸르니에가 눈물을 훔치면서 물었다.

"자기 독일인에게 선처를 구했겠죠."

제빵사 부인인 엘렌 루엘이 말했다.

비안느가 말했다.

"아니에요! 그리고 그는 내 독일인이 아닙니다. 그는 내 집을 징발한 독일군이에요. 내가 그에게 집을 넘겨줘야 되나요? 그냥 맨주먹으로 거기서 걸어나와야 되나요? 시내의 남는 방이 있는 모든 집이나 호텔은 그들이 차지하고 있어요. 나만 특별히 그런 게 아닙니다."

혀 차는 소리와 중얼대는 소리가 더 들렸다. 몇몇 여자들은 고개를 끄덕였고, 다른 여자들은 고개를 저었다.

"나라면 내 집에 독일군을 들이기 전에 목숨을 끊었을 거예요."

엘렌이 말했다.

비안느가 대꾸했다.

"그랬을까요, 엘렌? 과연 그랬을까요? 그럼 당신의 아이들 먼저 죽이거나 그들을 거리에 내던져서 스스로 연명하게 하겠어요?"

엘렌이 눈길을 피했다.

다른 여인이 말했다.

"그들이 내 호텔을 차지했어요. 그리고 그들은 신사예요, 대부분은 그래요. 좀 촌스럽긴 하죠. 낭비가 심하고."

"신사라니. 우리는 도살될 돼지들이에요. 두고 보면 알 거예요. 싸우지도 못하는 돼지들이라고요."

엘렌이 쏘아붙였다.

"최근에 우리 정육점에서 통 못 봤네요."

마담 푸르니에가 비난하는 말투로 비안느에게 말했다.

"동생이 대신 가죠."

비안느가 대답했다. 이게 그들이 못마땅해하는 점이라는 걸 그녀는 알았다. 그들은 자신들이 못 누리는 특권을 비안느가 누릴까봐 염려했다.

"저는 적에게서 먹을 것—혹은 아무것도—을 얻지 않을 겁니다."

비안느는 갑자기 학창 시절로 돌아가 인기 있는 여자애들에게 괴롭힘을 당하는 기분을 느꼈다.

"비안느는 도우려고 애쓰고 있어요."

라셀이 엄격하게 말하자 모두 입을 다물었다. 그녀는 비안느에게서 엽서뭉치를 받아서 사람들에게 나눠주었다.

비안느는 자리에 앉아서 엽서의 여백을 물끄러미 내려다보았.

다른 사람들이 엽서에 꾸물꾸물 글자를 적는 소리가 들리자, 그녀는 천천히 사연을 적기 시작했다.

사랑하는 앙투안,

우리는 잘 지내. 소피는 무럭무럭 자라고,

할 일들이 아주 많기는 해도 우린 올여름에 시간을 내서

강가에서 보냈지. 우리는 —나는— 숨쉴 때마다 당신을 생각하고

당신이 잘 있기를 기도해. 우리 걱정은 말아요,

그리고 집에 돌아와요.

사랑해요, 앙투안.

글씨가 너무 작아서 앙투안이 알아볼 수 있을지 염려스러웠다.
혹은 그가 엽서를 받을지. 혹은 그가 살아 있을지.
그녀는 울고 있었다.
라셀이 옆에 다가와서 어깨를 가만히 잡았다.
"우리 모두 똑같은 마음이야."
그녀가 조용히 말했다.
잠시 후 여인들이 차례로 일어났다. 그들은 말없이 앞으로 나와서 비안느에게 엽서를 건넸다.
"저 사람들 때문에 속상해하지 말아. 겁나서 그래."
라셀이 말했다.
"나도 겁나는걸."
비안느가 말했다.
라셀은 엽서를 가슴에 꼭 누르고, 구석구석 만져야 되는 것처럼 종이 위에 손가락을 벌렸다.
"어떻게 안 그럴 수 있겠어?"

*

나중에 집에 돌아오니, 벡의 오토바이가 대문 앞 풀밭에 세워져 있었다.
라셀이 비안느에게 몸을 돌리고 물었다.
"우리가 같이 안에 들어가줄까?"
비안느는 친구의 걱정하는 눈길을 봤고, 도움을 구하면 도움을 얻으리란 것을 알았다. 하지만 어떻게 도움을 받을 수 있을까?

"아냐, 고마워. 우린 괜찮아. 아마 그 사람이 잊은 게 있어서 왔고 곧 다시 나갈 거야. 요즘은 거의 여기 없어."

"이사벨은 어디 있어?"

"좋은 질문이네. 매일 금요일 아침 해뜨기 전에 살그머니 빠져나가."

비안느는 몸을 더 숙이고 속삭이며 덧붙여 말했다.

"내 생각에 남자를 만나나봐."

"잘됐네."

그 말에 비안느는 대답하지 않았다.

"그가 우리를 위해서 엽서를 발송해줄까?"

라셸이 물었다.

"그러면 좋겠어."

비안느는 잠시 더 친구를 바라보았다. 그러다가 다시 말했다.

"음, 곧 알게 되겠지."

그녀는 소피를 데리고 안으로 들어갔다. 집에 들어가자 소피에게 위층에 올라가서 책을 읽으라고 일렀다. 아이는 그런 지시에 익숙했고 꺼려하지 않았다. 비안느는 가능한 딸과 벡이 마주치지 않게 하려고 애썼다.

벡 대위는 종이를 펼쳐놓고 식탁에 앉아 있었다. 비안느가 들어가자 그가 고개를 들었다. 그의 만년필촉에서 잉크 방울이 떨어져서 앞에 놓인 흰 종이에 파란색 얼룩이 생겼다.

"마담, 아주 잘됐습니다. 돌아오셔서 기쁩니다."

그녀는 엽서뭉치를 들고 조심스럽게 앞으로 나아갔다. 엽서들이 끈으로 묶여 있었다.

"제가…… 여기 엽서를 갖고 있는데요…… 이 지역의 친구들이…… 남편들에게 쓴 엽서예요. 그런데 어디로 보내야 될지 몰라서요. 혹시…… 대위님이 저희를 도와주실 수 있을지요."

비안느는 몹시 떨리는 기분을 느끼면서 체중을 이 다리에서 다른 다리로 불편하게 옮겨 실었다.

"물론입니다, 마담. 도와드릴 수 있으면 제가 기쁘지요. 하지만 그렇게 하려면 시간이 걸리고 조사를 해봐야 될 겁니다."

벡은 예절 바르게 일어나서 말을 이었다.

"제가 지금 사령부의 상관들에게 보낼 명단을 작성하는 중입니다. 그들에게 부인이 다니는 학교의 교사들 중 일부의 이름을 알려야 해서요."

"아."

비안느는 그가 이런 말을 하는 이유를 알 수가 없었다. 벡은 업무에 대해 말한 적이 없었다. 물론 그들은 어떤 것에 대해서도 별로 대화하지 않았다.

"유대인. 공산주의자. 동성애자. 프리메이슨. 여호와의 증인. 그런 사람들을 아십니까?"

"아다시피 저는 가톨릭 신자입니다, 대위님. 저희는 학교에서 그런 것에 대해 대화하지 않아요. 아무튼 저는 누가 동성애자고 프리메이슨인지 모르는데요."

"아, 그러면 나머지 사람들은 아는군요."

"무슨 뜻인지……."

"제가 분명하게 전달하지 못하네요. 죄송합니다. 학교 교사들 중 유대인이나 공산주의자의 이름을 알려주시면 매우 감사하겠습니다."

"왜 그들의 이름이 필요하시죠?"

"단순히 사무적인 차원입니다. 저희 독일인들을 아시지요, 저희는 목록을 만드는 사람들입니다."

그가 미소 지으면서 비안느에게 의자를 빼주었다.

비안느는 식탁에 놓인 백지를 내려다보다가 손에 든 엽서 뭉치로 시선을 옮겼다. 앙투안이 엽서를 받는다면 답장을 보낼지도 모른다. 그녀는 남편이 살아 있는지 마침내 알게 될 것이다.

"그건 비밀 정보도 아닌데요, 대위님. 누구라도 그 사람들의 이름을 말해줄 수 있을 거예요."

벡 대위가 그녀에게 가까이 다가왔다.

"제가 조금 노력하면 남편의 주소를 알아내서 우편물을 보내드릴 수 있을 거라고 믿습니다, 마담. 그러면 쾌활하시겠습니까?"

"'쾌활하다'는 적절한 표현이 아니에요, 대위님. 저한테 그러면 괜찮겠느냐고 묻고 싶으신 거겠죠."

그녀는 이러지도 저러지도 못한다는 것을 알았다. 더 나쁜 것은 벡이 분명하게 그것을 안다는 점이다.

"아, 당신의 아름다운 언어를 제게 가르쳐주시니 깊이 감사드립니다. 제가 사과하지요."

벡이 그녀에게 펜을 내밀며 말했다.

"걱정 마십시오, 마담. 단순히 사무적인 차원입니다."

비안느는 어떤 이름도 적고 싶지 않다고 말하고 싶었지만, 그래 봤자 무슨 소용이 있을까? 그가 시중에서 이런 정보를 얻는 것은 아주 쉬웠다. 누가 그 명단에 올라야 되는지 누구나 알았다. 그리고 그런 반발을 하면 벡은 그녀를 집에서 내쫓을 수도 있었다. 그렇게 되면 그녀는 어떡해야 할까?

비안느는 의자에 앉아서 펜을 들고 이름들을 적기 시작했다.

"다 됐네요."

그녀가 부드럽게 말했다.

"친구를 잊으셨네요."

"그랬나요?"

"정확히 하려다가 그러신 거겠죠."

비안느는 초조하게 입술을 깨물고 명단을 내려다보았다. 문득 하지 말아야 될 일을 했음이 명확히 느껴졌다. 하지만 그녀에게 어떤 선택권이 있었을까? 그녀의 집을 장악한 사람은 벡 대위였다. 그녀가 반항하면 어떤 일이 벌어질까?

천천히 뱃속이 뒤틀리는 것을 느끼면서 비안느는 명단에 마지막 이름을 적었다.

'라셀 드 샹플랭.'

12

11월 말의 유난히 추운 아침, 비안느는 뺨에 눈물이 얼룩진 채 깼다. 또 앙투안이 나오는 꿈을 꾸었다.

한숨을 내쉬고, 소피가 깨지 않도록 가만히 침대에서 내려왔다. 그녀는 완전히 옷을 갖춰 입고 잠자리에 들었다. 털조끼와 긴팔 스웨터, 털스타킹, 플란넬 바지(앙투안의 바지를 몸에 맞게 자른 것), 털실로 짠 모자와 벙어리 장갑까지. 아직 크리스마스도 되지 않았는데 벌써 겹겹이 껴입는 것은 불문율이 되어버렸다. 그녀는 카디건 한 벌을 더 입었지만 그래도 추웠다.

장갑 낀 손을 발치 쪽 매트리스 밑에 넣어서, 앙투안이 마련해 놓고 간 가죽 주머니를 꺼냈다. 안에는 돈이 별로 남지 않았다. 곧 가족은 그녀의 교사 봉급만으로 생활해야 될 것이다.

비안느는 돈을 제자리에 돌려놓고(날씨가 추워진 이후 돈을 세는 것이 빼먹지 않는 습관이 되었다) 아래층으로 내려갔다.

이제 넉넉한 것은 아무것도 없었다. 밤이면 수도관이 얼어붙어서 한낮이 되도록 물이 나오지 않았다. 비안느는 세수할 물을 가득 채운 양동이들을 스토브와 벽난로 옆에 놔두었다. 가스와 전기가 귀하고 사용료로 낼 돈도 없어서, 그녀는 두 가지 모두 아끼고 또 아꼈다. 스토브의 불꽃이 너무 낮아서 물이 잘 끓지 않았다. 그들은 전등을 켜지 않다시피 하고 살았다.

불을 피운 다음 두꺼운 깃털 이불을 몸에 두르고 소파에 앉았다. 옆에 낡은 스웨터를 풀어서 모아둔 실 바구니가 있었다. 크리스마스 선물로 소피의 목도리를 뜨는 중이었고, 이런 새벽에만 짬을 낼 수 있었다.

집에서 나는 삐걱대는 소리만을 친구 삼아서 그녀는 뜨개바늘로 포근한 실 가닥들 사이를 누비면서 만드는 데만 집중했다. 평범한 아침의 일상인 뜨개질이 불안감을 가라앉혔다. 어머니가 곁에 앉아서 뜨개질을 가르쳐주면서 '겉뜨기 한 번, 안뜨기 두 번, 맞아…… 잘했어'라고 말하던 기억 아니면 앙투안이 양말바람으로 계단을 내려와 미소 지으며 그를 위해 뭘 만드는 중이냐고 묻던 기억이 떠오를 것이다.

앙투안.

현관문이 천천히 열리면서 얼음장 같은 공기와 휘날리는 낙엽들이 들이닥쳤다. 이사벨이 들어왔다. 앙투안의 낡은 모직 코트를 입고 무릎까지 닿는 부츠를 신고, 눈만 내놓은 채 머리와 목에 목도리를 두른 차림새였다. 이사벨은 비안느를 보더니 문득 멈추어 섰다.

"아, 일어났구나."

그녀는 목도리를 풀고 코트를 걸었다. 얼굴에 죄책감을 느끼는 표정이 역력히 떠올랐다.

"닭들을 보러 나갔다 왔어."

비안느가 뜨개질하는 손길을 멈추었다.

"누군지 나한테 말하는 게 좋을 거야, 네가 몰래 빠져나가서 만나는 청년 말이야."

"이런 추위에 누가 남자나 만나러 다니겠어?"

이사벨은 비안느를 일으켜 불가로 데려갔다.

갑자기 온기를 느끼자 비안느는 부르르 떨었다. 지금까지 얼마나 추웠는지 모르고 있었다.

"너."

그녀는 말하고 미소 짓는 자신에게 놀랐다.

"너라면 이런 추위에 남자를 만나러 몰래 빠져나갈걸."

"괜찮은 남자여야 될 거야. 클라크 게이블(1930년대 미국의 인기 배우) 정도."

소피가 부엌으로 뛰어들어와서 엄마에게 달라붙었다.

"이렇게 하면 기분이 좋아."

아이는 양손을 내밀면서 말했다.

잠시 동안 비안느는 걱정거리를 잊었다. 그때 이사벨이 말했다.

"저기, 난 가보는 게 좋겠어. 정육점 맨 앞에 줄을 서야 돼."

"나가기 전에 요기를 해야지."

비안느가 말했다.

"내 몫은 소피한테 줘."

이사벨이 다시 코트를 입으면서 대답했다. 그녀는 머리에 목도리를 둘둘 말았다.

비안느는 동생을 문까지 배웅하고, 어둠 속으로 사라지는 이사벨을 지켜보았다. 그런 다음 부엌으로 돌아와서 등잔에 불을 붙여서 지하 식품 저장고로 내려갔다. 돌벽을 따라 선반들이 줄줄이 붙어 있었다. 2년 전만 해도 이 저장실에는 물푸레나무에 훈제한 햄과 오리 기름 단지들, 둘둘 말린 소시지가 넘쳐났다. 오래 묵은 샴페인 식초 병들, 정어리 통조림들, 잼병들.

이제 치커리 커피(치커리 뿌리를 커피 대용으로 먹는다)가 거의 바닥 났다. 마지막 남은 설탕이 유리 그릇 밑바닥에서 하얗게 반짝거렸고, 밀가루는 금보다도 귀했다. 다행히 피난민들이 짓밟았는데도 텃밭 농사가 제법 수확이 좋았다. 그녀는 과일과 채소를 아주 작은 것까지 버리지 않고 병조림해서 저장식품으로 만들었다.

상하기 직전인 통밀빵 한 조각을 챙겼다. 커가는 소녀들의 식사로 삶은 달걀 한 개와 토스트 한 쪽은 충분하지 않지만 그만큼 먹는 것도 다행이었다.

"더 먹고 싶은데."

식사를 마치자 소피가 말했다.

"더 못 줘."

비안느가 대답했다.

"독일인들이 우리 음식을 다 가져가요."

소피가 말할 때 녹회색 군복 차림의 벡이 방에서 나왔다.

"소피."

비안느가 날카롭게 주의를 주었다.

"음, 맞는 말이에요, 꼬마 숙녀분. 우리 독일 병사들이 프랑스가 생산하는 식품을 많이 가져가고 있지. 하지만 싸우는 남자들은 배를 채워야 되거든, 그렇지 않겠어?"

소피는 얼굴을 찌푸리고 그를 쳐다보았다.

"누구나 먹어야 되지 않나요?"

"맞아요, 마드모아젤. 그리고 우리 독일인들은 가져가기만 하는 게 아니라 우리 친구들에게 돌려주기도 하지."

그가 군복 주머니에 손을 넣어서 초콜릿바 한 개를 꺼냈다.

"초콜릿이다!"

"소피, 안 돼."

비안느가 말했지만 벡은 날랜 솜씨로 초콜릿을 사라졌다 다시 나타나게 하면서 소피의 마음을 빼앗았다. 마침내 그가 초콜릿을 주자 소피는 꽥 소리를 지르면서 포장지를 벗겼다.

벡이 비안느에게 다가갔다.

"부인은…… 오늘 아침에 슬퍼 보이시네요."

그가 조용히 말했다.

비안느는 어떻게 대답할지 몰랐다.

벡 대위가 미소 지으면서 떠났다. 바깥에서 그의 오토바이가 달려가는 소리가 났다.

"초콜릿이 맛있어요."

소피가 입술을 빨면서 말했다.

"그렇게 한꺼번에 먹어버리지 않고, 매일 밤 조금씩 먹었다면 더 좋았을 거야. 그리고 나눠 먹는 미덕에 대해서는 엄마가 새삼 말할 필요가 없겠지."

"이사벨 이모는 미적대는 것보다 화끈한 게 낫다고 말해요. 절벽에서 뛰어내리면 적어도 떨어지기 전에 날게 된다고요."

"그래, 그렇겠지. 이사벨다운 말이구나. 이모한테 애당초 올라가지 말았어야 될 나무에서 뛰어내려 발목 부러진 일에 대해 물어보렴. 자, 학교에 가자."

비안느는 얼어붙은 진흙 길가에 서서 라셀과 아이들이 나오기를 기다렸다. 그들은 같이 학교까지 멀고 추운 길을 걸어갔다.

라셀이 말했다.

"나흘 전에 커피가 똑 떨어졌어. 내가 왜 이렇게 마녀처럼 구는지 사람들이 의아해한다면 그래서야."

"최근에 성미 급하게 구는 것은 바로 나지."

비안느가 말했다. 그녀는 라셀이 아니라고 말하기를 기다렸지만, 라셀은 친구를 잘 알기에 가만히 있었다.

비안느가 말을 이었다.

"말이지…… 내가 딴 생각들을 하면서 살아서 그래."

'명단'.

몇 주 전 그녀는 동료들의 이름을 적어주었고, 이후 다른 일이 생기지 않았다. 그래도 걱정이 없어지지 않았다.

"앙투안? 굶주림? 얼어 죽는 것? 이번 주에 마음을 꽉 붙드는 작은 걱정은 뭐야?"

학교 종이 울렸다.

"얼른요, 마망. 늦었어요."

소피가 그녀의 팔을 꽉 잡고 끌어당겼다.

비안느는 딸에게 끌려서 돌 계단을 올라갔다. 소피와 사라를 데리고 교실에 들어가니, 이미 학생들이 꽉 차 있었다.

"늦으셨네요, 모리악 선생님. 벌점 1점이에요."

질이 웃으면서 말했다.

다들 웃음을 터뜨렸다.

비안느는 코트를 벗어서 걸었다.

"평소처럼 아주 재미있구나, 질. 철자 시험을 본 다음에도 여전히 웃고 있는지 어디 보자꾸나."

이번에는 학생들이 신음했고, 비안느는 아이들의 일그러진 얼굴을 보고 미소 짓지 않을 수가 없었다. 사실 창을 가려서 빛이 들지 않아 그림자 지는 이 추운 교실에서 낙심할 수밖에 없었다.

"아이고, 엄청나게 추운 아침이네. 우리 피가 돌게 하려면 술래잡기라도 해야겠다."

 반색하는 환호성이 교실을 메웠다. 비안느는 코트를 챙길 새도 없이, 웃는 아이들에게 떠밀려서 교실 밖으로 나왔다.

 그들이 밖에 나오고 나서 곧 비안느는 차량이 터덜대며 학교로 다가오는 소리를 들었다. 학생들은 눈치 못 채고-요즘 아이들은 비행기에만 신경을 썼다- 뛰어가서 놀았다.

 비안느는 건물 끝으로 걸어가서 모퉁이를 내다보았다. 검은 벤츠 승용차가 흙길인 진입로를 올라왔다. 차 앞쪽에 붙은 작은 나치 깃발이 추위 속에서 나부꼈다. 벤츠 뒤에 프랑스 경찰차가 있었다.

 비안느가 서둘러 운동장으로 뛰어갔다.

 "얘들아, 이리 와라. 내 옆에 서."

 모퉁이에 나타난 남자 둘이 눈에 들어왔다. 한 명은 비안느가 처음 보는 사람이었다-장신에 품위 있는 금발 사내는 검은 긴 가죽 코트와 반질반질한 부츠 차림이었다. 목까지 올라오는 칼라에 철십자훈장이 붙어 있었다. 다른 사내는 비안느가 아는 사람이었다. 오랫동안 카리보 경찰관이었던 폴 조엘레르. 앙투안은 그가 야비하고 겁쟁이 성향이 있다는 말을 자주 했다.

 "마담 모리악."

 프랑스 경찰관이 거만하게 목례하며 말했다.

 비안느는 그의 눈빛이 싫었다. 사내애들이 약한 아이를 괴롭히려고 할 때 서로 주고받는 눈빛을 연상시켰다.

 "봉주르, 폴."

 "동료 교사 몇 분 때문에 여기 왔습니다. 선생님은 걱정할 게 없습니다, 마담. 우리 명단에 올라있지 않으니까요."

 명단.

"제 동료들한테 뭘 원하시는데요?"

비안느는 자기도 모르게 물었지만, 아이들이 잠잠한데도 그녀의 목소리는 거의 들리지 않았다.

"교사 몇 명이 오늘 해고될 겁니다."

"해고요? 왜요?"

나치 요원은 파리를 잡는 것처럼 흰 손을 움직였다.

그가 조소하며 말했다.

"유대인들, 공산주의자들, 프리메이슨들. 이제는 학교에서 가르치거나 공공시설이나 사법부에서 일하는 게 허용되지 않는 다른 자들."

"하지만······."

나치 요원이 프랑스인 경관에게 고개를 끄덕이자, 두 사람은 동시에 몸을 돌려서 학교 안으로 들어갔다.

"모리악 선생님?"

누군가 그녀의 소매를 잡아끌면서 말했다.

"마망? 저 사람들이 그럴 수 없지요, 그렇죠?"

소피가 칭얼대면서 말했다.

"물론 할 수 있지. 망할 놈의 나치 새끼들."

질이 중얼댔다.

아이의 말버릇을 고쳐주어야 마땅했지만, 그녀는 벡에게 적어준 명단의 이름들 외에는 아무 생각도 할 수가 없었다.

*

비안느는 몇 시간 동안 양심과 씨름했다. 어떻게 했는지 기억할 수 없지만 오전 수업을 진행했다. 다른 해고된 교사들과 학교에서 나가면서 라셀이 지어 보인 표정만 그녀의 마음에 남아 있었다.

마침내 정오가 되자, 이미 인력이 부족한데도 비안느는 다른 교사에게 학급을 맡아달라고 부탁했다.

이제 그녀는 시내 광장의 끄트머리에 서 있었다. 여기까지 오는 내내 무슨 말을 할지 계획을 세웠지만 시청 위에서 나부끼는 나치 깃발을 보자 결심이 흔들렸다. 눈길이 닿는 곳마다 독일군이 보였다. 병사들이 둘씩 짝지어 걸어가거나 잘 먹인 늠름한 말을 타고 지나갔다. 혹은 반짝이는 검정 시트로엥을 타고 거리를 내달리고 있었다. 광장 건너편에서 나치군 한 명이 휘파람을 불면서 무릎 꿇은 노인을 소총으로 제압했다.

'가, 비안느.'

그녀가 돌계단을 올라 닫힌 참나무 문으로 가자, 여릿한 얼굴의 젊은 보초병이 그녀를 제지하고 용무를 물었다.

"벡 대위를 만나러 왔는데요."

비안느가 대답했다.

"네."

보초병이 문을 열어주고 넓은 돌 계단을 가리키며 손가락으로 숫자 2를 표시했다.

비안느는 시청 안으로 들어갔다. 군복을 입은 사내들이 우글댔다. 그녀는 누구와도 눈을 맞추지 않으려고 애쓰면서 서둘러 로비를 가로질러 계단으로 갔다. 벽에 큼직하게 걸린 초상화 속 총통의 감시하는 눈초리를 받으며 계단을 올라갔다.

2층에서 비안느는 군복 차림의 사내를 찾아서 말했다.

"벡 대위님, 부탁합니다!"

"알겠습니다, 마담."

군인은 비안느를 복도 끝에 있는 문으로 안내하고는 문을 가볍게 두드렸다. 안에서 대답하자, 그가 그녀를 위해 문을 열어주었다.

벡은 검은색과 금색의 화려한 책상에 앉아 있었다―인근 어느 저택에서 빼앗은 물건일 것이다. 뒤쪽 벽에 히틀러의 초상화와 지도들이 걸려 있었다. 책상에는 타자기와 로데오 복사기가 있었다. 구석에 몰수한 라디오들이 쌓여 있었지만 가장 나쁜 것은 음식이었다. 뒤쪽 벽에 음식 상자들이 잔뜩 쌓여 있었다. 손질한 고기 덩어리들과 치즈 덩이들이었다.

그가 얼른 일어나면서 말했다.

"마담 모리악, 정말 놀랍고 반갑습니다. 제가 뭘 해드리면 될까요?"

그가 비안느에게 다가왔다.

"학교에서 당신이 해고한 교사들 때문인데요."

"제가 그런 게 아닙니다, 마담."

비안느는 뒤쪽의 열린 문을 힐끗 쳐다보고 벡 대위에게 한 걸음 다가서서 소리를 낮추어서 말했다.

"이름을 적은 명단이 사무적인 절차일 뿐이라고 말했잖아요."

"미안합니다. 진심입니다. 저도 그렇게 들었습니다."

"학교에는 그들이 필요해요."

"부인이 여기 있는 것은, 이건…… 위험할 겁니다."

그가 둘 사이의 거리를 좁히면서 말을 이었다.

"시선을 끌고 싶지 않겠지요, 마담 모리악. 여기 있으면 안 됩니다. 사람이 있어요……."

그가 문을 힐끗 보면서 말을 멈추었다. 벡이 다시 말했다.

"가세요, 마담."

"저한테 그런 요구를 하지 않았으면 좋잖아요."

"동감입니다, 마담."

그는 비안느에게 이해한다는 표정을 지었다. 그가 다시 채근했다.

"자, 가세요. 제발. 여기 오면 안 됩니다."

비안느는 벡 대위에게서—그 모든 음식과 총통 사진에게서— 몸을 돌려 사무실에서 나왔다. 계단을 내려가는 길에 군인들이 그녀를 구경하면서 서로 웃는 것을 알아차렸다. 상심시킨 멋진 독일 병사에게 애걸복걸하는 프랑스 여자가 또 한 명 있다고 농담을 주고받으리라. 하지만 햇살 속에 다시 나섰을 때에야 비안느는 자신의 실수를 제대로 깨달았다.

광장 근처에 여인 몇 명이 있었고, 그들은 나치 소굴에서 나오는 비안느를 보았다. 여인들 중에 이사벨이 끼어 있었다.

비안느는 서둘러 계단을 내려와서 엘렌 루엘에게 향했다. 빵집 여주인인 엘렌은 빵을 사령부에 배달하는 중이었다.

"사교하러 다녀요, 마담 모리악?"

종종걸음으로 지나가는 비안느에게 엘렌이 능글맞게 말했다.

이사벨은 문자 그대로 광장을 내달려서 언니에게 향했다. 비안느는 낭패해서 한숨을 짓고 멈춰 서서 동생이 가까이 오기를 기다렸다.

"거기서 뭘 한 거야?"

이사벨이 물었다. 목소리가 너무 컸다, 아니면 비안느의 귀에 그렇게 들렸다.

"오늘 그들이 교사들을 해고했어. 아니. 교사 전원은 아니고 단지 유대인과 프리메이슨과 공산주의자 들만."

그 기억이 머릿속에 차오르자 속이 메스꺼웠다. 비안느는 조용한 복도와 남은 교사들 사이의 혼란을 기억했다. 어떻게 해야 될지, 나치에 어떻게 맞설지 아무도 몰랐다.

"'단지 그들만'이라고, 응?"

이사벨이 굳은 표정으로 반문했다.

"그렇게 들리게 말할 의도는 없었어. 분명하게 알리려고 했던 거야. 그들이 교사 전원을 해고하지는 않았다는 거지."

비안느 스스로도 한낱 변명으로 들려서 입을 다물었다.

"그 말로는 언니가 그들의 사령부에 등장한 이유가 설명되지 않아."

"나는…… 벡 대위가 우리를 도와줄 수 있을 거라고 생각했어. 라셀을 도와줄 수 있다고."

"벡에게 선처를 구하러 갔어?"

"그럴 수밖에 없었어."

"프랑스 여자들은 나치에게 도움을 구하지 않아. 맙소사, 언니는 그걸 알아야 된다고."

비안느가 도전적으로 대꾸했다.

"나도 알아. 하지만……."

"하지만 뭐?"

비안느는 더 이상 가만히 있을 수가 없었다.

"내가 그에게 명단을 줬거든."

이사벨은 얼어붙어버렸다. 잠시 숨을 쉬지 않는 것 같았다. 그녀는 비안느에게 뺨을 때린 것보다 독한 표정을 던졌다.

"어떻게 그런 짓을 할 수 있어? 그자에게 라셀의 이름을 알려줬다고?"

"난 모, 몰랐어. 내가 어떻게 알 수 있겠어? 그가 사무상 절차라고만 말했거든."

비안느가 더듬거리며 말했다. 그녀는 이사벨의 손을 꽉 잡고 덧붙였다.

"용서해줘, 이사벨. 정말이야. 난 몰랐어."

"언니가 구해야 되는 것은 내 용서가 아니야."

비안느는 찌르는 듯한 깊은 굴욕을 느꼈다. 어떻게 그리도 어리석을 수 있었을까, 또 대체 어떻게 복구시킬 수 있을까? 그녀는 손목시계를 힐끗 보았다. 곧 수업이 끝날 시간이었다.

비안느가 말했다.

"학교로 가. 소피와 사라를 찾아서 집에 데려가도록 해. 나는 해야 될 일이 있어."

"그게 뭐든 간에 잘 생각하고 하는 일이면 좋겠어."

"가."

비안느가 지쳐서 말했다.

*

생 잔느 교회는 시내 끄트머리에 있는 노르만 양식의 작은 석조 건물이었다. 그 뒤로 중세의 벽들 안쪽에 성 요셉 수녀원이 있었다. 수녀원은 고아원과 학교를 운영했다.

비안느는 예배당으로 들어갔고, 찬 돌바닥에 발이 닿는 소리가 메아리쳤다. 그녀 앞에서 입김이 뿌옇게 퍼졌다. 비안느는 잠깐 장갑을 벗고 언 성수에 손가락 끝을 스쳤다. 성호를 긋고 텅 빈 신도석으로 가서 무릎을 꿇고 앉았다. 그녀는 눈을 감고 고개를 숙여 기도했다.

신의 인도가-그리고 용서가- 필요했지만 평생 처음으로 기도를 올릴 말을 떠올릴 수가 없었다. 그런 어리석은, 생각 없는 짓을 저지르고 어떻게 용서받을 수 있을까?

신은 그녀의 죄와 두려움을 아실 테고 그녀를 심판하실 것이다. 비안느는 모은 손을 내리고 다시 일어나 나무 의자에 앉았다.

"비안느 모리악, 네가 맞니?"

테레즈 원장 수녀님이 다가와서 비안느 옆에 앉았다. 수녀님은 비안느가 말하기를 기다렸다. 두 사람 사이에는 늘 이런 식이었다. 처음 조언을 구하려고 원장 수녀님을 찾아갔을 때 비안느는 열여섯 살이었고 임신 중이었다. 아버지가 집안의 수치라고 몰아붙였을 때 비안느를 위로해준 사람은 수녀님이었고, 서둘러 결혼식을 올리고 아버지를 설득해서 비안느와 앙투안에게 르 자르댕을 차지하게 한 사람도 그녀였다. 아이는 언제나 기적이며 젊은 사람들의 사랑도 꿋꿋할 수 있다고 비안느를 다독인 사람도 원장 수녀님이었다.

마침내 비안느가 말했다.

"저희 집이 독일군 숙소로 차출되었다는 건 아시지요."

"저들은 큰 집들과 모든 호텔에 들어와 있지."

"독일군이 저한테 학교 교사들 중 누가 유대인, 공산주의자, 프리메이슨이냐고 물었어요."

"아, 그래서 넌 대답을 했고."

"이사벨 말처럼 전 멍청이 짓을 한 거죠, 그렇지요?"

수녀님이 비안느를 응시하면서 말했다.

"넌 멍청이가 아니야, 비안느. 그리고 네 동생은 성급하게 심판하지. 그 아이는 그렇다고 기억하는데."

"제가 돕지 않았어도 독일군이 그 사람들을 찾아냈을까 하고 제 자신에게 물어요."

"그들은 전 지역에서 유대인들을 쫓아내고 있단다. 아니? 무슈 페느아르는 이제 우체국장이 아니고, 브레아 판사의 자리에 다른 사람이 왔지. 파리에서 세비네 학교 교장이 사임해야 했다는 소식을 들었어. 파리 오페라의 유대인 성악가들 모두 마찬가지라고 하더구나. 독일군은 네 도움이 필요했을 수도 있고 아니었을 수도 있지. 확실한 것은 독일군이 네 도움 없이도 그들을 찾아냈을 거라는 점이지. 하지만 중요한 것은 그게 아니란다."

수녀님은 자상하고도 단아한 목소리로 말했다.

"무슨 말씀이에요?"

"이 전쟁이 계속되면서 우리 모두가 더 깊이 봐야 될 거란 생각이 드는구나. 이런 질문은 독일군이 아니라 '우리'와 관계 있지."

비안느는 눈물이 차오르는 것을 느꼈다.

"이제 더 이상 어떻게 해야 좋을지 모르겠어요. 늘 앙투안이 매사를 챙겼어요. 국방군과 게슈타포는 제가 감당할 수 없는 일이에요."

"그들이 어떤 사람들인지에 대해 생각하지 말거라. 바로 네가 어떤 사람인지, 어떤 희생을 감당하고 살 수 있을지, 무엇이 너를 무너뜨릴지에 대해 생각해야 한다."

"'모든 게' 저를 무너뜨리고 있어요. 저는 이사벨처럼 될 필요가 있어요. 그 아이는 모든 것을 너무도 확신해요. 이사벨에게 이 전쟁은 흑과 백이에요. 무슨 일에도 겁먹지 않는 것 같아요."

"이사벨 역시 이 일에서 신념의 붕괴를 겪을 게다. 우리 모두 그럴 거야. 난 전에 세계대전에서 겪어봤지. 고난은 이제 시작했을 뿐이란 걸 알아. 강인하게 버텨야 한단다."

"하느님을 믿는 것으로요."

"물론 그렇지. 하지만 하느님을 믿는 것만으로는 안 된단다. 기도와 믿음으로는 충분하지 않을 것 같구나. 정의로운 길은 위험할 때가 많지. 준비하거라, 비안느. 이것은 네 첫 번째 시험대에 불과하단다.

이번 일에서 배우렴."

수녀님이 몸을 숙여서 다시 비안느를 안아주었다. 비안느는 거친 모직 수녀복에 얼굴을 묻고 수녀님을 꼭 껴안았다.

비안느는 기분이 한결 나아졌다.

원장 수녀님은 비안느의 손을 잡아서 일으켰다.

"이번 주에 아이들을 찾아와서 수업을 해줄 짬을 낼 수 있겠니? 네가 그림 그리기를 가르쳐주었을 때 아이들이 참 좋아했거든. 너도 짐작하겠지만 요즘은 허기 때문에 투덜대는 아이들이 많단다. 주님의 도움으로 수녀들이 텃밭 농사를 잘 하고 염소젖이랑 치즈도 하느님의 선물이지. 그렇긴 해도……."

"그렇지요."

비안느가 말했다. 허리띠를 졸라매는 게 어떤 건지 다들 잘 알았다. 특히 아이들은.

수녀님이 온유하게 말했다.

"넌 혼자가 아니고, 책임이 있는 사람은 너 혼자만이 아니란다. 필요할 때는 도움을 구하고, 할 수 있으면 도움을 주거라. 그게 우리가 하느님을 -그리고 서로와 우리 자신들을- 섬기는 방법일 거야. 이렇게 어두운 시기에는."

*

'책임이 있는 사람은 너 혼자만이 아니란다.'

비안느는 집에 걸어가는 내내 수녀님의 말을 곰곰이 새겼다.

그녀는 신앙에서 큰 위로를 얻으며 살아왔다. 어머니가 처음 기침을 하기 시작하다가 손수건에 피를 토할 만큼 기침이 심해졌을 때도 비안느는 필요한 것을 모두 신에게 간구하며 기도했다. 도움. 인도. 부르러 온 죽음의 사자를 물리치는 방법. 열네 살 때 그녀는 신에게 어머니의 목숨만 구해주시면 뭐든-모든 것을- 드리겠다고 약속했다. 기도의 응답을 받지 못하자 비안느는 신에게 다시 돌아가서 앞으로의 일을 감당할 힘을 달라고 기도했다-외로움, 아버지의 황량하고 성난 침묵과 만취해서 터뜨리는 분노, 울어대는 이사벨의 욕구들.

시간이 흘러 다시 한번 그녀는 신에게 돌아가서 도움을 간구하고 신앙을 약속했다. 비안느는 혼자가 아니라고, 혼자 책임이 있는 게 아니라고 믿고 싶었지만 그녀가 모를지라도 삶이 신의 계획에 따라 펼쳐진다고 믿고 싶었다.

하지만 이제 그런 소망은 깡통처럼 가볍고 구겨질 수 있게 느껴졌다. 그녀는 혼자였고 책임질 다른 사람은 없었다. 나치 외에는 아무도 없었다.

비안느는 끔찍하고 통탄할 실수를 저지르고 말았다. 아무리 되돌릴 기회를 소망한다고 해도 실수를 되돌릴 수도, 없던 일로 할 수도 없었다. 선한 여인이라면 책임을-그리고 비난을- 받아들이고 사과할 것이다. 그녀가 어떤 사람이든 어떤 약점이 있든 선한 여인이 되고 싶었다. 그러려면 어떻게 해야 되는지 알았다.

비안느는 라셀의 집 대문 앞에 서자 자기도 모르게 꼼짝할 수 없었다. 발이 무겁고 마음은 더 무거웠다.

한숨을 크게 쉬고 문을 두드렸다. 안에서 발을 끄는 소리가 나더니 현관문이 열렸다. 라셀은 한 팔에 잠든 아기를 안고, 다른 쪽 팔에는 무명 작업복을 들고 있었다. 그녀가 미소 지으면서 말했다.

"비안느구나. 들어와."

비안느는 겁이 나서 꽁무니를 뺄 뻔했다. '아, 라셀. 인사나 하려고 들렀어.'라고 말하고 싶었다. 하지만 심호흡을 크게 하고 친구를 따라서 안으로 들어갔다. 평소처럼 타오르는 난로 가까이에 놓인, 천을 씌운 안락의자에 앉았다.

"아리를 받아. 내가 커피를 만들어 올게."

비안느는 팔을 뻗어 잠든 아기를 받아서 양팔에 안았다. 아기가 품을 파고들자 그녀는 등을 쓰다듬어주고 뒤통수에 입맞추었다.

"적십자가 포로수용소에 수감된 포로들에게 위문품을 보내고 있다는 소식을 들었어."

잠시 후 라셀이 커피 두 잔을 들고 거실로 들어오면서 말했다. 그녀는 비안느 옆의 테이블에 커피 한 잔을 내려놓고 물었다.

"아이들은 어디 있어?"

"우리 집에 이사벨이랑 있어. 아마 총 쏘는 법을 배우고 있을걸."

라셀이 웃음을 터트렸다.

"그보다 나쁜 기술도 알아야 되는걸."

그녀는 어깨에 걸친 무명 작업복을 당겨서 바느질 도구가 담긴 밀짚바구니에 던졌다. 그런 다음 비안느의 맞은편에 앉았다.

비안느는 달콤한 아기 냄새를 깊이 들이쉬었다. 그녀가 고개를 드니 라셀이 빤히 쳐다보고 있었다.

"또 마음이 그런 날이야?"

라셀이 조용히 물었다.

비안느는 어색한 미소를 지었다. 라셀은 친구가 이따금 잃어버린 아기들 생각에 슬퍼한다는 것과 아이를 더 낳고 싶어서 기도했다는 것을 알고 있었다. 라셀이 아리를 임신했을 때 두 사람 사이가 조금 껄끄러웠다. 라셀에게 잘된 일이라 기뻐하면서도…… 질투가 났다.

"아니, 너한테 할 말이 있어."

비안느가 대답했다. 그녀는 천천히 턱을 들어서 가장 친한 친구의 눈을 응시했다.

"뭔데?"

비안느는 숨을 깊이 들이쉬었다.

"우리가 엽서를 썼던 날이 기억나? 그리고 우리가 집에 도착했을 때 벡 대위가 나를 기다리고 있었던 날?"

"응. 내가 같이 들어가줄까 물었지."

"네가 그랬으면 좋았을 텐데. 하긴 그랬다 해도 달라지지 않았겠지만. 그는 네가 돌아갈 때까지 기다렸을 거야."

라셀이 일어나기 시작했다.

"혹시 그자가……"

비안느가 냉큼 말했다.

"아니, 아니야. 그건 아니야. 그날 내가 들어갔을 때 그는 식당 테이블에서 일하고 있었어. 뭔가 적고 있었지. 그가…… 내게 명단을 작성해달라고 부탁했어. 그는 우리 교사들 중 누가 유대인이나 공산주의자인지 알고 싶어했지."

비안느가 말을 멈추었다가 다시 이었다.

"그는 동성애자와 프리메이슨에 대해서도 물었어. 꼭 사람들이 그런 것에 대해 이야기하는 것처럼."

"너는 모른다고 말했고."

수치심 때문에 비안느는 고개를 돌렸지만 잠시만 그랬다. 그녀는 마음을 다잡고 말했다.

"내가 그 사람에게 네 이름을 알려줬어, 다른 사람들 이름과 함께."

라셀은 꼼짝하지 않았다. 얼굴에서 핏기가 가셔서 검은 눈이 더 튀어나와 보였다.

"그리고 그들이 우리를 해고했고."

비안느는 침을 꿀꺽 삼키고 고개를 끄덕였다.

라셀은 발딱 일어나서 '제발, 라셀'이라는 비안느의 간청을 무시하고 지나갔다. 손길도 뿌리쳤다. 그녀는 안방으로 들어가서 문을 쾅 닫았다.

삐걱대는 의자에 앉아 숨이 멈출 듯 기도만을 되뇌이는 동안 시간이 더디게 흘렀다. 비안느는 벽난로 선반에 놓인 시계의 작은 검은 바늘 두 개가 앞으로 나아가는 것을 지켜보았다. 흐르는 시간에 맞춰 아기의 등을 토닥토닥 두드려주었다.

마침내 침실 문이 열렸다. 라셀이 거실로 돌아왔다. 머리를 마구 들쑤신 것처럼 머리가 헝클어졌고, 불안 때문인지 분노 때문인지 뺨이 얼룩덜룩했다. 아마도 둘 다 때문이겠지만. 울어서 눈이 빨갰다.

비안느가 일어나면서 말했다.

"정말 미안해. 날 용서해줘."

라셀은 비안느 앞으로 와서 그녀를 내려다보았다. 눈에 적개심이 타오르다가 사라지고 대신 체념이 흘렀다.

"이 고장 사람 누구나 내가 유대인인 줄 알아, 비안느. 난 언제나 그걸 자랑으로 여겼어."

"그건 나도 알아. 난 그 사람을 돕지 말았어야 해. 미안해, 널 해치고 싶은 마음이 눈곱만치도 없어. 그건 네가 알아주면 좋겠어."

라셀이 조용히 대답했다.

"물론 나도 알아. 하지만 넌 더 조심해야 될 거야. 벡이 젊고 미남인 데다 다정하고 예의바른 줄은 알지만 그는 나치야. 그리고 그들은 위험해."

*

　1940년 겨울은 사람들이 가장 추운 겨울로 기억하는 해였다. 하루가 멀다하고 눈이 내려서 나무와 들판을 뒤덮었고, 늘어진 나뭇가지마다 고드름이 주렁주렁 열렸다.
　그리고 여전히 이사벨은 금요일마다 동이 트기 전에 일어나서, 나치가 '테러분자 유인물'이라고 부르는 전단지를 돌렸다. 지난 주 전단지는 북아프리카의 군사 작전들을 추적하고, 동계 식량 부족은-나치가 선전하듯이- 영국 봉쇄의 결과가 아니라 프랑스의 작물을 모두 수탈하는 독일인들의 소행이라는 사실을 프랑스 국민에게 알렸다.
　이사벨은 이제 이런 전단지를 배부한 지 몇 달 되었고, 솔직히 이런 전단지가 카리보 주민에게 큰 영향을 준다고 생각할 수 없었다. 많은 마을 사람이 아직도 페탱 원수를 지지했다. 그보다 다수가 무관심했다. 걱정될 만큼 많은 이웃이 독일군을 보면서 '너무 젊네, 그냥 애들이네'라고 생각하고, 위험을 모면하려고 애쓰면서 고개를 숙이고 터벅터벅 삶을 영위해나갔다.
　물론 나치군은 전단지들을 눈여겨보았다. 프랑스인 몇 명은 선처를 구할 어떤 구실이라고 이용하려 했고-집 우편함에서 발견한 전단지를 나치에게 갖다 바치기 시작했다.
　독일군이 전단지를 인쇄하고 배포하는 자들을 수소문하긴 해도 아주 적극적으로 찾지는 않는다는 것을 이사벨은 알고 있었다. 특히 지금은 눈이 많이 내리고 누구나 '런던 공습'(1940년 9월 7일 런던 상공에서 나치의 전략적 폭격의 시초가 된 전투)에 대해서만 이야기하는 시기였다. 아마도 전단지에 적힌 말이 전쟁의 조류를 바꾸기에 어림없다는 것을 독일군은 알았다.

오늘 이사벨은 웅크린 소피 옆에 누워 있었고, 다른 쪽 옆에서는 비안느가 깊이 잠들어 있었다. 이제 세 사람은 비안느의 침대에서 다 같이 잤다. 지난달 그들은 집에 있는 솜이불과 담요 전부를 이 침대로 가져왔다. 이사벨은 누워서 입김이 엷은 흰 구름을 만들며 퍼지는 것을 지켜보았다.

그녀는 털양말을 신고 잤지만 바닥에 발을 디디면 얼마나 차게 느껴질지 알았다. 지금 이 순간을 마지막으로 온종일 추위에 떨어야 된다는 것을 알았다. 마음을 굳게 먹고 이불더미 밑에서 빠져나왔다. 옆에서 소피가 신음을 내면서 온기를 찾아 그녀 쪽으로 몸을 돌렸다.

바닥에 발을 딛자 정강이에 통증이 일어났다. 이사벨은 이맛살을 찌푸리면서 서둘러 방에서 나왔다.

계단을 내려가는 길이 끝이 없는 것 같았다. 발이 너무너무 아팠다. 망할 놈의 동상. 이 겨울 동상에 걸리지 않은 사람이 없었다. 버터와 지방 부족 때문인 듯했지만 이사벨은 추운 날씨와 구멍이 숭숭 뚫린 양말과 솔기가 뜯어진 구두 때문임을 알았다.

불을 피우고 싶었지만—솔직히 잠시의 온기라도 맛보고 싶은 마음이 간절했다— 장작이 몇 개 남아 있었다. 1월 하순, 그들은 땔감을 구하려고 헛간을 헐어서 때기 시작했고, 도구 상자들과 낡은 의자들을 비롯해 손에 닿는 대로 뭐든 불을 피웠다. 이사벨은 물을 한 잔 끓여서 쭉 마셨다. 뱃속을 따뜻하고 무겁게 하면 속이 비지 않았다고 생각할 수 있었다. 상한 빵을 한 조각 먹고, 새로 인쇄한 전단지를 몸속에 감춘 다음 앙투안의 코트를 입고 벙어리장갑을 끼고 부츠를 신었다. 머리와 목에 털목도리를 둘둘 감았지만 밖에 나오니 추위 때문에 숨을 쉬기 힘들었다. 현관문을 닫고 눈밭을 터벅터벅 걷자니, 걸음을 옮길 때마다 동상 걸린 발가락이 욱신대고, 장갑을 끼었는데도 추위에 손가락이 곱았다.

바깥은 으스스할 정도로 고요했다. 이사벨은 무릎까지 쌓인 눈밭을 걸어서 망가진 대문을 열고 나가 하얀 도로로 나섰다.

추위와 눈 때문에 전단지를 돌리는 데 세 시간이 걸렸다. (이번 주는 '기습 공격'에 대한 내용이었다 – 독일군은 런던에 하룻밤 사이에 폭탄 3만2천 개를 투하했다) 고기 없는 수프처럼 멀겋게 새벽하늘이 밝아왔다. 이사벨은 정육점 앞에 맨 처음 줄을 섰지만 곧 다른 사람들이 줄을 이었다. 오전 7시, 정육점 여주인이 셔터를 올리고 열쇠로 문을 열었다.

"문어예요."

그녀가 말했다. 이사벨은 아찔한 실망감을 느꼈다.

"고기는 없나요?"

"프랑스인에게는 없어요, 마드모아젤."

이사벨은 뒤에서 고기를 구하려는 여자들이 궁시렁대는 소리를 들었다. 그 뒤쪽에서는 문어를 사는 운조차 없다는 것을 아는 사람들이 투덜댔다.

이사벨은 종이에 싼 문어를 받아서 정육점을 나섰다. 적어도 뭔가 구하기는 했다. 깡통 우유는 배급표가 있어도 더이상 구하지 못했고, 암시장에서도 살 수가 없었다. 운이 좋았는지 두 시간 줄을 선 끝에 카망베르 치즈를 조금 구할 수 있었다. 이사벨은 귀한 먹거리를 바구니에 담아 두꺼운 수건을 덮고, 종종걸음으로 빅토르 위고 가를 내려갔다.

독일 병사들과 프랑스 정치가들이 들어찬 카페 앞을 지날 때, 커피와 갓구운 크루아상 냄새가 나자 그녀의 뱃속이 요동쳤다.

"마드모아젤."

한 프랑스 경찰이 재빨리 고개를 끄덕이면서 비켜야 된다고 알려주었다. 이사벨은 한 걸음 비켜서서, 그가 버려진 상점 진열창에 포스터를 붙이는 모습을 지켜보았다. 첫 번째 포스터에는 이렇게 적혀 있었다.

알림
간첩죄로 총살당함.
유대인 야콥 망사르, 공산주의자 빅토르 야블론스키, 유대인 루이스 데브리.

두 번째 포스터에는 이렇게 적혀 있었다.

알림
앞으로 어떤 범죄나 내통 행위를 하다 체포된 프랑스인은 인질로 간주한다.
프랑스에서 독일에 적대 행위를 한 인질들은 총살한다.

"아무것도 아닌 일로 평범한 프랑스 사람들에게 총을 쏘겠다고?" 그녀가 중얼댔다.

"하얗게 질릴 것 없어요, 마드모아젤. 이런 경고문의 대상자는 아가씨처럼 아름다운 여인들이 아니거든요."

이사벨은 사내를 노려보았다. 동포에게 이런 짓을 하는 프랑스인이 독일군보다 더 나빴다. 그녀가 비시 정부를 미워하는 것도 이런 이유에서였다. 국민을 나치의 허수아비로 만든다면 프랑스 절반의 자치가 무슨 소용이 있을까?

"어디 안 좋아요, 마드모아젤?"

너무도 정중하고 다감했다. 이사벨이 배신자라고 부르면서 얼굴에 침을 뱉는다면 그는 어떻게 할까? 그녀는 장갑 낀 손을 꽉 쥐었다.

"괜찮아요, 고맙습니다."

그녀는 당당하게 길을 건너는 사내의 뒷모습을 바라보았다. 등을 꼿꼿하게 펴고 짧게 자른 갈색 머리에 모자를 반듯하게 쓴 모습이었다. 카페에 있는 독일 병사들이 그를 따뜻하게 맞아주고 등을 두드리면서 앉을 자리를 마련해주었다.

이사벨은 혐오하면서 몸을 돌렸다.

바로 그때 그녀는 보았다. 반짝반짝 빛나는 은색 자전거 한 대가 카페 담장 옆에 서 있었다. 이사벨은 자전거를 본 순간, 매일 그것을 타고 시내를 드나든다면 생활이 얼마나 변할지, 얼마나 편할지 생각했다.

평소 자전거는 카페 안에서 병사들이 눈여겨보았지만, 이렇게 어둡고 눈이 내리는 아침에는 노천 테이블에 앉은 사람이 없었다.

'그러지 말아.'

심장이 마구 뛰기 시작했고, 장갑 낀 손바닥이 축축하고 후끈했다. 그녀는 주위를 둘러보았다. 정육점 앞에 줄을 선 여자들은 늘 허공만 바라볼 뿐 누구와도 눈을 맞추지 않았다. 길 건너편 카페의 창문에 뿌옇게 서리가 끼어서 안에 있는 사내들이 올리브색 실루엣으로 보였다.

우리도 분명 그렇게 보일 거라고 이사벨은 씁쓸하게 생각했다. 그 순간 그나마 남은 일말의 자제심이 사라져버렸다. 이사벨은 바구니를 옆구리에 바싹 붙이고 얼음 낀 자갈 도로를 절룩이며 걸어갔다. 주변 세상이 뿌옇게 변하면서 시간이 더디게 흘렀다. 자신의 숨소리가 들렸고 얼굴 앞에 피어오르는 입김이 보였다. 건물들이 흐릿해지거나 흰 덩어리로 녹아들었고, 눈발이 번쩍이다가 마침내 은빛 손잡이와 검은 바퀴 두 개밖에 보이지 않았다.

그녀는 이 일을 할 방법은 한 가지밖에 없다는 것을 알았다. 신속성. 옆을 흘끔대거나 걷다가 머뭇대지 않아야 했다.

어디선가 개가 짖었다. 문이 쾅 닫혔다.

이사벨은 계속 걸었다. 자전거까지 다섯 걸음.

넷.

셋.

둘.

그녀는 인도로 올라서서 자전거를 잡고 휙 올라탔다. 자갈 도로를 달려갈 때 울퉁불퉁해서 자전거가 덜컹거렸다. 길모퉁이에서 미끄러져 넘어질 뻔했지만 곧 중심을 잡고 라 그랑드 가로 향했다. 골목으로 접어들고는 자전거에서 폴짝 내려서 문을 두드렸다. 네 번 쾅쾅.

천천히 문이 열렸다. 앙리가 그녀를 보고 얼굴을 찌푸렸다.

그녀가 안으로 밀고 들어갔다.

작은 회의실은 불빛이 거의 없었다. 긁힌 자국이 많은 나무 테이블에 등잔 하나만 달랑 놓여 있었다. 앙리 혼자만 있었다. 그는 고기와 기름 덩어리로 소시지를 만드는 중이었다. 벽의 고리들에 길다란 소시지가 걸려 있었다. 방에서 고기와 피와 담배 연기 냄새가 났다. 이사벨은 자전거를 밀고 들어가 문을 쾅 닫았다.

"아, 안녕. 우리가 나도 모르는 회의를 소집했던가?"

앙리가 수건에 손을 닦으면서 말했다.

"아뇨."

그는 이사벨의 옆구리를 힐끗 보았다.

"그건 당신 자전거가 아닌데."

"제가 훔쳤어요. 그자들의 코앞에서요."

이사벨이 말했다.

"그건 알랭 데샹의 자전거예요-아니 전에 그랬죠. 점령이 시작되자 그는 모든 재산을 놔두고 가족들과 리옹으로 달아났어요."

앙리가 그녀에게 다가와 말했다.

"최근에 친위대원이 그걸 타고 동네를 돌아다니는 걸 봤는데."

"친위대원이요?"

이사벨의 흥분이 사라졌다. 친위대와 그들의 잔혹성에 대해 소문이 돌고 있었다. 어쩌면 그녀는 사전에 이런 생각을 했어야 했다.

앙리가 가까이 다가왔고, 너무 바짝 붙어서 이사벨은 그의 체온을 느낄 수 있었다.

전에 그와 단둘이 있어본 적이 없었다. 아니, 이렇게 가까이 있어본 적도 없었다. 그의 눈이 갈색도 초록색도 아닌 갈색이 감도는 회색이어서 깊은 숲속에 낀 안개를 연상시킨다는 것을 이사벨은 처음으로 알았다. 그녀는 앙리의 눈썹에 있는 작은 흉터가 심한 상처를 입었거나 잘못 봉합해서 생겼다는 것을 알았다. 그가 어떤 인생을 살았기에 여기에 이르게 됐는지 문득 궁금해졌다. 앙리는 그녀보다 적어도 열 살은 많았다. 정직하게 말하면 앙리는 큰 상실을 겪기라도 한 듯 때로 훨씬 더 노숙해 보였다.

"자전거에 페인트를 칠해야겠군요."

앙리가 말했다.

"페인트가 없어요."

"내가 갖고 있는데."

"그러면……"

"키스 한 번."

그가 말했다.

"키스 한 번?"

이사벨은 시간을 끌 요량으로 같은 말을 중얼댔다. 전쟁 전에는 그녀가 당연하게 받아들였던 부류의 일이었다. 남자들은 그녀를 갈망했다. 언제나 그랬다. 그녀는 그 시절로 돌아가고 싶었다. 앙리와 시시덕대고 유혹받고 싶었다. 하지만 바로 그런 생각이 슬프고 약간 덧없이 느껴졌다. 이제 키스와 시시덕대는 것은 별다른 의미가 없어진 것 같았다.

"키스 한 번이면 내가 오늘 밤 자전거에 페인트칠을 해서 내일 당신이 가져가게 해줄게요."

그녀는 앙리 앞으로 다가가서 고개를 들었다.

가운데 두꺼운 코트와 전단지 뭉치, 털목도리가 있는데도 두 사람은 쉽게 얽혀들었다. 앙리는 그녀를 품에 안고 키스했다. 그 아름다운 순간, 그녀는 다시 남자들이 탐내는 열정적인 아가씨 이사벨 로시뇰이 되었다.

키스가 끝나고 그가 뒤로 물러서자 이사벨은…… 주저앉은 기분이었다. 서글펐다.

그녀는 뭔가 말해야 했다. 농담을 던지거나 서글픔 이상의 감정 표현을 해야 했다. 예전이라면 그랬을 터였다. 키스에 크고 작은 의미가 있었던 시절이라면.

"다른 사람이 있군요."

앙리가 이사벨을 찬찬히 보면서 말했다.

"아뇨, 아무도 없는데요."

앙리가 가만히 그녀의 뺨을 쓰다듬었다.

"거짓말하고 있네요."

이사벨은 앙리가 그녀에게 준 모든 것을 떠올렸다. 그녀를 '자유 프랑스' 네트워크에 끌어들이고 기회를 준 사람이 앙리였다. 그녀를 믿어준 사람도 앙리였다. 그런데 그가 키스했을 때 이사벨은 가에탕을 생각했다.

"그는 날 원하지 않았어요."

이사벨이 말했다. 누군가에게 진실을 말하기는 처음이었다. 그걸 인정하자 그녀는 깜짝 놀랐다.

"만약 지금 상황이 아니라면 내가 그를 싹 잊게 해줄 텐데요."

"저도 당신이 그렇게 하게 놔두겠죠."

이사벨은 그 말에 앙리가 미소 짓는 것을 보았다. 거기 배인 슬픔을 보았다.

"파랑."

잠시 후 앙리가 말했다.

"파랑이요?"

"내가 갖고 있는 페인트는 파랑색이에요."

이사벨이 미소 지었다.

"딱 알맞네요."

그날 이사벨은 몇 번이나 줄을 선 끝에 얼마 안 되는 식료품을 구한 뒤 숲에서 땔감을 모으면서 집으로 돌아갔다. 걸음을 옮기면서 그녀는 그 키스에 대해 생각했다. 몇 번이나 거듭 떠오르는 것은 '만약'이란 말이었다.

13

1941년 4월 하순의 어느 화창한 날, 이사벨은 집 건너편 들판에 모직 담요를 깔고 누워 있었다. 건초가 무르익는 향긋한 냄새가 코에 가득 찼다. 눈을 감으면 멀리서 병사들을—그리고 프랑스의 작물을—투르 기차역까지 수송하는 독일군 트럭들의 엔진 소리를 잊을 수 있을 것 같았다. 무시무시한 겨울이 지난 후 그녀는 나른한 상태에 빠지게 하는 햇살에 감사했다.

"거기 있구나."

이사벨이 한숨을 쉬면서 일어나 앉았다.

비안느가 입은 물빠진 파란 체크무늬 면 홈드레스는 집에서 만든 뻣뻣한 비누로 빨아서 거무죽죽했다. 겨울을 보내면서 그녀는 허기에 여위어서 광대뼈가 튀어나오고 쇄골이 쑥 패었다. 윤기 없고 뻗친 머리카락을 낡은 스카프로 감추고 있었다.

"이게 너한테 배달되었어. 누가 들고 왔어."

비안느가 종이쪽지를 내밀었다. 그녀는 그 사실을 반복해야 하는 것처럼 되풀이해서 말했다.

이사벨이 어색하게 일어나서 쪽지를 낚아챘다. 거기에 구불구불한 필체로 '커튼이 열렸다'라고 적혀 있었다. 이사벨은 몸을 굽혀서 담요를 들어 개기 시작했다. 무슨 뜻일까? 전에는 그들이 그녀를 부른 적이 없었다. 틀림없이 중요한 일이 생겼다는 얘기였다.

"이사벨? 어찌된 일인지 설명해주겠니?"

"아니."

"앙리 나바르였어. 여관 주인장 아들. 네가 그 사람을 모르는 줄 알았는데."

이사벨은 쪽지를 갈기갈기 찢어서 공중에 날렸다.

"그는 공산주의자라는 걸 알아야지."

비안느가 속삭이는 투로 말했다.

"가봐야겠어."

비안느가 그녀의 손목을 움켜쥐었다.

"설마 공산주의자와 만나려고 겨우내 몰래 빠져나간 것은 아니겠지. 나치가 공산주의자들을 어떻게 생각하는지 알잖아. 이 남자랑 같이 있는 걸 보이는 것만으로도 위험하다고."

"나치가 어떻게 생각하는지 내가 신경쓸 것 같아?"

이사벨이 손을 뿌리치면서 쏘아붙였다. 그녀는 맨발로 들판을 달려갔다. 집에 도착하자 신발을 챙겨서 자전거에 올라탔다. 그녀는 놀란 표정의 비안느에게 '안녕'이라 말하고 페달을 밟아 흙길을 달려갔다.

시내에 들어서자 버려진 모자가게 앞을 지나서-분명히 커튼이 열려 있었다- 자갈 깔린 골목으로 들어가서 멈추었다.

그녀는 자전거를 거친 석회암 담장에 기대고 문을 네 번 두드렸다. 마지막으로 두드리는 순간에야 함정일지 모른다는 생각이 들었다. 그런 생각을 떠올리자 헉 하고 숨이 막혔고, 좌우를 힐끔댔지만 이제 너무 늦어버렸다.

앙리가 문을 열었다.

이사벨이 몸을 숙이고 안으로 들어갔다. 방에는 담배연기가 자욱하고 탄 히커리커피 냄새가 풍겼다. 소시지를 만들어서 피 냄새가 얼핏 배어났다. 처음에 그녀의 손을 낚아챘던 덩치 큰 남자-디디에-가 낡은 의자에 앉아 있었다. 그가 뒤로 몸을 기울여서 의자 앞다리 두 개가 바닥에서 들렸고 그의 등이 뒤쪽 벽에 닿을락 말락 했다.

"우리 집에 쪽지를 가져오지 말아야 했어요, 앙리. 언니가 자꾸 물어댄단 말이에요."

"우리가 즉시 당신과 대화하는 게 중요했거든요."

이사벨은 흥분되었다. 마침내 그들은 그녀에게 전단지를 우편함에 넣는 것 이상의 일을 시키려나?

"이제 말해봐요."

앙리는 담배에 불을 붙였다. 그는 회색 연기를 내뿜고 성냥을 내려놓으면서 이사벨을 응시했고, 그녀도 그 눈길을 느낄 수 있었다.

"샤르트르의 어느 반장이 공산주의자라는 이유로 체포되어 고문 당했다는 소문을 들어봤어요?"

이사벨은 얼굴을 찌푸렸다.

"아뇨."

"그는 동지의 이름을 말하거나 고백하지 않고 유리조각으로 자기 목을 그었지요."

앙리가 구두 밑바닥에 담배를 눌러 끄고, 피다 만 담배를 상의 주머니에 넣었다.

"그가 사람들을 모으고 있어요. 드 골의 부름에 응하고 싶은 우리 같은 사람을. 그는 런던에 가서 드 골과 직접 이야기하려고 노력 중이지요. 그는 자유프랑스운동(1941년 드 골은 런던에 망명정부 '자유프랑스 전국위원회'를 수립해서 대독 저항 운동을 했다)을 조직하려고 모색 중이에요."

"그가 죽지 않았나요? 혹은 성대를 자르지 않았어요?"

이사벨이 물었다.

"아니에요. 사람들이 기적이라고 말하죠."

디디에가 대답했다.

앙리는 이사벨을 찬찬히 살폈다.

"내가 파리에 있는 우리 연락책에게 전해야 되는, 아주 중요한 편지 한 통을 갖고 있어요. 안타깝게도 요즘 나는 밀착 감시를 받고 있어요. 디디에도 마찬가지고."

"아."

이사벨이 중얼댔다.

"내가 당신을 떠올렸지요."

디디에가 말했다.

"저요?"

앙리는 주머니에 손을 넣어 구겨진 봉투를 꺼냈다.

"이 편지를 파리의 우리 동지에게 전해주겠소? 그가 1주일 후 오늘 이 편지를 기다릴 거예요."

"하지만…… 난 여행 허가증이 없는데요."

"그래요. 그리고 들키면……."

앙리가 조용히 말했다. 그는 들킬 경우의 위험성이 느껴지게 말을 멈추었다가 다시 이었다.

"당신이 거절한다고 해도 아무도 당신을 나쁘게 생각하지 않을 겁니다. 이건 위험한 일이에요."

위험하다는 것은 너무 약한 표현이었다. 카리보 곳곳에 점령지역

전역에서 실시되는 처형에 대한 안내문이 내걸렸다. 나치는 아주 작은 위반 사항으로도 프랑스 시민을 죽이고 있었다. 이 일을 도우면 그녀는 운이 좋아 봤자 감옥에 갇힐 수 있었다. 하지만 언니가 하느님을 믿듯 이사벨은 자유 프랑스를 믿었다.

이사벨이 말했다.

"그러니까 저더러 여행 허가증을 구해 파리에 가서 편지를 전달하고 집에 돌아오라는 거지요."

그런 식으로 말하니 그리 위험한 일 같지 않았다.

앙리가 대답했다.

"아니에요. 당신이 파리에 머물면서…… 말하자면 우리의 우편함이 되어주어야 해요. 앞으로 몇 달 사이에 그런 편지 왕래가 많을 거예요. 당신 아버지가 거기 집을 갖고 있죠?"

파리.

아버지에게 쫓겨난 순간부터 이사벨이 간구하던 게 그거였다. 파리로 돌아가서 이 전쟁에 저항하는 조직의 일원이 되는 것.

"아버지는 제가 머물 곳을 제공해주지 않을 거예요."

"그렇게 하도록 그를 설득해요."

디디에가 담담하게 말했다. 그는 이사벨을 살폈다.

"아버지는 쉽게 설득되는 사람이 아니에요."

이사벨이 말했다.

"그럼 당신은 이 일을 할 수 없군요. 알았어요. 대답을 들었네요."

"잠깐만요."

이사벨이 말했다.

앙리가 그녀에게 다가갔다. 이사벨은 그의 주저하는 눈빛을 보았고, 그녀가 이 임무를 거절하기를 바란다는 것을 알았다. 그는 이사벨을 걱정했다. 그녀는 턱을 들고 그의 눈을 들여다보았다.

"이 일을 할게요."

"사랑하는 사람들 모두에게 거짓말을 하고 늘 두려워해야 될 거예요. 그런 식으로 살 수 있겠어요? 어디에서도 안전하다고 느끼지 못할 겁니다."

이사벨은 우울하게 웃었다. 그녀는 어린 아이였을 때부터 별반 다르게 살지 않았다.

"언니를 지켜봐줄래요? 언니가 안전한지 봐줄래요?"

이사벨이 앙리에게 물었다.

"우리가 하는 일은 전부 대가가 있어요."

앙리가 말했다. 그는 이사벨에게 서글픈 표정을 지었다. 거기에는 그들 모두 아는 진실이 있었다. 안전 따위는 없었다. 그가 덧붙여 말했다.

"당신이 그걸 알길 바라요."

이사벨이 아는 것은 중요한 일을 할 기회라는 것밖에 없었다.

"언제 떠나요?"

"여행 허가증을 구하는 대로. 쉽지 않을 거예요."

*

'저 아이는 대체 무슨 생각을 하는 걸까?'

어른이 학교에서 아이들이나 건네는 쪽지 같은 걸 보냈다고? 공산주의자가?

비안느는 이번 주의 배급품인 질긴 양고기 포장을 풀어서 부엌 조리대에 올려놓았다.

이사벨은 늘 충동적이고 어떻게 해볼 수 없는 아이였다. 규칙을 깨는 것을 좋아했다. 수많은 수녀와 교사들이 이사벨을 통제할 수도 억누를 수도 없다는 것을 알게 되었다. 하지만 이번 일은 무도회장에서 남자애랑 키스하는 것과 달랐다. 서커스를 보려고 도망가거나 거들과 스타킹 착용을 거부하는 것과는 달랐다. 지금은 전시였다. 그런데도 이사벨은 어떻게 자신의 선택이 대가를 치루지 않는다고 믿을 수 있을까?

비안느는 양고기를 잘게 다지기 시작했다. 아껴둔 달걀 하나를 고기에 넣고 오래된 빵을 섞은 다음 소금과 후추로 간했다. 섞은 재료를 패티로 만드는데 오토바이가 터덕대며 집 쪽으로 오는 소리가 들렸다. 그녀는 현관문을 가서 살짝 내다볼 만큼만 문을 열었다.

돌담 위로 벡 대위의 머리를 볼 수 있었다. 그는 오토바이에서 내렸다. 잠시 후 초록색 군용 트럭이 벡의 뒤로 들어와서 주차했다. 다른 독일 병사 세 명이 마당에 나타났다. 병사들은 자기들끼리 대화를 나누더니, 장미가 뒤덮인 돌담 앞에 모였다. 그녀의 고조부가 세운 돌담이었다.

병사 한 명이 큰 망치를 들어올리더니 담장에 힘껏 내리치자 담이 무너졌다. 돌들이 부서지고 장미들이 주저앉으면서 분홍색 꽃잎들이 풀밭 위로 후두둑 떨어졌.

비안느가 마당으로 달려나왔다.

"대위님!"

병사가 큰 망치를 다시 내려쳤다. 탕.

"마담."

벡이 언짢은 표정으로 말했다. 비안느는 벡의 마음 상태를 알아차릴 만큼 그를 잘 안다는 게 마음에 걸렸다. 벡 대위가 말을 이었다.

"이 도로에 있는 담장을 모두 허물라는 명령을 받았습니다."

병사 한 명이 담을 무너뜨리자, 다른 두 병사가 농담을 주고받고 깔깔대면서 현관문으로 다가왔다. 그들은 허락도 구하지 않고 비안느 앞을 지나 집으로 들어갔다.

벡이 돌더미를 밟고 비안느에게 다가오면서 말했다.

"위로의 말을 전합니다. 부인이 그 장미를 사랑한다는 걸 압니다. 매우 안타깝게도 제 부하들이 부인 집에서 징발을 실행할 겁니다."

"징발이요?"

병사들이 집에서 나왔다. 한 명은 벽난로 선반 위에 걸려 있던 유화를, 다른 한 명은 살롱에 있던 의자를 들고 있었다.

"그건 내 할머니가 애용하셨던 의자예요."

비안느가 조용히 말했다.

"미안합니다. 제가 이 일을 막을 수 없었습니다."

벡이 대답했다.

"도대체 어떻게……"

이사벨이 돌더미 위로 자전거를 끌고 와서 나무에 기대세우자, 비안느는 인도해야 할지 걱정해야 할지 몰랐다. 이제 그녀의 집과 도로 사이에 경계가 없었다. 힘들게 자전거를 타고 와서 얼굴이 발그레하고 땀이 번들거렸지만 이사벨은 아름다워 보였다. 윤나는 금색 곱슬머리가 흘러내렸다. 물 빠진 빨간 원피스가 몸에 딱 맞았다.

병사들은 거실에서 가져온 오부송 카펫 뭉치를 나눠 든 채 멈춰서서 이사벨을 쳐다보았다.

벡이 군모를 벗었다. 그가 둘둘 만 카펫을 옮기는 병사들에게 뭐라고 하자, 그들은 서둘러 트럭으로 향했다.

"당신들이 우리 담을 허물었나요?"

이사벨이 물었다.

"지휘관께서 이 도로의 모든 주택을 볼 수 있기를 바라십니다. 누군가 반독 선전물을 돌리고 있거든요. 우리가 그를 찾아내서 체포할 겁니다."

"무해한 종잇조각 때문에 이 모든 일을 할 가치가 있다고 생각해요?"

이사벨이 물었다.

"그 전단지는 아주 유해합니다, 마드모아젤. 그것은 테러리즘을 부추깁니다."

"테러리즘은 반드시 피해야겠지요."

이사벨이 팔짱을 끼면서 말했다.

비안느는 이사벨에게서 눈길을 돌릴 수가 없었다. 뭔가 벌어지고 있었다. 동생은 덮칠 준비를 하는 고양이처럼 감정을 억누르고 가만히 있는 것 같았다.

한참 후 이사벨이 말했다.

"대위님."

"네, 마드모아젤?"

병사들이 간이 식탁을 들고 그들 앞을 지나갔다.

이사벨은 그들이 지나가게 한 다음 대위에게 다가갔다.

"파파가 아프세요."

"파파가? 왜 나는 그걸 모르지? 어디가 잘못된 거야?"

비안느가 말했다.

이사벨은 언니의 말을 무시했다.

"파파가 저한테 파리에 와서 간호해달라고 부탁하셨어요. 그런데……"

"네가 간호해주기를 바라신다고?"

비안느가 어안이 벙벙해서 되물었다.

벡이 말했다.

"떠나려면 여행 허가증이 필요합니다, 마드모아젤. 그걸 알겠지요."

"저도 알아요."

이사벨은 숨도 제대로 못 쉴 듯한 표정을 지었다. 그녀가 말을 이었다.

"저는…… 어쩌면 대위님이 제 허가증을 마련해주실 거라고 생각했어요. 당신은 가정적인 사람이니까요. 틀림없이 아버지의 부름에 응답하는 게 얼마나 중요한지 이해하실 걸요?"

이상하게도 이사벨이 말할 때 대위는, 중요한 사람은 비안느인 것처럼 몸을 살짝 돌려 그녀를 쳐다보았다.

벡 대위가 말했다.

"제가 허가증을 얻어드릴 수 있습니다. 그렇죠. 가족에게 이런 급한 상황이 생겼는데요."

비안느는 아연실색했다. 벡은 그녀의 동생이 그를 조종하고 있다는 것을 모를까? 그리고 왜 그는 결정을 내리면서 그녀를 바라봤을까?

이사벨은 원하는 것을 얻자마자 자전거 쪽으로 몸을 돌렸다. 그녀는 자전거 핸들을 잡고 헛간으로 향했다. 고무바퀴가 울퉁불퉁한 바닥에 부딪쳤고 쿵쿵 소리를 냈다.

비안느가 종종걸음으로 동생을 쫓아갔다.

"파파가 아프셔?"

이사벨을 따라잡자 그녀가 물었다.

"파파는 괜찮아."

"거짓말한 거야? 왜?"

이사벨이 살짝 머뭇댔지만 확실히 느껴졌다. 그녀가 말했다.

"거짓말할 이유가 없을 것 같네. 이제 모든 게 드러났으니까. 나는 금요일 아침에 몰래 빠져나가서 앙리를 만났고, 그 사람이 같이 파리로 가자고 해. 앙리는 몽마르트에 예쁘장한 작은 아파트를 갖고 있다나 봐."

"너, 미쳤어?"

"난 사랑에 빠졌나 봐. 조금. 어쩌면."

"사랑하는 것 같은 남자와 파리에서 몇 밤 같이 자려고 나치 점령 프랑스를 건너가겠다니. 그것도 조금 사랑하는 남자랑."

"알아. 진짜 로맨틱하지."

이사벨이 말했다.

"넌 틀림없이 열이 있을 거야. 어쩌면 뇌에 병이 생겼을 거야."

그녀는 엉덩이에 양손을 걸치고 못마땅한 한숨을 내쉬었다.

"사랑이 병이라면 난 감염됐을 거야."

비안느가 팔짱을 끼면서 말했다.

"맙소사. 내가 무슨 말을 해야 이 어리석은 짓을 말릴 수 있을까?"

이사벨이 언니를 응시했다.

"언니는 날 믿어? 내가 충동적으로 나치 점령 프랑스를 건널 거라고 믿는 거야?"

"이건 서커스 구경을 하려고 달아나는 것과 달라, 이사벨."

"그런데…… 언니는 내가 그러는 게 가능하다고 믿느냐고?"

비안느는 어깨를 으쓱하며 대답했다.

"물론이지. 진짜 어리석으니까."

이사벨은 이상하게 의기소침해 보였다.

"내가 없는 동안 벡이랑 거리를 두고 지내. 그를 믿지 말아."

"딱 너다운 말이 아니야? 넌 내게 경고할 만큼 걱정하지만 내 곁에 있을 만큼 걱정하지는 않지. 네가 원하는 게 진짜 중요한 거고. 네가 하고 싶은 짓 때문에 소피와 난 끝장날 수도 있다고."

"그건 사실이 아냐."

"사실이 아냐? 파리로 가. 재미를 봐. 하지만 네가 조카랑 나를 버렸다는 것을 단 1분도 잊지 마."

비안느는 가슴에 팔짱을 끼고 마당에 서 있는 사내를 힐끗 돌아보았다. 그는 세간살이 징발을 감독하고 있었다. 그녀가 덧붙였다.

"저 사람이랑 두고 갔다는 걸."

14

1995년 4월 27일

오리건 해안

나는 불에 구울 닭처럼 묶여 있다. 이런 현대적인 안전벨트가 좋은 줄은 알지만 이걸 매면 폐쇄공포증이 느껴진다. 나는 모든 위험으로부터 보호받으리라고 기대하지 않는 세대에 속한 사람이다.

예전에는 어땠는지 기억난다. 그 시절에는 사람이 현명한 선택을 해야 했다. 우리는 위험 요소들을 알면서도 어쨌거나 그걸 받아들였다. 예전에 시보레 승용차를 엄청 빨리 달리면서 담배를 피우고, 소형 검은 스피커에서 프라이스의 '라우디, 미스 클라우디'를 듣는 사이 뒷좌석에서 아이들은 볼링 핀들처럼 굴러다니던 기억이 난다.

아들은 내가 탈출을 시도할까봐 걱정할 테고, 그렇게 겁낼 만도 하다. 지난 한 달간 내 생활 전체가 완전히 뒤집어졌다. 앞마당에는 '매매완료' 간판이 세워지고 나는 집을 떠나게 되었다.

"진입로가 예쁘네요, 그렇게 생각하지 않으세요?"

내 아들이 말한다. 그 아이는 늘 이런 식이다. 무슨 말을 할지 신중하게 선택한다. 그래서 그는 훌륭한 외과의가 되었다.

"그렇구나."

그가 차를 몰고 주차장으로 들어간다. 진입로처럼 주차장에도 꽃이 만발한 나무들이 줄지어 있다. 작은 흰 꽃송이들이 양장점 바닥의 레이스 조각들처럼 바닥에 떨어지고, 검은 아스팔트여서 꽃이 더 눈에 띄었다.

주차하는 동안 나는 안전벨트를 더듬는다. 요즘은 통 손이 말을 듣지 않는다. 너무 속이 상해서 욕설을 내뱉는다.

"제가 해드릴게요."

아들이 옆으로 팔을 뻗어서 내 안전벨트 고리를 푼다.

그는 차에서 내려서, 내가 핸드백을 챙기기도 전에 내 문 옆에 와 있다.

차문이 열린다. 아들이 내 손을 잡아주며 내가 차에서 내리도록 부축한다. 주차장에서 건물 입구까지 짧은 거리인데도 나는 숨을 돌리려고 두 번이나 멈춰야 한다.

"이맘 때는 나무들이 참 예쁘죠."

나란히 주차장을 걸어갈 때 아들이 말한다.

"그래."

고운 분홍색 자두꽃이 만발하지만, 문득 나는 샹젤리제를 따라 핀 밤나무꽃들을 떠올린다.

아들이 내 손을 더 꼭 잡는다. 그 손길은 집을 떠나는 아픔을 그가 이해한다는 것을 알려준다. 내게는 거의 50년간 성소와 다름없는 집이었다. 하지만 지금은 뒤가 아니라 앞을 볼 때다.

'오션 크레스트 은퇴 공동체 & 요양원'.

공평하게 말하자면 나쁜 곳으로 보이지는 않는다. 뻣뻣한 일자형 창문들, 완전하게 관리된 앞쪽 잔디밭, 문 위에서 휘날리는 성조기 같은 게 산업체 같은 느낌을 풍기긴 한다. 건물이 길고 낮다. 1970년대에 세워진 건물이다. 그때는 거의 모든 게 흥한 시절이었다. 중앙 안

뜰에서 두 개의 윙이 뻗어 있다. 아마 이 마당에서 노인들이 휠체어에 앉아서 해 쪽으로 얼굴을 들고 기다리겠지. 다행히 나는 건물의 동쪽 윙에 거주한다 - 서쪽 윙이 요양원이다. 아무튼 아직 그쪽은 아니다. 천만다행으로 여전히 내 삶과 생활 공간을 꾸려나갈 수 있다.

줄리언이 문을 열어주자 나는 안으로 들어간다. 맨 처음 눈에 들어온 것은 널찍한 안내 구역이다. 바닷가 호텔의 안내 데스크처럼 벽에 조개들이 잔뜩 붙은 낚시 그물이 매달려 있다. 크리스마스 무렵 그물에 트리 장식품들을 붙이고 데스크의 가장자리에는 양말들을 건 광경이 떠오른다. 아마 추수감사절 다음 날부터 벽에는 '호호호(산타 웃음소리)'라는 글자가 반짝이는 판들이 걸리겠지.

"가세요, 엄마."

아, 맞다. 꾸물대면 안 돼.

여기서 나는 냄새는? 타피오카 푸딩이랑 치킨 누들 수프.

부드러운 음식들.

어찌어찌 나는 계속 걷는다. 내가 하지 않는 일이 하나 있다면 그건 멈추는 것이다.

"다 왔네요."

아들이 말하면서 317A 호의 문을 연다.

솔직히 괜찮은 집이다. 침실 하나짜리 작은 아파트다. 부엌은 문 옆 구석에 있고, 의자 네 개가 있는 식탁이 보인다. 거실에는 커피 테이블, 소파, 의자 두 개가 가스난로 주위에 놓여 있다.

구석에 있는 텔레비전은 신상품이고, 비디오 플레이어도 구비되어 있다. 아마도 내 아들이 내가 좋아하는 영화들을 책꽂이에 꽂아두었을 것이다. '마농의 샘' '네 멋대로 해라'(장 뤽 고다르 감독의 영화), '바람과 함께 사라지다'.

내 물건들이 눈에 들어온다. 내가 뜨개질한 담요가 소파의 등판에 걸려 있고, 책꽂이에는 내 책들이 정리되어 있다. 넓은 침실에는 침대 옆에 협탁이 있고, 그 위에 처방받은 약들이 담긴 오렌지색 플라스틱 원통들이 옹기종기 놓여 있다. 침대의 내가 눕는 쪽. 우습지만 배우자가 죽은 후에도 어떤 것은 변하지 않는다. 침대에서 혼자 자는데도 왼쪽이 내 자리다. 침대 발치에 내가 요구했던 대로 트렁크가 와 있다.

줄리앙이 조용히 말한다.

"지금이라도 마음을 바꾸셔도 괜찮아요. 저랑 집에 가셔도 돼요."

"우린 이 일에 대해 많이 이야기했잖니, 줄리앙. 네 생활이 너무 분주해. 종일 내 걱정을 할 필요가 없단다."

"어머니가 여기 계시면 제가 덜 걱정할 거라고 생각하세요?"

나는 그를 바라본다. 사랑스러운 내 새끼. 내 죽음이 줄리앙을 망연자실하게 하리란 걸 난 안다. 내가 점점 죽어가는 것을 아들이 지켜보게 하고 싶지 않다. 손녀들에게도 보이고 싶지 않다. 그게 어떨지 안다. 어떤 이미지들은 한 번만 봐도 잊혀지지 않는다. 난 그들의 기억 속에 암이 손을 뻗칠 때의 내 모습이 아니라 지금의 모습으로 남고 싶다.

줄리앙은 나를 작은 거실로 안내해서 소파에 편안히 앉게 한다. 내가 기다리는 사이 그는 우리 둘이 마실 와인을 따른 다음 내 옆에 앉는다.

나는 그가 떠나면 어떤 기분이 들지 생각하는 중이고, 틀림없이 그도 같은 생각에 사로잡혀 있을 것이다. 줄리앙은 한숨을 쉬면서 서류가방에 손을 넣어서 봉투 뭉치를 꺼낸다. 한숨은 말을 대신하고 잠깐 사이의 변화를 나타낸다. 거기서 나는 하나의 삶에서 다른 삶으로 가는 순간을 듣는다. 이 새롭고 짧은 삶의 단계에서 나는 아들의 보살핌을 받게 될 것이다. 우리 둘 다 편치 않다.

"이달치 청구서들은 제가 다 지불했어요. 이것들은 어떻게 처리하면 좋을지 몰라서 가져왔어요. 대부분은 버려도 되는 우편물인 것 같아요."

나는 줄리앙으로부터 편지 뭉치를 받아서 대충 넘겨본다. 장애인 올림픽위원회에서 보낸 '개인용' 편지…… 무료 차양 견적 안내문…… 마지막 진료 후 6개월이 지났다는 치과의사의 편지.

파리에서 온 편지.

우체국에서 이 편지를 여기저기 돌렸거나 다른 곳에 배달되었던 것처럼 봉투에 붉은 소인이 여러 개 찍혀 있다.

"엄마?"

줄리앙이 부른다. 그는 관찰력이 뛰어나다. 무엇 하나 놓치지 않는다. 그가 다시 말한다.

"그게 뭐예요?"

그가 봉투에 손을 뻗자 나는 봉투를 꽉 움켜쥐고 뺏기지 않으려 하지만, 내 손이 말을 듣지 않는다. 내 심장이 마구 뛴다.

줄리앙이 봉투를 뜯어서 베이지색 카드를 꺼낸다. 초대장이다.

"프랑스어로 적혀 있어요. 무공십자훈장(프랑스 군인이나 군대의 공문서에 오른 프랑스인과 외국인에게 수여한 훈장)에 대한 내용이에요. 그러니까 제2차 세계대전과 관련된 거죠? 아버지한테 온 건가요?"

그럴 테지. 남자들은 항상 전쟁을 남자들과 연관 짓는다.

전쟁. 그 말이 내 주변에서 확장되어 검은 까마귀 날개들을 펼치며 아주 커져서 나는 눈을 돌릴 수가 없다. 내 의지와는 달리 나는 초대장을 쳐다본다. 파리에서 파세르^{passeur}(국외 탈출 안내인)들의 재회 모임이 열린다.

그들은 내가 참석하기를 바란다.

그 모든 일을 떠올리지 않고 내가 어떻게 갈 수 있을까? 내가 저지른 끔찍한 일들, 내가 가진 비밀, 내가 죽인 남자……. 그리고 내가 가질 수밖에 없었던 그 사람을?

"엄마? 파세르가 뭐예요?"

목소리가 잘 나오지 않는다.

"전쟁에서 사람들을 도왔던 사람."

15

자신에게 질문을 던지는 것, 그렇게 저항이 시작된다.
그런 다음 그 질문을 다른 사람에게 던지라.
렘코 캠퍼트

1941년 5월

프랑스

토요일, 이사벨이 파리로 떠나자 비안느는 분주했다. 빨래하고 텃밭에 나가 잡초를 뽑고 몇 가지 일찍 익은 채소를 거두었다. 긴 하루가 끝날 무렵, 목욕하고 머리를 감는 호사를 누렸다. 수건으로 머리를 말리는데 문을 두드리는 소리가 났다. 예상치 않은 손님이 온 데 놀라서 그녀는 앞단추를 잠그고 현관으로 나갔다. 어깨 위로 물이 뚝뚝 떨어졌.

문을 열자 벡 대위가 서 있었다. 그는 야전복 차림으로 얼굴에 흙이 묻어 있었다.

"대위님."

비안느가 젖은 머리를 넘기면서 말했다.

"마담, 오늘 동료 한 명과 낚시하러 갔습니다. 저희가 잡은 것을 부인에게 드리려고 가져왔습니다."

벡이 말했다.

"싱싱한 물고기를요? 정말 잘됐네요. 제가 대위님께 튀겨드릴게요."
"다 같이 먹지요, 마담. 부인이랑 저랑 소피랑."

비안느는 벡과 그의 손에 들린 물고기에서 눈을 뗄 수 없었다. 그녀는 이사벨이라면 이 선물을 받지 않으리란 것은 분명히 알고 있었다. 친구들과 이웃도 그녀가 거절해야 된다고 주장할 것이다. 적이 주는 먹을 것. 이것을 거부하는 것은 자존심 문제였다.

"제가 훔친 것도 빼앗아온 것도 아닙니다. 저도 프랑스인 못지않게 이걸 가질 권리가 있습니다. 부인이 물고기를 받는다 해도 불명예스러울 게 전혀 없습니다."

그가 옳았다. 이것은 인근 강에서 잡은 고기였다. 벡 대위가 몰수해온 게 아니었다. 비안느는 물고기에 손을 뻗으면서도 합리화의 무게가 마음을 짓누르는 것을 느꼈다.

"대위님은 저희와 같이 식사하는 영광을 주시지 않잖아요."
"이제 다르지요. 동생분이 없으니까."

벡이 대답했다.

비안느는 그가 들어오도록 뒤로 물러났다. 여느 때처럼 집에 들어서자마자 그는 모자를 벗고, 마룻바닥 위를 쿵쿵대며 걸어서 방으로 갔다. 비안느는 딸깍 소리를 내며 벡의 방문이 닫히고 나서야 깨달았다. 그녀가 아직도 죽은 물고기를 들고 서 있다는 것을. 물고기는 파리에서 찍는 독일어 신문 〈파리저 자이퉁〉의 최신호에 싸여 있었다.

비안느는 부엌으로 돌아갔다. 종이에 싸인 물고기를 고기용 도마에 올리자, 벡이 이미 고기를 손질했다는 것을 알 수 있었다. 비늘까지 다 벗긴 상태였다. 그녀는 가스 스토브에 불을 붙이고 주물 팬을 올린 다음, 귀한 기름을 한 숟가락 팬에 둘렀다. 잘게 자른 감자 덩어리가 노릇노릇해지고, 양파가 갈색으로 익는 사이 물고기를 소금과 후추로 간해서 옆에 두었다. 곧 고소한 냄새가 집에 가득 차자, 소피가 부엌으로 뛰어 들어와서 멈춰 섰다.

"생선이다."

소피가 감탄하듯 말했다.

비안느는 숟가락으로 야채들 사이에 자리를 만들어서 생선을 넣고 구웠다. 작은 기름방울들이 솟고 껍질이 지글지글 익으면서 바삭바삭해졌다. 생선이 다 익을 무렵 비안느는 병조림한 레몬을 몇 조각 팬에 넣어 생선 위에서 녹는 것을 지켜보았다.

"벡 대위님께 가서 식사가 준비되었다고 말씀드려."

"대위님이 우리랑 같이 먹어요? 이사벨 이모가 뭐라고 할 텐데. 이모가 가기 전에 저한테 말했거든요. 절대로 대위님의 눈을 쳐다보지 말고, 한 방에 있지 않도록 애쓰라고요."

비안느는 한숨을 쉬었다. 동생의 망령이 얼쩡댔다.

"대위님이 생선을 갖다 주셨단다, 소피. 그리고 여기 사는 분이잖니."

"맞아요, 마망. 그건 나도 알아요. 그런데 이모 말로는……"

"가서 대위님께 저녁 드시라고 말해. 이사벨은 떠났고 유난스런 걱정도 갖고 갔어. 얼른 갔다와."

비안느는 다시 가스 스토브로 몸을 돌렸다.

잠시 후 그녀는 생선이 담긴 무거운 도자기 접시를 옮겼다. 생선 주위에 구운 야채들과 레몬 조각이 담기고, 싱싱한 파슬리가 풍미를 더했다. 팬 밑바닥 톡 쏘는 레몬소스에 잠긴 바삭한 갈색 생선 껍질은 버터를 넣으면 더 좋았을 테지만 그래도 맛좋은 냄새가 났다.

비안느가 생선 접시를 식당으로 가져가니, 소피는 이미 자리에 앉아 있고 옆에 벡 대위가 있었다.

앙투안의 자리에.

비안느가 발을 헛디뎠다.

벡이 예의바르게 일어나서 얼른 그녀의 의자를 끌어냈다. 비안느가 아주 잠깐 머뭇거리자, 벡이 그녀의 손에서 접시를 받았다.

"이거 기가 막히게 어울리는 것 같은데요."

그가 진심어린 목소리로 말했다. 이번에도 그의 프랑스어 표현이 어색했다.

비안느는 얼른 식탁 의자에 앉았다. 그녀가 뭐라고 말할지 생각하기도 전에 벡이 그녀에게 와인을 따라주었다.

"맛좋은 1937년산 몽트라세입니다."

그가 말했다. 비안느는 이 일에 대해 이사벨이 뭐라고 말할지 알았다.

벡이 그녀의 맞은편 자리에 앉았다. 소피는 그녀의 왼쪽에 앉아 있었다. 소피가 오늘 학교에서 있었던 일에 대해 말했다. 소피가 말을 멈추자 벡이 낚시에 대해 말했고 소피가 웃음을 터뜨렸다. 비안느는 전에 이사벨의 존재감을 느꼈던 것처럼 지금은 또렷하게 그녀의 부재를 느꼈다.

'벡이랑 거리를 두고 지내.'

비안느는 마치 이사벨이 곁에서 말하는 것처럼 분명하게 경고를 들었다. 이 한 가지만은 동생이 옳다는 것을 알았다. 비안느는 그 명단을, 동료들이 해고당한 일을 잊을 수가 없었다. 벡이 책상에 앉아 있고 발치에 음식 상자들이 잔뜩 쌓여 있고 등 뒤에 총통의 그림이 걸린 광경을 잊지 못했다.

"……내 아내는 내가 그물을 다루는 걸 보고 아주 실망했지……."

그가 미소 지으며 말했다.

소피가 깔깔 웃었다.

"한번은 우리가 낚시하러 갔을 때 파파가 강에 빠졌어요. 기억나죠, 마망? 파파는 물고기가 너무 커서 물속으로 끌어당겼다고 했어요. 맞죠, 마망?"

비안느는 천천히 눈을 깜빡였다. 대화에 그녀가 포함되었다는 것을 알아차리는 데 시간이 걸렸다.

아주 간단하게 말한다 해도 그 느낌이…… 이상했다. 이전에 벡과 함께 식사할 때면 대화가 없다시피 했다. 이사벨이 화난 기색이 역력한데 누가 입을 뗄 수 있을까?

'이제 다르지요. 동생분이 없으니까.'

비안느는 그의 말뜻을 이해했다. 집에-이 식탁에- 내려앉은 긴장감이 이제는 사라졌다.

이사벨의 부재가 가져온 또 다른 변화는 무엇일까?

'벡이랑 거리를 두고 지내.'

비안느가 어떻게 그럴까? 그리고 마지막으로 이렇게 훌륭한 식사를 했던 때가…… 혹은 소피의 웃음소리를 들었던 게 언제였던가?

*

이사벨이 기차에서 내렸을 때 리옹역에는 독일 병사들이 북적댔다. 그녀는 자전거를 끌고 가느라 씨름을 벌였다. 걷는 내내 허벅지에 부딪치는 가방을 들고 가느라 힘들었고, 성미 급한 파리지앵이 그녀를 떠밀었다. 몇 달째 이곳으로 돌아오는 꿈을 꾸던 그녀였건만.

꿈속에서 파리는 전쟁 피해를 입지 않은 그대로였다.

하지만 월요일 오후, 긴 여정 끝에 그녀는 진실을 보았다. 점령 이

후 건물들이 제자리에 있고 리옹역 외부에 폭격의 흔적은 없을지 몰라도 이곳에는 환한 대낮인데도 어둠이 깔려 있었다. 상실감과 절망감이 감도는 정적 속에서 그녀는 자전거를 타고 대로를 달렸다.

그녀가 사랑하는 도시는 한때 아름다웠으나 늙고 여위고 지쳐서 연인에게 버림받은 정부 같았다. 채 1년도 안 되는 사이에 이 장엄한 도시는 끝없이 탁탁대는, 길을 밟는 독일군 군화 소리로 인해 진수를 빼앗겨버렸다. 또 기념물마다 휘날리는 나치 깃발 때문에 볼썽사납게 변해버렸다.

눈에 보이는 차는 모두 소형 나치 깃발이 걸린 검은 벤츠 승용차들과 국방군 트럭들이었고, 이따금 회색 기갑 부대 탱크가 지나갔다. 대로의 아래위 모두 창문마다 가려지고 가리개가 드리워졌다. 이사벨이 가는 길에 모퉁이 두 개 중 하나는 바리케이드가 있는 것 같았다. 굵은 검은 활자체로 된 독일어 표지판이 있었고, 시계들은—독일 시간에 맞춰서— 두 시간 앞으로 돌려졌다.

독일 병사들 앞과 제복 차림의 군인들이 들어찬 골목 카페들 앞을 지날 때 이사벨은 고개를 숙였다. 드 라 바스티유 대로로 접어들었을 때, 바리케이드를 돌아가려는 자전거를 탄 노부인이 보였다. 나치 병사가 그녀에게 다가서서 독일어로 다그쳤다—노부인은 알아듣지 못하는 기색이 완연했다. 그녀가 자전거를 돌려서 페달을 밟았다.

이사벨이 서점에 도착하기까지 평소보다 시간이 훨씬 오래 걸렸고, 서점 앞에서 자전거를 멈추자 신경이 팽팽했다. 그녀는 자전거를 나무에 기대고 자물쇠를 채웠다. 땀이 나는 장갑 낀 손으로 옷가방을 들고 서점으로 다가갔다. 그녀는 식당 창에 비친 모습을 힐끗 보았다. 아랫부분이 울퉁불퉁하게 잘린 금발 머리, 창백한 얼굴과 선홍색 입술이 눈에 들어왔다. 그녀는 가장 나은 여행용 투피스—청색과 크림색 모직 재킷과 세트인 모자, 청색 스커트- 차림이었다. 장갑이 어울리지 않았지만 이런 시절에는 아무도 그런 데 신경 쓰지 않았다.

아버지에게 깊은 인상을 심어주기에 최고의 모습이고 싶었다. 어른스러워 보이고 싶었다.

지금껏 몇 번이나 집에 오기 전에 머리와 옷매무새 때문에 법석을 떨었지만, 파리의 아파트에 도착하면 파파는 집을 비웠고 비안느는 '너무 바빠서' 시골에서 오지 못하고 아버지의 여자 친구가 방학 내내 이사벨을 보살펴주었던가? 열세 살 무렵까지 그런 일이 너무 많아서 이사벨은 방학 때 집에 오는 것을 그만두었다. 그녀를 어떻게 할지 모르는 사람들 속에 섞이느니 차라리 텅 빈 기숙사 방에서 혼자 틀어박혀 지내는 편이 더 나았다.

하지만 이번에는 경우가 달랐다. 앙리와 디디에-그리고 '자유 프랑스'에 소속된 그들의 신비로운 친구들-는 이사벨이 파리에 살기를 바랐다. 그녀는 그들을 실망시키지 않을 작정이었다.

서점의 진열창은 가려지고 낮에 유리를 보호하는 철문이 내려져 자물쇠가 채워져 있었다. 이사벨은 문을 열려고 했지만 잠겨 있었다.

월요일 오후 4시인데? 그녀는 서점 앞쪽으로 갔다. 아버지는 늘 열쇠를 숨겨두었다. 이사벨은 녹슨 열쇠를 찾아서 문을 열고 서점 안으로 들어갔다.

폭이 좁은 서점은 어둠 속에서 숨을 멈추고 있는 것 같았다. 아무 소리도 들리지 않았다. 아버지가 좋아하는 소설의 책장을 넘기는 소리나, 어머니가 살아 있을 때 그가 열정을 가졌던 시를 쓰느라 바스락대는 소리가 나지 않았다. 그녀는 문을 닫고 전등 스위치를 켰다.

아무 변화도 없었다.

손으로 더듬어 책상으로 갔다. 오래된 놋쇠 촛대에 꽂힌 초를 찾앉다. 서랍들을 뒤져 성냥을 찾아서 초에 불을 켰다.

흐릿하나마 불빛에 서점 구석구석 망가진 광경이 드러났다. 서가의 절반은 비었고, 여러 군데가 망가져서 비스듬히 기울어졌고 책들이 맨 아래 서가 밑바닥에 피라미드처럼 쌓여 있었다. 포스터들은 찢기고 손상됐다. 마치 약탈자가 숨겨진 뭔가를 찾으려고 미친 듯이 뒤지면서 모든 것을 망가뜨린 것 같은 풍경이었다.

파파.

이사벨은 얼른 서점에서 나왔다. 열쇠를 틈새에 다시 넣어둘 정신이 없었다. 대신 열쇠를 재킷 주머니에 넣고 자전거에 올라탔다. 작은 거리들(바리케이드가 없는 몇 군데 안 되는 골목들)을 지나서 마침내 드그레넬 가에 접어들었다. 그곳에서 집을 향해서 페달을 밟았다.

라 부르도네 대로에 있는 아파트는 이사벨의 친가에 백 년 넘게 내려온 집이었다. 도심 거리의 양쪽으로 검은 철제 발코니와 슬레이트 천장이 있는 건물들이 줄지어 서 있었다. 처마 돌림띠에는 돌로 된 천사 조각상이 장식되어 있었다. 여섯 블록쯤 떨어진 곳에 에펠 탑이 하늘에 우뚝 서서 풍경을 주도했다. 도로에는 예쁜 차양이 달린 상점들과 카페 수십 개가 있고, 카페 앞에는 테이블이 놓여 있었다. 건물들의 고층은 주거용 아파트들이었다.

평소 이사벨은 골목을 천천히 걸으면서 상점들의 진열창을 구경하고, 주변의 북적대고 소란스런 분위기를 즐겼다. 하지만 오늘은 아니었다. 카페와 식당 들은 텅 비어 있었다. 낡은 옷을 입은 여인네들이 지친 표정으로 식료품점 앞에 줄을 서 있었다.

그녀는 완전히 가려진 창문들을 올려다보면서 가방에서 열쇠를 찾았다. 현관문을 연 뒤 자전거를 끌고 그늘진 로비 안으로 들어갔다. 자전거를 로비에 세우고 자물쇠를 채웠다. 관 크기의 새장 같은 엘리베이터를 그냥 지나쳤다. 전력 제한이 있는 이런 시기에는 엘리베이터가 운행되지 않을 게 뻔했다. 그녀는 엘리베이터 기둥을 휘감아 도는 좁고 가파른 계단을 올라 5층으로 갔다. 거기 문이 두 개 있었다. 하나는 건물의 왼쪽에, 다른 하나는 오른쪽으로 나 있었고, 오른쪽 문이 그녀의 아파트였다.

이사벨은 열쇠로 문을 열고 안으로 들어섰다. 등 뒤에서 이웃집 문이 열리는 소리가 났다는 생각이 들었다. 마담 레클렉에게 인사를 하려고 몸을 돌렸지만 얼른 문이 닫혔다. 말 많은 노인네가 6B호에 드나드는 사람들을 감시하고 있음이 분명했다.

이사벨이 아파트로 들어가서 문을 닫았다.

"파파?"

대답이 없었다.

솔직히 다행스러웠다. 이사벨은 가방을 들고 거실로 들어갔다. 어두운 실내는 오래전을 떠올리게 했다. 아파트는 그늘 지고 퀴퀴했다. 그러다가 숨을 쉬는 소리가 나고 삐걱대는 나무 바닥 밟는 소리가 났다.

'쉿, 이사벨. 아무 말 말아라. 이제 네 마망은 천사와 함께 있단다.'

그녀가 거실 전등을 켰다. 장식이 있는 유리 샹들리에가 살아났고, 조각된 유리 가지들이 다른 세상인 듯 반짝거렸다. 흐린 불빛 속에서 이사벨은 아파트를 둘러보다가 벽에 그림 몇 점이 없어진 것을 알아차렸다. 방은 어머니의 흠잡을 데 없는 스타일과 윗대에서 물려받은 앤티크 수집품들을 드러냈다. 창틀이 있는 유리창 두 개는 평소라면 -지금은 덮인 상태였다- 발코니에서 아름다운 에펠탑 풍경이 보였을 것이다.

이사벨은 전등을 껐다. 기다리는 동안 귀한 전력을 낭비할 이유가 없었다. 샹들리에 밑에 있는 나무 원탁에 앉았다. 오랜 세월 수많은 사람들이 앉아서 식사한 식탁은 표면에 거친 자국들이 나 있었다. 그녀는 흠집난 나무를 손으로 정겹게 쓰다듬었다.

'여기서 지내게 해주세요, 제발요. 문제를 일으키지 않을게요.'

그때가 몇 살이었을까? 열한 살? 열두 살? 확실히 알 수 없었다. 하지만 당시 수녀원 교복인 파란색 세일러복 차림이었다. 이제 그때가 전생처럼 느껴졌다. 하지만 그녀는 또다시 아버지에게 머무르게 해달라고—사랑해 달라고— 간청할 준비를 하고 있었다.

얼마나 더 지났을까? 이사벨은 어둠 속에서 얼마나 오래 앉아 있었는지 감이 잡히지 않았다. 내내 어머니의 상황을 떠올린 것은, 실제 어머니의 얼굴을 잊었기 때문이었다— 발소리가 났고 곧 열쇠 구멍에서 열쇠가 돌아가는 소리가 들렸다.

이사벨은 문이 열리는 소리를 듣고 자리에서 일어났다. 문이 딸깍 닫혔다. 그녀는 아버지가 발을 질질 끌고 복도로 들어와 작은 부엌을 지나는 소리를 들었다.

이제 마음을 단단히 굳게 먹어야 했지만, 초록색 눈동자만큼이나 그녀의 특징인 용기는 항상 아버지 앞에서는 사라지고 말았다.

"파파?"

이사벨이 어둠 속에서 말했다. 그녀는 아버지가 깜짝 놀라는 것을 싫어하는 것을 알고 있었다.

그녀는 아버지가 멈춰 서는 소리를 들었다.

그때 전등 스위치를 켜는 소리가 났고 샹들리에 불이 들어왔다.

"이사벨, 여긴 어쩐 일이냐?"

아버지가 한숨을 쉬면서 말했다.

이사벨은 딸의 감정에 아무 관심 없는 사람에게 불확실한 태도를 보이면 안 된다는 것을 알고 있었다. 지금 그녀에게는 임무가 있었다.

"아버지와 파리에서 살려고 왔어요. 또다시."

그녀는 마지막 말은 한참 생각한 후에 덧붙였다.

"비안느와 소피, 둘이서 나치와 살게 놔뒀다고?"

"두 사람은 제가 없으면 더 안전해요. 제 말을 믿으세요. 조만간 저는 성질을 부렸을 테니까요."

"성질을 부려? 넌 왜 이러는 게냐? 내일 아침에 카리보로 돌아가거라."

그는 이사벨 앞을 지나서 벽 앞에 놓인 나무 장식장으로 갔다. 그는 브랜디 한 잔을 따라서 꿀꺽꿀꺽 세 모금 만에 다 마시고 다시 한 잔을 따랐다. 아버지는 두 번째 잔을 다 마시자 이사벨에게 몸을 돌렸다.

"싫어요."

이사벨이 말했다. 그 한 마디가 힘을 북돋웠다. 전에 아버지에게 이렇게 말한 적이 있던가? 그녀는 못박으려고 다시 한번 말했다.

"싫어요."

"뭐라고?"

"싫다고 말했어요, 파파. 이번에는 아버지의 뜻을 따르지 않을 거예요. 떠나지 않을래요. 여기는 제 집이에요. 제 '집'이라고요."

그녀의 목소리가 약해졌다. 이사벨이 말을 이었다.

"저것은 마망이 재봉틀로 만드는 것을 봤던 커튼들이에요. 이것은 마망이 종조부님에게 상속받은 테이블이고요. 제 침실 벽에는 제 이름 머릿자를 보실 수 있을 걸요. 마망이 보지 않을 때 립스틱으로 그린 거예요. 제 비밀 방이자 요새에는 아직도 벽에 제 인형들이 조르르 놓여 있을 거예요."

"이사벨……."

"싫어요. 저를 돌려보내지 못해요, 파파. 너무 여러 번 그랬어요. 내 아버지잖아요. 여기는 제 집이에요. 지금은 전쟁 중이에요. 저는 여기서 지낼 거예요."

그녀는 몸을 숙여서 발치에 놓인 옷가방을 들었다.

흐릿한 샹들리에 불빛 속에서 이사벨은 아버지의 뺨에 패배의 주름이 깊이 패이는 것을 보았다. 그의 어깨가 축 늘어졌다. 그는 브랜디를 한 잔 더 따라서 정신없이 들이켰다. 술의 도움 없이는 막내딸을 보는 걸 견디지 못하는 기색이 역력했다.

"참석할 파티 따윈 없다. 네가 만나던 대학생 녀석들도 떠나버렸고."

아버지가 말했다.

"정말로 저를 그렇게 보시는군요."

이사벨이 대답했다. 그러더니 화제를 바꾸어 말을 이었다.

"서점에 들렀다 왔어요."

아버지가 대답했다.

"나치들 때문에. 어느 날 그들이 들이닥치더니 프로이트, 만, 트로츠키, 톨스토이, 모루아의 책들을 모두 끌어내더구나-전부 다 끌어내서 태워버렸어- 음악도 그랬지. 나는 판매 허가를 받은 책들만 파느니 차라리 서점 문을 잠그고 싶었다. 그래서 그렇게 했지."

"그러면 어떻게 생활을 꾸려가세요? 파파의 시로?"

그가 웃었다. 씁쓸하고 희미한 소리였다.

"지금은 점잖은 일을 하며 살기 어려운 시절이다."

"그러면 전기료와 식비를 뭘로 내시는데요?"

그의 표정이 변했다.

"'크리용 호텔'에서 괜찮은 일자리를 잡았지."

"서비스 일을요?"

그녀는 아버지가 독일 무뢰한들에게 맥주를 대접하다니 믿을 수 없었다.

아버지는 시선을 돌렸다.

이사벨은 뱃속에서 메스꺼운 느낌을 맛보았다.

"누구 밑에서 일하시는 거예요, 파파?"

"파리 주재 독일군 최고 사령부."

그가 대답했다.

이사벨은 이제 그 느낌이 뭔지 알았다. 수치심이었다.

"세계대전에서 그들한테 그런 일을 당했으면서……."

"이사벨……."

"파파가 전쟁 전에 어떤 분이었는지, 전쟁이 파파를 어떻게 망가뜨렸는지에 대해 마망에게 들은 이야기들을 다 기억해요. 언젠가 파파가 아버지라는 사실을 기억하리라고 꿈꾸었지만 그건 거짓이었어요, 그렇지 않나요? 파파는 그저 겁쟁이일 뿐이에요. 나치가 돌아온 순간, 그들을 도우려고 조르르 달려가다니요."

"감히 어떻게 네가 나와 내가 겪은 일을 평가한다고? 넌 열여덟 살이야."

"열아홉 살이에요. 말해보세요, 파파. 우리 정복자들에게 커피를 갖다 주고 그들이 '막심(파리의 최고급 레스토랑)'에 타고 갈 택시를 불러주는 거예요? 그들이 남긴 점심을 먹고요?"

그는 이사벨 앞에서 풀이 죽는 것 같았다. 나이 들어 보였다. 그녀는 매서운 말을 쏘아붙인 것이 후회스러웠다. 그 말이 사실이고 그런 말을 들어 마땅했지만 그래도 후회스러웠다. 하지만 이제 물러설 수가 없었다. 이사벨이 계속 말했다.

"그러니까 우린 합의한 거죠? 저는 예전에 쓰던 방에 들어가서 살 거예요. 파파가 내거는 조건이라면 서로 말하지 않고 지내도 괜찮아요."

"여기 파리에는 먹을 게 없어, 이사벨. 아무튼 우리 파리 시민들이 먹을 음식은 없지. 온 도시에 쥐를 먹지 말라는 경고문이 붙어 있어. 사람들은 먹으려고 기니피그를 키우고. 텃밭이 있는 시골에서 살기가 더 편안할 게다."

"저는 편안을 찾으려는 게 아니에요. 혹은 안전이나."

"그럼 넌 파리에서 뭘 찾으려는 게냐?"

이사벨은 실수를 깨달았다. 어리석은 말로 덫을 치고 거기 빠진 꼴이었다. 아버지는 다양한 일면을 가졌지만 어리숙한 면은 없는 사람이었다.

"친구를 만나려고 여기 왔어요."

"설마 남자 때문이라고 말하는 것은 아니겠지. 설마 그 정도로 똑똑하지 못하지는 않겠지."

"시골은 지루했어요, 파파. 저를 아시잖아요."

그는 한숨을 쉬고 술을 한 잔 더 따랐다. 이사벨은 그의 눈이 평소처럼 번질대는 것을 알아차렸다. 곧 무슨 생각인지 몰라도 자기 생각에 빠져서 혼자 있기 위해 떠날 것이라는 것을 그녀는 알았다.

"네가 여기 있겠다면 규칙들을 지켜야 한다."

"규칙들이요?"

"통금 시간까지는 집에 들어와야 한다. 항상, 예외 없이. 내 사생활은 지켜줘야 한다. 난 누가 얼쩡대는 것은 못 참아. 매일 아침 상점에 가서 우리 배급표로 뭘 구할 수 있는지 알아보거라. 그리고 일자리를 구해."

그가 잠시 말을 멈추고, 눈을 가늘게 뜨고 딸을 바라보았다. 그러고는 말했다.

"언니 같은 문제를 일으키면 널 내쫓아버릴 거야. 그게 다야."

"저는 안 그래요……."

"관심 없다. 일자리를 구해, 이사벨."

아버지가 말하는 도중에 이사벨은 몸을 돌려서 걸어갔다. 그녀는 예전에 쓰던 방에 들어가서 문을 닫았다. 세게.

제대로 해냈다! 처음으로 고집대로 했다. 아버지가 못되고 비평하는 사람이었던 게 무슨 상관인가? 그녀가 여기 있는데. 예전 방에, 파리에. 그리고 여기서 지내게 됐는데.

기억했던 것보다 방이 작았다. 화사한 흰색 페인트칠, 철제 캐노피가 있는 일인용 침대, 나무 바닥에 깔린 빛바랜 낡은 소형 카펫, 호시절을 누린 루이 14세 스타일 안락의자. 창문—암막이 덮인—으로 아파트 건물의 안뜰이 내려다보였다. 어릴 때 그녀는 늘 이웃 사람들이 쓰레기를 갖고 나오는 것을 알았다. 거기서 사람들이 탕 소리를 내면서 쓰레기통 뚜껑을 닫는 소리가 방에서도 들렸다. 그녀는 가방을 침대에 던지고 짐을 풀기 시작했다.

피난 갈 때 가져갔던—그리고 파리로 돌아오면서 가져온— 옷들은 계속 입어서 더 후줄근해져서 옷장에 걸 만한 상태가 아니었다. 옷장에는 어머니에게 물려받은 옷들이—아름다운 빈티지 드레스들, 가장자리에 실크가 달린 이브닝 가운들, 그녀의 몸에 맞게 줄인 모직 정장들, 크레이프 천으로 만든 일상복들— 걸려 있었다. 의상과 짝이 맞는 모자와 구두는 무도회장에서 춤을 추거나, 적당한 청년의 팔짱을 끼고 로댕 정원을 거닐 때 어울렸다. 이제 사라져버린 세계에 어울리는 옷들이었다. 이제 파리에는 '적당한' 청년들이 없었다. 사실 아무 청년도 없었다. 그들은 모두 독일의 수용소에 포로로 잡혔거나 어딘가 숨어서 지냈다.

옷들을 옷장의 옷걸이에 걸자, 이사벨은 마호가니 문을 닫고 옷장을 밀었다. 뒤편의 비밀 문이 드러날 정도만 살짝 옷장을 움직였다.

그녀의 요새.

몸을 굽히고, 흰 벽에 난 문의 오른쪽 상단을 밀어서 문을 열었다. 잠금 장치가 풀리면서 삐걱 문이 열리고 창고방이 나타났다. 가로와 세로가 각각 1.8미터였고 지붕의 경사가 심해서 이사벨이 열 살이었을 때도 서 있으려면 몸을 웅크려야 했다. 당연히 그녀의 인형들이 아직도 거기 있었다. 일부는 주저앉고 나머지는 똑바로 서 있었다.

이사벨은 추억에 잠겨 문을 닫고 옷장을 다시 제자리로 돌렸다. 얼른 옷을 벗고 핑크색 실크 가운을 걸치니 어머니가 떠올랐다. 아직도 얼핏 장미수 냄새가 났다-아니면 그녀는 그렇다고 상상했다. 양치를 하려고 방에서 나와 아버지의 닫힌 방문 앞에서 잠시 멈추었다.

그가 글을 쓰는 기척을 알 수 있었다. 거친 종이에 만년필이 긁히는 소리. 이따금 아버지는 욕설을 중얼대고는 곧 조용해졌다.(의심할 나위 없이 그가 술을 마시는 순간이었다). 그러다가 술병-혹은 주먹-이 탁자에 탁 부딪치는 소리가 났다.

이사벨은 잠자리에 들 준비를 하느라 머리에 헤어롤을 말고 세수하고 양치질을 했다. 침실로 돌아가다가 다시 아버지의 욕하는 소리를 듣고는-술을 많이 마셔서 이번에는 소리가 더 컸다- 얼른 침실로 돌아가서 문을 닫았다.

*

'난 누가 얼쩡대는 것은 못 참아.'

이 말은 아버지가 그녀와 한 방에 있는 것을 참을 수 없다는 의미임이 분명했다.

작년에 교양학교에서 쫓겨나서 시골로 피난을 가기까지 몇 주간 아버지와 같이 살 때 그것을 알아채지 못한 게 우스웠다.

그 당시 두 사람이 같이 앉아서 식사를 해본 적이 없었던 것은 사실이었다. 혹은 기억에 남을 만치 의미 있는 대화를 나눈 적도 없었다. 하지만 어쩐 일인지 이사벨은 눈치채지 못했다. 그들은 서점에서 같이 일했다. 그녀는 아버지가 옆에 있는 게 가련할 정도로 고마운 나머지 그의 침묵을 알아차리지 못했던 걸까?

하지만 이제 이사벨은 그가 말이 없는 것을 의식했다. 파리에 온 지 사흘이 되었다. 몹시 괴로운 적막한 사흘이었다.

아버지가 그녀의 침실 문을 너무 세게 두드려서, 이사벨은 깜짝 놀라 비명을 질렀다.

그가 문 밖에서 말했다.

"난 출근한다. 배급표는 조리대에 있다. 백 프랑을 두고 간다. 구할 수 있는 것을 구해와."

이사벨은 마루 복도에 울리는 그의 발소리를 들었다. 벽이 흔들릴 만큼 무거운 발걸음이었다. 그러더니 현관문이 쾅 닫혔다.

"아버지도 잘 보내세요."

이사벨은 그의 말투가 속상해서 중얼댔다.

그 순간 기억이 났다.

'오늘이 그날이었다.'

그녀는 이불을 젖히고 침대에서 뛰어내려와, 불을 켤 생각도 하지 않고 옷을 입었다. 이미 입을 옷을 생각해두었다. 심심한 회색 원피스와 검은 베레모, 흰 장갑, 마지막 남은 뒤꿈치에 끈이 달린 구두. 아쉽게도 스타킹이 없었다.

이사벨은 거실 거울 앞에 서서 차림새를 평가하려고 살폈지만, 단조로운 원피스를 입고 검은 핸드백을 든 평범한 아가씨만 보였다.

핸드백을 열어서 축 처진 실크 안감을 내려다보았다. 그녀는 핸드백 안감을 조금 뜯어서 두툼한 봉투를 넣어두었다. 핸드백을 여니 안이 비어 보였다. 만약 그녀가 검문을 당해도(그런 일은 없을 터였다-그녀가 왜 검문을 당할까? 점심을 먹으러 가는 열아홉 살 아가씨의 차림새인데?) 핸드백에서 서류들, 배급 쿠폰들, 신분증, 여행 허가증밖에 발견되지 않을 것이다. 정확히 소지해야 될 것만 있었다.

10시에 이사벨은 아파트를 나섰다. 밖에 나와 밝고 뜨거운 태양 아래서 파란 자전거에 올라타고 선창가를 향해 페달을 밟았다.

리볼리 가에 도착하니, 검은 차들과 옆에 연료 탱크를 매단 초록색 군용 트럭들, 말을 탄 사내들로 거리가 복잡했다. 주변의 파리지앵은 골목길을 걸었고, 그들이 자전거를 타도록 허용된 거리 몇 곳에서만 자전거를 달렸다. 또 식품을 사려는 줄이 한 블록 넘게 이어졌다. 패배감에 젖은 표정과 독일인들과 눈을 맞추지 않으려고 서두르는 걸음걸이로 파리지앵이 구분됐다. '막심' 레스토랑의 그 유명한 빨간 차양 아래서 이사벨은 안에 들어가려는 고위직 나치들 무리를 보았다. 프랑스의 최고품 정육과 농산품은 모두 '막심'으로 직행해서 나치 수뇌부에게 대접된다는 소문이 무성했다.

그리고 그때 그녀는 보았다. 코메디 프랑세즈의 입구 근처에 놓인 철제 벤치. 이사벨이 브레이크를 밟자 자전거가 꿀렁하며 갑자기 멈추었다. 그녀는 한 발을 페달에서 뗐다. 한 발에 체중이 실리면서 발목이 약간 뒤틀렸다. 처음으로 흥분감이 날카로운 두려움으로 변했다.

불현듯 핸드백이 무거워졌다, 손바닥과 모직 모자 안에 땀이 맺혔다.

'기운을 내.'

그녀는 겁먹은 여학생이 아니라 '배달인'이었다. 그녀는 거기 있는 어떤 위험이든 받아들였다.

이사벨이 거기 서 있는 사이, 한 여자가 벤치에 다가와서 이사벨을 등지고 앉았다.

여자라니. 이사벨은 접선할 사람이 여자일 줄 예상 못하다가 그녀를 보니 이상하게 마음이 놓였다.

깊고 차분하게 호흡한 다음, 자전거를 밀고 복잡한 횡단보도를 건너서 스카프와 장신구를 파는 가판대 앞을 지났다. 이사벨은 그 여자가 앉은 벤치 바로 옆에 서서, 하기로 되어 있는 말을 했다.

"오늘 제가 우산이 필요할 거라고 생각하세요?"

"계속 해가 쨍쨍할 것 같은데요."

여자가 대답했다. 그녀는 검은 머리를 꼼꼼하고 크게 말아서 붙이고 있었다. 동유럽인의 얼굴이었다. 연상이었지만-서른 즈음- 눈빛은 훨씬 더 나이 들어 보였다.

이사벨이 핸드백을 열기 시작하자 그 여자가 날카롭게 말했다.

"아뇨. 날 따라와요."

그녀가 얼른 벤치에서 일어났다.

이사벨이 뒤에 남아 있는 사이, 그 여자는 당당하게 솟은 거대하고 웅장한 루브르와 자갈이 깔린 넓은 카루젤 개선문을 지나서 걸어갔다. 사방에 나치 깃발이 휘날리고 튈르리 정원의 벤치에 독일 병사들이 앉아 있으니, 이곳이 한때 황제들과 왕들의 궁전이었던 곳처럼 느껴지지 않았다. 골목에서 여자는 작은 카페로 들어갔다. 이사벨은 그 카페 바깥의 나무에 자전거를 세워 자물쇠를 채우고, 안으로 들어가서 그 여자와 마주 앉았다.

"봉투를 갖고 있나요?"

이사벨이 고개를 끄덕였다. 그녀는 무릎 위에 핸드백을 열고는 봉투를 꺼내서 테이블 밑으로 여자에게 건네주었다.

독일군 장교 두 명이 카페에 들어와서 멀지 않은 테이블에 앉았다. 여자는 몸을 숙여서 이사벨의 모자를 바로잡아주었다. 자매나 절친한 친구들끼리 하는 묘하게 친밀한 행동이었다. 그녀는 몸을 숙이고 이사벨의 귀에 속삭였다.

"'콜라보'들에 대해 들어봤어요?"

"아뇨."

"협력자들이에요. 독일인들과 일하는 프랑스 사람들. 그런 자들이 비시에만 있는 게 아니에요. 조심해요, 언제나. 이 협력자들은 우리를 게슈타포에 고발하기를 좋아해요. 그리고 일단 게슈타포에 이름이 들어가면 항상 게슈타포의 감시를 받아요. 아무도 믿지 말아요."

이사벨이 고개를 끄덕였다.

여자는 몸을 빼고 이사벨을 바라보았다.

"심지어 당신의 아버지도."

"제 아버지에 대해 어떻게 아세요?"

"우린 당신을 만나고 싶어요."

"지금 만나고 있잖아요."

여자는 조용히 대답했다.

"'우리'가 그렇다고요. 내일 정오에 생 제르맹 대로와 생 시몽 가의 만나는 곳에 서 있도록 해요. 늦지 말아요, 자전거도 가져오지 말아요. 미행을 당하지 말아요."

그녀가 너무도 재빨리 일어나서 이사벨은 깜짝 놀랐다. 한순간 그녀는 가버렸고, 이사벨은 혼자 앉아서 다른 테이블에 앉은 독일 병사의 감시하는 눈길을 받았다. 그녀는 용기를 내서 카페오레를 주문했다. 그리고 커피가 나오자 얼른 마신 후 카페에서 나왔다.

그녀는 길모퉁이에서, 창문에 붙은 법 위반에 대한 보복성 처형을 경고하는 안내문을 보았다. 그 옆 극장 창문에 '유대인 출입 금지'라는 노란 포스터가 있었다.

그녀가 자전거의 자물쇠를 열 때, 그 독일 병사가 옆에 나타났다. 이사벨은 그와 부딪쳤다. 그는 예의 바르게 괜찮냐고 물었다. 그녀는 여배우 같은 미소를 짓고 고개를 끄덕이며 대답했다.

"네. 감사합니다."

그녀는 치맛단을 펴고 겨드랑이에 핸드백을 끼고 자전거에 올랐다. 뒤돌아보지 않고 페달을 밟아 병사에게서 멀어졌다.

이사벨은 해냈다. 여행 허가증을 구해서 파리에 왔고, 파파를 밀어붙여서 집에 머물렀고, '자유 프랑스'를 위해 첫 번째 비밀 메시지 전달을 마쳤다.

16

 이사벨이 떠난 지 1주일이 지났고, 비안느는 르 자르댕의 생활이 한결 수월하다는 것을 인정할 수밖에 없었다. 더 이상 감정 폭발도 없고, 벡 대위가 듣는 거리에서 에둘러 비꼬는 말도 없었다. 이미 패배한 전쟁에서 쓸모없는 싸움을 벌이라고 비안느를 밀어대는 일도 없었다. 그런데 이사벨이 없으니 이따금 집이 너무 조용했고, 적막감 속에서 비안느는 자기도 모르게 생각을 너무 많이 했다.

 지금도 마찬가지였다. 그녀는 몇 시간째 깨서 침실 천장을 올려다보면서 새벽이 오기를 기다렸다.

 마침내 그녀는 침대에서 나와서 아래층으로 내려갔다. 씁쓸한 커피를 한 잔 따라 들고 뒷마당으로 나가서, 넓게 퍼진 주목 나무 아래 의자에 앉았다. 앙투안이 좋아하던 자리에 앉아서, 닭들이 힘없이 흙바닥을 긁는 소리에 귀를 기울였다.

 가진 돈이 거의 바닥났다. 이제 쥐꼬리만한 교사 봉급으로 먹고 살아야 될 터였다.

 어떻게 감당해야 하나? 더구나 혼자서…….

 비안느는 현실처럼 쓴 커피를 다 마셨다. 빈 컵을 들고 다시 집으로 들어가니, 그늘진 실내가 이미 더워지고 있었다. 그녀는 벡 대위의 침실 문이 열린 것을 보았다. 그녀가 뒷마당에 나간 사이 벡은 이미 출근했다. 다행이었다.

그녀는 소피를 깨우고, 딸이 방금 꾼 꿈 이야기를 듣고 마른 빵에 복숭아잼을 발라서 아침식사를 만들어주었다. 그런 다음 두 사람은 시내로 향했다.

비안느는 최대한 소피를 채근했지만 아이는 기분이 나빠서 불평했고 발을 질질 끌었다. 그래서 모녀는 늦은 오후가 돼서야 정육점에 도착했다. 손님 줄이 정육점 문 밖으로 나와 거리까지 이어졌다. 비안느는 맨 끝에 서서, 광장에 있는 독일 군인들을 초조하게 힐끗 보았다.

줄이 느릿느릿 앞으로 움직였다. 진열창에 붙은 새 선전 포스터가 비안느의 눈에 들어왔다. 독일인 병사가 미소 지으면서 프랑스 한 무리의 어린이들에게 빵을 내미는 그림이었다. 그 옆에 '유대인 출입 금지'라는 새 표지판이 있었다.

"저게 무슨 뜻이에요, 마망?"

소피가 표지판을 손짓하면서 물었다.

"쉿, 소피. 우린 이 일에 대해 이야기했어. 이제 어떤 것들은 말하면 안 돼."

비안느가 매몰차게 대꾸했다.

"하지만 조제프 신부님이 말하시길……"

"쉿."

비안느가 다급하게 말하면서 소피의 손을 끌어당겼다.

줄이 앞으로 움직였다. 비안느는 판매대 앞에 다가서다가, 잿빛 머리의 부인과 마주선 것을 알아차렸다. 피부색도 질감도 귀리 같은 여자였다.

비안느는 이맛살을 찌푸렸다.

"마담 푸르니에는 어디 계시죠?"

그녀가 오늘의 고기 배급표를 내밀면서 물었다. 가져갈 고기가 남아 있기를 바라는 마음이 간절했다.

부인이 말했다.

"유대인은 출입 금지에요. 훈제 비둘기만 조금 남았수."

"하지만 여긴 푸르니에 씨의 가게잖아요."

"이제는 아니에요. 지금은 내 가게라우. 비둘기를 살 거유, 말 거유?"

비안느는 작은 훈제 비둘기 깡통을 받아서 버들바구니에 담았다. 그녀는 아무 말도 하지 않고 소피를 밖으로 데리고 나갔다. 맞은편 모퉁이에서 독일군 보초가 은행 앞에서 경비를 섰고, 프랑스인들에게 독일군이 은행을 몰수했다는 사실을 상기시켰다.

소피가 징징대며 말했다.

"마망, 그건 틀린 일이에요……."

"쉿."

비안느가 딸의 손을 꽉 잡았다. 시내를 빠져나와 흙길을 걸어 집으로 가면서 소피는 불쾌한 기분을 내색했다. 아이는 씩씩대고 한숨을 쉬고 툴툴댔다.

비안느는 못 들은 체했다.

르 자르댕의 망가진 대문에 도착하자, 소피는 팔을 홱 뿌리치면서 몸을 돌려 비안느와 마주섰다.

"그 사람들은 어떻게 정육점을 빼앗을 수 있죠? 이사벨 이모라면 뭔가 할 거예요. 엄마는 겁내기만 해요!"

"그러면 내가 어떻게 할까? 폭풍처럼 광장으로 쳐들어가서 마담 푸르니에게 가게를 돌려주라고 요구할까? 그러면 그런 짓을 한 나한테 저들이 어떻게 하겠니? 시내에 붙은 포스터들을 봤잖아."

비안느가 목소리를 낮춰서 덧붙여 말했다.

"저들은 프랑스 국민을 처형하고 있어, 소피. 사람들을 '처형'한다고."

"하지만……."

"하지만은 없다. 지금은 위험한 시기란다, 소피. 너도 그걸 알아야 해."

소피의 눈에 눈물이 고였다.

"파파가 여기 있으면 좋겠어요……."

비안느는 딸을 품에 끌어당겨서 꼭 안아주었다.

"나도 그래."

모녀는 오랫동안 서로 안고 있다가 천천히 떨어졌다.

"우리 오늘은 피클을 담자, 그러면 어떨까?"

"아, 재미있겠다."

비안느도 부인할 수 없었다.

"네가 가서 오이를 따오지 그래? 엄마는 식초를 준비할게."

비안느는 과일이 잔뜩 달린 사과나무를 피해서 텃밭으로 조르르 달려가는 딸을 지켜보았다. 소피가 시야에서 사라진 순간, 비안느는 다시 걱정하기 시작했다. 돈 없이 어떻게 지낼까? 텃밭 농사가 아주 잘 되어 과일과 야채는 있을 테지만, 다가오는 겨울은 어떻게 감당할까? 고기나 우유나 치즈 없이 어떻게 소피의 건강을 유지시킬까, 새 구두는 어떻게 구할까? 그녀는 몸을 떨면서 암막을 친 더운 집으로 들어섰다. 부엌에서 그녀는 조리대 가장자리를 부여잡고 머리를 푹 숙였다.

"마담?"

비안느는 너무 빨리 몸을 돌리다가 자기 발에 걸려 넘어질 뻔했다. 그가 거실에서 등잔을 켜고 소파에 앉아 책을 읽고 있었다.

"벡 대위님."

비안느는 나직하게 그의 이름을 불렀다. 그녀는 떨리는 손을 맞잡고 그에게 다가가서 말했다.

"집 앞에 오토바이가 보이지 않던데요."

"날씨가 너무 좋아서요. 시내에서 걸어오기로 했지요."

그가 일어났다. 비안느는 그가 최근에 이발했다는 것을 알았다. 이날 아침에 면도하다가 얼굴을 벤 모양이었다. 창백한 뺨에 작은 붉은 자극이 있었다.

"근심스러운 표정이군요. 아마 동생이 떠난 후로 잠을 제대로 못 자서 그렇겠지요."

비안느가 놀라서 그를 쳐다보았다.

"부인이 어둠 속에서 왔다갔다하는 소리를 듣거든요."

"당신도 깨어 있군요."

그녀가 멍청하게 중얼댔다.

"저 역시 자주 잠을 이룰 수가 없습니다. 아내와 아이들 생각을 하지요. 아들은 아주 어립니다. 아이가 나를 알기나 할지 걱정입니다."

"저도 앙투안에 대해 같은 생각을 해요."

비안느가 말했고, 그렇게 인정한 자신에게 놀랐다. 그녀는 이 남자에게-적에게- 너무 마음을 열면 안 된다는 것을 알았지만, 지금은 너무 지치고 두려워서 강인해질 수가 없었다.

벡은 그녀를 물끄러미 내려다보았고, 비안느는 그의 눈빛에서 피차일반인 상실감을 보았다. 두 사람 다 사랑하는 이들과 멀리 떨어져 있었고, 그래서 더 외로웠다.

"저 말이지요. 물론 부인의 시간을 방해할 뜻은 없지만 전할 소식이 있습니다. 조사를 많이 한 끝에 남편분이 독일의 장교 포로수용소에 있다는 걸 알아냈습니다. 친구 하나가 그곳의 경비원입니다. 남편은 장교입니다. 이걸 알고 있었습니까? 분명히 그가 전투에서 용감했겠지요."

"앙투안을 찾았다고요? 그이가 살아 있나요?"

벡이 구깃구깃한 얼룩진 봉투 하나를 내밀었다.

"여기 그가 부인에게 쓴 편지가 있습니다. 그리고 이제 부인은 그에게 위문품을 보내도 됩니다. 그걸 받으면 남편이 더할 수 없이 기운이 날 겁니다."

"어머나…… 세상에."

그녀는 다리가 후들거렸다.

벡이 그녀를 똑바로 세워서 소파로 데려갔다. 비안느는 소파에 털썩 주저앉았고 눈물이 고였다.

"이렇게 친절을 베푸시다니요."

그녀가 속삭이면서, 그에게 받은 편지를 들어 가슴에 꼭 안았다.

"친구가 편지를 저한테 전해주었습니다. 사과드리는데 지금부터는 엽서로만 서신 교환을 해야 합니다."

벡이 그녀에게 미소 짓자, 비안느는 밤에 머릿속으로 쓰는 긴 편지들에 대해 그가 아는 듯한 이상한 기분을 느꼈다.

"감사합니다."

비안느가 말했다. 이 한마디에 담긴 진심을 그가 알기를 바랐다.

"가보겠습니다, 마담."

벡 대위가 말하고는 그녀를 혼자 두고 나갔다.

그녀는 구겨진 너저분한 편지를 손에 쥐고 떨었다. 편지를 펼치는데 그녀의 이름이 흐릿하게 너울댔다.

내 사랑, 비안느.
우선, 내 걱정은 하지 말아. 난 안전하고 충분히 잘 먹고 지내.
다치지 않았어. 정말이야. 몸에 총알구멍도 없고.
막사에서는 운이 좋아서 침상 위층을 차지했고, 덕분에 사내들이 득실대는 곳에서 사생활을 누리지. 작은 창으로 밤에는 달과 뉘렘부르크의 첨탑들이 보여. 하지만 당신을 떠올리게 하는 것은 달이야.
우리의 식사는 지탱할 만큼은 돼. 난 밀가루 덩어리와 작은 감자 조각에 익숙해졌어. 집에 가서 당신의 요리를 맛볼 기대를 하고 있어.
그리고 당신과 소피를 늘 꿈꿔.
제발 안절부절하지 말아, 내 사랑. 그저 강하게 지내면서 내가 이 새장을 떠나는 때가 오면 날 위해 거기 있으면 돼. 당신 덕분에 난 목숨을 부지할 수 있어. 당신도 내게서 힘을 찾을 수 있으면 좋겠어, 브이.
내 덕분에 당신이 강해지는 길을 찾으면 좋겠어.
오늘 밤 내 딸을 꼭 안고 어디선가 멀리서 아빠가 너를 생각하고 있다고 말해줘. 그리고 내가 돌아갈 거라고 전해.
사랑해, 비안느.

추신. 적십자가 위문품을 전달하고 있어. 내 사냥용 장갑을 보내줄 수 있다면 정말 좋겠는데. 이곳의 겨울이 춥거든.

비안느는 편지를 다 읽고 곧 다시 읽기 시작했다.

*

 파리에 도착하고 정확히 1주일 후, 이사벨은 자유 프랑스를 향한 열망을 나눌 수 있는 이들을 만나게 되었다. 어디로 가는지 모르는 혈색 나쁜 파리지앵과 잘 먹은 독일인들 사이를 걸어가는데 마음이 초조했다. 이날 아침에는 몸에 붙는 파란 레이온 원피스를 입고 검은 벨트를 맨 자연스러운 차림을 했다. 지난밤에 머리를 세팅해서 이날 아침에 굽슬거리게 빗어서 뒤로 넘겨 핀을 꽂았다. 화장하지 않고, 낡은 수녀원 학교의 파란 베레모를 쓰고 흰 장갑으로 마무리했다.

 거리를 걸어가면서 그녀는 속으로 중얼댔다.

 '난 배우고 있건 배역이야. 나는 사랑에 빠져서 살그머니 남자애를 만나러 가는 여학생이야.'

 그게 그녀가 결정한 설정이었고 거기 맞춰서 옷을 입었다. 이사벨은 -질문을 받는다면- 독일군이 그렇게 믿게 만들 수 있다고 자신했다.

 거리마다 바리케이드가 있어서 목적지에 도착하는 데 시간이 예상보다 더 걸렸지만, 마침내 바리케이드를 피해서 생 제르맹 대로로 접어들었다.

 그녀는 가로등 아래 서 있었다. 뒤쪽에서 차량들이 느릿느릿 대로를 올라왔다. 경적 울리는 소리, 자동차들의 웅웅대는 소리, 말이 타닥타닥 뛰는 소리, 자전거 종소리. 그런 온갖 소음들 속에서도 한때 생기 넘치던 거리에 활력과 색깔이 빠져버린 느낌이었다.

 경찰차가 그녀 옆에 멈추었고, 경찰관이 차에서 내렸다. 그는 어깨에 망토를 두르고 흰 지팡이를 짚고 있었다.

 "오늘 제게 우산이 필요할 거라고 생각해요?"

이사벨은 깜짝 놀라서 작게 소리를 질렀다. 경찰관에게 신경을 쓰느라-이제 그는 길을 건너서 카페에서 나오는 한 여자에게 다가갔다- 임무를 까맣게 잊고 있었다.

"제, 제가 보기에는 계속 화창할 것 같은데요."

사내가 그녀의 팔뚝을 낚아채서(사실 달리 표현할 길이 없었다. 그가 팔을 꽉 쥐었다) 이끌었고, 갑자기 거리가 텅 비어버렸다. 경찰차가 그렇게 파리지앵들을 사라지게 만들 수 있다니 우스웠다. 체포될까봐 -그 광경을 보지도 않고 돕지도 않으려고- 아무도 주변에서 얼쩡대지 않았다.

이사벨은 옆에 있는 사내를 보려고 했지만 그들은 너무 빠르게 움직이고 있었다. 힐끗 그의 부츠를-그들 아래 인도를 민첩하게 밟고 지나가는- 내려다보니, 가죽은 낡고 구두끈은 너덜너덜했다. 왼쪽 발가락의 닳은 부분에 구멍이 나 있었다.

"눈을 감아요."

길을 건널 때 사내가 말했다.

"왜요?"

"그렇게 해요."

그녀는 무턱대고 남의 지시를 따르는 사람이 아니었지만(다른 상황이었다면 그렇게 빈정댔을 것이다), 이 일에 끼고 싶은 마음이 간절해서 시키는 대로 했다. 눈을 감고 사내 옆에서 비틀비틀 걷다가 몇 차례 자신의 발에 걸려 넘어질 뻔했다.

마침내 그들이 걸음을 멈추었다. 이사벨은 그가 문을 네 번 두드리는 소리를 들었다. 그러더니 발소리가 났고, 그녀는 끼익 문이 열리는 소리를 들었다. 매캐한 담배 냄새가 그녀의 얼굴에 훅 날아들었다.

지금-바로 이 순간 - 그녀가 위험해질 수 있다는 생각이 떠올랐다. 사내는 이사벨을 안으로 떠민 다음 그도 들어와서 문을 닫았다. 이사벨은 눈을 뜨라는 말을 듣고 살며시 눈을 떴다. 이제 패기를 보여주는 게 최선이다 싶었다.

곧장 방이 또렷하게 보이지는 않았다. 어둡고 담배 연기가 빼곡했다. 모든 창문은 암막이 드리워져 있었다. 유일한 빛인 등잔 두 개의 불꽃이 활기차게 탁탁 대면서 그림자를 드리우고 연기를 뿜었다.

나무 테이블에 남자 셋이 앉아 있고, 테이블에는 꽁초가 수북했다. 두 사람은 젊었고, 기운 코트와 허름한 바지 차림이었다. 두 사람 사이에 앉은, 회색 콧수염에 왁스를 바른 꼬챙이처럼 마른 노인은 그녀가 아는 사람이었다. 뒤쪽 벽에 이사벨과 접선했던 여인이 서 있었다. 그녀는 과부처럼 온통 까맣게 입고 담배를 피웠다.

"무슈 레비? 맞으세요?"

이사벨이 노인에게 물었다.

그가 낡은 베레모를 벗자 번들거리는 민머리가 나타났다. 그는 모자를 손에 꽉 움켜쥐고 말했다.

"이사벨 로시뇰."

"이 여자를 아세요?"

청년 한 명이 물었다.

레비가 대답했다.

"난 아가씨 부친이 운영하는 서점의 단골손님이었지. 전에 딸이 충동적이고 멋대로인 데다 매력적이라고 들었는데. 몇 군데 학교에서 쫓겨났소, 이사벨?"

"아버지는 많아도 너무 많다고 말할 걸요. 하지만 이런 시절에 만찬 파티에서 대사의 차남 옆자리가 어딘지 안들 무슨 소용 있겠어요? 저는 여전히 매력적이에요."

이사벨이 말했다.

"그리고 여전히 말이 많군. 경솔한 생각과 아무렇게나 한 말이 이 방에 있는 사람 모두를 죽게 만들 수 있소."

무슈 레비가 신중하게 말했다.

이사벨은 이내 실수를 깨달았다. 그녀가 고개를 끄덕였다.

"아주 어린 아가씨군요."

검은 옷을 입은 여자가 담배 연기를 내뿜으면서 말했다.

이사벨이 대답했다.

"이제는 그렇지 않아요. 오늘은 더 어려 보이게 차려입은 거예요. 저는 그게 자산이라고 생각해요. 누가 열아홉 살인 여자가 불법적인 일을 한다고 의심하겠어요? 그리고 누구보다도 당신이야말로 여자도 뭐든 남자가 할 수 있는 일은 다 할 수 있다는 걸 알 텐데요."

무슈 레비는 등을 기대고 앉아서 이사벨을 찬찬히 살폈다.

"어떤 친구가 이사벨을 대단히 추천하더군."

앙리.

"그에게 듣기론 아가씨가 몇 달간 우리 전단지를 배부했다던데. 그리고 아눅 말로는 어제 아가씨가 대단히 차분했다고 하고."

이사벨이 그녀를-아눅- 힐끗 쳐다보았다. 아눅은 고개를 끄덕여 답했다.

"저는 우리 목적을 위해 뭐든 할 거예요."

이사벨이 말했다. 기대감으로 가슴이 조이는 기분이었다. 여기까지 왔는데 이 뜻을 같이하는 사람들 속에 끼는 걸 거부당할 수 있다는 생각은 해본 적이 없었다.

마침내 무슈 레비가 말했다.

"위조 서류가 필요할 거요. 새로운 신분이. 우리가 만들어주겠지만 시간이 걸릴 거요."

이사벨은 훅 숨을 내쉬었다. 그녀는 받아들여졌다! 운명이라는 느낌이 방 안에 꽉 찬 것 같았다. 이제 그녀는 중요한 일을 하리라. 이사벨은 그것을 알고 있었다.

무슈 레비가 말했다.

"이제 나치는 너무도 오만한 나머지 그들에 맞서는 어떤 종류의 저항도 성공하지 못하리라 믿지. 하지만 저들은 알게 될 거야…… 알게 되겠지. 그러면 우리 모두 더욱 위험해질 거야. 우리와 관계 맺은 것을 아무에게도 말하면 안 돼. 아무에게도. 거기에는 가족도 포함되지. 그들과 아가씨 자신의 안전을 위해서라고."

이사벨은 활동하는 것을 숨기기 쉬울 것이다. 그녀가 어디 가는지나 뭘 하는지 아무도 신경쓰지 않았다.

"네. 그래서…… 저는 뭘 하지요?"

이사벨이 물었다.

아눅이 벽에서 떨어져 나와, 바닥에 널브러진 테러리스트 신문더미를 밟고 방을 가로질러 다가왔다. 이사벨은 신문의 머릿기사를 똑똑히 보지 못했다-영국 공군의 함부르크와 베를린 폭격에 대한 내용이었다. 아눅이 주머니에 손을 넣어서 작은 꾸러미를 꺼냈다. 트럼프 카드만한 물건이 황갈색 종이와 끈으로 포장되어 있었다.

"이걸 앙부아즈의 구시가에 있는 담배가게에 전달해요. 성 바로 밑에 있는 가게예요. 내일 오후 4시 전까지는 반드시 도착해야 해요."

그녀는 이사벨에게 물건과 5프랑짜리 지폐 반쪽을 내밀었다. 아눅이 계속 말했다.

"담배가게 사람에게 지폐를 줘요. 그가 나머지 5프랑짜리 절반을 보여주면 물건을 내줘요. 거기서 나오면 뒤돌아보지 말아요. 그에게 말을 걸지 말아요."

이사벨이 물건과 지폐를 받았을 때 뒤쪽에서 날카롭고 짧은 문 두드리는 소리가 들렸다. 일순간 방 안에 긴장감이 팽팽했다. 다들 서로 눈짓을 주고받았다. 이사벨은 이것이 위험한 일이라는 사실을 뼈저리게 느꼈다. 문 밖에 경찰관이나 나치가 있을 수 있었다.

노크 소리가 세 차례 더 났다.

무슈 레비가 담담하게 고개를 끄덕였다.

문이 열리고 머리가 달걀처럼 생기고 얼굴에 검버섯이 핀 뚱뚱한 사내가 들어왔다.

"이 사람이 배회하고 있더군."

노인이 말하고는 옆으로 비켜서자 비행복 차림의 영국 조종사가 나타났다.

"어쩜 좋아."

이사벨이 속삭였다. 아눅이 침울하게 고개를 끄덕였다.

아눅이 조용히 말했다.

"저런 사람들이 사방에 있어요. 하늘에서 뚝 떨어진 거지."

그녀는 농담을 던진 뒤 굳은 미소를 짓고는 덧붙여 말했다.

"전쟁 기피자들, 독일 감옥에서 나온 탈주범들, 격추된 조종사들."

이사벨은 조종사를 빤히 쳐다보았다. 영국인 조종사를 도와주면 벌을 받는다는 것을 다들 알았다. 시내 전역의 게시판에 그러면 수감되거나 사형된다고 공표되어 있었다.

"이 사람에게 옷을 갖다 줘."

무슈 레비가 말했다.

그가 조종사에게 고개를 돌리고 말하기 시작했다.

조종사는 프랑스어를 모르는 게 분명했다.

"They are going to get you some clothes.(사람들이 당신한테 옷을 줄 거예요.)"

이사벨이 말했다.

방 안이 잠잠해졌다. 이사벨은 그녀에게 쏠리는 사람들의 시선을 느꼈다.

"영어를 알아요?"

아눅이 조용히 물었다.

"그런대로요. 스위스 교양 학교에 2년간 다녔어요."

또 침묵이 내려앉았다. 그러다가 레비가 말했다.

"그가 프랑스에서 나갈 방법을 찾을 때까지 우리가 숨겨주겠다고 조종사에게 전하시오."

"그럴 수가 있어요?"

이사벨이 물었다.

아눅이 대답했다.

"지금 당장은 안 되지. 당연히 그에게 그 말은 하면 안 돼요. 그냥 우리가 같은 편이어서 그가 상대적으로 안전하고, 시키는 대로 해야 될 거라는 말만 전해요."

이사벨은 조종사에게 다가갔다. 가까이 가자 그의 얼굴에 난 긁힌 상처들과 비행복 소매가 찢어진 게 보였다. 피가 말라붙어서 이마 근처 머리가 거무스름했다. 그녀는 생각했다. 이 사람이 독일에 폭탄을 떨어뜨렸구나.

이사벨이 젊은 조종사에게 말했다.

"우리 모두 수동적인 것은 아니에요."

"영어를 말하는군요. 다행입니다. 나흘 전에 내 비행기가 추락했습니다. 그 후 나는 어두운 구석에 웅크리고 있었지요. 어디로 가야 할지 모르던 차에 이 사람이 날 낚아채서 여기로 끌고 왔어요. 당신들이 날 도와줄 겁니까?"

조종사가 말했다.

이사벨이 고개를 끄덕였다.

"어떻게요? 고국에 돌아가게 해줄 수 있나요?"

"그 대답은 제가 갖고 있지 않아요. 다만 저들이 하라는 대로 하세요. 그리고 무슈?"

"네, 아가씨?"

"그들은 자기 목숨을 내놓고 당신을 돕고 있어요. 그걸 이해하시지요?"

그가 고개를 끄덕였다.

이사벨은 새로 동지가 된 이들에게 고개를 돌리고 말했다.

"이 사람이 알아들으니 시키는 대로 할 거예요."

레비가 말했다.

"고맙군, 이사벨. 앙부아즈에 다녀온 후 우리가 어디로 연락해야 될까?"

그 질문을 듣는 순간 이사벨은 스스로도 놀랄 대답이 떠올랐다.

그녀가 말했다.

"서점이요. 제가 다시 서점 문을 열 거예요."

레비는 이사벨을 응시했다.

"서점 문을 연다고 하면 부친이 뭐라고 하겠나? 내가 알기에 나치가 어떤 책을 팔아도 되는지 지시하자 그가 문을 닫았을 텐데."

"아버지는 나치를 위해 일하는 걸요. 그의 의견은 별로 중요하지 않아요. 아버지는 저더러 직장을 구하라고 했어요. 그게 제 일자리가 될 거예요. 여러분 모두 언제든 저랑 연락할 수 있죠. 그게 완벽한 해결책이에요."

"그렇긴 하지."

레비가 맞장구쳤지만 석연치 않은 듯한 말투였다. 그가 말을 이었다.

"그럼 잘됐군. 우리가 신분증을 구할 수 있는 대로 아눅이 새 서류들을 갖다줄 거야. 이사벨의 사진이 필요할 텐데."

그가 눈을 가늘게 뜨면서 덧붙였다.

"그리고 이사벨, 잠깐 노파심에서 자칫 충동적이 되는 어린 아가씨한테 한마디 해주고 싶군. 더 이상 그렇게 굴면 안 돼. 내가 자네 부친과 친구 사이란 것은 알겠지—아니 그가 본색을 드러낼 때까지는 친구 사이였지. 오래전부터 그에게 자네에 대한 이야기를 들었지. 이제 어른이 되어서 지시대로 해야 될 때가 되었어. 항시 예외 없이. 그것은 우리만이 아니라 자네의 안전을 위해서지."

무슈 레비가 이런 말을 그녀에게 할 필요성을 느꼈다는 게 이사벨로서는 민망했다. 그것도 다른 사람들 앞에서.

"물론이에요."

"그리고 만약 붙잡히면 '여자'로서 처신해야 해요. 알아들어요? 저들은 우리에게 특별한…… 불쾌감을 갖고 있어요."

아눅이 말했다.

이사벨은 침을 꼴깍 삼켰다. 수감과 처형에 대해서—잠깐— 생각해본 적이 있었다. 이것은 그녀가 고려해본 적조차 없는 부분이었다. 의당 염두에 두었어야 했건만 그러지 못 했다.

"우리 모두 서로에게 요구하는 것은—어쨌거나 소망하는 것은— 이틀이에요."

"이틀이요?"

"붙잡혀서 심문을 당할 경우에 말이에요. 이틀 동안만 아무것도 밝히지 않으려고 애써요. 그러면 우린 사라질 시간을 얻을 거예요."

"이틀, 별로 길지 않네요."

이사벨이 말했다.

"진짜 어리네."

아눅이 이맛살을 찌푸리면서 말했다.

*

지난 엿새 동안 이사벨은 네 차례나 파리를 떠났다. 앙부아즈, 블로와, 리옹에 소포를 전달했다. 아버지의 아파트보다 기차역에서 보낸 시간이 더 길었다. 두 사람 모두에게 적절한 상황이었다. 이사벨이 낮 동안 식료품을 사려고 줄을 섰다가 통금 시간 이전에 귀가하기만 하면 그는 딸이 뭘 하든 상관하지 않았다. 하지만 이제 그녀는 파리에 돌아와서 다음 계획을 시행할 준비를 했다.

"넌 서점 문을 다시 열지 못해."

이사벨은 아버지를 노려보았다. 그는 암막 커튼을 친 창문 옆에 서 있었다. 희미한 빛 속에서 아파트는, 대를 이어 수집한 앤티크 장식품으로 꾸며져 손때 묻은 위엄이 우러났다.

벽에는 화려한 금색 틀에 넣은 훌륭한 작품들이 걸려 있고(몇 점은 없어졌고, 그 자리에 검은 그림자가 드리워져 있었다. 아마 파파가 팔았으리라.), 암막 커튼을 걷을 수 있다면 발코니 너머로 숨막히는 에펠탑 정경이 펼쳐질 것이다.

"저더러 일자리를 구하라고 하셨잖아요."

이사벨이 고집스럽게 말했다. 핸드백에 든 종이로 싼 꾸러미가 아버지와 맞설 새로운 힘을 주었다. 게다가 그는 이미 반쯤 취한 상태였다. 곧 거실 의자에 뻗어서 징징대는 소리를 내면서 잘 것이다. 어릴 때는 아버지가 자면서 내는 서글픈 소리를 들으면 그를 위로하고 싶은 마음이 간절해졌다. 이제는 아니었다.

"나는 '봉급을 받는' 일자리를 말한 거였다."

그가 건조하게 대꾸했다. 아버지는 브랜디 한 모금을 더 따랐다.

"숫제 수프 그릇째 마시지 그러세요?"

이사벨이 말했다. 아버지는 그 말을 못 들은 체했다.

"난 그렇게 되게 두지 않겠다. 그뿐이야. 네가 서점을 여는 일은 없어."

"벌써 그렇게 한 걸요. 오늘 오후 내내 서점에서 청소했어요."

그는 얼어붙은 것 같았다. 덥수룩한 잿빛 눈썹이 주름진 이마로 솟았다.

"네가 청소했다고?"

"놀라실 줄 알았어요. 하지만 저는 열두 살 여자애가 아니에요."

이사벨이 말했다. 그녀는 아버지 쪽으로 다가가서 말을 이었다.

"제가 해볼게요. 마음의 결정을 내렸어요. 서점을 열면 식품을 사려고 줄 서는 시간과 잔돈푼을 벌 기회를 얻을 수 있을 거예요. 독일인들이 저한테서 책을 살 거예요. 제가 보장해요."

"그들과 어울려 시시덕대려고?"

아버지가 대꾸했다. 그의 비판이 따끔하게 느껴졌다.

"그들 밑에서 일하는 분이 그런 말을 하네요?"

그가 딸을 노려보았다. 이사벨도 아버지를 노려보았다.

마침내 그가 말했다.

"좋다. 네 뜻대로 해봐라. 하지만 뒤쪽 창고 말인데 그 방은 내 거야. '내 거'라고. 이사벨, 그 방의 문을 잠그고 열쇠를 내가 갖고 있을 거야. 너는 그 방 근처에 가지 않는 것으로 내가 원하는 바를 존중해야 한다."

"왜요?"

"왜 따위는 중요하지 않아."

"거기서 여자들과 밀회라도 즐기나요?"

아버지가 고개를 저었다.

"넌 어리석은 아이야. 네 엄마가 살아서 이런 네 꼴을 보지 않길 다행이지."

이사벨은 그 말에 깊은 상처를 받는 게 싫었다.

"파파도 마찬가지예요. 엄마가 이런 파파를 안 봐서 다행이죠."

이사벨이 말했다.

17

 7월 중순 여름 방학이 시작되기 이틀 전, 비안느는 칠판 앞에서 동사 변화를 설명하다가 이제는 귀에 익은 타타타 하는 독일군 오토바이 소리를 들었다.
 "또 군인들이 왔다."
 질 푸르니에가 못마땅하게 말했다. 최근에 질은 늘 화를 냈지만, 누가 뭐라고 할 수 있을까? 나치는 질의 가족이 하는 정육점을 몰수해서 협조자에게 넘긴 터였다.
 "여기 있어라."
 그녀는 학생들에게 말하고 복도로 나갔다. 두 남자가 걸어들어왔다—검정 긴 재킷을 입은 게슈타포 장교와 지방 경찰관 폴이었다. 폴은 나치에 협력한 이후 체중이 더 늘었다. 벨트 위로 배가 불룩했다. 비안느는 보잘것없는 식품을 구할 배급표를 들고 긴 줄에 서 있을 때, 폴이 가족이 먹고도 남을 만한 식품을 들고 빅토르 위고 가를 걷는 것을 자주 보았다.
 비안느가 허리에 손을 얹고 그들에게 다가갔다. 칼라와 소맷단이 해진 나달나달한 드레스를 입은 게 부끄러웠다. 갈색 솔기를 맨 종아리 뒤쪽으로 조심스럽게 당겼지만 뻔히 보이는 미봉책이었다. 스타킹을 신지 않았고 그게 이 사내들 앞에서 묘하게 약점이 있는 느낌을 주었다. 복도 양쪽의 교실 문이 열리고, 장교들이 왜 왔는지 알아보려고 교사들이 나왔다. 그들은 서로 눈을 맞추었지만 아무도 입을 열지 않았다.

게슈타포 요원은 단호한 걸음걸이로 건물 끝의 무슈 파레츠키의 교실로 향했다. 뚱뚱한 폴은 보조를 맞추려고 애쓰느라 씩씩대면서 따라붙었다.

잠시 후 무슈 파레츠키가 프랑스 경찰에게 끌려 나왔다.

그들이 앞을 지나가자 비안느가 얼굴을 찌푸렸다. 연로한 파레츠키가-오래전 그는 비안느에게 수학을 가르쳐주었고, 그의 아내는 학교의 꽃밭을 가꾸었다- 겁먹은 표정으로 비안느를 바라보았다.

"폴? 무슨 일인가요?"

비안느가 앙칼지게 물었다.

경찰관이 멈추어 섰다.

"이 사람이 혐의가 있소."

"난 잘못한 게 없소!"

파레츠키가 소리치면서 폴의 손아귀에서 벗어나려고 했다.

게슈타포 요원이 소동을 감지하고 끼어들었다. 그가 구두 굽 소리를 내면서 곧 비안느에게 다가왔다. 그의 번들거리는 눈빛에 그녀는 겁이 나서 한기를 느꼈다.

"마담, 무슨 이유로 우리를 막는 거요?"

"저, 저 분은 제 친구입니다."

"그래요."

그가 질질 끌며 발음해서 질문으로 들렸다. 게슈타포 요원이 말을 이었다.

"그러면 그가 반독일 선전물을 배부하고 있다는 것도 알겠군요."

"그건 그냥 '신문'이요. 나는 프랑스 국민에게 진실을 말하고 있을 뿐이요. 비안느, 저들에게 말해줘!"

파레츠키가 말했다.

비안느는 시선이 쏠리는 것을 느꼈다.

"당신 이름이?"

게슈타포 요원이 물으면서 수첩을 펼치고 연필을 꺼냈다.

그녀는 초조하게 입술을 적시고 대답했다.

"비안느 모리악."

그가 이름을 적었다.

"그리고 무슈 파레츠키와 전단지 배부를 같이 하고 있소?"

"아뇨! 그는 동료 '교사'입니다. 저는 다른 일에 대해서는 모릅니다."

그녀가 외쳤다.

게슈타포 요원이 수첩을 닫았다.

"묻지 않는 게 최선이라는 말을 들은 적이 없소?"

"그런 뜻이 아니었습니다."

그녀가 말했다. 목구멍이 바싹 마르는 느낌이었다.

게슈타포 요원이 느릿느릿 미소 지었다. 그 미소에 비안느는 겁먹고 무장해제 되었다. 정신이 없어서 그녀는 한참 걸려서야 그의 다음 말을 알아들었다.

"당신은 해고되었소, 마담."

그녀의 심장이 멎는 것 같았다.

"뭐라고 하셨지요?"

"당신의 교사직에 대해 말하는 거요. 당신은 해고되었소. 집에 가서 다시 오지 마시오, 마담. 이 학생들은 당신 같은 본보기는 필요하지 않소."

*

일과가 끝나고 비안느는 딸과 집으로 걸어가면서, 이따금 소피의 끊이지 않는 질문들 중 하나 정도만 대답한 듯했다. 하지만 내내 '이제 어쩌나?'라는 생각이 머리를 떠나지 않았다.

이제 어쩌나?

이 시간쯤에는 노점과 상점이 문을 닫았고, 물건을 담았던 통과 상자 들이 비어 있었다. '달걀 없음' '버터 없음' '식용유 없음' '레몬 없음' '구두 없음' '실 없음' '종이봉투 없음'이란 안내문이 사방에 나붙어 있었다.

그녀는 앙투안이 남겨주고 간 돈을 알뜰하게 썼다. 처음에는 상당한 액수 같았지만 그래도 구두쇠처럼 살림했다. 꼭 필요한 데만-땔감, 전기료, 가스료, 식품- 돈을 썼다. 하지만 그런데도 돈이 바닥났다. 교사 봉급 없이 그녀와 소피는 어떻게 연명할까?

집에 돌아와서 그녀는 멍한 상태에서 움직였다. 양배추 수프를 끓여서 국수처럼 채친 부드러운 당근을 곁들였다. 식사가 끝나자마자 그녀는 옷을 빨아서 빨랫줄에 널고 밤이 내릴 때까지 양말을 꿰맸다. 너무 이른 시간이라 징징대고 투덜대는 소피를 잠자리에 눕혔다.

비안느는 혼자(그리고 칼날이 목을 누르는 기분을 느끼면서) 식탁에 앉아서 공식 엽서와 만년필을 꺼냈다.

한없이 사랑하는 앙투안,

우리는 돈이 떨어졌고 난 직장을 잃었어.

내가 어떻게 해야 될까? 겨울이 몇 달 안 남았는데.

그녀는 펜을 엽서에서 뗐다. 파란색 단어들이 흰 종이에 부딪쳐서 확장되는 것 같았다.

'돈이 떨어졌고'.

어떤 여자기에 전쟁 포로인 남편에게 이 따위 편지를 보낼 생각을 할까?

그녀는 엽서를 구겨서 숯검댕이투성이인 난로에 던져버렸다. 회색 잿더미 위에 흰 종이뭉치가 달랑 올라가 있었다.

안 돼.

그 엽서를 집에 놔둘 수는 없었다. 소피가 그걸 본다면, 읽는다면 어떡하나? 비안느는 잿더미 속에서 엽서를 꺼냈다. 뒷마당으로 갖고 나가 정자 안으로 던졌다. 닭들이 밟고 다니면서 계속 쪼을 터였다.

밖에 나오자 그녀는 남편이 좋아하던 의자에 앉아서 갑자기 변한 상황과 새로운 끔찍한 공포감에 멍한 기분을 느꼈다. 시간을 되돌릴 수 있다면 돈을 훨씬 더 아껴 쓸 텐데……. 더 쓰지 않고 버틸 텐데…… 무슈 파레츠키가 잡혀가도 아무 말 없이 가만히 있을 텐데.

뒤에서 문이 삐걱 열렸다 닫혔다.

발소리. 숨소리.

그녀는 일어나서 자리를 벗어나야 했지만 너무 지쳐서 움직일 수가 없었다.

벡이 등 뒤로 다가왔다.

"와인 한잔 하시겠습니까? 샤토 마고 1928년산입니다. 작황이 아주 좋은 해였지요."

와인. 좋다고, 비안느는 한잔 달라고 말하고 싶었지만(어쩌면 지금 이야말로 술이 가장 필요한 때였다) 그럴 수가 없었다. 그렇다고 싫다고 할 수도 없어서 잠자코 있었다.

펑 하는 코르크 따는 소리가 나더니 와인이 콸콸 쏟아지는 소리가 났다. 벡 대위는 그녀 옆의 테이블에 가득 담긴 와인 잔을 내려놓았다. 감미롭고 풍부한 향이 취하게 했다.

벡은 와인을 한 잔 따라서 그녀 옆 의자에 앉았다.

오랜 침묵이 흐른 후 그가 입을 열었다.

"저는 떠납니다."

비안느가 그에게 몸을 돌렸다.

"그렇게 바라는 표정을 짓지 마세요. 한동안만이니까요. 몇 주 정도. 2년간 집에 가지 못했거든요."

그가 와인을 한 모금 마시고 나서 다시 말했다.

"어쩌면 지금 이순간 아내도 우리 정원에 앉아서, 어떤 사람이 돌아올지 궁금해할 겁니다. 슬프게도 저는 떠날 때의 그 사람이 아니니까요. 지금까지 많은 것을 봤고……"

그가 말을 멈추었다가 이었다.

"이 전쟁이, 제가 예상했던 것과는 다르네요. 그리고 오래 자리를 비우면 상황이 변하기 마련이지요, 그렇게 생각하지 않나요?"

"그렇지요."

비안느가 말했다. 그녀도 자주 그런 생각을 했다.

둘의 침묵 사이로 비안느는 개구리 울음소리를 들었다. 머리 위에서는 재스민 향이 나는 산들바람 결에 나뭇잎이 바스락댔다. 나이팅게일 한 마리가 슬프고 처연하게 노래했다.

"평소와는 다르시군요, 마담. 이런 말을 하는 것을 양해하십시오."

벡이 말했다.

"오늘 학교에서 해고당했어요. 저들의 눈길을 끌었거든요."

그녀는 처음으로 그 일을 입 밖에 냈고, 그러자 뜨거운 눈물이 차올랐다.

"그건 위험한 일입니다."

"남편이 남겨놓고 간 돈이 떨어졌어요. 일자리도 없고요. 그리고 곧 겨울이 닥치겠지요. 어떻게 목숨을 부지해야 될까요? 어떻게 소피를 먹이고 따뜻하게 해줄 수 있을까요?"

비안느가 고개를 돌려 벡을 응시했다.

두 사람의 눈이 마주쳤다. 그녀는 눈을 돌리고 싶었지만 그럴 수가 없었다.

벡이 와인 잔을 비안느의 손에 쥐어주고 손가락으로 잔을 감싸게 했다. 차가운 그녀의 손에 닿는 그의 손길이 뜨겁게 느껴져서 비안느는 몸을 떨었다. 갑자기 그의 사무실이 떠올랐다-그 안에 쌓여 있던 음식들이.

"그냥 와인일 뿐인걸요."

그가 말했다. 블랙체리와 검은 기름진 흙과 가벼운 라벤더 향이 코끝을 스치자, 그녀는 이전의 삶을 떠올렸다. 그녀와 앙투안이 여기 나와 앉아서 와인을 마셨던 시간.

비안느는 한 모금 마시다가 깜짝 놀랐다. 이 소박한 즐거움을 까마득히 잊고 있었다.

"당신은 아름답습니다, 마담. 아마 그런 말을 들은 지 너무 오래됐겠지요."

그가 말했다. 와인처럼 달콤하고 풍부한 목소리였다.

비안느는 너무 급히 일어나는 바람에 테이블에 부딪치면서 와인을 쏟았다.

"그런 말은 하시면 안 되지요, 대위님."

"그렇지요."

그가 일어나면서 말했다. 벡이 그녀 앞에 섰다. 그의 숨결에서 레드 와인과 박하 껌 냄새가 풍겼다. 벡이 다시 말했다.

"그러면 안 되지요."

"제발."

비안느는 문장을 다 말할 수가 없었다.

"올겨울에 따님은 굶주리지 않을 겁니다, 마담. 그것 하나는 확신해도 좋습니다."

벡이 말했다. 마치 둘이 비밀 협정이라도 맺는 것처럼 나직한 목소리였다.

딱한 비안느, 그녀는 안심했다. 비안느가 뭐라고 중얼거리고—그녀는 무슨 말을 하는지 몰랐다— 다시 집으로 들어갔다. 침대로 올라가 소피 옆에 누웠지만 오래도록 잠을 이루지 못했다.

*

서점은 한때 시인, 저술가, 소설가, 학자 들의 사랑방이었다. 이사벨의 가장 멋진 어릴 적 추억들은 이 매캐한 공간에서 생겼다. 아버지가 뒷방에서 등사기를 미는 동안, 어머니는 이사벨에게 동화와 우화를 읽어주고 같이 연극할 대본을 지었다. 여기서 가족은 행복했다. 어머니가 병들고 아버지가 술을 마시기 시작하기 전 한동안은.

'저기 내 이즈가 있네. 내가 마망에게 줄 시를 쓰는 동안 파파의 무릎에 와서 앉아 있으렴.'

아니면 그것은 그녀가 상상하는 추억이었다. 더 이상 알 수가 없었다. 이제 서점의 그늘진 구석마다 북적이는 것은 독일인들이었다.

이사벨이 서점의 문을 다시 연 지 6주 동안, 서점 카운터에 예쁜 프랑스 아가씨가 자주 있다는 소문이 병사들 사이에 퍼졌다.

그들은 말끔한 제복을 입고 밀물처럼 몰려들었고, 소란하게 서로 밀치락달치락 했다. 이사벨은 그들에게 무정하게 굴었지만 서점이 빌 때까지 자리를 지키는 것을 철칙으로 삼았다. 그리고 언제나, 여름까지도 진회색 망토를 두르고 후드를 쓰고 뒷문으로 나갔다.

병사들이 쾌활하고 미소를 지을지라도-그들은 고향의 예쁜 아가씨들에 대해 말하고, 가족에게 선물할 '용인되는' 작가들의 프랑스 고전 작품들을 구입했다-그들이 적이라는 점을 이사벨은 잊지 않았다.

"마드모아젤, 참 아름다운데 저희를 모른 체하시네요. 저희가 어떻게 견디겠습니까?"

젊은 독일군 장교가 그녀에게 손을 뻗으며 말했다.

이사벨은 예쁘게 웃고는 몸을 휙 돌려서 그의 손길을 피했다.

"저기요, 무슈. 제가 편애하는 기색을 보일 수 없다는 걸 아시잖아요."

그녀는 판매대 뒤로 들어가면서 말을 이었다.

"시집을 들고 계시네요. 장교님께 사려 깊은 선물을 받으면 좋아할 아가씨가 고향에 있으신가 봐요."

그의 친구들이 장교를 앞으로 밀면서 다들 동시에 떠들어댔다.

이사벨이 그에게 돈을 받을 때, 출입문 위에 달린 종이 명랑한 소리를 내며 울렸다.

이사벨이 고개를 들면서 독일 병사들일 거라고 짐작했지만 들어온 사람은 아눅이었다. 그녀는 평소처럼 온통 까만 옷을 입었고, 그것은 계절보다는 그녀의 기질 때문이었다. 몸에 붙은 브이넥 검정 스웨터와 일자형 스커트, 검은 베레모와 장갑. 새빨간 입술에 불을 붙이지 않은 골루아즈 담배를 물고 있었다.

그녀는 문을 열고 잠시 서 있었고 그녀 뒤로 텅 빈 골목길과 빨간 제라늄과 초록 잎들이 보였다.

종 소리에 독일인들이 고개를 돌렸다.

아눅은 문을 닫았다. 그녀는 자연스럽게 담배에 불을 붙이고 한 모금 쭉 빨았다.

서점 길이의 절반 즈음에 아눅이 서 있었고, 독일 병사 세 명이 몰려 있었다. 이사벨은 아눅과 눈을 마주쳤다. 이사벨이 배달부 노릇을 한 몇 주 동안(최근에 파리에서 적어도 열두 군데 다닌 것은 물론 블루아, 리옹, 마르세유, 앙브아즈, 니스까지 새 이름으로-줄리엣 제르베즈- 다녀왔다. 어느 날 레스토랑에서 아눅이 독일인들의 코앞에서 건넨 가짜 서류들을 이용했다). 아눅은 가장 자주 만난 접선자였고 나이 차가 있지만-적어도 10년 혹은 그 이상- 두 사람은 친구가 되었다. 평행선인 인생을 사는 여자들끼리 침묵 속에서도 분명한 우정을 느꼈다. 이사벨은 아눅의 뚱한 표정과 단호한 입매의 이면을 봐야 된다는 것을, 말수 적은 태도가 다가 아닌 것을 알게 되었다. 이 모든 것 뒤에는 한이 서려 있다고 이사벨은 생각했다. 깊은 한. 그리고 분노.

아눅은 남자가 주눅 들어서 말을 입도 못 떼게 하는 당당하고 오만한 태도로 걸어왔다. 독일 병사들이 침묵에 빠져서 그녀를 쳐다보다가, 그녀가 지나가도록 옆으로 비켜섰다. 한 사람이 '남성스럽다'고 말하자 다른 사람이 '과부'라고 말하는 소리가 들렸다.

아눅은 그들을 전혀 의식하지 않는 것 같았다. 그녀는 카운터에 멈춰 서서 담배를 길게 빨았다. 연기에 얼굴이 뿌옇게 흐려졌고, 잠깐

동안 그녀의 체리빛 붉은 입술만 눈에 띄었다. 아눅은 핸드백에 손을 넣어서 작은 갈색 책을 꺼냈다. 작가 이름—보들레르—이 가죽에 새겨져 있었고, 표지가 흠집이 많고 닳아서 제목을 읽을 수 없었지만 이사벨이 아는 시집이었다. 『레 플뢰르 뒤 말 Les Fleurs du mal 악의 꽃』. 그들이 회의를 알리는 신호로 쓰는 책이었다.

"이 작가가 쓴 다른 책을 찾고 있는데요."

아눅이 담배 연기를 내뿜으면서 말했다.

"죄송합니다, 마담. 보들레르의 책은 더 없는데요. 베를렌의 책은 있는데 어떠세요? 아니면 랭보는?"

"그럼 됐어요."

아눅이 몸을 돌려 서점에서 나갔다. 출입문에 매달린 종이 울린 후에야 그녀의 마법이 풀렸고, 병사들은 다시 말하기 시작했다. 아무도 보지 않는 사이에 이사벨은 작은 시집을 손바닥으로 만졌다. 안에는 그녀가 전달해야 될 메시지가 전달할 시간과 함께 들어 있었다. 장소는 평소처럼 코메디 프랑세즈 앞쪽 벤치였다. 메시지는 면지(책의 속장과 표지를 연결하는 종이) 밑에 숨겨져 있었다. 면지를 들어 올리고 메시지를 넣은 다음 여러 번 다시 풀칠한 상태였다.

이사벨은 벽시계를 보면서 시간이 흐르기를 바랐다. 서점 문을 닫은 다음에 할 일이 있었다.

오후 6시 정각, 그녀는 병사들을 서점에서 몰아내고 문을 닫았다. 밖에 나오자 바로 옆 카페의 주인이자 주방장인 무슈 데파르드가 담배를 피우고 있었다. 가여운 사내는 이사벨이 느끼는 것만큼이나 피로해 보였다. 이따금 이사벨은 궁금했다. 튀김 팬 앞에 서 있거나 굴 껍질을 벗기느라 땀을 흘리면서 그는 독일인들을 먹이는 것에 대해 어떤 감정을 느낄까.

"봉수아(프랑스어로 저녁 인사), 무슈."

그녀가 말했다.

"봉수아, 마드모아젤."

"힘든 하루였죠?"

이사벨이 물었다.

"그렇네."

그녀는 무슈 데파르드의 아이들이 읽을 작은 중고 우화집을 건넸다.

"자크랑 지지에게 갖다주세요."

그녀가 미소 지으면서 말했다.

"잠시만."

무슈 데파르드가 카페에 들어가서 기름이 번진 작은 봉투를 들고 나왔다. 그가 말했다.

"감자튀김이야."

이사벨은 너무도 고마웠다. 요즘 그녀는 적이 남긴 음식을 먹을 뿐만 아니라, 음식을 남겨준 적들이 고마웠다.

"고맙습니다."

자전거를 서점에 두고, 복잡하고 답답할 만큼 조용한 지하철은 타지 않기로 했다. 그녀는 기름지고 짭짤한 감자튀김을 먹으면서 집으로 걸어갔다. 눈을 돌리는 곳마다 독일인들이 카페, 레스토랑으로 몰려 들어갔다. 가는 길에 두 차례나 미행당하는 기분을 느꼈지만 아무도 뒤따라오지 않았다.

이사벨은 왜 공원 근처 길모퉁이에서 멈출 수밖에 없는지 몰랐지만 이상한 게 있다는 것을 금방 감지했다. 뭔가 맞지 않았다. 그녀 앞쪽에 있는 거리에서는 경적을 울리는 나치 차량들이 넘쳐났다. 어디선가 비명이 났다.

이사벨은 목덜미 위쪽 머리가 곤두서는 기분을 느꼈다. 얼른 뒤를 힐끗 보았지만 아무도 없었다. 과로 때문에 신경이 곤두섰다.

노을 속에서 앵발리드(17세기 병원이었으나 현재는 군사박물관)의 황금색 돔 지붕이 빛났다. 이사벨의 심장이 두근대기 시작했다. 두려움 때문에 땀이 났다. 감자튀김의 기름 냄새와 텁텁하고 시큼한 땀내가 섞였고, 순간적으로 뱃속이 불편하게 찌르르한 기분이 들었다.

모든 게 괜찮았다. 아무도 뒤쫓지 않았다. 그녀가 바보처럼 굴고 있었다.

이사벨은 그레넬 가 쪽으로 돌았다.

눈에 뭔가 걸려서 걸음을 멈추어야 했다.

저 앞쪽에, 그림자가 있으면 안 되는 곳에 그림자가 있었다. 움직임이 없어야 되는 곳에 움직임이 있었다.

이사벨은 이맛살을 찌푸리면서 느리게 움직이는 차량들 속을 지나 길을 건넜다. 길 맞은편에 도착하자, 그녀는 식당에서 와인을 마시는 독일인들 앞을 재빨리 지나서 다음 모퉁이에 있는 아파트로 향했다.

거기, 번들거리는 검은 장식문 옆쪽 빽빽한 덤불 속에 숨은 사내가 이사벨의 눈에 들어왔다. 그는 커다란 구리 단지에 심어진 나무 뒤에 웅크리고 있었다.

그녀가 문을 열고 정원으로 들어갔다. 사내가 뒷걸음질 칠 때 돌바닥에 닿는 군화 소리가 났다. 그러다가 그는 가만히 있었다.

이사벨은 거리 아래쪽 카페에서 독일인들이 웃는 소리를 들었다. 그는 가여운 지친 웨이트리스에게 '아가씨, 부탁해요'라고 소리쳤다. 저녁 식사 시간이었다. 하루 한 시간, 모든 적군은 오락거리를 생각하면서, 프랑스 국민들 것인 음식과 와인을 뱃속에 넣는 데만 관심이 있었다.

사내는 쭈그려 앉아서 최대한 모습이 보이지 않게 하려고 했다. 얼굴에 땟물이 흐르고 한쪽 눈은 부어서 감긴 상태였지만 척 봐도 프랑스인이 아니었다. 그는 영국 비행복을 입고 있었다.

"아이고, 영국인이에요?"

이사벨이 프랑스어로 물었다.

그는 대답하지 않았다.

"RAF(영국 공군)인가요?"

그녀가 영어로 물었다.

그가 눈을 휘둥그레 떴다. 이사벨은 그가 그녀를 믿어도 될지 가늠한다는 것을 알 수 있었다. 아주 느릿느릿 그가 고개를 끄덕였다.

"얼마 동안이나 여기 숨어 있었어요?"

한참 후에 그가 말했다.

"하루 종일."

"이러다 붙잡혀요. 조만간."

그녀가 말했다. 이사벨은 더 자세히 물어봐야 되는 줄 알았지만 시간이 없었다. 그와 여기 서 있으면 있을수록 두 사람 모두 위험해질 확률이 점점 높아졌다. 영국군이 이미 잡히지 않은 게 놀라웠다.

이사벨은 주목을 끌기 전에 그를 돕거나 그냥 가버리거나 해야 했다. 분명히 그냥 지나치는 게 똑똑한 처사였다.

이사벨이 영어로 말했다.

"드 라 부르도네 대로 57번지. 내가 가는 곳이 거기예요. 9시 반에 나는 담배를 피우러 밖에 나올 거예요. 그때 당신이 문으로 와요. 들키지 않고 도착하면 내가 도와줄게요. 알아들었어요?"

"내가 당신을 믿을 수 있는지 어떻게 압니까?"

이사벨은 그 말에 웃음을 터뜨렸다.

"지금 내가 하는 짓은 멍청한 짓이에요. 그리고 난 충동적으로 굴지 않겠다고 '약속'을 했다고요. 아, 그럼."

그녀는 몸을 휙 돌려서 정원에서 나가 문을 쾅 닫았다. 서둘러 거리를 내려갔다. 집으로 가는 길 내내 두근거리는 가슴으로 그 결정에 대해 뒤늦게 궁리했다. 하지만 이제 달리 어떻게 할 방도가 없었다. 이사벨은 뒤돌아보지 않았다.

그녀는 집에 도착하자 걸음을 멈추고, 참나무 문의 중앙에 달린 커다란 놋쇠 문고리와 마주섰다. 어지러우면서 두통이 났고 너무나 두려웠다.

더듬더듬 열쇠 구멍에 열쇠를 넣고 돌려, 어둡고 그늘진 안으로 들어갔다. 건물에 들어서자 좁은 로비에 자전거와 손수레 들이 잔뜩 놓여 있었다. 그녀는 나선형 계단이 시작되는 곳으로 걸어가서 맨 아래 계단에 앉아서 기다렸다.

손목시계를 천 번도 넘게 들여다봤고, 그때마다 나가지 말라고 자신을 타일렀지만 9시 30분 그녀는 다시 밖으로 나갔다. 밤이 내려 있었다. 창문마다 암막을 치고 가로등 불빛도 없어서 거리는 동굴처럼 어두웠다. 전조등을 켜지 않아서 보이지 않는 자동차들이 부릉부릉 지나갔다. 소리와 냄새가 났지만 얼결에 달빛을 받아 보이는 경우를 제외하면 형체가 안 보였다. 이사벨은 갈색 담배에 불을 붙이고 한 모금 길게 빤 다음 천천히 내뱉으면서 마음을 진정하려고 했다.

"여기 왔습니다, 아가씨."

이사벨은 비척비척 걸어가 문을 열었다.

"내 뒤에 있어요. 눈을 내리깔아요. 너무 붙지 말고요."

그녀가 영국인을 로비 안으로 안내했다. 그들은 자전거에 부딪쳐서 철컥 소리가 나고 나무수레에 부딪쳐서 덜커덕 소리가 났다. 이사벨은 지금보다 빨리 5층까지 뛰어올라간 적이 없었다. 그녀는 그를 아파트로 밀어 넣고 문을 쾅 닫았다.

"옷을 벗어요."

이사벨이 말했다.

"뭐라고요?"

그녀가 전등 스위치를 켰다.

이사벨은 앞에 우뚝 선 영국인을 이제 볼 수 있었다. 어깨가 넓은 동시에 깡마르고, 갸름한 얼굴에 코는 한두 번 부러진 것 같은 모양이었다. 머리가 너무 짧아서 솜털 같았다.

"비행복이요. 그걸 벗어요. 얼른."

그녀는 무슨 생각으로 이런 일을 벌였을까? 아버지가 집에 돌아와서 조종사를 볼 테고, 그러면 둘 다 독일군에게 넘길 텐데.

영국인의 비행복을 어디에 숨길까? 그리고 군화야말로 결정적인 증거였다.

그가 몸을 숙이고 비행복 밖으로 나왔다.

이사벨은 팬츠와 티셔츠 바람의 성인 남자를 본 적이 없었다. 얼굴이 화끈 달아올랐다.

"얼굴 붉힐 것 없습니다, 아가씨."

그는 평범한 일이라도 되는 것처럼 씩 웃으면서 말했다.

이사벨이 비행복을 가슴에 안고 인식표(군인의 성명, 군번이 새겨진 금속 목걸이)를 달라고 손을 내밀었다. 그가 목에 건 두 개의 인식표를 주었다. 거기에 똑같은 정보가 기록되어 있었다. 토런스 맥클리시 중위. 혈액형. 종교. 군번.

"날 따라와요, 조용히. 그걸 어떻게 표현하더라…… 발가락 가장자리로."

"발꿈치를 들고."

그가 속삭였다.

이사벨은 그를 그녀의 침실로 데려갔다. 거기서 옷장을 살짝 밀자 비밀 방이 나왔다.

늘어선 유리 같은 인형 눈들이 그녀를 쳐다보았다.

"오싹한데요, 아가씨. 그리고 덩치 큰 사람이 있기에는 좁습니다."

그가 말했다.

"들어가요. 조용히 있어요. '어떤' 사소한 소리도 우리가 수색 당하게 만들 수 있어요. 옆집의 마담 르클레르크는 호기심이 많고 독일군의 협력자일 수도 있어요, 알겠어요? 또 내 아버지가 곧 집에 올 거예요. 그는 독일군 수뇌부 밑에서 일해요."

"설상가상이네."

이사벨은 영어로 그게 무슨 말인지 몰랐고, 땀이 너무 나서 옷이 가슴팍에 찰싹 달라붙었다. 무슨 생각으로 이 남자에게 돕겠다고 했을까?

"만약 내가…… 그런 경우에는요?"

그가 물었다.

"참아요."

이사벨은 그를 비밀 방으로 떠밀고, 그녀의 침대에 놓인 베개와 담요를 그에게 주었다. 이사벨이 다시 말했다.

"올 수 있을 때 다시 올게요. 조용히, 알겠죠?"

그가 고개를 끄덕였다.

"고마워요."

그녀는 고개를 절레절레 젓지 않을 수 없었다.

"난 멍청이에요. 바보 멍청이!"

그녀는 비밀 문을 닫고 옷장을 밀었다. 꼭 원래 자리는 아니고 조금 틈을 두었다. 아버지가 집에 돌아오기 전에 그의 비행복과 인식표를 없애야 했다.

이사벨은 맨발로 최대한 소리내지 않고 아파트 안을 돌아다녔다. 아래층 사람들이 옷장을 옮기는 소리나 여기서 너무 여럿이 움직인다는 것을 눈치챌지 알 수가 없었다. 후회하는 것보다는 조심하는 편이 나았다. 비행복을 낡은 백화점 봉투에 담아서 가슴에 꼭 안았다.

갑자기 아파트를 벗어나는 게 위험하게 느껴졌다. 집에 있는 것도 마찬가지였다.

르클레르크 부인의 집 앞을 살금살금 지나서 계단을 내려갔다.

건물 밖에 나오자 이사벨은 허겁지겁 숨을 쉬었다.

이제 어쩐다? 이 옷을 아무데나 버릴 수는 없었다. 다른 사람이 곤란을 겪는 것은 원치 않았다.

처음으로 도시의 관제등화 상태가 고마웠다. 이사벨은 어둠 속에서 보도로 들어섰고 갑자기 모든 게 사라져버렸다. 통행금지 시간이 다 되어서 거리에 파리지앵은 거의 없었고, 독일인들은 프랑스 와인을 마시느라 바빠서 바깥쪽을 힐끗대지 않았다.

그녀는 숨을 깊이 들이쉬면서 마음을 가라앉히려고 했다. 생각하려고 애썼다. 통행금지 시간까지 얼마 안 남았다―하지만 가장 큰 고민은 그게 아니었다. 아버지가 곧 집에 오는 게 문제였다.

강.

강까지 몇 블록 안 되고 강변을 따라 나무들이 있었다.

더 작고 바리케이드가 있는 골목길을 찾아서 강으로 향하다가 길에 줄줄이 세워진 군용 트럭들 앞을 지났다.

평생 이렇게 느릿느릿 움직인 적이 없었다. 한 번에 한 걸음씩-숨 한 번씩. 센 강변까지 마지막 50보를 남겨두었을 때, 걸음을 옮길 때마다 남은 거리가 점점 넓어지는 것 같았다. 그러다가 물가로 이어지는 계단을 내려갔고, 마침내 그녀는 강 바로 옆에 섰다.

배를 묶은 줄들이 어둠 속에서 삐걱대는 소리가 들렸고, 물살이 나무 선체들에 찰싹찰싹 부딪쳤다. 다시 한번 이사벨은 뒤에서 발소리가 난다고 생각했다.

그녀가 가만히 있자 발소리도 멈추었다. 그녀는 누군가 뒤에서 쑥 나와서 서류를 제시하라고 요구하기를 기다렸다.

아무 일도 없었다. 그녀의 상상에 불과했다.

1분이 흘렀다. 그리고 또 1분.

그녀는 쇼핑백을 검은 물에 던지고 곧 이어서 인식표를 획 내던졌다. 즉시 휘휘 도는 검은 물이 증거를 삼켰다.

여전히 떨리는 가슴으로 계단을 올라가서 길을 건너 집으로 향했다. 이사벨은 아파트 문 앞에 멈춰서, 땀에 젖은 머리칼을 손가락으로 빗질하고 가슴에 달라붙은 축축한 면 블라우스를 떼냈다.

불이 하나만 켜져 있었다. 샹들리에.

아버지는 식탁에 종이들을 펼쳐놓고 등을 굽히고 앉아 있었다. 그는 수척하고 너무 말라 보였다. 이사벨은 문득 최근에 아버지가 식사를 얼마나 했는지 궁금했다. 집에 돌아와서 지낸 몇 주 사이 아버지가 식사하는 광경을 한 번도 본 적이 없었다. 부녀는-다른 모든 일이 그렇듯- 따로 식사했다. 이사벨은 아버지가 사령부에서 독일인들이 남긴 음식을 먹는다고 짐작했었다. 그런데 이제 궁금했다.

"늦었구나."

그가 매몰차게 말했다.

식탁에 놓인 브랜디 병이 이사벨의 눈에 들어왔다. 술병은 반쯤 비어 있었다. 어제는 병이 차 있었는데. 그는 항상 어떻게 브랜디를 구할까? '독일인들이 술을 남기지 않을 텐데.'

이사벨은 식탁으로 다가가서 1프랑짜리 지폐 몇 장을 내려놓았다.

"오늘은 괜찮은 날이었군요. 최고사령부의 친구분들이 브랜디를 더 남겨주고 갔네요."

"나치들은 많이 버리지 않는다."

그가 대꾸했다.

"그렇군요. 그럼 힘들여 얻은 거겠네요."

소음이 들렸다. 뭔가 나무 바닥에 떨어지는 소리 같았다.

"무슨 소리였지?"

아버지가 고개를 들면서 말했다.

그 순간 다시 소리가 났다. 나무가 긁히는 소리 비슷했다.

"이 집에 누군가 있구나."

아버지가 말했다.

"말도 안 되는 소리 마세요, 파파."

그가 식탁에서 냉큼 일어나 식당에서 나갔다. 이사벨이 급히 뒤따라갔다.

"파파……"

"쉿."

그가 낮게 말했다.

아버지는 문간으로 가서 불이 켜지지 않은 구역으로 들어갔다. 그는 현관문 근처, 앞부분이 둥글게 나온 서랍장에서 놋쇠 촛대에 꽂힌 초에 불을 켰다.

"설마 누가 침입했다고 생각하시진 않겠죠."

이사벨이 말했다.

그는 눈을 가늘게 뜨고 매섭게 딸을 쳐다보았다.

"다시는 너한테 조용히 하라고 요구하지 않겠다. 지금만 입을 다물어라."

그의 입에서 브랜디와 담배 냄새가 났다.

"하지만 왜……"

"닥쳐."

그가 이사벨에게 등을 돌리고, 좁고 비스듬한 복도를 지나 침실 쪽으로 향했다.

그는 소형 코트 옷장 앞을 지나 너울대는 촛불을 따라서 비안느의 옛날 방으로 들어갔다. 방에는 침대와 협탁, 책상만 덩그러니 있었다. 이 방에는 아무것도 이상한 게 없었다. 아버지는 천천히 무릎을 꿇고 앉아서 침대 밑을 들여다보았다.

마침내 방이 비었다고 확인한 후 그는 이사벨의 방으로 향했다.

그녀의 심장 두근대는 소리를 아버지가 들을 수 있었을까?

그는 딸의 방을 확인했다―침대 밑, 문 뒤, 마당 쪽으로 난 창을 가리는 바닥부터 천장까지 늘어진 커튼 뒤편.

이사벨은 옷장을 쳐다보지 않으려고 안간힘을 썼다.

"아셨죠?"

그녀는 조종사가 대화 소리를 알아듣고 가만히 있기를 바라면서 큰소리로 말했다. 이사벨이 말을 이었다.

"여기 아무도 없어요. 파파, 적 밑에서 일하려니 노이로제 증세를 보이시나 봐요."

그가 이사벨에게 몸을 돌렸다. 불빛에 그의 얼굴이 초췌하고 지쳐 보였다. 아버지가 말했다.

"두려워하는 것은 해가 되지 않을 게다."

이것은 위협일까?

"아버지를요? 아니면 나치를요?"

"아무 주의도 기울이지 않고 있니, 이사벨? 모든 사람을 두려워해야 해. 이제 저리 가거라. 난 한잔 해야겠다."

18

이사벨은 침대에 누워서 귀 기울였다. 아버지가 잠들었다는 확신이 들자(만취해서 자고 있음이 분명했다) 그녀는 침대에서 내려와 할머니의 요강을 찾으러 갔다. 곧 요강을 들고 옷장 앞에 섰다.

천천히-한 번에 1센티미터 정도- 옷장을 벽에서 당겼다. 딱 숨겨진 문을 열 수 있을 정도만.

비밀 방 안은 어둡고 조용했다. 정신을 쏟아서 귀 기울이니 그제야 영국인의 숨소리가 들렸다.

"무슈?"

그녀가 속삭였다.

"아, 아가씨."

어둠 속에서 소리가 들렸다.

그녀는 침대 옆에 놓인 등잔을 켜서 비밀 공간으로 가져갔다.

조종사는 벽에 기대 다리를 뻗고 앉아 있었다. 등잔 불빛에 왠지 그가 더 부드러워 보이는 듯했다.

이사벨이 요강을 내밀자, 그는 얼굴을 붉혔다.

"고마워요."

이사벨이 그의 맞은편에 앉았다.

"내가 당신의 인식표와 비행복을 없앴어요. 군화를 신고 다니려면 잘라야 될 거예요. 여기 칼이 있어요. 내일 아침에 아버지의 옷을 갖다줄 게요. 옷이 잘 맞을 것 같지 않지만."

그가 고개를 끄덕이면서 말했다.

"그런데 당신의 계획은 뭔가요?"

그 말에 이사벨은 초조하게 미소 지었다.

"잘 모르겠어요. 당신은 조종사인가요?"

"토런스 맥클리시 중위입니다. 내 비행기가 랭스(파리 북동쪽 도시)에서 추락했습니다."

"그러면 그 후로 계속 혼자 버틴 거예요? 비행복 차림으로?"

"다행스럽게도 형과 나는 어릴 때 숨바꼭질을 많이 했거든요."

"당신은 여기서 안전하지 않아요."

"나도 알고 있습니다."

그가 미소를 짓자 얼굴이 변했고, 이사벨은 그가 집에서 멀리 떠난 청년에 불과하다고 느끼게 되었다. 영국인이 덧붙여 말했다.

"위로가 될지 모르겠지만 난 독일 전투기 석 대를 추락시켰습니다."

"복귀할 수 있으려면 당신은 영국으로 돌아가야 해요."

"동의합니다. 그런데 어떻게요? 해안선 전체에 철망이 설치되고 개들이 수색을 하는데요. 배나 비행기로 프랑스를 떠날 수가 없습니다."

"내가…… 이런 일을 처리하는 친구들을 알아요. 우린 내일 그 사람들을 만나러 갈 거예요."

"당신은 정말 용감하군요."

그가 부드럽게 말했다.

"아니면 멍청하죠."

이사벨이 대꾸했다. 어느 쪽이 맞는지 자신할 수가 없었다. 그녀가 말을 이었다.

"난 충동적이고 통제가 안 된다는 말을 자주 들어요. 내일 내 친구들에게도 그 말을 듣게 될 거라 짐작되네요."

"저기, 아가씨. 나는 당신이 용감하다는 말만 할 겁니다."

*

다음 날 아침 이사벨은 아버지가 그녀의 침실 앞을 지나는 소리를 들었다. 잠시 후 커피 냄새가 풍겼고, 그 후에는 현관문이 딸깍 소리를 내며 닫혔다.

이사벨은 방에서 나와 아버지 방으로 갔다—바닥에 옷들이 널브러져 있고 침대는 정리되지 않고, 책상에는 빈 브랜디 병이 쓰러져 있었다. 그녀는 암막을 걷고 빈 발코니를 지나 아래 거리를 내려다보았다. 아버지가 인도로 나서고 있었다. 그는 검은 서류가방을 가슴에 끌어안고(마치 그의 시가 누구에게 중요하기라도 한 것처럼) 검은 모자를 이마 아래로 내려쓴 모습이었다. 과로한 서기처럼 잔뜩 웅크리고 지하철역으로 향했다.

아버지가 시야에서 사라지자 이사벨은 옷장으로 가서 아버지의 낡은 옷더미를 뒤졌다. 소매가 나달나달한 볼품없는 터틀넥 스웨터, 엉덩이를 깁고 단추 몇 개가 떨어진 낡은 코르덴바지, 회색 베레모를 챙겼다.

이사벨은 조심스럽게 옷장을 끌어내고 비밀 문을 열었다. 땀내와 소변 냄새가 진동해서, 그녀는 코와 입을 손으로 가려서 구역질을 막아야 했다.

"미안합니다, 아가씨."

맥클리시가 창피해하면서 말했다.

"이걸 입어요. 거기 주전자에 담긴 물로 씻고 응접실에서 만나요. 옷장을 제자리에 돌려놔요. 조용히 움직여야 해요. 아래층에 사람들이 있어요. 그들은 내 아버지가 나갔으니 여기서 한 사람만 걸어 다닐 거라고 예상할지 몰라요."

잠시 후 그가 아버지의 헌옷을 입고 부엌으로 들어섰다. 맥클리시는 동화에 나오는 하룻밤 사이에 자란 소년처럼 보였다. 넓은 가슴팍 부분의 스웨터가 미어터질 듯했고, 코르덴바지는 너무 작아서 허리 단추가 잠기지 않았다. 그는 베레모를 야물커(유대인들이 쓰는 작은 모자)처럼 정수리에 평편하게 쓰고 있었다.

이런 차림은 통하지 않을 듯했다. 그녀가 어떻게 환한 대낮에 그를 데리고 시내를 지날까?

맥클리시가 말했다.

"난 해낼 수 있어요. 당신 뒤에서 쫓아갈게요. 날 믿어요, 아가씨. 난 비행복을 입고도 돌아다닌 사람이에요. 이 정도는 아무것도 아니죠."

이제 와서 물러서기에는 너무 늦었다. 이사벨은 그녀를 데려와서 숨겨 주었다. 이제 그녀는 그를 안전한 곳에 데려다줘야 했다.

"적어도 한 블록 뒤에서 쫓아와요. 내가 멈추면 당신도 멈춰요."

"내가 붙잡히더라도 당신은 계속 걸어가요. 뒤돌아보지도 말아요."

영어로 '붙잡히다'라는 표현은 짐작으로만 알아들었다. 이사벨은 그에게 가서 베레모를 비스듬히 씌워주었다. 그녀와 맥클리시의 눈길이 마주쳤다.

"어디 출신이에요, 맥클리시 중위님?"

"입스위치예요, 아가씨. 내 부모님에게 전해줄래요…… 만약 필요할 경우?"

"필요한 경우는 없을 거예요, 중위님."

그녀가 숨을 깊이 들이쉬었다. 맥클리시는 그녀에게 그를 돕는 일을 떠맡은 위험성을 다시 되새기게 했다. 핸드백에 든 가짜 서류들-니스 출신의 줄리엣 제르베즈. 마르세유에서 세례를 받았고 소르본느 재학생-이 최악의 경우를 당했을 때 그녀가 가진 유일한 보호 수단이었다. 그녀는 현관문을 열고 밖을 내다보았다. 계단참에 아무도 없었다. 그녀가 맥클리시를 밖으로 떠밀면서 말했다.

"가요. 밖에 나가 여자 모자가게 옆에서 기다려요. 그런 다음 날 따라와요."

그가 비틀대며 아파트에서 나가자, 그녀는 현관문을 닫았다.

하나, 둘, 셋…….

이사벨은 속으로 수를 세면서 걸음을 옮길 때마다 문제가 생기는 상상을 했다. 그녀는 더 이상 참을 수가 없어서 아파트에서 나와 계단을 내려갔다. 사방이 조용했다.

밖에 나가니 맥클리시는 그녀가 있으라고 한 자리에 서 있었다. 이사벨은 맥클리시에게 눈길 한 번 주지 않고 그 앞을 지나갔다.

생 제르맹 대로로 가는 길 내내 그녀는 잰걸음으로 걸었고 몸을 돌리거나 뒤돌아보지도 않았다. 몇 차례 독일 병사들이 '정지!'라고 소리치고 호루라기를 부는 소리가 들렸다. 총소리도 두 차례 났지만, 그녀는 걸음을 늦추지도 돌아보지도 않았다.

생 시몽 가에 있는 아파트의 붉은 문 앞에 도착했을 때 그녀는 땀을 줄줄 흘렸고 가벼운 현기증이 일었다.

이사벨이 급히 연달아 네 번 노크를 했다.

문이 열렸다.

빼꼼 열린 문 안쪽에 아눅이 보였다. 그녀의 눈이 휘둥그레졌다. 아눅은 문을 열고 뒤로 물러났다.

"여긴 어쩐 일이야?"

그녀 뒤쪽으로, 이사벨이 전에 만난 적이 있는 남자 몇 명이 테이블 주위에 앉아 있었다. 불빛에 그들이 펼쳐놓은 지도들의 파란 선들이 보였다.

아눅이 문을 닫으려고 하자 이사벨이 말했다.

"열어 두세요."

그녀의 요청에 긴장감이 이어졌다. 이사벨은 방에 긴장감이 번지면서 사람들의 표정이 변하는 것을 감지했다. 테이블에서는 무슈 레비가 지도들을 치우기 시작했다.

이사벨이 밖을 힐끗 쳐다보니, 맥클리시가 인도를 걸어오고 있었다. 그가 아파트로 들어서자 이사벨이 문을 쾅 닫았다. 아무도 입을 열지 않았다.

이사벨에게 모든 관심이 쏠렸다.

"이 사람은 영국 공군 중위 토런스 맥클리시예요. 조종사죠. 어젯밤에 제 아파트 옆쪽 덤불에 숨어 있는 그를 발견했어요."

"그래서 여기로 데려왔군."

아눅이 담배에 불을 붙이면서 말했다.

"이 사람은 영국으로 돌아가야 해요. 그래서 생각했는데……"

이사벨이 말했다.

"아니, 넌 생각하지 않았어."

아눅이 말했다.

레비가 의자에 등을 기대면서 가슴팍의 주머니에서 골루아즈 담배를 꺼냈다. 그는 담배에 불을 붙이면서 조종사를 찬찬히 살폈다.

"우리가 알기에 시내에 다른 조종사들이 더 있지. 독일 포로수용소에서 도망친 군인들도 더 있고. 우린 그들을 빼내주고 싶지만 해안과 비행장들이 단단히 봉쇄되어 있지."

무슈 레비가 담배를 길게 빨아들였다. 담배 끝이 빛나다가 틱틱 소리를 내면서 까매졌다. 그가 덧붙여 말했다.

"이게 우리가 진행하는 활동의 문제점이야."

"알아요."

이사벨이 담담하게 말했다. 그녀는 무거운 책임감을 느꼈다. 또 무모하게 처신한 걸까? 그들이 그녀에게 실망했을까? 이사벨은 알 수가 없었다. 맥클리시를 못 본 체했어야 했나?

그녀가 질문하려는 순간, 다른 방에서 말소리가 들렸다.

이사벨이 찌푸리면서 물었다.

"다른 사람이 여기 있나요?"

레비가 대답했다.

"사람들이 있지. 여기에는 늘 다른 사람들이 있어. 이사벨이랑 상관없는 사람들이지."

"조종사들을 위한 계획이 필요해요. 그건 사실이에요."

아눅이 말했다.

"우리가 그들을 스페인에 들여보낼 수 있다면, 그들을 스페인에서 빼낼 수도 있겠지."

레비가 말했다.

"피레네 산맥."

아눅이 중얼댔다.

이사벨은 피레네 산맥을 본 적이 있어서 아눅의 지적을 이해했다.

삐죽삐죽한 봉우리들이 구름 속으로 아찔하게 치솟아 있고, 보통은 눈에 덮이거나 구름에 둘러싸여 있었다. 그녀의 어머니는 산맥 근처에 있는 작은 해변 마을 비아리츠를 사랑해서, 오래전 좋았던 시절에 두어 번 그곳으로 가족 여행을 간 적이 있었다.

"스페인 국경은 독일과 스페인 양국의 경비대들이 지키고 있어요."

아뉵이 말했다.

"국경 전체를 말인가요?"

이사벨이 물었다.

"음, 아니지. 물론 그건 아니지. 하지만 어디에 경비대가 있고, 어디에 없는지 누가 알겠나?"

레비가 말했다.

"생-장-드-루즈 근처의 산들은 더 작은데요."

이사벨이 지적했다.

"맞아. 하지만 그래서 어쩌자고? 그 산들도 넘을 수가 없고 몇 곳 안 되는 도로들도 경비대가 지키는데."

아뉵이 말했다.

"엄마의 가장 친한 친구가 바스크 족이었는데, 그녀의 아버지는 염소를 치는 목동이었어요. 그는 늘 산을 걸어서 넘어 다녔죠."

"우리도 그런 생각을 해본 적이 있어. 심지어 한 번 시도하기도 했지. 나중에 그 팀 누구의 소식도 듣지 못했어. 생-장-드-루즈에서 독일군 초소를 통과하는 것은 여러 명은 고사하고 한 사람이 하기에도 힘든 일이지. 그러고 나면 실제로 산을 걸어서 넘는 일이 남아 있지. 거의 불가능한 일이야."

"거의 불가능한 거랑 불가능한 거랑은 달라요. 염소 목동들이 산을 건널 수 있다면 조종사도 할 수 있을 거예요."

이사벨이 말했다.

한 가지 아이디어가 떠올랐다. 그녀가 말을 이었다.

"여자라면 검문소를 수월하게 통화할 수 있을 거예요. 특히 젊은 여자라면. 예쁘장한 아가씨를 아무도 의심하지 않을 테니까요."

아눅과 레비가 눈빛을 교환했다.

이사벨이 말했다.

"제가 그 일을 할게요. 아무튼 시도는 해볼게요. 제가 이 조종사를 데려갈게요. 그리고 다른 사람들이 더 있나요?"

무슈 레비는 얼굴을 찌푸렸다. 이런 상황 변화에 놀란 모양이었다. 그들 사이에 푸르스름한 잿빛 담배 연기가 자욱했다. 그가 물었다.

"전에 산을 타본 적이 있나?"

"제 건강 상태는 좋아요."

이사벨은 대답했다.

그가 조용히 말했다.

"저들에게 잡히면 감옥에 보내지거나…… 목숨을 잃을 거야. 잠시만 그 무모함을 밀어놓고 생각해봐, 이사벨. 이것은 종이 한 장 전달하는 것과는 달라. 시내 곳곳에 붙은 포스터들을 봤겠지? 적을 도와준 사람들이 어떤 대접을 받는지 알지?"

이사벨은 진중하게 고개를 끄덕였다.

아눅이 무겁게 한숨을 쉬면서, 꽁초가 넘쳐나는 재떨이에 담배를 비벼 껐다. 그녀는 눈을 가늘게 뜨고 오래도록 이사벨을 응시했다. 그러더니 테이블 뒤편의 열린 문으로 걸어갔다. 그녀는 살짝 문을 밀어서 더 열고 휘파람을 불었다. 작은 새가 떨면서 노래하는 소리가 났다.

이사벨은 찡그렸다. 다른 방에서 무슨 소리가 들렸다. 테이블에서 의자를 뒤로 미는 소리가 나더니 발소리가 들렸다.

가에탕이 방으로 들어섰다.

그는 무릎을 기우고 밑단이 해지고 약간 짧은 코르덴바지와 늘어진 스웨터를 걸친 허름한 행색이었다. 이제 길어서 잘라야 되는 검은 머리를 얼굴 뒤로 넘겼고, 얼굴은 더 뾰족해져서 늑대 얼굴 같았다. 가에탕은 방에 두 사람만 있는 것처럼 이사벨을 바라보았다.

순간적으로 모든 게 원상태로 돌아갔다. 그녀가 무시하려 했던 감정이 다시 솟아났다. 그를 한 번 쳐다본 것으로도 이사벨은 숨을 쉴 수가 없었다.

"가에트를 알죠?"

아눅이 말했다.

이사벨이 헛기침을 했다. 가에탕이 그녀가 여기 있다는 것을 내내 알았고, 그녀에게서 떨어져 지내기로 선택했음을 이사벨은 알아차렸다. 이 지하 그룹에 가입한 후 처음으로 이사벨은 어리다는 느낌을 강하게 느꼈다. 외톨이. 그들 모두 이 일을 알았을까? 등 뒤에서 그녀의 순진함을 비웃었을까?

"알죠."

잠시 불편한 침묵이 흐른 후 레비가 말했다.

"그래서 이사벨이 계획을 갖고 있군."

가에탕은 웃지 않았다.

"그래요?"

"이사벨은 이 조종사와 다른 사람들을 안내해서 도보로 피레네 산맥을 넘어 스페인에 들여보내고 싶어해. 영국 영사에게 넘겨주려는 거겠지."

가에탕은 들리지 않게 투덜댔다.

"우린 '뭔가' 시도해야 해."

무슈 레비가 말했다.

아눅이 앞으로 나오면서 물었다.

"위험을 제대로 이해하는 거야, 이사벨? 네가 성공하면 나치는 그 소문을 들을 거야. 저들은 너를 쫓을 거야. 조종사들을 돕는 자를 나치에게 넘기는 사람은 만 프랑의 보상금을 받는다고."

이사벨은 이제껏 살면서 늘 단순하게 반응했다. 누군가 두고 떠나면 쫓아갔다. 누군가 하면 안 된다고 말하면 그 일을 했다. 그녀는 모든 장벽을 문으로 만들었다.

하지만 이 일은……

두려움에 약간 몸이 떨렸고 그 감정에 빠져들 지경이었다. 그러다가 에펠탑에서 나부끼는 나치 깃발들과 적과 사는 비안느, 전쟁 수용소에 포로로 잡힌 앙투안을 떠올렸다. 그리고 에디스 카벨. 분명히 그녀도 때때로 두려움을 느꼈을 것이다. 이사벨은 두려움이 앞을 막게 놔두지 않을 작정이었다. 더 많은 폭탄을 독일에 투하하려면 조종사들이 영국에 돌아가야 했다.

이사벨이 맥클리시에게 몸을 돌리고 영어로 물었다.

"신체가 건강한가요, 중위님? 아가씨와 보조를 맞춰서 산맥을 넘을 수 있겠어요?"

"할 수 있어요. 특히 당신처럼 예쁜 아가씨라면요. 당신이 눈에서 떨어지게 하지 않을게요."

그가 대답했다.

이사벨은 동포들과 마주보았다.

"제가 이 사람을 산 세바스티안의 영사에게 데리고 갈게요. 거기서부터 그가 고국에 돌아가는 것은 영국인들의 몫일 테고요."

주변에서 소리 없이 대화가 오가며, 걱정하는 말과 질문을 주고받는 것을 이사벨은 알았다. 어떤 위험 부담은 그저 감수하는 수밖에 없었다. 이 방에 있는 사람들 모두 아는 사실이었다.

"계획을 세우려면 몇 주 걸릴 거야. 그보다 더 걸릴 수도 있지."

레비가 말했다. 그는 가에탕에게 고개를 돌리고 말을 이었다.

"곧 우린 자금이 필요할 걸세. 자네가 연락책과 이야기할 텐가?"

가에탕이 고개를 끄덕였다. 그는 찬장에서 검은 베레모를 꺼내서 썼다.

이사벨은 시선을 돌릴 수가 없었다. 그녀는 가에탕에게 화가 났지만 그가 다가오자 분노는 말라붙어서 먼지처럼 날아가 버렸다. 갈망이 훨씬 더 중요했다.

두 사람의 시선이 만나서 얽혔다. 그러더니 그는 이사벨 앞을 지나서 밖으로 나갔다. 그가 나간 뒤 문이 철컥 닫혔다.

"자, 계획이요. 계획 세우기에 착수해야죠."

아눅이 말했다.

*

이사벨은 생 시몽 가에 있는 아파트의 테이블에 여섯 시간 동안 앉아 있었다. 그들은 조직원 몇 명을 불러들여서 임무를 주었다. 조종사들이 입을 옷과 필요한 물품들을 모으는 일이었다. 다같이 지도들을 검토해서 여러 루트를 짜고, 도중에 안전가옥들을 마련하는 길고 불확실한 과정을 시작했다. 어느 시점에서 이것이 과감하고 대담한 계획에 불과한 개념이 아니라 현실로 인식되기 시작했다.

무슈 레비가 통행금지를 언급하자 비로소 이사벨은 테이블에서 몸을 뗐다. 그들은 밤을 보내고 가라고 그녀를 붙잡았지만, 그런 선택을 하면 아버지의 의심을 살 터였다. 그래서 이사벨은 아눅에게 두꺼운 검은 반코트를 빌려 입었고, 그것으로 몸을 가릴 수 있어서 고마웠다.

생 제르맹 대로는 오싹할 만치 조용했다. 셔터들이 단단히 닫히고 암막이 드리워지고 가로등이 꺼져 있었다.

그녀는 건물들에 바싹 붙어서 걸었고, 낡은 흰 구두굽이 보도에 닿을 때 큰소리가 나지 않아서 다행스러웠다. 바리케이드들 주위를 살그머니 지나고, 거리를 순찰하는 독일 병사들 무리를 빙 돌아서 걸었다.

거의 집에 다다랐을 때 엔진 소리가 들렸다. 독일군 트럭이 파랗게 칠한 전조등을 끄고 뒤에서 달려왔다. 이사벨은 뒤에 있는 거칠거칠한 돌담에 납작하게 붙었고, 유령 같은 트럭이 어둠 속에서 터덜터덜 지나갔다. 그러자 다시 모든 게 고요해졌다.

새가 휘파람 소리를 냈다. 떨리는 노래. '익숙해.'

이사벨은 그제야 알았다. 자신이 가에탕을 기다리고 있었다는 것을. 희망을 품고서…….

그녀가 천천히 허리를 펴고 똑바로 섰다. 옆에서 꽃향기가 났다.

"이사벨."

가에탕이 불렀다.

이사벨은 어둠 속에서 그를 알아볼 수 없었지만, 머리에 바른 포마드와 거친 세탁 비누 냄새, 얼마 전 피운 담배 냄새를 맡을 수 있었다.

"내가 폴과 일했다는 걸 어떻게 알았어요?"

"누가 당신을 추천했다고 생각했어?"

이사벨이 이맛살을 찌푸렸다.

"앙리가······."

"그러면 앙리에게 당신에 대해 말한 사람은 누구고? 난 처음부터 디디에르에게 당신을 따라다니면서 지켜보라고 시켰지. 당신이 우리에게 올 길을 찾을 줄 알았거든."

그가 손을 뻗어서 그녀의 머리칼을 귀 뒤로 넘겼다. 그 친밀한 행동이 그녀를 희망으로 바싹 마르게 했다. 이사벨은 '사랑해'라고 말한 게 기억나자, 마음 속으로 수치심과 상실감에 휩싸였다. 가에탕이 어떤 감정을 느끼게 했는지 기억하고 싶지 않았다. 그가 구운 토끼고기를 손으로 먹여주고, 그녀가 지쳐서 걸을 수 없을 때 데려다주었던 것을······. 그녀에게 한 번의 키스가 얼마나 중요할 수 있는지 가르쳐준 것을 떠올리고 싶지 않았다.

"내가 상처를 줘서 미안해."

가에탕이 말했다.

"왜 그랬어요?"

그가 한숨을 쉬면서 대답했다.

"지금은 그건 중요하지 않지. 오늘 그 뒷방에 그대로 있는 건데 그랬어. 당신을 만나지 않는 게 더 좋았을 텐데."

"나한테는 아니에요."

가에탕이 미소 지었다.

"당신은 마음에 떠오르는 것은 뭐든 말하는 습관이 있지, 안 그래, 이사벨?"

"늘 그렇죠. 왜 날 버리고 갔어요?"

그가 부드럽게 얼굴을 쓰다듬자 이사벨은 울고 싶어졌다. 그 손길은 작별 인사 같았다.

"당신을 잊고 싶었어."

이사벨은 다른 말을 더 하고 싶었다. '키스해줘요'라거나 '가지 말아요'라거나 '내가 당신에게 중요하다고 말해줘요'라고. 하지만 이미 너무 늦었고 그 순간은 지나가 버렸다. 가에탕이 뒤로 물러나더니 그늘 속으로 사라졌다. 그가 나직하게 말했다.

"조심해, 이즈."

이사벨이 대답하기도 전에 그가 가버렸다는 것을 알았다. 그의 부재가 뼛속 깊이 느껴졌다.

이사벨은 잠시 더 심장박동이 느려지고 감정이 가라앉기를 기다리다가 집으로 향했다. 그녀가 현관문의 손잡이를 놓기도 전에 누군가 안으로 홱 끌어당겼다. 그녀가 아파트로 들어가자 문이 쾅 닫혔다.

"도대체 어디 갔다 온 거냐?"

아버지의 입에서 술 냄새가 확 풍겼다. 이사벨은 손을 뿌리치려 했지만 그는 멍이 들 정도로 허리를 꽉 끌어안았다.

그러다가 그는 재빨리 풀어주었다. 이사벨이 비틀대며 뒤쪽 전등 스위치 쪽으로 떠밀렸다. 그녀가 스위치를 올렸지만 불이 들어오지 않았다.

"더 이상 전기요금이 없다."

아버지가 말하고는 등잔에 불을 켜서 둘 사이에 놓았다. 흔들리는 불빛 속에서 그는 녹는 밀랍으로 만든 것처럼 주름진 얼굴이 늘어지고 눈두덩이 붓고 파르스름했다. 펑퍼짐한 코에는 바늘 구멍만한 검은 모공들이 있었다. 갑자기 지치고 늙은 사람처럼 보였지만 그의 눈빛은 여전히 그녀를 찡그리게 만들었다.

뭔가 문제가 있었다.

"나를 따라오거라."

그가 귀에 거슬리는 날카로운 목소리로 말했다. 이런 밤에 혀가 꼬인 소리가 아니라니 예사롭지 않았다. 그는 이사벨을 데리고 그녀의 침실로 갔다. 방에 들어서자 아버지는 딸을 바라보았다.

등잔 불빛에 그의 뒤쪽이 보였다. 옷장이 움직여지고 비밀 방문이 조금 열려 있었다. 지린내가 진동했다. 조종사가 없는 게 다행이었다. 이사벨은 말할 수 없어서 고개를 저었다.

아버지는 침대 끝에 주저앉아서 머리를 숙였다.

"세상에, 이사벨. 너는 골칫덩이야."

이사벨은 움직일 수 없었다. 아니, 생각할 수가 없었다. 침실 문을 힐끗 쳐다보면서 아파트를 빠져나갈 수 있을지 궁리했다.

"아무 일도 아니었어요, 단지 남자예요."

좋았어.

그녀가 말을 이었다.

"데이트했어요. 키스하고 있었어요."

"네 애인들은 모두 벽장에 오줌을 싸니? 그렇다면 넌 인기가 대단하겠구나."

그가 한숨을 내쉬고 덧붙였다.

"위장놀이는 이만하면 충분하다."

"위장놀이요?"

"어젯밤 너는 조종사 한 명을 발견하고 벽장에 숨겨주었고, 오늘 그를 무슈 레비에게 데려갔지."

이사벨이 제대로 들었을 리 없었다.

"뭐라고요?"

"추락한 조종사 말이다―벽장에서 오줌을 싸고 지저분한 군화 발자국을 복도에 남긴 사람. 네가 무슈 레비에게 데려간 사람."

"무슨 말을 하시는지 도통 모르겠네요."

"잘하는 짓이구나, 이사벨."

그가 입을 다물자 이사벨은 불안감을 견딜 수가 없었다.

"파파?"

"네가 지하조직의 연락책으로 여기 왔다는 것과 폴 레비의 조직과 일하고 있다는 것을 안다."

"어, 어떻게······."

"무슈 레비는 오랜 친구야. 사실 나치가 침략하자 그는 내게 와서 술을 마시지 못하게 했지. 난 오직 브랜디에만 매달렸는데 말이야. 그는 나를 일로 끌어들였다."

이사벨은 너무나 동요되어서 참을 수 없었다. 아버지 곁에 앉는 것은 너무 살가운 행동이어서 카펫 바닥에 천천히 주저앉았다.

"난 네가 이 일에 관여하지 않기를 바랐다, 이사벨. 애당초 너를 파리에서 쫓아 보낸 것도 그 때문이지. 내 일 때문에 네가 위험에 빠지는 게 싫었거든. 너 스스로 위험한 일에 찾아가리란 걸 알았어야 했건만."

"그럼 저를 쫓아 보낸 다른 경우들은요?"

이사벨은 바로 물어본 것을 후회했지만 생각이 떠오른 순간 그 말이 입 밖으로 나왔다.

"난 아버지로서 좋은 사람이 아니야. 우리 둘 다 그걸 알아. 적어도 네 엄마가 죽은 이후로는 그랬지."

"우리가 어떻게 알겠어요? 노력해본 적이 없는데."

"난 노력했다. 네가 기억 못할 뿐이지. 아무튼 이제 그건 다 지나간 일이지. 우리는 더 큰 근심거리를 안고 있으니."

"그렇죠."

이사벨이 말했다. 어쩐지 과거가 균형을 잃고 거꾸로 뒤집힌 느낌이었다. 어떻게 생각하거나 느껴야 될지 난감했다. 과거에 얽매이는 것보다는 화제를 바꾸는 게 나았다. 그녀가 다시 말했다.

"저는…… 어떤 일을 계획하는 중이에요. 한동안 떠나 있을 거예요."

아버지가 이사벨을 내려다보았다.

"알아. 폴과 이야기를 나누었다."

그는 오랫동안 침묵했다. 그러다가 다시 입을 열었다.

"이제 네 인생이 변하는 것을 알겠지. 넌 지하세계에서 살아야 될 거야-여기서 나랑 못 살아, 누구와도 못 살지. 어떤 곳에서도 며칠 밤 이상을 보내지 못할 게다. 아무도 완전히 믿지 못하지. 그리고 더 이상 이사벨 로시뇰로 살지 못해. 넌 줄리엣 제르베즈가 되겠지. 나치와 협력자들이 항상 널 쫓아다닐 거고, 만약 그들에게 발견되면 너는……"

이사벨은 고개를 끄덕였다.

두 사람 사이에 눈빛이 오갔다. 그 눈빛에서 이사벨은 유대감을 느꼈다. 이전에는 없던 느낌이었다.

"전쟁 포로들은 어느 정도 자비를 받지. 넌 어떤 자비도 기대할 수 없어."

이사벨이 고개를 끄덕였다.

"이 일을 할 수 있겠니, 이사벨?"

"할 수 있어요, 파파."

아버지가 고개를 끄덕였다.

"네가 찾아야 되는 사람의 이름은 미셸린 바비노야. 위뤼뉴에 사는 네 엄마의 친구지. 그녀의 남편은 세계대전에서 목숨을 잃었지. 내 생각에 그녀는 널 환영해줄 거야. 그리고 내가 당장 사진들이 필요하다고 폴에게 전해라."

"사진들이요?"

"조종사들의 사진."

그녀가 계속 말이 없자 마침내 그가 미소를 지었다. 아버지가 다시 말했다.

"정말이지, 이사벨? 아직도 조각들을 맞추지 못한 게냐?"

"그, 그렇지만……."

"너는 내가 적에게 협조한다고 믿었지. 네 잘못이라고 할 순 없지."

이사벨은 아버지에게서 문득 낯선 사람을 봤다. 늘 몰인정하고 배려 없는 사람이 아닌 낙심한 사람을.

그녀는 용기를 내어 아버지에게 다가가 무릎을 꿇었다. 그를 올려다보니 뜨거운 눈물이 고였다.

"왜 저와 언니를 밀어내셨어요?"

이사벨이 물었다.

"네가 얼마나 연약한지 아는 일이 없길 바란다, 이사벨."

"저는 연약하지 않아요."

그는 딸에게 미소라고 할 수도 없는 미소를 지었다.

"우리 모두 연약하단다, 이사벨. 전쟁 중에 우리가 배우는 게 바로 그거지."

19

경고문

낙하산을 타고 내려오거나 불시착한 적군 조종사들을 직간접적으로
도와주는 자들, 그들이 탈출하도록 돕거나 숨겨주거나 어떤 형태의
도움이든 베푸는 남자들은 그 자리에서 사살됨.
같은 도움을 베푸는 여자들은 독일의 수용소로 보내짐.

"내가 여자인 게 다행인 것 같네."
이사벨이 혼잣말을 중얼댔다. 이때가 되도록—1941년 10월— 독일군은 프랑스가 여자들의 나라가 되어버린 것을 왜 알아차리지 못할까?
그녀는 이 말을 하면서도 거짓으로 용감하게 구는 기색을 알아차렸다. 지금 이 순간 용기를 느끼고 싶었지만—목숨을 거는 에디스 카벨처럼— 독일 병사들이 순찰하는 기차역에 있으려니 두려웠다. 이제 되돌리거나 마음을 바꿀 수 없었다. 몇 달간의 계획과 준비 끝에 그녀와 조종사 네 명은 탈출 계획을 시험할 준비가 되었다.
쌀쌀한 10월 아침, 그녀의 인생이 바뀔 터였다. 생-장-드-루즈행

기차에 오르는 순간부터 그녀는 더 이상 라 부르도네 대로에 사는 서점 아가씨 이사벨 로시뇰이 아니었다.

지금부터 그녀는 줄리엣 제르베즈였고, 암호명은 나이팅게일이었다.

"가자고."

아눅이 이사벨의 팔짱을 끼고 경고문에서 벗어나 매표소 쪽으로 이끌었다.

그들이 이 절차들을 워낙 여러 번 연습했기에 이사벨은 계획을 완전히 꿰고 있었다. 문제는 딱 하나였다. 마담 바비노와 연락하려고 갖은 노력을 기울였지만 지금껏 성공하지 못했다. 중요한 요소 한 가지를 -안내자를 찾는 일- 이사벨이 스스로 해결해야 될 상황이었다.

그녀의 왼쪽에는 농부 행색의 맥클리시 중위가 신호를 기다리며 서 있었다. 그가 가진 탈출용 물품은 벤제드린(각성제 암페타민의 상표명) 두 알과 옷깃에 꽂은 단추 모양의 작은 나침반뿐이었다. 그는 가짜 서류들을 받았다-이제 그는 플랑드르 출신의 농장 일꾼이었다. 신분증과 근로 허가증을 챙겼지만, 이사벨의 아버지는 독일군이 세심히 검토해도 이 서류들이 통과될 거라고 장담할 수 없었다. 맥클리시는 비행용 군화의 윗부분을 잘라내고 수염을 밀었다.

이사벨과 아눅은 아주 오랫동안 맥클리시에게 적당한 행동을 가르쳤다. 헐렁한 코트와 낡은 얼룩진 작업복 바지를 입혔다. 오른손 엄지와 검지에서 니코틴 얼룩을 탈색하고, 프랑스인처럼 엄지와 검지로 담배 피우는 법을 가르쳤다. 그는 길을 건너기 전에 왼쪽을-오른쪽이 아니라- 쳐다봐야 된다는 것과 이사벨이 먼저 다가오기 전에는 절대로 그녀에게 가면 안 된다는 것을 알았다.

그녀는 맥클리시에게 귀머거리와 벙어리 흉내를 내도록 가르쳤고,

기차에서는 줄곧 -목적지에 도착할 때까지- 신문을 읽게 했다. 그는 또 스스로 차표를 사고 이사벨과 떨어져 앉아야 했다. 그들 모두 그랬다. 생-장-드-루즈에서 내리면 조종사들은 이사벨과 멀찍이 떨어져 뒤따라가야 했다.

아눅이 이사벨에게 몸을 돌렸다. 그녀의 눈빛이 '준비 됐어?'라고 물었다.

이사벨은 천천히 고개를 끄덕였다.

"사촌오빠 에티엔느가 프와티에에서, 에밀 삼촌은 뤼펙에서 기차를 탈 거야. 장-클로드는 보르도에서 타기로 했고."

다른 조종사들이었다.

"네."

이사벨은 생-장-드-루즈에서 조종사 네 명과 -둘은 영국인, 둘은 캐나다인- 내려서 산맥을 넘어 스페인으로 들어갈 예정이었다. 일단 거기 도착하면 전보를 보내기로 되어 있었다. '나이팅게일이 노래했다'는 전보문은 성공했음을 의미했다.

그녀는 아눅의 양쪽 뺨에 키스하면서 '안녕히'라고 중얼댄 다음, 민첩한 걸음으로 매표소 창구로 향했다.

"생-장-드-루즈요."

이사벨이 말하고 매표원에게 돈을 건넸다. 그녀는 기차표를 받아들고 C 플랫폼으로 갔다. 뒤돌아보고 싶었지만 한 번도 고개를 돌리지 않았다.

기적이 울렸다.

이사벨은 기차에 올라타서 왼쪽 좌석에 자리를 잡았다. 승객들이 밀려들어 자리에 앉았다. 독일 병사 몇 명이 그녀의 맞은편 자리에 앉았다.

맥클리시가 마지막으로 열차에 올랐다. 그는 객실에 들어와서 다리를 끌면서 이사벨을 쳐다보지 않고 옆을 지나 끝자리로 갔다. 그가 신문을 펼쳤다.

기차가 다시 기적을 울렸고 커다란 바퀴들이 구르기 시작하면서 천천히 속도를 냈다. 열차가 쿵 하면서 좌우로 흔들리더니, 안정적으로 덜컹덜컹 움직였고 바퀴가 딸깍딸깍 소리를 내면서 철로 위를 지났다.

이사벨의 맞은편에 앉은 독일 병사가 객실 안을 훑어보았다. 그의 눈길이 맥클리시에게 머물렀다. 그가 동료의 어깨를 두드렸고, 두 사람이 자리에서 일어나기 시작했다.

이사벨이 몸을 숙이고 미소 지으면서 말했다.

"봉주르."

곧 병사들이 도로 앉았다.

"봉주르, 마드모아젤."

그들이 합창하듯 인사했다.

"프랑스어를 아주 잘하시네요."

그녀가 거짓말을 했다. 옆에서 농민 복장의 체구가 큰 부인이 못마땅해서 헛기침을 하면서 프랑스어로 소곤댔다.

"창피한 줄 알아야지."

이사벨은 예쁘게 웃음을 터뜨렸다.

"어디 가시는 길이에요?"

그녀가 병사들에게 물었다. 그들은 몇 시간 동안 같이 기차를 타고 갈 터였다. 그녀에게 시선이 쏠리게 하는 게 나았다.

"투르에요."

한 사람이 말하자 다른 병사가 이어 말했다.

"옹장에요."

"그렇군요. 시간을 보낼 만한 카드 게임을 아시나요? 제가 카드 한 벌을 갖고 있거든요."

"네, 알죠!"

더 어린 병사가 대답했다.

이사벨은 핸드백에 손을 넣어서 트럼프 카드를 꺼냈다. 그녀가 웃으면서 카드를 나눌 때 다음 조종사가 열차에 올라 독일 병사들 앞을 지나갔다.

나중에 차장이 지나가자 그녀는 기차표를 내밀었다. 그는 차표를 받고 지나갔다. 차장이 맥클리시에게 다가가자 그는 정확히 익힌 대로 했다. 계속 신문을 보면서 열차표를 내밀었다. 다른 조종사들도 똑같이 했다.

이사벨은 안도의 한숨을 쉬고 등받이에 몸을 기댔다.

*

이사벨과 네 명의 조종사들은 불상사 없이 생-장-드-루즈에 도착했다. 두 차례-물론 각자- 독일군 검문소를 통과했다. 경비병들은 가짜 서류들을 들춰보지도 않고, 심지어 고개도 들지 않고 '당케 쉔'이라고 말했다. 그들은 추락한 조종사들을 찾지 않았고, 이런 대담한 계획 따윈 염두에도 두지 않았다.

하지만 이제 이사벨과 조종사들은 산맥에 다가가고 있었다. 산기슭 언덕에서 그녀는 강변의 작은 공원으로 가서, 물이 내려다보이는 벤치에 자리 잡았다. 계획대로 맥클리시를 필두로 조종사들이 한 명씩 도착했다. 맥클리시가 그녀 옆에 앉았다.

다른 사람들은 말이 들리는 거리에 앉았다.

"안내문을 갖고 있어요?"

이사벨이 물었다.

맥클리시가 셔츠 주머니에서 종이쪽지를 꺼냈다. 거기에는 '귀머거리와 벙어리. 엄마가 데리러 오기를 기다리는 중'이라고 적혀 있었다. 다른 조종사들도 마찬가지였다.

"만약 독일 병사가 여러분 중 누군가에게 뭐라고 하면 서류들과 이 안내문을 보여주세요. 말하면 안 돼요."

"난 원래 어리숙하게 행동하니까 그런 연기는 쉬워요."

맥클리시가 말하면서 씩 웃었다.

이사벨은 너무 불안해서 웃을 수 없었다.

그녀는 캔버스 천으로 된 배낭을 벗어서 맥클리시에게 주었다. 거기 몇 가지 기본적인 물품이 담겨 있었다ー와인 한 병, 돼지고기 소시지 세 줄, 두꺼운 털양말 두 켤레, 사과 몇 알.

"위뤼뉴에서 앉을 만한 자리에 앉아 있어요. 물론 함께는 말고요. 머리를 숙이고 책을 읽는 체해요. 내가 '거기 있군요, 오빠. 내내 찾아 다녔네요'라고 말할 때까지는 고개를 들지 말아요. 알아들었어요?"

그들 모두 고개를 끄덕였다.

"만약 내가 새벽까지 돌아오지 않으면 각자 포까지 가서 내가 말해준 호텔로 가요. 엘리안이라는 여자가 도와줄 거예요."

"조심해요."

맥클리시가 말했다.

이사벨은 심호흡을 크게 한 다음 그들과 헤어져서 중앙로로 걸어갔다. 1.5킬로미터 남짓 걸었을 때 밤이 내리기 시작했고, 그녀는 흔들거리는 다리를 건넜다. 도로는 흙길이 되었고 좁아지면서 짐수레 길이 되어서 푸르른 언덕 위로, 더 위로 올라갔다. 달빛이 작은 흰 점들-염소 떼-을 비추며 그녀를 도와주었다. 이런 고지대에는 오두막들이 없고 동물 우리들만 있었다.

마침내 그녀는 그 집을 보았다. 반은 목재로 지은, 붉은 지붕의 이층집. 아버지가 설명한 그대로였다. 그들이 마담 바비노에게 연락을 하지 못한 게 당연했다. 이 오두막은 사람들이 접근하지 못하게 지은 집 같았다-집에 이르는 오르막길도 마찬가지였다. 그녀가 나타나자 염소들이 매애 울면서 불안해하며 서로 부딪쳤다. 아슬아슬하게 암막을 친 창문들 틈으로 빛이 새어나왔고, 굴뚝에서 연기가 활기차게 솟으며 대기 중에 냄새를 퍼뜨렸다.

이사벨이 노크를 하자 무거운 나무문이 한쪽 눈과 잿빛 수염에 묻히다시피한 노인의 입만 보일 만큼 열렸다.

"안녕하세요."

이사벨이 말했다. 그녀는 노인이 친절하게 응대하기를 기다렸지만 그는 잠자코 있었다. 이사벨이 다시 말했다.

"마담 바비노를 뵈러 왔는데요."

"왜요?"

노인이 물었다.

"줄리앙 로시뇰이 저를 보냈어요."

노인은 혀 차는 소리를 내더니 문을 열었다.

이사벨이 집 안에서 처음 알아차린 것은 스튜였다. 돌로 된 난로 위에 고리에 걸린 큼직한 검은 냄비에서 스튜가 끓었다.

나무 기둥이 있는 넓은 방의 뒤쪽에 큼직한 낡은 가대형 테이블이 있었고, 거기 한 여자가 앉아 있었다. 여기서 보면 그녀는 진회색 누더기를 입은 것처럼 보였지만, 노인이 등잔에 불을 붙이자 이사벨은 그녀가 남자처럼 입은 것을 알았다. 질긴 반바지에 목을 가죽 끈으로 묶는 리넨 셔츠 차림이었다. 머리칼은 쇠 부스러기 색깔이었고, 담배를 피우고 있었다.

15년이 흐른 후인데도 이사벨은 그녀를 알아보았다. 생−장−드−루즈의 해안에 앉아 있던 것을 기억했다. 여자들의 웃음소리가 귀에 선했다. 그리고 마담 바비노는 말했다. '요 꼬마 예쁜이가 네 머리를 끝없이 아프게 하겠는걸, 매들렌. 언젠가 남자애들이 떼지어 몰려들 거야.' 그러자 마망은 대답했다. '내 딸은 똑똑해서 자기 인생을 남자들에게 내던지지 않을 거야. 그렇지 이사벨?'

"구두에 흙이 잔뜩 묻었군."

"생−장−드−루즈의 기차역에서 여기까지 걸어왔어요."

"흥미롭군. 내가 미셸린 바비노야. 앉아."

마담 바비노가 말하면서 부츠를 신은 발로 의자를 쭉 밀었다.

"누구신지 알아요."

이사벨이 말했다. 그녀는 다른 말은 하지 않았다. 요즘은 정보를 밝히는 게 위험했다. 아는 것을 조심해서 주고받아야 했다.

"그래?"

"저는 줄리엣 제르베즈예요."

"내가 무슨 상관이지?"

이사벨은 초조하게 노인을 힐끔댔다. 그는 그녀를 조심스럽게 지켜보았다. 이사벨은 그에게 등을 돌리고 싶지 않지만 선택의 여지가 없었다. 그녀가 마담 바비노와 마주 앉았다.

"담배 피울래? 파란 골루아즈(골루아즈 담배는 강도에 따라 파랑색, 금색 등으로 포장됨)야. 3 프랑이나 하지. 염소 한 마리 값이지만 사서 피울 가치가 있지."

그녀가 담배를 관능적으로 길게 빨았다가 내뿜자, 짙은 파란 연기가 피어오르며 독특한 냄새가 났다. 마담 바비노가 이어서 물었다.

"내가 왜 아가씨를 신경 써야 하지?"

"줄리앙 로시뇰은 제가 부인을 신뢰할 수 있다고 믿고 있어요."

마담 바비노는 담배를 한 모금 더 빨더니 신발 굽에 비벼 껐다. 그녀는 남은 담배를 가슴팍 주머니에 넣었다.

"그의 부인이 당신과 친한 친구였다고 말하더군요. 당신이 그의 장녀의 대모라고요. 줄리앙은 부인의 막내아들의 대부고."

"그랬지. 내 두 아들 다 전선에서 독일군에게 죽었지. 그리고 남편은 지난 전쟁에서 죽었고."

"최근에 줄리앙이 당신에게 편지를 여러 통 보냈는데……."

"요즘은 우편 사정이 개떡 같거든. 그가 원하는 게 뭐지?"

이 대목이었다. 이 계획의 최대 걸림돌. 마담 바비노가 나치 협력자라면 모든 게 끝이었다. 이사벨은 이 순간을 천 번도 넘게 상상했고, 작전 중단까지 여러 가지 계획을 세웠다. 자신을 보호할 만한 말들을 궁리하기도 했다.

이제 그녀는 그 모든 대비가 바보 같다는 것을, 쓸모 없다는 것을 알았다. 그냥 일에 뛰어들 수밖에 없었다.

"추락한 조종사 네 명이 위뤼뉴에서 저를 기다리고 있어요. 저는 그들을 스페인의 영국 영사관에 데려다주고 싶어요. 저희 바람은, 영국 정부가 그들을 영국에 돌려보내서 그들이 더 많이 독일 상공을 날면서 더 많은 폭탄을 투하할 수 있는 거예요."

이후 침묵이 이어졌고, 이사벨은 자신의 심장 뛰는 소리와 벽난로 선반 위에서 시계가 째깍대는 소리를 들었다. 멀리서 염소 울음도 들렸다.

"그래서?"

마침내 마담 바비노가 말했다. 너무 잔잔한 음성이어서 알아들을 수가 없었다.

"그, 그래서 제가 피레네 산맥을 넘는 것을 도와줄 바스크인이 한 명 필요해요. 줄리앙은 제가 부인에게 도움을 받을 수 있을 거라고 생각했어요."

처음으로 이사벨은 그녀의 관심이 오롯이 자신에게 쏠리는 것을 알았다.

"에두아르도를 데려와요."

마담 바비노가 노인에게 말하자, 그는 당장 지시에 따랐다. 문이 쾅 닫혀서 천장이 흔들렸다.

그녀는 주머니에서 반쯤 남은 담배를 꺼내서 불을 붙이고, 말없이 몇 차례 담배를 빨고 연기를 내뱉었다. 그러면서 이사벨을 찬찬히 살폈다.

"뭘 그렇게……"

이사벨이 묻기 시작했다.

마담 바비노는 담배 얼룩이 진 손가락으로 입술을 눌렀다.

농가의 문이 활짝 열리고 한 사내가 쑥 들어왔다. 이사벨이 분별할 수 있는 것은 그의 넓은 어깨와 굵은 삼베 옷, 술 냄새뿐이었다.

그는 이사벨의 팔을 움켜쥐더니 의자에서 일으켜서, 거칠거칠한 벽에 팽개쳤다. 이사벨은 아파서 숨을 헐떡이면서 손아귀에서 풀려나려고 했지만, 사내는 그녀의 다리 사이에 무릎을 찌르고 움직이지 못하게 했다.

"독일군이 당신 같은 사람들을 어떻게 하는지 알아?"

그가 속삭였다. 사내가 얼굴을 바싹 들이밀어서 이사벨은 초점을 맞출 수가 없었다. 검은 눈과 숱 많은 속눈썹 외에는 아무것도 볼 수가 없었다. 그에게 담배와 브랜디 냄새가 났다. 사내가 다시 말했다.

"당신과 당신의 조종사들을 넘기면 독일군이 우리에게 얼마를 주는지나 아냐고?"

이사벨은 그의 시큼한 입 냄새를 피하려고 고개를 돌렸다.

"당신이 데려온 조종사들은 어디 있지?"

사내의 손가락들이 그녀의 팔뚝 살을 파고들었다.

"어디 있느냐고?"

"무슨 조종사들이요?"

그녀가 숨을 헐떡이면서 말했다.

"당신이 탈주를 돕고 있는 조종사들."

"무, 무슨 조종사들이요? 난 당신이 무슨 말을 하는지 모르겠네요."

그가 다시 윽박지르면서 그녀의 머리를 벽에 쾅 부딪쳤다.

"당신은 조종사들이 피레네 산맥을 넘도록 우리에게 도움을 청했잖아."

"내가, 여자가 피레네 산맥을 넘는다고요? 설마 농담이겠지요. 난 당신이 무슨 말을 하는지 모르겠어요."

"마담 바비노에게 거짓말을 하는 건가?"

"난 마담 바비노를 몰라요. 그냥 여기 길을 물어보려고 들른 것뿐이라고요. 길을 잃었거든요."

그가 담배와 와인 얼룩이 있는 이를 드러내면서 미소 지었다.

그가 이사벨을 풀어주면서 말했다.

"영리한 아가씨네. 그리고 무릎도 약하지 않고."

마담 바비노가 일어났다.

"잘됐네."

사내가 뒤로 물러서서 그녀에게 공간을 만들어주었다.

"난 에두아르도예요."

그러더니 그는 나이 든 부인에게 몸을 돌리고 말했다.

"날씨가 괜찮아요. 아가씨의 의지가 강하고요. 남자들은 오늘 밤 여기서 자면 되겠네요. 그들이 약골만 아니라면 내일 제가 데려가요."

"당신이 우리를 데려간다고요? 스페인에?"

이사벨이 물었다.

에두아르도는 마담 바비노를 바라보았고, 그녀는 이사벨을 쳐다보았다.

"너를 돕게 되어 우리도 무척 기쁘구나, 줄리엣. 자, 네가 데려온 조종사들은 어디 있지?"

*

동이 트기 훨씬 전, 마담 바비노는 이사벨을 깨워서 농가의 부엌으로 데려갔다. 부엌의 난로에는 이미 불이 피워져서 활활 타올랐다.

"커피 마실래?"

이사벨은 손가락으로 머리를 빗질하고 면 스카프로 머리를 싸맸다.

"아뇨, 감사합니다. 커피는 너무 귀해요."

노부인은 그녀에게 미소를 지었다.

"내 나이 여자에게는 아무도 어떤 의심도 하지 않지. 덕분에 난 거래를 잘할 수 있단다. 받아."

그녀가 이사벨에게 금이 간 사기로 된 머그컵을 내밀었다. 김이 무럭무럭 나는 블랙 커피였다. 진짜 커피.

이사벨은 양손으로 머그컵을 감싸고 낯익은, 다시는 당연하게 느끼지 못할 커피 향을 흠뻑 들이마셨다.

마담 바비노가 곁에 앉았다.

이사벨은 그녀의 검은 눈을 들여다보다가 연민의 빛을 보았다. 어머니를 연상시키는 눈빛이었다.

"저는 무서워요."

이사벨이 털어놓았다. 아무에게도 말한 적 없는, 처음 하는 고백이었다.

"그럴 만도 하지. 틀림없이 우리 모두 그럴 거야."

"일이 잘못 되면 파파에게 연락해주시겠어요? 여전히 파리에 계세요. 만약 우리가…… 성공 못 하면 그에게 나이팅게일은 날지 않았다고 말해주세요."

마담 바비노가 고개를 끄덕였다.

그들이 거기 앉아 있을 때, 조종사들이 한 명씩 부엌으로 들어왔다. 한밤중이었고, 아무도 제대로 자지 못한 것 같았다. 그래도 그들이 출발하기로 약속된 시간은 지금이었다.

마담 바비노는 빵, 달콤한 라벤더 꿀, 부드러운 염소 치즈로 식탁을 차렸다. 조종사들은 짝이 맞지 않는 의자에 앉아서 식탁에 바싹 붙은 채 한꺼번에 떠들면서 게 눈 감추듯 먹어치웠다.

문이 덜컥 소리를 내며 열리자 추운 밤공기가 밀려들었다. 마른 낙엽들이 집으로 들어와서 바닥 위에서 너풀대다가, 난로의 돌바닥에 작은 검은 손처럼 달라붙었다. 난로의 불꽃이 흔들리면서 가늘어졌다. 문이 쾅 닫혔다.

에두아르도가 거기 서 있었다. 천장이 낮은 방에 서 있는 지저분한 거인 같은 모습이었다. 그는 전형적인 바스크인이었다 - 사내를 둘러메고 거세게 흐르는 비다소아 강을 건널 수 있을 만큼 어깨가 벌어졌고, 얼굴은 뭉툭한 칼날로 돌을 깎은 것 같았다. 걸친 코트는 날씨에 비해 얇고, 사방에 누덕누덕 기운 자국들이 있었다.

그가 이사벨에게 '에스파드리유(끈을 발목에 매는 신발)'라는 바스크식 신발을 주었다. 신발굽이 짚으로 만들어져서 험한 산지대에서 편할 것 같았다.

"이 여정의 날씨는 어때, 에두아르도?"

마담 바비노가 물었다.

"한파가 닥치고 있어요. 우린 머뭇거릴 수가 없어요."

그가 누더기 같은 배낭을 어깨에서 벗어서 바닥에 툭 떨어뜨렸다. 에두아르도가 조종사들에게 말했다.

"이것들은 에스파드리유예요. 이 신발이 도움이 될 겁니다. 맞는 신발을 찾아 신도록 해요."

이사벨이 옆에 서서 조종사들에게 통역했다.

조종사들이 고분고분 앞으로 나와서 배낭 주변에 쭈그리고 앉아 신발을 꺼내 옆 사람에게 건넸다.

"나한테 맞는 게 없군요."

맥클리시가 말했다.

마담 바비노가 말했다.

"되는 대로 해요. 안타깝게도 신발가게가 아니니까."

그들이 비행용 부츠를 도보용 신발로 바꿔 신자, 에두아르도가 사람들을 한 줄로 세웠다. 그는 한 사람씩 차례로 살피면서 옷차림새와 작은 짐꾸러미를 조사했다.

"주머니에 든 것들을 모두 빼서 여기 두고 가도록 해요. 스페인 사람들이 어떤 핑계로든 여러분을 체포할 거고, 독일군을 피해서 달아났는데 스페인 감옥에 갇히는 꼴을 당하고 싶지 않겠죠."

그는 조종사들에게 와인이 가득 담긴 염소 가죽 부대와 옹이가 많은 이끼 낀 나뭇가지로 그가 직접 만든 지팡이를 나눠 주었다. 준비를 끝내면 그는 조종사들의 등을 때렸고 다들 비틀대며 앞으로 떠밀렸다.

"조용히 해요."

에두아르도가 말했다.

그들은 오두막을 나와 바깥의 울퉁불퉁한 염소 초지로 나갔다. 희미한 파란 달빛이 하늘을 밝혔다.

"밤이 우리를 지켜줍니다. 밤과 속도와 정적이."

에두아르도가 한 손을 들어 일행을 멈추게 했다.

"줄리엣이 맨 끝에 서고 나는 맨 앞에 섭니다. 내가 걸으면 여러분도 걷습니다. 한 줄로 걸어요. 한 마디도 말하면 안 됩니다. 오늘 밤은 얼어붙도록 추울 거예요. 배고프고 곧 지치겠지만 계속 걸어요."

에두아르도가 비탈길을 오르기 시작했다.

이사벨은 곧 추위가 맨살인 뺨을 파고들어 모직 코트의 솔기 속으로 스며드는 기운을 느꼈다. 그녀는 장갑 낀 손으로 옷깃을 여미고, 풀이 많이 자란 긴 산비탈을 오르기 시작했다.

새벽 3시 즈음 도보가 등산이 되었다. 지대가 가팔라지고 달이 보이지 않는 구름 뒤로 들어가 일행을 암흑천지에 남겨두었다. 이사벨은 앞에서 남자들의 호흡이 점점 힘겨워지는 소리를 들었다. 그녀는 그들이 춥다는 것을 알았다. 대부분 날씨가 추운데 허술하게 입었기 때문이다. 그들은 바닥에 떨어진 잔가지를 밟고 돌멩이를 찼고, 경사진 비탈길에 넘어지면서 양철 지붕에 빗물 떨어지는 소리를 냈다. 이사벨은 뱃속을 찌르는 허기를 처음 느꼈다.

비가 내리기 시작했다. 저 아래 계곡에서 이 갈리는 바람이 불어 올라와서, 한 줄로 걷는 일행에게 들이닥쳤다. 바람이 불자 비가 서리로 바뀌어 그들의 맨살을 공략했다. 이사벨은 제어할 수 없이 떨기 시작했고, 크게 가슴을 들먹이며 숨을 쉬면서도 계속 걸었다. 수목한계선을 지나 위로 위로 올라갔다.

앞에서 누군가 버럭 소리를 지르면서 쿵 넘어졌다. 이사벨은 그게 누군지 알 수 없었다. 밤이 그들을 단단히 에워싸고 있었다. 앞에 가던 남자가 갑자기 멈추자 그녀는 등에 부딪혔고, 그는 옆으로 발을 헛디디면서 바위에 부딪히자 욕설을 중얼댔다.

"멈추지 말아요, 여러분."

이사벨이 활기찬 소리를 내려고 애쓰면서 말했다.

마침내 이사벨은 걸음을 옮길 때마다 헉헉댔지만, 에두아르도는 일행이 쉬게 해주지 않았다. 그는 뒤에서 모두 잘 따라오는지 확인할 때만 걸음을 멈추었고, 다시 출발해서 바위가 많은 비탈길을 염소처럼 올라갔다.

이사벨은 다리에 불이 붙은 것처럼 심한 통증이 일어났고, 에스파드리유를 신었는데도 물집이 생겼다. 걷는 매순간이 통증과 의지의 시험대가 되었다.

몇 시간이 점점 흘러갔다. 이사벨은 너무나 숨이 가쁜 나머지, 물을 마시게 해달라고 부탁하고 싶었지만 말도 못 꺼냈다. 그녀는 에두아르도가 말을 들어주지 않으리란 것을 알고 있었다. 앞에서 맥클리시가 미끄러질 때마다 숨을 헐떡이고 욕설을 중얼대는 소리가 들렸다. 또 발이 아파서 비명을 질렀다.

이사벨은 더 이상 오솔길을 분간할 수 없었다. 그저 눈꺼풀이 감기지 않게 안간힘을 쓰면서 터벅터벅 위로 올라갔다. 그녀는 바람을 막느라 비스듬히 오르면서 스카프로 코와 입을 막고 계속 걸음을 옮겼다. 헐떡이며 내쉬는 숨이 스카프를 따뜻하게 했다. 하지만 스카프가 축축해지자 꽁꽁 얼어버렸다.

"여깁니다."

어둠 속에서 에두아르도의 목소리가 울려서 그녀에게까지 닿았다. 그들은 높은 산에 올라와서 독일이나 스페인 경비병은 분명 없을 것이다. 이제 여기서 목숨을 잃는다면 추위 때문이다.

이사벨은 털썩 주저앉으면서 돌덩이에 세게 부딪치자 비명을 질렀지만 지친 나머지 신경 쓸 여력이 없었다.

맥클리시가 숨을 몰아쉬면서 그녀 옆에 앉다가 몸이 앞으로 쏟아졌다.

"하느님 맙소사."

그가 아래로 미끄러지지기 시작하자 이사벨이 얼른 팔을 잡아서 세웠다.

주변에서 '다행이에요, 타이밍이 딱 맞았네요.' 하는 목소리들이 들렸다. 그러다가 땅바닥에 넘어지는 소리를 들었다. 더 이상 다리가 지탱하지 못하듯 여럿이 아래쪽으로 넘어졌다.

"여기가 아니에요. 염소 목동의 헛간이에요. 저쪽입니다."

에두아르도가 말했다.

이사벨은 비척비척 일어났다. 그녀는 맨 끝에서 떨며 기다리면서 가슴에 팔짱을 끼었다. 그러면 온기를 가둘 수 있을 것 같았다. 하지만 그녀는 꽁꽁 얼어 반짝이는 고드름이 된 느낌이었다. 혼수상태에 빠질 것 같은 정신과 싸웠다. 또렷한 정신을 유지하기 위해 계속 고개를 저어야 했다.

곧이어 발소리가 들렸고 어둠 속에서 에두아르도가 곁에 서 있는 것을 알았다. 얼음 같은 빗줄기가 그들의 얼굴을 때렸다.

"괜찮아요?"

그가 물었다.

"꽁꽁 얼었어요. 그리고 발을 쳐다보기가 두렵네요."

"물집이 생겼어요?"

"분명히 큰 접시만할 거예요. 비 때문에 신발이 젖는지, 피가 신발을 뚫고 나오는지 분간이 되지 않아요."

그녀는 눈물이 얼어붙어 속눈썹끼리 들러붙는 것을 느꼈다.

에두아르도는 그녀의 손을 잡아서 염소 목동들의 헛간으로 이끌었다. 거기서 그가 불을 피웠다. 머리에 붙었던 얼음은 물이 되어서 바닥에 뚝뚝 떨어져 발 옆에 웅덩이를 만들었다. 이사벨은 조종사들이 그대로 주저앉으며 거친 나무 벽에 등을 부딪치는 것을 지켜보았다. 그들은 배낭을 무릎에 올려놓고 음식을 찾기 시작했다. 맥클리시가 손을 흔들어 그녀를 불렀다.

이사벨이 조종사들 사이를 지나서 맥클리시 옆에 털썩 앉았다. 적막한 와중에 남자들이 음식을 씹고 트림을 하고 한숨 쉬는 소리가 들렸다. 이사벨은 가져온 치즈와 사과를 먹었다.

그녀는 언제 잠들었는지 몰랐다. 한순간 깨서 저녁식사를 했는데, 다음 순간 정신을 차리니 에두아르도가 다시 사람들을 깨우고 있었다. 헛간의 지저분한 유리창에 회색 빛이 닿았다. 그들은 늦은 오후에 깨라는 재촉을 받았다.

에두아르도가 불을 피우기 시작하더니 커피 비슷한 것을 한 주전자 끓여서 사람들에게 나눠주었다. 아침식사는 딱딱한 빵과 굳은 치즈였다—괜찮았지만 어제 남아 있는 날카로운 허기를 물러가게 할 만큼은 아니었다.

에두아르도가 민첩하게 걷기 시작해서, 미끄러운 서리가 뒤덮인 혈암으로 된 길을 지나갔다. 그는 숫염소처럼 불안정한 산길을 올랐다.

헛간에서 마지막으로 나온 사람은 이사벨이었다. 그녀는 산길을 올려다보았다. 잿빛 구름이 봉우리들을 가렸고, 눈송이가 세상을 조용하게 만들었다. 그러다가 일행의 숨소리 외 아무것도 들리지 않았다. 앞에서 남자들이 하얀 세상 속 작고 검은 점들로 변했다. 그녀는 추위 속에 뛰어들어, 앞에 선 사람을 쫓아서 꾸준히 산길을 올라갔다. 내리는 눈 속에서 바로 앞에 선 사람밖에 보이지 않았다.

에두아르도의 속도는 따라잡기 힘들었다. 그는 꼬불꼬불한 산길을 쉬지 않고 올랐고, 숨쉴 때마다 폐부에서 폭발하는 불길로, 살을 에는 듯한 추위를 모르는 사람 같았다. 이사벨은 헉헉대면서 계속 걸음을 옮겼고, 일행이 느려지기 시작하면 격려하고 마음을 달랬다. 그들을 놀리기도 하면서 앞으로 나아가도록 채근했다.

다시 어둠이 내리자, 그녀는 사기를 북돋우기 위해 두 배로 노력해야 했다. 피로감 때문에 뱃속이 메스껍고 갈증으로 타들어가는 기분을 느꼈지만 계속 걸었다. 누군가 앞에 선 사람보다 몇 걸음 이상 떨어지면, 이 얼어붙는 어둠 속에서 영원히 길을 잃을 수 있었다. 오솔길에서 몇 걸음만 벗어나면 죽을 수밖에 없었다.

이사벨은 밤새도록 비틀거렸다.

누군가 그녀 앞에서 넘어지면서 비명을 질렀다. 그녀가 앞으로 달려가 보니 캐나다 조종사가 무릎을 꿇고 주저앉아 숨을 씩씩댔다. 그의 콧수염이 얼어붙어버렸다.

"난 지쳤어요, 아가씨."

그가 미소를 지으려고 애쓰면서 말했다.

이사벨은 캐나다 조종사 옆으로 미끄러졌다. 즉시 등 쪽에 추위를 느꼈다.

"테디죠, 맞죠?"

"난 졌어요. 봐요. 다 끝났어요. 그냥 두고 가요."

"당신에게는 아내가 있어요, 테디. 캐나다에 딸도 있죠?"

이사벨은 그의 얼굴을 볼 수 없었지만, 그 질문에 그가 숨을 훅 들이쉬는 소리를 들었다.

"너무 인정머리 없네요, 아가씨."

"죽고 사는 데 인정 따윈 없어요, 테디. 딸의 이름이 뭐예요?"

"앨리스."

"앨리스를 위해 일어나요, 테디."

테디는 땅에 발을 디뎠다. 이사벨은 몸을 붙여서 그가 기대고 일어날 수 있게 했다.

"알았어요."

테디가 부들부들 떨면서 말했다.

이사벨이 놓아주자, 그가 앞으로 걸어가는 소리가 들렸다.

그녀는 무겁게 한숨을 쉬었고 몸을 떨었다. 허기가 뱃속을 파고들었다. 그녀는 마른 침을 삼키면서, 일행이 잠깐만 멈추어주기를 바랐다. 하지만 그녀는 사람들이 있는 방향으로 몸을 돌리고 계속 걸었다. 다시 정신이 혼미해지면서 머릿속이 흐려졌다. 한 걸음, 또 다음 걸음을 옮긴다는 것 외에 다른 생각을 할 수가 없었다.

새벽이 가까워지자, 눈발이 비로 변해 그들의 모직 코트가 더 무거워졌다. 이사벨은 언제 내리막길이 시작되었는지 알아차리지 못했다. 실제로 오르막길과 차이는 사내들이 젖은 돌에 걸려 넘어지고 미끄러지고 고꾸라지면서 돌투성이의 힘든 산중턱을 내려간다는 것뿐이었다. 그녀는 그들이 넘어지는 것을 지켜보고, 그들이 숨차서 완전히 멈추면 부축해서 다시 일으킬 수밖에 없었다. 일행은 앞사람이 보이지 않아 다른 길로 빠질까 봐 계속 두려움에 떨었다.

동틀 녘 에두아르도는 걸음을 멈추고, 산중턱에 뚫린 검은 동굴을 손짓했다. 사람들이 동굴 안에 모여서 씨근대면서 앉아 다리를 뻗었다. 이사벨은 그들이 배낭을 열어서 마지막 남은 음식을 꺼내는 소리를 들었다. 동굴 속 깊은 데서 동물이 돌아다니면서 앞발로 딱딱하게 굳은 바닥을 싹싹 긁었다.

이사벨은 조종사들을 따라서 안으로 들어갔다. 물이 떨어지는 돌과 흙으로 된 동굴 내부에 뿌리들이 나와 있었다. 에두아르도는 무릎을 꿇고서, 아침에 따서 허리춤에 넣어둔 이끼를 이용해 모닥불을 피웠다.

불꽃이 너울대자 그가 말했다.

"먹고 자도록 해요. 내일은 마지막 길을 갈 겁니다."

그가 염소 가죽 주머니를 꺼내서 술을 쭉 들이킨 후 동굴에서 나갔다.

축축한 나무가 탁탁 소리를 내면서 불꽃을 튀기자 동굴 안에서 총을 쏘는 것 같았다. 하지만 이사벨은-조종사들도- 기진맥진한 나머지 찡그리지도 못했다. 이사벨은 맥클리시 옆에 앉아서 지친 몸을 그에게 기댔다.

"당신은 놀라운 사람이군요."

그가 나직하게 말했다.

"명석한 결정을 내리지 못한다는 말을 들으면서 살았어요. 이 일이 그 증거일 걸요."

그녀는 부르르 떨었다. 추워서인지 피곤해서인지 알 수 없었다.

"멍청하지만 용감하죠."

맥클리시가 미소 지으면서 말했다.

이사벨은 대화를 나누는 게 고마웠다.

"그게 바로 나예요."

"제대로 인사를 못한 것 같네요…… 나를 구해줘서 고마워요."

"아직 내가 당신을 구했다는 생각은 들지 않는데요, 토런스."

"토리라고 불러요. 동료들은 그렇게 부릅니다."

그가 대답했다.

맥클리시가 다른 이야기를-아마도 입스위치에 그를 기다리는 아가씨에 대해서- 했지만 이사벨은 너무 지쳐서 무슨 말인지 들을 수 없었다.

그녀가 잠에서 깨니 비가 내리고 있었다.

한 조종사가 말했다.

"젠장, 밖에 장대비가 내리네."

에두아르도가 동굴 밖에 서 있었다. 튼튼한 다리를 떡 벌리고 선 그는 얼굴과 머리가 비에 젖는 것을 전혀 모르는 것 같았다. 그의 뒤쪽은 어두웠다.

조종사들은 배낭을 열었다. 이제 누가 음식을 먹으라고 말하지 않아도 다들 어떻게 할지 알았다. 산행을 멈추어도 되면 마시고 먹고 잤다. 깨라는 말을 들으면 자리에서 일어났다. 아무리 몸이 아파도 털고 일어나야 했다.

그들은 신음을 내면서 일어났다. 몇 명은 욕설을 중얼댔다. 비가 내리고 달빛이 없는 밤이었다. 칠흑처럼 어두웠다. 그들은 산을 넘었고-어젯밤에 지난 곳은 산 높이가 천 미터에 달했다- 맞은편 산비탈의 절반을 내려왔다. 하지만 날씨가 험해지고 있었다.

이사벨이 동굴에서 나올 때 비에 젖은 나뭇가지들이 얼굴을 때렸다. 그녀는 장갑 낀 손으로 가지들을 밀어내면서 계속 걸었다. 걸음을 옮길 때마다 지팡이를 짚는 소리가 났다. 비 때문에 혈암이 빙판처럼 미끄러웠고, 옆에서 빗물이 시내처럼 흘러내렸다.

이사벨은 앞에서 사내들이 툴툴대는 소리를 들었다. 그녀는 물집 잡힌 아픈 발로 터벅터벅 걸었다. 에두아르도의 걸음 속도는 지독히 빨랐다. 그는 어떤 상황에서도 멈추거나 느려지지 않았고, 조종사들은 안간힘을 써서 따라붙었다.

"봐요!"

누군가의 말소리가 이사벨의 귀에 들렸다.

멀리, 저 멀리서 불빛들이 반짝이며 흰 거미집 문양을 어둠에 펼쳐놓았다.

"스페인입니다."

에두아르도가 말했다.

그 광경이 일행에게 활력을 되찾아주었다. 그들은 지팡이를 짚고 발을 굳건하게 디뎌가면서 내리막길을 계속 걸었다.

몇 시간이나 지났을까? 다섯 시간? 여섯 시간? 이사벨은 감을 잡을 수가 없었다. 다리가 아프고 등허리가 쑤실 정도로 걸었다. 연신 입에 들어오는 빗물을 뱉고 눈에서 닦아냈다. 뱃속의 허기는 야수처럼 맹렬했다. 지평선에 희미한 빛이 나타나기 시작하더니, 가느다란 연보라색 빛으로 변했다가 분홍색, 노란색으로 바뀌었다. 그 속에서 그녀는 산길을 지그재그로 내려갔다. 발이 너무 아파서 비명을 참으려고 이를 악물어야 했다.

넷째날 밤이 되자 이사벨은 시간과 장소 감각을 완전히 잃었다. 그들이 어디 있는지, 이 고통이 얼마나 더 계속될지 몰랐다.

'영사관, 영사관, 영사관.'

에두아르도가 손을 들면서 "정지." 하고 말했다.

이사벨은 맥클리시와 부딪쳤다. 추위 때문에 그는 뺨이 빨갛고 입술은 갈라지고 호흡은 거칠었다.

멀지 않은 곳에, 뿌연 초록빛 산등성이를 지나서 연두색 제복 차림의 순찰대가 보였다. 처음 그녀의 머리를 스친 생각은 '우리가 스페인에 들어왔구나'였다. 그때 에두아르도가 그녀를 데리고 나무 뒤로 들어갔다.

그들은 오랫동안 숨어 있다가 다시 출발했다.

몇 시간 후 이사벨은 콸콸 흐르는 물소리를 들었다. 일행이 강 가까이 가자, 물소리가 다른 모든 소리를 삼켜버렸다.

마침내 에두아르도는 걸음을 멈추고 일행을 가까이 불러 모았다. 그는 진흙탕 속에 서 있었고, 그의 신발은 진흙 속에 빠져서 보이지 않았다. 에두아르도의 등 뒤로 잿빛 화강암 절벽이 솟았고, 가느다란 나무들이 중력의 법칙과 어긋나게 자라고 있었다. 위협적인 화강암 바위들 주변에 덤불들이 배장기(선로의 장애물을 밀어내려고 기관차에 다는 뾰족한 철제 기구)처럼 솟아 있었다.

에두아르도가 말했다.

"밤이 될 때까지 여기 숨어 있을 겁니다. 저 등성이 너머가 비다소아 강이에요. 강 저편과 여러분의 자유 사이에 개들을 동반한 경비대들이 있지요. 우린 다 왔지만-다 온 것은 아무것도 아니죠. 이 경비대들은 뭐든 움직이는 것을 보면 발사할 겁니다. 움직이지 말아요."

이사벨은 일행이 있는 곳에서 멀어지는 에두아르도를 지켜보았다. 그가 보이지 않자 그녀와 조종사들은 커다란 바위들과 바람이 들지 않는 쓰러진 나무들 속에 웅크리고 앉았다.

몇 시간 동안 그들 위로 비가 계속 내렸고, 진흙은 늪처럼 변했다. 이사벨은 몸을 떨면서 다리를 가슴에 모으고 눈을 감았다. 어처구니없게도 그녀는 지쳐서 깊은 잠에 빠졌고, 그 잠은 너무 금방 끝났다.

자정에 에두아르도가 그녀를 깨웠다.

이사벨이 눈을 뜨면서 처음 안 것은 비가 멎었다는 점이었다. 머리 위 하늘에 별이 총총했다. 그녀는 힘겹게 일어나다가 곧 통증 때문에 이맛살을 찌푸렸다. 조종사들이 얼마나 발이 아플지 상상할 수 있었다-그녀는 다행스럽게도 그나마 발에 맞는 신발을 신고 있었다.

밤의 보호 아래서 그들은 다시 길을 떠났고, 거친 강물 소리에 발소리가 파묻혔다. 그러다가 그들은 큰 계곡의 가장자리에 솟은 나무들 틈에 서 있었다. 저 아래서 강물이 쏟아지고 휘휘 돌면서 으르렁대고 바위들 옆면에 부딪쳤다.

에두아르도가 일행을 가까이 모았다.

"우리는 헤엄쳐서 건널 수 없어요. 빗물이 강을 우리 모두를 삼킬 야수로 만들어놨네요. 날 따라와요."

그들은 2, 3킬로미터쯤 걸었고, 그러다가 에두아르도가 다시 멈추었다. 이사벨은 삐걱대는 소리를 들었다. 풍랑에 배를 맨 줄이 풀리는 것 같았고 이따금 달가닥 소리도 들렸다.

처음에는 아무것도 보이지 않았다. 그러다가 강 저편에서 밝은 하얀 서치라이트가 번뜩대면서 흔들대는 다리를 비추었다. 이쪽 계곡과 맞은편 물가를 잇는 다리였다. 멀지 않은 곳에 스페인 검문소가 있고, 경비병들이 왔다갔다하면서 순찰 중이었다.

"미치고 환장하겠네."

한 조종사가 중얼댔다.

"빌어먹을."

다른 조종사가 말했다.

이사벨은 수풀 뒤쪽에 일행과 웅크리고 앉았고, 그들은 기다리면서 서치라이트가 강 위를 훑고 지나는 것을 지켜보았다.

새벽 2시가 지나서 마침내 에두아르도가 고개를 끄덕였다. 계곡 맞은편에서는 아무 움직임도 없었다. 운이 좋다면 -혹은 그들이 운을 갖고 있기나 하다면- 경비병들이 잠들었을 것이다.

"갑시다."

에두아르도가 속삭여서 조종사들을 일으켜 세웠다. 그는 일행을 다리 초입으로 이끌었다-다리 양쪽에 밧줄이 있고 바닥의 나무판들 사이로 하얗게 부서지는 물살이 보였다. 발판 몇 개는 빠지고 없었다. 바람에 다리가 이쪽저쪽으로 흔들리면서 칭얼대는 듯한 삐걱 소리를 냈다.

이사벨이 조종사들을 바라보았다. 대부분 유령처럼 핼쑥했다.

에두아르도가 말했다.

"한 번에 발판 하나씩. 발판이 약해 보여도 여러분의 체중을 지탱할 겁니다. 60초 만에 다리를 건너야 됩니다-서치라이트가 비치지 않는 시간이 그 정도입니다. 계곡 건너편에 도착하자마자 무릎을 꿇고 검문소의 창문 밑을 기어서 지나야 됩니다."

"전에도 이걸 건너본 적이 있지요?"

테디가 물었다. '전에도'에서 그의 목소리가 갈라졌다.

이사벨은 거짓말을 했다.

"여러 번이요, 테디. 아가씨가 해낼 수 있다면 당신 같은 건장한 조종사는 아무 문제 없을 거예요. 그렇죠?"

그가 고개를 끄덕였다.

"딱 맞는 말씀."

이사벨은 에두아르도가 다리를 건너는 모습을 지켜보았다. 그가 강 건너에 도착하자 그녀가 조종사들을 모았다. 60초를 세면서 그녀는 한 사람씩 밧줄로 매단 다리로 보냈고, 숨을 멈추고 주먹을 쥔 채 그들이 건너는 모습을 지켜보았다. 마침내 조종사들 모두 건너편 계곡에 도착했다.

마지막으로 이사벨의 순서였다. 그녀는 젖은 후드를 젖히고 빛이 그녀를 지나기를 기다렸다가 걸음을 옮겼다. 다리는 튼튼하지 않아 보였다. 하지만 남자들의 체중을 견뎠으니 그녀의 체중도 버틸 터였다.

그녀는 밧줄을 꽉 쥐고 첫 번째 발판을 디뎠다. 발밑에서 다리가 오른쪽 왼쪽으로 흔들렸다. 이사벨이 힐끗 밑을 보니 30미터쯤 아래서 성난 흰 물살이 부서졌다. 이를 악물고 꾸준히 앞으로 나아가며, 발판을 하나하나 디뎠다.

마침내 계곡 건너에 다다르자 그녀는 즉시 바닥에 무릎을 꿇었다. 서치라이트가 그녀의 머리 위를 지나갔다. 그녀는 앞으로 몸을 숙여서 제방 위로 올라가 맞은편 수풀로 들어갔다. 거기에는 조종사들이 에두아르도 옆에 웅크리고 있었다. 에두아르도가 일행을 보이지 않는 작은 언덕으로 데려갔고, 마침내 자게 해주었다.

다시 해가 떠오르자 이사벨은 잠을 깨서 멍한 상태로 눈을 깜빡거렸다.

"여기는 나쁘지 않네요."

맥클리시가 옆에서 속삭였다.

이사벨은 뿌연 눈으로 주위를 둘러보았다. 그들은 흙길 위쪽에 있는 배수로 안에, 나무들 뒤에 숨어 있었다.

에두아르도가 그들에게 와인을 건넸다. 그의 미소가 그녀의 눈에 쏟아지는 햇살처럼 환했다.

"저기입니다."

그가 멀지 않은 곳에 있는 자전거를 탄 아가씨를 가리키면서 말했다. 그녀 뒤쪽에 햇살을 받아 상아빛으로 빛나는 마을이 있었다. 꼭 그림책에 나오는 동네처럼 작은 탑과 시계탑, 교회 첨탑들이 많은 곳이었다.

"알마도라가 여러분을 산 세바스티안에 있는 영사관에 데려다줄 겁니다. 스페인에 온 걸 환영합니다."

그 순간 이사벨은 여기까지 오면서 힘들었던 일과 걸음을 뗄 때마다 엄습했던 두려움을 싹 잊었다.

"고마워요, 에두아르도."

"다음에는 그렇게 쉽지 않을 거예요."

그가 말했다.

"이번에도 쉽지 않았어요."

이사벨이 말했다.

"저들은 우리가 지나갈 거라고 예상하지 않았어요. 이제 곧 저들은 추측할 겁니다."

물론 그의 말이 옳았다. 일행은 독일 경비병들을 피해 숨거나 개들을 피하느라 냄새를 위장할 필요가 없었다. 또 스페인쪽 경비병들도 긴장하지 않았다.

"하지만 당신이 더 많은 조종사들을 데리고 다시 온다면 내가 여기 있을 겁니다."

에두아르도가 약속했다.

그녀는 감사의 목례를 하고 주위의 조종사들에게 몸을 돌렸다. 모두 그녀와 똑같이 지쳐 보였다.

"자, 여러분. 가시죠."

이사벨과 조종사들은 비틀걸음으로 도로를 내려가, 낡은 녹슨 자전거 옆에 서 있는 아가씨에게 향했다. 가명으로 인사가 끝나자 알마도라는 그들을 미로 같은 흙길과 뒷골목 들로 안내했다. 몇 킬로미터를 지난 후 그들은 파르테 비에호-산 세바스티안의 구시가-에 있는 공들인 카라멜 색 건물에 도착했다. 이사벨은 멀리서 파도가 제방에 부딪치는 소리를 들을 수 있었다.

"메르시."

이사벨이 아가씨에게 말했다.

"데 나다$^{de\ nada}$ ('천만해요'라는 뜻의 스페인어)"

이사벨은 반들거리는 검은 문을 올려다보았다.

"가세요, 여러분."

그녀가 말하면서 돌계단을 올라갔다. 그녀는 문을 힘껏 세 차례 두드렸고, 벨을 눌렀다. 말쑥한 검은 양복을 입은 사내가 문에 나오자 이사벨이 말했다.

"영국 영사님을 뵈려고 왔는데요."

"약속했습니까?"

"아니요."

"마드모아젤, 영사님께서 바쁘셔서……."

"저는 파리에서 RAF 조종사 네 명을 모시고 왔습니다."

사내의 눈이 휘둥그레졌다.

맥클리시가 앞으로 나섰다.

"토런스 맥클리시 중위입니다. RAF입니다."

다른 조종사들도 어깨를 나란히 하고 서서 자기소개를 했다.

문이 열렸다. 순식간에 이사벨은 불편한 가죽 의자에 앉게 되었다. 맞은편 커다란 책상에는 지친 표정의 사내가 앉아 있었다. 조종사들은 그녀 뒤에 차렷 자세로 서 있었다.

이사벨이 의기양양하게 말했다.

"저는 귀국의 추락한 조종사들을 파리에서 모셔왔습니다. 저희는 기차편으로 남부로 간 다음 걸어서 피레네 산맥을 넘어……."

"'걸어서' 왔다고요?"

"저기, 아마 등반했다는 게 정확한 표현일 겁니다."

"프랑스에서 피레네 산맥을 '등반'해서 스페인에 왔다고요."

그는 의자에 등을 기댔다. 그의 얼굴에서 미소가 사라졌다.

"저는 또 다시 그렇게 할 수 있습니다. RAF의 폭격이 늘면 추락하는 조종사가 더 많아지겠지요. 그들을 구하려면 저희는 재정적인 도움이 필요할 겁니다. 옷, 종이, 식량 구입비가요. 그리고 오는 길에 저희를 숨겨주며 협력하는 이들에게도 뭔가 주어야 되고요."

"MI9(제2차 세계대전 중 레지스탕스 지원을 맡은 영국군 정보부)에 전화하셔야 될 겁니다. 그들은 줄리엣 양의 조직이 필요로 하는 것을 모두 지원할 겁니다."

맥클리시가 말했다.

사내는 혀를 차면서 고개를 저었다.

"일개 '소녀'가 조종사들을 이끌고 피레네 산맥을 건너다니. 놀랄 일이 더 있을까?"

맥클리시가 이사벨을 보면서 씩 웃었다.

"정말 놀라운 일이지요. 저도 그녀에게 똑같은 말을 했습니다."

20

　점령 프랑스에서 빠져나오는 것은 어렵고 위험했다. 다시 들어가는 것은-적어도 생글생글 웃을 줄 아는 스무 살 아가씨에게는- 쉬운 일이었다.

　산 세바스티안에 온 지 며칠 후, 끝없는 회의와 정보 청취가 이어진 후 이사벨은 다시 파리행 기차에 올랐다. 3등칸 열차의 나무 의자에 앉아서-말미가 없어서 즉시 구할 수 있는 유일한 자리였다- 차창으로 스치는 루아르 계곡을 바라보았다. 열차는 얼어붙을 만큼 추웠고 떠들썩한 독일 병사들과 고개를 숙이고 손을 무릎에 올린 기죽은 프랑스 사람들로 꽉 차 있었다. 이사벨의 핸드백에는 딱딱한 치즈 한 조각과 사과 한 개가 들어 있었지만 허기져도-사실 배고파 죽을 지경이었다- 백을 열지 않았다.

　너덜너덜하고 무릎이 나온 갈색 바지와 모직 코트 차림이 두드러진다고 느껴졌다. 뺨은 바람을 맞아 빨갛게 긁혔고 입술은 마르고 갈라졌다. 하지만 진정한 변화는 내면에서 일어났다. 피레네 산맥을 넘으면서 얻은 자부심이 그녀를 변화시켰다, 성숙하게 했다. 평생 처음으로 이사벨은 하고 싶은 일이 뭔지 정확히 알았다.

MI9 요원과 만나서 정식으로 탈주로를 만들었다. 그들의 제 1연락책은 그녀였다-그들은 그녀를 '나이팅게일'이라고 불렀다. 이사벨의 핸드백 안감 안에 14만 프랑이 숨겨져 있었다. 안전가옥들을 준비하고, 조종사들과 그들을 탈주 중에 숨겨주는 사람들의 식량과 의복을 구입하기에 충분한 액수였다. 그녀는 접선책인 이언(암호명 '화요일')에게 다른 조종사들이 탈주할 거라고 장담했다. 폴에게 연락할 때가-'나이팅게일이 노래했다'- 이사벨 생애의 가장 자랑스러운 순간이었다.

통행금지 시간이 다 되어서 파리에 내렸다. 춥고 어두운 하늘 아래서 가을의 도시가 떨었다. 벌거벗은 나무들 사이로 바람이 불자 빈 꽃바구니들이 덜컹거리고 차양들이 헝클어지고 펄럭댔다.

그녀는 일부러 라 부르도네 대로에 있는 옛집 앞을 지나서 걸어갔다. 아파트 앞을 지나려니 감정이 물밀듯 밀려왔다 ……갈망이겠지. 그녀가 기억하는 가정에 가까운 집이 거기였지만 안에 들어가지 않은 지-혹은 아버지를 만나지 않은 지- 몇 달이 되었다. 탈주로를 시작한 이후로 만나지 않았다. 둘이 같이 있는 것은 안전하지 않았다. 대신 이사벨이 사는 우중충한 작은 아파트가 최근의 가정이었다. 짝이 맞지 않는 테이블과 의자들, 바닥에 깔린 매트리스, 시원하지 않은 냉장고. 소형 카펫에서는 먼젓번 세입자의 담배 냄새가 났고, 벽은 물 자국이 얼룩져 있었다.

이사벨은 현관 앞에 서서 머뭇거리며 주위를 힐끗 보았다. 거리는 조용하고 어두웠다. 열쇠구멍에 마스터키를 넣고 살짝 돌렸다. 찰칵하는 소리에 위험이 엄습했다. 뭔가 잘못되었다-있지 말아야 할 그림자가 있고, 몇 달 전에 주인이 버리고 간 옆 식당에서 철컥하는 쇠붙이 소리가 났다.

그녀는 천천히 몸을 돌려서 어둡고 조용한 도로를 내다보았다. 보이지 않는 트럭들이 여기저기 서 있고, 처량한 작은 카페들이 옆 골목에 불빛을 드리웠다. 빛 속에서 병사들의 가느다란 실루엣이 앞뒤로 움직였다. 한때 활기찼던 동네에 황량한 기운이 감돌았다.

도로 건너편에 불 꺼진 가로등이 있고, 그 주위에 그만큼 어두운 빈 공간이 있었다.

그가 거기 있었다. 이사벨은 그를 볼 수 없었지만 그가 있다는 것을 알았다.

그녀가 천천히 걸음을 옮겼다. 조심하면서 한 번에 한 걸음씩 움직였다. 멀지 않은 데서 그의 숨소리가 들린다고 그녀는 확신했다. 그녀를 보고 있다고. 그가 그녀의 귀가를 걱정하면서 기다렸다는 것을 이사벨은 본능적으로 알았다.

"가에탕, 한 달간 날 따라다니고 있죠. 왜 그러는데요?"

그녀는 그를 잡으려고 목소리를 미끼 삼아 던지듯 부드럽게 말했다. 무반응. 그녀 주위에 적막감이 바람에 실려 왔다. 매섭고 찼다.

"이리 와요."

그녀가 턱을 기울이며 간절하게 말했다.

여전히 묵묵부답.

"준비가 안 된 거예요?"

그녀가 말했다. 그 침묵이 마음 아팠지만 이사벨은 그것 역시 이해했다. 그들이 무릅쓰는 모든 위험 중에서 가장 위험한 선택은 사랑이었다.

그가 여기 없을 수도, 그녀를 지켜보거나 기다린 적이 없을 수도 있었다. 그녀가 잘못 알았을 것이다. 어쩌면 그녀는 그저 자신을 원치 않는 남자를 갈망하면서 텅 빈 거리에 혼자 서 있는 어리석은 아가씨일 뿐이었다.

아니.

'그는 거기 있었다.'

*

그해 겨울은 지난해보다 훨씬 지독했다. 성난 신은 하루가 멀다 하고 납빛 하늘에 눈을 퍼부었다. 안 그래도 황량하고 비루한 세상에 추위가 덤으로 왔다.

점령 지역의 작은 마을들처럼 카리보는 주변 세계에서 차단된 절망에 찬 섬이 되었다. 마을 사람들은 세상이 어떻게 돌아가는지에 대해 제한된 정보만 알았고, 생존하는 데 힘을 쏟은 나머지 진실을 찾아서 선전용 전단지를 파고들 짬이 없었다. 그들이 분명히 아는 것은 미국이 참전한 이후 나치가 더 화나고 비열해졌다는 점이었다.

1942년 2월 초 황량하고 추운 동트기 전, 나뭇가지가 부러지고 유리창이 금간 연못 빙판처럼 보일 때 비안느는 일찍 깼다. 그녀는 칠흑처럼 까만 침실 천장을 올려다보았다. 눈 뒤쪽으로 두통이 일어났다. 식은땀이 흐르고 아팠다. 숨을 깊이 쉬니 폐 안이 뜨거워져서 기침이 나왔다.

침대에서 나오고 싶지 않았지만 두 사람 다 굶어죽을 수는 없었다. 이 겨울 점점 배급표가 쓸모없어졌다. 구할 수 있는 식품이 없었고, 구두나 옷감이나 가죽도 찾아볼 수가 없었다. 비안느는 스토브에 땔 장작이 없었고 전기요금으로 쓸 돈도 없었다. 가스가 너무 귀해서 목욕하는 일은 참아야 할 일이 되었다. 그녀와 소피는 이불과 담요를 산처럼 쌓고 강아지들처럼 꼭 붙어서 잤다. 지난 몇 달간 비안느는 뭐든 닥치는 대로 불 때고 귀중품을 팔았다.

지금 그녀는 갖고 있는 옷은 다 껴입었다 - 플란넬 바지, 직접 뜨개질한 속옷, 낡은 모직 스웨터, 목에 스카프까지 둘렀지만 침대에서 나오니 오한이 들었다. 발을 바닥에 딛자 동상으로 인한 통증 때문에 얼굴이 찌푸려졌다. 그녀는 모직 스커트를 집어서 바지 위에 입었다. 올 겨울 체중이 너무 줄어서 허리에 옷핀을 꽂아야 했다. 기침하면서 아래층으로 내려갔다. 숨을 쉬면 앞에 입김이 퍼졌다가 이내 사라졌다. 그녀는 발을 질질 끌며 손님방 앞을 지났다.

대위는 집에 없었다. 몇 주째 집에 오지 않았다. 비안느는 인정하기 싫지만 그가 집에 있는 것보다 없는 게 더 나빴다. 그가 집에 있을 때는 적어도 먹을 음식과 난로에 지필 장작이 있었다. 그는 집이 추운 것을 질색했다.

비안느는 그가 제공하는 음식은 최대한 조금 먹었지만 - 굶주리는 게 의무라고 자신을 다독이면서 - 어떤 어머니가 딸이 고생하게 방치한단 말인가? 정말 그녀는 소피가 프랑스에 충성심을 증명하기 위해 굶주리게 해야 될까?

어둠 속에서 양말을 두 켤레 신은 발에 구멍 난 양말 한 켤레를 더 신었다. 담요를 몸에 두르고, 최근에 소피의 아기 담요를 푼 실로 짠 장갑을 꼈다.

성에가 낀 부엌으로 가서 등잔을 켜 들고 밖으로 나왔다. 숨을 가쁘게 쉬면서 천천히 얼어붙어 미끄러운 비탈길을 걸어 헛간으로 올라갔다. 그녀는 두 번 미끄러져서 풀밭에 넘어졌다.

두꺼운 장갑을 꼈는데도 헛간 문의 철제 손잡이에서 얼얼한 냉기가 느껴졌다. 비안느는 문을 밀기 위해 온 체중을 실어야 했다. 헛간에 들어서자 등불을 내려놓았다. 자동차를 움직인다는 것은 허약한 상태에서 감당할 수가 없는 일이었다.

힘겹게 숨을 깊이 들이쉬고 마음을 단단히 먹고 차로 갔다. 기어를 중립에 넣고 범퍼 위로 몸을 숙여 있는 힘껏 밀었다. 차는 천천히 앞으로 굴러갔다.

트랩도어가 나타나자 비안느는 등불을 들고 천천히 사다리를 타고 내려갔다. 해고를 당하고 돈이 떨어진 후 길고 어두운 몇 개월이 흐르는 동안, 집안의 귀중품들을 하나하나 팔아야 했다. 그림 한 점을 팔아서 토끼와 닭 들이 겨우내 먹을 사료를 구했다. 리모주 찻잔 세트를 팔아서 밀가루 한 부대를, 은제 소금통과 후추통을 내주고 마른 암탉 한 쌍을 얻었다.

비안느는 어머니의 보석함을 열고 벨벳 안감을 댄 안을 내려다보았다. 얼마 전만 해도 괜찮은 보석 몇 점뿐 아니라 인조 보석류가 많이 들어 있었다. 귀고리, 가늘게 줄 세공한 은팔찌, 루비와 두들긴 쇠붙이로 만든 브로치. 이제 진주만 남아 있었다.

비안느는 한쪽 장갑을 벗고 진주에 손을 뻗었다. 불빛 속에서 진주알이 젊은 여인의 살결처럼 윤이 났다. 진주 목걸이는 어머니와의 마지막 연결 고리였다. 그리고 집안의 마지막 유품이었다. 이제 소피는 결혼식에 이 목걸이를 걸지 못할 것이다. 딸들에게 이 목걸이를 물려주지 못할 터였다.

"하지만 올겨울 소피가 굶지는 않겠지."

비안느가 중얼댔다. 깔깔한 목소리가 나오는 게 서글퍼서인지, 처량하거나 안도감에서인지 알 수 없었다. 그나마 팔 게 있으니 다행이었다.

진주 목걸이를 내려다보고 손바닥으로 무게감을 느꼈다. 진주알들이 그녀의 몸에서 온기를 끌어냈다. 순간적으로 그녀는 진주알들이 반짝이는 것을 보았다. 그러다가 음울하게 손에 장갑을 끼고 다시 사다리를 타고 올라갔다.

*

벡이 돌아오지 않는 가운데 황량한 추위가 몇 주 더 지속되었다. 꽁꽁 얼어붙은 2월 말 아침, 비안느는 욱신대는 두통과 열을 느끼면서 깼다. 부르르 떨며 기침하고는 느릿느릿 침대에서 내려왔다. 담요를 몸에 둘렀지만 도움이 되지 않았다. 바지와 스웨터 두 벌, 양말 세 켤레를 신었는데도 가누지 못할 만큼 몸이 떨렸다. 밖에서 바람이 휘휘 불어 덧문이 덜컹대고, 암막 아래 성에 낀 유리가 흔들렸다.

비안느는 느릿느릿 아침 일과를 해내면서, 기침이 나올까 봐 숨을 너무 깊게 쉬지 않으려고 애썼다. 발이 동상에 걸려서 걸음을 내딛을 때마다 통증이 퍼졌다. 그녀는 소피에게 멀건 옥수수죽으로 간단한 아침식사를 챙겨주었다. 그런 다음 두 사람은 눈 내리는 밖으로 나왔다.

말없이 터벅터벅 시내로 향했다. 눈이 하염없이 내려서 앞 도로가 하얗게 변했고 나무에도 눈이 소복이 쌓였다.

교회가 세워진 곳은 시내 끝의 튀어나온 좁은 부지로, 한쪽은 강이 흐르고 뒤쪽에는 고풍스런 수도원의 석회암 담장이 있었다.

"마망, 괜찮아요?"

비안느가 다시 앞으로 몸을 웅크렸다. 그녀는 딸의 손을 꼭 잡았지만 둘 다 장갑을 끼어서 아무 느낌도 없었다. 가슴에서 숨이 덜거덕대고 열이 올랐다.

"괜찮아."

"아침을 먹어야 했어요."

"배고프지 않았어."

비안느가 대답했다.

"어유."

소피가 펑펑 쏟아지는 눈을 뚫고 걸으면서 말했다.

비안느는 소피를 교회로 이끌었다. 안에 들어가자 내뿜는 입김이 보이지 않을 만큼은 따뜻했다. 네이브(교회 입구에서 안쪽까지 통하는 중앙의 중요한 부분)가 우아한 아치를 이루며 기도하듯 양손을 맞잡은 모양이었고, 기품 있는 나무 들보들이 곳곳에 받치고 있었다. 스테인드글라스 창들이 색색으로 반짝거렸다. 거의 모든 신도석이 차 있었지만 맹추위가 기승을 부리는 이런 겨울날에는 아무도 말하지 않았다.

땡그렁 종소리가 울리자 커다란 문들이 쾅 닫히면서 눈 내리는 사이로 비춰들던 자연광을 차단했다.

조제프 신부가 설교단에 올라갔다. 이 친절한 노신부는 비안느가 어릴 때부터 이 교회를 관장해왔다.

"오늘 우리는 떠나 있는 남자 가족을 위해 기도하겠습니다. 이 전쟁이 더 오래 끌지 않기를 기도하겠습니다. 그리고 우리 적에게 대항하고 우리의 본모습을 지킬 수 있는 힘을 주시라고 기도하겠습니다."

이것은 비안느가 듣고 싶은 설교가 아니었다. 그녀가 추위를 뚫고 이 주일날 교회에 온 것은 신부님의 설교에서 위로받고 싶어서, '명예' '의무' '충성심' 같은 어휘로부터 영감을 받고 싶어서였다. 하지만 오늘 그런 개념은 멀게, 아주 멀게 느껴졌다. 아프고 춥고 굶주리는 마당에 어떻게 이상에 매달릴 수 있을까? 적은 양이긴 해도 적에게 음식을 받는 마당에 어떻게 이웃을 쳐다볼 수 있을까? 다른 사람들은 더 굶주리는데.

비안느는 생각에 깊이 빠져서 미사가 끝났다는 것을 깨닫는 데 시간이 걸렸다. 그녀는 일어났고 움직일 때마다 현기증이 밀려왔다. 의자를 붙잡고 중심을 잡았다.

"마망?"

"괜찮아."

그들의 왼쪽 통로를 교구 신자들이-주로 여자들- 지나갔다. 다들 지치고 여윈 모습이었고, 털옷과 신문용지를 껴입고 비안느처럼 기운이 없었다.

소피가 비안느의 손을 잡아서 활짝 열린 문으로 이끌었다. 문턱에서 비안느는 덜덜 떨고 기침하면서 멈추었다. 그녀는 춥고 하얀 세상으로 다시 나가고 싶지 않았다.

문턱을 넘어서(결혼식 후 앙투안이 그녀를 안고 넘었던 문턱…… 아니, 그건 르 자르댕의 문턱이었다. 그녀가 혼동했다.) 눈보라 속으로 나갔다. 비안느는 머리에 두꺼운 털목도리를 두르고 목덜미를 단단히 여몄다. 바람에 맞서서 몸을 앞으로 숙이고 펄펄 내리는 축축한 눈 속을 터벅터벅 걸었다.

망가진 대문을 지나 마당에 들어선 무렵, 그녀는 무겁게 숨을 몰아쉬면서 마구 기침을 했다. 기관총이 장착된 사이드카를 매단, 눈에 덮인 오토바이를 빙 돌아서 가지들이 앙상한 과수원으로 들어갔다. 비안느는 그가 돌아왔다고 멍하게 생각했다. 이제 소피가 먹을 게 있겠구나. 거의 현관에 다다랐을 때 자신이 쓰러지기 시작하는 게 느껴졌다.

"마망!"

비안느는 소피의 목소리를 들었다. 두려워하는 목소리를 들으면서 '나 때문에 애가 겁먹고 있어'라고 생각하며 안타까웠다. 하지만 다리에 힘이 없어서 몸을 지탱하지 못했고, 너무나 피곤했다…… 너무나 고단했다.

멀리서 삐걱 하고 문이 열리는 소리가 난 뒤, 딸의 외침이 들렸다.

"대위님."

그러더니 부츠 굽이 마루 바닥에 닿는 소리가 났다.

그녀가 땅바닥에 세게 쓰러졌다. 눈 덮인 계단에 머리를 부딪치면서 널브러졌다. 비안느는 생각했다.

'조금 쉬어야겠어. 그런 다음에 일어나서 소피에게 점심을 만들어 줘야지. 그런데 먹을 게 뭐가 있나?'

다음 순간 그녀는 자신이 둥둥 떠다니는, 아니 어쩌면 날아다닌다는 것을 알았다. 비안느는 눈을 뜰 수가 없었지만-너무 지치고 머리가 아팠다- 자신이 움직이는 것, 누군가 몸을 흔들어주는 것을 느꼈다.

'앙투안, 당신이야? 당신이 나를 안고 있는 거야?'

"문을 열어라."

문 열리는 소리가 나더니 말소리가 들렸다.

"내가 코트를 벗길게. 가서 마담 드 샹플랭을 모셔오너라, 소피."

비안느는 부드러운 침대에 눕혀지는 것을 느꼈다.

그녀는 갈라지고 메마른 입술을 적시면서 눈을 뜨려고 애썼다. 마침내 간신히 눈을 뜨니 앞이 흐릿했다.

벡 대위가 침대에 누운 그녀 옆에 앉아 있었다. 그가 비안느의 손을 잡고 몸을 숙여서 두 사람의 얼굴이 가까웠다.

"마담?"

비안느는 얼굴에 닿는 그의 따뜻한 숨결을 느꼈다.

"비안느!"

라셸이 달음질해서 방에 들어오면서 외쳤다.

벡 대위가 얼른 일어났다.

"부인이 눈 속에서 기절했습니다, 마담. 계단에 머리를 부딪쳤습니다. 제가 여기로 옮겼습니다."

라셸이 고개를 끄덕이며 말했다.

"감사드립니다. 이제 제가 비안느를 보살필게요, 대위님."

벡은 그대로 서 있었다.

"부인이 통 음식을 먹지 않습니다. 모든 음식은 소피를 주지요. 쭉 그러는 것을 제가 봤습니다."

그가 뻣뻣하게 말했다.

"그게 전쟁 중의 어머니 노릇이지요, 대위님. 이제 ······양해해주시면······."

그녀는 벡 앞을 지나서 비안느 옆자리 침대에 걸터앉았다. 벡은 안절부절 못 하는 표정으로 잠시 더 그 자리에 서 있다가 침실에서 나갔다.

라셸이 비안느의 젖은 머리를 쓰다듬으면서 상냥하게 말했다.

"소피에게 다 주고 있었구나."

"달리 무슨 일을 할 수 있겠어?"

비안느가 대꾸했다.

"죽지 않는 것. 소피는 널 필요로 해."

라셸이 말했다.

비안느가 무겁게 한숨을 쉬고 눈을 감았다. 그녀는 깊은 잠에 빠져들었고, 꿈속에서 포근한 것 위에 누워 있었다. 그것은 검은 들판으로 그녀에게서 사방으로 몇 에이커나 뻗어나갔다. 어둠 속에서 사람들이 그녀를 부르는 소리와 그녀에게 다가오는 소리가 들렸지만 그녀는 움직이고 싶은 마음이 없었다. 그냥 자고 자고 또 잤다. 정신을 차리니, 그녀는 거실 소파에 누워 있었고 멀지 않은 벽난로에서 불이 타올랐다.

비안느는 기운이 없고 불안정한 기분을 느끼면서 천천히 일어나 앉았다.

"소피?"

손님방 문이 열리면서 벡 대위가 나타났다. 그는 플란넬 파자마와 모직 카디건을 입고 가죽장화를 신은 모습이었다.

벡이 미소 지으면서 말했다.

"봉수아, 마담. 정신을 차리셔서 다행입니다."

그녀는 플란넬 바지와 스웨터 두 벌, 양말, 털모자 차림이었다. 누가 옷을 입혔을까?

"제가 얼마나 잤나요?"

"딱 하루."

그가 비안느 앞을 지나 부엌으로 들어갔다. 잠시 후 벡은 김이 나는 카페오레 한 잔과 블루치즈 한 조각, 햄, 빵 덩어리를 들고 나왔다. 그는 아무 말 없이 음식을 비안느 옆의 테이블에 내려놓았다.

그녀는 음식을 쳐다보았다. 뱃속이 고통스럽게 뒤틀렸다. 그러다가 고개를 들어 대위를 바라보았다.

"머리를 부딪쳐서 죽을 수도 있었습니다."

비안느가 이마를 만졌고 말랑한 혹이 느껴졌다.

"부인이 죽으면 소피가 어떻게 되겠습니까? 그 생각을 해봤습니까?"

벡이 묻고는 그녀에게 다가왔다.

"대위님이 너무 오래 떠나 계셨어요. 둘 다 먹기에는 먹을 게 부족했어요."

"드세요."

그가 비안느를 내려다보면서 말했다.

그녀는 시선을 돌리고 싶지 않았다. 그가 돌아오자 안도하는 자신이 부끄러웠다. 마침내 비안느는 천천히 음식을 바라보았다.

손을 뻗어서 접시를 양손으로 잡아당겼다. 햄의 짭조름한 훈제 냄새와 치즈의 약간 고약한 냄새가 그녀를 취하게 했고, 고매한 의도를 압도했다. 비안느는 완전히 유혹당해서 선택의 여지가 없었다.

*

3월 초 아직 봄이 멀게 느껴지기만 했다. 지난밤 연합군은 폭탄 투하로 볼로뉴-비앙쿠르에 있는 르노 공장을 아수라장으로 만들었고, 파리 외곽 지역에서는 수백 명이 목숨을 잃었다. 그 일은 파리지앵을-이사벨을 포함해서- 안달나고 화나게 만들었다. 미국인들은 복수심으로 전쟁에 끼어들었고, 이제 공습이 생활의 일면이 되었다.

이 춥고 비 오는 저녁, 이사벨은 자전거를 타고 진흙탕 길을 달렸다. 바퀴자국투성이인 길에는 안개가 자욱이 깔려 있었다. 빗물에 머리칼이 얼굴에 달라붙고 앞이 뿌옇게 보였다. 안개 속에서 소리가 증폭되었다. 진흙길 위에서 자전거 바퀴가 내는 소리에 꿩이 울었고, 가까운 하늘에서 계속 비행기들이 윙윙대는 소리가 났다. 들판에서 소들이 음매 울었다. 털 후드가 그녀의 유일한 보호 장치였다.

자신 없는 솜씨로 벨럼지(얇은 종이)에 그린 목탄화처럼 경계선이 천천히 시야에 들어왔다. 이사벨은 검은색과 흰색의 검문소 문 양쪽으로 쭉 뻗은 둥글게 말린 철조망을 보았다. 그 옆에 놓인 의자에 독일 병사가 소총을 무릎에 올려놓고 앉아 있었다. 이사벨이 다가가자 그가 일어나서 총을 겨누었다.

"정지!"

이사벨은 자전거 속도를 늦추었다. 바퀴가 진흙에 박혀서 몸이 안장에서 날아갈 뻔했다. 그녀는 자전거에서 내려서 진흙탕에 발을 디뎠다. 코트 안감 속에 지폐 5백 프랑과 인근 안가에 숨어 있는 조종사의 위조 서류들이 들어 있었다.

그녀가 독일 병사에게 미소 지으면서 자전거를 끌고 진흙탕 속을 첨벙대면서 다가갔다.

"서류."

병사가 말하자, 이사벨이 위조된 줄리엣의 서류를 건넸다. 그는 관심 없이 서류를 힐끗 보았다. 그가 이런 빗속에서 조용한 경계 지역을 지키는 것을 못마땅해하는 것을 이사벨은 알 수 있었다.

"통과."

그가 권태로운 말투로 말했다. 이사벨은 서류를 다시 주머니에 넣고 자전거에 올라타서 젖은 도로 위를 최대한 빨리 달렸다.

한 시간 반 후 그녀는 작은 고장인 브랑톰 외곽에 도착했다. 이곳은 자유 지대여서 독일 병사들은 없었다. 최근에 프랑스 경찰이 나치 못지않게 위험하다는 사실이 드러났기 때문에 그녀는 경계심을 늦추지 않았다.

수 세기 동안 브랑톰 타운은 몸을 치유하고 영혼을 일깨울 수 있는 성스러운 곳으로 여겨졌다. 흑사병과 백년전쟁이 시골을 황폐하게 만든 후 베네딕트 수도사들은 웅장한 석회암 수도원을 세웠다. 수도원의 한쪽에는 깎아지른 잿빛 절벽들이 있었고 다른 쪽에는 넓은 드론 강이 흘렀다.

타운 끝에 있는 동굴들 건너편에 새 안전가옥들 중 한 채가 있었다. 동굴과 강 사이의 삼각형 대지에 버려진 방앗간이 있고 거기 비밀 방이 있었다. 오래된 물레방아가 돌아가고 물받이와 바퀴에는 이끼가 잔뜩 끼어 있었다. 창문들은 판자로 막고 돌담에는 독일에 저항하는 벽화가 그려져 있었다.

이사벨은 도로에 멈춰 서서 양쪽을 힐끔대며 감시하는 사람이 없는지 확인했다. 아무도 없었다. 그녀는 나무에 자전거를 자물쇠로 잠근 다음, 길 건너 지하실로 가서 조용히 문을 열었다. 방앗간의 모든 문은 판자로 막혀 있었고 이 문을 통해서만 안으로 들어갈 수 있었다.

이사벨은 캄캄하고 퀴퀴한 지하실로 내려가서 선반에 둔 등잔에 손을 뻗었다. 등잔불을 켜서 예전에 베네딕트회 수도사들이 소위 야만인들을 피할 때 쓰던 비밀 통로를 지나갔다. 좁고 가파른 어두운 계단이 주방으로 이어졌다. 문을 열고 거미줄이 쳐진 먼지 자욱한 방으로 살그머니 들어가 위층으로 올라갔다. 그러고는 오래된 창고 방들 중 하나 뒤에 숨겨진 방으로 갔다. 이 비밀 방의 크기는 가로 세로 각 3미터쯤이었다.

"그녀가 여기 왔다! 똑바로 서, 퍼킨스."

조명이라곤 촛불 하나뿐인 작은 방에서 두 남자가 벌떡 일어나 차렷 자세를 했다. 둘 다 몸에 맞지 않는 프랑스 농부 차림이었다.

둘 중 덩치가 더 큰 사내가 말했다.

"에드 퍼킨스 대위입니다, 미스. 그리고 여기 이 멍청이는 이언 트러포드 뭐 그 비슷한 이름입니다. 그는 웨일스인입니다. 저는 미국인이고요. 저희 둘 다 아가씨를 만나게 되어 엄청나게 기쁩니다. 이 좁은 공간에서 반쯤 미쳐가던 참이거든요."

"겨우 반만 미쳤어요?"

이사벨이 물었다. 그녀의 후드 달린 망토에서 물이 뚝뚝 떨어져 발주변이 웅덩이가 되었다. 그녀는 침낭에 기어들어가서 자고 싶은 마음밖에 없었지만 먼저 처리할 일이 있었다.

"퍼킨스라고 하셨죠."

"그렇습니다, 미스."

"출신지가?"

"벤드, 오리건 주입니다. 아버지는 배관공이고 어머니는 최고의 사과파이를 만들지요."

"이맘때 벤드의 날씨는 어떤가요?"

"지금이 언제죠? 3월 중순이요? 추울 겁니다. 이제 눈은 오지 않겠지만 아직 쨍쨍하지는 않지요."

그녀는 아픈 어깨를 마사지하면서 목을 이쪽저쪽으로 돌렸다. 자전거를 타고 다니고 바닥에 누워 자는 게 힘들었다.

그녀는 두 남자가 스스로 밝힌 신분이 맞는다는 확신이 들 때까지 조사했다―추락한 두 조종사는 몇 주째 프랑스에서 빠져나갈 기회를 엿보는 중이었다. 마침내 그녀는 믿을 수 있다는 생각이 들자 배낭을 열고 요깃거리를 꺼냈다. 세 사람은 쥐가 갉아먹은 낡은 카펫 바닥 가운데 촛불을 두고 앉아서 식사를 했다. 이사벨은 바게트 한 개, 쐐기 모양의 카망베르 치즈 한 조각, 와인 한 병을 꺼냈고, 그들은 이것을 돌려가며 먹었다.

미국인 퍼킨스는 거의 쉬지 않고 떠든 반면 웨일스인은 조용히 음식을 먹으면서, 와인을 권하자 사양한다고만 말했다.

"어딘가에서 당신 걱정을 하는 남편이 있을 테죠."

이사벨이 배낭을 닫을 때 퍼킨스가 말했다. 그녀는 생긋 웃었다.

이미 이것은 늘 받는 질문이 되었다. 특히 그녀 또래의 남자들에게는.

"그리고 당신의 소식을 기다리는 아내가 있을 테고요."

그녀는 늘 이렇게 대답해서 신랄하게 현실을 일깨워주었다.

퍼킨스가 말했다.

"아뇨, 난 아니에요. 나 같은 위인 앞에 줄을 서는 아가씨들은 없죠. 더구나 지금은……."

이사벨이 찡그렸다.

"지금은 뭐요?"

"이런 생각을 하는 것이 영웅적인 처사가 아닌 줄은 알지만, 난 발음도 제대로 못할 이 동네 집에서 걸어 나가다가 나랑은 원한도 없는 어떤 사람한테 총을 맞을 수도 있거든요. 당신네 언덕을 넘으려고 애쓰다 죽을 수도 있고."

"산맥이에요."

"스페인에 걸어 들어가다가 스페인 사람이나 나치의 총에 맞을 수도 있고요. 제길, 당신네 망할 놈의 언덕에서 꼼짝없이 죽을 수도 있어요."

"산맥이요. 그런 일은 없을 거예요."

그녀가 퍼킨스를 빤히 쳐다보면서 다시 말했다.

이언이 한숨을 쉬었다.

"그것 봐, 퍼킨스. 이 여리여리한 아가씨가 우리를 구해줄 거라니까."

웨일스인은 이사벨에게 힘없이 미소 지었다. 그러고는 말했다.

"여기 와줘서 고마워요, 미스. 이 친구가 떠들어대는 통에 내가 돌아버리겠다니까요."

"그가 말을 하게 내버려두는 게 좋을 거예요, 이언. 내일 이 시간쯤에는 숨을 계속 쉬려고 온힘을 다 쏟고 있을 테니까요."

"언덕에서요?"

퍼킨스가 눈을 휘둥그레 뜨고 물었다.

"그래요. 언덕에서요."

이사벨이 미소 지으면서 대답했다.

하여간 미국인들은 남의 말을 듣지 않았다.

*

5월 말, 봄이 루아르 계곡에 생기와 색감과 온기를 가져왔다. 비안느는 정원에서 평온을 찾았다. 그녀가 잡초를 뽑고 채소를 심는데 트럭과 병사들, 벤츠 차량들이 앞을 지나갔다. 미국이 참전한 후 5개월간 나치군은 예의를 차리는 척하는 태도를 버렸다. 이제 그들은 언제나 분주하게 행진하고 결집했고, 군수품 임시창고에 모였다.

게슈타포와 친위대가 사방에서 테러범들과 저항 운동가들을 찾아다녔다. 아무 짓을 하지 않아도 테러범으로 몰렸다 — 속삭이는 소리로 비난만 해도. 하늘에서 비행기 굉음이 끊임없이 울렸고 폭탄 소리도 계속 났다.

이 봄, 비안느가 식품을 사려고 줄을 서 있거나 시내를 걸어가거나 우체국에서 순서를 기다릴 때, 누군가 쭈빗쭈빗 다가와서 최근 BBC 방송에 대해 물은 적이 얼마나 많던가?

'라디오가 없는데요. 라디오를 소지하는 게 금지 되어서요'.

그녀는 늘 그렇게 대답했고 그것은 사실이었다. 그런데도 매번 그런 질문을 받을 때마다 비안느는 두려워서 오싹했다.

사람들은 '레 콜라보'라는 신조어를 알게 되었다. 협력자들. 나치의 더러운 일을 해주는 프랑스인들. 그들은 친구들과 이웃들을 염탐해서 적에게 밀고했고, 실제로 일어난 일이든 상상한 것이든 모든 위반 사항을 전달했다. 그들의 말 한 마디로 사람들은 사소한 일로 체포되기 시작했고, 사령부 사무실로 끌려간 많은 사람이 다시는 보이지 않았다.

"마담 모리악! 마망 좀 도와주셔야겠어요."

사라가 망가진 대문으로 뛰어들어왔다. 소녀는 허약하고 너무 말라 보였고, 피부가 창백해서 혈관이 보일 정도였다.

비안느는 놀라서 허리를 펴고 밀짚모자를 뒤로 젖혔다.

"무슨 일이야? 엄마가 아빠 소식을 들었니?"

"무슨 일인지 모르겠어요, 마망이 말을 안 하려고 해요. 아리가 배가 고프고 기저귀를 갈아줘야 된다고 했는데, 마망은 어깨를 으쓱하면서 '그게 뭐가 문제야?'라고 말했어요. 마망은 뒷마당에서 바느질감만 쳐다보고 있어요."

비안느가 일어나더니 정원용 장갑을 벗어서 데님 작업바지 주머니에 쑤셔 넣었다.

"내가 살펴볼게. 가서 소피를 데려와라. 다같이 가보자꾸나."

사라가 집에 들어간 사이 비안느는 마당 펌프에서 손과 얼굴을 씻고 모자를 벗었다. 머리에 모자 대신 큰 손수건을 맸다. 두 아이가 나오자마자 비안느는 원예 도구들을 헛간에 갖다두었고, 세 사람은 옆집으로 향했다.

비안느가 문을 열자 카펫 위에서 잠든 아리가 눈에 들어왔다. 그녀는 아이를 품에 안고 뺨에 입 맞춘 다음 두 소녀에게 몸을 돌렸다.

"너희는 사라의 방에 가서 놀지 그래?"

비안느는 암막을 들추고 뒷마당에 우두커니 앉은 라셀을 보았다.

"마망은 괜찮아요?"

사라가 물었다.

비안느가 대충 고개를 끄덕였다.

"이제 가봐라."

두 아이가 옆방으로 사라지자마자, 그녀는 아리를 안고 라셀의 침실에 가서 아기 침대에 눕혔다. 더운 날씨라서 이불을 덮어주지는 않았다.

마당에서 라셀은 밤나무 아래, 좋아하는 나무 의자에 앉아 있었다. 발치에 바느질 바구니가 있었다. 갈색 능직 점프슈트(아래위가 붙은 평상복)를 입고 페이즐리 스카프를 터번처럼 둘렀다. 그녀는 손으로 만 작은 갈색 담배를 피우고 있었다. 옆에는 브랜디 병과 빈 유리잔이 놓여 있었다.

"라셀?"

"사라가 지원군을 청하러 갔나 보군."

비안느가 다가가서 라셀 옆에 섰다. 그녀는 친구의 어깨에 한 손을 올렸다. 라셀이 떠는 것을 느낄 수 있었다.

"마크 때문이야?"

라셀이 고개를 저었다.

"다행이네."

라셀은 손을 옆으로 뻗어서 브랜디병을 들고 한 잔 따랐다. 그녀가 술을 벌컥벌컥 마시고 빈 잔을 내려놓았다.

"저들이 새 법령을 통과시켰어."

마침내 라셀이 입을 열었다. 그녀는 천천히 왼손을 펼쳤고, 별 모양으로 자른 구겨진 노란 천 조각들이 드러났다. 각각의 별에 검은 색으로 JUIF(유대인)라고 적혀 있었다. 라셀이 덧붙여 말했다.

"우린 이것을 달아야 해. 옷에 꿰매서-우리에게 허용된 겉옷은 세 벌이야-공공장소에서는 언제나 달고 있어야 해. 난 이것들을 배급표를 주고 '구매'해야 했어. 어쩌면 유대인 등록을 하지 말았어야 했나 봐. 우린 이 별을 달지 않으면 '엄중 제재' 대상이 될 거래. 그게 뭔지 모르지만."

비안느는 라셀 옆 의자에 앉았다.

"하지만……."

"너도 시내에 붙은 포스터들을 봤잖아. 그들은 우리 유대인들을 쓸어버려야 될 해충들, 모든 것을 거머쥐고 싶어하는 수전노로 묘사해. 난 이런 걸 감당할 수 있지만…… 사라는 어떨까? 그 아이는 너무도 창피할 거야…… 이런 일이 없어도 열한 살인 것은 힘든 일이잖아, 비안느."

"달지 말아."

"이걸 달지 않았다가 붙잡히면 즉시 체포야. 그리고 그들은 나에 대해 알아. 내가 등록했으니까. 또…… 벡이 있으니까. 그는 내가 유대인인 걸 알아."

이어지는 침묵 속에서 두 사람 다 카리보 인근에서 일어나는 빈번한 체포를, '사라지는' 사람들을 떠올리고 있다는 것을 알았다.

"네가 자유 구역으로 갈 수도 있어. 겨우 6킬로미터 떨어진걸."

비안느가 부드럽게 말했다.

"유대인은 여행 허가증을 구할 수가 없고, 만약 내가 붙잡히면……."

비안느가 고개를 끄덕였다. 탈출이, 특히 아이들을 동반하면 위험한 게 사실이었다. 여행 허가증 없이 경계선을 넘다가 붙잡히면 라셀은 체포될 터였다. 혹은 처형되겠지.

"두려워."

라셀이 말했다.

비안느는 팔을 뻗어서 친구의 손을 꼭 잡았다. 그들은 서로 바라보았다. 비안느는 뭐라도 희망을 줄 만한 말을 하려고 했지만 아무 말도 나오지 않았다.

"상황이 더 악화될 거야."

비안느도 같은 생각을 하고 있었다.

"마망?"

사라가 소피의 손을 잡고 뒷마당으로 나왔다. 소녀들은 겁먹고 혼란스러운 표정이었다. 요즘 상황이 이상하게 돌아가는 것은 아이들도 알았다. 둘 다 새로운 종류의 두려움을 알게 되었다. 전쟁이 아이들을 얼마나 바꿔 놓았는지 보면 비안느의 억장이 무너졌다. 3년 전만 해도 그들은 깔깔대며 놀고 재미삼아 엄마한테 반항하는 평범한 아이들이었다. 이제 그들은 폭탄이 발밑에 묻혀 있기라도 한 것처럼 조심스럽게 앞으로 나아갔다.

둘 다 마르고 영양 부족으로 청소년기의 징후가 보이지 않았다. 사라의 검은 머리는 여전히 길었지만 자면서 머리를 뜯기 시작해서 여기저기 탈모가 있었다. 소피는 어디 가나 베베를 안고 다녔다. 분홍색 인형 안에 든 솜이 온 집에 날리기 시작했다.

"자, 이리 와봐."

라셀이 말했다.

두 소녀는 발을 질질 끌고 다가왔다. 손을 꼭 잡고 있어서 한 사람이 된 것 같았다. 그들은 라셀과 비안느처럼 우정으로 굳건히 결속되어서, 이제 그들이 믿을 수 있는 것은 그것밖에 없었다. 사라가 라셀의 옆에 있는 의자에 앉자, 마침내 소피는 친구의 손을 놓았다. 소피는 비안느 옆에 가서 섰다.

라셸이 비안느를 바라보았다. 그 한 번의 눈길 속에 둘 사이의 슬픔이 넘쳐흘렀다. 이런 이야기를 어떻게 자식들에게 말할 수 있을까?

"이 노란 별들은……"

라셸이 말하면서 주먹을 펴자, 비뚤비뚤 자른 흉한 꽃 모양의 천이 드러났다. 검은 글자가 적혀 있었다. 라셸이 말을 이었다.

"이제 우리는 늘 옷에 이것을 붙여야 해."

사라가 얼굴을 찌푸렸다.

"하지만…… 왜요?"

"우린 유대인이야. 그리고 우린 그걸 자랑스러워하지. 우리가 유대인인 게 얼마나 자랑스러운지 넌 기억해야만 해. 비록 사람들은……"

라셸이 말했다.

"나치가."

비안느가 의도보다 더 날카롭게 말했다.

라셸이 말했다.

"나치는 우리가…… 그 사실을 나쁘다고 느끼게 만들고 싶어하지만."

"사람들이 나를 놀릴까요?"

사라가 눈을 크게 뜨고 물었다.

"나도 옷에 달래요."

소피가 말했다.

사라는 그 말에 안쓰럽게 희망적인 표정을 지었다.

라셸은 팔을 뻗어서 딸의 손을 잡고 힘을 주었다.

"아니야, 아가. 이건 너와 네 단짝이 함께할 수 있는 일이 아니야."

비안느는 사라가 겁먹고 당황하고 혼란스러워하는 것을 알았다.

소녀는 착하게 굴려고, 미소를 짓고 강하게 대처하려고 최선을 다하고 있었다. 눈물이 눈에 고이는데도.

마침내 사라가 말했다.

"네."

그것은 비안느가 비애에 젖어 살았던 3년간 들어본 가장 슬픈 소리였다.

21

 루아르 계곡에 여름이 오자 겨울에 추웠던 것만큼이나 더웠다. 비안느는 침실 창을 열어서 바람을 통하게 하고 싶었지만 6월 말의 무더운 밤에 바람 한 점 불지 않았다. 그녀는 얼굴에서 젖은 머리칼을 떼고 침대 옆 의자에 주저앉았다.

 소피가 칭얼대는 소리를 냈다. 거기서 비안느는 혼란에 빠져서 질 질 끄는 소리로 '마망' 하고 부르는 소리를 들었다. 그녀는 유일하게 남은 협탁에 놓인 물 대야에 수건을 적셨다. 이 위층 침실의 다른 모든 것처럼 물이 미적지근했다. 그녀는 수건을 대야에 대고 짜면서 물이 떨어지는 것을 지켜보았다. 그런 다음 젖은 수건을 딸의 이마에 올렸다.

 소피가 알아들을 수 없는 말을 중얼대면서 몸부림치기 시작했다.

 비안느는 딸을 꼭 안고 귀에 달래는 말을 속삭이면서 소피의 입술에 열이 있는 것을 느꼈다.

 "소피."

 그녀가 말했다. 그 이름은 시작도 끝도 없는 기도였다. 비안느가 다시 말했다.

"엄마 여기 있어."

그녀는 소피가 다시 진정할 때까지 그 말을 계속 읊조렸다.

열이 점점 심해졌다. 며칠째 소피는 앓았고 통증을 느끼고 기분이 안 좋았다. 처음에 비안느는 둘이 나눠서 하는 집안일을 피하려는 꾀병이라고 넘겨짚었다. 그들은 함께 텃밭일, 세탁, 병조림 만들기, 바느질을 했다. 비안느는 계속 더 많은 일을 하려고, 더 많이 준비하려고 애썼다. 지금은 한여름인데도 그녀는 다가올 겨울을 염려했다.

하지만 이날 아침 비안느는 사실을 알았다(그리고 처음부터 알아차리지 못한 그녀가 얼마나 형편없는 엄마인지 깨달았다). 소피는 아팠다, 몹시 아팠다. 종일 열에 시달렸고 체온이 치솟았다. 아이는 아무것도, 몸이 간절히 필요로 하는 물조차도 삼키지 못했다.

"레모네이드를 조금 먹으면 어때?"

비안느가 물었다.

대답이 없었다.

비안느는 몸을 굽히고 소피의 뜨거운 볼에 입 맞추었다.

그녀는 수건을 다시 물이 가득 담긴 대야에 넣고 아래층으로 내려갔다. 식탁에는 채워야 될 상자가 놓여 있었다—가장 최근에 앙투안에게 보낼 위문품 꾸러미였다. 어제 상자를 꾸리기 시작했고, 소피가 악화되지 않았으면 다 챙겨서 우편으로 부쳤을 터였다.

비안느가 부엌에 들어설 즈음 소피의 비명이 들렸다.

비안느가 계단을 뛰어 올라갔다.

"마망."

소피가 외치며 기침을 해댔다. 지독하게 쿨럭대는 소리였다. 소피는 침대를 마구 치면서 담요를 벗겨서 밀어내려 했다. 비안느가 딸을 진정시키려 했지만 소피는 야생고양이처럼 몸을 비틀고 고함을 지르고 기침을 했다.

'닥터 콜리스 브라운'(약품 상표명) 클로로다인(마취 진통제)이 있으면 될 텐데. 기침에 마법처럼 잘 듣는 약이었지만 당연히 남은 게 없었다.

"괜찮아, 소피. 엄마 여기 있어."

비안느가 달래려 했지만 그 말은 소용이 없었다.

벡이 옆에 들어섰다. 그녀는 그가 여기, 그녀의 침실에 들어온 것을 화내야 했지만 너무 지치고 겁이 나서 자신에게 거짓말을 할 수가 없었다.

"어떻게 해야 소피에게 도움이 될지 모르겠어요. 시내에서 얼마를 줘도 아스피린이나 항생제를 못 구할 거예요."

"진주를 내줘도요?"

비안느는 놀라서 그를 바라보았다.

"제가 어머니의 진주를 판 걸 아세요?"

"난 당신이랑 살고 있어요."

그가 말을 멈추었다가 다시 이었다.

"당신이 뭘 하는지 아는 게 내가 할 일이죠."

비안느는 그 말에 뭐라고 대답해야 될지 몰랐다.

벡이 소피를 내려다보았다.

"소피가 밤새도록 기침을 했습니다. 그 소리를 들을 수 있었죠."

소피는 무서울 정도로 잠잠해졌다.

"좋아지겠지요."

벡은 주머니에 손을 넣어서 작은 항생제 병을 꺼냈다.

"여기."

비안느는 그를 올려다보았다. 그가 딸의 목숨을 구해준다고 생각하는 것은 지나친 과장일까? 아니면 벡은 그녀가 그렇게 생각하기를 '바랄까'? 그녀는 벡에게 먹을 것을 받는 게 어떤 의미인지는 합리화할 수 있었다ー결국 벡은 식사를 해야 했고 그에게 음식을 만들어주는 것은 그녀의 일이었다.

이것은 순수하고 단순한 호의였고, 여기에는 대가가 있을 터였다.

"받아요."

벡이 부드럽게 말했다.

비안느는 그에게 약병을 받았다. 순간적으로 두 사람 모두 약병을 쥐고 있었다. 그녀의 손에 그의 손가락이 닿는 것을 느꼈다. 그들의 눈길이 얽혔고, 둘 사이에 뭔가 지나갔다.

"고마워요."

비안느가 말했다.

"천만에요."

*

"영사님, 나이팅게일이 여기 왔습니다."

영국 영사가 고개를 끄덕였다.

"들여보내게."

이사벨은 잘 꾸민 복도 끝에 있는 짙은 마호가니로 장식된 방에 들어갔다. 그녀가 책상에 다가가기도 전에 거기 앉아 있던 영사가 일어났다.

"다시 만나서 반갑소."

이사벨은 불편한 가죽의자에 털썩 앉아서 그가 주는 브랜디 잔을 받았다. 7월 날씨인데도 최근에 피레네 산맥을 넘기가 힘들었다. 미국 조종사 한 명이 '아가씨'의 지시에 따르는 데 어려움을 느끼고 멋대로 가버렸다. 그들은 그가 스페인 경비병들에게 체포되었다는 소식을 입수했다.

"양키들이라니."

이사벨은 고개를 저으면서 중얼댔다. 더 이상 설명할 게 없었다. 그녀와 접선책인 이언-암호명 '화요일'-은 나이팅게일 탈주로를 처음부터 함께 작업해왔다. 폴의 조직의 도움을 받아서 그들은 프랑스를 지나는 여정 중 다양한 안전가옥들을 확보했고, 추락한 조종사들의 귀국을 돕기 위해 목숨을 내놓을 준비가 된 동지들을 얻었다.

프랑스 동지들은 밤에 하늘을 훑어보면서 사고를 당한 비행기들과 낙하산을 펴고 착륙하는 조종사들이 있는지 지켜보았다. 거리들을 이 잡듯 뒤지고 그늘 속을 들여다보고, 헛간들을 조사하면서 숨은 연합군 병사들을 찾아다녔다. 영국에 돌아간 조종사들은 다시는 비행 임무를 수행하지 못했다-조직망에 대해 알기 때문이었다. 하지만 그들은 동료들을 최악의 상황에 대비시켰다. 철수 기술을 가르치고, 어떻게 하면 도움을 얻을 수 있는지 알려주었다. 조종사들에게 프랑스 화폐와 나침반, 위조 서류에 쓸 사진들을 준비시켰다.

이사벨은 브랜디를 홀짝홀짝 마셨다. 경험상 산맥을 넘은 후 술을 조심해서 마셔야 된다는 것을 알았다. 보통 더운 여름에는 스스로 느끼는 것보다 탈수 증세가 더 심했다.

이언은 그녀에게 봉투를 내밀었다. 이사벨은 봉투를 받아서 안에 든 프랑화를 세어보고 돈을 상의 주머니에 넣었다.

"지난 8개월 동안 당신이 우리에게 데려다준 조종사가 87명에 달하지요, 이사벨."

그가 자리에 앉으면서 말했다. 오직 이 방에서 일대일로 대화할 때만 그는 이사벨의 본명을 썼다. MI9과 주고받는 모든 공식 서한에서 그녀는 나이팅게일이었다. 다른 영사관 직원들과 영국에 있는 관련자들에게 그녀는 줄리엣 제르베즈였다. 이언이 말을 이었다.

"난 당신이 속도를 늦춰야 된다고 생각해요."

"속도를 늦춰요?"

"독일 측이 나이팅게일을 찾고 있어요, 이사벨."

"그건 어제 오늘 일이 아니죠, 이언."

"그들은 당신의 탈주로에 잠입하려고 시도 중입니다. 나치가 거기서 추락한 조종사인 체하고 있다고요. 당신이 그들 중 한 명을 고른다면……."

"우린 조심하고 있어요, 이언. 그걸 아시잖아요. 제가 모든 조종사를 직접 조사해요. 그리고 파리의 조직망도 지칠 줄 모르고 애쓰고요."

"그들은 나이팅게일을 찾고 있어요. 만약 그들이 당신을 찾는다면……."

"못 찾을 거예요."

이사벨이 일어났다. 이언 역시 일어나서 그녀와 마주섰다.

"조심해요, 이사벨."

"언제나 그럴게요."

그가 책상을 빙 돌아서 그녀의 팔을 잡고 건물 밖까지 배웅했다.

이사벨은 잠시 산 세바스티안의 아름다운 바닷가를 즐길 시간이 있었다. 파도가 부서지는 길을 따라 걷고 나치 깃발이 걸리지 않은 건물을 구경했다. 하지만 평범한 삶을 다시 맛보는 순간은 그녀가 오래 즐길 수 없는 사치였다. 이사벨은 연락책을 통해서 이런 메시지를 폴에게 보냈다.

삼촌께,

저는 이 메모가 제대로 전달되길 바라요.

제가 좋아하는 바닷가에 와 있어요.

우리 친구들이 무사히 도착했고요.

내일 저는 3시에 파리의 할머니를 방문할 거예요.

늘 사랑하는 줄리엣 드림

이사벨은 우회해서 파리로 돌아왔다. 안전가옥들에-카리보, 브랑톰, 포, 푸아티에에 있는- 들러서 도와준 이들에게 수고비를 지불했다. 숨어 다니는 조종사들을 먹이고 입히는 일은 꽤 어려운 일이었고, 도주로를 유지하는 모든 남자, 어린이(주로 여자들)가 목숨을 내놓고 하는 일이기에 조직은 그들이 재정적으로도 타격을 입지 않게 하려고 애썼다.

이사벨은 카리보 거리를 거닐 때마다(반드시 망토와 후드를 뒤집어쓰고) 언니를 생각했다. 최근에는 비안느와 소피가 그리워지기 시작했다. 난롯가에서 벨로트나 체커스 게임을 하면서 보낸 밤들의 추억. 소피에게 뜨개질을 가르치는(혹은 가르치려 애쓰는) 이사벨, 따끈한 냄비 같은 소피의 웃음소리. 이사벨은 언니가 당시에 그녀가 몰랐던 가능성을 주었다고 때로 상상했다. 가정을.

하지만 이제 그러기에는 늦어버렸다. 이사벨은 르 자르댕에 나타나서 비안느를 위험에 빠트릴 수 없었다. 분명히 벡은 그녀가 오래 파리에서 뭘 했는지 물을 터였다. 아마도 그는 궁금해서 조사하리라.

파리에 도착하자, 그녀는 뭉크의 그림에 나오는 사람들처럼 눈에 생기가 없고 어둡게 차려입은 인파 속에 끼어서 기차에서 내렸다. 금색 돔이 번쩍이는 앵발리드(군사 박물관) 앞을 지날 때 가벼운 안개가 거리에 끼어서 나무들이 흐리게 보였다. 대부분의 카페는 문을 닫았고, 낡아빠진 차양 밑에 의자와 테이블 들이 쌓여 있었다. 길 건너 아파트는 그녀가 지난달에 집으로 불렀던 곳이다. 버려진 돼지고기 식품점 위에 있는 어둡고 지저분한, 쓸쓸한 작은 다락방. 벽에서 아직도 얼핏 돼지고기와 향신료 냄새가 났다.

누군가 '정지!'라고 고함치는 소리가 났다. 삐익 호루라기 부는 소리가 들리더니 사람들이 비명을 질렀다. 프랑스 경찰을 대동한 독일군 몇 명이 소그룹의 사람들을 에워쌌고, 사람들은 즉시 무릎을 꿇고 손을 들었다. 이사벨은 그들의 가슴팍에 붙은 노란 별을 보았다.

그녀는 걸음을 늦추었다.

아눅이 옆에 와서 이사벨의 팔짱을 끼었다.

"봉주르."

아눅이 너무 생기 넘치는 소리로 인사해서, 이사벨은 그들이 감시당하고 있다는 사실을 인식했다. 혹은 적어도 아눅은 그렇다고 걱정했다.

"미국 만화에 나오는 사람처럼 나타났다 사라졌다 하네요. 아마 '그림자'에서 그러죠."

아눅은 미소 지었다.

"그래, 최근의 산속 휴가는 어땠어?"

"별다를 것 없었어요."

아눅이 몸을 바싹 붙였다.

"저들이 뭔가 계획 중이라는 소식이 들려. 독일군이 일요일 밤에 사무일을 해줄 여자들을 뽑고 있어. 일당이 두 배야. 모든 게 다 은밀해."

이사벨은 지폐가 가득 담긴 봉투를 주머니에서 빼내어 건네자 아눅은 그것을 받아 핸드백에 넣었다.

"야간 업무요? 사무라고요?"

"폴이 네 자리를 하나 마련했어. 9시에 시작해. 일을 끝내면 아버지의 아파트로 가. 그가 기다리고 있을 거야."

"알겠어요."

"위험할지 몰라."

이사벨은 어깨를 으쓱하며 대꾸했다.

"뭐는 안 그런가요?"

*

그날 밤 이사벨은 시내를 가로질러서 경찰청으로 향했다. 발아래 도로가 웅웅댔다. 가까운 곳 어디선가 차량들이 움직이는 소리였다. 차량 수가 많았다.

"거기 당신!"

이사벨이 멈추고는 미소를 지었다.

독일군이 소총을 겨누고 다가왔다. 그는 이사벨의 가슴팍을 보면서 노란 별을 찾았다.

"오늘 밤에 일하러 왔는데요."

그녀는 앞에 있는 경찰청을 손짓하면서 말했다. 창문마다 어둡게 막혀 있었지만 주위가 분주했다. 독일 국방군 장교들과 프랑스 경찰관들이 물밀듯이 건물을 드나들었고, 이런 늦은 시간에 그런 상황은 예사롭지 않았다. 마당에는 버스들이 꼬리를 물고 길게 늘어서서 있었다. 운전수들이 모여 서서 담배를 피우고 대화를 나누었다.

경찰관이 고개를 까딱하며 말했다.

"가봐."

이사벨은 갈색 재킷의 깃을 움켜쥐었다. 밖은 따뜻했지만 오늘 밤 그녀는 눈길을 끌고 싶지 않았다. 평범한 모습으로 눈에 띄지 않는 가장 좋은 방법은 굴뚝새처럼 차려입는 것이었다-갈색, 갈색, 또 갈색. 이사벨은 금발 위에 검은 스카프를 두르고 터번 스타일로 앞쪽에 매듭을 크게 지었다. 화장을 하지 않았고 립스틱조차 바르지 않았다.

그녀는 계속 고개를 숙이고 제복 차림의 프랑스 경찰관들 사이를 지났다. 건물 안에 들어서자 이사벨은 걸음을 멈추었다.

양쪽으로 계단이 있고, 몇 걸음 간격으로 사무실 문이 있는 넓은 공간이었지만 오늘 밤은 노동착취 공장처럼 여자 수백 명이 다닥다닥 붙어서 책상에 앉아 있었다. 쉴 새 없이 전화벨이 울리고 프랑스 경찰관들은 다급히 움직였다.

"분류 작업을 도우러 왔소?"

문 가까운 책상에서 무료한 프랑스 경찰관이 물었다.

"네."

"작업할 자리를 찾아주지. 따라오시오."

그가 이사벨을 데리고 방의 가장자리를 돌았다.

책상들이 워낙 바짝 붙어서 이사벨은 옆으로 걸어서 좁은 통로를 지나, 경찰관이 가리키는 빈 책상으로 갔다. 그녀가 앉아서 몸을 훅 움직이자 양 옆에 앉은 여자들과 팔꿈치가 부딪쳤다. 책상 위에 카드 상자가 잔뜩 놓여 있었다.

이사벨이 첫 상자를 열자 안에 카드가 수북이 쌓여 있었다. 첫 카드를 꺼내서 빤히 쳐다보았다.

스테른홀츠, 이자크

라스 대로 12번지

4구

사보티에(나막신 제조자)

아래는 그의 아내와 아이들 이름이 적혀 있었다.
"외국 태생 유대인을 분류해야 해요."
경찰관이 말했다. 이사벨은 그가 따라와 있는 줄 모르고 있었다.
"뭐라고 하셨죠?"
그녀가 다른 카드를 꺼내면서 물었다. 이번에는 '베르, 시몬'의 카드였다.
"저기 있는 상자 말이요. 빈 상자. 프랑스에서 출생한 유대인과 다른 지역에서 출생한 유대인을 따로 분류해요. 우린 외국 출생의 유대인에게만 관심이 있으니까. 남자, 여자, 아이 할 것 없이."
"왜요?"
"그들은 유대인이요. 누가 상관하겠소? 이제 일을 시작해요."
이사벨은 다시 책상 쪽으로 몸을 돌렸다. 앞에 수백 장의 카드가 있었고, 이 방에 있는 여자는 적어도 백 명이었다. 이 작전의 대단한 규모는 이해가 되지 않았다. 이건 무슨 의미일까?
"여기 온 지 얼마나 됐어요?"
이사벨이 옆자리 여자에게 물었다. 그녀는 다른 상자를 열면서 대답했다.
"며칠 됐죠. 어젯밤 내 자식들은 몇 달 만에 처음으로 허기를 채웠어요."
"우리가 뭘 하는 거예요?"

여자는 어깨를 으쓱하면서 대꾸했다.
"저들이 '춘풍 작전'에 대해 말하는 걸 들었어요."
"그게 무슨 뜻이에요?"
"난 알고 싶지도 않아요."
이사벨은 상자에 든 카드들을 쭉 넘겼다. 마지막 카드 근처에서 그녀의 손길이 멎었다.

레비, 폴
블랑딘 가 61번지 아파트 C
7구
문학 교수

그녀가 너무 급히 일어나서는 바람에 옆에 있는 여자와 부딪쳤고, 여자는 방해받자 욕설을 중얼댔다. 책상 위에 있던 카드들이 바닥에 주르르 떨어졌다. 이사벨은 얼른 무릎을 꿇고 앉아서 카드들을 모으면서, 무슈 레비의 카드를 소매 위쪽에 쑤셔 넣었다.

그녀가 일어난 순간 누군가 팔을 잡아서 좁은 통로로 끌어냈다. 이사벨은 통로로 나오면서 앞에 앉은 여자들과 다 부딪쳤다.

벽 쪽 빈 공간에서 그녀는 홱 돌려세워진 뒤 떠밀려서 벽에 쿵 부딪쳤다.

"무슨 뜻으로 이러는 거지?"

프랑스 경찰관이 멍이 들도록 그녀의 팔을 움켜잡고 윽박질렀다.

그가 소매 안에 든 카드의 감촉을 알아차릴 수 있을까?

"죄송해요. 정말 죄송합니다. 저는 일을 해야 되는데 보시다시피 아파서요. 독감이에요."

이사벨이 가능한 요란하게 기침을 해댔다.

그녀는 경찰관 앞을 지나서 건물에서 나갔다. 밖에 나와서도 모퉁이를 돌 때까지 연신 기침을 해댔다. 그러다가 달리기 시작했다.

*

"이게 무슨 뜻일까요?"

이사벨은 아파트에 친 암막을 살짝 들추고 큰길을 내려다보았다. 아버지는 식탁에 앉아서 잉크가 묻은 손가락으로 초조하게 식탁을 두드려댔다. 몇 달 만에 다시 여기-파파와 함께- 있으니 기분이 좋았지만, 이사벨은 너무 동요되어서 긴장을 풀고 아늑한 분위기를 즐길 수가 없었다.

아버지는 이사벨이 온 후 브랜디를 두 잔째 마시면서 말했다.

"틀림없이 네가 착각하는 거겠지, 이사벨. 너는 거기 있는 카드가 수만 장일 거라고 말했지. 그 정도면 파리에 있는 유대인 전체의 수일 거야. 틀림없이……"

그녀가 말했다.

"질문은 그게 어떤 의미냐는 거예요, 파파. 사실이 아니라. 독일군은 파리에 사는 모든 외국 출생 유대인의 이름과 주소를 수집하고 있어요. 남녀노소 할 것 없이."

"하지만 무슨 이유로? 폴 레비가 폴란드 계 후손인 것은 사실이지만 그는 여기 수십 년간 살고 있지. 세계대전에서 프랑스를 위해 싸운 사람이었어-그의 형제는 프랑스를 위해 죽었지. 비시 정부는 참전용사들은 나치로부터 보호받는다고 단언했고."

"비안느는 명단을 요구받았어요. 언니는 학교의 유대인, 공산주의자, 프리메이슨 교사들을 다 적으라고 주문받았죠. 나중에 그들 모두 해고당했어요."

"독일군이 그들을 두 번 해고시킬 수는 없는데."

아버지는 술을 다 마시고 한 잔 더 따랐다. 그가 말을 이었다.

"그리고 명단을 수집하는 것은 프랑스 경찰이란 말이지. 만약 독일군이라면 얘기가 달라질 텐데."

이사벨은 그 말에 대꾸할 거리가 없었다. 그들은 이 똑같은 대화를 적어도 세 시간째 계속 나누었다.

이제 새벽 2시가 지나고 있었지만, 비시 정부와 프랑스 경찰이 파리에 거주하는 모든 외국 출생 유대인의 이름과 주소를 수집하는 그럴 듯한 이유를 두 사람 다 알아내지 못했다.

이사벨은 밖에서 은빛이 휙 지나는 것을 보았다. 그녀는 암막을 조금 더 높이 들고 어두운 거리를 내려다보았다.

줄줄이 늘어선 버스들이 도로 위로 굴러왔다. 페인트칠을 한 헤드라이트는 꺼져 있었다. 버스들은 몇 블록 길이의 지네가 느릿느릿 움직이는 것처럼 보였다.

이사벨은 경찰청 밖에서도 마당에 주차된 버스 수십 대를 봤다.

"파파……."

그녀가 말을 마칠 새도 없이, 집 밖에서 계단을 올라오는 발소리가 들렸다.

무언가 문 밑으로 쓱 들어왔다.

전단지였다. 아버지는 그것을 식탁으로 가져와서 촛불 옆에 내려놓았다.

이사벨이 아버지 옆에 섰다.

그는 딸을 올려다보았다.

"경고문이구나. 경찰이 모든 외국 출생 유대인들을 모아서 독일 내 수용소로 추방한다는 내용이야."

"우린 행동을 취해야 될 때 대화를 하고 있네요. 건물에 사는 우리 친구들을 숨겨야 해요."

이사벨이 말했다.

"너무 하찮은 조치지."

아버지의 손이 떨렸다. 그것을 보자 이사벨은 다시-맹렬하게-궁금해졌다. 그는 세계대전에서 뭘 봤을까, 그녀가 모르는 무엇을 알고 있을까.

이사벨이 말했다.

"그게 우리가 할 수 있는 일이에요. 우린 몇 명은 안전하게 해줄 수 있어요. 적어도 오늘 밤 동안은요. 내일이 되면 더 많이 알게 되겠죠."

"안전. 그럼 어디가 안전하겠니, 이사벨? 프랑스 경찰이 이런 짓을 저지른다면 우린 끝난 거야."

이사벨은 대답할 말이 없었다.

그들은 말 없이 아파트에서 나갔다. 이렇게 낡은 건물에서 조용히 움직이기란 어려웠고, 아버지는 원래 걸음이 가볍지 않았다. 술을 마셔서 더 비틀거렸고 그는 앞장서서 빙빙 도는 좁은 계단을 내려가 바로 아래층 집으로 갔다. 그는 두 차례 비틀댔고 욕을 했다.

그가 문을 두드렸다. 그러고는 열을 세고 다시 노크했다. 이번에는 더 세게.

아주 천천히 문이 열렸다.

"아, 줄리앙. 당신이군요."

루스 프리드망이 말했다. 그녀는 바닥까지 닿는 나이트가운 위에 남자 코트를 걸쳤고, 코트 자락 밑으로 맨발이 보였다. 머리에 헤어롤을 말아서 스카프를 쓰고 있었다.

"전단지를 봤어요?"

"네. 그게 사실인가요?"

그녀가 속삭였다.

"모르지요. 밤새도록 저 앞에 버스와 트럭이 줄줄이 지나가고 있어요. 오늘 밤에 이사벨이 경찰청에 갔는데, 저들이 모든 외국 출생 유대인들의 이름과 주소를 수집하고 있었다는군요. 우리는 당분간 부인이 아이들을 데리고 우리 집에 와 있어야 된다고 생각합니다. 숨을 곳이 있거든요."

"하지만…… 제 남편은 전쟁 포로예요. 정부는 저희가 보호받을 거라고 약속했어요."

이사벨이 그녀에게 말했다.

"우린 비시 정부를 믿을 수 없을 것 같아요, 마담. 제발요, 당장 숨으세요."

루스는 눈이 휘둥그레져서 잠시 그대로 서 있었다. 코트에 붙은 노란 별이 세상이 변했음을 확연하게 상기시켰다. 이사벨은 그녀가 결정을 내린 것을 알아차렸다. 루스는 몸을 휙 돌려 방 안으로 들어갔다. 1분이 지나지 않아서 그녀가 두 딸을 데리고 문으로 나왔다.

"뭘 가져갈까요?"

"아무것도요."

이사벨이 말했다. 그녀는 프리드망 가족을 위층으로 올라가게 했다. 모두 아파트에 안전하게 들어서자, 아버지가 프리드망 일가를 뒤쪽 침실의 비밀 방으로 안내하고 문을 닫았다.

이사벨이 말했다.

"제가 비즈니아크 가족을 데려올 게요. 아직 옷장을 되돌리지 마세요."

"그들은 3층에 살아, 이사벨. 네가 가봤자······."

"제가 나간 후에 현관문을 잠그세요. 제 목소리를 듣기 전에는 문을 열어두지 마시고요."

"이사벨, 안 된다······."

그녀는 벌써 나가서 계단을 뛰어 내려갔다. 다급해서 난간을 잡을 새가 없었다. 그녀가 3층 계단참에 다다랐을 때, 아래층에서 사람 소리가 들렸다.

경찰관들이 계단을 올라오고 있었다.

그녀가 한발 늦었다. 이사벨은 그 자리에 웅크리고 앉아 엘리베이터 옆에 숨었다.

프랑스 경찰관 두 명이 계단참에 올라섰다. 둘 중 젊은 경찰관이 비즈니아크의 아파트 문을 두 번 두드리고 1, 2초쯤 기다리더니 문을 발로 차서 열었다. 안에서 여자가 울부짖었다.

이사벨은 더 가까이 기어가서 귀 기울였다.

왼쪽 경찰관이 말했다.

"마담 비즈니아크지요? 남편은 에밀, 자녀들은 안통과 엘렌이 맞습니까?"

이사벨이 모퉁이 너머를 내다보았다.

마담 비즈니아크는 산뜻한 크림색 피부와 윤나는 머릿결을 가진 미인으로, 이렇게 흐트러진 모습은 처음이었다. 그녀는 비싸 보이는 레이스 달린 실크 속치마 차림이었다. 그녀가 꼭 안고 있는 어린 아들과 딸은 눈이 왕방울만해졌다.

"소지품을 꾸리시오. 꼭 필요한 것만. 다른 곳으로 보내질 거요."

더 나이 든 경찰관이 명단을 넘기면서 말했다.

"하지만…… 제 남편은 피시비에르 인근 수용소에 있어요. 그가 어떻게 우리를 찾겠어요?"

"전쟁이 끝나면 당신은 돌아올 겁니다."

"아."

마담 비즈니아크가 찡그리면서 헝클어진 머리를 손으로 훑어내렸다.

"아이들은 프랑스에서 출생한 시민이군. 애들은 여기 두고 가도 좋소. 그들은 내가 가진 명단에 없소."

경찰관이 말했다.

이사벨은 계속 숨어 있을 수가 없었다. 그녀는 발딱 일어나 계단참으로 갔다.

"아이들을 제가 대신 돌볼게요, 릴리."

이사벨은 차분한 말투로 말하려고 애썼다.

"안 돼요!"

아이들이 합창하듯 울부짖으면서 엄마에게 매달렸다.

프랑스 경찰관들이 이사벨에게 고개를 돌렸다.

"이름이 뭐죠?"

경찰관 한 명이 이사벨에게 물었다.

그녀는 얼어붙었다. 어떤 이름을 말해야 될까?

"로시뇰."

마침내 그녀가 말했다. 로시뇰 명의의 서류들을 갖고 있지 않고 그렇게 말했으니 위험한 선택이었다. 하지만 제르베즈라고 하면 경찰관들은 그녀가 새벽 3시가 다 된 시각에 이 건물에 있으면서 이웃의 일에 참견하는 이유를 의아하게 여길 것이다.

경찰관은 명단을 살피고 나서 그녀에게 손을 저었다.

"가시오. 오늘 밤 난 당신이랑 상관없소."

이사벨은 그들을 지나서 릴리 비즈니아크를 쳐다보았다.

"제가 아이들을 데려갈게요, 마담."

릴리는 이해하지 못하는 눈치였다.

"내가 애들을 두고 갈 거라고 생각해요?"

"제 생각에는……"

"됐소."

나이 든 경찰관이 소총의 개머리판을 바닥에 탁탁 치면서 말했다. 그가 이사벨에게 말했다.

"가시오. 이건 당신이랑 상관없는 일이오."

"마담, 제발이요. 제가 아이들을 안전하게 챙길게요."

이사벨이 애원했다.

"안전?"

릴리가 이맛살을 찌푸렸다. 그녀가 말을 이었다.

"우리는 프랑스 경찰의 보호 속에서 안전해요. 그리고 엄마는 자식들을 두고 갈 수가 없어요. 언젠가 아가씨도 이해하게 될 거예요."

그녀가 자녀들에게 관심을 돌리고 말했다.

"몇 가지 챙겨라."

이사벨 옆에 있던 프랑스 경찰관이 그녀의 팔을 가만히 건드렸다. 이사벨이 몸을 돌리자 그가 말했다.

"가요."

이사벨은 그의 경고하는 눈빛을 보았고, 그가 그녀를 위협하고 싶은지 보호하고 싶은지 가늠되지 않았다. 경찰관이 다시 말했다.

"당장."

이사벨은 선택의 여지가 없었다. 그녀가 버티면, 조만간 그녀의 이름이 경찰청에 올라갈 터였다–아마 독일군까지 들어가리라. 그녀와 조직이 탈주로를 운영하고, 아버지가 위조 서류를 만드는 와중이니 그녀는 시선을 끄는 것은 곤란했다. 이웃이 어디로 보내지는지 묻는 간단한 질문조차 할 수 없었다.

이사벨은 조용히 바닥을 내려다보면서(그들을 쳐다볼 수가 없었다) 경찰관들 앞을 지나서 계단으로 향했다.

21

 비즈니아크의 아파트에서 돌아온 이사벨은 등잔에 불을 붙이고 살롱으로 갔다. 아버지는 식탁에 고개를 대고 죽은 사람처럼 자고 있었다. 옆에는 얼마 전까지만 해도 가득 차 있던 브랜디 병이 반쯤 빈 채 놓여 있었다. 이사벨은 술병을 집어서 찬장에 올려놓으면서, 아침에 술병이 손에 닿지 않으면 마음에서도 잊히길 바랐다.

 손을 아버지에게 뻗어서 얼굴을 가리는 잿빛 머리를 쓰다듬을 뻔했다. 잠이 들어 머리가 빠진 작은 타원형이 드러났다. 이사벨은 위로와 사랑과 동지애가 담긴 손길로 그를 쓰다듬을 수 있기를 바랐다.

 하지만 그녀는 부엌으로 가서 도토리로 만든 씁쓸한 검은 커피를 한 주전자 만들고, 맛없는 거무죽죽한 작은 빵덩이를 꺼냈다. 이제 파리지앵은 그런 빵밖에 먹지 못했다. 빵을 뚝 잘라서 천천히 씹었다.

 "그 커피 냄새가 고약하구나."

 아버지가 말했다. 이사벨이 방에 들어가자 그가 멍한 눈으로 고개를 들었다.

 이사벨은 그에게 그녀의 커피잔을 내밀었다.

 "맛은 더 나빠요."

이사벨은 커피 한 잔을 더 따라서 아버지 옆자리에 앉았다. 등잔 불빛에 움푹 패고 주름이 자글자글한 그의 얼굴이 드러났다. 눈 아래 살은 밀랍 같고 부어 있었다.

이사벨은 아버지가 무슨 말인가 하기를 기다렸지만, 그는 딸을 빤히 보기만 했다. 날카로운 시선을 받으며 그녀는 커피를 마시고 빈 컵을 옆으로 치웠다. 이사벨은 아버지가 다시 잠들 때까지 거기 있다가 그녀의 방으로 갔다. 하지만 좀처럼 잠을 이룰 수가 없었다. 몇 시간 동안 침대에 누워서 이런저런 궁리를 했다. 마침내 더 이상 견딜 수가 없었다. 그녀는 침대에서 내려와서 살롱으로 들어갔다.

"밖에 나가서 살펴봐야겠어요."

이사벨이 말했다.

"그러지 말아라."

아버지는 여전히 식탁에 앉아서 말했다.

"그 어떤 바보 같은 짓도 하지 않을게요."

그녀는 침실로 돌아가서 여름용 파란 치마와 짧은 팔 흰 블라우스로 바꿔 입었다. 헝클어진 머리에 빛바랜 파란 실크 스카프를 둘러 턱 밑에 매듭을 묶고 아파트를 나섰다.

3층에서 열린 비즈니아크의 아파트 문이 보였다. 그녀는 안을 들여다보았다. 집은 약탈당한 상태였다. 덩치가 큰 가구만 남았고, 앞면이 둥근 검은 서랍장은 서랍들이 다 열려 있었다. 옷가지와 싸구려 장신구가 바닥에 흩어져 있었다. 벽에 난 직사각형의 검은 자국은 그림이 없어졌음을 알려주었다.

이사벨은 아파트에서 나와 문을 닫았다. 로비에서 한동안 멈추고 마음을 가라앉힌 다음 현관문을 열었다. 버스들이 줄줄이 도로를 지나갔다. 지저분한 버스 창에 코를 박은 아이들 수십 명이 보였다.

엄마들이 아이들 옆에 앉아 있었다. 골목길마다 이상하게 텅 비어 있었다.

이사벨은 길모퉁이에 서 있는 프랑스 경찰관을 보고 다가갔다.

"저 사람들은 어디로 가는 건가요?"

"겨울 벨로드롬 경기장."

"스포츠 경기장에요? 왜요?"

"아가씨는 여기랑 상관없어요. 가지 않으면 내가 버스에 태워서 저들이랑 똑같이 끝나게 할 거예요."

"어쩌면 난 그렇게 되겠죠. 어쩌면……."

경찰관은 몸을 굽히고 속삭였다.

"가라니까."

그가 이사벨의 팔을 잡아서 도로 옆으로 끌어냈다. 경찰관이 덧붙여 말했다.

"우린 탈출을 시도하는 자는 총을 쏘라는 명령을 받았어요. 들었어요?"

"저들에게 총을 쏜다고요? 부녀자들에게요?"

젊은 경찰관은 괴로운 표정을 지었다.

"가라고."

이사벨은 여기 있어야 된다는 것을 알았다. 그게 똑똑한 처사였다. 하지만 '겨울 벨로드롬 경기장'까지 이 버스들과 같은 속도로 걸어갈 수 있었다. 겨우 몇 블록 거리였다. 거기 가보면 무슨 일이 벌어지는지 알 터였다.

몇 달 만에 처음으로 파리의 골목길에 바리케이드를 지키는 사람이 없었다. 그녀는 바리케이드를 피해서 거리를 뛰어가 문 닫은 상점들과 텅 빈 카페들 앞을 지나갔다. 몇 블록 지나서 숨을 몰아쉬면서 경기장 건너편에서 멈추었다. 대형 건물 옆으로 사람들을 잔뜩 실은 버스들이 끝없이 들어서서 사람들을 쏟아냈다. 그러더니 버스들은 다시 떠났고, 다른 버스들이 그 자리로 들어섰다. 이사벨은 노란 별들의 물결을 보았다.

남자, 여자, 아이 할 것 없이 유대인들이 혼란스럽고 절망적인 표정으로 경기장 안으로 떠밀려 들어갔다. 대부분은 옷을 겹겹이 끼어 입고 있었다 — 더운 7월에 너무 무거운 차림새였다. 경찰은 미국 카우보이들이 소떼를 몰 듯이 주위를 순찰하면서 호루라기를 불고 고함을 치며 명령을 내렸다. 그들은 유대인들을 경기장 안으로 밀어붙이거나 다른 버스에 타게 했다.

가족들.

이사벨은 어떤 경찰에게 곤봉으로 세게 맞고 무릎을 꿇고 주저앉는 여자를 보았다. 그가 주저앉은 여자를 다시 때리자, 그녀는 비척비척 일어나면서 정신없이 어린 아들을 끌어당겨 몸으로 막았다. 그녀는 다리를 절면서 경기장 입구로 향했다.

이사벨은 인파를 뚫고 젊은 프랑스 경찰관에게 다가갔다.

"무슨 일이에요?"

그녀가 물었다.

"당신이 신경 쓸 일이 아닌데요, 마드모아젤. 가요."

이사벨은 대형 사이클 경기장을 돌아보았다. 사람들만 눈에 들어왔다. 다닥다닥 붙어선 사람들, 아수라장에서 서로 붙어 있으려고 안간힘을 쓰는 가족들. 경찰관은 그들을 윽박지르고 경기장 쪽으로 떠밀었고, 넘어지는 부녀자들을 휙 일으켜 세웠다. 이사벨은 아이들의 울음소리를 들을 수 있었다. 임산부가 주저앉아서 튀어나온 배를 움켜잡고 몸을 앞뒤로 흔들었다.

"하지만…… 여기 정말 많은 사람들이 있는데요……."

이사벨이 말했다.

"그들은 곧 추방될 거요."

"어디로요?"

경찰관은 어깨를 으쓱했다.

"난 그런 건 몰라요."

"틀림없이 아는 게 있을 텐데요."

"독일에 있는 노동 수용소. 그게 내가 아는 전부예요."

그가 중얼댔다.

"하지만…… 저들은 여자들과 아이들인데요."

경찰관이 다시 어깨를 으쓱했다.

이사벨은 이 상황이 이해되지 않았다. 어떻게 프랑스 경찰이 파리 지앵에게 이런 짓을 할 수 있을까? 여자들과 아이들에게?

"아이들은 일할 수 없잖아요, 무슈. 여기 있는 아이들이 수천 명은 될 텐데. 임산부도 있고요. 어떻게……."

"여기 경찰관 계급장이 안 보여요? 내가 이 일을 주도한 사람처럼 보여요? 난 그저 지시받은 대로 하는 거예요. 파리에 있는 외국 태생 유대인들을 체포하라는 명령을 받았으니 그렇게 하는 거라고요. 위에서는 저들을 따로 모으려고 하죠-혼자인 사람들은 드랑시에, 가족들은 '경기장'에. 그래요! 이렇게 됐어요. 그들에게 총구를 겨누고 발포할 준비를 하고 있죠. 정부는 프랑스 전역의 외국 태생 유대인들을 노동 수용소로 보내길 원하고, 우린 여기서 시작하는 거죠."

프랑스 전역? 이사벨은 허파에서 바람이 빠져나가는 기분을 느꼈다. '춘풍 작전'?

"이게 파리에서만 일어나는 일이 아니라는 뜻인가요?"

"그래요. 이건 시작에 불과해요."

*

비안느는 지독한 여름 더위 속에서 온종일 줄을 선 끝에 구한 게 고작 말라비틀어진 치즈 2백 그램 정도와 형편없는 빵 한 덩어리였다.

"오늘 딸기 잼을 먹어도 돼요, 마망? 그러면 빵 맛이 좀 나아질 텐데."

상점에서 나오면서 비안느는 소피를 어린 아이처럼 엉덩이 옆에 바싹 붙어 있게 했다.

"조금 먹어도 괜찮겠지만 많이 먹을 순 없어. 겨울이 얼마나 힘들었는지 기억하지? 또 겨울이 다가올 거야."

비안느는 병사들 무리가 다가오는 것을 보았다. 그들이 든 소총이 햇빛을 받아 반짝거렸다. 병사들이 행진했고 그 위로 탱크들이 우르르 소리를 내며 자갈 박힌 도로를 지나갔다.

"오늘 여기가 아주 복잡하네."

소피가 말했다. 비안느도 똑같은 생각을 하던 참이었다. 도로에 프랑스 경찰들이 꽉 차 있었다. 경찰관들이 떼를 지어서 시내로 들어오고 있었다.

라셀의 잘 가꾸어진 조용한 마당에 들어서자 마음이 놓였다. 비안느는 라셀을 만날 기대가 아주 컸다. 그녀가 본래의 모습을 찾는 시간은 그때뿐이었다.

비안느가 문을 두드리자 라셀은 의심스런 눈초리로 내다보았고, 누가 왔는지 알자 웃으면서 문을 활짝 열었다. 햇살이 물결치듯 휑한 집 안에 밀려들었다.

"비안느! 소피! 들어와, 어서 들어와."

"소피!"

사라가 외쳤다.

두 아이는 며칠이 아니라 몇 주간 못 만난 것처럼 끌어안았다. 소피가 앓는 사이 아이들을 떨어져 지내게 하는 게 큰일이었다. 사라는 소피의 손을 잡고 앞마당으로 안내해서 사과나무 밑에 앉았다.

라셀은 아이들의 소리를 들을 수 있게 문을 열어두었다. 비안느는 머리에 쓴 꽃무늬 스카프를 풀어서 스커트 주머니에 쑤셔넣었다.

"내가 뭘 좀 가져왔어."

"아냐, 비안느. 우린 이것에 대해 대화했잖아."

라셀이 말했다. 그녀는 낡은 샤워 커튼으로 만든 작업바지를 입고 있었다. 여름용 카디건이-한때는 흰색이었지만 하도 많이 빨고 너무 입어서 거무죽죽해진- 의자 등판에 걸려 있었다. 비안느는 그 자리에서도 스웨터에 달린 노란 별의 끝점들을 볼 수 있었다.

비안느가 부엌의 조리대로 가서 포크와 나이프를 넣는 서랍을 열었다. 서랍에는 남은 게 별로 없었다- 점령되고 2년간 독일군이 집집마다 돌면서 필요한 것을 '징발'한 게 몇 번인지 셀 수도 없었다. 얼마나 자주 독일군은 밤에 집으로 벌컥 들어와서 뭐든 원하는 것을 가져갔는가? 그 모든 것은 기차에 실려서 동쪽으로 향했다.

이제 시내 집집마다 서랍, 옷장, 트렁크 할 것 없이 텅텅 비었다. 라셀에게 남은 것은 포크와 숟가락 몇 개, 빵칼 한 개뿐이었다. 비안느는 그 칼을 식탁으로 가져갔다. 그녀는 바구니에서 빵과 치즈를 꺼내서, 신중하게 절반으로 잘라서 반은 바구니에 도로 넣었다. 비안느가 다시 고개를 드니 라셀의 눈이 그렁그렁했다.

"우리한테 그걸 주지 말라고 말하고 싶어. 네게 필요하잖아."

"너도 필요하잖아."

"망할 놈의 별을 떼버려야 될까봐. 그러면 적어도 아직 식품이 남아 있을 때 줄을 설 수가 있을 텐데."

유대인들에게 꾸준히 새로운 제재들이 생겨났다. 이제 그들은 자전거를 가질 수 없었고, 오후 3시부터 4시 사이를 제외하면 공공장소에 있는 것이 금지되었다. 그 한 시간 동안만 물건 구입이 허용되었다. 하지만 그 즈음에는 상점에 남은 물건이 없었다.

비안느가 대답할 새도 없이 도로에서 오토바이 소리가 났다. 그녀는 그 소리를 알아듣고 열린 문간에 가서 섰다.

라셀이 옆에 바싹 붙어 섰다.

"저 사람이 여긴 무슨 일일까?"

"내가 알아볼게."

비안느가 말했다.

"나도 같이 갈게."

비안느는 과수원을 가로질러서 울새가 노니는 장미나무들을 지나 대문으로 갔다. 그녀가 문을 열고 길가로 나갔고 라셀이 뒤따라 나왔다. 그들 뒤에서 뼈 부러지는 것 같은 철컥 소리를 내면서 대문이 닫혔.

"두 분 마담."

벡이 말했다. 그는 군모를 겨드랑이 아래 끼면서 말을 이었다.

"숙녀들의 시간을 방해해서 미안합니다만 부인께 드릴 말씀이 있어서 왔습니다, 마담 모리악."

그는 '부인'을 약간 강조했다. 비밀이라도 나누는 듯한 말투였다.

"그러세요? 그게 뭔가요, 대위님?"

비안느가 물었다.

그는 좌우를 힐끗 살피더니 비안느 쪽으로 가볍게 몸을 숙였다.

"마담 드 샹플랭은 내일 아침에 집에 있으면 안 됩니다."

벡이 조용히 말했다.

"네? 이 집은 남편과 내 소유인데요. 왜 집을 떠나야 된다는 거죠?"

라셀이 물었다.

"이 집의 소유자는 중요하지 않을 겁니다. 내일은 안 됩니다."

"내 아이들은······."

라셀이 말을 시작하자, 벡이 라셀을 바라보았다.

"저희는 댁의 자녀들에게는 관심이 없습니다. 그들은 프랑스에서 태어났지요. 아이들은 명단에 없습니다."

명단. 그 말에 겁을 먹은 비안느가 나직하게 말했다.

"무슨 말을 하시는 거예요?"

"그녀가 내일 여기 있으면 앞으로 이 도시에 머물지 못하게 될 거라는 말을 하는 겁니다."

"하지만······."

"만약 그녀가 제 친구라면 저는 하루 동안 숨길 방법을 찾을 겁니다."

"딱 하루만이요?"

비안느가 벡을 찬찬히 살피면서 물었다.

"두 분에게 전하려던 말은 그게 다고, 사실 이래서는 안 되는 것입니다. 말이 새나가면 저는······ 벌을 받을 겁니다. 혹시 나중에 이 일에 대해 조사를 받는다면 제가 찾아왔단 이야기는 하지 말아주십시오."

그는 양발을 딱 붙이더니 빙그르르 돌아서 가버렸다.

라셀이 비안느를 바라보았다. 그들은 파리에서 일제 검거가 있었다는 소문을 - 여자들과 아이들이 추방당했다는 - 들은 적이 있었지만 아무도 그 이야기를 믿지 않았다. 어떻게 그런 일이 있을 수 있을까? 오밤중에 프랑스 경찰이 자기 집에 있는 수만 명을 끌고 가다니 황당하고 말도 안 되는 주장이었다. 그것도 한꺼번에? 사실일 리 없었다.

"그 사람을 믿니?"

비안느는 그 질문에 대해 골똘히 생각했다.

"응."

그녀는 대답하고 스스로 놀랐다.

"그러면 난 어떻게 해야 되지?"

"아이들을 자유 지역으로 데려가, 오늘 밤에."

비안느는 자신이 그런 말을 하는 것은 고사하고 그런 생각을 했다는 것을 믿을 수가 없었다.

"지난주에 마담 뒤랑이 경계선을 넘으려고 시도하다가 총에 맞아 죽었고 아이들은 추방되었는걸."

비안느도 라셀의 입장이었다면 똑같은 말을 할 터였다. 여자 홀몸으로 도망치는 것과 자녀들의 목숨을 걸고 도망치는 것은 다른 얘기였다. 하지만 여기 머물러서 목숨이 위태로워진다면 어떨까?

"네 말이 맞아. 너무 위험한 일이야. 하지만 벡이 조언한 대로 네가 어떻게 해야 된다는 생각이 들어. 숨어. 딱 하루 동안이야. 이후에 상황을 더 자세히 알게 되겠지."

"어디로?"

"이사벨이 이럴 경우에 대비했는데 난 그 아이를 바보라고 생각했어. 헛간에 지하실이 있어."

비안느가 한숨을 쉬면서 말했다.

"나를 숨겨주다가 들킬 경우 너는……."

"그래."

비안느가 날카롭게 대꾸했다. 그녀는 그 뒷말을 듣고 싶지 않았다. '사형 당할 수도 있다'는 말을. 그녀가 말을 이었다.

"나도 알아."

*

비안느는 소피를 일찍 재웠다. 그녀는 딸이 잠들기를 기다리면서 방 안을 서성댔다. 바람이 불어 창의 덧문들이 덜컹대는 소리, 이 오래된 집의 들보들이 삐걱대며 흔들리는 소리가 일일이 귀에 들어왔다. 6시가 막 지나서 그녀는 정원일 할 때 입는 낡은 바지를 입고 아래층으로 내려갔다.

벡이 소파에 앉아 있었고, 그의 옆에 등불이 놓여 있었다. 그는 가족사진이 든 작은 액자를 들고 있었다. 그의 아내-힐다라는 것을 비안느는 알았다-와 자녀들인 지셀라와 빌헬름.

비안느가 다가가자 그는 고개를 들었지만 일어나지 않았다. 그녀는 무슨 말을 해야 될지 난감했다. 벡에게 지금은 문을 닫고 방에 들어가서 보이지 않으면 좋겠다고, 그녀의 안중에 없는 존재가 되어 달라고 하고 싶었다. 하지만 그는 직위를 걸고 라셀을 도와주었다. 비안느가 어떻게 그걸 무시할 수 있을까?

"나쁜 일이 벌어지고 있습니다, 마담. 불가능한 일이. 저는 병사가 되도록, 조국을 위해 싸우고 가족의 자랑이 되도록 훈련받았습니다. 그것은 명예로운 선택이었지요. 우리가 돌아가면 사람들이 우리를 어떻게 생각할까요? 저를 어떻게 생각하겠습니까?"

그녀가 벡 옆에 앉았다.

"저도 앙투안이 저를 어떻게 생각할지 걱정이에요. 당신에게 명단을 주지 말았어야 해요. 돈을 더 아껴서 썼어야 해요. 직장을 보전하기 위해서 더 노력했어야 해요. 어쩌면 이사벨의 말을 더 귀담아 들었어야 해요."

"자책하시면 안 됩니다. 남편도 동의할 거라 믿습니다. 우리 남자들은 너무 성급하게 총을 빼들지요."

그가 살짝 고개를 돌려서 비안느의 차림새를 바라보았다.

그녀는 작업복 바지와 검정 스웨터를 입고 있었다. 머리에는 검정 스카프를 맸다. 주부판 스파이 같은 모습이었다.

"그녀가 도망치는 것은 위험한 일입니다."

벡이 말했다.

"그냥 있는 것도 마찬가지겠지요."

"그렇긴 합니다. 무시무시한 딜레마지요."

벡이 말했다.

"어느 쪽이 더 위험할까요?"

비안느가 물었다.

그녀는 대답을 기대하지 않았고, 그래서 벡이 대답하자 놀랐다.

"그냥 있는 거겠죠."

비안느가 고개를 끄덕였다.

"당신은 가면 안 됩니다."

벡이 말했다.

"라셀을 혼자 보낼 수는 없어요."

벡은 그 말을 곰곰이 생각했다. 마침내 그가 고개를 끄덕였다.

"무슈 프레트의 땅을 알지요, 젖소를 키우는?"

"네. 하지만……."

"헛간 뒤편으로 소떼가 다니는 길이 있습니다. 그 길을 따라가면 최소한의 병력으로 운영되는 검문소가 나옵니다. 먼 길이지만 통행금지가 되기 전에 검문소에 도착할 겁니다. 누가 신경 쓸 사람이 있기나 하다면요. 아무도 없을 것 같긴 하지만."

"제 아버지 줄리앙 로시뇰은 파리 드 라 부르도네 대로 57번지에 사세요. 혹시 제가…… 집에 오지 않으면……."

"제가 따님을 파리에 보내겠습니다."

그가 사진을 들고 일어나면서 말했다.

"저는 잠자리에 들겠습니다, 마담."

비안느가 일어나서 그의 옆에 섰다.

"당신을 믿어도 될지 두렵네요."

"저라면 믿지 않는 게 더 겁날 겁니다."

이제 그들은 더 가까이 있었고 흐린 불빛이 두 사람을 비추었다.

"당신은 좋은 사람인가요, 대위님?"

"전에는 그렇게 생각했습니다, 마담."

벡은 등잔을 놔두고 방으로 돌아가서 단단히 문을 닫았다.

비안느는 다시 앉아서 기다렸다. 7시 반, 그녀는 부엌 문 옆쪽 고리에서 묵직한 검은 솥을 꺼냈다. 그녀는 속으로 중얼댔다.

'용기를 내. 이번 한 번만.'

머리와 어깨를 숄로 감싸고 밖으로 나갔다.

라셸과 아이들이 헛간 뒤쪽에서 그녀를 기다리고 있었다. 그들 옆에 있는 손수레 안에서 아리가 담요를 덮고 잠들어 있었다. 아이 주위에 라셸이 가져가려고 고른 물건 몇 가지가 놓여 있었다.

"가짜 서류들은 갖고 있어?"

비안느가 물었다. 라셀은 고개를 끄덕였다.

"얼마나 효과가 있을지 모르지만 결혼반지를 팔아서 마련한 거야."

그녀는 비안느를 바라보았다. 두 사람은 말없이 모든 대화를 나누었다.

'우리랑 같이 가고 싶은 게 확실해?'

'확실해.'

"우린 왜 가야 되는 거예요?"

사라가 겁먹은 표정으로 물었다.

라셀은 딸의 머리에 손을 얹고 물끄러미 내려다보았다.

"네가 엄마를 위해서 강해져야 해. 얘기한 걸 기억하지?"

사라는 느릿느릿 고개를 끄덕였다.

"아리와 파파를 위해서요."

그들은 흙길을 건너서 건초 벌판을 지나 멀리 잡목림을 향해 걸어갔다. 호리호리한 나무들이 자라는 숲에 들어서자 비안느는 어쩐지 보호받는 듯한 더 안전한 기분을 느꼈다.

프레트의 사유지에 도착할 무렵에는 이미 밤이 깊었다. 그들은 소떼가 다니는 길을 찾았고, 더 깊은 숲으로 접어들었다. 숲에는 두꺼운 밧줄 같은 뿌리들이 메마른 땅 위로 툭툭 불거져서, 라셀은 손수레를 힘껏 밀어야 계속 앞으로 나아갈 수 있었다. 몇 번이고 수레가 덜컥대며 쿵 하고 바닥에 떨어졌다. 잠든 아리는 칭얼대면서 엄지를 마구 빨았다. 비안느는 등에 땀이 줄줄 흘러내리는 것을 느낄 수 있었다.

"난 운동이 필요하던 참이었어."

라셀이 숨을 몰아쉬면서 말했다.

비안느가 응수했다.

"그리고 나는 숲을 걷는 걸 좋아해. 마드모아젤 사라는 어때, 우리의 모험에 어떤 근사한 점이 있지?"

사라가 말했다.

"바보 같은 별을 달고 있지 않은 거요. 왜 소피는 우리랑 같이 안 왔어요? 소피가 숲을 좋아하는데. 보물찾기를 했던 걸 기억하시죠? 소피가 먼저 보물을 다 찾았어요."

앞쪽 나무들 사이로 번뜩이는 불빛이 비안느의 눈에 들어왔고, 경계선을 나타내는 흑백 표시들이 보였다.

검문소는 조명이 너무 밝아서 독일군만이 이용할 것 같았다-혹은 이용할 수 있을 듯했다. 검문소 옆에 독일 경비병이 서 있고, 그의 소총이 조명을 받아 은빛으로 번뜩거렸다. 몇몇 사람이 줄지어서 경계선을 넘으려고 기다렸다. 서류를 제대로 갖춰야 경계선을 넘을 수 있었다. 라셀이 가진 허위 서류가 통하지 않는다면 그녀와 아이들은 체포될 것이다.

갑자기 현실감이 생겼다. 비안느가 멈춰 섰다.

"가능하면 편지를 보낼게."

라셀이 말하자, 비안느는 목구멍이 조였다. 상황이 가장 잘 풀린다고 해도 친구에게 몇 년간 소식을 듣지 못할 터였다. 혹은 다시는. 이 세상에서는 사랑하는 이들과 계속 연락할 확실한 방도가 없었다.

라셀이 말했다.

"그런 표정 짓지 말아. 우린 금방 다시 같이 있게 될 거야. 샴페인을 마시고 네가 좋아하는 재즈 음악에 맞춰서 춤도 추고."

비안느는 눈가의 눈물을 닦으면서 말했다.

"네가 사람들 앞에서 춤추기 시작하면 난 모습을 감출 거야."

사라가 그녀의 소매를 잡아당겼다.

"저기 소피한테 안녕이라고 전해주세요."

비안느는 무릎을 꿇고 사라를 감싸안았다. 아이를 보내주는 대신 영원히 안고 있을 것 같았다. 그녀는 라셀에게 손을 뻗기 시작했지만 친구는 등을 돌렸다.

"난 널 안으면 울 거고, 난 울면 안 돼."

비안느가 무겁게 팔을 양옆으로 내렸다.

라셀이 수레 쪽으로 몸을 숙였다. 세 사람은 소떼가 다니는 길을 걸어서 숲이 끝나는 지점으로 갔다. 수레가 아래위로 덜컹덜컹 흔들리다가, 마침내 숲의 보호에서 벗어나 검문소 앞에 늘어선 줄에 서게 되었다. 어떤 남자가 자전거를 타고 쭉 달려 나갔고, 꽃수레를 미는 노부인이 손짓을 받았다. 라셀이 거의 맨 앞에 섰을 때 호루라기 소리가 나면서 누군가 독일어로 고함쳤다. 보초를 서던 경비병이 기관총을 사람들에게 겨누고 발포했다.

어둠 속에 붉은 폭발들이 이어졌다.

타타탓.

옆의 남자가 바닥에 푹 주저앉자 한 여자가 비명을 질렀다. 순간적으로 줄이 흩어졌고 사람들이 사방으로 뛰었다.

워낙 급히 벌어진 일이라서 비안느는 대처할 수가 없었다. 비안느는 그녀 쪽으로, 다시 숲으로 달려오는 라셀과 사라를 보았다. 사라가 앞에서, 라셀은 뒤에서 수레를 밀고 뛰어왔다.

"여기야!"

비안느가 외쳤지만 목소리가 총소리에 파묻혔다.

사라가 풀밭에 무릎을 꿇고 주저앉았다.

"사라!"

라셀이 외쳤다.

비안느가 사라를 당겨 품에 안았다. 그녀는 아이를 숲으로 데리고 가서 땅에 눕히고 상의 단추를 풀었다. 소녀의 가슴에 총탄들이 박혀 있었다. 피가 몽글몽글 솟아 나와 흘러내렸다.

비안느는 홱 숄을 벗어서 상처를 눌렀다.

"사라는 어때? 저거 피야?"

라셀이 헐떡이며 옆에 다가와서 물었다. 그녀는 풀밭에 누운 딸 옆에 주저앉았다. 수레에서는 아리가 소리치기 시작했다.

검문소에서 불빛이 번뜩거리고 병사들이 모여들었다. 개들이 짖기 시작했다.

"가야 해, 라셀. 당장."

비안느가 말했다. 그녀는 피가 흥건한 풀밭에서 비척비척 일어나 아리를 안아서 라셀에게 주었다.

라셀은 이해되지 않는 듯했다. 비안느는 수레에 담긴 물건들을 다 내던지고, 최대한 조심스럽게 사라를 녹슨 수레에 눕히고 아리의 담요를 머리에 고였다. 그녀는 피 묻은 손으로 수레 손잡이를 잡고 밀기 시작했다.

"가자고. 우린 사라를 구할 수 있어."

비안느가 라셀에게 말했다. 라셀은 멍하니 고개를 끄덕였다.

비안느는 굵은 뿌리들과 흙구덩이 위로 수레를 밀고 나아갔다. 심장이 뛰고 두려워서 입에서 시큼한 맛이 났지만 멈추거나 뒤돌아보지 않았다. 라셀이 뒤에 있다는 걸 알았고-아리가 소리를 질러댔다- 다른 사람이 뒤따라오고 있는지는 알고 싶지 않았다.

르 자르댕이 가까워지자 비안느는 안간힘을 써서 무거운 수레를 밀고 길가의 도랑을 지나 언덕을 올라 헛간으로 갔다. 마침내 그녀가 멈추자 수레가 땅바닥에 덜컥 부딪쳤고 사라가 아파서 신음했다.

라셀은 아리를 내려놓았다. 그리고 사라를 수레에서 들어올려서 가만히 눕혔다. 아리가 울면서 안아달라고 팔을 내밀었다.

라셀은 사라 옆에 무릎을 꿇고서 엉망이 된 딸의 가슴팍을 보았다. 라셀은 친구를 올려다보았고, 비안느는 그녀의 고통과 상실감으로 얼룩진 표정을 보자 숨을 쉴 수가 없었다. 라셀이 다시 아래를 보면서 딸의 파리한 뺨에 손을 댔다.

사라가 고개를 들었다.

"우리가 경계선을 넘어온 거예요?"

아이의 파란 입술에서 피가 솟아 턱으로 흘렀다.

"그래, 우리가 해냈어. 우린 이제 안전해."

라셀이 말했다.

"난 용감했어요, 안 그래요?"

사라가 말했다.

"맞아. 정말 용감했지."

라셀이 비통하게 말했다.

"추워요."

사라가 중얼대고는 덜덜 떨었다. 그러고는 흠칫 떨면서 숨을 들이쉬었다가 천천히 내쉬었다.

"이제 우린 사탕을 먹을 거야. 그리고 마카롱도. 사랑한다, 사라. 그리고 파파도 널 사랑해. 넌 우리의 별이야."

라셀의 목소리가 끊겼다. 이제 그녀는 울고 있었다. 라셀이 덧붙여 말했다.

"우리의 심장이야. 너도 알지?"

"소피에게 전해주세요. 내가……"

405

사라의 눈꺼풀이 떨리면서 감겼다. 소녀는 마지막 숨을, 떨리는 숨을 들이쉬더니 가만히 있었다. 입술을 살짝 벌렸지만 입으로 숨결이 나오지 않았다.

비안느는 사라 옆에 무릎을 꿇었다. 맥을 짚었지만 아무 촉감도 없었다. 적막이 거북하게 짙게 내려앉았고, 비안느는 이 아이의 웃음소리 없이 세상이 얼마나 황량할까 하는 생각밖에 할 수가 없었다. 그녀는 죽음에 대해, 사람을 갈기갈기 찢고 영원히 망가뜨리는 깊은 슬픔에 대해 알고 있었다.

라셀이 어떻게 여전히 숨을 쉴지 상상이 되지 않았다. 다른 때였다면 비안느는 라셀 곁에 앉아서 손을 잡고 그녀가 울게 해줄 터였다. 혹은 안아주리라. 아니면 말을 하던가. 또는 아무 말도 하지 않던가. 라셀에게 필요한 게 있다면 비안느는 하늘과 땅을 움직여서라도 그것을 갖게 해줄 터였다. 하지만 지금은 그럴 수가 없었다. 이 모든 상황에서 이것은 또 한 번의 무시무시한 타격이었다. 그들은 슬퍼할 시간조차 가질 수가 없었다.

비안느는 라셀을 위해서 강인해야 했다.

"우린 사라를 묻어야 해."

비안느가 최대한 부드럽게 말했다.

"사라는 어둠을 싫어하는데."

"마망이 사라와 함께 있을 거야. 그리고 네 어머니도. 너랑 아리는 지하실에 들어가야 해. 숨어야 돼. 사라는 내가 알아서 할게."

"어떻게?"

비안느는 라셀이 헛간에 어떻게 숨어야 되는지 묻는 게 아님을 알았다. 그녀는 이런 상실을 겪은 후 어떻게 살아야 되느냐고 묻고 있었다. 어떻게 한 아이를 안고 다른 아이를 보내느냐고, 어떻게 '안녕'이라고 속삭인 후 계속 숨을 쉬어야 되느냐고 묻고 있었다.

라셸이 말했다.

"난 아이를 두고 갈 수가 없어."

"그래야 해. 아리를 위해서."

비안느는 천천히 일어나서 기다렸다.

라셸은 깨진 유리처럼 덜거덕대며 숨을 들이마시고 몸을 숙여 사라의 뺨에 키스했다.

"엄마는 언제나 널 사랑할 거야."

그녀가 속삭였다.

마침내 라셸이 일어났다. 그녀가 아리에게 팔을 뻗어서 품에 안았다. 어찌나 꼭 끌어안았는지 아기가 다시 울기 시작했다.

비안느가 라셸의 손을 잡고 헛간 안으로 데려가 지하실이 있는 곳으로 갔다.

"안전해지자마자 데리러 올게."

"안전."

라셸이 멍하니 중얼대면서 열린 헛간 문으로 밖을 보았다.

비안느는 차를 밀고 지하실 문을 열었다.

"저 아래 등잔이 있어. 음식도 있고."

라셸은 아리를 안고 계단을 내려가 어둠 속으로 사라졌다.

비안느는 다시 지하실 문을 닫고 차를 원래 자리에 돌려놓은 다음, 30년 전에 어머니가 심은 라일락 숲으로 갔다. 담을 따라서 라일락나무가 높고 넓게 퍼져 있었다.

나무 아래, 여름 식물들이 뒤덮인 곳에 작은 하얀 십자가 세 개가 있었다. 두 개는 그녀가 유산한 아이들을 위해, 하나는 1주일도 못 살고 떠난 아들을 위해 세운 십자가들이었다.

그녀가 여기 아들을 묻을 때 라셀이 곁에 서 있었다. 이제 비안느는 여기서 가장 친한 친구의 딸을 묻을 참이었다.

내 딸의 가장 친한 친구를. 이런 일을 하게 하다니 무슨 신의 자비가 이럴까?

23

　새벽이 밝아오기 전 마지막 얼마간 비안느는 갓 파낸 흙더미 근처에 앉아 있었다. 기도하고 싶었지만 신앙심은 저 멀리 달아나버리고 이제 다른 삶만이 남아 있었다.
　천천히 바닥에서 일어났다.
　하늘이 라벤더 빛깔과 분홍빛으로 변할 때-아이러니하게도 아름다웠다- 그녀는 뒷마당으로 갔다. 예기치 않은 그녀의 인기척에 닭들이 소리를 내고 날개를 퍼덕였다. 비안느는 피 묻은 옷을 벗어서 땅바닥에 던지고 펌프에서 씻었다. 그런 다음 빨랫줄에서 리넨 잠옷을 걷어서 안으로 들어갔다.
　뼈가 녹아내릴 만큼 피곤하고 정신이 지쳤지만 쉴 수가 없었다. 등잔에 불을 켜고 소파에 앉았다. 눈을 감고 앙투안이 곁에 있다고 상상하려고 애썼다. 이제 그녀는 남편에게 무슨 말을 할까?
　'더 이상 뭐가 옳은 일인지 모르겠어. 소피를 보호하고 안전하게 지키고 싶지만, 사람들이 다른 신에게 기도한다는 이유로 흔적도 없이 사라지는 세상에서 성장해야 한다면 안전이 무슨 소용 있겠어? 내가 체포된다면…….'

손님방 문이 열렸다. 그녀는 벡이 다가오는 소리를 들었다. 그는 제복을 입고 막 면도한 모습이었고, 그녀가 돌아오기를 기다리고 있었다는 것을 본능적으로 알았다. 그녀를 걱정하고 있었음을.

"돌아왔군요."

벡이 말했다.

비안느는 그가 관자놀이나 손등에 묻은 핏자국이나 흙먼지를 봤다고 확신했다. 거의 느껴지지 않는 멈칫거림이 있었다. 비안느는 벡이 그녀가 쳐다봐주기를, 어떻게 됐는지 알려주기를 기다리는 줄 알면서도 그냥 앉아 있기만 했다.

입을 열면 고함치기 시작할 것 같았다. 혹은 벡을 쳐다보면 그녀는 울 것이다. 어떻게 어둠 속에서 아무것도 아닌 일로 아이들이 총에 맞을 수 있는지 말해보라고 달려들 터였다.

"마망? 깨보니까 엄마가 침대에 없었어요. 무서웠어요."

소피가 방에 들어오면서 말했다. 비안느는 아이 손을 맞잡았다.

"미안하구나, 소피."

"저기, 가봐야겠습니다. 안녕히."

벡이 말했다. 그가 나가고 문이 닫히자마자 소피가 더 가까이 다가왔다. 아이의 눈이 흐리멍덩했다. 지친 눈빛.

"엄마 때문에 겁나요. 무슨 일이 있어요?"

비안느는 눈을 감았다. 딸에게 이 끔찍한 소식을 전해야겠지만 그러고 나면 어쩌나? 딸을 끌어안고 머리를 쓰다듬으면서 아이가 울게 놔둬야겠지. 그녀가 강하게 처신해야 되리라. 비안느는 강인해지는 게 신물 났다.

그녀가 일어나면서 말했다.

"가자, 소피. 할 수 있으면 조금 더 자도록 하자."

*

그날 오후 시내에서 비안느는 병사들이 총을 들고 모여들고 경찰차들이 광장에 주차되어 있으리라 기대했다. 개들 목줄을 당기고 검은 제복 차림의 친위대원들이 보이고 뭔가 문제가 있는 분위기일 줄 알았다. 그런데 평소와 다른 기미가 전혀 없었다.

그녀와 소피는 종일 카리보에서 줄을 섰다. 비안느는 시간 낭비일 줄 알면서도 이 거리 저 거리 돌면서 상점 앞에서 기다렸다. 처음에 소피는 쉬지 않고 조잘댔다. 비안느는 무슨 말인지 알아듣지 못했다. 라셀과 아리가 그녀의 지하실에 숨어 있고 사라가 떠났는데 어떻게 평범한 대화에 집중할 수 있을까?

3시가 다 되었을 때 소피가 말했다.

"지금 가도 돼요, 마망? 더 구할 수 있는 게 없어요. 우리가 시간 낭비하는 거예요."

틀림없이 벡이 잘못 안 것이었다. 아니면 그가 지나치게 조심하거나. 분명히 그들은 이 시간에 유대인들을 잡고 체포하지 않을 터였다. 그들이 식사 시간에는 체포하지 않는다는 것은 누구나 아는 일이었다. 나치들은 워낙 시간을 엄수하고 체계적이었고 프랑스 음식과 와인을 즐겼다.

"그래, 소피. 집에 가도 되겠다."

그들은 시내에서 빠져나갔다. 도로가 평소보다 한산하고 비행장도 잠잠했다.

비안느가 망가진 대문을 열자 소피가 물었다.

"사라가 우리 집에 와도 될까요?"

사라.

비안느는 소피를 힐끗 내려다보았다.

"엄마가 슬퍼 보여요."

딸이 말했다.

"슬프구나."

비안느가 조용히 말했다.

"파파 생각이 나서요?"

비안느는 깊이 숨을 들이쉬고 내쉬었다. 그리고 나서 부드럽게 말했다.

"나를 따라오너라."

그녀는 소피를 사과나무 아래로 데려가서 나란히 앉았다.

"엄마 때문에 겁나요."

비안느는 벌써 상황을 잘못 처리하고 있다는 것을 알았지만 어떻게 해야 될지 난감했다. 소피는 거짓말을 하기엔 너무 컸고 진실을 알려주기에는 너무 어렸다. 비안느는 사라가 경계선을 넘으려다가 총에 맞았다고 소피에게 말할 수 없었다. 딸이 말하면 안 되는 사람에게 말할 수도 있었다.

"마망?"

비안느는 소피의 홀쭉한 얼굴을 양손으로 감쌌다.

"사라가 어젯밤에 죽었단다."

그녀가 온화하게 말했다.

"죽어요? 사라는 아프지 않았는데."

비안느는 마음을 단단히 먹었다.

"때론 그런 식으로 일이 벌어지지. 하느님이 예상치 못하게 데려가시는 거야. 사라는 천국에 갔어. 사라는 그 아이의 할머니와 네 할머니와 같이 있을 거야."

소피가 몸을 빼고 뒤로 물러났다.

"내가 바보인 줄 아세요?"

"그게 무, 무슨 말이냐?"

"소피는 유대인이에요."

비안느는 이 순간 딸의 눈빛이 싫었다. 아이의 눈길에는 어린 구석이라곤 없었다 - 순수함이 없었다. 순진함도 희망도 없었다. 심지어 슬픔도 없었다. 분노뿐이었다.

더 훌륭한 어머니라면 그 분노를 모아서 상실감으로, 그런 다음 마침내 간직할 수 있는 사랑의 추억 같은 것으로 만들어 주리라. 하지만 비안느는 너무 망연자실해서 당장은 훌륭한 어미 노릇을 할 수 없었다. 거짓말이나 쓸모없는 말밖에 생각나지 않았다.

그녀는 소맷부리에 달린 레이스를 뜯어냈다.

"우리 머리 위 나뭇가지에 걸린 빨간 실이 보이지?"

소피가 고개를 들었다. 실은 색이 빠져서 흐려졌지만 여전히 갈색 가지와 초록 잎과 풋사과 사이에서 도드라져 보였다. 소피가 고개를 끄덕였다.

"난 네 아빠를 기억하기 위해서 저기에 저 실을 맸어. 이걸 사라를 위해서 매두지 그러니? 그러면 우린 밖에 나올 때마다 사라를 생각할 거야."

소피가 대꾸했다.

"하지만 파파는 죽지 않았어요! 엄마가 거짓말로……."

"아니야. 그렇지 않아. 우린 잃은 이들뿐 아니라 없는 사람들도 기억하지, 안 그래?"

소피는 레이스 조각을 받아 들었다. 그러고는 약간 불안정하게 서서 레이스를 같은 가지에 맸다.

비안느는 소피가 몸을 돌리고 팔을 뻗어 안아주기를 간절히 바랐다. 하지만 딸은 그 자리에 서서, 눈물이 고여 반짝이는 눈으로 레이스 조각을 빤히 쳐다보고 있었다.

"언제나 이렇지는 않을 거야."

비안느가 떠올릴 수 있는 말은 그것뿐이었다.

"난 엄마 말을 안 믿어요."

마침내 소피가 비안느를 바라보고 말했다.

"더 잘래요."

비안느는 겨우 고개만 끄덕였다. 평소라면 딸과의 신경전이 당황스럽고 망쳤다는 느낌에 짓눌렸을 터였다. 이제 그녀는 한숨만 쉬면서 일어섰다. 스커트에 묻은 풀을 털고 헛간으로 올라갔다. 헛간 안에 들어서자 자동차를 밀고 지하실 문을 열었다.

"라셀? 나야."

"다행이다."

어둠 속에서 속삭이는 소리가 들렸다. 라셀이 삐걱대는 사다리를 타고 아리를 안고 올라와서, 뿌연 빛 속에 나타났다.

"어떻게 됐어?"

라셀이 지쳐서 물었다.

"아무 일도 없어."

"아무 일도?"

"내가 시내에 가봤어. 모든 게 평소와 같아 보여. 아마 벡이 지나치게 조심스러웠나봐. 하지만 네가 저 아래서 하룻밤 더 지내야 될 것 같아."

라셀의 얼굴은 시무룩하고 지쳐 보였다.

"기저귀가 필요해. 그리고 간단히 목욕도 해야 해. 아리랑 나, 모두 냄새가 폴폴 나."

아이가 울기 시작했다. 그녀는 땀이 맺힌 이마에서 젖은 머리칼을 떼면서 상냥한 느린 말투로 중얼대며 아기를 달랬다.

그들은 헛간에서 나와 라셀의 집으로 향했다.

거의 현관문에 도착했을 때 프랑스 경찰차 한 대가 집 앞에서 멈추었다. 폴이 차에서 내리더니 소총을 들고, 마당을 성큼성큼 걸어왔다.

"당신이 라셀 드 샹플랭이오?"

그가 묻자 라셀이 찡그렸다.

"저라는 걸 알잖아요."

"당신은 추방될 거요. 나랑 같이 갑시다."

라셀은 아리를 꽉 끌어안았다.

"내 아들은 데려가지 말아요."

"그 아이는 명단에 없소."

폴이 말했다.

비안느가 경찰관의 소매를 붙잡았다.

"이럴 수는 없어요, 폴. 라셀은 프랑스인이에요!"

"그녀는 유대인이오."

그가 라셀에게 총을 겨누면서 외쳤다.

"이동!"

라셀이 뭐라고 말하기 시작했지만 폴이 입을 다물게 했다. 그는 라셀의 팔을 잡아서 길가로 끌어내 경찰차 뒷좌석에 밀어넣었다.

비안느는 그 자리에-안전하게- 있을 심산이었지만, 정신을 차려 보니 경찰차 옆에서 달리면서 보닛을 두들기고 태워달라고 애걸했다. 폴이 브레이크를 꽉 밟자 비안느가 뒷좌석에 탔고 그는 가속페달을 밟았다.

"가. 여기는 네가 있을 데가 아니야."

차가 르 자르댕 앞을 지날 때 라셀이 말했다.

"여기는 누구도 있을 곳이 아니야."

비안느가 대꾸했다.

1주일 전이었다면 그녀는 라셀이 혼자 가게 내버려두었을 것이다. 아마도 유감스러워하면서, 당연히 죄책감을 느끼면서 소피를 보호하는 것이 다른 무엇보다 중요하다고 생각했을 터였다. 지난밤이 비안느를 바꾸어놓았다. 여전히 겁이 나고 연약했지만 이제 그녀는 화가 나기도 했다.

시내에는 열두어 군데 거리에 바리케이드가 있었다. 경찰차들이 사방에서 가슴에 노란 별을 단 사람들을 쏟아내서 기차역으로 내몰았다. 역에서 가축 운반 열차가 기다렸다. 분명 인근 여러 마을에서 온 듯한 수백 명이 있었다.

폴이 경찰차를 세우고 문을 열었다. 비안느와 아리를 안은 라셀은 플랫폼으로 향하는 유대인 부녀자들과 남자 노인들 사이에 섞였다.

이미 기차가 뜨거운 대기에 검은 연기를 내뿜으면서 기다렸다. 독일 병사 두 명이 플랫폼에 서 있었다. 한 명은 벡이었다. 그는 채찍을 들고 있었다. 채찍을.

하지만 소집을 책임지는 것은 프랑스 경찰이었다. 그들은 사람들을 줄 세워서 가축 운반 열차로 떠밀었다. 남자들끼리 한 칸에, 여자들과 아이들은 다른 칸에 태워졌다.

앞에서 아기를 안은 여자가 도망치려 했다. 경찰이 그녀의 등을 쏘았다. 여자는 바닥에 고꾸라지면서 죽었고, 아기는 연기 나는 총을 든 경찰관의 발밑까지 굴러갔다.

라셀이 걸음을 멈추고 비안느에게 몸을 돌렸다.

"내 아들을 데려가."

그녀가 속삭였다. 군중이 그들을 밀치고 지나갔다.

"아기를 데려가. 아리를 구해 줘."

라셀이 간청했다. 비안느는 망설이지 않았다. 이제 더 이상 아무도 우유부단하면 안 된다는 것을 알았다. 소피의 목숨을 위험에 빠트리는 게 두려운 것만큼, 선한 사람들이 악을 중단시키기 위해 아무것도 하지 않는 곳에서, 선량한 여자가 곤란한 친구에게 등을 돌릴 수 있는 세상에서 딸을 키우는 게 더 무서워졌다. 비안느는 아기에게 팔을 뻗어서 품에 안았다.

"거기! 이동!"

경찰관이 소총의 개머리판으로 라셀의 팔을 찔렀고, 그 힘이 너무 세서 그녀가 비틀댔다.

라셀은 비안느를 바라보았고, 그 눈에 우주 같은 우정이 깃들여 있었다―두 사람이 나누었던 비밀들, 둘이 지켰던 약속들, 딸들을 자매처럼 엮은 그애들을 위한 꿈들.

"여기서 빠져나가. 가."

라셀이 쉰 소리로 외쳤다.

비안느는 물러났다. 그녀는 깨닫기도 전에 인파를 헤치고 플랫폼에서 병사들과 개들에게서 멀어졌다. 두려움의 냄새와 채찍질 소리와 여인들의 울부짖음과 아이들의 울음에서 달아났다. 플랫폼 끝에 다다를 때까지 걷는 속도를 늦추지 않았다. 거기 가서야 아리를 끌어안으면서 돌아보았다.

라셀이 검은 가축 운반 열차의 아가리 같은 문앞에 서 있었다. 그녀의 얼굴과 손에 아직도 딸의 피가 묻어 있었다. 그녀는 인파를 훑다가 비안느를 보고 피 묻은 손을 위로 들었다. 그러고는 주위에서 비틀대는 여자들에게 떠밀려서 사라져버렸다. 가축 운반 열차의 문이 쾅 닫혔다.

*

비안느는 소파에 털썩 주저앉았다. 아리가 달래지 못할 만큼 울어댔고 기저귀가 젖어 있었다. 아기에게 오줌 냄새가 났다. 비안느는 일어나서 아기를 보살펴야 했다. 뭔가 조치를 취해야 하는데 도무지 움직여지지가 않았다. 상실감에 짓눌리고 숨이 막혔다.
소피가 거실로 들어왔다.
"왜 엄마가 아리를 데리고 있어요? 마담 드 샹플랭은 어디 계세요?"
소피가 조용히 겁먹은 소리로 물었다.
"떠났어."
비안느가 대답했다. 거짓말을 둘러댈 기운도 없었고, 아무튼 그게 무슨 소용이 있을까?
그들을 에워싼 모든 악으로부터 딸을 지킬 길이 없었다.
아무 방도도 없었다.
소피는 너무 많은 것을 알면서 자라리라. 두려움과 상실감, 어쩌면 증오를 알게 되리라.
비안느가 뻣뻣하게 말했다.
"라셀은 루마니아에서 태어났어. 그게-유대인이라는 점과 함께-그녀의 죄였지. 비시 정부는 그녀가 프랑스에 25년간 살았고 프랑스 남자랑 결혼했고, 그가 프랑스를 위해 싸웠다는 점은 염두에 두지 않

아. 그래서 그들은 그녀를 추방했지."

"우리 정부가 그분을 추방한 거예요? 난 나치가 그런 짓을 한 줄 알았는데."

비안느가 한숨을 쉬었다.

"오늘 그짓을 한 건 프랑스 경찰이었어. 하지만 나치도 거기 있었지."

"그들이 마담을 어디로 데려가는데요?"

"모르겠다."

"전쟁이 끝나면 마담이 돌아올까요?"

그래. 아니. 나도 그러길 바라. 좋은 어머니라면 어떤 대답을 할까?

"나도 그러길 바라."

"그리고 아리는요?"

소피가 물었다.

"우리랑 같이 지낼 거야. 아리는 명단에 없었거든. 우리 정부는 아이들이 혼자서 자랄 수 있다고 믿나 보다."

"하지만 마망, 우리가 어떻게 해야……"

"뭘 하냐고? 우리가 어떻게 해야 되냐고? 나도 모르겠다."

비안느는 한숨을 쉬고는 말했다.

"당장은 네가 아기를 잘 보고 있거라. 난 옆집에 가서 아기 침대랑 옷이랑 가져올게."

비안느가 문에 다다랐을 때 소피가 말했다.

"벡 대위는 어쩌고요?"

비안느가 우뚝 멈춰 섰다. 그녀는 플랫폼에서 채찍을 든 그를 봤던 일을 떠올렸다. 그는 채찍으로 탁 소리를 내면서 부녀자들을 가축 운반 열차로 몰아넣었다.

비안느가 말했다.

"그래. 벡 대위는 어쩌지?"

*

비안느는 피에 젖은 옷을 빨아서 말리려고 뒷마당의 빨랫줄에 걸었다. 세탁한 물을 풀밭에 쏟을 때 비눗기 있는 물이 얼마나 붉은지 의식하지 않으려고 애썼다. 그녀는 소피와 아리에게 저녁 식사를 만들어주고(뭘 만들었더라? 기억할 수가 없었다) 두 아이를 재웠다. 하지만 집이 적막하고 어두워서 그녀는 감정을 자제할 수가 없었다. 화가 나고-절규할 만큼- 제정신이 아니었다.

그녀는 너무도 어둡고 추한 생각들을 하는 것을, 바닥 모를 분노와 슬픔에 젖는 것을 견딜 수 없었다. 칼라에서 예쁜 레이스를 뜯어서 비척비척 밖으로 나갔다. 라셀이 이 블라우스를 주었던 때가 기억났다. 3년 전이었다.

'파리에서는 다들 이걸 입어.'

머리 위에서 사과나무가 팔을 벌리고 서 있었다. 두 번의 시도 끝에 앙투안과 사라의 천 사이 옹이진 가지에 레이스를 매달 수 있었다. 그녀는 레이스를 매자 뒤로 물러섰다.

사라.

라셀.

앙투안.

천 색깔이 뿌옇게 변하자 그제야 비안느는 울고 있다는 것을 깨달았다.

"제발 하느님."

비안느가 매달린 천과 레이스와 실을 올려다보면서 기도하기 시작했다. 사랑하는 이들이 떠난 마당에 이제 기도가 무슨 소용이 있을까?

오토바이가 르 자르댕 밖에 멈추는 소리가 들렸다.

잠시 후.

"마담?"

비안느가 몸을 돌려서 그와 마주섰다.

"채찍은 어디 있나요, 대위님?"

"거기 오셨습니까?"

"프랑스 여자를 채찍질하는 기분은 어떤가요?"

"내가 그럴 거라고 생각하지 않겠지요, 마담. 그 일은 구역질이 납니다."

"그렇지만 당신은 거기 있었어요."

"당신도 마찬가지였고요. 이 전쟁은 우리 모두를 바라지 않은 곳에 있게 합니다."

"당신네 독일인들은 괜찮겠죠."

"난 그녀를 도우려고 했습니다."

벡이 말했다.

그 말에 비안느는 분노가 빠져나가는 것을 느꼈다. 슬픔이 되돌아왔다. 그는 라셀을 구하려고 애썼다. 그들이 벡의 말을 잘 듣고 라셀을 더 오래 숨겼더라면 좋으련만.

비안느가 휘청했다. 벡이 손을 뻗어서 그녀를 부축했다.

"당신은 라셀을 숨기라고 말했죠. 그래서 그녀는 종일 끔찍한 지하실에 있었어요. 정오 무렵에 난 생각했죠. 모든 게 정상적으로 보인다고."

"폰 리히터께서 시간을 조정하셨습니다. 기차에 문제가 있어서."

기차.

라셀은 손을 흔들며 작별을 고했다.

비안느가 그를 올려다보았다.

"그들이 라셀을 어디로 데려갔죠?"

그녀가 벡에게 물은 첫 번째 현실적인 질문이었다.

"독일의 노동수용소입니다."

"저는 종일 라셀을 숨겼어요."

비안느는 그게 지금 중요하기라도 한 것처럼 다시 되뇌었다.

"더 이상 국방군이 통제권을 갖지 않습니다. 게슈타포와 친위대가 지휘하지요. 그들은 군인들보다 더…… 무자비합니다."

"왜 당신은 거기 있었나요?"

"명령을 따랐습니다. 그녀의 아이들은 어디 있습니까?"

"경계선 검문소에서 당신네 독일군이 사라의 등에 총을 쐈어요."

"맙소사."

그가 중얼댔다.

"내가 라셀의 아들을 데리고 있어요. 왜 아리는 명단에 오르지 않았죠?"

"아이는 프랑스 태생이고 14세 미만입니다. 그들은 프랑스인 유대인은 추방하지 않습니다."

벡이 그녀를 보면서 덧붙였다.

"아직은."

비안느는 숨을 멈추었다.

"그들이 아리를 데리러 올 건가요?"

"나는 곧 그들이 나이나 출생지와 상관없이 모든 유대인을 추방할 거라고 믿습니다. 그때는 집에 어느 유대인이든 데리고 있는 것은 위험할 겁니다."

"아이들이 추방당하다니. 혼자서."

비안느는 이미 눈으로 봤지만 그런 공포는 믿을 수 없었다.

"난 아리를 안전하게 보호하겠다고 라셀에게 약속했어요. 당신이 나를 고발할 건가요?"

그녀가 물었다.

"난 괴물이 아닙니다, 비안느."

벡이 그녀의 세례명을 말한 것은 처음이었다.

그가 더 가까이 다가섰다.

"난 당신을 보호하고 싶습니다."

그가 말했다. 그가 말할 수 있는 최악의 말이었다. 비안느는 몇 년간 외로움을 탔지만 이제 그녀는 정말로 혼자였다.

벡이 그녀의 팔뚝을 건드렸다. 쓰다듬다시피 했고 그녀는 몸 구석구석 전기가 통하는 것 같았다. 어쩔 수 없어서 비안느는 그를 바라보았다.

벡은 가까이, 키스할 수 있는 거리에 있었다. 비안느가 살짝 부추기면 – 숨결이나 고개를 끄덕이거나 건드리면 – 그가 둘 사이의 거리를 줄일 수 있을 터였다. 순간적으로 그녀는 자신이 누구인지, 오늘 무슨 일이 벌어졌는지 잊고 위로받고 싶은 마음이 간절했다.

비안느가 아주 살짝 앞으로 몸을 기울였다. 그의 체취를 맡을 수 있을 만큼, 그의 입술이 닿을 만큼. 그러다가 기억하고는 – 문득 분노에 빠져서 – 그를 밀어내자 벡이 비틀거렸다.

비안느는 그의 입술이 닿기라도 한 듯 입술을 문질렀다.

"우린 안 돼요."

그녀가 말했다.

"물론 안 되지요."

하지만 벡이 그녀를 쳐다봤을 때-그리고 그녀가 벡을 봤을 때-두 사람 다 알았다. 적당하지 않은 상대에게 키스한 것보다 더 심한 일이 있다는 것을.

그것은 갈망하는 것이었다.

24

여름이 끝났다. 뜨거운 황금색 날들은 물러가고 하늘은 빛바래고 비가 내렸다. 이사벨은 탈주로에만 신경을 쓰느라 날씨가 변한 줄도 몰랐다.

차디찬 10월의 어느 오후, 그녀는 승객들에 섞여서 객차에서 내렸다. 손에 가을꽃 한 다발을 들고 있었다.

이사벨이 대로를 지나갈 때 독일군 자동차들이 거리를 메우고 요란하게 경적을 울려댔다. 병사들이 수척한 파리지앵들 사이를 당당하게 활보했다. 겨울바람에 나치 깃발이 나부꼈다. 이사벨은 서둘러 지하철역 계단을 내려갔다.

지하철역은 사람들이 넘쳐났고, 영국인과 유대인을 악령으로 묘사하고 총통을 모든 질문의 답으로 그린 나치 선전 포스터가 빼곡히 붙어 있었다.

갑자기 공습 사이렌이 울렸다. 전기가 끊기면서 모두 어둠 속에 잠겼다. 이사벨은 사람들이 중얼대는 소리, 아기들이 우는 소리, 노인들의 기침 소리를 들었다. 멀리서 쿵쿵, 쾅쾅 폭발하는 소리도 들을 수 있었다.

마침내 해제 경보가 울렸고, 잠시 후 전기가 들어와서 다시 불이 켜질 때까지 아무도 움직이지 않았다.

이사벨이 열차에 거의 다 갔을 때 호루라기 소리가 났다.

그녀는 얼어붙었다. 프랑스 협력자들을 동반한 나치 병사들이 돌아다니면서 서로 대화를 나누고, 사람들을 지목해서 주변으로 끌어내서 무릎을 꿇고 앉게 했다.

이사벨 앞에 소총이 나타났다.

"서류."

독일군이 말했다.

이사벨은 한 손에 꽃다발을 들고, 다른 손으로 초조하게 핸드백을 뒤적였다. 아눅에게 보내는 메시지가 꽃다발 안에 들어 있었다. 물론 이것은 예상치 못한 일은 아니었다. 이런 검문은, 연합군이 북아프리카에서 성공하기 시작하자 독일군은 지속적으로 사람들을 불러 세우고 서류를 요구했다. 거리, 상점, 기차역, 교회에서. 어디도 안전한 곳이 없었다. 이사벨이 가짜 신분증을 내밀었다.

"어머니의 친구분을 만나서 점심식사를 할 거예요."

프랑스인이 독일군 옆으로 다가가서 서류들을 훑어보았다. 그가 고개를 젓자 독일군은 이사벨에게 서류를 주면서 말했다.

"가시오."

이사벨은 재빨리 미소를 짓고 감사의 목례를 한 다음, 서둘러 열차로 갔다. 문이 열린 객차에 미끄러지듯 오르니 문이 닫혔다.

16구로 빠져나올 즈음에는 차분함을 되찾았다. 거리마다 축축한 안개가 끼어서 건물들과 센 강에서 천천히 떠가는 바지선들을 가렸다. 안개 때문에 소리가 증폭되어 이상하게 변했다. 어디선가 공이 튕겼다(아마 거리에서 남자애들이 놀고 있으리라). 바지선 한 척이 경적을 울렸고 소음이 계속 퍼졌다.

그녀는 모퉁이를 돌아 식당으로 들어갔다ㅡ불이 켜진 몇 안 되는 곳 중 한 군데였다. 매서운 바람에 차양이 펄럭였다. 그녀는 빈 테이블들을 지나 노천 카운터로 가서 카페오레를(물론 커피나 우유가 없는) 주문했다.

"줄리엣? 너냐?"

이사벨은 아눅을 보고 생긋 웃었다.

"가브리엘, 만나 뵈니 정말 좋아요."

이사벨이 아눅에게 꽃을 주었다.

아눅은 커피를 주문했다. 그들은 매서운 날씨에 거기 서서 커피를 홀짝였다.

아눅이 말했다.

"난 어제 앙리 숙부랑 이야기를 나누었지. 그가 너를 보고 싶어하더구나."

"그의 상태가 안 좋은가요?"

"아니, 아니야. 정반대지. 그는 다음 화요일 밤에 파티를 계획하고 있어. 숙부가 널 초대하라고 당부했지."

"제가 부인 대신 선물을 전해드릴까요?"

"아냐. 하지만 편지면 족하겠지. 자, 네게 주려고 이걸 준비했지."

이사벨은 편지를 받아서 가방의 안감 속에 밀어 넣었다.

아눅이 그녀를 바라보았다. 눈가에 거무스름한 그늘이 드리워졌다. 뺨과 이마에 새로 주름이 잡혔다.

"괜찮으신 거예요?"

이사벨이 물었다.

아눅의 미소는 지쳤지만 진실했다.

"그럼."

그녀는 말을 멈추었다가 덧붙였다.

"어젯밤에 가에탕을 봤어. 카리보 회의에 그가 있을 거야."

"왜 저한테 말해주세요?"

"이사벨, 너는 내가 만난 중 가장 투명한 사람이야. 네가 가진 모든 생각과 감정이 눈에 나타나지. 네가 나한테 얼마나 자주 가에탕 이야기를 하는지 모르는 거야?"

"정말이요? 그걸 감추고 지낸 줄 알았는데요."

"사실은 그건 좋은 일이야. 우리가 무엇을 위해 싸우는지 생각하게 해주지. 아가씨와 총각, 그리고 그들의 미래."

그녀는 이사벨의 뺨에 키스했다. 그러고 나서 속삭였다.

"그도 네 이야기를 해."

*

이사벨로서는 다행스럽게도 10월 말 이날 카리보에는 비가 내리고 있었다. 이런 날씨에는 아무도, 심지어 독일군조차도 사람들에게 관심이 없었다. 그녀는 후드를 쓰고 코트의 목 부분을 단단히 여몄지만, 그래도 비가 얼굴을 때렸고 찬 물줄기가 몸으로 흘러내렸다. 그녀는 자전거를 끌고 기차에서 내려 플랫폼을 걸어갔다.

시내 외곽에서 자전거에 올라탔다. 인적이 드문 골목을 택해서 카리보로 접어들어 광장을 지나쳤다. 이런 비 내리는 가을날에는 밖에 나와 돌아다니는 사람들이 별로 없었다. 식료품점에 줄지어 선 여자들과 아이들의 코트와 모자에서 빗물이 뚝뚝 떨어졌다. 독일 병사들은 주로 실내에 있었다.

이사벨은 벨레뷔 호텔에 도착할 즈음 기진맥진했다. 자전거를 가로등에 묶어 열쇠를 채우고 안으로 들어갔다. 문에 달린 종이 울려, 독일 병사들에게 그녀의 도착을 알렸다. 그들은 로비에 앉아서 오후의 커피를 마시는 중이었다.

"마드모아젤, 잔뜩 젖었군요."

장교 한 명이 노르스름하게 구운 초콜릿 빵에 손을 뻗으면서 말했다.

"프랑스인들은 빗속을 다니지 말아야 되는 걸 모른다니까."

그 말에 독일 병사들이 웃었다.

이사벨은 계속 미소 지으면서 그들 앞을 지나쳤다. 호텔의 프런트 데스크에서 그녀는 호출벨을 울렸다.

뒤쪽 방에서 앙리가 커피 쟁반을 들고 나왔다. 그는 이사벨을 보더니 고개를 끄덕였다.

"잠시만요, 마담."

앙리가 말하고 그녀 앞을 지나 쟁반을 어떤 테이블로 가져갔다. 거기 검은 제복 차림의 친위대원 두 명이 거미들처럼 앉아 있었다.

앙리는 프런트 데스크로 돌아와서 말했다.

"마담 제르베즈, 오신 걸 환영합니다. 다시 만나니 좋네요. 당연히 방을 준비해두었습니다. 저를 따라오시면……."

이사벨이 고개를 끄덕이고 앙리를 따라 좁은 복도를 지나 2층으로 올라갔다. 거기서 그는 마스터키를 열쇠 구멍에 넣고 비틀어 문을 열었다. 싱글 베드 하나, 협탁 하나, 램프 하나가 있는 조촐한 방이었다. 그가 이사벨을 방으로 안내하더니 발로 문을 밀어 닫고, 그녀를 품에 안았다.

그가 이사벨을 끌어당기면서 말했다.

"이사벨, 다시 만나니 좋군요."

그가 포옹을 풀면서 뒤로 물러섰다.

"로맹빌 때문에…… 걱정했어요."

이사벨이 젖은 후드를 벗었다.

"네."

지난 2개월간 나치군은 소위 테러범들과 저항 운동가들을 엄중 단속했다. 그들은 마침내 이 전쟁에서 여인들이 어떤 역할을 수행하는지 알기 시작했고, 로맹빌에서 2백 명이 넘는 프랑스 여자들을 구속했다.

이사벨은 코트를 벗어서 침대 끝에 걸쳤다. 그녀가 코트 안감에서 봉투 하나를 꺼내서 앙리에게 건넸다.

"여기 있어요."

그것은 MI9에서 받은 자금이었다. 앙리의 호텔은 조직에서 유지하는 주요 안전가옥들 중 한 곳이었다. 이사벨은 그들이 영국인들, 미국인들, 저항 운동가들을 나치의 코앞에 묵게 하는 게 기분 좋았다. 오늘 밤 이 가장 작은 객실의 손님은 그녀가 될 터였다.

이사벨은 흠집이 많이 난 책상에서 의자를 빼서 앉았다.

"오늘 밤에 회합이 있나요?"

"오후 11시에. 앙젤레 농장의 버려진 헛간에서."

"무슨 일이에요?"

"나도 몰라요."

앙리가 침대 끄트머리에 걸터앉았다. 이사벨은 표정으로 그가 심각해지는 것을 알아차리고 신음을 냈다.

"나치군이 나이팅게일을 찾으려고 혈안이 되었다는 소문이 들려요. 놈들이 탈주로에 침투하려고 애쓴다는데."

"저도 아는 일이에요, 앙리."

이사벨은 한쪽 눈썹을 치뜨면서 덧붙여 말했다.

"저한테 위험하다는 말은 하지 않으면 좋겠어요."

"너무 자주 다니고 있잖아요, 이사벨. 몇 번이나 다녀왔죠?"

"스물네 번."

앙리는 고개를 저었다.

"그들이 당신을 찾으려고 혈안이 될 만도 하지. 우린 마르세유와 페리피냥을 지나는 다른 탈주로 소식을 들어요. 그쪽도 성공하고 있다더군요. 문제가 생길 거예요, 이사벨."

그녀는 앙리의 염려에 마음이 뭉클하고, 본래 이름을 들으니 기분이 좋아서 스스로 놀랐다. 비록 잠깐일 뿐이지만 다시 이사벨 로시뇰이 되어 아는 사람과 앉아 있으니 흐뭇했다. 숨고 도망치면서 안전가옥들에서 모르는 사람들과 보내는 시간이 너무 길었다.

그래도 그녀가 이런 말을 할 이유가 없었다. 탈주로는 그들이 모험을 할 만큼 귀중하고 가치 있었다.

"제 언니를 지켜보고 있죠, 네?"

"그래요."

"나치가 아직도 거기 살아요?"

앙리가 눈길을 돌렸다.

"무슨 일이에요?"

"비안느가 교사직에서 해고당했어요."

"왜요? 학생들이 언니를 좋아했는데요. 그녀는 뛰어난 교사예요."

"그녀가 게슈타포 장교에게 따지고 들었다는 소문이 있어요."

"비안느답지 않은 얘기예요. 그러면 수입이 없겠네요. 어떻게 살고 있어요?"

앙리는 불편한 기색을 보였다.

"험담이 돌더군요."

"험담이요?"

"그녀와 그 나치에 대해서."

*

여름 내내 비안느는 라셀의 아들을 르 자르댕에 숨겼다. 아이를 데리고 밖에 나가지 않았고, 심지어 정원에도 나가지 않았다. 서류가 없으니 아이가 아리엘 드 샹플랭이 아닌 다른 사람인 체할 수 없었다. 비안느는 소피를 종일 집에서 아리와 지내게 했고, 그래서 시내에 다니는 게 노심초사하는 일거리가 되었다. 그녀는 생각나는 모든 사람에게-가게 주인들, 수녀들, 마을 사람들- 라셀이 두 아이와 함께 추방됐다고 말했다.

그녀가 떠올릴 수 있는 방도는 그것뿐이었다.

식료품 배급 줄을 섰지만 남은 물건이 없다는 말만 들으며 길고 힘 빠지는 하루를 보낸 후, 그녀는 낭패감에 젖어 시내에서 벗어났다. 프랑스 전역에서 더 많은 추방과 체포가 일어나고 있다는 소문이 돌았다. 프랑스계 유대인 수천 명이 강제수용소에 억류되어 있었다.

집에 도착하자 그녀는 현관 옆의 고리에 젖은 망토를 걸었다. 내일이 되기 전에 마를 희망은 없었지만, 그래도 집 안 바닥에 물을 흘리지는 않을 터였다. 그녀는 진흙투성이 고무장화를 문가에 두고 안으로 들어갔다. 평소처럼 소피가 문 옆에 서서 그녀를 기다렸다.

"엄마는 괜찮아."

비안느가 말했다.

소피가 침착하게 고개를 끄덕였다.

"우리도 그래요."

"내가 저녁을 준비하는 동안 네가 아리를 씻길래?"

소피는 아리를 품에 안고 부엌에서 나갔다.

비안느는 머리에서 스카프를 벗어서 걸었다. 그런 다음 바구니를 말리려고 개수대에 넣고 식품 저장고로 갔다. 소시지 한 줄과 작고 물렁물렁한 감자와 양파 몇 개를 꺼냈다. 부엌으로 돌아와서 스토브를 켜고 검은 주물 팬을 예열했다. 귀한 기름 한 방울을 뿌리고 소시지를 구웠다.

비안느는 소시지를 내려다보다가 나무 주걱으로 자르고, 속이 분홍색에서 잿빛으로, 노릇노릇하게 변하는 것을 지켜보았다. 소시지가 바삭하게 구워지자 네모나게 썬 감자와 다진 양파와 마늘을 넣었다. 마늘이 탁탁 튀면서 갈색으로 변했고 그 냄새가 퍼졌다.

"맛있는 냄새가 나는군요."

"대위님, 오토바이 소리를 못 들었는데요."

비안느가 조용히 말했다.

"마드모아젤 소피가 문을 열어주더군요."

그녀는 스토브의 불꽃을 내려다보다가 팬을 덮고 벡을 마주보았다. 두 사람은 암묵적 합의로 그날 밤 아무 일도 없었던 것처럼 처신했다. 아무도 그 이야기를 꺼내지 않았지만 둘 사이에는 늘 그런 분위기가 흘렀다.

그날 밤 상황이 미묘하게 변했다. 이제 벡은 거의 매일 밤 그들과 식사했고, 주로 그가 집에 가져온 음식을-많은 양은 아니고 햄 한 조각이나 밀가루 한 부대, 소시지 몇 줄- 먹었다.

그는 대놓고 아내와 자녀들 얘기를 꺼냈고, 비안느는 앙투안에 대해 말했다. 그들의 이 모든 얘기는 둘 사이의 벽을 굳건히 하기 위함이었다. 그 벽은 이미 무너졌건만. 벡은 몇 차례나 앙투안에게 비안느의 위문품을 부쳐주겠다고-더할 수 없이 친절하게- 제안했다. 그녀는 뭐든 구할 수 있는 소소한 것들로-너무 큰 겨울 장갑, 벡이 남긴 담배, 귀한 잼- 위문품을 꾸렸다.

비안느는 벡과 단둘이 있지 않으려고 애썼다. 그게 가장 큰 변화였다. 그녀는 밤에 마당에 나가거나 소피가 자러 간 후 깨어 있지 않았다. 비안느는 벡과 단둘이 있을 때의 자신을 믿지 않았다.

"선물을 가져왔어요."

벡이 말했다. 그가 서류 뭉치를 내밀었다. 1939년 6월 에티엔느와 아이메 모리악 사이에서 태어난 아기의 출생증명서. 사내애의 이름은 다니엘 앙투안 모리악이었다.

비안느는 벡을 물끄러미 보았다. 그녀와 앙투안이 아들 이름을 다니엘로 짓고 싶었다는 말을 벡에게 한 적이 있던가? 틀림없이 말했겠지만 그런 기억이 나지 않았다.

"이제 유대인 아이들을 집에 두는 것은 안전하지 않아요. 혹은 이제 곧 그렇게 될 겁니다."

"당신은 아리를 위해 그런 위험을 감수하셨군요. 저희를 위해서."

비안느가 말하자, 벡이 나직하게 대답했다.

"당신을 위해서. 그리고 그것은 가짜 서류입니다, 마담. 그걸 염두에 두세요. 친척의 아이를 입양했다는 이야기를 흘려야 될 겁니다."

"이 서류가 당신에게서 나왔다는 말은 절대 하지 않을게요."

"내가 걱정하는 것은 나 자신이 아닙니다, 마담. 아리는 당장 다니엘이 되어야 합니다. 완전하게. 그리고 당신은 극도로 조심해야 됩니다. 게슈타포와 친위대는…… 잔인합니다. 연합군이 아프리카에서 거두는 승리가 우리를 강타하고 있습니다. 그리고 유대인들에 대한 마지막 해법은…… 이해할 수 없는 악행입니다. 나는……."

그가 말을 멈추고 비안느를 응시했다.

"나는 당신을 보호하고 싶습니다."

벡이 말을 이었다.

"이미 그러신 걸요."

비안느가 벡을 올려다보면서 말했다.

벡이 그녀에게 다가가기 시작했고 비안느는 실수인 줄 알면서도 그에게 다가갔다.

소피가 부엌으로 뛰어 들어왔다.

"아리가 배고프대요, 마망. 계속 칭얼대요."

벡이 멈추었다. 그는 비안느 앞을 지나서- 손으로 그의 팔을 스치면서- 조리대에 놓인 포크를 집었다. 그가 포크로 잘 익은 소시지 한 개와 노릇노릇한 감자와 갈색으로 익은 양파를 집었다.

벡은 그것을 먹으면서 비안느를 내려다보았다. 벡이 너무 가까이 있어서 그녀는 뺨에 닿는 그의 숨결을 느낄 수 있었다.

"아주 대단한 요리사십니다, 마담."

"고마워요."

그녀가 단아한 목소리로 대꾸했다.

벡이 물러섰다.

"식사를 할 수 없어서 아쉽군요, 마담. 가봐야겠습니다."

비안느는 그에게서 눈을 떼고 소피에게 미소 지었다.

"세 사람 식탁을 차리렴."

그녀가 말했다.

*

스토브에서 음식이 뭉근히 끓는 사이, 비안느는 아이들을 침대에 모이게 했다.

"소피, 아리. 이리 오너라. 내가 너희랑 할 말이 있다."

"무슨 말인데요, 마망?"

소피가 벌써부터 걱정스러운 표정으로 물었다.

"독일군이 프랑스에서 태어난 유대인들을 추방하고 있어."

비안느가 말을 멈추었다가 덧붙였다.

"아이들 역시."

소피가 헉 하고 숨을 멈추고 세 살인 아리를 바라보았다. 아리는 침대에서 신나게 뛰었다. 아이는 너무 어려서 새로운 신분을 이해하지 못할 것이다. 비안느는 지금부터 영원히 그의 이름이 다니엘 모리악이라고 말해야 한다.

아리가 엄마가 돌아올 거라고 믿고 기다린다면 조만간 실수를 저질러서 추방당하리라. 어쩌면 그들 모두를 죽음으로 몰아갈 실수를 하리라. 비안느는 그런 위험을 감수할 수가 없었다. 모두를 보호하기 위해 아이의 마음을 아프게 할 수밖에 없었다.

'날 용서해, 라셀.'

비안느와 소피는 고통스러운 눈빛을 교환했다. 꼭 해야 될 일이라는 것을 둘 다 알았지만 어떤 어머니가 다른 여인의 자식에게 이럴 수 있단 말인가?

비안느가 아리의 얼굴을 양손으로 감싸면서 가만히 말했다.

"아리, 네 엄마는 천국에서 천사들이랑 있어. 돌아오지 않을 거야."

아이가 침대에서 뛰다가 멈추었다.

"응?"

"엄마는 영원히 떠났어."

비안느가 다시 말했다. 눈물이 솟아서 흘러내렸다. 그녀는 아리가 이 말을 믿을 때까지 반복해서 할 터였다.

"이제 내가 네 엄마야. 그리고 네 이름은 다니엘이야."

아이가 찡그리고 입 안쪽을 잘근잘근 씹으면서 수를 세듯이 손가락을 벌렸다. 아리가 말했다.

"엄마가 돌아올 거라고 했잖아."

비안느는 하기 싫은 말을 했다.

"안 돌아와. 떠났어. 지난달에 떠난 아기 토끼처럼, 기억나지?"

그들은 거창한 의식을 치루면서 토끼를 묻었다.

"토끼처럼 가버렸어?"

아이의 갈색 눈에 눈물이 고여 흘러내렸고 입이 파르르 떨렸다. 비안느는 아이를 끌어당겨서 품에 안고 등을 쓰다듬었다. 하지만 아무리 해도 아리를 달랠 수도 놓아줄 수도 없었다.

마침내 그녀는 포옹을 풀고 아이를 바라보았다.

"알아들었니, 다니엘?"

"넌 내 동생이 될 거야. 진짜 동생."

소피가 흔들리는 목소리로 말했다.

비안느는 가슴이 미어졌지만 라셀의 아들을 안전하게 지킬 다른 방도가 없다는 것을 알았다. 아이가 자신이 아리라는 것을 잊을 만큼 어리기를 기도했고, 그 기도가 서글퍼서 가슴이 먹먹했다.

"말해봐. 네 이름이 뭔지 말해줘."

비안느가 침착하게 말했다.

"다니엘."

아이는 혼란스럽지만 마음을 맞추려고 대답했다.

그날 밤 소시지와 감자로 저녁식사를 하면서, 또 나중에 설거지를 하고 잠옷을 입을 때까지 비안느는 열두어 번쯤 아이에게 이름을 말하게 했다. 그녀는 이 방법이 아리를 구하기에 충분하기를, 그의 서류가 조사에서 통과되기를 기도했다. 다시는 아리라고 부르지 않고, 아리로 생각하지도 않을 작정이었다. 내일 아이의 머리를 최대한 짧게 자르리라. 그런 다음 시내에 나가서 모두에게(맨 먼저 입이 싼 엘렌 뤼엘에게) 니스에 사는 죽은 사촌의 아들을 입양했다고 말하리라.

신의 가호가 있으시기를.

25

 이사벨은 검은 옷을 입고 금발을 가리고 카리보의 인적 없는 거리를 살금살금 누볐다. 통금이 지난 시간이었다. 여린 달은 이따금 울퉁불퉁한 자갈길에 빛을 드리웠지만 구름에 가리는 때가 더 잦았다.
 그녀는 발소리와 트럭 모터 소리에 귀 기울였고 어느 소리든 나면 얼어붙었다. 시내 끄트머리에서 그녀는 가시를 아랑곳하지 않고 장미 담장을 넘어서 검고 젖은 건초 들판으로 뛰어내렸다. 회합 장소까지 반쯤 남았을 때 머리 위에서 비행기 석 대가 하늘을 낮게 날았고, 그 바람에 나무들이 떨리고 땅이 흔들렸다. 전투기들이 서로 기관총을 발사하자 빛과 소리가 터져나왔다.
 더 작은 비행기가 선회하더니 다른 곳으로 빗나갔다. 이사벨은 비행기가 왼쪽으로 선회해서 올라갈 때 날개 밑에서 미국 국기를 보았다. 잠시 후 폭탄이 날아가는 소리가 나더니−비인간적인 찌르는 울부짖음 같았다− 뭐가 폭발했다.
 비행장.
 그들은 그곳을 폭격하고 있었다.
 비행기들이 다시 머리 위로 날아올랐다. 또 다시 포화 소리가 났고 미군기가 명중되었다. 연기가 피어올랐다. 날카로운 소리가 밤하늘을 메웠고 비행기는 빙글빙글 돌면서 지상으로 곤두박질했다. 달빛이 날개에 부딪쳐 반사되었다.

비행기가 세게 추락하는 바람에 이사벨은 뼈가 달그닥거리고 발아래 땅이 흔들리는 것 같았다. 동체가 흙바닥에 부딪치면서 대갈못들이 빠져나오고 나무 뿌리들이 파헤쳐졌다. 부서진 동체가 숲으로 돌진하면서 나무들을 성냥개비라도 되는 듯이 쓰러뜨렸다. 연기 냄새가 진동하더니 어마어마한 휙 소리와 함께 비행기가 화염에 휩싸였다. 하늘에 낙하산이 나타나서 앞뒤로 흔들렸고, 낙하산을 메고 있는 사람은 점처럼 작게 보였다.

이사벨은 타는 나무들을 헤치고 나아갔다. 연기 때문에 눈이 따끔거렸다.

조종사는 어디 있을까?

하얀 게 언뜻 눈에 들어오자 그녀는 그쪽으로 달렸다. 흐느적거리는 낙하산이 관목이 무성한 바닥에 놓여 있고, 조종사가 있었다.

이사벨은 사람들의 말소리와—그들은 멀지 않은 곳에 있었다— 자박자박 걷는 발소리를 들었다. 회합에 오는 동지들이기를 기도했지만 확인할 방도가 없었다. 나치들이 비행장에서 분주하겠지만 곧 잠잠해질 터였다.

그녀는 미끄러지듯 무릎을 꿇고 조종사가 멘 낙하산을 벗겨서 낙엽더미 밑에 최대한 잘 묻었다. 그런 다음 조종사에게 달려와서 그의 팔목을 잡고 숲속으로 더 깊이 끌고 갔다.

"조용히 있어야 될 거예요. 내 말을 알아들어요? 내가 다시 올게요. 가만히 누워서 조용히 있어야 해요."

"네…… 알았어요."

조종사가 들릴락 말락 소곤댔다.

이사벨은 그의 몸을 나뭇잎과 잔가지로 뒤덮었지만, 뒤로 물러서니 진흙 바닥에 그녀의 발자국들이 찍혀서 이제 검은 물이 고여 있었다. 조종사를 여기로 끌고 오면서 생긴 자국들도 패였다. 검은 연기가 밀려와서 그녀를 휘감았다. 불길이 점점 더 가까워졌고 더 밝게 타올랐다.

"이런."

이사벨이 중얼댔다.

사람들 소리가 났다. 그들이 고함을 질렀다.

이사벨은 손을 문질러서 닦으려 했지만 진흙이 계속 스며서 몸이 더러워졌다.

숲에서 세 사람이 나와 그녀에게 다가왔다.

한 남자가 말했다.

"이사벨, 당신이에요?"

회중전등에 불이 들어오면서 앙리와 디디에가 모습을 드러냈다. 가에탕도 있었다.

"조종사를 찾았어요?"

앙리가 물었다.

이사벨이 고개를 끄덕였다.

"그는 다쳤어요."

멀리서 개들이 짖어댔다. 나치들이 다가오고 있었다.

디디에가 뒤쪽을 힐끗 보았다.

"시간이 별로 없군."

"시내를 빠져나가지 못하겠는데요."

앙리가 말했다.

이사벨은 순간적으로 결정을 내렸다.

"가까운 곳에 그를 숨길 데를 알아요."

*

"좋은 아이디어가 아닌데."

가에탕이 말했다.

"서둘러요."

이사벨이 쏘아붙였다. 이제 그들은 르 자르댕의 헛간에 들어와서 문을 닫았다. 조종사가 의식을 잃고 흙바닥에 널브러져 있었다. 디디에의 코트와 장갑이 조종사의 피에 젖었다.

그녀가 말했다.

"차를 앞으로 밀어요."

앙리와 디디에는 자동차를 앞으로 밀고 나서 지하실 문을 열었다. 문이 빡빡하게 끼익 소리를 내고 휙 열려서 차의 펜더에 부딪쳤다.

이사벨이 등잔에 불을 붙여서 한 손에 들고, 더듬더듬 흔들리는 사다리를 타고 내려갔다. 그녀가 남겨둔 물품들은 누군가 써버렸다.

그녀가 등잔불을 위로 들었다.

"조종사를 내려요."

남자들은 걱정스런 표정을 주고받았다.

"난 잘 모르겠는데."

앙리가 말했다.

"달리 선택의 여지가 있어요? 이제 그를 내려요."

이사벨이 쏘아붙였다.

가에탕과 앙리는 의식 잃은 조종사를 어둡고 습한 지하실로 데리고 내려와서 매트리스에 눕혔다. 조종사의 체중이 실리자 매트리스에서 부스럭대고 바람 빠지는 소리가 났다.

앙리는 이사벨을 걱정스런 표정으로 쳐다보았다. 그러더니 지하실에서 빠져나가 그들 위에 섰다.

"어서 가자고, 가에탕."

가에탕은 이사벨을 바라보았다.

"우리가 차를 제자리에 돌려놓아야 될 거야. 우리가 데리러 올 때까지 당신은 여기서 나갈 수 없을 거야. 우리에게 무슨 일이 생기면 당신이 여기 있는 것을 아무도 모를 텐데."

이사벨은 그가 그녀를 만지고 싶어하는 것을 알 수 있었고, 그녀도 그 손길을 갈구했다. 하지만 그들은 팔을 양옆으로 내리고 그대로 서 있었다.

"나치가 이 조종사를 찾느라 혈안이 될 거야. 붙잡히면 당신은……."

이사벨은 너무나 두려운 마음을 감추려고 턱을 치켜들었다.

"내가 붙잡히게 놔두지 말아요."

"내가 당신을 안전하게 지키고 싶지 않다고 생각해?"

"당신 마음을 알아요."

이사벨이 조용하게 대답했다.

그가 무슨 말을 할 새도 없이 위에서 앙리가 말했다.

"가자고, 가에탕. 의사를 구하고 내일 두 사람을 여기서 데리고 나갈 방도를 마련해야 된다고."

가에탕이 뒤로 물러섰다. 두 사람 사이의 그 작은 공간에 세상 전체가 놓여 있는 듯했다.

"우리가 다시 돌아오면 세 번 노크하고 휘파람을 불 거야. 그러면 우리한테 총을 쏘지 말아."

"안 쏠려고 노력할게요."

이사벨이 말했다.

그가 가만히 있다가 입을 열었다.

"이사벨……"

그녀는 기다렸지만 가에탕은 더 할 말이 없었다. 그저 두 사람 다 느끼는 회한을 담아서 그녀의 이름만 불렀다. 그는 한숨을 지으면서 몸을 돌려 사다리를 올라갔다.

잠시 후 문이 쾅 닫혔다. 자동차가 제자리로 굴러갈 때 이사벨은 머리 위의 널빤지가 신음하는 듯한 소리를 들었다.

그런 다음 적막감.

그녀는 공포에 사로잡히기 시작했다. 다시 침실에 갇혔다. 마담 둠이 입 다물고 요구 따윈 그만하라면서 문을 쾅 닫고 나가 열쇠를 돌리고.

그녀는 여기서 나갈 수가 없었다. 심지어 긴급한 상황이 생겨도 못 나갔다.

'그만해. 침착해. 뭘 해야 되는지 알잖아.'

선반으로 가서 아버지의 총을 옆으로 밀어놓고 의료품 상자를 꺼냈다. 얼른 뒤져보니 가위, 실과 바늘, 알코올, 붕대, 클로로포름, 벤제드린, 반창고가 있었다.

조종사 옆에 무릎을 꿇고 앉아서 등잔불을 바닥에 내려놓았다. 비행복이 피에 젖어서 벗겨내느라 무척 애를 먹었다. 옷을 벗기자 그의 가슴에 크게 벌어진 구멍이 있었고, 이사벨은 할 수 있는 일이 없다는 것을 알았다. 그녀는 조종사 곁에 앉아서 손을 잡아주었다.

마침내 그는 마지막으로 힘겹게 숨을 쉬었고 호흡이 멎었다. 그의 입이 느릿느릿 벌어졌다.

이사벨은 조종사의 목에서 인식표를 가만히 벗겼다. 그것을 감추어야 했다. 그녀는 인식표를 물끄러미 내려다보았다.

이사벨이 중얼댔다.

"키스 존슨 중위."

그녀는 등잔불을 끄고 죽은 사내와 함께 어둠 속에 있었다.

＊

다음 날 아침 비안느는 데님 작업 바지와 플란넬 셔츠를 입었다. 셔츠는 원래 앙투안의 옷이었지만 그녀의 몸에 맞게 줄였다. 요즘은 너무 여위어서 셔츠가 헐렁했다. 다시 한번 셔츠를 손봐야 될 터였다. 앙투안에게 부치려고 준비한 위문품 꾸러미가 조리대에 있었다.

소피가 간밤에 잠을 설쳤기에 비안느는 자게 내버려두었다. 그녀는 커피를 만들려고 아래층에 내려갔다가 벡 대위와 부딪칠 뻔했다. 벡은 거실을 왔다갔다했다.

"어머나. 대위님, 죄송해요."

벡은 그녀의 말을 듣지 않는 것 같았다.

비안느는 그가 안절부절 못하는 것은 처음 보았다. 평소에 포마드를 바르는 머리는 산발이고 머리카락이 계속 얼굴로 내려오자 그는 반복해서 머리를 위로 올리면서 욕설을 중얼댔다. 평소와 달리 집 안에서 총을 차고 있었다.

벡이 양옆에 주먹을 쥐고 그녀 앞을 성큼성큼 지나갔다. 잘생긴 얼굴이 분노로 일그러져서 다른 사람으로 보일 정도였다.

마침내 그가 비안느를 마주보고 말했다.

"어젯밤에 이 부근에 비행기가 떨어졌어요. 미군 비행기가. 머스탱이라고 부르는 것 말입니다."

"당신들이 미군 비행기가 추락하기를 바라는 줄 알았는데요. 그 때문에 미군기를 포격하지 않나요?"

"우린 밤새도록 수색했는데 조종사를 찾지 못했어요. 누군가 조종사를 숨겨주고 있습니다."

"조종사를 '숨겨준다'고요? 아, 아닐 걸요. 아마 죽었겠죠."

"그러면 시체가 있어야지요, 마담. 우린 낙하산은 발견했는데 시체는 찾지 못했소."

"하지만 누가 그런 어리석은 짓을 하겠어요? 설마…… 그런 이유로 사람들을 처형하지 않겠죠?"

비안느가 말했다.

"즉시 해치울 거요."

비안느는 벡이 그런 식으로 말하는 것을 들은 적이 없었다. 그래서 움츠러들었다. 그리고 라셀과 사람들이 추방당한 날 그가 채찍을 쥐고 있던 일이 기억났다.

"내 태도를 용서해요, 마담. 하지만 우린 당신들에게 최선의 대접을 하는데 당신네 많은 프랑스인들에게 이런 대접을 받지요. 거짓말과 배신과 방해공작."

비안느는 충격을 받아서 입이 헤벌어졌다.

벡은 비안느를 쳐다보았고, 그녀가 그를 얼마나 빤히 보는지 알고는 미소를 지으려고 애썼다.

"다시 말하지만 용서해줘요. 물론 당신을 뜻하는 건 아니었어요. 최고사령부는 조종사 수색 실패를 내 탓으로 돌리고 있어요. 오늘 난 더 잘해야 되는 부담이 있지요."

그는 현관으로 가서 문을 열었다. 벡이 덧붙여 말했다.

"혹시 내가 못……."

열린 문 사이로 그녀는 마당에서 병사들을 보았다. 벡이 말했다.

"안녕히, 마담."

비안느는 그를 따라 현관 앞 계단까지 나갔다.

"모든 문을 잠가 두십시오, 마담. 이 조종사는 필사적일 겁니다. 당신은 그가 집에 침입하기를 원치 않겠지요."

비안느는 멍하게 고개를 끄덕였다.

벡은 병사들 속에 섞여서 앞장섰다. 그들이 데려온 개들이 시끄럽게 짖으면서 목줄을 당기고, 무너진 담장 아래 땅을 쿵쿵댔다.

비안느는 언덕 위쪽을 보다가 헛간 문이 조금 열린 것을 알았다.

"대위님!"

그녀가 소리쳤다.

벡 대위가 걸음을 멈추었고 그의 부하들도 섰다. 으르렁대는 개들이 목줄을 마구 잡아당겼다.

바로 그때 그녀는 라셀을 떠올렸다. 라셀이 도망쳤다면 그녀가 올 곳은 바로 여기일 터였다.

"아, 아무것도 아니에요, 대위님."

비안느가 외쳤다.

그는 무뚝뚝하게 고개를 끄덕이고 부하들을 데리고 나갔다.

비안느는 문 옆에 놓인 부츠를 신었다. 병사들이 시야에서 사라지자마자 그녀는 잰걸음으로 언덕을 올라 헛간으로 향했다. 축축한 풀밭에서 두 번이나 미끄러지고 넘어질 뻔했다. 마지막 순간에 똑바로 서서 심호흡을 크게 한 다음 헛간 문을 활짝 열었다.

그녀는 자동차가 움직였다는 것을 즉시 눈치챘다.

"내가 왔어, 라셀!"

비안느가 외쳤다. 그녀는 차의 기어를 중립으로 놓고 지하실 문이 나타날 때까지 앞으로 밀었다. 쭈그리고 앉아서 평편한 철제 손잡이를 더듬어서 문을 올렸다. 문이 자동차 펜더에 쾅 하고 부딪쳤다.

그녀는 손전등을 꺼내서 어두운 지하실 안을 내려다보았다.

"라셀?"

"가, 언니. 얼른!"

"이사벨?"

비안느는 사다리를 타고 내려가면서 말을 이었다.

"이사벨, 어쩐……."

그녀가 바닥에 내려가서 손전등을 비추었다.

비안느의 얼굴에서 웃음기가 가셨다. 이사벨의 옷은 피범벅이고 금발은 헝클어지고-나뭇잎과 잔가지가 잔뜩 묻은 채- 얼굴에는 긁힌 상처가 많아서 블랙베리 덤불 속을 달리기라도 한 꼬락서니였다.

하지만 가장 나쁜 것이 남아 있었다.

"조종사잖아."

비안느가 엉망이 된 매트리스에 누운 사내를 빤히 바라보면서 속삭였다. 그녀는 너무나 무서워서 뒷걸음질하다 선반에 부딪쳤다. 뭔가 바닥에 떨어져서 굴러갔다. 그녀가 다시 말했다.

"그들이 찾는 사람."

"언니는 여기 내려오지 말았어야 해."

"여기 있으면 안 될 사람이 나라고? 넌 바보야. 그들이 여기서 저 사람을 찾으면 우리에게 무슨 짓을 할지 알기나 해? 어떻게 감히 이런 위험을 내 집에 끌고 올 수 있지?"

"미안해. 그냥 지하실 문을 닫고 차를 원래 자리에 돌려놔. 내일 언니가 깨면 우린 가고 없을 거야."

"미안하다고."

비안느가 중얼댔다. 그녀는 분노에 휩싸였다. 어떻게 그녀의 동생은 이런 일을 저지를까, 소피와 그녀를 위험에 빠트릴까? 그리고 이제 여기에 아리가 있었다. 그 아이는 아직도 자신이 다니엘이어야 된다는 것을 이해하지 못했다.

비안느가 말했다.

"네가 우리 모두를 죽이게 생겼어."

그녀는 물러나서 사다리에 손을 뻗었다. 이 비행사와 최대한 거리를 두어야 했다. 그리고 경솔하고 이기적인 동생과도.

"내일 아침까지는 떠나도록 해, 이사벨. 그리고 다시 오지 마."

이사벨은 뻔뻔하게도 상처받은 표정을 지었다.

"하지만……."

"더 이상 네 변명을 듣지 않겠어. 어릴 때 내가 너한테 못되게 굴었지. 마망은 세상을 떠나고 파파는 주정뱅이고 마담 둠은 널 심하게 대했어. 그 모든 게 사실이고 난 더 좋은 언니가 되고 싶었어. 하지만 여기서 끝이야. 너는 언제나처럼 생각 없고 무모하고, 이제 사람들을 죽게 만들 거야. 네가 다시 오면 내가 널 고발할 거야."

그 말을 하고 비안느는 사다리를 타고 올라가서 지하실 문을 쾅 닫았다.

*

비안느는 분주하게 움직여야 했다. 안 그러면 완전히 공포에 빠져들 터였다. 아이들을 깨워서 가벼운 아침 식사를 만들어 먹이고 집안

일을 시작했다.

가을에 마지막 채소를 딴 후에 오이와 호박 피클을 담고 호박 퓨레를 통조림으로 만들었다. 일하는 내내 헛간에 있는 이사벨과 조종사에 대한 생각이 떠나지 않았다.

어떻게 해야 하나? 그 질문이 종일 마음속에서 맴돌고 계속 되살아났다. 모든 선택이 위험했다. 헛간에 조종사가 있다는 것은 함구하는 게 마땅할 터였다. 늘 침묵하는 게 더 안전했다.

하지만 벡과 게슈타포 요원들, 친위대, 그들의 개들이 먼저 헛간에 들이닥치면 어쩌나? 벡이 숙식하는 집의 헛간에서 조종사를 발견한다면 최고사령부는 달가워하지 않을 텐데. 벡이 망신을 당할 텐데.

'최고사령부는 조종사 수색 실패를 내 탓으로 돌리고 있어요.'

망신 당한 남자들은 위험해질 수 있다.

어쩌면 그녀는 벡에게 말해야 했다. 그는 좋은 사람이다. 라셀을 구하려고 애써준 사람이다. 아리에게는 서류를 만들어주었다. 그는 비안느가 남편에게 보내는 위문품을 보내주었다. 어쩌면 조종사를 데려가고 이사벨은 이 일에서 빼달라고 벡을 설득할 수 있으리라. 조종사는 전쟁 포로수용소로 보내질 테고, 그건 그렇게까지 나쁜 일이 아니다.

저녁 식사가 끝나고 아이들을 잠자리에 들게 한 후에도 오랫동안 이런 질문들을 곱씹었다. 비안느는 자려고 시도조차 하지 않았다. 가족이 위험한 지경에 처한 마당에 어떻게 잠을 잘 수 있을까? 그 생각이 다시 이사벨에 대한 부아를 치밀게 만들었다. 10시에 현관 밖에서 발소리가 났고, 날카롭게 문을 두드리는 소리가 들렸다.

그녀는 바느질감을 내려놓고 일어났다. 머리를 넘기고 현관으로 가서 문을 열었다. 손이 어찌나 떨리는지 주먹을 쥐고 양옆에 붙여야 했다.

비안느가 말했다.

"대위님, 늦으셨네요. 먹을 것 좀 만들어드릴까요?"

벡이 중얼댔다.

"아니, 됐습니다."

그는 거칠게 비안느 앞을 지나갔다. 그는 자기 방에 들어가서 브랜디 병을 들고 다시 나왔다. 이가 빠진 유리잔에 술을 가득 따라서 쭉 들이켜고 한 잔 더 따랐다.

"대위님?"

"그 조종사를 찾지 못했습니다."

그는 두 번째 잔을 마시고 석 잔째 술을 따랐다.

"아."

벡이 비안느를 바라보았다.

"게슈타포들이 날 죽일 겁니다."

그가 조용히 말했다.

"설마 아니겠죠."

"그들은 실망하는 것을 좋아하지 않습니다."

그는 브랜디를 마시고 테이블에 잔을 쾅 내려놓았다. 잔이 깨질 뻔했다. 그러고 나서 벡이 말했다.

"이 망할 놈의 동네 구석구석을 다 뒤졌지요. 식품 저장고, 지하실, 닭 우리까지 다 찾아봤어요. 가시덤불 속과 쓰레기더미 아래까지 샅샅이. 그런데 피 묻은 낙하산은 나왔지만 조종사는 없으니 어떻게 더 내 노력을 보여줘야겠습니까."

비안느가 그를 위로하려고 말했다.

"틀, 틀림없이 모든 곳을 다 찾아보지는 않았겠죠. 먹을 걸 갖다 드릴까요? 저녁 식사를 남겨두었는데요."

그가 갑자기 동작을 멈추었다. 비안느는 그가 눈을 가늘게 뜨는 것을 보았다.

"가당치 않기는 하지만……."

벡이 전등을 들고 성큼성큼 부엌에 있는 장으로 가서 문을 홱 열었다.

"뭘 하시는 거예요?"

"당신의 집을 수색하는 겁니다."

"설마……."

벡이 방마다 돌아다니면서 옷장의 코트들을 잡아당기고 옷장을 옆으로 미는 동안 그녀는 두근거리는 가슴으로 거기 서 있었다.

"만족했나요?"

"만족이라고요, 마담? 이번 주에 우리가 잃은 조종사는 열네 명이고, 비행 요원은 몇 명이나 되는지 신이나 알 겁니다. 이틀 전 벤츠 공장이 폭발해서 노동자 전원이 죽었습니다. 내 숙부도 그 건물에서 일하지요. 일했다고 해야 맞겠지요."

"안됐네요."

비안느가 말했다. 그녀는 심호흡을 크게 하면서 집 수색이 끝났다고 생각했다. 그때 밖으로 나가는 벡을 보았다.

이사벨이 소리를 냈나? 그런 것 같아서 두려웠다. 비안느는 그에게 달려들어 팔을 잡고 싶었지만 한발 늦었다. 이제 벡은 밖에서 전등 불빛을 따라가고 있었다. 그의 뒤로 부엌문이 열려 있었다. 비안느는 그를 따라서 뛰어갔다.

그는 비둘기장 앞에서 문을 열고 있었다.

"대위님."

비안느는 뛰는 속도를 늦추고 호흡을 고르면서 축축한 손바닥을 바지에 문질렀다. 그녀가 말을 이었다.

"여기서 어떤 것도, 아무도 못 찾을 거예요, 대위님. 그걸 아셔야 해요."

"당신은 거짓말쟁이인가요, 마담?"

그는 화난 게 아니었다. 그는 두려웠다.

"아뇨. 그렇지 않다는 걸 알잖아요. 볼프강, 분명히 상관들은 당신을 비난하지 않을 거예요."

그녀가 처음으로 벡의 세례명을 불렀다.

"이게 당신네 프랑스인들의 문제입니다. 진실이 바로 옆에 있는데도 그걸 보지 못하지요."

벡은 비안느를 밀치고 헛간을 향해 올라갔다.

그는 이사벨과 조종사를 찾으리라. 만약 그런다면?

모두 감옥행이겠지. 어쩌면 그보다도 나쁜 상황이 되리라.

벡은 비안느가 이 일에 대해 모른다고 믿지 않을 터였다. 그녀는 이미 너무 많은 것을 보여주었기에 다시 결백한 척할 수가 없었다. 또 이제 벡이 이사벨을 구해주리라 기대하기에는 너무 늦어버렸다. 비안느는 그에게 거짓말을 했으니까.

벡이 헛간 문을 열고 양손을 엉덩이에 걸치고 서서 안을 둘러보았다. 그는 손전등을 내리고 등잔에 불을 붙였다. 그러고는 헛간을 구석구석, 가축 우리와 건초 다락까지 뒤졌다.

"아, 아셨죠? 이제 집으로 돌아가요. 브랜디를 한 잔 더 드시고 싶겠네요."

비안느가 말했다.

그가 아래를 보았다. 흙바닥에 희미하게 타이어 자국이 있었다.

"전에 당신은 마담 드 샹플랭을 지하실에 숨겼다고 말했지요."

비안느는 무슨 말인가 하려고 했지만 아무 말도 나오지 않았다.

벡이 자동차 기어를 중립에 놓고 앞으로 밀었다. 지하실 문이 나타났다.

"대위님, 제발……."

그가 비안느 앞에서 몸을 굽혔다. 손으로 바닥을 더듬어서 가장자리의 틈을 찾았다.

그가 지하실 문을 열면 모든 게 끝났다. 벡은 이사벨에게 총을 쏘거나 그녀를 체포해서 감옥으로 보낼 것이다. 그리고 비안느와 아이들은 체포되리라. 그에게 하소연해봤자, 그를 설득해봤자 소용없을 터였다.

벡이 총을 빼서 공이치기를 당겼다.

비안느는 무기를 필사적으로 찾았고, 벽에 세운 삽을 보았다.

그가 문을 들어올리며 뭐라고 소리쳤다. 문이 쾅 열리자 벡은 우뚝 서서 조준했다. 비안느는 삽을 움켜잡고 있는 힘껏 그를 내리쳤다. 쇠로 된 움푹한 부분이 둔중하게 턱 소리를 내면서 벡의 뒤통수를 깊이 베었다. 군복의 등판에 피가 줄줄 흘러내렸다.

동시에 총알 두 발이 발사되었다. 한 발은 벡의 총에서, 또 한 발은 지하실에서.

벡은 옆으로 비척대면서 몸을 돌렸다. 그의 가슴팍에 양파만한 구멍이 뚫렸고 피가 쏟아졌다. 머리칼이 한쪽 눈 위로 흘러내렸다.

"마담."

벡이 무릎을 꿇고 주저앉으며 말했다. 그의 총이 바닥에 떨어졌다. 등잔이 울퉁불퉁한 판자 위에서 달가닥 소리를 내면서 굴러갔다.

비안느는 삽을 내던지고 벡 옆에 무릎을 꿇고 앉았다. 그는 흥건한 피 속에 얼굴을 박고 널브러졌다. 비안느는 젖 먹던 힘까지 내서 그를 똑바로 눕혔다. 그는 이미 창백해져서 얼굴이 백지장 같았다. 머리칼에 피가 엉기고 코에서 피가 흘렀다. 숨을 쉴 때마다 피거품이 일어났다.

"미안해요."

비안느가 말했다.

벡이 눈을 떴다.

비안느는 벡의 얼굴에서 피를 닦아주려 했지만 더 엉망이 되었다. 이제 그녀의 손이 빨갰다.

"당신을 멈추게 해야 했어요."

그녀가 조용히 말했다.

"내 가족에게……"

비안느는 벡의 몸에서 생명이 빠져나가는 것을 보았다. 가슴의 들먹임이 멈추는 것을, 심장 박동이 정지되는 것을 보았다.

그녀 뒤에서 동생이 사다리를 올라오는 소리가 났다.

"비안느!"

비안느는 움직일 수가 없었다.

"언니는…… 괜찮아?"

이사벨이 숨차고 씨근대는 소리로 물었다. 그녀는 창백하고 약간 떠는 것 같았다.

"내가 그를 죽였어. 그가 죽었다고."

비안느가 말했다.

"아냐, 언니가 그런 게 아냐. 내가 그의 가슴에 총을 쐈어."

이사벨이 말했다.

"내가 삽으로 그의 머리를 후려갈겼어. '삽'으로."

이사벨이 그녀에게 다가갔다.

"언니……."

비안느가 사납게 쏘아붙였다.

"관둬. 너한테 변명을 듣고 싶지 않아. 네가 무슨 짓을 했는지 알아? 나치야. 나치가 내 헛간에서 죽었다고."

이사벨이 대답할 새도 없이 크게 휘파람 소리가 나더니 노새가 끄는 마차가 헛간으로 들어왔다.

비안느는 벡의 권총을 홱 낚아채서 피가 번들거리는 바닥에서 비틀대며 일어나 낯선 자들에게 총을 겨누었다.

"언니, 쏘지 말아. 친구들이야."

이사벨이 말했다.

비안느는 허름한 사내들을 바라보다가 동생에게 시선을 돌렸다. 이사벨은 까만 옷을 입었고, 새하얗게 질린 얼굴에는 눈 밑에 그늘이 드리워져 있었다.

"당연히 그렇겠지."

비안느가 옆으로 비켜났지만 흔들대는 마차 앞쪽에 모여 앉은 사내들에게 계속 총구를 겨누었다. 그들 뒤로 마차 바닥에 소나무 관이 있었다.

그녀는 앙리를 알아보았다 – 시내에서 호텔을 운영하는 사람으로 이사벨과 파리로 도망쳤었다. 이사벨이 사랑에 빠졌다고 생각하는 공산주의자.

비안느가 말했다.

"물론이겠지, 네 애인이니."

앙리가 마차에서 뛰어내리고 헛간 문을 닫았다.

"도대체 무슨 일이 벌어진 거예요?"

그가 물었다. 이사벨이 대답했다.

"비안느가 삽으로 그를 때렸고 난 그에게 총을 쐈어요. 누가 그를 죽였느냐를 두고 자매간 언쟁이 있었지만 그는 죽었어요. 벡 대위예요. 이 집을 점거한 군인이죠."

앙리는 낯선 청년과-얼굴은 너저분하고 뾰족하고, 머리가 아주 길었다- 눈짓을 교환했다.

"그거 문제군."

그가 말했다.

"시신을 처리할 수 있겠어요? 조종사도요. 그는 버티지 못했어요."

이사벨이 물었다. 그녀는 심장이 너무 빨리 뛰기라도 하는 것처럼 한 손으로 가슴을 누르고 있었다.

덩치가 크고 털이 덥수룩한 사내가 마차에서 뛰어내렸다. 그는 너무 작고 기운 코트와 바지를 입고 있었다.

"시신을 처리하는 거야 쉬운 일이지."

'이 사람들은 누굴까?'

이사벨이 고개를 끄덕였다.

"그들이 벡을 찾으러 올 거예요. 언니는 심문을 견디지 못해요. 우리가 언니와 소피를 숨겨야 해요."

그랬다. 그들은 비안느가 여기 없는 것처럼 그녀에 대해 말하고 있었다.

"도망치는 것은 내 죄를 증명하기만 할 거야."

"여기 있으면 안 돼. 안전하지 않아."

이사벨이 말했다.

"그런데 이사벨, '지금' 내 걱정을 하는 거야? 나와 아이들을 위험에 빠뜨리고 내가 좋은 사람을 죽이게 만들었다고."

"언니, 제발……."

비안느는 마음속에서 뭔가 딱딱해지는 것을 느꼈다. 이 전쟁에서 바닥을 쳤다고 생각할 때마다 더 나쁜 일이 이어졌다. 이제 그녀는 살인자가 되었고 그것은 이사벨의 잘못이었다. 이제 절대로 동생의 조언을 받아들여 르 자르댕을 떠나지 않을 작정이었다.

"난 벡이 조종사를 찾으러 나갔다가 돌아오지 않았다고 말할 거야. 평범한 프랑스 주부가 그런 일들에 대해 뭘 알겠어? 그는 여기 있었고 그러다가 사라졌어. 세 라 비(C'est la vie 그게 인생이지)."

"어떤 것보다 좋은 답이군요."

앙리가 말했다.

"이건 내 잘못이야."

이사벨이 비안느에게 다가가면서 말했다. 그녀는 언니가 이 사고에 대해 유감스러워하고 죄책감을 느끼는 걸 알았지만 비안느는 마음 쓰지 않았다. 그녀는 아이들 때문에 두려운 나머지 동생의 감정까지 걱정할 수 없었다.

"맞아, 네 잘못이지만 너 때문에 내 잘못이 되기도 했어. 우린 좋은 사람을 죽였다고, 이사벨."

이사벨은 약간 비틀거렸다.

"저들이 언니를 잡으러 올 거야."

"그게 다 누구 잘못인데?"

비안느는 받아치기 시작하다가 이사벨을 쳐다보았고, 말이 목구멍에 걸려서 나오지 않았다.

그녀는 이사벨의 손가락 사이로 피가 스며나오는 것을 보았다. 순간적으로 세상이 느려지고 비딱해졌다. 남자들은 그녀 뒤에서 이야기를 나누었고, 노새는 나무 바닥을 발로 탁탁 찼고, 그녀의 힘겨운 호흡 소리만 들렸다. 이사벨은 의식을 잃고 바닥에 쓰러졌다.

비안느가 비명을 지를 새도 없이, 누군가 손으로 입을 틀어막고 양팔로 그녀를 잡아 끌어냈다. 몸을 빼려고 버둥댔지만 그녀를 붙잡은 사내는 힘이 너무 셌다.

비안느는 앙리가 이사벨 옆에 무릎을 꿇고 앉아서, 그녀의 코트와 블라우스를 찢는 것을 보았다. 이사벨의 쇄골 아래 총탄 구멍이 드러났다. 앙리는 자신의 셔츠를 찢어서 상처를 눌렀다.

비안느가 팔꿈치로 힘껏 밀어내자, 그녀를 붙잡은 사내는 앗! 소리를 냈다. 그녀는 몸을 빼서 이사벨 옆으로 달려오다가 핏자국에 미끄러져서 넘어질 뻔했다.

"지하실에 약품함이 있어요."

검은 머리 청년이-그는 갑자기 비안느가 느끼는 것만큼이나 동요하는 것 같았다- 지하실 계단을 뛰듯이 내려갔다가 물품을 챙겨서 금방 돌아왔다.

비안느는 떨리는 손으로 알콜 병을 집어서 최선을 다해 손을 씻었다. 그녀는 심호흡을 크게 하고 앙리 대신 셔츠로 이사벨의 상처를 눌렀다. 손바닥으로 박동이 느껴졌다. 두 번이나 셔츠에서 피를 짜낸 다음 지혈을 다시 시작했고 마침내 출혈이 멈추었다. 비안느는 이사벨을 품에 안고 등 뒤의 상처를 보았다. 다행이었다.

그녀는 이사벨을 다시 눕혔다. 비안느가 속삭이듯 말했다.

"이제 아플 거야. 하지만 넌 강인하지, 이사벨?"

그녀는 상처에 알코올을 부었다. 알코올이 닿자 이사벨은 몸을 부르르 떨었지만 깨거나 소리치지 않았다.

"좋았어."

비안느가 중얼댔다. 그녀는 자신의 목소리에 차분해졌고, 자신이 엄마이며 엄마는 가족을 보살핀다는 점을 되새겼다.

"의식이 없어서 잘됐어."

비안느는 구급상자를 뒤져 바늘을 찾았고 실을 꿨다. 바늘에 알코올을 적신 다음 상처 쪽으로 몸을 숙였다. 그녀는 아주 조심스럽게 벌어진 살을 봉합하기 시작했다. 오래 걸리지 않았고, 봉합이 아주 잘되지는 않았지만 그녀가 할 수 있는 최선이었다.

일단 총알이 들어간 부위를 봉합하자 비안느는 가벼운 자신감을 얻어서 등 뒤의 상처를 꿰매고 붕대를 맬 수 있었다.

마침내 그녀는 물러나 앉아서 피투성이가 된 손과 피가 얼룩진 스커트를 내려다보았다. 이사벨은 너무나 창백하고 연약해 보였다. 머리는 지저분하고 부스스했고, 옷은 그녀의 피와 조종사의 피가 묻어 엉망이었다. 이사벨은 어려 보였다.

정말 어렸다.

비안느는 뱃속이 뒤틀릴 정도로 깊은 수치심을 느꼈다. 그녀가 정말로 동생에게-친동생인데- 가서 다시 오지 말라고 말했을까? 이사벨은 살면서 그 말을 얼마나 자주 들었던가. 그것도 자기 가족에게서, 그녀가 사랑받아야 마땅한 사람들에게서.

"제가 이사벨을 브랑톰에 있는 안전가옥으로 데려가겠습니다."

검은 머리 청년이 말했다.

"아, 아뇨. 안 돼요."

비안느가 말했다. 그녀는 마차 옆에 모여 서서 의논하는 세 남자를 올려다보았다.

"이사벨은 당신들이랑 아무 데도 못 가요. 이 아이가 여기 있는 건 바로 당신들 때문이라고요."

"우리가 여기 있는 건 바로 이사벨 때문입니다. 내가 데려갈 겁니다. 당장."

검은 머리 청년이 말했다.

비안느가 그에게 다가갔다. 그의 강렬한 눈빛이 평소였다면 두려웠겠지만 이제 그녀는 두려움을, 조심성 따윈 아랑곳하지 않았다.

"당신이 누군지 알아요. 이사벨이 나한테 당신 이야기를 했어요. 이사벨이 떠돌이 개라도 되는 것처럼 가슴팍에 쪽지를 핀으로 꽂아두고 떠난, 투르에서 만난 사람이지요? 가스통, 맞죠?"

"가에탕."

가에탕의 목소리가 너무 나직해서 비안느는 듣기 위해 그에게 몸을 숙여야 했다.

"그 일에 대해 아는군요. 그럼 동생이 언니를 필요로 할 때 언니 노릇을 못 해준 사람이 당신 아닌가요?"

"동생을 내게서 빼앗아 가려 한다면 난 당신을 죽일 거예요."

"날 죽이시겠다."

가에탕이 미소 지으면서 말했다.

비안느는 벡을 고개로 가리키면서 말했다.

"난 삽으로 저 사람을 죽였어요. 난 그를 좋아했다고요."

앙리가 둘 사이에 끼어들었다.

"그만하시죠. 이사벨은 여기 있으면 안 됩니다, 비안. 생각해보십시오. 독일군은 죽은 대위를 찾으러 여기 올 겁니다. 그들에게 총상을 입은 여자와 가짜 서류들을 발견하게 할 필요가 없습니다. 아시겠지요?"

덩치가 큰 사내가 앞으로 나섰다.

"우리가 대위와 조종사를 묻겠소. 그리고 오토바이도 없애야 될 거요. 가에탕, 자네가 이사벨을 자유 구역의 안전가옥으로 데려가게."

비안느는 사내들을 차례로 쳐다보았다.

"하지만 통행금지 시간이고 경계선까지는 6킬로미터가 넘어요. 이사벨은 부상을 입었어요. 어떻게……."

질문을 하다 말고 그녀는 대답을 알아차렸다.

관.

비안느가 한 걸음 물러났다. 그런 아이디어가 너무나 끔찍해서 그녀는 고개를 저었다.

"내가 보살피겠습니다."

가에탕이 말했다.

비안느는 그를 믿지 않았다. 단 한순간도.

"내가 같이 갈 거예요. 경계선까지. 당신이 이사벨을 데리고 자유구역으로 넘어가는 것을 확인한 후에 난 걸어서 돌아오면 돼요."

"당신은 그럴 수 없습니다."

가에탕이 말했다.

비안느가 그를 올려다보았다.

"내가 뭘 할 수 있는지 알면 당신은 놀랄 거요. 자, 어서 이사벨을 여기서 데리고 나가죠."

26

1995년 5월 6일
오리건 해안

망할 놈의 초대장이 머릿속에서 떠나지 않는다. 종이쪽지가 살아 있기라도 한 것 같다.

며칠 동안이나 모르는 체했지만 이 화창한 봄날 아침, 나도 모르게 조리대 앞에 서서 초대장을 내려다본다. 우습다. 내가 여기로 걸어온 기억이 나지 않는데 여기 있으니.

다른 여자의 손이 앞으로 뻗는다. 내 손일 리가 없다. 혈관이 튀어나오고 굵은 관절이 툭툭 붉어진 괴물 같은 손이 파르르 떨린다. 그녀가 봉투를 집는다, 다른 여자가.

그녀의 손이 평소보다 훨씬 더 떨린다.

종전 50주년을 기념해서 1995년 5월 7일 파리의 AFEES(미 육*공군 복지 지원단)회 모임에 참석해주십시오.

줄리엣 제르베즈로도 알려진 독보적인 '나이팅게일'을 기리며 감사하기 위해 국외 탈출 안내인들의 가족 친지들이 처음으로 파리의 '일 드 프랑스 호텔' 대연회장에서 pm 7시에 모입니다.

내 옆에 있는 전화기가 울린다. 수화기에 손을 뻗으니 초대장이 손에서 미끄러져 조리대에 떨어진다.

"여보세요?"

누군가 프랑스어로 내게 말을 한다. 아니면 내가 그렇게 상상하는 걸까?

"영업용 전화인가요?"

내가 혼란스러워서 묻는다.

"아니요! 아닙니다. 초대 때문에 전화드렸습니다."

나는 놀라서 수화기를 떨어뜨릴 뻔한다.

"부인을 추적하기가 너무나 어려웠습니다, 마담. 내일 밤 열리는 '국외 탈출 안내인' 재회 모임 때문에 전화드린 겁니다. 저희는 나이팅게일 탈주로를 성공적으로 개척한 분들을 기념하려고 모입니다. 초대장은 받으셨는지요?"

"네."

나는 수화기를 꽉 쥐고 대답한다.

"유감스럽게도 저희가 처음에 보낸 초대장은 반송되었습니다. 초대장이 지체된 것을 양해해주세요. 하지만…… 오실 거지요?"

"사람들이 만나고 싶은 사람은 내가 아니에요. 줄리엣이지요. 그리고 그녀는 존재하지 않은 지 오래됐어요."

"정말 잘못 알고 계신 겁니다, 마담. 부인을 만나는 것이 많은 사람들에게 의미 있을 겁니다."

나는 벌레를 잡는 것처럼 힘껏 수화기를 내려놓는다. 하지만 갑자기 '집'에 돌아간다는 생각이 마음속에 떠오른다. 생각할 수 있는 것은 그것뿐이다.

오랜 세월 기억들과 저만치 거리를 두고 살았다. 궁금해하는 눈들을 피해 먼지 낀 다락 속에 감춰두었다. 나는 남편에게, 자식들에게, 프랑스에 나를 위해 남은 건 없다고 말했다. 난 미국에 와서 새 인생을 살아가면서, 내가 생존하기 위해 저지른 짓들을 잊을 수 있을 거라고 생각했다.

그런데 잊을 수가 없다.

좀 더 고민해서 어떤 게 최선의 선택인지, 잘 가늠해서 정할까?

아니. 난 여행사에 전화해서 뉴욕 경유 파리행 좌석을 예약한다. 그런 다음 여행용 캐리어에 짐들을 챙긴다. 스타킹 몇 켤레, 바지와 스웨터 몇 벌, 남편이 40주년 결혼기념일에 사준 진주 귀고리, 기본적인 소지품들. 뭐가 필요할지 모르겠고 어쨌든 똑바로 생각하지 못한다. 그런 다음 기다린다. 불안해하면서.

마지막 순간에, 그러니까 전화로 택시를 부른 후에 아들에게 전화해서 자동응답기에 메시지를 남긴다. 다행히 응답기로 연결된다. 아들에게 직접 사실을 말해야 한다면 그럴 용기가 있는지 모르겠다.

나는 최대한 밝은 말투로 말한다.

"여보세요, 줄리앙. 난 주말에 파리에 갈 거야. 비행기가 1시 10분에 출발할 거고 도착하면 별일 없다는 것을 전화로 알려줄게. 두 아이에게도 안부 전해라."

줄리앙이 이 메시지를 들으면 어떤 기분을 느낄지 알기에 난 머뭇거린다. 얼마나 당황스러울까. 그건 내가 아들이 날 연약하게 생각하게 만들었기 때문이다. 평생 줄리앙은 내가 제 아버지에게 기대고 그가 의견을 결정하는 대로 따르는 것을 지켜봤다. 그는 내가 '당신이 그렇게 생각하면요'라고 말하는 것을 백만 번도 넘게 들었다. 나는 아들에게 내 운동장을 보여주지 않고, 인생의 사이드라인 옆에 선 모습만 보게 했다. 이건 내 잘못이다. 줄리앙이 불완전한 모습의 나를 사랑하는 것도 이상하지 않다.
"내가 너한테 진실을 말했어야 하는데."
전화를 끊자 택시가 집 앞으로 들어온다. 나는 떠난다.

27

1942년 10월
프랑스

비안느는 마차 앞쪽에 가에탕과 함께 앉았고, 그들 뒤에서 관이 나무 바닥에 덜컹덜컹 부딪쳤다. 어둠 속에서 숲길을 찾기가 어려웠고, 그들은 계속 가다 서다 돌아가기를 반복했다. 어느 시점에서 비가 뿌리기 시작했다. 지난 한 시간 반 동안 그들이 나눈 대화는 방향을 지시하는 말뿐이었다.

"저기."

숲의 끄트머리에 도착하자 비안느가 말했다.

앞쪽에 환하게 켜진 불빛이 나무들 사이로 들어와서, 그들은 눈부신 흰 빛을 피해 검은 그늘로 들어갔다.

경계선.

"워워."

가에탕이 나귀의 고삐를 당겼다.

비안느는 지난번 여기 왔던 때를 떠올리지 않을 수 없었다.

"어떻게 건널 거예요. 통행금지 시간이 지났는데."

그녀가 여전히 떨리는 손을 맞잡으면서 물었다.

"난 로렌스 올리비에(영국 배우)가 될 겁니다. 사랑하는 누이를 매장하러 집에 돌아가는 비탄에 빠진 사내지요."

"저들이 이사벨의 호흡을 확인하면 어쩌고요?"

"그러면 경계선에서 누군가 죽겠지요."

가에탕이 나직하게 말했다.

비안느는 그의 심중까지도 알아들었다. 그녀는 어떻게 대꾸해야 좋을지 생각나지 않아서 놀랐다. 가에탕은 이사벨을 보호하기 위해 죽을 거라고 말하고 있었다. 그가 고개를 돌리고 비안느를 지그시 바라보았다. 그냥 쳐다본 게 아니라 '지그시 바라보았다.' 다시 한번 그녀는 그 회색 눈에서 포식자의 강렬함을 보았지만 다른 무언가도 있었다. 그는 비안느가 할 말을 -참을성 있게- 기다리고 있었다. 가에탕에게는 왠지 그 말이 중요했다.

"파파는 다른 사람이 되어서 세계대전에서 돌아왔어요."

비안느는 조용히 말했고 그 사실을 인정한 게 스스로 놀라웠다. 이 주제는 언급하고 싶지 않던 것이다.

"파파는 분노하고 과음하기 시작했어요. 마망이 살아 있는 동안에는 달랐죠."

그녀가 어깨를 으쓱하면서 계속 말했다.

"마망이 죽은 후, 파파는 더 이상 가식을 보이지 않았어요. 이사벨과 나를 모르는 사람에게 보내버렸죠. 우리 둘 다 아직 소녀였고 상심했죠. 우리의 차이는 난 버림을 받아들였다는 거죠. 나는 인생에서 파파를 쫓아내고 날 사랑해줄 다른 사람을 찾았어요. 하지만 이사벨은…… 좌절을 인정하는 방법을 모르죠. 그 아이는 오랜 세월 파파의 무관심이라는 차가운 벽에 자신을 내던졌어요. 그의 사랑을 받기 위해 필사적으로 애썼지요."

"왜 이런 말을 나한테 하십니까?"

"이사벨은 무너지지 않을 사람처럼 보이지요. 겉에 철갑을 두른 것 같지만 그것은 연약한 마음을 보호하는 방책이죠. 이사벨을 아프게 하지 말아요, 내가 하려는 말이 바로 그거예요. 이사벨을 사랑하지 않는다면……."

"사랑합니다."

비안느는 그를 찬찬히 살폈다.

"이사벨도 알아요?"

"모르면 좋겠습니다."

1년 전이었다면 비안느는 그 말을 알아듣지 못했을 터였다. 사랑이 얼마나 어두운 면을 가질 수 있는지, 때로 사랑을 숨기는 것이 얼마나 가장 배려하는 처신인지 이해 못했을 터였다.

"내가 이사벨을 무척 사랑한다는 것을 왜 그리 쉽게 잊는지 모르겠어요. 우리가 싸움을 시작하면……."

"자매지간이니까요."

비안느는 한숨을 쉬었다.

"그렇죠. 내가 그 아이에게 언니 노릇을 잘 못해주었지만."

"다시 기회가 생길 겁니다."

"그렇게 믿어요?"

가에탕의 침묵은 대답이 되고도 남았다. 마침내 그가 말했다.

"몸조심하세요, 비안느. 이 모든 게 끝나면 그녀에게 돌아갈 집이 필요할 겁니다."

"이게 끝난다면요."

"네."

비안느는 마차에서 내렸고, 부츠가 질퍽한 진흙 풀밭에 박혔다.

"이사벨은 나를 돌아갈 수 있는 안전한 집으로 생각하지 않을 것 같네요."

그녀가 말하자 가에탕이 대답했다.

"나치가 자기 병사를 찾으러 오면 용기를 내야 될 겁니다. 당신은 우리의 본명을 알아요. 그건 우리 모두에게 위험한 일이지요. 당신을 포함해서."

"용기를 낼게요. 내 동생에게 앞으로는 무서운 줄 알아야 될 거라고 전해요."

비안느가 말했다.

처음으로 가에탕이 웃었고, 비안느는 넝마 같은 차림의 핼쓱하고 날카롭게 생긴 남자가 왜 이사벨의 마음을 빼앗았는지 알았다. 그는 얼굴 전체로-눈, 뺨, 보조개까지- 웃는 미소를 갖고 있었다. '내 마음을 고스란히 보입니다'라고 말하는 듯했고, 그런 투명함에 마음이 설레지 않을 여자는 아무도 없었다.

가에탕이 말했다.

"그러지요. 부인의 동생에게는 무슨 말이든 쉽게 할 수 있으니까요."

*

불꽃.

그녀 주변 사방에서 불꽃이 너울댄다. 모닥불. 흔들리는 붉은 실가닥 같은 불꽃이 왔다갔다하는 것을 볼 수 있다. 불꽃이 그녀의 얼굴을 핥고 깊은 화상을 입힌다.

불꽃이 사방에 있다가…… 사라진다.

세상은 얼음장 같고 희고 가느다란 금이 간다. 그녀는 오한이 나서 떨면서 손가락이 파랗게 질리고 줄이 생기면서 갈라지는 것을 지켜본다. 손가락들이 분필처럼 떨어져 언 발을 허옇게 만든다.

"이사벨."

'새의 노래.' 나이팅게일. 새가 구슬픈 노래를 하는 소리가 들린다. 나이팅게일은 상실을 뜻하지 않던가? 떠나거나 지속되지 않는 사랑, 혹은 애초에 존재하지도 않았던 사랑. 그런 내용의 시가 있는데, 라는 생각이 든다. 송시(공덕을 기리는 시)인데.

아니, 새가 아니야.

남자야. 불의 왕일지 모르지. 얼어붙은 숲속에 숨은 왕자. 늑대.

그녀는 눈밭에서 발자국을 찾는다.

"이사벨, 정신 차려."

그녀는 상상 속에서 그의 목소리를 듣는다. 가에탕.

실제로 그는 여기 없었다. 그녀는 혼자였고―언제나 혼자였다― 이것은 너무나 이상해서 꿈이 아닐 리 없었다. 이사벨은 더웠다 추웠다 하면서 아프고 기진맥진했다.

뭔가 기억이 났다―시끄러운 소리. 비안느의 목소리.

'다시 오지 마.'

"나 여기 있어."

그녀는 그가 옆에 앉는 것을 느꼈다. 상상 속 인물의 체중에 매트리스가 기울었다. 차갑고 축축한 뭔가가 그녀의 이마를 눌렀고, 느낌이 얼마나 좋은지 그녀는 순간적으로 딴 생각에 빠졌다. 그러다가 그의 입술이 이사벨의 입술을 지그시 누르는 것을 알았다.

가에탕은 그녀가 알아들을 수 없는 말을 하더니 몸을 뺐다. 이사벨은 키스의 끝에도 시작과 똑같이 깊은 여운을 느꼈다.

그 감촉이 정말이지…… 생생했다.

'날 두고 가지 말아요'라고 말하고 싶었지만 또다시 그럴 수는 없었다. 사람들에게 사랑을 애걸하는 데 지쳤다. 게다가 그는 실제로 여기 있지도 않았다. 그러니 무슨 말을 한들 소용이 있을까?

눈을 감고 몸을 돌렸다.

*

비안느는 벡의 침대에 앉았다.

그런 식으로 생각하다니 어처구니없었지만, 거기 그가 쓰던 침대가 있었다. 비안느는 벡의 방이었던 손님방에 들어가서 앉아 있었다. 마음속에 언제나 그의 방으로 남지 않으면 좋으련만. 그녀는 벡의 가족사진이 담긴 작은 액자를 집었다.

'당신도 힐다를 좋아할 겁니다. 받으세요, 그 사람이 마담에게 슈트루델(과일 치즈 등을 넣어 만든 파이 비슷한 독일식 과자)을 보냈군요. 나 같은 한심한 자를 봐줘서 고맙다고.'

비안느는 침을 꿀꺽 삼켰다. 다시 벡 때문에 울 수가 없었다. 그녀는 자신 때문에 울고 싶었다. 그녀가 저지른 짓 때문에, 변해버린 모습 때문에 울고 싶었다. 그녀가 죽인 남자와 죽을 거 같은 동생 때문에 울고 싶었다. 이사벨을 구하기 위해 벡을 죽이겠다는 결정을 내리기는 쉬웠다. 그런데 전에 왜 그리 쉽게 이사벨을 외면했을까? '여기서 널 환영하지 않아'. 어떻게 그녀는 혈육에게 그런 말을 할 수가 있었을까? 그게 자매 사이에 오간 마지막 말이 된다면 어떻게 하나?

그녀는 앉아서 벡의 가족사진을 쳐다보면서('내 가족에게 전해줘요') 문을 두드리는 소리가 나기를 기다렸다. 벡이 죽은 지 48시간이 지났다. 나치가 언제라도 들이닥칠 터였다.

그들은 문을 두드리고 안으로 밀고 들어올 터였다. 비안느는 어떻게 할지 궁리하면서 시간을 보냈다.

그녀가 사령부에 찾아가서 벡이 없어졌다고 신고해야 될까?

아니, 멍청한 소리. 어떤 프랑스인이 그런 일을 신고한다고?

아니면 그들이 찾아올 때까지 기다려야 하나?

좋은 일이 아닌데.

혹은 그녀가 달아나려고 시도해야 될까?

그러자 사라와 피 흘리는 아이의 얼굴을 영원히 생각나게 할 달밤이 기억나서, 생각이 다시 처음으로 돌아갔다.

"마망?"

소피가 아리를 안고 열린 문가에 서서 불렀다.

"뭘 좀 먹어야죠."

딸은 더 커서 비안느와 키가 비슷했다. 언제 그렇게 되었을까? 그리고 소피는 호리호리했다. 비안느는 소피의 뺨이 사과 같고 눈에 장난기가 가득하던 시절을 떠올렸다. 이제 소피는 다른 사람들처럼 말린 북어처럼 마르고 나이보다 조숙했다.

"곧 그들이 집에 찾아올 거야. 어떻게 해야 되는지 기억하지?"

비안느가 말했다. 지난 이틀간 이 말을 워낙 여러 번 해서 이 말에 아무도 놀라지 않았다.

소피는 진중하게 고개를 끄덕였다. 대위가 어떻게 됐는지 모르지만 이게 얼마나 중요한 일인지 알고 있었다. 흥미롭게도 소피는 벡에 대해 묻지 않았다.

비안느가 말했다.

"혹시 그들이 날 데려가면……"

"안 그럴 거예요."

소피가 말했다.

"그래도 그렇게 되면?"

비안느가 물었다.

"엄마를 기다리다가 사흘 후에도 안 오면 수녀원의 마리-테레즈 수녀님을 찾아가요."

누군가 문을 두드렸다. 비안느가 다급히 일어나는 바람에 옆으로 비틀거리다가 탁자 모서리에 엉덩이가 부딪치면서 사진틀이 떨어졌다. 유리에 금이 갔다.

"위층으로, 소피. 어서."

소피는 눈을 휘둥그레 떴지만 말할 새가 없다는 것을 알았다. 아리를 더 꼭 안고 계단을 뛰어 올라갔다.

비안느는 침실 문이 닫히는 소리를 듣자, 닳은 치마를 매만졌다. 회색 모직 카디건과 자주 수선한 검은 스커트를 신중하게 골라 입었다. 단아한 차림새였다. 머리에 헤어롤을 말아 곱슬거리는 머리를 수척한 얼굴 옆으로 늘어뜨렸다.

다시 문을 두드리는 소리가 났다. 비안느는 한번 숨을 들이쉬고 호흡을 가다듬으면서 방에서 걸어 나갔다. 현관문을 열었을 때는 거의 편안하게 숨을 쉬고 있었다.

팔에 완장을 찬 친위대원 두 명이 거기 서 있었다. 둘 중 키가 작은 병사가 비안느를 떠밀고 집으로 들어섰다. 그는 방마다 돌아다니면서 물건들을 밀어냈고, 몇 가지 남지 않은 장신구들이 바닥에 떨어졌다. 벡의 방에 들어서자 그는 멈춰 서서 뒤돌아보았다.

"여기가 벡 대위의 방이요?"

비안느가 고개를 끄덕였다.

키가 큰 병사가 재빨리 비안느에게 다가와서 몸을 숙였다. 그가 그녀를 내려다보자 번쩍이는 군모에 이마가 가렸다. 그가 물었다.

"그는 어디 있소?"

"제가 어, 어떻게 아나요?"

"위층에는 누가 있소? 무슨 소리가 나는데."

병사가 물었다. 비안느가 아리에 대해 질문을 받은 것은 이때가 처음이었다.

"제…… 아이들이요."

거짓말이 목에 걸렸다가 너무 부드럽게 입 밖으로 나왔다. 그녀는 헛기침을 하고 다시 말했다.

"물론 위층에 올라가셔도 되지만 아기를 깨우지 말아주세요. 아이가…… 독감에 걸려서 아파요. 어쩌면 결핵일지도."

비안느가 마지막 말을 덧붙인 것은 나치군이 병에 걸리는 것을 얼마나 질색하는지 알기 때문이었다.

그가 동료에게 고개를 끄덕이자, 다른 독일군은 당당하게 계단을 올라갔다. 비안느의 머리 위에서 그가 돌아다니는 소리가 났다. 천장이 삐걱댔다.

잠시 후 그는 아래층으로 내려와서 독일어로 뭐라고 말했다.

"우리랑 같이 갑시다. 부인은 숨길 게 없을 거요."

키 큰 병사가 말했다.

그가 비안느의 팔뚝을 잡아 끌고, 대문 옆에 주차된 검은 시트로엥까지 갔다. 친위대원은 그녀를 뒷좌석에 밀어 넣고 문을 쾅 닫았다.

비안느가 5분쯤 상황을 가늠하며 보냈을 때 그들은 다시 멈추었다. 그녀는 시청의 돌계단 위를 떠밀려 올라갔다. 광장 주변에 병사들과 주민들이 몰려 있었다. 차가 멈추자 마을 주민들이 얼른 사방으로 퍼졌다.

"비안느 모리악이네."

누군가 말하는 소리가 들렸다. 여자였다.

나치군에게 잡힌 팔뚝에 멍이 생겼지만, 비안느는 아무 소리 내지 않고 시청 안으로 밀려가서 좁은 계단을 내려갔다. 친위대원은 그녀를 열린 문으로 밀어 넣고 문을 닫았다.

어두컴컴한 실내에 눈을 적응하는 데 시간이 걸렸다. 창문이 없는 방은 돌벽에 나무 바닥이었다. 방 가운데 책상이 있고, 위에 놓인 단순한 검은 램프가 긁힌 나무 위에 원뿔형 불빛을 비추었다. 책상 앞뒤로 등받이가 일자인 나무 의자 몇 개가 놓여 있었다.

비안느는 뒤에서 문이 열렸다가 닫히는 소리를 들었다. 이어서 발소리가 났고, 누군가 뒤에 다가온 것을 알았다. 입냄새가-소시지와 담배- 났고 퀴퀴한 땀내도 났다.

"마담."

그가 너무 귀 가까이에서 말해서 그녀는 움찔했다.

사내는 양손으로 그녀의 허리를 잡고 힘껏 눌렀다.

"무기를 갖고 있소?"

그는 비안느의 옆구리를 만지더니 거미 같은 손가락으로 가슴을 훑어내리다가 약간 움켜쥐었다가 다리를 더듬었다.

"무기는 없군. 잘됐소."

그가 비안느 앞을 지나서 책상 의자에 앉았다. 번쩍이는 검은 군모 아래로 파란 눈의 그가 뚫어질 듯 쳐다보며 말했다.

"앉으시오."

비안느는 시키는 대로 앉아서 손을 무릎 위에 포갰다.

"난 폰 리히터 소령이오. 마담 비안느 모리악이 맞소?"

그녀가 고개를 끄덕였다.

"왜 여기 왔는지 알 거요."

그가 주머니에서 담배를 꺼내더니 불을 붙였다. 성냥 불빛이 그늘 속에서 번뜩거렸다.

"아니요."

비안느가 말했다. 목소리가 불안정하고 손이 가볍게 떨렸다.

"벡 대위가 실종되었소."

"실종. 분명한가요?"

"마지막으로 그를 본 게 언제요, 마담?"

비안느는 얼굴을 찌푸렸다.

"제가 그의 움직임을 계속 파악하지는 않지만, 물으신다면…… 이틀 전이라고 말해야겠네요. 그는 무척 불안해했어요."

"불안해했다?"

"추락한 조종사 때문이었죠. 그는 조종사가 발견되지 않았다고 무척 속상해했어요. 대위님은 누군가 조종사를 숨겨주고 있다고 믿었죠."

"누군가?"

비안느는 시선을 돌리지 않으려고 애썼다. 발로 바닥을 초조하게 두드리거나 목을 긁지 말아야 했다.

"대위님은 종일 그 조종사를 수색했어요. 집에 왔을 때, 그는…… 브랜디 한 병을 다 마시고, 화가 나서 제 집의 살림살이 몇 가지를 부쉈어요. 그러고 나서……."

그녀는 말을 멈추고 양미간을 더 많이 찌푸렸다.

"그러고 나서?"

"아무 의미도 없는 말일 거예요."

그가 손바닥으로 책상을 어찌나 세게 내려쳤는지 불이 흔들렸다.

"뭔데?"

"대위님이 갑자기 '그가 어디 숨어 있는지 알고 있소'라고 말하더니, 소총을 홱 들고 제 집에서 나갔어요. 문을 쾅 닫고 나갔죠. 저는 그분이 오토바이에 올라타고 위험한 속도로 달려가는 것을 봤어요. 그러고 나서…… 대위님은 돌아오지 않았어요. 저는 사령부에서 바쁜가 보네, 라고 짐작했죠. 말씀드린 대로 그분이 오가는 것은 제 관심사가 아니거든요."

소령은 담배를 길게 쭉 빨았다. 담배 끝이 빨갛게 타더니 천천히 검게 변했다. 재가 책상에 떨어졌다. 리히터 소령은 연기 뒤에서 비안느를 살폈다.

"사내라면 당신처럼 아름다운 여자를 두고 가고 싶지 않을 텐데."

비안느는 움직이지 않았다.

마침내 그가 담배꽁초를 바닥에 던지고 입을 열었다. 소령은 갑자기 일어나서 아직 불이 붙은 담배를 밟더니 군화 굽으로 문질렀다.

"젊은 대위는 필요한 만큼 총을 다룰 줄 몰랐던 것 같소. 국방군들은……"

그가 고개를 저으면서 계속 말했다.

"……실망스러울 때가 자주 있거든. 규율을 지키기는 하지만…… 적극적이지 않지."

그는 책상 뒤에서 나와 비안느에게 다가왔다. 소령이 가까이 오자 그녀가 의자에서 일어났다. 예의를 지킬 필요가 있었다.

그가 말했다.

"대위의 불운이 내 행운이오."

"네?"

그의 시선이 비안느의 목에서 가슴 위쪽의 하얀 살로 옮겨갔다.

"난 새로 들어갈 숙소가 필요하오. 벨레뷔 호텔은 불만족스러워서. 당신의 집이 딱 알맞을 거라 믿소."

*

비안느는 시청에서 나오면서 방금 물에서 빠져나온 여자 같은 기분을 느꼈다. 발이 후들거리고 몸이 약간 떨렸다. 손바닥은 축축하고 이마는 가려웠다. 광장에서 눈을 두는 곳마다 병사들이 있었다. 요즘은 검은 친위대 제복이 주로 눈에 띄었다.

누군가 '정지!'라고 소리치자 그녀가 몸을 돌렸다. 병사가 총으로 여자 두 명을 밀어 무릎 꿇게 하는 광경이 들어왔다. 여자들의 초라한 겉옷에는 노란 별이 달려 있었다. 병사가 한 여자를 움켜잡아 일으키자, 더 나이 든 다른 여자가 비명을 질렀다. 정육점 안주인인 마담 푸르니에였다. 그녀의 아들 질이 소리를 질렀다.

"내 어머니를 못 데려가요."

그러더니 질은 근처에 있던 프랑스 경찰관 두 명에게 달려들기 시작했다.

한 경찰관이 소년을 붙들고, 홱 당겨서 멈춰 세웠다.

"바보같이 굴지 말아."

비안느는 생각하지 않았다. 그녀는 옛 제자가 곤란에 빠진 것을 보고 질에게 다가갔다. 질은 아직 아이였다. 소피 또래였다. 비안느는 질이 읽기를 배우기 전부터 담임 선생이었다.

"무슨 일이죠?"

그녀가 물었고, 그런 말투는 안 된다는 것을 한발 늦게 깨달았다.

경찰관이 고개를 돌려 그녀를 보았다.

폴. 비안느가 마지막으로 본 후 그는 훨씬 더 육중해졌다. 얼굴이 부풀어서 눈이 바늘구멍처럼 작고 찢어져 보였다.

"물러서 있어요, 마담."

폴이 말했다.

"마담 모리악, 이 사람들이 엄마를 기차에 태우려고 해요! 나도 엄마랑 같이 가고 싶어요!"

비안느는 질의 어머니이자 정육점 안주인인 마담 푸르니에를 쳐다보았다. 그녀의 눈빛에서 낭패감이 읽혔다.

"나랑 같이 가자, 질."

비안느가 생각 없이 말했다.

"고마워요."

마담 푸르니에가 속삭였다.

폴이 질을 다시 바싹 당기고는 말했다.

"그만. 아이가 소동을 부리는군. 아이는 나랑 갈 겁니다."

비안느가 말했다.

"아뇨! 폴, 제발이요. 우리 모두 프랑스인이잖아요."

그의 이름을 부른 것은 한 지역 주민이었다는 사실을 되새기길 바라서였다. 비안느는 폴의 딸들을 가르쳤다.

그녀가 덧붙여 말했다.

"이 아이는 프랑스 국민이에요. 여기서 태어났어요!"

"우린 그 아이가 어디서 태어났는지 상관없소, 마담. 그 아이도 내 명단에 올라 있소. 아이도 갑니다. 불평하고 싶은 거요?"

폴이 눈을 가늘게 떴다.

마담 푸르니에는 이제 아들의 손을 잡고 울고 있었다. 다른 경찰관이 호루라기를 불고 총구로 질을 떠밀었다. 질과 마담 푸르니에는 비척비척 사람들 틈에 끼어서 기차역으로 끌려갔다.

'우린 그 아이가 어디서 태어났는지 상관없소, 마담.'

벡이 옳았다. 프랑스인이라는 사실은 더 이상 아리를 보호하지 못했다.

그녀는 겨드랑이에 핸드백을 꼭 끼고 집으로 향했다. 여느 때처럼 도로는 진흙탕으로 변해서, 르 자르댕 대문에 도착할 즈음 그녀의 신발은 엉망이었다.

두 아이 다 거실에서 기다리고 있었다. 안도감에 비안느의 긴장된 어깨가 풀렸다. 그녀는 힘없이 미소 지으면서 핸드백을 내려놓았다.

"괜찮아요?"

소피가 물었다.

아리는 곧장 비안느에게 다가와서, 씩 웃으면서 안아달라고 팔을 벌렸다.

"마망"

그 호칭은 아리가 이 새로운 게임의 규칙을 이해했음을 알려주었다. 비안느는 세 살 난 아이를 품에 꼭 안아주었다.

그녀가 소피에게 말했다.

"난 조사를 받고 풀려났어. 좋은 소식은 그거야."

"그럼 나쁜 소식은요?"

비안느는 곤란한 듯 딸을 바라보았다. 소피는 반 남자애들이 총구에 밀려 소떼처럼 기차에 태워져서 다시는 보지 못할 세상에서 성장하고 있었다.

"다른 독일 군인이 여기서 기숙할 거야."

"그가 벡 대위님 같을까요?"

비안느는 폰 리히터의 얼음장같이 파란 눈과 그녀를 '몸수색하던' 태도를 떠올렸다.

그녀가 부드럽게 말했다.

"아니, 그가 그럴 거라고 기대 안 해. 너는 꼭 필요한 경우가 아니면 그에게 말을 걸면 안 돼. 그를 쳐다보지 말아. 가능한 눈에 띄지 않게 지내고. 그리고 소피, 저들은 이제 프랑스에서 태어난 유대인들도 추방하고 있어-아이들도 마찬가지고. 사람들을 기차에 태워서 노동 수용소로 보내고 있어."

비안느는 라셸의 아들을 꼭 껴안으면서 말을 이었다.

"이 아이는 이제 다니엘이야. 네 동생. 언제나. 우리끼리 있을 때조차도. 사연은 우리가 니스에 사는 친척에게 아이를 입양한 거야. 우린 실수를 하면 안 돼. 자칫하면 저들이 아이를-그리고 우리도- 데려갈 거야. 알아들지? 난 누가 아이의 서류를 보자고 하는 일조차 없기를 바라."

"무서워요, 마망."

소피가 조용히 말했다.

"나도 마찬가지야, 소피."

비안느는 그 말밖에 할 수가 없었다. 이제 두 사람은 함께 이 무시무시한 위험을 감수했다. 그녀가 말을 더 할 사이도 없이 문을 두드리는 소리가 났고, 폰 리히터 소령이 집으로 들어왔다. 그는 총검처럼 꼿꼿하게 섰고, 번쩍이는 검은 군모 아래 얼굴은 무표정했다. 검은 제복 여기저기에-스탠드업 칼라, 가슴팍에- 은색 철십자가가 달려 있었다. 왼쪽 가슴 주머니에는 만자 핀이 꽂혀 있었다.

"마담 모리악, 비를 맞고 집으로 걸어왔군요."

"네, 그랬죠."

그녀가 젖은 곱슬머리를 얼굴에서 떼어내며 대답했다.

"내 부하에게 태워달라고 요청하지 그랬습니까. 당신처럼 아름다운 여인은 진흙탕을 걸어가면 안 됩니다."

"네, 감사합니다. 다음에는 용기를 내서 그들에게 부탁해보지요."

소령은 모자를 벗지 않고 성큼성큼 걸어다녔다. 그는 두리번대면서 모든 것을 찬찬히 살폈다. 그가 벽에 그림이 걸려 있던 자국, 텅 빈 벽난로 선반, 수십 년간 소형 카펫이 깔려 있던 탈색된 마룻바닥을 봤다고 비안느는 믿었다. 이제 그런 것들은 거기 없었다.

"됐소. 이러면 되겠소."

그는 아이들에게 눈을 돌렸다.

"그런데 우린 여기 누구를 데리고 있소?"

그가 형편없는 프랑스어로 물었다.

"내 아들이에요."

비안느는 아리 옆에 서서 말했다. 두 아이 모두 몸이 닿을 정도로 바짝 다가섰다. 비안느는 아리가 이름을 고쳐 말할까봐 '다니엘'이라고 말하지 않았다. 그녀가 덧붙였다.

"그리고 제 딸 소피입니다."

"벡 대위가 두 아이에 대해 말한 기억이 없는데."

"그분이 왜 그런 말을 하겠어요, 소령님. 눈여겨볼 일이 아닌데요."

그가 소피에게 고개를 뻣뻣하게 끄덕이면서 말했다.

"음, 거기 아가씨. 가서 내 가방들을 가져오지."

소령이 비안느에게 말했다.

"내게 방들을 보여주시오. 내가 원하는 방을 고르겠소."

28

이사벨은 칠흑같이 어두운 방에서 깼다. 통증이 심했다.

"정신을 차렸군, 그런 거지?"

옆에서 목소리가 들렸다.

그녀는 가에탕의 목소리를 알아들었다. 지난 2년간 그와 나란히 침대에 누운 상상을 얼마나 자주 했던가?

"가에탕."

이사벨이 말했다. 그 이름과 함께 기억이 밀려들었다.

헛간. 벡.

그녀가 황급히 일어나 앉는 바람에 머리가 빙빙 돌고 현기증이 심했다.

"비안느는."

이사벨이 말했다.

"당신 언니는 괜찮아."

가에탕이 등잔에 불을 붙여서, 침대 옆 뒤집힌 사과 궤짝에 올렸다. 황갈색 불빛이 그들을 감싸안고, 어둠 속에서 작은 타원형 세상을 만들었다. 이사벨은 찌푸리면서 아픈 어깨를 만졌다.

"나쁜 자식이 날 쐈어요."

그녀는 그런 일이 잊힐 수 있다는 것을 깨닫고 놀라면서 말했다. 조종사를 숨기고 비안느에게 들킨 게 기억났다. 지하실에 조종사 시신과 같이 있었던 기억도 떠올랐다.

"그리고 당신이 그를 쐈지."

이사벨은 벡이 지하실 문을 열고 소총을 그녀에게 겨룬 것을 기억했다. 두 발의 총성…… 현기증을 느끼면서 비틀비틀 지하실에서 올라온 기억. 그녀는 총에 맞은 것을 알았을까?

피 묻은 삽을 든 비안느. 그녀 옆에 피범벅이 된 벡.

백지장처럼 창백한 얼굴로 덜덜 떠는 비안느.

'내가 그를 죽였어.'

그 후 그녀의 기억은 뒤죽박죽이 되고 비안느의 분노만 또렷했다.

'넌 여기서 환영받지 못해…… 다시 돌아오면 내가 널 고발할 테니까.'

이사벨은 천천히 똑바로 누웠다. 기억의 아픔이 총상의 아픔보다 컸다. 비안느가 이사벨을 쫓아버린 것은 옳았다. 그녀는 무슨 생각으로 독일군 대위가 거주하는 언니의 집에 조종사를 숨겼을까? 사람들이 그녀를 믿지 않는 것도 당연했다.

"내가 여기 얼마나 있었어요?"

"나흘. 상처가 많이 나았어. 당신 언니가 잘 봉합했거든. 열은 어제 내렸고."

"그러면…… 비안느는? 당연히 언니는 괜찮지 않을 텐데. 언니는 어때요?"

"우리가 최선을 다해서 그녀를 보호했어. 숨는 것은 거부하더군. 그래서 앙리와 디디에가 두 시신을 묻고 헛간을 치운 다음 오토바이를 해체했어."

"언니가 조사를 받을 거예요. 그리고 그 사람을 죽인 게 마음속을 맴돌 거예요. 비안느는 쉽게 증오하는 사람이 아니에요."

이사벨이 말했다.

"이 전쟁이 끝나기 전에는 쉽게 증오하겠지."

이사벨은 수치와 후회로 뱃속이 조여왔다.

"아다시피 난 언니를 사랑해요. 아니 그러고 싶어요. 우리가 어떤 것에 대해 의견이 다르다고 어떻게 사랑하지 않을 수 있겠어요?"

"경계선에서 비안느도 아주 비슷한 얘기를 하더군."

이사벨은 몸을 돌리다가 어깨 통증에 숨이 막혔다. 그녀는 깊이 심호흡을 하면서 마음을 단단히 먹고 천천히 옆으로 누웠다. 그들은 연인들처럼 누워 있었다. 이사벨은 모로 누워서 그를 올려다보았고, 가에탕은 반듯이 누워서 천장을 보았다.

"비안느가 경계선에 갔어요?"

"당신은 관에 누워서 마차의 짐칸에 실려 있었어. 그녀는 우리가 안전하게 경계선을 건너는지 확인하고 싶어했지."

이사벨은 그의 목소리에서 미소를 읽었다. 아니면 그랬다고 상상했다. 가에탕이 덧붙여 말했다.

"그녀는 내가 당신을 잘 보살피지 않으면 죽이겠다고 협박했어."

"언니가 그런 말을 했다고요?"

이사벨은 믿을 수가 없어서 반문했다. 하지만 그녀는 가에탕이 자매를 이어주려고 거짓말을 할 사람이라고는 생각하지 않았다. 등잔불 속에서도 그의 옆모습은 면도날처럼 날렵했다. 가에탕은 그녀를 쳐다보지 않으려 했고, 최대한 침대 끝에 바싹 붙었다.

"그녀는 당신이 죽을까봐 겁냈지. 우리 둘 다 그랬어."

가에탕이 너무 가만가만 말해서 이사벨은 잘 듣지 못했다.

"꼭 옛날 같네요."

그녀는 엉뚱한 대꾸일까 걱정하면서 조심스럽게 말했다. 아무 말도 안 하는 게 더 두려웠다. 이런 불확실한 시대에 얼마나 많은 기회가 있을지 누가 알까. 이사벨이 덧붙여 말했다.

"당신이랑 둘이서 어둠 속에 있으니. 기억해요?"

"기억해."

"투르는 이미 아주 오래전처럼 느껴져요. 난 소녀였죠."

이사벨이 말했다.

그는 잠자코 있었다.

"날 봐요, 가에탕."

"자도록 해, 이사벨."

"당신이 더 이상 못 견딜 때까지 내가 계속 물으리란 걸 알잖아요."

그는 한숨을 내쉬고 옆으로 누웠다.

"난 당신에 대해 생각해요."

이사벨이 말했다.

"그러지 마."

가에탕의 목소리가 거칠었다.

"당신은 내게 키스했어요. 그건 꿈이 아니었어요."

그녀가 말했다.

"당신이 그걸 기억할 리 없어."

이사벨은 그의 말에 뭔가 이상한 것을, 가슴 속에서 숨을 헐떡이는 뭔가가 퍼덕대는 것을 느꼈다.

"내가 당신을 원하는 것만큼 당신도 날 원해요."

그녀가 말했다.

가에탕은 고개를 저어 부인했지만 그녀가 들은 것은 침묵이었다. 그의 호흡이 가빠졌다.

"당신은 내가 너무 어리고 순진하고 충동적이라고 생각해요. 뭐든 너무 그렇죠. 나도 알아요. 사람들은 늘 나에 대해 그렇게 말하죠. 철이 덜 들었다고."

"그게 아니야."

"하지만 당신이 틀려요. 어쩌면 2년 전에 당신은 틀렸어요. 난 당신을 사랑한다고 '말했고', 분명히 미친 소리로 들렸겠죠."

그녀는 숨을 쉬고 말을 이었다.

"하지만 지금은 미친 소리가 아니에요, 가에탕. 어쩌면 이 모든 상황에서 그게 유일하게 미치지 않은 거죠. 사랑 말이에요. 우리는 바로 앞에서 건물들이 폭파되는 것을 보고, 우리 친구들이 체포되어 추방되는 것을 봐요. 우리가 그들을 다시 만나게 될지 누가 알겠어요. 난 죽을 수도 있어요, 가에탕."

이사벨이 잠잠하게 말했다. 그녀의 말이 이어졌다.

"난 남자애한테 키스하라고 안달하는 여학생처럼 말하는 게 아니에요. 이건 사실이고 당신도 그걸 알죠. 우리 중 한 사람이 내일 죽을 수도 있어요. 그러면 내가 뭘 후회할지 알아요?"

"뭔데?"

"우리."

"'우리'는 있을 수 없어, 지금은 아니야. 내가 처음부터 당신에게 말하려는 게 그거라고."

"내가 그걸 놔버린다고 약속하면 한 가지 질문에 진실하게 대답해 줄래요?"

"딱 한 가지?"

"한 가지. 그러면 난 잘게요. 약속해요."

가에탕이 고개를 끄덕였다.

"우리가 여기 -안전가옥에 숨어서- 있지 않다면, 세상이 이렇게 절단나지 않았다면, 오늘이 평범한 세상의 어느 하루라면, 당신은 '우리'가 있기를 바라나요, 가에탕?"

이사벨은 그의 얼굴이 일그러지는 것을, 고통이 그의 사랑을 드러내는 것을 보았다.

"그건 중요하지 않아, 그걸 모르겠어?"

"그게 유일하게 중요한 거예요, 가에탕."

그녀는 가에탕의 눈에 어린 사랑을 보았다. 이제부터는 무슨 말이 중요할까?

이사벨은 예전보다 더 현명했다. 이제 인생과 사랑이 얼마나 약한지 알았다. 어쩌면 그녀는 이날 하루만 그를 사랑할 터였다. 혹은 어쩌면 다음 주 동안만, 혹은 늙어서 할머니가 될 때까지 그를 사랑하리라. 어쩌면 가에탕은 평생의 사랑이거나 이 전쟁 동안만의 사랑이 되리라. 또는 그녀의 첫사랑에 불과하리라. 이사벨이 진정으로 아는 것은, 이 끔찍하고 소름끼치는 세상에서 그녀가 예상치 못한 일에 빠져들었다는 것이다. 그리고 그녀는 다시 이것을 놓아버리지 않을 작정이었다.

"알고 있었어요."

그녀는 혼잣말을 하면서 미소지었다. 그의 숨결이 그녀의 입술을 스쳤다. 키스처럼 친밀하게. 이사벨은 솔직하고 과감하게 그를 바라보면서 몸을 숙였다. 그러고는 등잔불을 껐다.

어둠 속에서 이사벨은 가에탕에게 몸을 붙이고 이불 속으로 더 깊이 파고들었다. 처음에 그는 그녀와 몸이 닿는 게 두려운 듯이 뻣뻣하게 누워 있었지만 점차 긴장을 풀었다. 가에탕은 반듯하게 누워서 코를 골기 시작했다. 언젠가-언제인지 몰라도- 그녀는 눈을 감고 팔을 뻗어 그의 홀쭉한 배에 손을 얹고 숨을 쉬느라 배가 오르내리는 것을 느꼈다. 여름날 바다에 손을 담갔을 때 파도가 밀려오는 것과 비슷했다.

가에탕을 만지면서 그녀는 잠에 빠졌다.

*

좀처럼 악몽이 그녀를 놓아주지 않으려 했다. 머릿속 먼 곳에서 자신이 흐느껴 우는 소리가 들렸다. 소피가 '마망, 이불을 다 끌고 갔어요'라는 소리가 들렸지만 어떤 소리에도 그녀는 깨지 않았다. 악몽 속에서 그녀는 의자에 앉아 심문을 받고 있었다.

'그 아이, 다니엘. 유대인이지. 나한테 넘겨.'

폰 리히터가 그녀의 얼굴을 총으로 찌르면서 말하더니…… 그의 표정이 약간 부드러워지더니 벡이 되었다. 벡은 그의 아내 사진을 손에 들고 고개를 젓다가 얼굴 옆면이 없어지더니…… 이사벨이 피를 흘리면서 바닥에 쓰러져서 '미안해 비안느'라고 말했고, 비안느는 소리쳤다. '넌 여기서 환영받지 못해……'

비안느는 흠칫 놀라서 숨을 몰아쉬며 깼다. 같은 악몽이 엿새째 계속되었고, 그녀는 늘 기운이 쭉 빠지고 걱정스런 기분으로 정신을 차렸다. 이제 11월이었고 이사벨에 대한 소식은 전혀 없었다.

비안느는 담요 속에서 나왔다. 바닥은 찼지만 몇 주 후에 닥칠 추위는 훨씬 심할 것이다. 그녀는 침대 발치에 두었던 숄을 집어서 어깨에 둘렀다.

폰 리히터는 위층 침실을 쓰겠다고 말했다. 비안느는 위층을 그에게 내주고, 아이들과 아래층의 더 작은 방으로 옮겼다. 거기서 세 사람이 더블 침대에서 잤다.

벡의 방이었다. 여기서 그녀가 벡의 꿈을 꾸는 것도 당연했다. 공기에 그의 체취가 남아서 이제 그가 살아있지 않다는 사실과 그녀가 죽였다는 사실을 상기시켰다. 비안느는 이 죄를 참회하고 싶은 마음이 간절했지만 그녀가 무엇을 할 수 있을까? 한 사람을—모든 상황에도 선량한 사람을— 죽인 것을. 벡이 적이었다거나 그녀가 동생을 구하기 위해 그 일을 저질렀다는 것은 중요하지 않았다. 비안느는 옳은 선택을 했다는 것을 알았다. 그녀의 마음에 맴도는 것은 옳고 그름의 문제가 아니었다. 살해 행위 자체였다.

침실에서 나와 문을 닫았다. 조용히 딸깍 소리가 났다.

폰 리히터는 소파에 앉아 신문을 보면서 커피를 마시고 있었다. 진짜 커피향을 맡자 비안느는 갈망으로 속이 울컥했다. 나치군이 여기 들어와 산 지 벌써 며칠 지났고, 매일 아침 깊고 쌉쌀한 원두커피 냄새가 풍겼다. 그리고 폰 리히터는 비안느가 이 냄새를 맡고 갈망하게 만들었다. 하지만 그녀는 단 한 모금도 마실 수 없었다. 그는 일부러 한 방울도 남겨주지 않았다. 어제 아침 그는 커피 한 주전자를 모두 설거지통에 버렸고, 그러면서 비안느에게 미소 지었다.

폰 리히터는 알량한 권력을 잡자 양손으로 그것을 움켜쥔 사내였다. 비안느는 그가 들이닥친 지 몇 시간 되지 않아서 그걸 알아차렸다. 그가 가장 좋은 침실을 고르고 가장 따뜻한 이불을 침대에 깔고 집에 남은 쿠션과 양초 전부를 가져가서 그녀가 쓸 등잔 한 개만 남았다.

"소령님."

그녀가 헐렁한 드레스와 낡은 카디건을 매만지면서 인사했다.

소령은 독일 신문에서 눈을 떼지 않고 말했다.

"커피를 더 주시오."

비안느가 빈 컵을 받아서 부엌에 갔다가, 금방 커피를 더 담아서 가져왔다.

"연합군들이 북아프리카에서 시간을 낭비하고 있소."

그는 커피를 받아 테이블에 내려놓으면서 말했다.

"네, 소령님."

그가 손을 뻗어 비안느의 손목을 멍이 들 정도로 꽉 움켜잡았다.

"오늘 밤 내가 사람들을 데리고 와서 저녁 식사를 할 거요. 부인이 요리하시오. 그리고 그 아이를 내가 안 보이는 곳으로 치우시오. 아이 울음이 돼지 멱따는 소리 같으니."

폰 리히터가 손을 놔주었다.

"네, 소령님."

비안느가 얼른 그 자리에서 물러나 침실로 들어가서 문을 닫았다. 그녀는 다니엘을 깨웠다. 그녀의 목덜미에 아이의 부드러운 숨결이 닿았다.

"마망, 소피가 너무 시끄럽게 코를 골아요."

다니엘은 엄지손가락을 쪽쪽 빨면서 중얼댔다.

비안느는 미소 짓고 소피에게 손을 뻗어 머리칼을 헝클었다. 전쟁 중이고 모두 겁먹고 배를 곯았지만 이 소녀는 어떤 일이 있어도 잘 수 있다는 게 놀라웠다.

"네가 물소 같은 소리를 내는구나, 소피."

비안느가 놀렸다.

"진짜 웃기네요."

소피가 중얼대며 일어나 앉았다. 소녀는 닫힌 문을 힐끗 보면서 물었다.

"'감자잎벌레 소령'이 아직 집에 있어요?"

"소피!"

비안느가 닫힌 문 쪽을 걱정스럽게 힐끗 보면서 나무랐다.

"우리가 하는 말을 못 들을 텐데요."

소피가 대꾸했다.

"아무리 그래도. 네가 왜 우리 손님을 감자 먹는 벌레에 빗대는지 짐작이 안 되는구나."

비안느가 나직하게 말했다. 그녀는 웃지 않으려 애썼다.

다니엘은 비안느를 껴안고 침 묻은 입술로 뽀뽀했다.

그녀는 아이의 등을 토닥이면서 꼭 안아주고, 솜털이 보송보송한 보드라운 뺨에 얼굴을 댔다. 자동차 시동 거는 소리가 들렸다.

'다행이야.'

"그 사람이 나가는구나."

비안느가 뺨을 부비면서 다니엘에게 속삭였다. 그녀가 딸에게 말했다.

"따라오너라, 소피."

그녀는 다니엘을 안고 거실로 나갔다. 여전히 갓 내린 커피 냄새와 남자 향수 냄새가 풍겼다. 비안느는 하루를 시작했다.

*

이사벨은 아주 어릴 적부터 충동적이라는 말을 들었다. 그러다가 경솔하다는 평을 들었고 가장 최근에는 무모하다고들 했다. 지난해에 그녀는 그런 평이 사실이라는 것을 알 만큼 성숙해졌다. 아주 어릴 적 기억을 되살려보면 그녀는 먼저 행동하고 그 결과는 나중에 생각했다. 아마 아주 오랫동안 혼자라고 느꼈기 때문이었다. 의논할 사람이나 단짝이 아무도 없었다. 이사벨은 함께 고민에 대해 계획을 세우거나 해결책을 강구할 사람이 없었다.

그 외에도 그녀는 충동을 억제해본 적이 없었다. 아마 잃을 게 없어서겠지. 이제 그녀는 두려운 게 뭔지, 뭔가-또는 누군가- 가슴이 뻐근해질 만큼 간절히 원하는 게 뭔지 알았다. 예전의 이사벨이라면 가에탕에게 사랑한다고 말하고 상황이 되는 대로 굴러가게 내버려뒀을 터였다.

새로운 이사벨은 시도조차 하지 않고 그냥 가버리고 싶었다. 다시 거절당할 힘이 남아 있는지 알 수가 없었다.

아직은.

그들은 전쟁 중이었다. 시간은 이제 아무도 누리지 못하는 사치였다. 내일이란 어둠 속 키스처럼 덧없이 느껴졌다.

이사벨은 안전가옥에서 욕실로 쓰는, 천장이 뾰족한 벽장 안에 서 있었다. 가에탕이 그녀가 목욕하도록 데운 물 몇 양동이를 갖다 주었다. 그녀는 물이 식을 때까지 놋쇠 욕조에 앉아서 목욕을 즐겼다. 벽에 걸린 거울은 금이 가고 비스듬히 걸려 있었다. 거기 비친 그녀는, 얼굴 한쪽이 다른 쪽보다 조금 처진 일그러진 모습이었다.

"어떻게 두려워할 수 있니?"

이사벨은 거울에 비친 자신에게 말했다. 스페인 군의 서치라이트 속에서도 쏟아지는 눈 속에서도 피레네 산맥을 건너고, 비다소아 강의 차가운 급류 속에서 헤엄치던 그녀였다. 한 번은 독일군 검문소에서 게슈타포 요원에게 위조 신분 서류가 잔뜩 든 가방을 옮겨달라고 부탁한 적도 있었다. '그가 아주 건장해 보였고 그녀는 여행으로 너무 지쳤다'는 이유로.

그런 일을 겪으면서도 지금처럼 초조한 적이 없었다. 그녀는 문득 알았다. 여자는 한 번의 선택으로 인생 전체를 바꾸고 존재를 뿌리째 흔들 수 있다는 것을.

심호흡을 크게 하고 너덜너덜한 수건으로 몸을 감싸고, 안전가옥의 큰 방으로 돌아갔다. 이사벨은 마음을 진정시키려고 잠깐 멈추어 섰다가 문을 열었다.

가에탕은 암막을 가린 창문 옆에 서 있었다. 찢어진 낡은 옷에는 아직도 그녀의 피가 묻어 있었다. 이사벨은 불안하게 미소 지으면서 가슴께에 여민 수건자락에 손을 뻗었다.

그는 호흡이 빨라지는데도 숨을 멈춘 사람처럼 가만히 서 있었다.

"이러지 말아."

가에탕이 눈을 가늘게 떴지만-예전 같으면 이사벨은 그가 분노한다고 생각했겠지만- 이제 그녀는 그 정도로 어리석지 않았다.

그녀가 수건을 풀어서 바닥에 떨어지게 했다. 몸에 걸친 것은 총상에 맨 붕대뿐이었다.

"나한테 뭘 원하는 거야?"

가에탕이 물었다.

"알잖아요."

"당신은 순수해. 지금은 전쟁이야. 난 범죄자고. 이유를 얼마나 많이 대야 나랑 거리를 둘 거야?"

이것은 다른 세상에서나 벌일 언쟁이었다.

이사벨이 한 걸음 다가가며 대답했다.

"다른 시절이라면 난 당신이 쫓아다니게 만들었을 거예요. 날 알몸이 되게 하려고 당신이 온갖 짓을 하게 만들었을 거라고요. 하지만 우린 시간이 없어요, 그렇잖아요?"

그의 말없는 인정에 이사벨은 차오르는 슬픔을 느꼈다. 그것은 처음부터 둘 사이의 진실이었다.

시간이 없다는 것.

그들은 연애하고 사랑에 빠지고 결혼해서 아기를 낳을 수 없었다. 그들에게는 심지어 내일이 없을지도 몰랐다. 이사벨은 방금 찾은 것을 잃어버린 기분으로 첫 경험을 하는 게 싫었다. 하지만 지금 세상은 그랬다.

그녀가 확실히 아는 한 가지, 이 사람이 처음 잠을 잔 남자이면 좋겠다는 것. 이사벨은 그를 영원히 기억하고 싶었다.

"수녀들은 늘 내가 끝이 안 좋을 거라고 말했어요. 아마 그 끝이 당신이었나 봐요."

가에탕이 그녀에게 다가서서 양손으로 얼굴을 잡았다.

"너 때문에 겁나, 이사벨."

"키스해줘요."

그녀는 그 말밖에 할 수 없었다.

처음 그의 입술이 닿자마자 모든 게 변했다. 욕망의 떨림이 몸속을 파고들면서 숨을 멎게 했다. 이사벨은 그의 품에서 뭔가를 잃어버리고 찾은 것 같았다. 갈라지고 다시 만들어진 느낌이었다. '사랑한다'는 말이 몸속에서 타오르며 필사적으로 목소리를 내려 했다. 하지만 그보다도 그녀는 사랑한다는 말을 딱 한 번만 '듣고' 싶었다.

"당신은 이런 일을 한 걸 후회할 거야."

가에탕이 말했다.

어떻게 그는 그런 말을 할 수 있을까?

"아뇨. 당신은 후회할 거예요?"

"벌써 그런걸."

그가 조용히 말했다. 그러고 나서 이사벨에게 다시 키스했다.

29

 다음 주는 이사벨에게 감당 못할 만큼 행복한 시간이었다. 촛불을 켜놓고 기나긴 대화를 나누고 손을 잡고 살을 만지고. 깨어 있는 밤이면 아린 욕망에 잠겨서 사랑을 나누다가 다시 잠들고.
 여느 날처럼 이 날도 이사벨은 지치고 약간 통증을 느끼며 깼다. 어깨의 상처가 충분히 회복되어서 가렵고 뻐근했다. 옆에 있는 가에탕이 느껴졌다. 그의 몸이 따스하고 단단했다. 이사벨은 그가 깨어 있다는 것을 알았다. 숨소리 때문에, 혹은 무심코 그의 발이 그녀의 발을 문질러서, 아니면 조용해서. 아무튼 이사벨은 알았다.
 지난 며칠간 그녀는 가에탕의 제자가 되었다. 그가 하는 모든 일이 사소하거나 무의미하지 않아서 죄다 의식되었다. 그녀는 아무리 작은 일이라도 '이걸 기억해'라고 반복해서 속으로 되뇌었다.
 이사벨은 살면서 무수히 많은 연애 소설을 읽으면서 영원한 사랑을 꿈꾸었다. 그런데도 소박하고 낡은 더블 매트리스가 그 자체로 오아시스가 될 수 있을 줄은 상상도 못했다. 그녀는 옆으로 누워서 가에탕 앞으로 팔을 뻗어 등잔에 불을 켰다. 희미한 등불 속에서 그의 가슴팍에 팔을 드리우고 몸을 바싹 붙였다. 그의 들쭉날쭉한 헤어라인 사이에 작은 은색 흉터가 있었다. 이사벨은 손을 뻗어서 흉터를 만지고 손끝으로 가만히 쓸어내렸다.

가에탕이 말했다.

"형이 나한테 돌멩이를 던졌지. 난 너무 느려서 피하지 못했어."

그는 '조르쥬'라고 다정하게 덧붙였다. 그의 목소리를 듣자 이사벨은 가에탕의 형이 전쟁포로라는 사실을 떠올렸다. 그의 인생에 대해서 이사벨은 아는 게 없다시피 했다. 재봉사인 어머니와 돼지를 치는 아버지…… 가에탕은 어느 숲속에서 살았고, 수돗물이 나오지 않는 집의 단칸방에서 가족 모두 살았다.

그는 이사벨의 질문에 모두 대답했지만 자진해서는 아무 말도 하지 않았다. 가에탕은 그녀가 여러 학교에서 쫓겨나게 된 모험담을 듣는 게 더 좋다고 말했다. '가난한 사람들이 그럭저럭 살려고 버둥대는 이야기보다 낫지'라면서.

하지만 이 모든 대화 속에 둘의 시간이 사그라드는 것을 이사벨은 느꼈다. 그들은 여기 오래 머물 수가 없었다. 이미 너무 오래 머물렀다. 그녀는 여행할 만큼 회복했다. 피레네 산맥을 건너지는 못하겠지만 누워 지낼 필요가 없는 것은 확실했다.

그녀가 어떻게 가에탕을 떠날 수 있을까? 다시는 서로 보지 못할지도 모르는데. 이사벨이 가장 두려워하는 점이었다.

"있지, 난 알고 있어."

가에탕이 말했다.

이사벨은 그가 무슨 말을 하는지 몰랐지만, 목소리에서 공허한 마음을 읽었고 좋은 일이 아니라는 것은 감지했다. 그의 침대에 누워서 느끼는 슬픔이-그만큼의 기쁨도- 커졌다.

"뭘 알아요?"

이사벨은 물으면서도 대답을 듣고 싶지 않았다.

"우리가 키스할 때마다 작별 인사라는 것."

그녀는 눈을 감았다.

"저 밖에서 전쟁이 벌어지고 있어, 이즈. 난 그곳으로 돌아가야 해."

가슴이 죄어왔지만 이사벨은 그것을 알고 또 동의했다.

"알아요."

그녀가 할 수 있는 말은 그것뿐이었다. 더 깊이 파고들면 감당할 수 없는 상처를 입을까봐 두려웠다.

이사벨이 다시 말했다.

"위뤼뉴에서 조직의 회합이 있어요. 우리가 운이 좋다면 난 수요일 밤이 될 무렵 거기 있어야 해요."

"우린 운이 좋은 게 아냐. 지금쯤 당신도 그걸 알 텐데."

"당신이 틀렸어요, 가에탕. 당신은 날 만났으니 날 잊지 못할 거예요. 그건 중요해요."

그녀가 키스하려고 몸을 굽혔다. 가에탕은 그녀의 입술이 닿는데도 부드럽게 조용히 말했다. '충분하지 않지' 같은 말이었다. 이사벨은 아랑곳하지 않았다. 듣고 싶지 않았다.

*

11월, 카리보 시민은 다시 겨울나기 채비에 들어갈 태세를 갖추기 시작했다. 이제 그들은 지난 겨울에는 몰랐던 것을 알았다. 삶이 더 곤혹스러워질 수 있다는 것. 온 세상에서 전쟁이 벌어지고 있었다. 아프리카에서, 소련에서, 일본에서, 과달카날(남태평양 솔로몬제도.)이라는 섬에서. 독일군은 여러 전선에서 전쟁을 벌이면서 장작, 가스, 전기, 일상용품들과 함께 식량이 훨씬 부족해졌다.

금요일 아침은 유난히 춥고 어두컴컴했다. 밖에 나가기 좋은 날이 아니었지만 비안느는 오늘을 '디데이'로 잡았다. 다니엘을 데리고 집을 나서려는 용기를 내는 데 시간이 필요했지만 해야만 되는 일이라는 것을 알았다. 아이의 머리를 짧게 잘라서 거의 민머리였고, 비안느가 큼직한 옷을 입혀서 다니엘은 더 어려 보였다. 아이의 본모습을 위장하기 위해 뭐든 했다.

그녀는 시내로 걸어가면서 꼿꼿한 자세를 유지하려고 애썼다. 양 옆에 아이들이 걸었다―소피와 다니엘.

다니엘.

빵집에서 그녀는 줄의 맨 끝에 가서 섰다. 누군가 옆에서 사내애에 대해 묻기를 숨 못 쉬고 기다렸지만, 줄을 선 아낙들은 너무 지치고 허기져서 고개조차 들지 않았다.

마침내 비안느의 차례가 되어 카운터 앞에 섰을 때 이베트가 고개를 들었다. 2년 전만 해도 그녀는 구리색 머리칼이 출렁이고 숯처럼 까만 눈을 가진 미인이었다. 전쟁이 3년째로 접어든 지금 이베트는 나이 들고 지쳐 보였다.

"비안느 모리악, 한동안 따님과 부인을 못 뵀네요. 봉주르, 소피. 키가 많이 컸구나."

그녀는 카운터 너머를 보면서 덧붙였다.

"그리고 이 잘생긴 도련님은 누구신가?"

"다니엘."

아이가 자랑스럽게 대답했다.

비안느는 떨리는 손으로 다니엘의 맨질맨질한 머리통을 만졌다.

"니스에 사는 앙투안의 사촌의 아들인데 내가 입양했어요. 그녀가 죽었거든요."

이베트는 곱슬머리를 눈 위로 넘기고 입가에 붙은 머리칼을 떼내면서 아이를 내려다보았다. 그녀는 아들 셋을 키웠고 다니엘보다 그리 크지 않은 아들도 있었다.

비안느는 심장이 튀어나올 듯이 두근댔다.

이베트가 카운터에서 물러섰다. 그녀는 가게와 빵 공장을 나누는 작은 문으로 가서 말했다.

"중위님, 여기로 나와주시겠어요?"

비안느는 버들가지 바구니 손잡이를 꽉 쥐고, 피아노 건반이라도 되는 듯이 두드렸다.

뚱뚱한 독일 병사가 갓 구운 바게트 몇 개를 한아름 안고 뒷방에서 나왔다. 그는 비안느를 보더니 걸음을 멈추었다.

"마담."

그가 인사했다. 입에 빵이 잔뜩 들어서 사과 같은 뺨이 불룩했다.

비안느는 겨우 목례를 할 수 있었다.

이베트가 병사에게 말했다.

"오늘은 빵이 다 떨어졌네요, 중위님. 제가 더 만들면 중위님과 부하들 몫으로 가장 잘 구워진 것을 간수해놓을 게요. 이 딱한 부인이 하루 지난 바게트 하나조차 구할 수가 없어서요."

병사는 눈을 가늘게 떴다. 그는 쿵쿵 소리가 나게 돌바닥을 밟으면서 비안느에게 다가왔다. 그가 반쯤 먹은 바게트를 말없이 그녀의 바구니에 떨구었다. 그러더니 고개를 끄덕이고 빵집에서 나갔다. 종소리가 나면서 문이 닫혔.

독일군이 나가자 이베트가 비안느에게 바싹 다가섰다. 너무 가까워서 비안느는 뒤로 물러서고 싶은 마음을 눌러야 했다.

"지금 부인의 집에 친위대 장교가 있다고 들었어요. 그 잘생긴 대위에게 무슨 일이 생긴 거예요?"

"사라졌어요. 아무도 몰라요."

비안느가 담담하게 대답했다.

"아무도요? 독일군이 왜 부인을 불러서 조사했어요? 다들 부인이 들어가는 걸 봤어요."

"난 그냥 주부일 뿐이에요. 그런 일들에 대해 뭘 알 수 있겠어요?"

이베트는 말없이 조금 더 비안느를 쳐다보았다. 그러더니 뒤로 물러섰다.

"당신은 좋은 친구예요, 비안느 모리악."

그녀가 조용히 말했다.

비안느는 얼른 목례하고 아이들을 문으로 몰고 나갔다. 길에 멈춰 서서 친구들과 대화를 나누던 시절은 가버렸다. 이제 단순히 눈을 맞추는 것만도 위험했고, 다정한 대화는 버터와 커피와 돼지고기처럼 없는 일이 되어버렸다.

밖에 나오자 비안느는 갈라진 돌계단에서 멈추었다. 갈라진 돌 틈으로 얼어붙은 잡초들이 자라났다. 그녀는 태피스트리처럼 짠 침대보로 만든 겨울 코트를 입었다. 잡지에서 본 패턴을 흉내낸 무릎 길이 더블 코트였다. 넓은 옷깃에 어머니가 아끼던 모직 재킷에서 뗀 단추들을 달았다. 오늘 입기에는 두터웠지만 곧 스웨터와 코트 사이에 신문지를 여러 겹 끼어야 된다는 것을 비안느는 알았다.

얼음장 같은 바람이 얼굴을 스치자, 그녀는 머리에 스카프를 다시 두르고 턱 밑에 매듭을 더 단단히 잡았다. 돌이 깔린 통로에 나뭇잎이 나뒹굴고 그녀의 부츠 위를 스쳤다.

비안느는 장갑 낀 다니엘의 손을 꼭 잡고 거리로 나섰다. 곧 뭔가 이상하다는 것을 알았다. 사방에 독일 병사들과 프랑스 경찰들이 깔려 있었다-차 안에, 오토바이 위에, 얼음 낀 거리를 행진하고 카페에 삼삼오오 모여 있었다.

여기서 무슨 일이 벌어지건 좋은 일일 리 없었고, 늘 병사들과 멀리 떨어져 있는 게 최선이었다-연합군이 북아프리카에서 승승장구한 후로는 특히 그랬다.

"자, 소피랑 다니엘! 집에 가자."

모퉁이에서 오른쪽으로 돌려고 했지만 길에 바리케이드가 있었다. 도로 아래위로 집집마다 문이 잠기고 덧문이 닫혀 있었다. 선술집들은 텅 비어 있었다. 공중에 무시무시한 위험이 감돌았다.

다음에 들어간 도로 역시 바리케이드가 있었다. 나치 병사 두 명이 바리케이드 옆에 서서 그녀에게 소총을 겨누었다. 그들 뒤로 독일 병사들이 대형을 이루고 무릎을 굽히지 않고 다리를 높이 들면서 도로를 행진했다.

비안느는 아이들의 손을 잡고 걸음을 재촉했지만, 들어가는 거리마다 바리케이드와 경비병들이 있었다. 무슨 작전이 수행되고 있음이 분명해졌다. 트럭과 버스 들이 광장을 향해서 자갈 박힌 도로에 결집하고 있었다.

비안느는 광장에 도착해서 걸음을 멈추었다. 숨을 몰아쉬면서 아이들을 옆에 더 바싹 당겼다.

아수라장이 따로 없었다. 줄줄이 늘어선 버스에서 사람들이 쏟아져 나왔다- 모두 노란 별을 단 여인들이었다. 여자들과 아이들이 떠밀려서 광장으로 들어갔다. 나치군은 주변에 서서 무시무시하게 경비를 서는 반면, 프랑스 경찰관들이 사람들을 버스에서 내리게 하고 여자들의 목에 걸린 패물을 뜯어내고 총구로 떠밀었다.

"너! 정지!"

경찰관이 비안느와 가까이 있는 아주 연로한 신사에게 소리쳤다. 잿빛 수염을 기른 노인은 지팡이에 몸을 의지하고 경찰관에게 몸을 돌렸다. 경찰관은 성난 표정으로 비안느 앞을 지나갔다.

경찰관이 노인의 바지를 움켜잡았다. 노인은 바지를 추키려 했지만 경찰관이 힘껏 당기자 그가 유리창에 부딪쳐서 유리가 깨졌다. 경찰관이 노인의 바지를 홱 끌어내리자 할례한 성기가 드러났다. 경찰관이 총의 개머리판으로 힘껏 내려치자 노인이 나가떨어졌다.

"마망!"

소피가 소리쳤다. 비안느는 얼른 손으로 딸의 입을 막았다.

그녀의 왼쪽에서 경찰관이 젊은 여인을 땅바닥에 메다꽂고 머리채를 잡고 질질 끌어 인파 사이를 지나갔다.

"비안느?"

그녀가 몸을 홱 돌리니 엘렌 루엘이 작은 가죽 가방을 들고 사내애의 손을 잡고 있었다. 그녀 옆에 그보다 큰 남자애가 서 있었다. 너덜너덜한 노란 별이 그들의 신분을 말해주었다.

"내 아들들을 데려가줘요."

엘렌이 비안느에게 간절하게 말했다.

"여기서요?"

비안느가 주위를 힐끔대면서 물었다.

큰 아이가 말했다.

"싫어요, 마망. 파파가 나한테 엄마를 보살피라고 말했어요. 난 엄마랑 헤어지지 않을 거예요. 엄마가 손을 놓으면 그냥 뒤따라갈 거예요. 우리가 다같이 있는 게 나아요."

그들 뒤에서 또 호루라기 소리가 났다. 엘렌은 작은아들을 비안느에게 떠밀었다. 세게 밀어서 아이가 다니엘과 부딪쳤다.

"이 아이는 자기 삼촌이랑 똑같이 장 조르주예요. 올 6월에 네 살이 됐어요. 시가 식구들이 버건디에 살아요."

"내게는 이 아이의 서류가 없어요. 내가 아이를 데려가면 저들이 날 죽일 거예요."

"거기!"

나치 병사가 엘렌에게 소리쳤다. 그가 그녀의 뒤로 다가와서 머리채를 잡고 홱 잡아당겼다. 엘렌이 큰아들과 부딪쳤고, 아이는 어머니를 똑바로 붙들려고 애썼다.

그 순간 엘렌과 큰아들이 인파 속으로 사라져버렸다. 어린 아이가 비안느 옆에서 울부짖었다.

"마망!"

아이가 흐느꼈다.

"여기서 벗어나야겠다. 당장."

비안느가 소피에게 말했다. 그녀가 장 조르주의 손을 꼭 잡자 아이가 더 크게 울었다. 아이가 '마망!'이라고 소리칠 때마다 비안느는 움찔하면서 아이가 조용히 하기를 기도했다. 그들은 바리케이드들을 피해 이 거리, 저 거리를 잰걸음으로 걸었고, 여러 집의 문을 부수고 유대인들을 광장으로 내모는 병사들 앞을 지났다. 두 번이나 멈추라는 명령을 받았고, 옷에 노란 별이 달려 있지 않은 덕분에 통과하도록 허락받았다. 진흙길에서 비안느는 걷는 속도를 늦추어야 했지만, 두 사내애가 울기 시작해도 멈추지 않았다.

르 자르댕에 도착하자 비안느는 마침내 멈춰 섰다. 폰 리히터의 검은 시트로엥 승용차가 밖에 서 있었다.

"아, 이럴 수가."

소피가 중얼댔다. 비안느는 잔뜩 겁먹은 소피를 내려다보았고, 사랑하는 딸의 눈빛에서 자신의 두려움을 보았다. 그러다 문득 어떻게 하면 될지 알게 되었다.

"우린 이 아이를 구하려고 애써야 해. 안 그러면 저들과 똑같이 나쁜 사람들이 되는 거지."

그녀가 말했다. 그랬다. 비안느는 딸을 이 일에 끌어들이기 싫었지만 달리 선택의 여지가 있을까?

"우린 아이를 구해야만 해."

"어떻게요?"

"아직은 나도 몰라."

비안느가 솔직히 말했다.

"하지만 폰 리히터가……."

마치 자기 이름에 이끌리기라도 한듯 소령이 현관에 나타났다. 제복을 유난히 말끔히 입고 있었다. 비안느가 다가가자 그가 눈을 가늘게 뜨고 말했다.

"당신이군요."

비안느는 침착하려고 안간힘을 썼다.

"저희는 장보러 다녀오는 길이에요."

"그러기에 좋은 날은 아니었는데. 유대인들을 추방하기 위해 집합시키는 중이라서."

그가 부츠 발로 젖은 풀밭을 걸어서 비안느에게 다가왔다. 소령 옆에 나뭇잎이 떨어진 사과나무가 있었고, 가지에 천 조각들이 걸려 있었다. 빨강. 분홍. 노랑. 하양. 새로 벡을 위한 검은 천이 내걸렸다.

"그런데 이 잘생긴 아이는 누군가?"

폰 리히터가 검은 장갑 낀 손으로 아이의 눈물 젖은 뺨을 쓰다듬으면서 물었다.

"치, 친구의 아들이에요. 아이 엄마가 이번 주에 결핵으로 죽었거든요."

폰 리히터는 흠칫하며 물러났다.

"난 그 아이가 집에 있는 게 싫소. 알아들었소? 당장 아이를 고아원에 데려가주시오."

고아원. 마리-테레즈 수녀님.

비안느가 고개를 끄덕였다.

"물론입니다, 소령님."

그는 '당장 가시오'라고 말하는 듯 손짓을 했다. 그가 걸음을 옮기기 시작했다. 그러다가 멈춰 서서 몸을 돌려 비안느를 마주보고 덧붙여 말했다.

"오늘 저녁에 부인이 집에서 저녁 식사를 해주면 좋겠소."

"저는 늘 집에 있는데요, 소령님."

"우리는 내일 떠나기 때문에 당신이 나와 부하들이 가기 전에 푸짐한 식사를 마련해주면 좋겠소."

"떠나세요?"

비안느는 일말의 희망을 느끼면서 물었다.

"우린 내일 프랑스의 나머지 지역을 점령할 거요. 자유 지역은 더 이상 없소. 그럴 때가 된 거지. 당신네 프랑스인들이 스스로 통치하게 한 것은 헛짓이었소. 그럼, 마담."

비안느는 그 자리에 남아서 장 조르주의 손을 잡고 가만히 서 있었다. 아이의 울음 사이로 대문이 삐걱 소리를 내며 열렸다 쾅 닫히는 소리가 났다. 그러더니 자동차 시동 소리가 들렸다.

그가 떠나자 소피가 말했다.

"마리-테레즈 수녀님이 아이를 숨겨주실까요?"

"그러면 좋겠어. 다니엘을 데리고 들어가서 문을 잠그고 있거라. 나 아닌 누구에게도 문을 열어주면 안 돼. 내가 최대한 빨리 돌아올게."

소피는 갑자기 나이보다 현명한 눈빛을 띠며 어른스러워 보였다.

"잘됐어요, 마망."

"두고 봐야지."

수녀님만이 비안느에게 남은 희망이었다.

두 아이가 안전하게 집에 들어가서 문을 잠그자, 그녀는 옆에 선 남자애에게 말했다.

"가자, 장 조르주. 산책을 가는 거야."

"마망한테?"

그녀는 차마 아이를 쳐다볼 수가 없었다.

*

비안느와 아이가 다시 시내로 들어갈 때 간간이 비가 내리기 시작했다. 장 조르주는 울다가 투덜대기를 반복했지만 비안느는 초조한 나머지 아이의 소리가 귀에 들어오지 않았다.

어떻게 원장 수녀님에게 이 위험을 감수하라고 부탁할 수 있을까?

그렇지만 방법이 없지 않나.

그들은 예배당을 지나 뒤쪽에 숨어 있는 수녀원으로 걸어갔다. 성 요셉 수녀회는 1650년 같은 뜻을 가진 여섯 여인으로 시작되었다. 그들은 단지 지역 사회의 가난한 이들을 섬기고 싶을 뿐이었다. 프랑스

혁명 기간 중 국가가 종교 단체들을 금지할 때까지 프랑스 전역에서 소속 수녀가 수천 명이 되었다. 처음 모였던 여섯 수녀는 믿음 때문에 순교자가 되었다.

비안느는 수녀원 정문으로 가서 묵직한 쇠 문고리를 들었다가 내렸다. 그러자 참나무 문에서 쾅 소리가 났다.

"여기는 왜 온 거예요? 우리 엄마가 여기 있어요?"

장 조르주가 칭얼댔다.

"쉿."

수녀가 나왔다. 하얀 머리가리개와 검은 후드를 쓴 통통하고 상냥해 보이는 얼굴이었다. 그녀가 미소 지으면서 말했다.

"아, 비안느."

"아가사 수녀님, 가능하다면 원장 수녀님과 이야기하고 싶은데요."

수녀가 뒤로 물러서자 수녀복 자락이 돌바닥에 끌렸다.

"제가 알아볼게요. 두 분은 정원에 앉아 계실래요?"

비안느는 고개를 끄덕였다.

"감사합니다."

그녀와 장 조르주는 추운 회랑을 지나서 걸어갔다. 아치 모양의 복도 끝에서 왼쪽으로 돌아 정원으로 들어갔다. 넓은 사각형의 안뜰에는 서리 내린 누런 잔디밭이 있고, 대리석 사자 머리 분수와 여기저기 돌 벤치가 있었다. 비안느는 비를 맞지 않는 벤치에 자리를 잡고 아이를 옆으로 끌어당겼다.

오래 기다릴 필요가 없었다.

"비안느."

원장 수녀님이 앞으로 다가오면서 비안느를 불렀다. 수녀복이 풀밭에 끌렸고, 그녀는 긴 목걸이에 달린 커다란 십자가를 손으로 잡고 있었다. 원장 수녀님이 말을 이었다.

"이렇게 만나니 좋구나. 너무 오랜만이야. 그래, 이 어린 친구는 누구지?"

아이가 고개를 들었다.

"우리 엄마가 여기 있어요?"

비안느는 원장 수녀님과 눈을 맞추었다.

"아이 이름은 장 조르주 루엘이에요, 원장 수녀님. 가능하다면 수녀님과 둘이 대화하고 싶습니다."

원장 수녀님이 손뼉을 치자 젊은 수녀가 나타나서 아이를 데리고 갔다. 둘만 남자, 원장 수녀님은 비안느 곁에 앉았다.

비안느는 생각들을 정리할 수가 없어서 둘 사이에 침묵이 흘렀다.

"네 친구 라셸의 일은 안됐다."

"그런 사람이 너무 많지요."

비안느가 대답했다. 수녀님이 고개를 끄덕였다.

"우린 라디오 런던을 통해 수용소에서 벌어지는 일에 대한 무서운 소문을 듣고 있지."

"어쩌면 우리 교황 성하께서……."

"그분은 이 문제와 관련해 말씀이 없구나."

수녀님이 무척 실망하는 말투로 대답했다.

비안느가 숨을 크게 쉬고 입을 열었다.

"엘렌 루엘과 맏아들이 오늘 추방되었어요. 장 조르주 혼자 남았고요. 아이 어머니가…… 아들을 제게 맡겼어요."

"너한테 아들을 맡겼다고?"

수녀님은 잠시 말을 멈추었다가 덧붙였다.

"네 집에 유대인 아이를 데리고 있는 것은 위험하잖니, 비안느."

"저는 아이를 보호하고 싶어요."

비안느가 조용하게 대답했다. 수녀님이 그녀를 바라보았다. 원장 수녀님이 너무 오래 말이 없자 비안느의 두려움이 뿌리를 내리고 자라기 시작했다.

마침내 수녀님이 물었다.

"그럼 어떻게 할 셈이냐?"

"아이를 숨겨야지요."

"어디에?"

비안느는 아무 말 없이 수녀님을 응시했다. 수녀님의 얼굴이 하얗게 질렸다.

"여기?"

"고아원이요. 더 좋은 데가 있을까요?"

원장 수녀님은 일어났다가 앉았다. 그러더니 다시 일어나서 양손을 들어 십자가를 꼭 쥐었다. 그러더니 결심한 듯 어깨를 똑바로 폈다.

"우리가 보살피는 아이는 서류가 필요해. 세례 증서도. 물론 그건 내가 구해볼 수 있겠지만 신분증은……"

"제가 구할게요."

비안느는 그럴 수 있을지 모르면서도 대답했다.

"지금 유대인들을 숨겨주는 것은 불법이란 걸 알겠지. 운이 좋으면 처벌은 추방당하는 것이지만, 요즘 프랑스에 운이 좋은 사람은 아무도 없다고 난 믿는다."

비안느가 고개를 끄덕였다.

그때 원장 수녀님이 말했다.

"내가 아이를 받으마. 그리고 난…… 유대인 아이 한 명보다는 여럿을 더 받을 자리를 만들어 볼 수 있겠구나."

"여럿을요?"

"물론 여럿이지, 비안느. 내가 지로에 있는 아는 사람이랑 얘기를 해보겠다. '아동구조자선단체'에서 일하는 사람이야. 그가 숨어 지내는 많은 가족과 아이들을 알 거야. 그에게 네가 갈 거라고 일러두마."

"저, 저요?"

"이제 넌 이 일의 책임자고, 한 아이를 위해 목숨을 걸어야 된다면 우리가 더 많은 아이들을 구하려고 애쓰는 게 좋겠구나."

수녀님이 갑자기 일어났다. 그녀는 비안느와 팔짱을 꼈고, 두 사람은 작은 정원을 거닐었다.

"여기 사람 누구도 사실을 알면 안 된다. 아이들은 단속을 받아야 하고, 검문을 통과할 수 있는 서류들을 갖춰야 해. 그리고 넌 여기 일할 자리가 필요할 거야. 그래, 교사직이면 좋겠구나. 시간제 교사. 그러면 우리가 너한테 적은 급료를 지불할 수 있고, 네가 왜 아이들과 여기서 지내느냐는 질문에 대한 답도 될 테니."

"네."

비안느가 대답했다. 떨림이 느껴졌다.

"그렇게 두려워하지 말아라, 비안느. 넌 옳은 일을 하는 거란다."

비안느는 그 말이 사실이라는 것은 의심하지 않지만 여전히 두려웠다.

"이게 저들이 우리에게 저지른 짓이에요. 우리는 자신의 그림자도 무서워하지요."

그녀는 원장 수녀님을 바라보면서 말을 이었다.

"제가 어떻게 하면 될까요? 겁먹고 굶주린 여인들에게 가서 자식들을 내게 달라고 부탁하나요?"

"그들에게 친구들이 기차로 떠밀려서 쫓겨나는 것을 봤느냐고 물어야지. 그들에게 자식들이 그 기차에 오르지 않게 하기 위해 어떤 위험을 감수하겠느냐고 물어봐야지. 그런 다음 각각의 어머니가 결정하게 내버려둬야지."

"도저히 상상할 수 없는 선택이에요. 저라면 그럴 수 있을지 자신 없어요. 소피와 다니엘을 낯선 사람에게 넘겨주다니요."

수녀님이 더 바싹 몸을 숙였다.

"무시무시한 돌격대원이 네 집에 기숙한다는 얘기를 들었다. 이 일이 너를-그리고 소피를- 소름끼치는 위험에 처하게 하는 걸 알겠지."

"물론이지요. 하지만 어떻게 제가, 소피가 이런 시대에 아무것도 하지 않는 게 옳다고 믿게 할 수 있겠어요?"

수녀님이 걸음을 멈추었다. 수녀님은 비안느의 손을 놓고 부드러운 손바닥을 그녀의 뺨에 대고 상냥하게 웃었다.

"조심하거라, 비안느. 난 이미 네 어머니의 장례식에 다녀왔다. 네 장례식에는 참석하고 싶지 않구나."

30

동장군이 기승을 부리는 11월 중순, 이사벨과 가에탕은 브랑톰을 떠나서 바욘행 기차에 올랐다. 열차에 심각한 표정의 독일 병사들이 북적댔고-평소보다 많았다- 그들이 기차에서 내리니 플랫폼에 더 많은 병사들이 몰려 있었다.

청록색 군복 차림의 병사들 사이를 지날 때 이사벨은 가에탕의 손을 잡았다. 해변 마을에 가는 젊은 연인들.

"엄마는 해변에 가는 걸 좋아했어요. 그 이야기를 한 적이 있던가?"

친위대원 두 명 근처를 지나면서 이사벨이 물었다.

"당신 같은 부잣집 애들은 좋은 것을 보지."

그녀가 미소 지었다.

"우린 결코 부자가 아니었어요, 가에탕."

기차역 밖으로 나서면서 이사벨이 말했다.

"그래도 가난하지는 않았잖아. 난 가난을 알아."

가에탕은 말을 멈추었다가 다시 입을 열었다.

"난 언젠가 부자가 될 수 있겠지."

그는 '언젠가'란 말을 다시 중얼댄 후 한숨을 쉬었고, 이사벨은 가에탕이 무슨 생각을 하는지 알았다. 그들은 계속 그 생각을 하며 지냈다. 우리의 장래에 프랑스란 나라가 있을까? 가에탕이 걸음을 늦추었다.

이사벨은 그의 관심을 끈 것을 보았다.

"계속 걸어."

가에탕이 말했다.

앞쪽에 바리케이드가 있었다. 사방에 소총을 든 병사들이 있었다.

"무슨 일이에요?"

이사벨이 물었다.

"저들이 우리를 보고 있어."

가에탕이 말했다. 그는 이사벨의 손을 꼭 쥐었다. 두 사람은 독일 병사들이 잔뜩 있는 곳을 향해 천천히 걸었다.

건장한 병사가 두 사람을 막아서며 통행증과 신분증을 제시하라고 요구했다. 이사벨은 줄리엣의 서류를 내밀었다. 가에탕도 가짜 서류를 건넸지만 병사는 등 뒤에서 벌어지는 일에 더 관심이 많았다. 그는 서류를 보는둥 마는둥 하더니 그들에게 돌려주었다.

이사벨이 병사에게 순진하기 이를 데 없는 미소를 지었다.

"오늘 무슨 일이 있는 거예요?"

"자유 지역은 끝났소."

병사가 그들에게 지나가라고 손을 저으면서 말했다.

"자유 지역이 끝났다고요? 하지만……."

"우리가 프랑스 전역을 점령하는 거요. 당신네 엉터리 비시 정부가 어느 지역도 통치하는 시늉은 끝난 거지. 가시오."

가에탕이 그녀를 끌어당겨 집결하는 부대들 사이를 지났다.

두 사람이 몇 시간 걷는 동안, 독일 트럭과 자동차 들이 경적을 울리며 그들 앞을 황급히 지나갔다.

해변 마을 생-장-드-루즈에 도착해서야 그들은 북적대는 나치 병사들에게서 벗어날 수 있었다. 두 사람은 파도가 부서지는 대서양 위에 뻗은 제방을 따라 걸었다. 그들 발아래 둥그스름하게 펼쳐진 노란 모래사장이 성난 바다를 막아주었다. 멀리 보이는 짙푸른 반도에는 하얀 벽에 빨간 문과 선홍색 벽돌 지붕의 바스크 양식 주택들이 있었다. 머리 위로 빛바랜 하늘에 구름이 빨랫줄처럼 팽팽하게 뻗어 있었다. 오늘은 여기에도, 해안에도 다른 사람이 없었다. 오래된 제방을 따라 걷는 사람들이 없었다.

몇 시간 만에 처음으로 이사벨은 숨을 쉴 수가 있었다.

"자유 지역이 없어진다니 무슨 뜻일까요?"

"좋지 않은 일인 것은 분명하지. 당신의 일이 더 위험해질 거야."

"난 이미 점령 지역을 지나서 다니는걸요."

이사벨은 가에탕의 손을 단단히 잡고 제방에서 떨어진 곳으로 이끌었다. 그들은 울퉁불퉁한 계단을 내려가 도로로 향했다.

"어릴 때 이곳에 와서 휴가를 보내곤 했어요. 엄마가 돌아가시기 전에요. 적어도 그렇게 들었어요. 기억이 안 나요."

이사벨이 말했다.

그녀는 이렇게 대화가 시작되기를 바랐지만, 그녀의 말은 둘 사이의 새로운 침묵을 가져와서 아무 대답도 이어지지 않았다. 적막감 속에서 그녀는 가에탕의 손을 잡고 있는데도 가슴을 짓누르는 그리움을 느꼈다. 함께 지내는 동안 왜 가에탕에게 더 많이 물어보고 그에 대한 전부를 알아내지 않았을까? 이제 남은 시간이 없었고 두 사람 다 그걸 알았다. 그들은 무거운 침묵 속에서 걸음을 옮겼다.

초저녁 안개 속에서 피레네 산맥이 처음으로 가에탕의 눈에 힐끗 들어왔다.

눈 덮인 산맥이 납빛 하늘로 들쭉날쭉 솟았고, 눈이 내린 봉우리들이 구름에 둘러싸여 있었다.

"맙소사. 저 산맥을 몇 번이나 넘어갔지?"

"스물일곱 번."

"당신은 대단한 사람이군."

가에탕이 말했다.

"맞아요."

이사벨이 미소 지으며 대답했다.

그들은 어둡고 황량한 위뤼뉴 거리들을 계속 올라갔고, 걸음을 옮길 때마다 경사가 커졌다. 문 닫은 상점들과 노인들이 꽉 찬 술집 앞을 잰걸음으로 지났다. 시내 뒤쪽에 산비탈로 접어드는 흙길이 있었다. 마침내 두 사람은 어두운 산등성이에 들어앉은 오두막에 도착했다. 굴뚝에서 연기가 피어올랐다.

"괜찮아?"

이사벨이 걸음을 늦추는 것을 알아차리고 가에탕이 물었다.

"당신이 그리울 거예요. 얼마나 머무를 수 있어요?"

그녀가 조용히 물었다.

"아침에는 떠나야 해."

이사벨은 그의 손을 놓고 싶었지만 그러기가 어려웠다. 그를 놓아버리면 다시는 만지지 못할 거라는 지독하고 말도 안 되는 공포감이 밀려왔다. 그 생각이 이사벨을 무기력하게 만들었다. 하지만 그녀에게는 해야 할 일이 있었다. 이사벨은 그의 손을 놓고, 연속해서 재빨리 세 번 문을 두드렸다.

마담이 문을 열어주었다. 남자 옷을 입고 골루아즈 담배를 피우면서 그녀가 말했다.

"줄리엣! 어서 와, 들어와."

그녀가 뒤로 물러서서 이사벨과 가에탕을 큰 방으로 안내했다. 식탁 주위에 조종사 네 명이 서 있었다. 벽난로에서 불이 타올랐고, 불꽃 위에 걸린 주물 냄비가 거품을 내면서 보글보글 끓고 있었다. 이사벨은 스튜에 뭐가 들어갔는지 냄새로 알 수 있었다-염소 고기, 와인, 베이컨, 진하고 걸쭉한 육수, 버섯, 세이지. 천국이 따로 없는 냄새가 풍겼다. 그러자 그녀는 종일 아무것도 먹지 않았다는 것을 깨달았다.

마담이 조종사들을 불러 모아서 소개했다-영국 조종사가 세 명이었고 미국 조종사가 한 명이었다. 세 영국인은 며칠 전에 여기 와서 미국인을 기다렸고, 그는 어제 도착했다. 내일 아침 에두아르도가 그들을 이끌고 산맥을 넘을 예정이었다.

"만나서 반갑습니다. 들던 대로 미인이시네요."

조종사 한 명이 이사벨의 손을 펌프 손잡이처럼 흔들면서 말했다.

사내들이 한꺼번에 말하기 시작했다. 가에탕은 마치 원래 그 무리였던 것처럼 편안하게 어울렸다. 이사벨은 마담 바비노 옆에 서서 그녀에게 돈 봉투를 건넸다. 사실 그 돈은 2주 전에 전달했어야 했다.

"늦어져서 죄송해요."

"그럴 이유가 있었잖아. 몸은 어때?"

이사벨은 시험삼아 어깨를 움직였다.

"좋아졌어요. 1주일만 더 지나면 다시 산맥을 넘을 준비가 될 거예요."

마담이 이사벨에게 담배를 건넸다. 이사벨은 한 모금 길게 빨고 연기를 내뿜으면서, 이제 그녀의 책임이 된 조종사들을 찬찬히 살폈다.

"사람들은 어때요?"

"키 크고 호리호리한 사람이 보이지? 코가 로마 황제 같은 사람."

이사벨은 미소 짓지 않을 수가 없었다.

"보이네요."

"자기가 영주라나 공작이라나 그런 거라고 주장해. 사라 말로는 골칫덩어리라더군. 여자의 지시에 따르지 않으려 한다네."

이사벨은 그 점을 기억해두었다. 물론 드문 일은 아니었다. 여자들-아가씨든 부인이든 여자애든-의 지시를 거북해하는 조종사들이 있긴 했지만 늘 골칫거리였다.

그녀는 이사벨에게 구깃구깃한 얼룩진 편지를 건넸다.

"한 사람이 너한테 주라며 이걸 내게 전해줬어."

이사벨이 얼른 편지를 꺼내서 내용을 살폈다. 앙리의 필체를 알아볼 수 있었다.

> J-당신 친구는 독일 휴가에서 살아났지만 손님이 생겼음.
> 들르지 말 것. 그녀를 지켜보겠음.

비안느는 무사했지만-조사를 받고 풀려났다- 한 명인지 여럿인지 다른 병사가 집에 들어왔다. 이사벨은 편지를 구겨서 벽난로에 던졌다. 안도해야 할지 더 걱정해야 할지 알 수가 없었다. 본능적으로 이사벨의 시선이 가에탕을 찾았고, 그는 조종사들과 대화하면서도 그녀를 지켜보았다.

"네가 그를 바라보는 눈길을 알 만하구나."

"왕코 영주님이요?"

마담 바비노가 큰소리로 웃었다.

"내가 늙긴 했지만 눈까지 멀지는 않았단다. 허기진 눈빛의 잘생긴 청년 말이다. 그도 계속 널 바라보고 있어."

"그는 내일 아침에 떠날 거예요."

"저런."

이사벨은 지난 2년 사이 친구가 된 부인에게 몸을 돌렸다.

"그를 보내는 게 두려워요. 제가 이런 일을 하는 마당에 그런 마음이라니 미친 거죠."

마담 바비노는 이해한다는 듯 측은한 눈빛을 보였다.

"지금이 평상시 같다면 너한테 조심하라고 타이르겠지. 그가 젊고 위험한 일에 결부되어 있고, 위험에 빠진 청년은 변덕스러울 수 있다고 지적하겠지."

그녀가 한숨을 쉬고 나서 덧붙여 말했다.

"하지만 요즘 우리는 너무 많이 조심하면서 사는데 거기에 사랑까지 보탤 것 있나?"

"사랑."

이사벨이 조용히 중얼거렸다.

"하지만 나는 그것도 조심할 일에 보탤 거야. 우린 어쩔 수가 없으니까. 평화로울 때나 전쟁 중일 때나 상심하면 아프긴 마찬가지거든. 네 청년과 작별 인사를 잘 나누렴."

*

이사벨은 집이 잠잠해지기를 기다렸다 – 아니, 바닥에서 자는 남자들이 코를 골고 뒤척이는 중에 그나마 조용해지기를 기다렸다. 그녀는 가만가만히 이불에서 빠져나와 거실을 지나 밖으로 나갔다.

머리 위로 드넓은 밤하늘에 별이 총총 빛났다. 염소들 위로 달빛이 쏟아져서 산등성이에 은빛이 감도는 하얀 점들로 보였다.

이사벨은 나무 울타리에 서서 앞을 내다보았다. 오래 기다릴 필요가 없었다. 가에탕이 뒤로 다가와서 그녀를 안았다. 이사벨은 그에게 몸을 기댔다.

"당신 품에 있으면 안전하게 느껴져요."

이사벨이 말했다. 그가 대답하지 않자, 그녀는 뭔가 이상한 것을 알아차렸다. 심장이 덜컥 내려앉았다. 그녀가 천천히 몸을 돌려서 가에탕을 올려다보았다.

"무슨 일이에요?"

"이사벨."

그의 말투에 이사벨은 겁이 났다.

'아니, 말하지 말아요. 그게 뭐든 나한테 말하지 마요.'

정적 속에서 소음이 들렸다.―염소들의 울음, 그녀의 심장이 뛰는 소리, 먼 산비탈에서 큰 돌이 굴러떨어지는 소리.

"그날 회의 말이야. 우리가 회의에 가던 중에 당신이 카리보에서 조종사를 발견했잖아?"

"그런데요?"

이사벨이 대꾸했다. 그녀는 지난 며칠간 가에탕을 찬찬히 살피고 얼굴에 떠오른 감정의 자취를 지켜봤다. 덕분에 그가 하려는 말이 좋은 얘기가 아니라는 것을 이사벨은 알았다.

"난 폴의 조직을 떠날 거야. 다른 방식으로 싸울 거야."

"어떻게 다르게요?"

"총으로 그리고 폭탄으로. 뭐든 구할 수 있는 것으로. 난 산속에 사는 게릴라 유격대에 합류할 거야. 내가 맡은 일은 폭발물이야. 그리고 폭탄 부품을 훔치는 일."

가에탕이 미소 지었다.

"당신 과거가 거기서 도움이 되겠네요."

이사벨의 놀림이 효과가 없었다. 그의 미소가 사라졌다.

"이제 더 이상 문건만 전달할 수는 없어. 난 더 큰일을 해야 해. 그리고…… 한동안 당신을 못 볼 거야, 그럴 것 같아."

이사벨이 고개를 끄덕였지만 속으로 외쳤다.

'어떻게? 지금 이 사람을 떠나보내지?'

그녀는 가에탕이 처음부터 두려워한 게 뭔지 알 수 있었다.

그가 이사벨을 바라보는 눈길은 키스처럼 친밀했다. 이사벨은 그 눈길에 그녀의 두려움이 반영된 것을 알았다. 다시는 서로 보지 못할 수도 있었다.

"사랑해줘요, 가에탕."

이사벨이 말했다.

'마지막인 것처럼.'

*

쏟아지는 비 속에서 비안느는 벨레뷔 호텔 밖에 서 있었다. 호텔 창문이 뿌옇게 변했고 하얀 김 사이로 녹회색 야전복을 입은 병사들 무리가 보였다.

'자, 비안느. 이제 넌 이 일에 뛰어든 거야.'

그녀는 어깨를 쫙 펴고 문을 열었다. 머리 위에서 청량한 종소리가 났고, 호텔에 모여 있는 남자들은 하던 일을 멈추고 그녀에게 고개를 돌렸다. 국방군, 친위대, 게슈타포. 비안느는 도살장에 끌려가는 양이 된 기분이었다.

데스크에서 앙리가 고개를 들었다. 그는 비안느를 보더니 데스크를 돌아 재빨리 손님들 사이를 지나 그녀에게 다가왔다.

앙리가 비안느의 팔을 잡고 이를 악물고 속삭였다.

"웃어요."

그녀는 미소 지으려고 애썼다. 성공했는지는 알 수 없었다.

그가 비안느를 프런트 데스크로 데려가서 팔을 놓아주었다. 앙리는 뭐라고 말하면서-농담이라도 한 듯 웃음을 터뜨렸다- 묵직한 검은 전화기와 금전등록기 옆에 자리를 잡았다.

그가 큰 소리로 말했다.

"아버님이라고요, 맞습니까? 객실 하나를 이틀간이요?"

비안느가 멍청하게 고개를 끄덕였다.

"오세요, 투숙 가능한 방을 보여드리겠습니다."

마침내 앙리가 말했다.

그녀는 앙리를 따라서 로비를 벗어나 좁은 복도로 갔다. 그들은 싱싱한 과일이(독일인들만 누릴 수 있는 호사) 차려진 작은 테이블과 빈 화장실 앞을 지났다. 복도 끝에서 앙리는 비안느를 좁은 계단으로 데려가 어떤 방으로 안내했다. 싱글 침대와 암막을 내린 창문밖에 없는 좁은 방이었다.

방에 들어서자 그가 문을 닫았다.

"여기 오면 안 됩니다. 이사벨이 무사하다는 전갈을 보냈는데요."

"네, 감사해요."

비안느가 심호흡을 크게 하고 나서 말을 이었다.

"신분증이 필요해요. 저를 도와주실 수 있다고 생각되는 분은 당신밖에 없어서요."

앙리가 얼굴을 찌푸렸다.

"그건 위험한 요청입니다, 마담. 누구를 위해서죠?"

"숨어 있는 유대인 아이예요."

"어디 숨어 있는데요?"

"알고 싶지 않을 텐데요, 아닌가요?"

"그래요. 맞습니다. 안전한 곳에 있습니까?"

비안느가 어깨를 으쓱했고, 침묵 속에 대답이 담겨 있었다. 이제 안전한 게 뭔지 누가 알까?

"폰 리히터 소령이 부인 집에서 머물고 있다고 들었습니다. 그는 처음에 여기 있었어요. 위험한 인물입니다. 복수심이 강하고 잔인하지요. 혹시 그에게 들킨다면……"

"앙리, 우리가 뭘 할 수 있나요? 옆에 서서 지켜보기만 할까요?"

"부인을 보니 동생분이 떠오르네요."

앙리가 말했다.

"분명히 말하는데 저는 용감한 여자가 아니에요."

앙리는 오랫동안 침묵을 지켰다. 그러다가 입을 열었다.

"백지 서류를 구해드리겠습니다. 서류를 위조하는 일은 직접 배워야 될 거예요. 저는 할 일이 너무 많아서 그것까지 맡지 못합니다. 부인의 서류를 잘 보고 연습하세요."

"고마워요."

비안느가 말을 멈추고 앙리를 바라보았다. 그가 몇 달 전에 보내준 쪽지와 그 무렵 동생에 대해 온갖 추측을 하던 일이 기억났다. 이제 그녀는 이사벨이 처음부터 위험한 일을 하고 있었다는 것을 알았다. 중요한 일. 이사벨은 비안느를 보호하기 위해서 이 사실을 모르게 했다. 그 때문에 자신이 바보처럼 보이는데도. 비안느가 동생의 어리석은 면을 쉽게 믿는다는 점을 이사벨은 이용한 셈이었다.

비안느는 거짓말을 그렇게 쉽게 믿어버린 자신이 부끄러웠다.

"이사벨에게는 내가 이런 일을 한다고 말하지 마세요. 그 아이를 보호하고 싶어요."

앙리가 고개를 끄덕였다.

"안녕히 계세요."

비안느가 말했다.

밖으로 나올 때 앙리가 말했다.

"동생이 언니를 자랑스러워할 겁니다."

비안느는 걸음을 늦추지도 대꾸하지도 않았다. 그녀는 휘파람을 부는 독일 병사들을 무시하고 곧장 호텔에서 나와 집으로 향했다.

*

이제 프랑스 전역이 독일군의 점령지가 되었지만 비안느의 일상생활은 별반 달라지지 않았다. 그녀는 여전히 온종일 식품점 앞에 줄을 섰다. 가장 큰 고민은 다니엘이었다.

입양했다고 말하면 마을 사람들이 의심하지 않는 눈치였지만(그녀는 만나는 모든 사람에게 이 말을 했지만 사람들은 목숨을 부지하느라 너무 바쁘거나 사실을 짐작하고 박수를 보냈다.) 가능한 눈에 띄지 않게 하는 게 상책인 듯했다.

이제 비안느는 문을 잠그고 아이들을 집에 숨어 있게 했다. 그것은 그녀가 늘 시내에 있을 때 안절부절 못하고 초조하다는 뜻이었다. 오늘 그녀는 가진 배급표로 구할 수 있는 것을 다 사자, 털목도리를 목에 다시 여미고 정육점을 나섰다.

마음을 단단히 먹고 추운 빅토르 위고 가를 걷는데 걱정 때문에 너무 괴롭고 정신이 없어서, 한참 후에야 앙리가 곁에서 걷는 것을 알아차렸다.

그가 거리 아래위를 힐끗 둘러보았지만 강풍과 한파 때문에 아무도 없었다. 집집마다 덧문이 덜컹대고 차양이 흔들렸다. 선술집은 텅 비어 있었다.

앙리가 그녀에게 바게트 한 개를 건넸다.

"안에 특별한 게 들어 있습니다. 어머니의 레시피로 만들었죠."

비안느는 알아들었다. 바게트에 서류가 들어 있다는 뜻이었다. 그녀가 고개를 끄덕였다.

"요즘은 특별한 속을 넣은 빵을 구하기가 어렵거든요. 현명하게 드세요."

"그런데 혹시…… 빵이 더 필요하면 어쩌죠?"

"더요?"

"굶주린 아이들이 워낙 많아서요."

그는 멈춰 서서 비안느에게 몸을 돌리고 양 뺨에 형식적으로 키스했다.

"저를 다시 만나러 오십시오, 마담."

그녀가 앙리의 귀에 속삭였다.

"동생에게 제가 안부를 묻더라고 전해주세요. 우린 안 좋게 헤어졌거든요."

그가 빙그레 웃었다.

"저도 남동생이랑 계속 말다툼을 합니다. 심지어 전쟁 중인데도요. 결국 우린 형제니까요."

비안느는 그 말이 사실이기를 바라면서 고개를 끄덕였다. 그녀가 바게트를 바구니에 넣었다. 오늘 구한 푸딩 파우더와 오트밀 사이에 빵을 넣고 리넨으로 덮었다. 저만치 멀어지는 앙리를 지켜보자니 바구니가 점점 무거워지는 것 같았다. 바구니를 꽉 쥐고 거리를 내려가기 시작했다.

마을 광장을 거의 벗어났을 때 비안느는 그 소리를 들었다.

"마담 모리악, 이거 놀랍군요."

폰 리히터 소령의 목소리가 그녀의 발에 기름이 쏟아진 것처럼 미끌미끌 달라붙었다.

비안느는 입술에 침을 적시고 어깨를 쭉 펴면서 단연코 근심따위 없다는 표정을 지으려 애썼다. 그는 엊저녁 의기양양하게 돌아와서 프랑스 전체를 점령하기가 얼마나 쉬웠는지 자랑했다.

비안느는 소령과 부하들에게 음식을 만들어주고 끝없이 와인잔을 채웠다. 식사가 끝나자 폰 리히터는 음식을 닭장에 던졌다. 비안느와 아이들은 허기진 채 잠자리에 들었다.

그는 나치 만장과 철 십자가가 잔뜩 달린 제복 차림으로 담배를 피웠다. 그가 비안느의 얼굴로 담배 연기를 내뿜었다.

"오늘 장은 다 봤소?"

"보시다시피요, 소령님. 오늘은 배급표가 있는데도 살 수 있는 게 별로 없었어요."

그녀는 미소로 보이기를 바라면서 이를 악물었다.

소령은 비안느의 얼굴을 찬찬히 살폈다. 그녀는 자신의 얼굴이 새하얗게 질렸다는 것을 알고 있었다.

"괜찮소, 마담?"

"네, 소령님."

"내가 바구니를 들어다주겠소. 집까지 같이 갑시다."

비안느는 바구니를 꽉 쥐었다.

"아니에요. 정말 그러실 필요 없는데……."

소령이 검은 장갑 낀 손을 내밀었다. 비안느는 바구니의 손잡이를 그에게 넘길 수밖에 없었다.

폰 리히터는 그녀에게 바구니를 받자 걷기 시작했다. 비안느는 친위대원과 카리보 거리를 걸으면 남의 이목을 끌 거라고 생각했다.

소령은 북아프리카에서 연합군이 확실히 패배한 전투에 대해 말했다. 프랑스인의 비겁함과 유대인의 탐욕에 대해 말했고, 친구끼리 레시피라도 교환하는 말투로 '최종적 해결'(나치의 유대인 대학살 계획)에 대해 떠들었다.

비안느는 머릿속에서 웅웅대는 소리 때문에 그의 말을 알아들을 수가 없었다. 용기를 내서 바구니를 힐끗 쳐다보았을 때, 빨간색과 흰색이 섞인 리넨 밖으로 나온 바게트가 눈에 들어왔다.

"경주마처럼 숨을 쉬는군요, 마담. 어디가 안 좋소?"

그랬다. 안 좋았다.

비안느는 손으로 입을 가리고 일부러 기침을 했다.

"죄송해요, 소령님. 이런 일로 성가시게 해드리고 싶지 않았는데 안타깝게도 제가 저번날 그 아이에게 독감이 옮았나 보네요."

폰 리히터가 걸음을 멈추었다.

"나한테 병균이 얼씬 못하게 하라고 요구하지 않았소?"

그가 바구니를 힘껏 떠미는 바람에 비안느의 가슴에 부딪쳤다. 그녀는 바게트가 부러져서 위조 서류가 그의 발 앞에 떨어질까 두려워서 필사적으로 바구니를 붙잡았다.

"저, 정말 죄송합니다. 제가 생각이 짧았어요."

"오늘 저녁은 집에서 먹지 않겠소."

그가 몸을 홱 돌렸다.

비안느는 잠시 그 자리에 서 있다가—소령이 돌아볼 경우 예의를 차릴 수 있을 만큼만— 서둘러 집으로 향했다.

*

그날 밤 자정이 지난 지 한참 됐을 때, 폰 리히터가 잠자리에 들고 몇 시간이 지났을 때 비안느는 살그머니 침대에서 나와 빈 부엌으로 갔다. 그녀는 의자 하나를 침실로 가져와서 소리 나지 않게 문을 닫았다. 의자를 협탁으로 가져가서 바싹 붙어 앉았다. 초 한 개를 켜놓고 거들 속에 숨긴 백지 신분 서류들을 꺼냈다.

자신의 신분 서류들을 늘어놓고 세세한 부분까지 살폈다. 그런 다음 가족 성경책을 꺼내서 펼쳤다. 여백을 다 찾아서 위조 서명을 연습했다. 처음에는 긴장된 나머지 필체가 불안정했지만 연습할수록 더 침착해졌다. 손과 호흡이 안정되자, 그녀는 장 조르주의 출생증명서를 에밀 듀발 이름으로 만들었다.

하지만 새 서류를 만드는 것으로 충분하지 않았다. 전쟁이 끝나고 엘렌 루엘이 돌아온다면 어떤 일이 생길까? 비안느가 여기 없다면(지금 이런 위험한 일을 하니 이 끔찍한 가능성도 염두에 둬야 했다), 엘렌은 어디 가야 아들을 찾을지 또는 아들이 어떤 이름을 갖게 되었는지 전혀 모를 것이다.

비안느는 장 조르주에 관련된 모든 정보를 기록한 정리 카드를 만들어야 했다—그가 본래 누구인지, 부모가 누구인지, 알려진 친척은 누구인지. 그녀가 떠올릴 수 있는 모든 것을 적어둬야 했다.

성경책에서 종이 석 장을 찢어서 각 페이지마다 리스트를 만들었다. 첫 번째 종이에는 기도문 위에 검은 잉크로 이렇게 썼다.

아리 드 생플랭 1
장 조르주 루엘 2

두 번째 종이에는

1. 다니엘 모리악
2. 에밀 듀발

세 번째 종이에는

1. 카리보, 모리악
2. 트리니테 수도원

비안느는 각각의 종이를 조심스럽게 말아서 작은 원통에 넣었다. 내일 이것들을 각기 다른 세 곳에 숨길 작정이었다. 하나는 창고의 손톱을 담는 지저분한 단지에, 하나는 헛간에 있는 오래된 페인트 깡통에, 나머지 하나는 닭장에 있는 상자에 묻을 것이다. '정리 카드'들은 원장 수녀님에게 맡길 작정이었다.

카드와 목록 들을 한데 맞추면 전쟁 후에 아이들의 신원이 밝혀져서 본래 가족에게 돌아갈 수 있으리라. 물론 이런 내용을 적어두는 것은 위험했지만 기록하지 않으면—그리고 그녀에게 최악의 일이 벌어지면— 숨긴 아이들이 부모와 어떻게 재회할까?

비안느는 오랫동안 위조한 서류를 바라보았다. 그 시간이 길어서 침대에서 잠든 아이들이 움직이고 중얼대기 시작했고, 촛불이 퍼덕대기 시작했다. 그녀는 몸을 숙여서 다니엘의 따뜻한 등을 문지르며 아이를 달랬다. 그런 다음 아이들 옆에 누웠다. 오래도록 잠을 이룰 수가 없었다.

31

1995년 5월 6일
오리건 주 포틀랜드

"난 집에서 도망가고 있는 거야."

나는 옆에 앉은 아가씨에게 말한다. 머리칼이 솜사탕 같은 색이고, 문신이 오토바이 폭주족보다 많은 아가씨다. 하지만 분주한 사람들이 북적대는 공항에서 그녀도 나처럼 혼자다. 그녀의 이름이 펠리샤라는 것을 알았다. 지난 두 시간 동안 - 우리 비행기가 지연된다는 방송이 나온 후 - 우리는 여행 동반자가 되었다.

우리가 같이 어울리는 것은 자연스런 일이다. 펠리샤는 미국인들이 좋아하는 맛없는 프렌치프라이를 내가 깨지락거리며 먹는 것을 보았고, 나는 그녀가 날 쳐다보는 것을 알았다. 그녀는 배고픈 기색이 역력했다. 자연스럽게 그녀를 불러서 음식을 사주겠다고 제의했다. 한 번 엄마는 영원히 엄마인 법.

"아니 어쩌면 난 오랜 세월 달아난 끝에 마침내 집에 가는 거지. 때로 진실을 알기는 어렵거든."

"저도 도망치는 중이에요. 파리로 부족하면 다음 목적지는 남극이에요."

펠리샤는 내가 사준 구두상자만한 음료수를 홀짝이면서 말한다.

그녀의 얼굴에 단 쇠붙이와 반항적인 문신을 초월해서 묘한 끈이, 동지애가 느껴진다. 우리는 함께 도망자들이다.

"난 아파."

그 사실을 털어놓고 나 스스로 놀란다.

"대상포진 같은 병이요? 이모가 그걸 앓았거든요. 지독했어요."

"아니, 암 같은 병."

"아."

홀짝 홀짝.

펠리샤가 다시 말한다.

"그러면 왜 파리에 가시는 거예요? 항암치료를 받아야 되지 않나요?"

그녀에게 대답하기 시작하는데(아니, 난 치료는 안 받아. 그런 건 다 끝난 상황이야), 그 질문이 마음에 박힌다. '넌 왜 파리에 가는 거지?' 그러자 난 입을 다문다.

"알겠다. 부인은 죽어가는 거죠. 시도할 게 없는 거예요. 모든 희망이 사라졌군요."

펠리샤가 큰 컵을 흔들자 안에 든 얼음들이 부딪친다.

"대체 무슨 짓이에요?"

나는 생각에-예상치 못한 정곡을 찌른 그녀의 말(부인은 죽어가는 거죠)- 깊이 빠져서, 방금 말한 사람이 줄리앙이라는 것을 알아차리는 데 시간이 걸린다. 고개를 들어 아들을 본다. 그는 이번 크리스마스 때 내가 사준 캐주얼한 파란 실크 재킷과 세련된 짙은 색 진바지 차림이다. 흐트러진 머리, 어깨에 여행용 검은 가죽 백을 메고 있다. 줄리앙은 못마땅한 표정을 짓는다.

"파리라구요, 엄마?"

"에어프랑스 605편이 5분 후에 탑승을 시작하겠습니다."

"우리 비행기예요."

펠리샤가 말한다.

난 아들이 무슨 생각을 하는지 안다. 어릴 때 줄리앙은 파리에 데려가 달라고 날 졸랐다. 내가 재우면서 들려준 이야기들에 나오는 장소에 가보고 싶어했다―밤에 센 강을 거닐거나 보주 광장에서 그림을 사는 기분이 어떨지 궁금해했다. 또 튈르리 정원에 앉아서 라 뒤레(파리의 유명한 베이커리)의 마카롱을 먹는 기분이 어떨지 알고 싶어했다. 나는 '이제 난 미국인이고 내 자리는 여기야'라는 말로 모든 요구를 물리쳤다.

"두 살 미만의 어린이를 동반하거나 탑승에 시간을 더 필요로 하시는 승객과 1등석 승객들부터 탑승을 시작하시기 바랍니다……"

나는 일어나서 바퀴 달린 가방의 손잡이를 위로 쭉 뺀다.

"나구나."

탑승구로 가는 것을 막기라도 하려는 듯 줄리앙이 내 앞에 섰다.

"갑자기 혼자 파리에 가시려는 거예요?"

"마지막 순간에 결정했어. 대체 무슨 일이긴 그게 다야."

난 줄리앙에게 이런 상황에서 지을 수 있는 가장 환한 미소를 보인다. 내가 그의 마음을 상하게 했지만 그럴 의도는 전혀 없었다.

"그 초대장 때문이죠. 그리고 나한테 말한 적 없는 진실 때문이고요."

줄리앙이 말한다.

왜 전화로 그 말을 했을까?

"너무 극적으로 말하는구나."

나는 마디가 굵은 손을 저으면서 말을 잇는다.

"그게 아냐. 이제 탑승해야겠구나. 나중에 전화하마······."
"그럴 필요 없어요. 저도 엄마랑 같이 가요."

문득 그 아이에게서 외과의다운 면모를 본다. 피와 뼈를 지나 부러진 곳을 찾기 위해 빤히 보는 데 익숙한 사람답다.

펠리샤는 군용 배낭을 한쪽 어깨에 메고 빈 컵을 쓰레기통에 던진다. 종이컵이 쓰레기통 입구에 부딪쳤다가 안으로 쏙 들어간다.

"도망은 이쯤에서 끝내셔야겠네요."

어떤 기분이 더 드는지 모르겠다 – 안도감인지 실망감인지.

"내 옆에 앉을 거니?"

"그렇게 급히 예약했는데요? 아뇨."

나는 여행가방의 손잡이를 잡고, 파란색과 흰색 유니폼을 입은 상냥해 보이는 여직원에게 걸어간다. 그녀가 내 탑승권을 받고 여행 잘 하라고 인사한다. 나는 무심히 고개를 끄덕이고 계속 걸어간다.

비행기까지 연결된 통로를 지나 앞으로 간다. 갑자기 가벼운 밀실 공포증이 느껴진다. 숨을 제대로 쉴 수가 없다. 철제 둔덕에 걸려서 가방을 비행기 안으로 당길 수가 없다.

"저 여기 있어요, 엄마."

줄리앙이 조용히 말하고 내 가방을 받아서 쉽게 비행기 턱으로 넘긴다. 그의 목소리를 듣자 나는 어머니라는 사실을 떠올린다. 어머니들은 두려울 때도, 심지어 자녀가 어른이 되어도 자식 앞에서 허둥대는 호사를 누리지 않는 법이다.

여승무원이 나를 힐끗 보더니 '여기 도움이 필요한 노인이 있네'란 표정을 짓는다. 이제 노인들이 잔뜩 모여 있는 곳에 사니, 난 그런 표정을 알아차리게 되었다. 평소 난 역정이 나서 등을 꼿꼿이 펴고, 내가 알아서 세상에 적응하지 못할 거라고 믿는 젊은이를 밀어낸다. 하지만 지금은 고단하고 겁나서 약간의 도움이 과히 나쁠 것 같지 않다. 여승무원의 부축을 받아 2열 창가 좌석에 앉는다. 난 돈을 팍팍 써서 1등석을 샀다. 그러지 못할 이유가 있나? 이제 저축할 이유가 별로 없는데.

"고마워요."

난 좌석에 앉으면서 여승무원에게 말한다. 아들은 나 다음으로 비행기에 탄다. 그가 여승무원에게 미소 짓고, 가벼운 한숨 소리가 내 귀에 들린다. 난 '물론 그렇겠지'라고 속으로 중얼댄다. 줄리앙은 변성기가 되기 전부터 여자들의 호감을 얻었다.

"두 분이 같이 여행하시나요?"

여승무원이 줄리앙을 효자로 본다는 걸 난 안다.

그는 여승무원에게 얼음도 녹일 미소를 짓는다.

"네, 그런데 좌석을 나란히 얻지 못했네요. 내 자리는 어머니보다 세 줄 뒤입니다."

줄리앙이 그녀에게 탑승권을 내민다.

"어머나, 제가 해결해드릴 수 있어요."

그녀가 말하고 줄리앙은 내 가방과 자신의 여행 가방을 내 좌석 위쪽 짐칸에 넣는다.

나는 창밖을 내다본다. 아스팔트 위에서 오렌지색 조끼를 입은 남녀 직원들이 팔을 흔들고 가방을 내리느라 분주할 것으로 예상했지만, 보이는 것은 비행기 창문에 구불구불 흘러내리는 물과 은색 윤곽선으로 된 내 모습이다. 내 눈이 나를 빤히 쳐다보고 있다.

"정말 고맙습니다."

줄리앙의 말소리가 들리더니, 그가 내 옆에 앉아서 좌석 벨트를 하고 허리 부분을 짱짱하게 당긴다.

"그러니까 초대장 말인데요."

사람들이 꾸준히 우리 옆을 지나가고 예쁘장한 여승무원이(머리를 빗고 화장을 고친 모습이다) 샴페인을 대접할 때까지 긴 시간이 흐른 후 줄리앙이 입을 연다.

나는 한숨을 쉰다.

"초대장."

그렇다. 그게 일의 출발점이다. 아니면 보기에 따라서는 종착점. 내가 덧붙여 말한다.

"재회 행사야. 파리에서."

"이해가 되지 않아요."

그가 말한다.

"네가 이해할 일이 아니지."

줄리앙이 내 손을 잡는다. 확고하고 위로가 되는 손길이다. 치료하는 이의 손길.

그의 얼굴에서 나는 내 인생 전체를 본다. 포기하고 오래 지난 후에 내게 온 아기가 보이고…… 예전에 내가 가졌던 미모의 흔적이 보인다. 아들의 눈에서 나는…… 내 인생을 본다.

"엄마가 저한테 하고 싶은 말이 있고, 그게 뭐든 엄마한테 힘든 일이라는 걸 알아요. 그냥 처음부터 시작해보세요."

그 말에 나는 미소 짓지 않을 수 없다. 내 아들은 너무도 미국인답다. 그는 누군가의 인생이 처음과 끝이 있는 이야기로 정리될 수 있다고 생각한다. 한번 하면 다시는 완전히 잊거나 견딜 수 없는 종류의 희생에 대해서는 전혀 모른다. 하긴 줄리앙이 어떻게 그걸 알까? 그런 일을 겪지 않도록 내가 그를 보호하며 산 것을.

그래도. 난 여기, 집으로 향하는 비행기에 있다. 고통이 여전하고,

과거에 미래 예측이 불가능해 보일 때 했던 선택과는 다른 선택을 할 기회가 내게 있다.

"나중에."

이번에는 진심이다. 내 전쟁과 우리 자매 이야기를 줄리앙에게 해 줄 것이다. 물론 전부는 아니겠지만. 최악의 부분은 빼더라도 어느 정도 말해줄 작정이다. 아들이 내 진솔한 모습을 알 정도는 말하리라.

"하지만 여기서는 아니야. 난 지쳤다."

나는 커다란 1등석 의자에 등을 기대고 눈을 감는다.

마지막 대목밖에 생각나지 않는데 어떻게 이야기를 시작하면 될까?

32

> 지옥을 걷고 있다면 묵묵히 나아가라.
> **윈스턴 처칠**

1944년 5월

프랑스

나치가 프랑스 전역을 점령한 후 18개월 동안 삶은 훨씬 더 위험해졌다. 이미 위험할 대로 위험해서 더 심해지는 게 가능할지 모르겠지만. 프랑스 정치인들은 드랑시에 억류되고 프레스네에서 수감되었다. 그리고 프랑스계 유대인 수십 만 명은 독일 내 강제 수용소로 추방되었다.

뇌이-쉬르-센과 몽트뢰유의 고아원들은 이미 비워졌고 아이들은 수용소로 보내졌다. 벨로드롬 경기장(이틀간 프랑스 경찰이 검거한 만 3천 명의 유대인이 자전거 경기장으로 보내졌다)에 갇혔던 어린이들 - 4천 명 이상 - 은 부모들과 격리되어 혼자 강제 수용소로 가야 했다.

연합군이 밤낮으로 포격하고 있었다. 나치는 사람들을 지속적으로 체포했고, 아주 작은 실수나 반발한다는 소문만 나도 시민들을 가정과 상점에서 끌어내서 투옥하거나 추방했다. 무고한 사람들은 전혀 모르는 일로 총살되는 보복을 당했고, 18세에서 50세 사이의 모든 남자는 독일의 노동 수용소에 가야 했다. 더 이상 옷에 노란 별을 붙인 사람이 없었다. 아무도 낯선 사람들과 눈을 맞추거나 대화하지 않았다. 전기 공급이 끊겼다.

이사벨은 복잡한 파리의 교차로에서 건널 준비를 하고 있었지만, 그녀가 신은 낡아빠진 구두가 도로에 닿기도 전에 호루라기 소리가 났다. 그녀는 꽃피는 밤나무 그늘 속으로 다시 들어갔다.

요즘 파리는 비명을 지르는 여인 같았다. 소음. 소음. 소음. 호루라기 부는 소리, 총 발사하는 소리, 덜컥대는 트럭 소리, 병사들의 고함. 전쟁의 흐름이 바뀌었다. 연합군이 이탈리아에 들어왔고 나치군은 그들을 퇴각시키는 데 실패했다.

패배는 나치군을 점점 더 공격적으로 만들었다. 3월에 그들은 로마에서 유격대의 폭파로 독일군 28명이 죽은 데 대한 보복으로 3백 명이 넘는 이탈리아인을 학살했다. 마침내 샤를 드 골은 '자유 프랑스' 세력 전체를 통솔하게 되었고, 이번 주에 큰 일이 계획되어 있었다.

종대로 늘어선 독일 병사들이 샹젤리제를 향해 생 제르맹 대로를 행진했다. 그들을 이끄는 장교는 흰 종마를 타고 있었다.

그들이 지나가자마자 이사벨은 길을 건너서 다른 쪽 보도에 모인 독일 병사들 무리에 섞였다. 그녀는 계속 눈을 내리깔고 장갑 낀 손으로 핸드백을 꽉 쥐었다. 대부분의 파리지앵들처럼 낡고 남루한 옷차림이었고 나무굽 소리가 울려퍼졌다. 이제 아무도 가죽을 구하지 못했다.

이사벨은 빵집과 정육점 밖에 늘어선 주부들과 수척한 얼굴의 아이들 앞을 지나갔다. 지난 2년간 반복해서 배급이 줄어서 파리 사람들은 하루 8백 칼로리로 연명하는 중이었다. 거리에는 개나 고양이, 쥐 한 마리도 보이지 않았다. 이번 주에 주민들이 살 수 있는 것은 타피오카(카사바 뿌리로 만든 녹말)와 콩깍지뿐이었다. 다른 식료품은 아무엇도 구할 수 없었다. 드 라 가르 대로에 가구류, 미술품, 보석류 더미가 있었다-모두 추방된 사람들에게 빼앗은 귀중품이었다. 그들의 물건은 분류되고 상자에 담겨서 독일로 보내졌다.

이사벨은 생 제르맹에 있는 '레 되 마고'로 들어가서, 안쪽에 있는 빨간 면직물로 싼 벤치에 앉았다. 그녀는 참을성 있게 기다리면서 중국 인형 조각들을 구경한다(카페 레 되 마고는 원래 중국 비단 상점으로 당시 장식된 중국 인형 두 개가 보존되어 있다. 카페 이름 'Les deux Magots 두 개의 인형'도 여기서 유래).

시몬 드 보바르 여인이 카페 입구 근처 테이블에 앉아 있다. 그녀는 종이 위로 몸을 숙이고 글씨를 쓰고 있다. 이사벨은 몹시 지쳐서 편안한 의자에 앉아 있다.

지난 한 달 동안 피레네 산맥을 세 번 건넜고, 모든 안전가옥들을 방문해서 국외 탈출 안내인들에게 수고비를 지불했다. 이제 자유 지역이 없어서 한 걸음 한 걸음이 위험했다.

"줄리엣."

그녀가 고개를 들어 아버지를 보았다. 지난 몇 년 사이 그는 늙었다-다들 마찬가지였다. 결핍과 배고픔, 절망과 두려움이 그의 피부에 흔적을 남겨놓았다- 피부 색깔과 결이 해변의 모래 같고 주름이 깊었다.

아버지는 너무 여위어서 이제 머리가 몸집에 비해 너무 커보였다. 그는 이사벨 맞은편 자리에 조용히 앉아서 곰보자국이 많은 마호가니 테이블에 주름진 양손을 올렸다.

이사벨이 손을 뻗어서 그의 팔목을 양손으로 감쌌다. 그녀는 그의 소맷부리에서 연필 크기로 만 가짜 신분증을 은밀히 빼냈다. 이사벨은 신분증을 민첩하게 거들 속에 집어넣고, 막 다가온 웨이터에게 미소 지었다.

"커피."

아버지가 지친 목소리로 말했다.

이사벨은 고개를 저었다.

웨이터가 다시 나타나서 커피 한 잔을 내려놓고 물러갔다.

"오늘 저들이 회의를 했다. 나치 고위직들이. 친위대도 거기 있었지. 난 '나이팅게일'이라는 말을 들었어."

"저희는 주의하고 있어요. 그리고 백지 신분증을 훔치는 파파가 저보다 더 큰 위험을 감수하는 걸요."

이사벨이 조용히 말했다.

"나야 늙은이인걸. 난 저들의 안중에도 없지. 어쩌면 네가 휴지기를 가져야 해. 산을 넘는 일은 다른 사람에게 맡기도록 해라."

이사벨은 그에게 날카로운 눈길을 던졌다. 사람들이 남자들에게 이런 말을 할까? 여자들은 레지스탕스 활동에 꼭 필요한 존재였다. 왜 남자들은 그걸 알아차리지 못할까?

불쾌해하는 딸의 표정에서 대답을 알아듣고 아버지는 한숨을 쉬었다.

"머물 곳이 필요하니?"

이사벨은 그 제안을 고맙게 여겼다. 그것은 두 사람이 얼마나 멀리 왔는지 되새기게 했다. 여전히 가까운 사이는 아니었지만 같이 활동했고 그것은 중요한 점이었다.

아버지는 더 이상 이사벨을 밀어내지 않았고 이제 지금 초대하기에 이르렀다. 이것은 그녀에게 언젠가 전쟁이 끝나면 부녀가 진짜 '대화'를 할 수 있으리라는 희망을 주었다.

"그렇게 못해요. 제가 거기 살면 파파가 위험해질 거예요."

이사벨이 그 아파트에 얼씬대지 않은 지 18개월이 지났다. 그녀는 내내 카리보에 가거나 비안느를 만나지 않았다. 이사벨은 사흘 밤을 같은 곳에서 보내는 적도 없다시피 했다. 그녀의 삶은 비밀 숙소와 더러운 잠자리와 의심스런 이방인들로 이어졌다.

"뭐라도 네 언니 소식을 들은 적 있니?"

"친구들이 언니를 살펴보고 있어요. 위험한 일을 벌이지 않고 딸을 안전하게 보호하며 지낸다네요. 언니는 별일 없을 거예요."

이사벨은 말하면서 마지막 말에 희망이 담긴 것을 스스로 느꼈다.

"넌 언니가 그립구나."

아버지가 말했다.

이사벨은 문득 자기도 모르게 지난 일을 떠올렸고, 과거를 놓아버릴 수 있기를 바랐다.

그랬다, 언니가 그리운 것은 맞지만 그것은 어제 오늘 일이 아니었다. 평생 그리워하며 살아온 것을.

"그럼."

아버지가 불쑥 일어났다. 그의 손이 이사벨의 눈에 들어왔다.

"손을 떠시네요."

"술을 끊었다. 주정뱅이가 되기에 나쁜 시기인 것 같아서."

"제 생각은 다른데요. 요즘은 주정뱅이로 사는 게 그럴 듯한 아이디어인 것 같아요."

이사벨이 미소를 지으며 아버지를 바라보았다.

"조심해라, 줄리엣."

그녀의 미소가 사라졌다. 요새는 사람을 만날 때마다 작별인사를 하기가 어려웠다. 그들을 다시 만나게 될지 모르니까.

"조심하세요."

*

자정.

이사벨은 무너져가는 돌담 뒤쪽 어둠 속에 웅크리고 있었다. 그녀는 깊은 숲속에서 농민 차림새였다―오래된 데님 작업복 바지, 나무 굽이 달린 부츠, 낡은 샤워커튼으로 만든 가벼운 블라우스. 바람결에 근처 모닥불의 연기 냄새를 맡을 수 있었지만 아주 흐릿한 불빛조차 보이지 않았다.

그녀 위에서 잔가지가 부러졌다.

이사벨은 몸을 더 낮추고 숨도 쉬지 않았다.

휘파람 소리가 났다. 나이팅게일이 느긋하게 노래하는 소리였다. 아니, 그 소리와 비슷했다. 이사벨도 휘파람을 불었다.

그녀는 숨을 쉬면서 발소리를 들었다. 그러다 목소리가 들렸다.

"이즈?"

이사벨이 일어나서 몸을 돌렸다. 가는 빛줄기가 그녀를 훑고 지나가더니 꺼졌다. 이사벨은 넘어진 나무에 발이 걸려서 가에탕의 품으로 쓰러졌다.

"보고 싶었어."

키스한 후 가에탕이 말했다. 그가 마지못해 몸을 떼는 것을 이사벨은 느낄 수 있었다. 두 사람은 8개월도 넘게 만나지 못했다. 열차 탈선이나 독일군이 점령한 호텔이 폭파되거나 유격대와 소규모 접전이 벌어졌다는 소문을 들을 때마다 이사벨은 걱정했다.

가에탕이 그녀의 손을 잡아서 숲속으로 이끌었고, 너무 어두워서 이사벨은 발이 닿는 오솔길을 볼 수가 없었다. 가에탕은 손전등을 켜지 않았다. 그는 이 숲에서 1년 넘게 살아서 손바닥 보듯 훤하게 알았다.

숲이 끝나는 곳에 커다란 풀밭이 나왔고 거기 사람들이 줄지어 서 있었다. 그들은 횃불을 들고 봉화처럼 앞뒤로 흔들어대면서 나무들 사이의 평편한 부분을 비추었다.

이사벨의 머리 위에서 비행기 엔진 소리가 들렸고, 뺨에서 공기의 흔들림이 느껴졌다. 배기가스 냄새가 풍겼다. 비행기가 그들 바로 위로 날아들었고 저공 비행을 해서 나무들이 흔들릴 정도였다. 기계가 삐걱대는 소음과 쇠끼리 부딪치는 소리가 나더니 낙하산이 나타나 아래로 떨어졌다. 낙하산 밑에서 커다란 상자가 흔들렸다.

"무기 투하야."

가에탕이 말했다. 그는 이사벨의 손을 당겨서 다시 수풀로 들어갔다. 그러고는 비탈길을 올라서 숲속 야영지로 갔다. 야영지 가운데 피운 모닥불에서 오렌지색 불꽃이 타올랐고, 주위의 빽빽한 나무들이 불빛을 차단했다.

몇 명이 모닥불 주위에 모여 서서 담배를 피우면서 대화를 나누었다. 대부분 독일 내 노동 수용소로 강제 추방되는 것을 피해서 여기 모인 사람들이었다.

일단 이곳에 오면 그들은 무리를 들고 유격대가 되어 밤의 비호 아래 은밀히 독일과 게릴라전을 벌였다. 마키(제2차 세계대전 프랑스의 항독 유격대). 그들은 기차에 폭발물을 설치하고 군수품 저장고들을 폭파했다. 그리고 수로에 홍수가 나게 하는 등 물자와 인력이 프랑스에서 독일로 가는 것을 막기 위해 할 수 있는 모든 일을 했다.

유격대는 연합군에게 보급품을―정보도― 받았다. 그들은 늘 목숨을 걸고 활동했고, 적에게 발견되면 무자비한 보복을 당했다. 불태우기, 소몰이용 전기 충격봉 공격, 눈 멀게 하기.

대원들은 씻지 않았고 굶주리고 수척했다. 대부분 갈색 코르덴 바지와 검은 베레모 차림이었고, 옷은 모두 너덜너덜하고 빛이 바랬다.

이사벨은 그들의 목적의식을 알았지만 여기 혼자 와 있고 싶지는 않았다.

"가지."

가에탕이 말했다. 그는 모닥불을 지나 작고 지저분해 보이는 텐트로 갔다. 캔버스 가리개가 위로 올려져서, 일인용 침낭과 옷더미, 흙투성이 부츠 한 켤레가 있는 텐트 내부가 보였다. 늘 그렇듯 더러운 양말 냄새와 땀내가 풍겼다.

이사벨이 고개를 숙이고 몸을 낮춰서 텐트 안으로 들어갔다.

가에탕이 그녀 옆에 앉아서 가리개를 내렸다. 그는 등잔을 켜지 않다(그러면 밖에서 사내들이 그들의 실루엣을 보고 야유하기 시작할 터였다).

"이사벨, 당신이 보고 싶었어."

가에탕이 말했다.

이사벨은 그의 품에 안겨 키스했다. 너무나 빨리 키스가 끝나자 그녀는 심호흡을 크게 했다.

"런던에서 당신에게 전갈이 왔어요. 폴이 오늘 오후 5시에 그 소식을 받았어요. '가을 바이올린들의 긴 흐느낌.'"

그녀는 가에탕이 숨을 가쁘게 쉬는 소리를 들었다. 그들이 라디오로 BBC 방송에서 수신한 소식은 암호임이 분명했다.

"중요한 소식인가요?"

이사벨이 물었다.

가에탕이 그녀의 얼굴에 양손을 올리고 가만히 끌어당겨 다시 키스했다. 이번에는 슬픔이 가득한 입맞춤이었다. 또 한 번의 작별.

"내가 당장 출발해야 될 만큼 중요한 소식이야."

그녀는 고개를 끄덕일 수밖에 없었다.

"기약은 없지요."

이사벨이 속삭였다. 둘이 함께하는 모든 순간은 어떻게든 짜내거나 훔쳐낸 시간이었다. 그들은 만나서 그늘진 구석이나 지저분한 텐트 뒷방으로 들어갔고, 어둠 속에서 사랑을 나누었지만 이후에 연인들처럼 나란히 누워서 이야기를 나누지 않았다.

가에탕이 늘 그녀를 두고 떠나거나 이사벨이 그를 두고 떠났다. 매번 그가 안을 때마다 이사벨은 생각했다―이번일 거야, 이게 이 사람을 보는 마지막일 거야. 그리고 그녀는 그가 사랑한다고 말하기를 기다렸다.

이사벨은 전쟁 때문이라고 자신을 달랬다. 가에탕이 그녀를 사랑하지만 그 사랑이 두려운 거라고, 그녀를 잃을까 봐 겁나는 거라고. 그가 마음을 털어놓으면 더 상처가 깊어질까 두려운 거라고. 그럭저럭 괜찮은 날이면 그녀는 그런 생각을 믿기도 했다.

"얼마나 위험한 거예요, 지금 당신이 하러 가는 그 일은?"

다시 침묵.

가에탕이 조용히 말했다.

"내가 당신을 찾아갈게. 어쩌면 난 하룻밤 파리에 갈 거고 우린 극장에 숨어 들어가서 뉴스가 나오면 야유하고 로댕 정원을 거닐자고."

"연인들처럼."

이사벨이 미소 지으려고 애쓰면서 말했다. 이뤄질 수 없겠지만, 함께하는 삶에 대한 꿈은 늘 그들이 주고받는 말이었다.

가에탕이 가만히 얼굴을 쓰다듬자 이사벨의 눈에 눈물이 고였다.

"연인들처럼."

*

전쟁이 가속화되고 나치의 공격성이 강화된 지난 18개월 동안 비안느는 아이 열세 명을 찾아서 고아원에 숨겼다. 처음에는 인근 시골을 돌아다니면서 지원 단체의 지시에 따랐다. 시간이 흐르면서 원장수녀님은 '미국유대인공동 분배위원회'-미국 내 유대인 자선 단체들의 지원 그룹으로 유대인 아이들을 구하려는 노력을 지원했다-와 손이 닿았다. 그들은 비안느가 도움이 필요한 더 많은 아이들과 접촉하게 했다. 이따금 유대인 어머니들이 그녀의 집에 찾아와 울면서 애절하게 도움을 구했다. 비안느는 아무도 외면하지 않았지만 언제나 공포에 떨었다.

1944년 연합군이 14만 명 이상의 병력을 노르망디에 상륙시킨 지 1주일이 지난 6월의 더운 날, 비안느는 고아원 교실에서 지친 채 비스듬히 책상에 앉은 아이들을 바라보았다. 물론 아이들도 피곤했다.

지난 한 해 쉬지 않고 폭격이 있었다. 워낙 지속적으로 공습이 있어서 이제 비안느는 밤에 경보가 울려도 아이들을 지하 저장고로 데려가지 않았다. 그저 해제경보가 울리거나 폭격이 그칠 때까지 아이들을 꼭 끌어안고 누워 있었다.

폭격은 오랫동안 그치지 않았다.

비안느가 손뼉을 쳐서 아이들이 주목하게 했다. 어쩌면 아이들이 활기를 찾으려면 게임을 해야 될 터였다.

"또 공습인가요, 마담?"

에밀이 물었다. 이제 여섯 살인 에밀은 더 이상 엄마를 찾지 않았다. 누군가 물으면 에밀은 엄마가 '아파서 죽었어요'라고 대답했고 그게 전부였다. 에밀은 장 조르주 루엘이었던 것을 기억하지 못했다.

다섯 살인 다니엘도 예전에 자신이 누구였는지에 대한 기억이 없었다.

"아니, 공습이 아니야. 사실 난 여기가 무척 덥다고 생각하던 참이었어."

비안느가 헐렁한 칼라를 당기면서 말했다.

"창에 암막을 쳐서 그런 거예요, 마담. 원장 수녀님은 모직 수녀복을 입어서 훈제햄이 된 기분이라고 말하셨어요."

클로딘(예전의 베르나데트)이 말했다.

그 말에 아이들이 웃음을 터뜨렸다.

비안느가 말했다.

"내 생각에 오늘은……"

그녀가 생각을 다 말하기도 전에 밖에서 오토바이 소리가 났고, 잠시 후 돌이 깔린 복도에서 발소리-가죽 부츠 소리-가 들렸다.

모두 잠잠해졌다.

교실 문이 열렸다.

폰 리히터가 교실로 들어왔다. 그는 비안느에게 다가오면서 모자를 벗어서 겨드랑이에 꼈다. 그러고는 말했다.

"마담, 복도로 나와주겠소?"

비안느가 고개를 끄덕였다.

"잠깐만, 얘들아. 내가 나간 사이에 조용히 책을 읽으렴."

폰 리히터가 그녀의 팔을 잡고-아프게 꽉 움켜쥐었다- 교실 바깥의 마당으로 데리고 나갔다. 가까운 이끼 낀 분수에서 물이 콸콸 쏟아지는 소리가 났다.

"내가 여기 온 것은 당신의 지인에 대해 묻기 위해서요. 앙리 나바르."

비안느는 자신이 움찔하지 않기를 기도했다.

"누구라고요, 소령님?"

"앙리 나바르."

"아, 네. 호텔 사람이요."

그녀는 손이 떨리지 않도록 주먹을 꽉 쥐었다.

"당신은 그와 친구요?"

비안느는 고개를 저었다.

"아니에요, 소령님. 그를 조금 알긴 하지요. 작은 동네니까요."

폰 리히터는 그녀를 떠보는 표정을 던졌다.

"당신이 내게 간단한 것도 거짓말을 한다면, 어떤 다른 거짓말을 할지 의심스러울 거요."

"소령님, 그런 일은……"

"당신이 그와 함께 있는 게 목격되었소."

그의 입에서 맥주와 베이컨 냄새가 났다. 소령이 눈을 가늘게 떴다.

비안느는 처음으로 '이 사람이 날 죽일 거야'라고 생각했다. 오랫동안 조심하면서 그에게 맞서거나 거부한 적이 없었고, 할 수만 있으면 눈도 맞추지 않았다. 하지만 지난 몇 주 사이 그는 불안정해져서 예측이 불가능했다.

"여기는 작은 동네인데……"

"그가 적에 협력한 죄로 체포되었소, 마담."

"어머."

비안느가 중얼댔다.

"이 문제에 대해 당신과 더 이야기할 거요. 창이 없는 작은 방에서. 그리고 내 말을 믿으시오. 난 당신에게 진실을 얻어낼 거요. 당신이 그와 협력하고 있었는지 알아내고 말겠소."

"제가요?"

그가 팔을 힘껏 움켜쥐자 비안느는 뼈가 부러지겠다고 생각했다.

"당신이 이 일과 관련해서 뭐든 알았다고 드러나면 난 당신 아이들을 심문할 거요, 혹독하게……. 그리고 당신들을 다 프레스네 감옥으로 보내겠소."

"제발 아이들을 다치게 하지 마세요."

비안느는 그에게 처음으로 뭔가 간청했고, 그 애절한 말소리에 폰 리히터는 동작을 멈추었다. 그의 호흡이 빨라졌다. 또 거기에는 그의 파란 눈만큼이나 분명한 흥분이 깔려 있었다.

1년 반이 넘도록 그녀는 소령 앞에서 흠잡을 데 없이 조심스럽게 처신했다. 그의 눈길을 끌지 않았고 '네, 소령님'이나 '아니오, 소령님' 정도로만 말했다. 이제 한순간에 그 모든 게 수포로 돌아갔다. 그녀는 약점을 드러냈고 폰 리히터는 그것을 간파했다. 이제 소령은 그녀를 괴롭히는 방법을 알았다.

*

몇 시간 후 비안느는 시청 안 깊숙한 곳의 창문 없는 방에 있었다. 그녀는 의자에 꼿꼿하게 앉아서 손이 하얗게 변할 정도로 팔걸이를 움켜잡았다.

그녀는 오랫동안 여기 혼자 앉아서 어떻게 대답해야 최선일지 궁리했다. 그들은 얼마나 알까? 뭐라고 해야 그들이 믿어줄까? 앙리가 그녀의 이름을 털어놨을까?

아니. 독일군이 그녀가 문서를 위조해서 유대인 아이들을 숨긴 것을 안다면 벌써 체포했을 터였다.

뒤에서 삐걱 소리가 나면서 문이 열렸다가 쾅 닫혔다.

"마담 모리악."

그녀가 벌떡 일어났다.

폰 리히터가 그녀의 몸을 뚫어지게 보면서 천천히 주변을 돌았다. 비안느는 자주 수선한 물 빠진 드레스와 맨다리에 나무굽 옥스퍼드 화(발등을 끈으로 매는 구두) 차림이었다. 이틀간 감지 않은 머리를 체크무늬 천으로 터번처럼 매서 이마에 매듭을 지었다. 립스틱은 지워진 지 오래여서 입술이 창백했다.

소령이 비안느 바로 앞에서 뒷짐 지고 섰다.

그녀가 턱을 드는 데는 용기가 필요했고, 겨우 고개를 들었을 때-그의 서늘한 파란 눈을 보자- 곤란한 지경임을 알았다.

"당신이 앙리 나바르와 광장에서 걸어가는 게 목격되었소. 그는 '리무쟁(프랑스 중부의 주) 유격대'와 협력한다는 의혹을 받고 있소. 그들은 숲에서 동물처럼 살면서 노르망디에서 적을 도왔던 겁쟁이 자식들이지."

연합군이 노르망디에 상륙함과 동시에 유격대는 전국에서 대혼란을 일으켜 철로를 끊고 폭탄을 설치하고 수로를 범람시켰다. 나치는 필사적으로 유격대원들을 색출해서 벌하려 했다.

"난 그 사람을 잘 몰라요, 소령님. 적을 원조하는 사람들은 전혀 모릅니다."

"나를 골탕먹이려는 거요, 마담?"

비안느가 고개를 저었다.

폰 리히터는 그녀를 때리고 싶었다. 비안느는 그의 파란 눈에서 추하고 울컥한 욕망을 읽을 수 있었다. 그 욕망은 그녀가 뭔가 간청했을 때 생겼고, 이제 어떻게 하면 그것을 없앨지 비안느는 몰랐다.

소령이 손을 뻗어서 그녀의 턱선을 쓰다듬었다. 비안느가 자기도 모르게 움찔했다.

"정말로 그렇게 결백하오?"

"소령님, 제 집에서 18개월간 사셨잖아요. 저를 매일 보시지요. 저는 아이들을 먹이고 텃밭에서 일하고 고아원에서 가르칩니다. 어떻게 연합군을 돕겠어요."

폰 리히터의 손이 그녀의 입을 쓰다듬다가 입술을 살며시 벌렸다.

"당신이 내게 거짓말을 한다는 게 밝혀지면 난 당신을 해할 거요, 마담. 그리고 난 그걸 즐길 거요."

그가 손을 내리고 덧붙여 말했다.

"하지만 당신이 진실을 말한다면 지금 난 당신을 구해줄 거요. 당신의 아이들도."

그가 지금껏 유대인 아이와 같이 살았다는 것을 알게 된다는 생각을 하자 비안느는 몸이 떨렸다. 그것은 그를 모욕하는 일이었다.

"저는 소령님께 거짓말하지 않을 겁니다. 그걸 아셔야 해요."

그가 몸을 더 가까이 숙이고 비안느의 귀에 속삭였다.

"내가 아는 것은 이거요. 당신이 나한테 거짓말하면 좋겠소, 마담."

그가 몸을 뺐다.

"두려워하는군."

폰 리히터가 미소 지으면서 말했다.

"저는 두려울 게 없습니다."

그녀가 말했다. 목소리를 크게 낼 수가 없었다.

"그 말이 사실인지 두고 봅시다. 지금은 집에 가시오, 마담. 그리고 내가 당신이 거짓말한다는 것을 밝히지 않기를 기도하시오."

*

 같은 날 이사벨은 언덕 꼭대기 마을 위뤼뉴의 자갈길을 올라갔다. 뒤에서 울리는 발자국 소리를 들을 수 있었다. 파리에서 여기로 오는 길에 그녀의 최근 두 '노래'는-폴리 소령과 스마이스 병장- 완벽하게 지시 사항에 따라서 여러 군데 검문소를 통과했다.

 어느 정도 지난 후로 그녀는 뒤돌아보지 않았지만 그들이 지시에 따라 걷고 있다는 것을 의심하지 않았다- 적어도 둘 사이에 백 미터 간격을 두고 걸을 터였다.

 언덕 꼭대기에 오르자 문 닫은 우체국 앞 벤치에 앉은 남자가 눈에 들어왔다. 그는 '귀머거리이자 벙어리. 마망이 데리러 오기를 기다리는 중'이라고 적힌 표지판을 들고 있었다. 놀랍게도 이 간단한 계략이 아직도 나치를 속이는 데 유효했다.

 이사벨이 그에게 다가갔다.

 "제게 우산이 있는데요."

 그녀는 외국어 억양이 강한 영어로 말했다.

 "비가 올 것 같군요."

 그가 대답했다.

 이사벨이 고개를 끄덕였다.

 "적어도 50미터 떨어져서 나를 따라와요."

 그녀는 혼자서 계속 언덕을 올라갔다.

 마담 바비노의 구역에 도착할 즈음 밤이 되었다. 도로가 굽이도는 곳에서 그녀는 걸음을 멈추고 조종사들이 오기를 기다렸다.

 벤치에 앉아 있던 사람이 맨 먼저 도착했다.

 그가 빌려 쓴 베레모를 벗으면서 말했다.

"안녕하세요, 아가씨. 탐 다우드 소령입니다. 그리고 포에서 사라가 안부 전하라고 했습니다. 그녀는 특급 안주인이었습니다."

이사벨은 힘없이 미소 지었다. 그들은 너무도…… 호들갑스러웠다. 미국인들은 잘 웃고 크게 말했다. 감사 인사는 또 어떤가. 영국인들과는 전혀 달랐다. 영국인들은 침착한 목소리로 말 몇 마디와 굳은 악수로 감사를 전했다. 그녀는 미국인이 너무 힘껏 포옹해서 땅에서 발을 들린 게 몇 번인지 일일이 셀 수가 없었다.

"줄리엣이에요."

그녀가 소령에게 말했다.

잭 폴리 소령이 다음으로 도착했다. 그는 환한 미소를 지으면서 말했다.

"산맥이 대단하네요."

"다우드입니다. 시카고지요."

다우드 소령이 손을 내밀면서 말했다.

"폴리입니다. 보스턴이고요. 만나서 반갑습니다."

스마이스 병장이 맨 마지막이었다. 그는 몇 분 후에 도착했다.

"안녕하십니까, 여러분. 이건 등산이군요."

그가 무뚝뚝하게 말했다.

"기다려 보시죠."

이사벨이 웃음을 터뜨리면서 말했다.

그녀가 조종사들을 데리고 오두막으로 가서 현관문을 세 번 두드렸다.

마담 바비노가 문을 조금 열었다가 이사벨을 보고 활짝 웃었다. 그녀가 뒤로 물러나며 일행이 안으로 들어가게 해주었다. 늘 그렇듯 그을음이 까만 난로의 불 위에 주물 냄비가 걸려 있었다. 그들의 도착에 대비해서 차려놓은 식탁에는 따뜻한 우유가 담긴 잔들과 빈 수프 그릇들이 놓여 있었다.

이사벨이 주위를 둘러보았다.

"에두아르도는요?"

"헛간에 다른 조종사 두 명과 같이 있지. 우린 물품을 구하는 데 어려움을 겪고 있단다. 지독한 폭격 때문이지. 읍내의 절반이 무너졌어."

마담 바비노는 이사벨의 뺨에 한 손을 대면서 덧붙여 말했다.

"지쳐 보이는구나, 줄리엣. 건강하니?"

이사벨은 잠시 큰 위로를 주는 손길에 의지할 수밖에 없었다. 친구에게 고민을 말해서 잠시라도 짐을 내려놓고 싶었지만 전쟁 중에는 누리지 못할 호사였다. 고민은 혼자서 지고 가야 했다.

이사벨은 마담 바비노에게 게슈타포가 나이팅게일을 찾는 데 혈안이 되어 있다거나 아버지와 언니와 조카가 걱정이라는 말을 하지 않았다. 말해본들 무슨 소용일까? 모두 걱정할 가족이 있는데.

이사벨이 팔을 뻗어 노부인의 손을 잡았다. 이제 그들의 삶에는 무서운 요소가 너무 많았지만, 불속에서 단련된 우정이 있었다. 수녀원 학교로 쫓겨 가고 기숙학교에서 방치되어 외롭게 오랜 세월을 살았던 이사벨이었다. 그래서 이제 그녀가 걱정하고 그녀를 걱정하는 친구들이 있다는 사실이 소중하게 다가왔다.

"저는 괜찮아요."

"그리고 네 미남 청년은?"

"여전히 여러 곳에 폭탄을 설치하고 기차를 탈선시키죠. 노르망디 공격 직전에 그를 봤어요. 큰일이 다가오는 것을 느낄 수 있었죠. 그가 한창 그 일을 하고 있을 거예요. 걱정되지만."

이사벨은 멀리서 엔진 소리를 들었다. 그녀가 마담에게 고개를 돌렸다.

"누구 올 사람이 있나요?"

"아무도 차를 몰고 여기 올라오지 않는데."

조종사들도 그 소리를 듣고는 대화를 멈추었다. 스마이스가 고개를 들었다. 폴리는 허리춤에서 칼을 뺐다.

밖에서 염소들이 매애 울기 시작했다. 그림자 하나가 창문으로 지나갔다.

이사벨이 경고하는 말을 외칠 새도 없이 문이 벌컥 열리면서 불빛과 함께 친위대원 몇 명이 들이닥쳤다.

"손을 머리 위로 올려!"

독일군은 소총의 개머리판으로 이사벨의 뒤통수를 후려갈겼다. 그녀가 헐떡이면서 앞으로 비틀거렸다. 다리가 풀렸고 그녀가 머리를 돌바닥에 부딪치면서 쓰러졌다. 이사벨이 의식을 잃기 전에 마지막으로 들은 말은 '너희들은 체포됐다'였다.

33

이사벨은 팔목과 발목이 나무 의자에 묶인 채 깨어났다. 밧줄이 살갗을 파고 들었고 너무 단단히 묶여서 움직일 수가 없었다. 손가락에 감각이 없었다. 천장에 매달린 알전구 한 개가 어둠 속에 고깔 모양의 불빛을 드리웠다. 방에서 곰팡내와 지린내가 풍겼고, 돌 틈에서 물이 스몄다.

앞쪽 어디선가 긁는 소리가 들렸고 유황 냄새가 났다. 성냥불이 켜졌다. 그녀는 고개를 들려고 애썼지만 너무 아파서 자기도 모르게 소리를 냈다.

"흠. 아프지."

누군가 말했다.

게슈타포.

그가 어둠 속에서 의자를 끌어내 이사벨과 마주 앉았다.

"아플지 말지, 선택은 네가 해."

"그렇다면 아프지 않을래요."

그가 이사벨을 세게 후려갈겼다. 그녀의 입 안에 피가 고였고, 얼얼한 쇠붙이 맛이 났다. 턱으로 피가 줄줄 흐르는 느낌이 들었다.

'이틀이야. 딱 이틀.'

이사벨은 생각했다.

심문 받으면서 이름을 발설하지 않고 48시간 동안 버텨야 했다. 아무 말도 안 할 수 있다면 아버지, 가에탕, 앙리, 디디에, 폴, 아눅이 스스로 보호할 시간을 얻을 터였다. 그들은 곧 이사벨이 체포당한 것을 알 것이다. 어쩌면 이미 알고 있겠지. 에두아르도가 소식을 전하고 그 후에 숨을 테니까. 그게 그들의 계획이었다.

"이름은?"

게슈타포가 가슴에 달린 주머니에서 작은 수첩과 연필을 꺼내면서 물었다.

이사벨은 피가 턱에서 무릎으로 뚝뚝 떨어지는 것을 느꼈다.

"줄리엣 제르베즈. 하지만 당신도 알잖아요. 내 서류를 갖고 있을 테니."

"우리가 이름이 줄리엣 제르베즈로 된 서류를 갖고 있는 건 맞아."

"그런데 왜 내게 묻죠?"

"넌 진짜로 누구지?"

"난 진짜로 줄리엣이에요."

"어디서 태어났지?"

그는 깔끔하게 손질된 손톱을 들여다보면서 심드렁하게 물었다.

"니스."

"그런데 위뤼뉴에는 어쩐 일이지?"

"내가 위뤼뉴에 있었나요?"

그녀가 반문했다.

그 말에 게슈타포는 몸을 똑바로 펴고 흥미로운 눈빛을 이사벨에게 던졌다.

"몇 살이지?"

"스물둘이나 그 비슷할 걸요. 더 이상 생일은 의미가 없거든요."

"그보다 어려 보이는데."

"그보다 늙은 기분인걸요."

그가 천천히 일어나서 이사벨 앞에 버티고 섰다.

"넌 나이팅게일을 위해 일하지. 난 그의 이름을 알아야겠다."

"난 새에 대해서는 아무것도 몰라요."

갑자기 주먹이 날아들었고 그 효과가 아찔했다. 이사벨의 머리가 옆으로 돌아가면서 의자 등판에 쾅 부딪쳤다.

"나이팅게일에 대해 말해."

"말했다시피……"

이번에 게슈타포는 쇠 잣대로 그녀의 뺨을 갈겼고 그 힘이 너무 세서 이사벨은 살갗이 갈라지고 피가 솟는 것을 느꼈다.

그가 미소를 지으면서 다시 말했다.

"나이팅게일."

이사벨은 힘껏 침을 뱉었지만 피 거품이 나와서 무릎에 떨어졌다. 그녀는 앞을 제대로 보려고 고개를 저었고, 곧 그런 동작을 한 게 후회스러웠다.

게슈타포가 피가 떨어지는 자로 손바닥을 탁탁 치면서 다시 이사벨 쪽으로 다가왔다.

"난 앙브아즈의 게슈타포 지휘관 리트마이스터 슈미트라고 한다. 그럼 넌?"

이사벨은 '이자가 날 죽이겠구나'라고 생각했다. 숨을 거칠게 쉬면서 손발을 풀려고 버둥댔다. 입에서 피맛이 났다.

"줄리엣."

이제 이사벨은 그가 믿어주기를 간절히 바라면서 속삭였다.

그녀는 이틀을 버틸 수가 없었다. 이것은 모든 사람이 그녀에게 경고한 위험이자 그녀가 해온 일에 대한 섬뜩한 진실이었다. 어떻게 이게 모험으로 보였을까? 아기는 모든 사람을 그녀가 죽게 할 것이다.

"우린 네 동지들 대부분을 잡았다. 죽은 자들을 지키려고 네 목숨을 잃는 것은 무의미하지."

그게 사실일까?

아니, 그게 사실이라면 그녀 역시 죽었겠지.

"줄리엣 제르베즈."

이사벨이 다시 말했다.

게슈타포가 그녀를 힘껏 후려갈기자, 의자가 옆으로 넘어가 바닥에 부딪쳤다. 이사벨의 머리가 돌바닥에 부딪치는 동시에 그가 가죽 장화로 그녀의 배를 걷어찼다. 이사벨은 그런 통증이 있는 줄 몰랐다. 게슈타포의 말소리가 귀에 들렸다.

"자, 마드모아젤. 나이팅게일의 이름을 말해."

이사벨은 대답하고 싶어도 그럴 수가 없었다.

게슈타포는 온힘을 실어서 그녀를 다시 걷어찼다.

*

정신이 들자 온몸이 아팠다. 고개를 드는 데 노력이—그리고 용기가— 필요했다. 이사벨은 여전히 손발이 묶여 있었다. 찢어져 피 나는 살갗에 닿은 밧줄이 피부를 파고들었다.

'여기가 어디지?'

어둠이 그녀를 휘감았다. 그것은 평범한 어둠이 아니었, 불을 끈

방이 아니었다. 뭔가 달랐다. 뚫을 수 없는 칠흑 같은 어둠이 얻어터진 얼굴을 짓눌렀다. 얼굴과 거의 붙어 있는 벽이 감지되었다. 그녀는 발을 살짝 움직여서 앞으로 뻗으려고 해봤지만 발목의 밧줄이 더 심하게 조여들었다.

이사벨은 상자 안에 있었다. 그리고 추웠다. 자신의 입김을 느낄 수 있었다. 콧구멍 속 털이 얼어붙었다. 이사벨은 오들오들 떨리는 한기를 누를 수가 없었다. 공포에 질려서 비명을 질렀다. 비명이 메아리가 되어 돌아왔다가 사라졌다.

*

이사벨은 덜덜 떨면서 흐느껴 울었다. 이제 자신의 입김이 입술에 달라붙으며 어는 것을 느낄 수 있었다. 속눈썹이 얼었다.

'생각해, 이사벨. 포기하지 말아.'

그녀는 몸을 조금 움직이면서 추위나 통증과 싸우려 했다. 여전히 손목과 발목은 묶인 채였다. 게다가 알몸이었다. 게슈타포가 옷을 벗기고 의식이 없는 그녀를 만지는 상상 때문에 속이 울렁거려서 이사벨은 눈을 감았다.

악취가 풍기는 어둠 속에서 그녀는 통통거리는 소음을 의식하게 되었다. 처음에는 통증 속에서 맥이 뛰는 소리거나 생명을 부지하려고 심장이 필사적으로 콩닥대는 소리인 줄 알았지만 그게 아니었다. 모터가 가까이서 윙윙대는 소리였다. 그런데 이게 무슨 소리더라?

그녀는 다시 부르르 떨면서 손가락과 발가락을 꼼지락거려서 잃어버린 감각을 살리려 애썼다. 발에 통증이 있다가 따끔거리더니…… 감각이 없어졌다. 유일하게 움직일 수 있는 머리를 흔들자 딱딱한 뭔가에 부딪쳤다.

그녀가 알몸으로 의자에 묶여 있는 곳은…… 얼어붙고 어둡고 웅웅 소리가 나고 좁은…… 냉장고였다. 이사벨은 공포에 질려서 몸을 빼려고 미친 듯이 버둥대다가 갇혀 있는 상자를 넘어뜨렸다. 하지만 모든 노력은 그녀를 숨차게 했고 낙담시켰다. 손가락과 발가락도 얼어서 말을 듣지 않았다.

'이러지 말아, 제발.'

그녀는 얼어 죽을 터였다. 아니면 질식사하겠지.

주변의 모든 것이 떨리는 호흡에 휩싸였다. 이사벨이 울기 시작하자 눈물이 얼어서 뺨에 고드름처럼 달라붙었다. 그녀는 사랑하는 사람들을 모두 떠올렸다-비안느, 소피, 가에탕, 아버지. 왜 기회가 있을 때 매일 사랑한다고 그들에게 말하지 않았을까? 그런데 이제 언니에게 말 한 마디 못하고 죽게 생겼으니.

이사벨은 속으로 '비안느'라고 외쳤다. 그 한 마디. 기도이기도 하고 후회이자 작별인사이기도 한 그 이름.

*

시내 광장의 가로등마다 시신이 걸려 있었다.

비안느는 눈앞의 광경에 아연실색해서 걸음을 멈추었다. 건너편 어느 주검 밑에 나이 든 부인이 서 있었다. 밧줄이 삐걱대며 단단하게 당겨지는 소리가 대기를 메웠다. 비안느는 가로등에서 떨어져 걸으려 애쓰며 조심스레 광장을 건넜다.

퍼런 얼굴로 부은 채 늘어진 몸들.

시신은 열 구는 될 것이다. 프랑스인들로 숲속의 유격대원들이었다. 그들은 갈색 바지와 검은 베레모 차림으로 삼색 완장을 차고 있었다.

비안느가 노부인에게 다가가서 어깨를 잡았다.

"여기 계시면 안 되는데요."

비안느가 말했다.

"내 아들이에요. 이 아이는 여기 있으면 안 되는데……."

노부인의 목소리가 갈라졌다.

"가세요."

비안느가 말했다. 이번에는 조금 힘이 들어간 말투였다. 그녀는 부인을 광장에서 데리고 나갔다. 라 그랑드 가에 접어들자 부인은 몸을 빼더니 혼잣말을 하고 울면서 걸어갔다.

비안느는 정육점에 가는 길에 시신 세 구를 더 보았다. 카리보는 숨을 멈추고 있는 것 같았다. 지난 몇 달간 연합군이 이 지역을 반복적으로 폭격했고, 시내 건물 몇 동이 돌더미로 변했다. 언제나 뭔가 무너지거나 부서지고 있는 것 같았다.

공기에서 죽음 냄새가 풍겼고 시내는 적막감이 감돌았다. 사방팔방 그늘마다 위험이 도사리고 있었다.

비안느는 정육점 앞에 줄을 서서 아낙들이 소곤대는 말을 들었다.

"보복이지……."

"튈은 더 끔찍했대요……."

"오라두르-쉬르-글란(프랑스 지방의 작은 마을, 나치가 주민들을 학살해서 유명해짐)에 대한 소문을 들었어요?"

그 모든 일을, 체포와 추방과 처형을 겪었는데도 비안느는 최근에 도는 소문은 도무지 믿을 수 없었다. 어제 아침 나치군은 오라두르-쉬르-글란이라는 작은 마을에-카리보에서 멀지 않았다- 밀고 들어가서 총구로 모든 사람을 마을 교회에 몰아넣었다. 서류를 검사한다는 명분을 내세웠다.

한 여인이 비안느가 말을 걸었던 여인에게 소곤댔다.

"마을 주민 전부였죠. 남자들, 여자들, 아이들. 나치는 그들 모두 총으로 죽이고 문을 잠그고 교회를 싹 불태워버렸어요. 사실이에요."

말하는 부인의 눈에 눈물이 그렁그렁했다.

"설마 그럴 리가요."

비안느가 말했다.

"우리 데디가 그들이 임신부의 배에 총을 쏘는 걸 봤어요."

"데디가 이걸 봤다고요?"

비안느가 물었다.

나이 든 부인은 고개를 끄덕였다.

"데디는 몇 시간 동안 토끼장 뒤에 숨어서 마을이 불타는 것을 봤지요. 그 비명은 절대 못 잊을 거라고 말했어요. 놈들이 불을 질렀지만 목숨을 구한 사람도 있었죠."

유격대가 소령 한 명을 생포한 데 대한 보복으로 벌어진 일이었다.

여기서도 똑같은 일이 벌어질까? 다음에 전쟁이 불리해지면 게슈타포나 친위대원들이 카리보 주민을 모아서 시청에 가두고 총을 발사할까?

비안느는 이번 주 배급표로 구할 수 있는 작은 기름통을 산 뒤, 상점에서 나와 얼굴을 가리려고 후드를 썼다.

누군가 그녀의 팔을 잡아 힘껏 왼쪽으로 당겼다. 그녀는 옆으로 비틀대면서 휘청거리다가 넘어질 뻔했다. 그가 어두운 골목으로 비안느를 끌어당긴 후 얼굴을 드러냈다.

"파파!"

비안느는 그의 등장에 놀라서 다른 말을 할 수가 없었다.

그녀는 전쟁이 어떤 짓을 저질렀는지 알았다. 아버지의 이마에 얼마나 주름을 그었는지, 지쳐 보이는 눈 아래 살이 얼마나 처졌는지. 얼마나 피부색이 칙칙해지고 머리가 하얗게 샜는지. 그는 끔찍하게 여위었고 늘어진 뺨에 검버섯이 잔뜩 끼어 있었다. 비안느는 아버지가 세계대전에서 돌아왔을 때 이렇게 형편없는 모습이었던 것을 떠올렸다.

"대화를 나눌 만한 조용한 장소가 있을까? 네 독일인이랑은 만나지 않으면 좋겠는데."

"그는 제 독일인이 아니에요. 여튼 그런 장소는 있어요."

아버지가 폰 리히터와 만나기 꺼리는 것을 뭐라 할 수는 없었다. 비안느가 다시 말했다.

"저희 집 옆에 빈집이 있어요. 독일군은 그 집이 너무 작아서 들어갈 엄두를 못 냈죠. 거기서 만나면 돼요."

"그럼 20분 후에."

아버지가 말했다.

비안느는 시내를 벗어나 집으로 가면서 아버지가 왜 여기 왔는지 짐작해보려고 했다. 이사벨이 파리에 그와 함께 산다는 것은 알았다. 그녀가 알기에 동생과 아버지는 같은 도시에서 각자의 삶을 영위했다. 헛간에서 무서운 일이 벌어진 밤 이후, 그녀는 이사벨에게 소식을 듣지 못했다. 잘 지낸다고 앙리가 알려준 게 전부였다. 황급히 비행장을 지나느라 비행기들이 눈에 들어오지 않았다. 최근의 폭격으로 비행기들은 부서지고 아직도 연기가 피어올랐다.

라셀의 집 앞에서 비안느는 걸음을 멈추고 도로를 살폈다. 아무도 쫓아오거나 감시하는 것 같지 않았다. 그녀는 조용히 마당으로 들어가서 잰걸음으로 버려진 안채로 갔다. 현관문은 오래전에 망가져서 기우뚱하게 매달려 있었다. 그녀는 안으로 들어갔다.

실내는 그늘지고 먼지구덩이였다. 가재도구는 거의 모두 몰수되거나 약탈자들이 훔쳐갔고, 벽에는 그림을 걸었던 검은 자국이 남아 있었다. 거실에 유일하게 남은 낡은 2인용 의자는 쿠션이 지저분하고 다리 하나가 부러진 상태였다. 비안느는 불안하게 앉아서 바닥을 발로 탁탁 쳤다.

그녀는 가만히 있을 수가 없어서 손톱을 자근자근 씹었고, 그러다가 발소리를 들었다. 창문으로 가서 암막을 들추었다. 아버지가 문간에 있었다. 다만 이 구부정한 노인은 그녀의 아버지 같지 않았다.

비안느가 그를 집 안으로 들어오게 했다. 그는 딸을 보자 얼굴의 주름이 더 깊어졌고, 뺨은 움푹 패었다. 그가 숱이 없는 머리를 손으로 넘겼다. 긴 하얀 머리카락이 뾰족하게 서서 이상하게 감전된 듯한 인상을 자아냈다.

아버지는 천천히, 약간 절룩이며 비안느 쪽으로 다가갔다. 순간적으로 아주 오래전 그가 다리를 질질 끌며 어색하게 움직이던 때가 떠올랐다. '아버지를 용서해라, 비안느. 그는 이제 예전의 그 사람이 아니고 자신을 용서하지 못한단다. 그를 용서하는 것은 우리 몫이야'라고 말하던 어머니.

"비안느."

그가 딸의 이름을 부드럽게 불렀다. 다시 한번 비안느는 아버지의 원래 모습을 떠올렸다. 오랫동안 잊고 지낸 것이다. 그가 변한 이후 아버지에 대한 모든 생각은 옷장 속에 넣어두었고 시간이 흐르면서 잊어버렸다. 이제 기억이 떠올랐고 이런 감정이 느껴지는 게 겁났다. 아버지가 얼마나 여러 번 상처를 주었던가.

"파파."

그가 2인용 의자로 와서 앉았다. 그의 가벼운 체중이 실리자 쿠션이 힘없이 처졌다.

"나는 너희 둘에게 형편없는 아버지였다."

정말 놀라워서-그리고 진실이어서- 비안느는 뭐라고 대꾸할지 알 수 없었다.

아버지가 한숨을 쉬었다.

"이제 그 모든 것을 바로잡기에 너무 늦어버렸지."

그녀는 의자로 와서 아버지 옆에 앉았다.

"너무 늦은 것은 없어요."

비안느가 조심스럽게 말했다. 과연 그게 사실일까? 그녀가 아버지를 용서할 수 있을까? '그럼.'

그가 여기 나타난 것만큼이나 예상치 못하게 답이 튀어나왔다.

아버지가 비안느에게 몸을 돌렸다.

"난 할 말이 아주 많은데 시간이 없구나."

"여기서 지내세요. 제가 보살펴드리면……."

비안느가 말했다.

"이사벨이 적을 도왔다는 이유로 체포되고 기소되었다. 지로에서 수감되었다."

비안느가 숨을 짧게 쉬었다. 엄청난 후회가 밀려들었고 죄책감이 느껴졌다. 그녀가 동생에게 마지막으로 한 말이 무엇이었나?

'돌아오지 말아.'

"우리가 뭘 하면 되죠?"

"우리? 고마운 질문지만 물어볼 말이 아니지. 넌 아무것도 하면 안 된다. 너는 여기 카리보에서 지내거라. 늘 그랬듯이 곤란한 일에서 벗어나 여기서 지내도록 해. 내 손녀를 안전하게 건사하고. 남편을 기다리고."

비안느는 '이제 저는 달라졌어요, 파파. 유대인 아이들을 숨기는 일을 돕고 있다고요'라고 말하지 않는 것밖에 달리 할 수 있는 일이 없었다. 그녀는 아버지의 눈에 비친 자신을 보고 싶었다. 딱 한 번만 그가 맏딸을 기특해하게 만들고 싶었다.

'그렇게 해. 말해버려.'

비안느가 어떻게 그럴 수 있을까? 여기 앉아 있는 아버지는 너무 늙어 보였다. 늙고 무너지고 헤매는 사람처럼 보였다. 예전 모습은 거의 남아 있지 않았다. 비안느도 목숨을 무릅쓰고 산다는 사실을 그에게 알릴 필요가 없었다. 그가 두 딸을 모두 잃을 거라고 걱정하면서 살게 할 수는 없었다. 아버지가 맏딸은 여느 사람처럼 안전하다고 생각하게 내버려둬야 했다. 겁쟁이로 생각하도록.

"이 일이 끝나서 이사벨이 집에 오면 네가 필요할 게다. 이사벨에게 옳은 일을 했다고 말해주렴. 어느 날인가 그 아이는 그걸 걱정할 거야. 네 곁에서 지내면서 너를 지켜야 했다고 후회하겠지. 너를 나치와 두고 떠났고, 너희 목숨을 위험에 빠뜨린 일을 기억하면서 자신의 선택에 대해 괴로워할 거야."

비안느는 그 말 속에 깔린 고백을 들었다. 아버지는 이사벨을 내세워 본인의 이야기를 하고 있었고, 그게 고백할 수 있는 유일한 방법이었다. 그는 세계대전에 참전하겠다는 자신의 선택에 대해 근심했다고, 그가 싸운 것이 가족에게 미친 영향에 대해 괴로워했다고 말하고 있었다. 그는 얼마나 변해서 돌아왔는지 알았고, 고통이 그를 가족과 더 가까워지게 한 게 아니라 갈라놓았다는 것을 알았다. 그는 딸들을 밀어낸 것을, 오래전 마담 뒤마에게 아이들을 맡기고 떠난 것을 후회했다.

그런 선택은 틀림없이 큰 짐이었을 터였다. 처음으로 비안느는 어른으로, 멀찍이 서서 이번 전쟁이 가르쳐준 지혜의 눈으로 어린 시절을 바라보았다. 전쟁이 아버지를 망가뜨렸다는 것을 늘 알았다. 어머니가 거듭해서 그 말을 해주었지만 비안느는 이제야 이해했다. 전쟁은 그를 '망가뜨렸다.'

아버지가 말했다.

"너희 둘은 계속 나아갈, 기억할 세대의 일부가 될 게다. 벌어진 일에 대한 기억은…… 잊기 힘들 거야. 너희는 딱 붙어 있어야 한다. 이사벨에게 사랑받고 있다는 걸 보여주렴. 안타깝게도 난 그렇게 하지 못했지. 이제 너무 늦어버렸구나."

"작별이라도 고하는 것처럼 말하시네요."

비안느는 그의 눈빛에서 슬픔과 외로움을 보았고 아버지가 왜 여기 왔는지, 무슨 말을 하려는지 이해했다. 아버지는 이사벨을 위해서 자신을 희생하려 했다. 비안느는 어떻게 하려는지 몰라도 그게 사실이라는 것을 알았다. 그것은 늘 딸들에게 실망을 안겨줬던 것을 보상하는 아버지 나름의 방식이었다.

"파파, 무슨 일을 하시려는 거예요?"

비안느가 물었다.

그는 딸의 뺨에 손을 댔다. 아버지의 손길은 따스하고 굳건하고 위로를 주었다. 비안느는 얼마나 그를 그리워했는지 깨닫지—혹은 스스로 인정하지— 못하고 살아왔다. 그런데 다른 미래를, 속죄를 힐끗 본 지금 깨달았다.

"너라면 소피를 위해 어떤 일을 하겠니?"

"뭐든지요."

비안느는 전쟁이 바꾸어놓기 전, 책과 글짓기를 좋아하고 일몰을 눈여겨보게 가르쳐주었던 아버지를 바라보았다. 그녀는 오랫동안 그 모습을 기억 못 하고 지냈다.

"가봐야겠다."

아버지가 봉투를 내밀면서 말했다. 거기에는 떨리는 필체로 '이사벨과 비안느'라고 적혀 있었다.

"같이 읽어봐라."

아버지가 말하고는 일어나서 떠날 채비를 했다.

비안느는 아버지를 잃을 준비가 되지 않았다. 그녀가 그를 붙잡았다. 비안느가 움켜쥔 소맷부리가 찢어졌다. 그녀는 손에 잡힌 갈색과 흰색 체크무늬 면을 물끄러미 내려다보았다. 그녀의 집 나무에 걸린 사랑하는 사람들을 기리는 천조각.

"사랑해요, 파파."

비안느는 조용히 말하면서 그 말이 진심임을, 언제나 사랑했다는 것을 깨달았다. 사랑이 상실로 변해버리기도 했지만 여전히 사랑은 남아 있었다. 아버지를 향한 딸의 사랑. 불변의 감정. 그것은 견딜 수 없지만 깰 수도 없었다.

"어떻게 그럴 수 있지?"

비안느는 침을 꿀꺽 삼켰고 아버지의 눈에 어린 눈물을 보았다.

"어떻게 안 그럴 수 있겠어요?"

아버지는 딸을 마지막으로 한참 응시하다가—그리고 양 뺨에 입맞추었다— 몸을 뺐다. 그는 비안느가 들을까 말까 하게 말했다.

"나도 널 사랑했다."

그리고 그는 떠났다. 비안느는 멀어지는 아버지를 지켜보았다.

마침내 그가 사라지자 그녀는 집으로 돌아갔다. 천조각들이 잔뜩 걸린 사과나무 아래 멈춰 섰다. 나뭇가지에 천조각들을 맨 몇 년 사이 나무는 죽어갔고 과실은 쓴맛이 났다. 다른 사과나무는 모두 튼튼하고 건강했지만 그녀의 추모가 담긴 이 나무는 폭격 당한 시내처럼 검고 뒤틀렸다.

비안느는 라셀의 천 옆에 체크무늬 천조각을 묶었다. 그런 다음 집 안으로 들어갔다.

거실에 난로가 피워져서 집 전체가 따뜻하고 연기가 자욱했다. 낭비인데. 그녀는 찌푸리면서 현관문을 닫았다.

"얘들아."

그녀가 소리쳤다.

"아이들은 위층 내 방에 있소. 내가 초콜릿과 갖고 놀 게임을 줬소."

폰 리히터.

그가 대낮에 여기 있다니 무슨 일일까?

그녀가 아버지와 있는 것을 봤을까?

그는 이사벨에 대해 알까?

"당신 딸이 초콜릿을 주어 고맙다고 인사했소. 아주 예쁜 아이요."

비안느는 그 말에 두려운 기색을 보이면 안 된다는 것을 알았다. 그녀는 두근대는 가슴을 진정하려 애쓰며 말없이 침착한 태도를 보였다.

"그런데 당신 아들 말이지. 당신과 아주 다르게 생겼소."

리히터가 '아들'을 약간 강조하면서 말했다.

"제 나, 남편 안……."

그의 손놀림이 너무 민첩해서 비안느는 그가 움직이는 것을 보지도 못했다. 리히터는 그녀의 팔을 잡아서 꽉 쥐고 부드러운 살을 비틀었다. 그가 벽에 몸을 밀자 비안느는 작게 비명을 질렀다.

"나한테 또 거짓말할 작정인가?"

리히터는 장갑 낀 손으로 그녀의 양손을 잡아 머리 위로 올려서 벽에 대고 눌렀다.

"제발 이러지 마세요……"

비안느가 말했다. 그녀는 그 순간 애걸하는 것은 실수임을 알아차렸다.

"내가 기록을 확인해 봤소. 당신이랑 앙투안에게 태어난 아이는 한 명이지. 딸, 소피. 다른 애들은 묻고. 이 사내애는 누구요?"

비안느는 겁에 질린 나머지 제대로 생각할 수가 없었다. 분명히 아는 것은, 진실을 말해선 안 되고 그랬다간 다니엘이 추방되리라는 사실뿐이었다. 그리고 저들이 비안느에게…… 소피에게 무슨 짓을 할지 누가 알까.

"앙투안의 사촌이 다니엘을 낳다가 죽었어요. 우린 전쟁이 시작되기 직전에 아기를 입양했고요. 요즘 공식 서류를 갖추기가 얼마나 어려운지 아시겠지만 저는 아이의 출생증명서와 세례 서류를 갖고 있어요. 이제 다니엘은 제 아들입니다."

"그럼 당신 조카군. 혈육이지만 피가 섞이지 않은! 애 아버지가 공산주의자가 아니라고 누가 말할 수 있지? 유대인이거나?"

비안느는 덜덜 떨면서 침을 삼켰다. 그는 진실을 추측하지 못했다.

"저희는 가톨릭 신자예요. 소령님도 그걸 아시고요."

"아이가 계속 여기 살게 하기 위해 당신은 뭘 하겠소?"

"뭐든지요."

비안느가 대답했다.

리히터가 단추를 하나씩 너덜대는 구멍에서 빼며 천천히 블라우스를 벗겼다. 앞섶이 벌어지자 그는 안에 손을 넣고 젖가슴을 쓰다듬다가 유두를 힘껏 비틀었다. 비안느는 아파서 비명을 질렀다.

"뭐든지?"

그가 물었다.

그녀는 마른 침을 삼켰다.

"침실로 가요. 아이들이 있으니."

비안느가 말했다.

그가 물러섰다.

"앞장 서시오, 마담."

"다니엘을 여기 데리고 있게 해줄 건가요?"

"나랑 '협상을 벌이는' 거요?"

"그래요."

리히터가 그녀의 머리채를 잡고 홱 당기며 침실로 끌고 갔다. 그는 부츠발로 문을 쾅 닫더니 비안느를 벽에 밀쳤다. 그녀는 벽에 부딪치면서 신음을 냈다. 리히터는 그녀를 꼼짝 못하게 하면서 치맛자락을 올리고 속바지를 찢었다.

비안느는 고개를 외로 꼬고 눈을 감았다. 그가 허리띠를 풀고 단추를 푸는 소리가 들렸다.

"날 똑바로 봐."

리히터가 말했다.

비안느는 움직이지 않았다. 숨조차 쉬지 않았다. 그녀는 눈을 뜨지 않았다.

그가 다시 그녀를 때렸다. 비안느는 눈을 꼭 감고 그 자리에 그대로 있었다.

"날 쳐다보면 다니엘은 여기 있을 거야."

비안느가 고개를 돌리고 천천히 눈을 떴다.

"훨씬 낫군."

비안느는 이를 악물었고, 리히터는 바지를 내리고 그녀의 다리를 더 벌리게 해서 몸과 영혼을 유린했다. 비안느는 아무 소리도 내지 않았다.

그녀는 눈을 돌리지도 않았다.

34

이사벨이 기어서 빠져나가려 애쓴 것은…… 무엇일까? 그녀는 발길질을 당하거나 화상을 입었을까? 아니면 냉장고에 갇혔을까? 기억이 나지 않았다. 욱신대고 피나는 발을 뒤로 빼서 질질 끌고 바닥을 조금씩 지났다.

온몸이 아팠다. 머리, 뺨, 턱, 팔목, 발목 할 것 없이.

누군가 머리채를 잡고 머리를 뒤로 휙 당겼다. 뭉툭하고 지저분한 손가락이 그녀의 입을 억지로 벌려 브랜디를 붓자 구역질이 났다. 이사벨은 위스키를 뱉어냈다.

머리카락이 젖고 있었다. 얼굴에 얼음물이 줄줄 흘러내렸다.

그녀가 천천히 눈을 떴다.

앞에서 어떤 남자가 담배를 피우고 있었다. 담배 냄새 때문에 뱃속이 메스꺼웠다.

그녀는 여기 얼마나 있었을까?

'생각을 해봐, 이사벨.'

이 눅눅하고 숨막히는 지하실로 끌려왔었다. 그녀가 해를 볼 수 있었던 아침이 두 번이었다, 그렇지?

두 번? 아니 한 번인가?

그녀는 조직원들에게 숨을 충분한 시간을 주었을까? 생각할 수 없었다.

사내가 그녀에게 질문을 하고 있었다. 그가 연기를 내뿜었다.

이사벨은 본능적으로 움찔하면서 몸을 잔뜩 웅크리고 쭈그려 앉았다. 뒤에서 사내가 등뼈를 힘껏 걷어차자 그녀는 가만히 있었다.

그러니까 사내가 둘. 한 명은 그녀 앞, 한 명은 뒤에.

'말하는 사람에게 집중해.'

그가 뭐라고 말하는 거지?

"앉아."

이사벨은 그의 지시를 거부하고 싶었지만 그럴 힘이 없었다. 그녀는 의자로 기어 올라갔다. 팔목 주위의 살이 찢어져서 피가 흥건하고 고름이 스며나왔다. 양손으로 알몸을 가리려 했지만 소용없는 짓임을 알았다. 사내가 그녀의 양다리를 벌려서 발목을 의자 다리에 묶을 것이다.

이사벨이 의자에 앉자 뭔가 보드라운 것이 얼굴을 때리고 무릎 위에 떨어졌다. 그녀는 멍하게 내려다보았다.

원피스. 그녀의 옷은 아니었다.

그녀가 옷을 들어 올리고 고개를 들었다.

"그걸 입어."

사내가 말했다.

이사벨은 일어나서, 주글주글한 통짜 원피스에 어색하게 발을 넣었다. 파란 리넨 원피스는 적어도 세 사이즈는 컸다. 축 늘어진 앞판의 단추를 잠그는 데 시간이 오래 걸렸다.

"나이팅게일."

사내가 담배를 길게 빨면서 말했다. 담배 끝이 주황색으로 빛나자, 이사벨은 본능적으로 의자에 털썩 앉았다.

슈미트. 그의 이름이었다.

이사벨이 말했다.

"난 새에 대해서는 아무것도 몰라요."

"너는 줄리엣 제르베즈지."

사내가 말했다.

"백 번도 넘게 말했잖아요."

"그리고 나이팅게일에 대해 전혀 모르고."

"그렇다고 말했어요."

그가 매몰차게 고개를 끄덕였고, 곧 이사벨은 발걸음 소리를 들었다. 그러더니 그녀 뒤편에서 삐걱 하고 문이 열렸다.

이사벨은 생각했다.

'다치지 않아. 그저 몸뚱이만이야. 저들은 내 영혼을 건드리지 못해.'

이 말이 스스로에게 거는 주문이 되었다.

"너와는 볼 일이 끝났다."

그가 미소를 지었고 이사벨은 뭔가 스멀스멀 살 위를 기는 기분을 느꼈다.

"그를 데려와."

족쇄를 찬 사내가 비척비척 들어섰다.

'파파.'

이사벨은 그의 눈빛에서 공포를 보았고, 그녀가 어떻게 보일지 알았다. 터진 입술, 검게 멍든 눈자위, 갈라진 뺨……. 팔뚝에 담뱃불로 지진 자국들, 피가 엉긴 머리. 그녀는 가만히 있어야 했다. 거기 그대로 서 있어야 했지만 그럴 수가 없었다. 이사벨은 통증 때문에 이를 악물고 절룩이며 앞으로 나왔다.

아버지의 얼굴에는 멍이 없었고 입술이 찢어지지도 않았다. 아파서 팔을 몸에 붙이고 있지도 않았다.

독일군에게 맞거나 고문당하지 않았고, 그것은 그가 심문당하지 않았다는 뜻이었다.

"내가 나이팅게일이다. 당신들이 듣고 싶은 말이 그거지?"

아버지는 이사벨을 고문한 사내에게 말했다.

이사벨은 고개를 흔들면서 '아니야'라고 말했지만, 낮은 목소리여서 아무도 알아듣지 못했다.

"내가 나이팅게일이에요."

그녀는 화끈거리는 피나는 발을 딛고 서서 말했다. 그녀가 고문한 독일인에게 몸을 돌렸다.

슈미트가 웃음을 터뜨렸다.

"네가, 여자가? 악명 높은 나이팅게일이라고?"

아버지가 영어로 뭐라고 말을 걸자 독일인은 알아듣지 못했다.

이사벨은 알아차렸다. 두 사람은 영어로 대화할 수 있었다.

이사벨은 아버지를 만질 수 있을 만큼 가까이 다가갔지만 손을 뻗지 않았다.

"이러지 마세요."

그녀가 간청했다.

"다 끝났다."

아버지가 말했다. 그가 딸을 향해 천천히 미소 지었고, 그 미소를 보자 이사벨은 가슴 속에서 아픔이 뭉치는 것을 느꼈다. 기억들이 파도를 타고 밀려와, 그녀가 외로운 세월 동안 쌓았던 방파제를 넘어 들이쳤다.

이사벨을 품에 안고 흔들고 빙빙 돌리는 아버지. 넘어진 이사벨을 얼른 일으켜서 흙을 털어주면서 '너무 떠들지 말아요. 말썽꾸러기 아가씨. 엄마가 깨겠다'라고 속삭이던 아버지.

이사벨은 숨을 얕게 쉬고 눈을 닦았다. 아버지는 그녀에게 보상하려 했다. 용서를 구하고 딸을 위해 희생하려 했다. 예전 모습이, 그녀의 어머니가 사랑에 빠졌던 시인이 힐끗 보였다. 전쟁 전이었다면 다른 방법을 알아내고 부녀간의 갈라진 과거를 치유할 적절한 말을 찾아낼 사람.

하지만 그는 더 이상 그 사람이 아니었다. 아버지는 너무 많은 것을 잃어버렸고, 상실감에 젖어서 더 많은 것을 내버렸다. 이것이 딸에게 사랑한다고 말하는 유일한 길이었다.

"이런 방법은 아니에요."

이사벨이 속삭였다.

"다른 방법이 없다. 날 용서하렴."

아버지가 부드럽게 말했다.

게슈타포가 둘 사이에 끼어들었다. 그는 아버지의 팔을 잡아서 문으로 끌고갔다.

이사벨이 절룩대며 그들을 따라갔다.

"내가 나이팅게일이라고!"

그녀가 외쳤다.

문이 쾅 닫혔다. 이사벨은 절면서 창문으로 가서 녹슨 창살을 움켜잡았다.

"내가 나이팅게일이다!"

그녀가 악을 내어 소리 질렀다.

바깥에서는 아침 태양 아래 그녀의 아버지가 광장으로 끌려갔다. 그곳에는 총살 집행 병사들이 소총을 들고 대기하고 있었다.

아버지는 비틀대면서 자갈 깔린 광장을 지나 분수대를 지났다. 아침 햇살이 모든 것을 금빛으로 물들여 아름답게 빛나게 했다.

"우린 시간을 가졌어야 해."

눈물이 솟구치는 것을 느끼면서 그녀가 속삭였다. 아버지와의 새로운 출발을, 가족 모두의 새로운 출발을 얼마나 자주 상상했던가? 전쟁이 끝나면 모두 한데 모일 거라고, 이사벨과 비안느와 아버지가 웃고 대화하면서 다시 가족이 되는 것을 배울 거라고.

이제 그런 일은 일어나지 않을 것이다. 이사벨은 아버지에 대해 알지 못하리라. 딸의 손을 잡은 따뜻한 손길을 느끼지도, 소파에서 아버지 곁에서 잠들지도 못하리라. 부녀지간에 나눠야 될 모든 이야기를 주고받지 못하리라. 그들은 어머니가 장담했던 가족이 되지 못할 것이다.

"파파."

이사벨이 나직이 중얼댔다. 갑자기 그것은 너무도 큰 단어가, 그 자체로 꿈이 되어버렸다.

아버지가 몸을 돌려 발사대와 마주섰다. 이사벨은 아버지가 꼿꼿하게 서서 어깨를 펴는 모습을 지켜보았다. 광장 너머로 두 사람의 눈이 마주쳤다.

이사벨은 창살을 더 힘껏 붙들고 의지하느라 매달렸다.

"사랑한다."

아버지가 입 모양으로 말했다.

총이 발사되었다.

비안느는 온몸이 아팠다.

그녀는 침대에서 잠든 아이들 사이에 누워서 지난밤 강간에 대해 괴로울 정도로 상세히 기억하지 않으려고 애썼다. 천천히 몸을 움직여 펌프로 가서 찬물에 몸을 씻다가 멍든 곳을 건드릴 때마다 얼굴을 찌푸렸다.

그녀는 편한 옷을 입었다-단추가 달린 주름진 리넨 원피스는 상체는 몸에 꼭 맞고 치마는 너풀너풀했다. 밤새도록 깬 채로 누워서 아이들을 꼭 끌어안고, 그에게 당한 일-그에게 빼앗긴 것- 때문에 흐느끼다가 막지 못한 자신에게 화내기를 번갈아했다.

그를 죽이고 싶었다.

그녀도 목숨을 끊고 싶었다.

이제 앙투안은 그녀를 어떻게 생각할까?

솔직히 가장 원하는 일은, 어디 어두운 구석에서 몸을 잔뜩 웅크리고 다시는 얼굴을 내보이지 않는 것이었다. 하지만 요즘은 수치심조차도 사치였다. 이사벨이 감옥에 있고 아버지가 딸을 구하려고 애쓰는 마당에 그녀가 어떻게 자기 연민에 빠질 수 있을까?

뻣뻣한 토스트와 수란으로 아침 식사를 마치자 비안느가 말했다.

"소피, 내가 오늘 볼 일이 있어. 너는 다니엘이랑 집에 있도록 해라. 문을 잘 잠그고 있어."

"폰 리히터가……"

"그는 내일까지 집에 없을 거야."

비안느는 얼굴이 화끈해지는 것을 느꼈다. 이것은 그녀가 알면 안 되는 친밀한 부분이었다.

"그가 나한테 말하더구나. 어제…… 밤에."

마지막 단어에서 목소리가 갈라졌다.

소피가 일어났다.

"마망?"

비안느가 얼른 눈물을 훔쳤다.

"난 괜찮아. 하지만 가봐야겠다. 잘하고 있어."

그녀는 두 아이에게 입맞춤으로 인사를 하고 얼른 집을 나섰다. 집에 머물러야 될 핑곗거리들이 생각나기 전에 서둘렀다.

소피와 다니엘.

그리고 폰 리히터. 그는 밤에 어디 갈 거라고 말했지만 누가 알까? 그는 언제나 그녀에게 미행을 붙였을 수도 있었다. 하지만 '만약'의 일을 지나치게 걱정하면 아무것도 하지 못할 것이다. 비안느는 유대인 아이들을 숨기면서 두렵지만 계속 나아가야 된다는 것을 배웠다.

그녀는 이사벨을 도와야 했고…… 가능하다면 아버지도 도와야 했다.

기차에 올라서 3등칸 객차의 나무 의자에 앉았다. 다른 승객 몇 명이—대부분 여자— 고개를 푹 숙이고 무릎에 손을 모으고 앉아 있었다. 장신의 친위대 대위가 총을 들고 출입문을 지켰다. 눈을 가늘게 뜬 무자비한 비시 정부의 경찰 부대가 열차 안 다른 구역에 앉았다.

비안느는 같은 열차에 탄 여자들을 쳐다보지 않았다. 한 사람에게 지독한 마늘과 양파 냄새가 났다. 덥고 공기가 안 통하는 열차 안에서 독한 냄새를 맡자 비안느는 속이 메스꺼웠다. 다행히 목적지가 멀지 않아서, 오전 10시 조금 지나서 그녀는 지로 외곽의 작은 기차역에서 내렸다.

'이제 어떡하지?'

머리 위 높이 뜬 태양이 작은 마을에 멍하도록 뙤약볕을 쏟았다. 비안느는 핸드백을 단단히 잡았다. 등에 땀이 줄줄 흐르고 관자놀이에서 땀이 뚝뚝 떨어졌다. 누런 건물 여러 동이 폭격 당했고 사방에 돌무더기가 있었다. 버려진 학교 건물의 옆면에 파란색 로렌 십자가(일반적인 십자가에 가로 막대 하나가 더 추가된 형태로 자유프랑스군의 상징)가 그려져 있었다.

구불구불한 자갈 도로에서 거의 사람을 마주치지 않았다. 이따금 자전거를 탄 소녀나 손수레를 미는 소년이 덜커덩대면서 그녀 옆을 지나갔지만 그녀가 받은 인상은 주로 적막감, 황량한 분위기였다.

그때 한 여자가 비명을 질렀다.

비안느가 구불대는 마지막 모퉁이를 돌았을 때 마을 광장이 보였다. 시신 한 구가 광장 분수대에 묶여 있었다. 시신의 발목에 쏟아지는 물이 피로 물들었다. 주검의 머리가 굳은 허리띠로 묶여 젖힌 채, 입을 벌리고 초점 없는 눈을 뜨고 휴식이라도 취하는 것 같았다. 가슴팍에 총알구멍이 숭숭 뚫려서 스웨터가 갈기갈기 찢어졌다. 가슴과 바지에 검붉은 피가 묻어 있었다.

그녀의 아버지였다.

*

이사벨은 습하고 어두운 감방 구석에서 웅크리고 지난밤을 보냈다. 무시무시한 아버지의 죽음이 반복해서 되살아났다. 그녀는 곧 죽을 것이다. 그것은 의심의 여지가 없었다.

시간이 흐르는 사이—숨을 들이쉬고 내쉬는 것으로, 심장박동으로 시간을 쟀다— 이사벨은 머릿속으로 아버지에게, 가에탕에게, 비안느에게 편지를 썼다. 추억을 담아 보려 애썼지만 결국 마지막은 '미안해요'로 끝났다. 병사들이 그녀를 데리러 왔다. 쇠로 된 열쇠가 낡은 열쇠구멍에 들어가 덜컥대더니, 벌레 먹은 문이 울퉁불퉁한 바닥을 긁으며 열렸다. 이사벨은 비명을 지르면서 저항하고 싶었다. '싫어'라고 외치고 싶었지만 그럴 소리가 남아 있지 않았다.

이사벨은 일으켜 세워졌다. 장갑부대 탱크 같은 체구의 여자가 이사벨에게 신발과 양말을 내밀면서 독일어로 뭐라고 말했다. 프랑스어를 말하지 못하는 듯했다.

여자는 이사벨에게 줄리엣의 서류들을 돌려주었다. 이제 서류는 얼룩지고 구깃구깃했다. 신발이 너무 작아서 발가락이 눌렸지만 이사벨은 신발이 생긴 게 고마웠다. 여자는 이사벨을 감방에서 끌어내서 고르지 않은 돌 계단을 올라 밖으로 나가게 했다.

광장에 쏟아지는 햇살 때문에 앞이 보이지 않았다. 맞은편 건물들 옆에 총을 멘 병사 몇 명이 서서 일하고 있었다. 이사벨은 분수대에 매달린 총탄 구멍이 난 아버지의 시신을 보고 비명을 질렀다.

광장에 있는 사람들 전부 고개를 들었다. 병사들이 그녀를 손으로 가리키면서 비웃었다.

"조용히 해."

큰 체구의 독일 여자가 윽박질렀다.

이사벨은 뭐라고 대꾸하려다가 그녀 쪽으로 오는 비안느를 보았다. 언니는 몸을 제대로 못 가누는 것처럼 어색하게 다가왔다. 그녀가 입은 낡아빠진 원피스는 한때 이사벨이 예뻤다고 기억하는 옷이었다. 비안느는 칙칙하게 늘어진 불그스름한 금발을 귀 뒤로 넘겼다. 얼굴이 수척하고 찻잔처럼 움푹 꺼졌다.

"널 도와주러 왔어."

비안느가 조용하게 말했다.

이사벨은 울어버릴 수도 있었다. 무엇보다도 언니에게 달려가서 무릎을 꿇고 용서를 구한 다음 고마워하면서 꼭 안고 싶었다. '미안해'와 '사랑해', 그리고 다른 모든 말을 하고 싶었다.

하지만 그럴 수 없었다.

이사벨은 언니를 지키기 위해 마음을 단단히 먹었다.

"아버지도 그랬어."

그녀는 아버지 시신 쪽으로 고개를 까딱하면서 말을 이었다.

"그냥 가. 제발. 날 잊어버려."

독일 여자가 이사벨을 홱 잡아끌었다. 그녀가 발의 통증 때문에 비명을 지르면서 비척비척 걸어갔고, 뒤돌아보지 않으려고 애썼다. 이사벨은 총살 집행 병사들 앞으로 끌려간다고 생각했지만 그녀는 아버지의 늘어진 시신 앞을 지나 광장을 벗어나서 옆길로 끌려갔다. 거기 트럭이 기다리고 있었다.

독일 여자는 이사벨을 트럭 짐칸으로 떠밀었다. 이사벨은 안쪽 구석으로 기어가서 혼자 쭈그려 앉았다. 캔버스 가리개가 펼쳐지자 안이 어두워졌다. 엔진이 가동되는 소리가 나자, 그녀는 앙상한 무릎 사이에 턱을 대고 눈을 감았다.

정신을 차리니 미동도 없었다. 트럭이 달리는 것을 멈추었다. 어디선가 호루라기 부는 소리가 났다. 트럭의 가리개가 옆으로 밀리자 트럭 짐칸에 빛이 들어왔다. 이사벨은 너무 눈이 부셔서 그녀에게 다가오는 사람들 그림자밖에 보지 못했다.

그들이 소리쳤다.

"슈넬, 슈넬(Schnell, schnell 독일어 '빨리!')"

이사벨은 트럭에서 끌려 나와 쓰레기처럼 도로에 내팽개쳐졌다. 플랫폼에 텅빈 가축 운반차 네 칸이 줄지어 있었다. 앞의 세 칸은 꽉 닫혀 있었다. 네 번째 칸이 열려 있었다-안에 아녀자들이 꽉 차 있었다. 소음이 가슴을 짓눌렀다- 비명, 울음, 개 짖는 소리, 병사들의 고함, 호루라기 부는 소리, 대기 중인 기차의 칙칙폭폭 소리.

나치 병사가 이사벨을 인파 사이로 떠밀었고 그녀가 멈출 때마다 힘껏 밀어붙였다. 마침내 네 번째 화물칸이 그녀 앞에 나타났다.

병사는 그녀를 안아서 열차에 내던졌고, 이사벨은 넘어지다시피 사람들 속으로 들어갔다. 계속 사람들이 열차로 들어와 비틀대며 앞으로 나아갔고, 울면서 자식들의 손을 부여잡았다. 그들은 사람들 사이의 한 뼘도 안 되는 공간을 찾아서 서 있었다.

창마다 쇠창살이 있었다. 열차 구석에 있는 통이 이사벨의 눈에 들어왔다. 화장실이었다. 구석의 건초더미에 옷가방들이 잔뜩 쌓여 있었다.

이사벨은 걸을 때마다 욱신대는 발을 절룩이며, 울고불고 난리인 여자들과 비명을 지르는 아이들 사이를 지나서 열차 뒤쪽으로 갔다. 구석에 혼자 서 있는 여인이 보였다. 반항적으로 가슴에 팔짱을 낀 여자는 푸석푸석한 잿빛 머리를 검은 스카프로 싸매고 있었다.

마담 바비노의 주름진 얼굴에 미소가 번지고 누런 치아가 드러났다. 이사벨은 친구를 보자 얼마나 마음이 놓이는지 울 뻔했다.

"마담 바비노."

이사벨이 친구를 꼭 끌어안으면서 속삭였다.

"날 미셀린이라고 부를 때가 된 것 같은데."

친구가 말했다. 그녀는 너무 헐렁한 남자 바지와 플란넬 작업복 셔츠를 입고 있었다. 그녀가 이사벨의 터지고 멍든, 피가 얼룩진 뺨을 쓰다듬었다.

미셸린이 말했다.

"놈들이 무슨 짓을 한 거야?"

"최악이었어요."

이사벨은 평소처럼 말하려고 애썼다.

"그렇지 않을걸."

미셸린은 잠시 말의 여운을 남기고, 부츠 가까이 있는 양동이를 고개로 가리켰다. 양동이에 거무죽죽한 물이 가득 담겨 있고, 많은 사람들이 움직여서 나무 바닥이 흔들리자 물이 쏟아졌다. 양동이 옆에 갈라진 나무 국자가 놓여 있었다.

"마셔. 물이 있을 때."

미셸린이 말했다.

이사벨은 국자에 악취 나는 물을 담았다. 물맛이 고약해서 욕지기가 났지만 억지로 삼켰다. 그녀가 국자에 물을 담아서 내밀자 미셸린이 받아서 물을 다 마시고 소매로 젖은 입가를 닦았다.

"이거 곤란해지겠는걸."

미셸린이 말했다.

"제가 부인을 끌어들여서 죄송해요."

이사벨이 말했다.

"네가 나를 끌어들인 게 아니야, 줄리엣. 내가 그 일에 끼고 싶었던 거야."

미셸린이 말했다.

다시 호루라기 소리가 났고 열차 문들이 쾅 하고 닫히면서 모두 어둠 속에 잠겼다. 빗장 채우는 소리가 났고 그들은 안에 갇혔다. 기차가 휙 앞으로 나아갔다. 사람들이 사람들 위로 쓰러지고 넘어졌다. 아기들이 소리를 지르며 울어대고 아이들은 칭얼댔다. 누군가 양동이에 소변을 봤고 그 냄새가 땀과 두려움의 악취에 더해졌다.

미셸린이 이사벨에게 팔을 둘렀고, 두 사람은 건초더미 꼭대기로 올라가서 나란히 앉았다.

"저는 이사벨 로시뇰이에요."

이사벨이 조용히 말하고, 어둠이 이름이 삼키는 소리를 들었다. 이 기차에서 죽는다면 누군가에게 그녀의 실체를 알리고 싶었다.

미셸린이 한숨을 쉬었다.

"너는 줄리앙과 마들렌의 딸이지."

"처음부터 아셨어요?"

"응. 넌 엄마의 눈과 아버지의 기질을 닮았거든."

"아버지는 처형당했어요. 자신이 나이팅게일이라고 자백했죠."

이사벨이 말했다. 미셸린이 그녀의 손을 잡았다.

"당연히 그랬겠지. 언젠가 네가 어머니가 되면 이해할 게다. 네 부모가 어울리지 않는 부부라고 생각했던 기억이 나는구나―조용하고 지적인 줄리앙과 쾌활하고 강인한 마들렌이랑 둘이 공통점이 전혀 없다는 생각이 들었지만 흔히 사랑이 그런 거라는 걸 이제는 알지. 너도 알다시피 전쟁 때문이었지. 전쟁이 그를 담배마냥 뚝 부러뜨렸지. 회복할 수 없을 만큼. 네 어머니는 그를 구하려고 애썼어. 아주 열심히."

"어머니가 세상을 떠나자……."

"그래. 네 아버지는 제대로 사는 대신 술을 마시고 더 나빠졌지. 하지만 그는 원래 그런 사람이 아니었지. 어떤 사연은 해피엔딩으로 끝나지 않지. 러브 스토리도 그래. 어쩌면 러브 스토리가 특히 그렇겠지."

미셀린이 말했다.

느릿느릿 몇 시간이 지나갔다. 기차는 여자들과 아이들을 더 태우거나 폭격을 피하려고 자주 정차했다. 여자들은 돌아가면서 자리에 앉았다 일어섰고, 각자 최대한 다른 사람을 도왔다. 양동이의 물이 떨어지고 소변통이 흘러넘쳤다.

기차의 속도가 느려질 때마다 이사벨은 열차의 옆쪽으로 달려가서 널빤지 사이를 내다보았다. 그들이 어디 와 있는지 알아보려고 했지만 보이는 것은 병사와 개, 채찍밖에 없었다.

더 많은 여자들이 소떼처럼 더 많은 열차로 내몰렸다. 나중에 기억해주기를 바라면서, 여자들은 종이쪽지나 옷에 이름을 적어서 열차 벽의 틈새에 넣었다.

이틀째 되는 날 지치고 배고프고 갈증이 나서 모두 침이라도 아끼려고 조용히 있었다. 열차 안의 더위와 악취를 참을 수 없었다.

'무서운 줄 알아야지.'

가에탕이 그녀에게 해준 말이 아니던가? 헛간에서 사고가 나던 밤에 비안느가 가에탕에게 전해달라던 경고의 말이었다.

그 당시 이사벨은 이 말을 완전히 알아듣지 못했다. 이제는 이해했다. 전에 그녀는 자신이 무너지지 않을 거라고 생각했다. 하지만 알았다고 해도 다르게 행동했을까?

"아무것도 없어."

이사벨이 어둠 속에 대고 속삭였다. 그녀는 다시 똑같은 일을 할 터였다. 그리고 이게 끝이 아니었다. 그걸 기억해야 했다. 살아 있는 매일매일 구원의 가능성이 있었다. 그녀는 포기할 수가 없었다. '절대' 포기할 수 없었다.

*

기차가 멈추었다. 이사벨은 일어나 앉았다. 눈이 뿌옇고 심문받으면서 매질을 당해서 삭신이 쑤시고 아팠다. 매몰찬 목소리와 개 짖는 소리가 들렸다. 호루라기 부는 소리가 났다.

"일어나세요, 미셸린."

이사벨이 옆에 있는 미셸린을 가만히 흔들었다.

그녀가 얼른 정신을 차렸다.

열차에 있는 다른 일흔 명이—여자들과 아이들— 몽롱한 여행에서 천천히 깨어났다. 앉은 사람들은 자리에서 일어났다. 여자들은 본능적으로 모여들어 더 바싹 붙었다.

이사벨이 일어나자 너무 꽉 끼는 신발 속 찢어진 발이 아파서 찡그렸다. 그녀는 미셸린의 찬 손을 잡았다.

커다란 열차 문이 덜컹대면서 열렸다. 햇살이 쏟아져 들어오자 모두 눈앞이 보이지 않았다. 이사벨은 검은 제복을 입은 친위대원을 보았다. 그들이 데려온 개들이 으르렁대면서 짖었다. 병사들은 여자들과 아이들에게 윽박지르며 명령했고, 무슨 말인지 알아들을 수 없었지만 의미는 명확했다.

'내려, 앞으로 나가, 줄을 서.'

여자들은 서로 도우면서 열차에서 내렸다. 이사벨은 미셸린의 손을 꼭 잡고 플랫폼에 내려섰다.

경찰봉이 머리를 세게 내려치자 이사벨은 옆으로 비틀대다가 무릎을 꿇고 주저앉았다.

"일어나요. 그래야 해요."

한 여자가 말했다.

이사벨은 부축을 받아 일어났다. 현기증이 나서 그 여자에게 몸을 기댔다. 미셸린이 다른 쪽에 다가와서 허리에 팔을 둘러 바로 서게 해주었다.

이사벨의 왼쪽에서 채찍이 쉭 소리를 내며 허공을 갈라 한 여자의 발그레한 뺨을 후려갈겼다. 그녀는 비명을 지르면서 찢어진 볼을 감쌌다. 손가락 사이로 피가 흘렀지만 여자는 계속 걸음을 옮겼다.

여자들은 비뚤비뚤하게 줄을 지어서 울퉁불퉁한 땅바닥을 지나, 철조망이 있는 출입문으로 들어갔다. 그들 머리 위에 감시탑이 버티고 서 있었다.

문 안에서 이사벨은 유령 같은 여자 수백 명-수천 명-이 현실이 아닌 것 같은 우중충한 풍경 속을 지나다니는 광경을 보았다. 몸은 쇠약하고 퀭한 눈에 납빛 얼굴은 죽은 사람들 같았다. 다들 머리를 깎은 모습이었다. 헐렁하고 너저분한 줄무늬 원피스를 입었고 일부는 맨발이었다. 여자들과 아이들만 있었다. 남자는 없었다.

출입문 뒤쪽, 감시탑 아래에 줄줄이 늘어선 막사들이 있었다.

그들 앞 진흙 바닥에 여자 시신이 널브러져 있었다. 이사벨은 시신을 넘어서 걸어갔고, 너무 멍해서 '계속 움직여'란 것밖에 아무 생각도 할 수가 없었다. 마지막으로 걸음을 멈춘 여자가 매질을 심하게 당해 다시는 일어나지 못한 것이었다.

병사들이 여자들이 들고 있는 가방을 빼앗고 목걸이를 낚아챘다. 귀고리와 결혼반지도 빼게 했다. 귀중품을 모두 몰수당한 여자들은 어느 방으로 끌려갔다. 거기 몰려 서 있는데 더워서 땀이 줄줄 흐르고 갈증이 심해서 어지러웠다. 어떤 여자가 이사벨의 팔을 잡아서 옆으로 끌고 갔다. 이사벨은 무슨 생각을 할 틈도 없이 알몸이 되었다-모두 마찬가지였다. 거친 손이 더러운 손톱으로 맨살을 긁었다. 여자가 너무 함부로 온몸의-겨드랑이, 머리, 음부- 털을 깎아서 이사벨은 피를 흘렸다.

"빨리빨리!"

이사벨은 면도하고 덜덜 떠는 알몸의 여자들과 나란히 섰다. 발이 아프고 얻어맞아서 아직도 머리가 울렸다. 그러다가 그들은 다시 움직여야 했고, 다른 건물 쪽으로 떠밀려 갔다.

이사벨은 문득 MI9과 BBC 방송에서 들은 뉴스가 기억났다. 나치가 유대인들을 집단 수용소에서 가스 중독사시킨다고 했다. 그녀는 공포에 사로잡혀서 사람들과 함께 나아갔다. 발을 질질 끌고 들어간 큰 방에는 샤워꼭지가 잔뜩 있었다.

이사벨은 한 샤워기 밑에 오들오들 떨며 알몸으로 서 있었다. 소란스런 경비병들과 수감자들과 개 소리 사이로 낡은 환풍기가 덜걱대는 소리가 들렸다. 뭔가 올라오면서 파이프가 탕탕 소리를 냈다.

'이게 그거구나.'

건물의 문들이 쾅 닫혔다.

샤워기에서 얼음장처럼 찬물이 쏟아지자 이사벨은 깜짝 놀라고 뼛속까지 추웠다. 곧 물이 끊겼고, 그들은 다시 떠밀려나갔다. 오들오들 떨면서 흔들리는 손으로 알몸을 가리려고 공연한 노력을 하면서, 사람들에 섞여서 비틀비틀 다른 여자들 쪽으로 갔다. 그들이 새로 온 여자들의 몸에서 이를 잡았다. 그런 다음 이사벨은 부대자루 같은 줄무늬 원피스와 지저분한 남자 속옷, 끈도 없는 왼쪽 구두 두 짝을 받았다.

그녀는 축축한 가슴팍에 받은 물품을 안아 들고, 헛간 같은 건물로 밀려 들어갔다. 안에 이층 나무 침상이 잔뜩 있었다. 이사벨이 침상으로 기어들어가서 다른 아홉 명과 누웠다. 그녀는 천천히 움직여서 옷을 입은 다음, 누워서 이층 침상의 밑면을 올려다보았다.

"미셸린?"

이사벨이 속삭였다.

"나 여기 있어, 이사벨?"

그녀의 친구가 바로 위 침상에서 말했다.

이사벨은 너무 지쳐서 더 말할 수가 없었다. 밖에서 가죽 허리띠를 내리치는 소리, 채찍 소리, 너무 더디게 움직인 여자들의 비명이 들렸다.

"라벤스부뤼크(베를린 북쪽의 여성 강제 수용소)에 온 걸 환영해요."

옆에 있는 여인이 말했다.

이사벨의 다리에 그녀의 뼈만 남은 엉덩이가 닿았다.

이사벨은 소리와 냄새, 두려움과 통증을 막으려고 눈을 감았다.

'살아 남아.'라고 속으로 중얼댔다.

살아. 남아.

35

8월.

비안느는 가능한 조용하게 숨을 쉬었다. 안방의 – 그녀의 침실, 앙투안과 함께 지내던 방 – 덥고 눅눅한 어둠 속에서 모든 소리가 크게 울렸다. 폰 리히터가 옆으로 몸을 돌릴 때 침대 스프링이 픽 소리를 냈다. 비안느는 그가 숨을 내쉬는 소리를 매번 가늠했다. 그가 코를 골기 시작하자 그녀는 조금씩 옆으로 움직이다가 알몸에서 축축한 이불보를 벗겨냈다.

지난 몇 달간 비안느는 아픔과 치욕과 불명예에 대해 배웠다. 생존에 대해서도 알았다 – 폰 리히터의 기분을 알아차리는 방법과 언제 얼쩡대지 말아야 되는지, 언제 조용히 있어야 되는지 알게 되었다. 이따금 비안느가 모든 것을 제대로 하면 그는 그녀를 쳐다보지도 않았다. 그녀가 곤란해지는 것은 그가 힘든 하루를 보냈을 때, 이미 화가 나서 집에 돌아왔을 때였다. 바로 어젯밤이 그런 날이었다.

그는 몹시 기분이 안 좋아서 집에 돌아왔고, 파리에서 벌어진 전투에 대해 중얼댔다. 유격대가 거리에서 전투를 벌이기 시작한 참이었다. 그날 밤 폰 리히터가 무엇을 원할지 비안느는 즉시 알았다.

고통을 주는 것.

그녀는 얼른 아이들을 방에서 몰고 나가서 아래층 침실에서 재웠다. 그런 다음 위층으로 올라갔다. 어쩌면 가장 최악은, 폰 리히터가 비안느를 오게 만들고 그녀가 따르는 것이었다. 비안느는 그가 옷을 찢지 않도록 알아서 옷을 벗었다.

이제 그녀는 옷을 입으면서 팔을 드는 게 얼마나 아픈지 깨달았다. 암막을 드리운 창문 앞에서 잠시 멈추었다. 창밖 들판은 소이탄에 엉망이 되고 나무들은 반으로 부러지고 아직도 연기가 나는 나무도 많았다. 대문이며 굴뚝도 무너졌다. 세상의 종말 같은 풍경이었다. 비행장은 돌무더기와 나무더미가 되었고, 주위에 망가진 비행기들과 폭격당한 트럭들이 널려 있었다. 드 골 장군이 '자유프랑스' 군을 지휘하고 연합군이 노르망디에 상륙한 이후 유럽 폭격이 지속적으로 일어났다.

앙투안은 아직 거기 있을까? 그는 어느 수용소의 막사 벽이나 널빤지로 막은 창문의 틈새로 밖을 내다보고 있을까? 한때 사랑이 넘치는 집을 비추던 이 달을 바라볼까? 그리고 이사벨. 그녀가 끌려간 게 겨우 두 달 전이었지만 한평생이 지난 느낌이었다. 비안느는 늘 동생 걱정을 했지만 그저 견딜 수밖에 없었다.

아래층에 내려가자 그녀는 촛불을 켰다. 전기가 끊어진 지는 오래되었다. 비안느는 욕실에서 촛불을 세면대 옆에 내려놓고 타원형 거울에 비친 모습을 보았다. 창백하고 수척했다. 칙칙하고 불그스름한 금발이 얼굴 양쪽으로 축 늘어졌다. 궁핍한 세월을 보내면서 코가 더 길어지고 광대뼈가 더 튀어나온 것 같았다. 관자놀이에 얼룩덜룩한 멍이 있었다. 곧 멍이 진해지리란 것을 그녀는 알았다. 팔뚝에 손자국이 있고, 왼쪽 가슴에 흉한 멍이 있으리란 것을 보지 않아도 알았다.

폰 리히터는 심술이 점점 심해졌다. 더 화를 냈다. 연합군이 남부 프랑스에 상륙해서 도시들을 해방시키기 시작했다. 독일군은 전쟁에서 지고 있었고 폰 리히터는 그 보복을 비안느에게 하기로 작정한 듯했다.

그녀는 옷을 다 벗고 미지근한 물로 씻었다. 살갗이 얼룩덜룩하고 빨개지도록 박박 문질렀는데도 여전히 깨끗한 기분이 들지 않았다. 깨끗하다고 느껴본 적이 없었다.

비안느는 더 이상 견딜 수가 없자 물기를 닦고 다시 잠옷을 입고 위에 가운을 걸쳤다. 허리를 꽉 매고 촛불을 들고 욕실에서 나왔다.

소피가 거실에서 그녀를 기다리고 있었다. 소피는 거실에 한 점 남은 괜찮은 가구에—소파— 올라앉아서 무릎을 모으고 손깍지를 끼었다. 나머지 가구들은 몰수되거나 불에 태워졌다.

"이렇게 늦도록 자지 않고 뭐해?"

"저도 똑같은 질문을 할 수 있지만 사실 그럴 필요도 없겠는데요, 그렇죠?"

비안느는 가운 허리끈을 꽉 조였다. 초조할 때 손을 놀리는 습관이었다.

"가서 자자."

소피가 그녀를 올려다보았다. 열네 살이 다 되어 딸의 얼굴은 성숙해지기 시작했다. 창백한 피부에 눈이 까맣고 속눈썹이 풍성하고 길었다. 영양이 나빠서 머리숱이 줄었지만 여전히 곱슬곱슬했다. 소피는 도톰한 입술을 빨았다.

"정말이지, 마망? 언제까지 연기를 해야 되는 거예요?"

딸의 예쁜 눈에 고인 슬픔과 분노에 비안느는 억장이 무너졌다. 유년기를 전쟁에 빼앗긴 이 아이에게 아무것도 숨기지 않고 살아온 그녀였다.

어머니가 거의 다 큰 딸에게 세상의 추악함에 대해 뭐라고 말하는 게 옳을까? 그녀가 어떻게 정직해질 수 있을까? 비안느가 자신을 평가하는 것보다 딸의 평가가 덜 가혹하리라고 그녀가 어떻게 기대할 수 있을까?

비안느는 소피 곁에 앉았다. 그녀는 예전의 삶을 떠올렸다 – 웃음, 입맞춤, 가족 식사, 크리스마스 아침, 빠진 젖니, 처음 말한 단어들.

"난 바보가 아니에요."

소피가 말했다.

"널 그렇게 생각한 적 없어. 한순간도."

비안느는 숨을 들이쉬다가 내쉬고 덧붙여 말했다.

"난 그저 널 보호하고 싶었을 뿐이야."

"진실에서요?"

"모든 것에서."

"그런 건 없어요. 지금쯤이면 그걸 모르겠어요? 라셀이 떠났어요. 사라는 죽었고요. 할아버지는 돌아가셨어요. 이사벨 이모는……."

소피가 쓸쓸하게 말했고 눈에 눈물이 그렁그렁했다. 소피가 말을 이었다.

"그리고 파파는…… 우리가 마지막으로 소식을 들은 게 언제였죠? 1년 됐나요? 8개월? 아마 파파도 죽었을 거예요."

"네 아버지는 살아 있어. 네 이모도 마찬가지고. 그들이 떠났다면 내가 느낄 거야. 여기서 그걸 알 거라고."

비안느가 가슴에 손을 대면서 말했다.

"마음으로요? 엄마가 '마음'으로 그걸 느낀다고요?"

비안느는 이 전쟁이 소피에게 영향을 미치고 있다는 것을 알았다.

두려움과 절망이 딸을 더 날카롭고 냉소적으로 만든다는 걸 알긴 해도 그런 면을 세세히 접하니 힘들었다.

"어떻게 엄마가…… 그에게 갈 수가 있어요? 멍든 자리가 보여요."

"그건 '내' 전쟁이야."

비안느가 감당하지 못할 정도로 수치감을 느끼면서 말했다.

"이사벨 이모였다면 그가 잘 때 목졸라 죽였을 거예요."

"맞아. 이사벨은 강한 여자야. 난 아니야. 난 단지…… 자식들을 안전하게 지키려고 애쓰는 엄마일 뿐이야."

비안느가 인정했다.

"엄마가 이런 식으로 우리를 구해주길 바란다고 생각해요?"

비안느가 절망감에 어깨를 늘어뜨리면서 말했다.

"넌 어려. 네가 엄마가 되면……."

"난 엄마가 되지 않을 거예요."

소피가 맞받아쳤다.

"내가 너를 실망시켜서 미안하구나, 소피."

비안느가 말했다.

한참 후 소피가 입을 열었다.

"난 그를 죽이고 싶어요."

"나도 그래."

"그가 자는 동안 우리가 베개로 얼굴을 누르고 있으면 돼요."

"내가 그렇게 하는 상상을 안 해본 줄 아니? 하지만 그건 너무 위험해. 이미 벡이 이 집에 살다가 사라졌어. 다시 똑같은 일이 터지면 그들은 우리에게 주목할 거고 그건 우리가 원하는 바가 아니지."

소피가 침울하게 고개를 끄덕였다.

"난 폰 리히터가 나한테 하는 짓을 견딜 수 있어, 소피. 너나 다니엘을 잃는 일이나 너희와 떨어지는 것을 난 견딜 수 없어. 너희가 다치는 것을 보는 일도 그렇고."

소피는 시선을 돌리지 않고 말했다.

"그가 미워요."

"나도 그래. 나도 그렇단다."

비안느가 나직하게 말했다.

*

"오늘은 덥구나. 수영하기에 좋은 날이라는 생각을 했는데."

비안느가 미소 지으면서 말했다. 곧 누구랄 것 없이 함성을 질렀다. 비안느는 아이들을 고아원 교실에서 데리고 나와, 꼭 붙어 서서 회랑을 지나게 했다.

그들이 원장 수녀실 앞을 지날 때 문이 열렸다. 원장 수녀님이 빙그레 웃으면서 말했다.

"모리악 선생, 재잘대는 녀석들이 노래라도 부를 듯 행복해 보이는군요."

비안느가 그녀의 팔짱을 끼면서 대답했다.

"이렇게 날이 더운데요. 저희랑 연못에 가세요."

"참 좋은 생각이구나."

"일렬로!"

큰 길에 나오자 비안느가 아이들에게 외쳤다. 그들은 곧 줄지어 섰다. 비안느가 노래를 선창하자 금방 아이들이 따라 불렀고, 손뼉 치고 발을 구르고 깡충깡충 뛰면서 소리를 높였다.

아이들은 지나가면서 폭격 당한 건물들을 알아보았을까? 한때 주택이었던 연기 나는 흙더미나 돌더미를? 아니면 그들의 어린 시절의 흔한 풍경이, 눈에 들어오지 않는 평범한 일이 되었을까?

다니엘은 -평소처럼- 비안느의 손을 잡고 달라붙어 있었다. 최근에 아이는 그녀와 오래 떨어지는 것을 두려워했다. 비안느는 가끔 마음이 쓰였고 가슴이 아프기까지 했다. 다니엘이 마음 깊은 곳에서 잃어버린 모든 것-어머니, 아버지, 누나-을 기억하는 것은 아닐까. 그녀를 파고들면서 웅크리고 잘 때면 예전의 아리라는 생각이 들었다.

비안느가 손뼉을 쳤다.

"애들아, 질서 있게 길을 건너야 한다. 소피, 네가 앞장서렴."

아이들은 조심스럽게 길을 건너서 언덕을 뛰어올라가 이 계절에만 생기는 넓은 연못으로 갔다. 한때 그녀가 좋아하던 곳이었다. 앙투안이 처음으로 키스한 곳도 바로 이 연못이었다.

물가에서 학생들은 옷을 벗기 시작했다. 금세 다들 물에 들어가 있었다.

비안느는 다니엘을 내려다보았다.

"물에 들어가서 누나랑 놀고 싶지?"

다니엘은 아랫입술을 씹으면서, 잔잔한 파란 물 안에서 텀벙대는 아이들을 바라보았다.

"모르겠어요······."

"싫으면 헤엄치지 않아도 돼. 그냥 발만 적셔도 돼."

다니엘이 찡그리고 뺨을 부풀리며 궁리했다. 그러더니 비안느의 손을 놓고 조심스럽게 소피에게 다가갔다.

"아이가 여전히 너한테 매달리는구나."

원장 수녀님이 말했다.

"악몽도 꿔요."

비안느가 '저도 그렇죠'라고 말하는 순간 속이 메스꺼웠다. 그녀가 중얼댔다.

"실례해요."

그녀는 높이 자란 풀들을 지나 나무 수풀로 뛰어갔다. 거기서 몸을 숙이고 토했다. 뱃속에 든 게 아무것도 없었지만 계속 헛구역질이 나서 기운이 없고 피곤했다.

등에서 원장 수녀의 손길이 느껴졌다. 그녀는 등을 문지르며 달래주었다.

비안느가 몸을 바로 폈다. 그녀는 미소를 지으려고 애쓰며 말했다.

"죄송해요. 제가……"

비안느가 말을 멈추었다. 진실이 밀려들었다. 그녀가 원장 수녀에게 몸을 돌리고 덧붙였다.

"어제 아침에도 토했어요."

"아, 이런, 비안느. 아기냐?"

비안느는 웃어야 될지 울어야 될지, 신에게 고함쳐야 될지 몰랐다. 예전에 뱃속에서 아기가 자라기를 그토록 기도했건만.

하지만 지금은 아니었다.

'그의 아기'는 아니었다.

*

비안느는 1주일간 잠을 못 잤다. 기운이 쭉 빠지고 피곤하고 겁에 질렸다. 그리고 입덧이 훨씬 심해졌다.

이제 그녀는 침대 가장자리에 걸터앉아서 다니엘을 내려다보았다. 다섯 살인 아이는 또 파자마가 작아져서, 가녀린 팔목과 발목이 너덜너덜한 소매와 바짓단 밖으로 쑥 나왔다.

소피와 달리 다니엘은 배가 고프다거나 촛불을 켜놓고 책을 읽어야 되거나, 배급표로 구할 수 있는 거무죽죽한 맛없는 빵을 불평하지 않았다. 아이는 다른 아무것도 기억하지 못했다.

"이봐, 다니엘 대장."

그녀가 아이의 눈을 덮은, 젖은 검은 곱슬머리를 위로 넘기면서 말했다. 다니엘은 몸을 굴려 반듯하게 누워서, 빠진 앞니를 드러내며 씩 웃었다.

"마망, 사탕이 있는 꿈을 꿨어요."

침실 문이 홱 열렸다. 소피가 숨을 몰아쉬면서 나타났다.

"얼른 와봐요, 마망."

"아, 소피. 나는……."

"당장이요."

"가자, 다니엘. 누나가 정말 급한가 보네."

다니엘이 비안느에게 활기차게 달려들었다. 안고 가기에는 아이가 너무 커서 그녀는 꼭 안아준 다음 몸을 뗐다. 그녀는 다니엘에게 맞는 유일한 옷을—헛간에서 찾은 페인트칠 할 때 까는 천으로 만든 바지와 귀한 파란 실로 그녀가 뜨개질한 스웨터— 꺼냈다. 다니엘이 옷을 입자 그녀는 아이 손을 잡고 거실로 데리고 나갔다. 현관문이 열려 있었다.

종이 울리고 있었다. 교회 종소리. 어디선가 음악을 연주하기라도 하는 것 같았다. '라 마르세예즈(프랑스 국가)'? 화요일 오전 9시에?

마당의 사과나무 밑에 소피가 서 있었다. 줄지어 선 나치군이 집 앞을 지나 행군했다. 잠시 후 차량들이 왔다. 탱크, 트럭, 자동차 들이 연달아 르 자르댕 앞을 휙휙 지나가며 먼지를 일으켰다.

검은 시트로엥 한 대가 도로 옆으로 다가와서 멈추었다. 폰 리히터가 차에서 내려 비안느에게 다가왔다. 부츠가 지저분하고 눈을 검은 선글라스로 가렸고, 화가 난 입매는 꾹 다물어 일자로 보였다.

"마담 모리악."

"소령님."

"우린 가련하고 지겨운 당신네 고장을 떠날 거요."

비안느는 대꾸하지 않았다. 입을 열면 죽음을 자초할 수도 있는 말을 내뱉었을 것이다.

"이 전쟁은 끝나지 않았소."

폰 리히터가 중얼댔지만 이게 그녀를 위해 하는 말인지 자신을 위한 말인지 비안느는 확실히 알 수 없었다.

그의 시선이 소피를 지나서 다니엘에게 멈추었다.

비안느는 시무룩한 얼굴로 미동도 하지 않고 서 있었다.

그가 그녀에게 몸을 돌렸다. 최근에 생긴 뺨의 멍 자국을 보고 그가 미소를 지었다.

"폰 리히터! 자네 프랑스 매춘부는 버리고 가자고."

그의 측근이 소리쳤다.

"알겠지만 당신이 바로 그거였지."

그가 말했다.

비안느는 말하지 않으려고 입술을 꾹 다물었다.

폰 리히터가 앞으로 나오면서 말했다.

"난 당신을 잊을 거야. 당신도 그럴 수 있을지 의심스럽군."

그가 집으로 들어가서 가죽 여행 가방을 들고 다시 나왔다. 그는 비안느를 힐끗 쳐다보지도 않고 차로 돌아갔다. 그가 나가고 대문이 쾅 닫혔다.

비안느는 문에 손을 뻗어서 중심을 잡았다.

"그들이 떠나고 있어요."

소피가 말했다.

비안느의 다리가 풀렸다. 그녀가 무릎을 꿇고 주저앉았다.

"그가 갔구나."

소피가 무릎을 대고 앉아서 비안느를 꼭 안았다.

다니엘이 맨발로 두 사람 사이로 달려왔다.

"나도! 나도 안아줘!"

다니엘이 외치고는 그들에게 힘껏 몸을 던져서 다 같이 비틀대며 마른 풀밭에 자빠졌다.

*

독일군이 카리보를 떠난 후 한 달간 사방에서 연합군이 승리를 거둔 좋은 소식이 들려왔지만 전쟁은 끝나지 않았다. 독일은 항복하지 않았다. 창문을 암막으로 가려야 했던 데서 '일부 소등'으로 완화되어 이제 다시 창으로 햇빛이 들어왔다 – 놀라운 선물이었다.

하지만 여전히 비안느는 긴장을 풀 수가 없었다. 폰 리히터를 마음에 두지 않아도 되니(그녀는 살아 있는 동안은 그의 이름을 입에 올리지 않을 작정이었지만 그를 생각하는 것을 멈출 수가 없었다) 이사벨과 라셀과 앙투안 걱정에 사로잡혔다. 적십자가 우편물이 전해지지 않는다고 발표했는데도 그녀는 앙투안에게 거의 매일 편지를 써서 부치려고 줄을 섰다. 가족이 앙투안의 소식을 듣지 못한 지 1년이 넘었다.

"또 왔다갔다다하네요, 마망."

소피가 말했다. 소피는 소파에 다니엘과 붙어 앉아서 책을 펼쳐놓고 있었다. 벽난로 선반에는 비안느가 헛간 지하실에서 꺼내온 사진 몇 장이 놓여 있었다. 르 자르댕을 다시 가정처럼 꾸미기 위해 그녀가 떠올릴 수 있는 얼마 안 되는 방법 중 하나가 사진이었다.

"마망?"

소피의 목소리에 비안느는 정신을 차렸다.

"아빠가 집에 올 거예요. 이사벨 이모도 그렇고요."

소피가 말했다.

"그래."

"우린 파파한테 뭐라고 말하죠?"

소피가 물었고 비안느는 딸의 눈빛으로 오랫동안 마음에 담았던 질문이라는 것을 알았다.

비안느는 아직은 나오지 않은 배에 손을 댔다. 아직 아기가 든 기미는 없었지만 비안느는 자신의 몸을 잘 알았다. 안에서 생명이 자라고 있었다.

그녀는 거실에서 나가 현관문을 열었다. 맨발로 갈라진 돌계단들을 내려가니 발바닥에 보드라운 이끼들이 닿았다. 날카로운 돌을 밟지 않으려고 조심하면서 도로로 나가서 시내 쪽으로 방향을 틀었다.

오른편에 묘지가 나타났다. 묘지는 두 달 전 폭격으로 폐허가 되었다. 오래 된 묘석들이 옆으로 눕고 산산이 부서졌다. 땅바닥이 깨지고 갈라져서 여기저기 구멍이 있었다. 나뭇가지에 해골들이 걸려 있고, 바람이 불자 뼈들이 덜거덕댔다.

멀리 길모퉁이를 돌아서 걸어오는 한 남자가 보였다.

세월이 흘러 그녀는 이 더운 가을날, 바로 이 시간 무엇에 끌려 여기까지 나왔을까 자문할 터였다. 하지만 그녀는 알았다.

그는 앙투안이었다.

비안느가 맨발을 아랑곳하지 않고 달리기 시작했다. 거의 그의 품에 안길 즈음, 팔을 뻗으면 닿을 정도로 가까워졌을 때 갑자기 그녀는 우뚝 멈춰 섰다. 앙투안은 그녀를 한눈에 다른 남자에게 유린당했다는 것을 알아챌 것이다.

"비안느, 난 탈출했어."

그가 말했다. 비안느가 아는 남편의 목소리가 아니었다.

그는 너무도 변했다. 얼굴이 날카로워지고 머리는 잿빛이 되었다. 홀쭉한 뺨과 턱에 짧은 흰 수염이 잔뜩 났고, 무서울 정도로 비쩍 말랐다. 왼팔은 부러져서 잘못 붙은 것처럼 이상한 각도로 늘어뜨리고 있었다.

앙투안도 그녀에 대해 똑같은 생각을 하고 있었다. 비안느는 그의 눈빛에서 그걸 알 수 있었다.

그녀는 그의 이름을 숨결처럼 가만히 불렀다.

"앙투안."

비안느는 눈물이 흐르는 것을 느꼈고 그 역시 울고 있다는 것을 알았다. 그에게 가서 키스했지만 그는 몸을 뺐다. 앙투안은 그녀가 한 번도 본 적이 없는 남자 같았다.

"내가 더 잘할 수 있는데."

앙투안이 말했다.

비안느가 그의 손을 잡았다. 그 무엇보다 남편에게 친밀감을, 하나라는 것을 느끼고 싶었지만 그녀가 견뎌왔던 수치감이 둘 사이에 벽을 만들었다.

두 사람이 집을 향해 걸을 때 앙투안이 말했다.

"매일 밤 당신을 생각했어. 우리 침대에 누운 당신을 상상하면서, 흰 잠옷을 입은 당신이 어떻게 생겼는지 생각했지······ 당신이 나처럼 혼자 있다는 걸 알았어."

비안느는 목소리를 낼 수가 없었다.

"당신의 편지와 소포가 날 계속 견디게 해주었어."

앙투안이 말했다.

르 자르댕의 망가진 대문 앞에서 그가 잠시 멈추었다.

비안느는 그의 눈으로 집을 보았다. 비스듬히 기운 대문, 무너진 담장, 새빨간 사과가 아니라 더러운 천조각들이 걸린 사과나무.

앙투안이 대문을 밀었다. 대문은 옆으로 주저앉았지만 무너지는 기둥에 헐렁한 나사못 한 개로 아직 붙어 있었다. 건드리면 문은 삐걱 소리를 내며 빡빡하게 열렸다.

"잠깐만."

비안느가 말했다.

그녀는 앙투안에게 털어놓아야 했다. 지금, 너무 늦기 전에.

나치가 이 집에 들어와 살았다는 것은 온마을이 알았다. 앙투안은 분명히 소문을 들을 터였다. 8개월 후에 아기가 태어나면 사람들은 의심하리라.

그녀가 방법을 모색하면서 입을 열었다.

"당신 없이 힘들었어. 르 자르댕이 비행장에서 아주 가깝거든. 독일군이 시내에 들어가는 길에 이 집을 봤지. 장교 두 명이 여기서 살았어."

현관문이 벌컥 열리더니 소피가 고함을 질렀다.

"파파!"

소피는 마당을 가로질러 뛰어나왔다.

앙투안이 어색하게 한쪽 무릎을 꿇고 앉아서 팔을 벌리자, 소피가 그의 품에 안겼다.

비안느는 아픔이 커지는 것을 느꼈다. 그녀의 기도대로 앙투안이 집에 돌아왔지만 이제 그녀는 똑같지 않다는 것을, 똑같을 수가 없다는 것을 알았다. 앙투안은 변했다. 그녀도 변했다. 비안느는 납작한 배에 손을 올렸다.

앙투안이 딸에게 말했다.

"정말 다 컸구나. 어린 여자애를 두고 떠났는데 집에 와보니 아가씨가 되었네. 그동안 내가 놓친 것들을 말해줘야 한다."

소피의 시선이 그를 지나 비안느에게 향했다.

"우리가 전쟁 이야기를 하면 안 될 것 같아요. '어떤' 이야기도. 절대. 다 끝난 일이에요."

소피는 비안느가 거짓말하기를 바랐다.

다니엘이 문간에 나타났다. 짧은 바지와 모양 없는 빨간 털 스웨터, 맞지 않는 중고 구두 차림이었다. 아이는 좁은 가슴에 그림책을 안고 찡그린 표정으로 계단을 폴짝폴짝 뛰어서 그들에게 내려왔다.

"이 잘생긴 총각은 누군가?"

앙투안이 물었다.

"다니엘이에요. 누구세요?"

아이가 물었다.

"난 소피의 아버지인데."

다니엘이 눈을 휘둥그레 떴다. 아이는 책을 내던지고 앙투안에게 달려들며 외쳤다.

"파파! 집에 왔네요!"

앙투안은 아이를 번쩍 안아 올렸다.

"나중에 말할게요. 우선 안에 들어가서 축하해요."

비안느가 말했다.

*

비안느는 남편이 전쟁에서 돌아오는 순간을 수없이 상상했다. 처음에는 앙투안이 그녀를 보고 가방을 내려놓고 크고 튼튼한 팔로 와락 끌어안는 장면을 그렸다.

그러다가 벡이 집에 들어와서, 지금은 이름도 말하지 않는 남자-적-에 대한 감정을 느끼게 만들었다. 그에게 앙투안의 수감 소식을 듣고 그녀는 기대를 줄였다. 더 마르고 수척해 보이는 남편을 상상했지만, 그래도 '앙투안'으로 돌아올 거라고 생각했다.

저녁 식탁에 앉은 사내는 타인이었다. 음식 위로 몸을 숙이고 양팔로 접시를 안고, 사골로 끓인 수프를 숟가락으로 떠 넣는 모습. 마치 식사가 시간이 정해진 일과인 것처럼. 그는 자신의 행동을 의식하자 죄책감에 얼굴을 붉히면서 사과하는 말을 중얼댔다.

다니엘이 쉬지 않고 조잘대는 사이, 소피와 비안느는 허깨비 같은 앙투안을 찬찬히 살폈다. 그는 모든 소리에 화들짝 놀랐고 손길에 움찔했다. 그의 눈에는 알아볼 수밖에 없는 아픔이 배어 있었다.

저녁 식사 후, 앙투안이 아이들을 재우는 사이 비안느 혼자 설거지를 했다. 그녀는 남편을 다른 방에 보내는 게 반가웠고 그 때문에 죄책감이 커졌다. 앙투안은 남편이고 평생의 사랑이었지만, 그가 만질 때 몸을 돌리지 않는 게 그녀가 할 수 있는 최선이었다. 이제 비안느는 침실 창가에 서서 불안한 마음으로 남편을 기다렸다.

앙투안이 뒤에서 다가왔다. 그녀는 어깨를 잡는 강한 손길을 느꼈고, 등 뒤에서 그의 숨소리가 났다. 비안느는 등을 기대고 싶었다. 오랜 세월을 함께한 익숙함으로 그에게 기대고 싶은 마음이 간절했지만 그럴 수 없었다. 앙투안의 손이 그녀의 어깨를 매만지다가 팔로 내려와서 엉덩이에 머물렀다. 그는 가만히 그녀의 몸을 돌렸고 둘은 마주 보았다.

앙투안이 그녀의 옷깃을 옆으로 내리고 어깨에 키스했다.

"많이 말랐네."

그가 말했다. 열정과 함께 다른 뭔가가 있는 쉰 목소리였다. 둘 사이에는 새로운 뭔가가―어쩌면 상실감이, 서로의 부재 중에 생긴 변화에 대한 인식 같은 게 있었다.

"겨울 이후 체중이 늘었어."

비안느가 말했다.

"그래. 나도 그래."

앙투안이 대답했다.

"어떻게 탈출한 거야?"

"나치가 전쟁에서 패하기 시작하자 상황이…… 나빠졌어. 난 하도 심하게 맞아서 왼팔을 못 쓰게 됐어. 그러다가 죽도록 고문 당하느니 차라리 도망치다가 총에 맞겠다고 작정했지. 일단 죽을 각오를 하면 계획을 세우기는 쉽지."

이제 그에게 진실을 말할 때였다. 앙투안은 강간이 고문이었다는 것을, 그녀 역시 죄수였다는 것을 이해하겠지. 비안느에게 일어난 일이 그녀의 잘못이 아니라는 것을. 그녀는 그렇게 믿었지만 이런 일에서 잘잘못은 중요하지 않다고 느꼈다.

앙투안이 양손으로 그녀의 얼굴을 감싸고 턱을 위로 올렸다.

그들의 키스는 애틋했고 사과에 가까웠다. 예전에 나누었던 것들을 일깨우는 입맞춤이었다. 앙투안이 옷을 벗길 때 비안느는 몸을 떨었다. 그녀는 남편의 등과 몸통에 교차해서 난 붉은 자국들과 왼팔을 따라 쭉 이어진 들쭉날쭉한, 짙게 주름진 흉터들을 보았다.

그녀는 앙투안이 때리거나 상처를 주지 않으리란 것을 알았다. 그런데도 두려웠다.

"무슨 일이야, 비안느?"

그가 물러나면서 물었다.

비안느는 침대를, 그들의 침대를 힐끗 쳐다보았지만, '그 남자' 생각밖에 나지 않았다. 폰 리히터.

"당신이 떠, 떠나 있는 사이에……."

"우리가 그 이야기를 할 필요가 있을까?"

그녀는 모두 고백하고 싶었다. 남편 품에 안겨 울고 위로받고, 다 괜찮다는 말을 듣고 싶었다. 하지만 앙투안은 어떨까? 그 역시 지옥을 겪으며 살아왔다. 비안느는 남편에게서 그것을 볼 수 있었다. 그의 가슴팍에는 채찍 자국처럼 생긴 붉은 거친 흉터들이 있었다.

앙투안은 그녀를 사랑했다. 비안느도 그것을 알았고 느꼈다.

하지만 그는 사내였다. 그녀가 강간당했다고-다른 남자의 애가 뱃속에서 자라고 있다고- 말하면 그는 괴로움에 시달릴 터였다. 시간이 흐르면 앙투안은 그녀가 폰 리히터를 막을 수 있지 않았을까 의문을 가질 터였다. 어느 날인가 비안느가 그걸 즐긴 건 아닌지 의심할지 모르는 일이었다.

그녀는 앙투안에게 벡에 대해, 심지어 그를 죽였다고도 말할 수 있었지만 강간당했다는 말은 할 수가 없었다. 뱃속의 아이는 일찍 태어난 걸로 할 수 있었다. 아기가 한 달쯤 먼저 나오는 것은 늘 있는 일이었다.

이 비밀이 어떤 방식으로든 그들을 망가뜨릴지 염려하지 않을 수가 없었다.

"당신한테 모든 걸 말할 수 있어."

비안느가 조용히 말했다. 치욕과 상실감과 사랑의 눈물이 났다. 무엇보다 사랑의 눈물이었다. 그녀가 말을 이었다.

"당신한테 여기 살던 독일 장교들에 대해, 얼마나 살기가 팍팍했는지 말할 수 있어. 간신히 목숨을 부지한 것, 사라가 내 앞에서 죽은 것, 라셀이 가축 칸에 태워지면서 강했다는 것, 내가 아리를 안전하게 지키겠다고 약속했던 것까지 다 말할 수 있어. 아버지가 어떻게 돌아가셨는지, 이사벨이 체포되어 추방 당한 것까지 다 말할 수 있어……. 하지만 당신이 다 안다는 생각이 들어."

'하느님, 저를 용서하소서.'

그녀가 덧붙여 말했다.

"그리고 어쩌면 이런 말을 해봤자 아무 소용없을 거야. 어쩌면……."

그녀는 앙투안의 왼쪽 팔뚝에 있는 번개 같은 모양의 붉은 흉터를 쓰다듬으면서 말을 이어갔다.

"어쩌면 과거를 잊고 앞으로 나아가는 게 최선일 거야."

앙투안이 그녀에게 키스했다. 그가 몸을 떼면서도 입술은 비안느의 입술에 댄 채로 말했다.

"사랑해, 비안느."

비안느가 눈을 감고 그에게 키스했다. 그녀는 앙투안의 손길을 받고 몸이 살아나기를 기대했다. 그의 몸 아래 누워서, 예전에 수없이 그랬듯 둘의 몸이 밀착되는 것을 느끼면서도 아무런 느낌을 받지 못했다.

"나도 사랑해, 앙투안."

비안느는 울지 않으려고 애쓰면서 말했다.

*

추운 가을 밤. 앙투안이 집에 온 지 두 달이 지났다. 이사벨한테는 아무 소식도 없었다.

비안느는 잠을 잘 수 없었다. 남편 옆에 누워서 나직한 코고는 소리에 귀를 기울였다. 예전에는 그의 코고는 소리가 방해되어 잠을 자지 못한 적이 없었지만 이제는 그랬다.

아니.

그건 사실이 아니었다.

그녀는 몸을 돌려 옆으로 누워서 앙투안을 빤히 처다보았다. 달빛만 비치는 어둠 속에서 그는 낯설었다. 마르고 뾰족하고, 서른다섯 살의 나이에 머리가 잿빛이었다.

비안느는 살그머니 침대에서 나와, 할머니가 쓰던 무거운 거위털 이불을 앙투안에게 덮어주었다.

그녀는 가운을 걸쳤다. 아래층에 내려가서 뭔가 찾아서 방마다 돌아다녔다. 무엇일까? 예전의 삶이나 잃어버린 남자를 향한 사랑일까.

이제 아무것도 옳다고 여겨지지 않았다. 그들은 타인 같았다. 앙투안 역시 그렇게 느꼈다. 그녀는 남편의 감정을 알았다. 밤에 둘 사이에 전쟁이 가로놓였다.

비안느는 거실 트렁크에서 누비이불을 꺼내 몸에 두르고 밖으로 나갔다.

보름달이 폐허가 된 들녘 위에 떠 있었다. 사과나무들 사이로 달빛이 내려앉았다. 그녀는 가운데 나무 아래 가서 섰다. 나뭇잎이 다 떨어지고 옹이가 많은, 죽은 검은 가지가 머리 위로 아치를 그렸다. 가지에 끈과 실 가닥과 리본 조각들이 매달려 있었다.

이 가지에 기억들을 묶었을 때, 그녀는 살아 있는 게 가장 중요하다고 순진하게 생각했다. 뒤에서 문이 열렸다가 조용히 닫혔다. 그녀는 늘 그랬듯이 남편의 존재를 느꼈다.

"비안느."

앙투안이 뒤에서 다가왔다. 그는 아내를 안았다.

비안느는 그에게 몸을 맡기고 싶었지만 그럴 수가 없었다. 그녀는 이 나무에 처음 맸던 리본을 물끄러미 바라보았다. 앙투안을 기리는 리본이었다.

비바람에 리본 색이 변했다. 그들이 변했듯이.

때가 되었다. 그녀는 더 이상 기다릴 수가 없었다. 배가 점점 불러 왔다.

비안느가 몸을 돌리고 남편을 올려다보았다.

"앙투안."

그 말밖에 할 수 없었다.

"사랑해, 비안느."

그녀는 숨을 깊이 들이쉬고 말했다.

"난 아기를 낳을 거야."

그는 가만히 있었다.

한참 시간이 지난 후에야 앙투안이 입을 열었다.

"뭐야? 언제?"

비안느는 과거의 임신들을, 둘이 상실과 기쁨 속에서 하나가 되었던 기억을 떠올리면서 그를 올려다보았다.

"거의 두 달 된 것 같아. 분명히 당신이 집에 온 첫날…… 그렇게 되었을 거야."

그녀는 남편의 눈빛에 담긴 모든 미묘한 감정을 보았다. 놀람, 걱정, 근심, 경이감, 그리고 마침내 환희. 앙투안은 그녀의 턱을 잡아서 얼굴을 들게 했다.

그가 말했다.

"당신이 왜 그렇게 두려워하는지 모르겠지만 걱정 말아. 우리는 이 아기를 잃지 않을 거야. 이 모든 일을 겪은 후니 그런 일은 없을 거야. 이건 기적이야."

그녀의 눈에 눈물이 솟구쳤다. 미소를 지어 보려 했지만 죄책감이 가슴을 짓눌렀다.

"당신은 너무 많은 걸 견뎠어."

"우리 모두 그랬지."

"그러니까 기적으로 보기로 하자고."

이것은 진실을 안다고 밝히는 그의 방식일까? 예전부터 의혹을 품었던 걸까? 아기가 일찍 태어나면 그는 뭐라고 말할까?

"그게 무, 무슨 뜻이야?"

비안느는 그의 눈에서 번들거리는 눈물을 보았다.

"과거를 잊자는 뜻이야. 중요한 건 현재야. 우린 언제나 서로 사랑할 거야. 그것은 우리가 열네 살 때 했던 약속이야. 연못가에서 내가 처음 당신한테 키스했을 때. 기억하지?"

"기억해."

그녀가 이 남자를 찾아냈다니 정말 운이 좋았다. 그녀가 그를 사랑했던 것은 놀랄 일이 아니었다. 그녀는 앙투안에게 돌아가는 길을 찾아낼 터였다. 그가 그녀에게 돌아오는 길을 찾아냈던 것처럼.

"이 아기는 우리의 새로운 시작이 될 거야."

"키스해줘. 내가 잊게 만들어줘."

비안느가 속삭였다.

"우리에게 필요한 것은 잊는 게 아니야, 비안느. 기억하는 게 중요하지."

앙투안이 말하고 몸을 숙여 키스했다.

36

1945년 2월, 수용소의 신축 화장장 밖에 쌓인 알몸 시신 더미에 눈이 쌓였다. 굴뚝마다 퀴퀴한 검은 연기가 피어올랐다.

이사벨은 자기 자리에 서서 오들오들 떨면서 아침 점호를 받았다. 폐부를 찌르고 속눈썹이 얼고 손발 끝이 쑤시는 추위였다. 그녀는 점호가 끝나기를 기다렸지만 호루라기 부는 소리가 나지 않았다.

여전히 눈이 내리고 있었다. 수감자 줄에서 여자 몇 명이 기침을 하기 시작했다. 다른 한 명은 물컹한 진흙탕 눈에 얼굴을 처박고 쓰러져서 다시 일어나지 못했다. 매서운 바람이 수용소에 불어왔다.

마침내 말에 탄 친위대원이 여자들 앞을 지나가면서 한 명 한 명 눈여겨보았다. 그는 모든 것을 확인하는 듯했다―깎은 머리, 이 물린 곳, 동상 걸린 파란 손끝, 유대인이나 동성애자나 정치범을 구분하는 표식들. 멀리서 폭탄이 떨어져서 천둥 치듯 터졌다.

친위대원이 어떤 여자를 지목하면 그녀는 당장 줄에서 끌려 나왔다. 그가 이사벨을 가리켰고, 그녀는 발이 들릴 정도로 낚아 채여서 행렬에서 끌려 나갔다.

친위대 대원들이 선택된 여자들을 에워싸고 두 줄로 서게 밀어댔다. 호루라기 소리가 났다.

"빨리빨리! 하나! 둘! 셋!"

이사벨은 앞으로 행진했다. 추위에 언 발이 아팠고 폐가 찌르는 것 같았다. 미셸린이 그녀 옆으로 와서 섰다.

그들은 정문에서 1.5킬로미터 남짓 걸어갔을 때 트럭이 웅웅대며 옆을 지났다. 트럭 뒤칸에는 알몸 시신들이 높이 쌓여 있었다.

미셸린이 비틀거렸다. 이사벨이 손을 뻗어서 친구를 바로 세웠다.

그들은 계속 행진했다.

마침내 일행은 안개에 휩싸인 눈 덮인 들판에 도착했다.

독일군은 여자들을 다시 분류했다. 이사벨은 미셸린과 헤어져서, '밤과 안개'(나치 점령지에서 정치범이나 레지스탕스에 참여해서 체포된 이들) 정치범 무리로 밀려갔다.

독일군은 그들을 밀어대고 윽박지르고 손짓했고, 결국 이사벨은 알아들었다.

그들이 어떤 일을 하도록 선택되었는지 알자 이사벨 옆의 여자가 비명을 질렀다. 그들은 도로 작업단이었다.

"그러지 말아요."

이사벨이 말하는 순간, 옆의 여자가 곤봉을 맞고 나가떨어졌.

이사벨이 쟁기를 매는 노새처럼 멍하니 서 있는 사이, 나치가 가죽 띠를 어깨 위로 씌워 허리춤에서 조였다. 그녀는 가죽 띠를 매고 열한 명의 여자들과 함께 나란히 붙어 섰다. 그들 뒤쪽으로 자동차만한 돌바퀴가 가죽 띠에 매여 있었다.

이사벨은 걸음을 떼려고 해봤지만 그럴 수가 없었다.

그녀의 등에 채찍이 날아들자 살갗이 불붙은 것처럼 뜨거웠다. 이사벨은 가죽 띠를 부여잡고 다시 한 걸음 내디디려고 시도했다. 그들은 지쳤다. 힘이 없고 눈 쌓인 바닥에서 발이 꽁꽁 얼었지만, 움직이지 않으면 채찍질을 당할 터였다.

이사벨이 앞으로 몸을 굽혀 어렵사리 움직이자 돌바퀴가 돌았다. 가죽 띠가 가슴팍을 파고들었다. 한 여자가 비틀거리면서 쓰러졌다. 다른 여자들이 계속 당겼다. 바퀴에 매인 가죽 띠가 삑삑 소리를 내면서 바퀴가 굴렀다.

그들은 당기고 당기고 또 당기면서 눈 덮인 바닥에 길을 냈다. 다른 여자들은 삽과 손수레를 이용해서 도로를 만들었다.

그 사이 경비병들은 모닥불 주위에 삼삼오오 모여서 웃음을 터뜨리고 수다를 떨었다.

한 걸음.

한 걸음.

한 걸음.

이사벨은 다른 것은 생각할 수가 없었다. 추위도, 배고픔이나 갈증도, 몸에 가득한 이와 벼룩도 생각할 수가 없었다. 현실의 삶은 생각하지 못했다. 그게 가장 나쁜 부분이었다. 걸음을 제대로 옮기지 못해서 독일군의 주의를 끌면 여지없이 맞거나 채찍질 당할 터였다. 혹은 그보다 나쁜 일을 당하리라.

한 걸음.

움직이는 것만 생각해야 했다.

다리가 풀렸다. 이사벨이 눈밭에 주저앉았다. 옆의 여자가 손을 뻗었다. 이사벨은 파랗게 질리고 떨리는 손을 무감각한 손으로 꽉 쥐고 기어서 일어났다.

이를 악물고 고통스러운 한 걸음을 다시 떼었다. 그런 다음 또 한 걸음 나아갔다.

*

 새벽 3시 30분에 사이렌이 울렸다. 매일 아침 이렇게 점호를 알렸다. 같은 침상을 쓰는 아홉 명의 동료처럼 이사벨도 가진 옷을 다 입고 잤다-맞지 않는 구두와 속옷, 소매에 죄수 번호가 바느질된 헐렁한 줄무늬 원피스. 하지만 다 껴입어도 온기가 느껴지지 않았다.
 그녀는 주위 동료들에게 강인함을 지키라고 독려하려 애썼지만 자신은 약해지고 있었다. 징글징글한 겨울이었고, 수감자 전원이 죽어가고 있었다. 일부는 발진티푸스(이가 옮기는 급성 전염병)와 잔학행위로 빠르게, 일부는 굶주림과 추위로 서서히 죽어갔지만 모두 죽어가는 것만은 분명했다.
 이사벨은 몇 주간 열이 떨어지지 않았지만, 병동으로 보내질 정도로 고열은 아니었다. 지난주에는 심한 매질을 당해서 작업 중에 의식을 잃고 쓰러졌다. 체중이 40킬로그램도 안 되는 몸에는 이가 기어다니고 아물지 않은 상처가 잔뜩 나 있었다.
 라벤스브뤼크는 처음부터 위험한 곳이었지만, 지금 1945년 3월에는 훨씬 더 심해졌다. 지난달만 해도 여자 수백 명이 목숨을 잃거나 가스중독사하거나 맞아죽었다. 살아남은 여자들은 단지 부려먹을 수 있는 사람들뿐이었고 그들은 병약하거나 노인들이었다. 그리고 밤과 안개, 정치범이었다. 이사벨과 미셸린 같은 정치범들. 저항 운동을 했던 여성들. 이제 전쟁의 물살이 바뀌어서 나치는 정치범들을 가스중독사시키기 겁낸다는 소문이 돌았다.
 "버텨낼 거야."
 이사벨은 몸이 흔들리면서 주저앉기 시작하는 것을 깨달았다.
 미셸린 바비노가 그녀에게 기운을 내라고 억지 미소를 지었다.

"울지 말아."

"저는 안 울어요."

이사벨이 말했다. 밤에 우는 여자는 아침에 죽어 있다는 것을 두 사람은 알고 있었다. 숨을 쉴 때마다 슬픔과 상실감이 들어와서 내뱉어지지 않았다. 포기할 수 없었다. 단 한순간도.

이사벨은 수용소에서 그녀만의 유일한 방식으로 싸웠다―동료 수감자들을 보살피고 강하게 버티도록 돕는 것으로. 이 지옥에서 그들이 가진 것은 서로밖에 없었다. 저녁이면 그들은 어두운 침상에 쭈그리고 앉아서 이야기를 나누고 조용히 노래를 흥얼거리며, 본래 모습에 대한 기억을 되살리려고 애썼다. 9개월이 지나는 동안 이사벨은 헤아릴 수 없을 만큼 많은 친구들을 얻었다―그리고 잃었다.

하지만 이제 이사벨은 지치고 병들었다.

폐렴이 확실했다. 어쩌면 발진티푸스일지도. 이사벨은 조용히 기침을 하고 일하면서 시선을 끌지 않으려고 애썼다. 그녀는 나치가 치료 불가능한 여자들을 집어넣는 '텐트'―벽이 방수 처리된 작은 벽돌 건물―에서 생을 마감하고 싶지 않았다.

"살아남아요."

이사벨이 나직하게 중얼댔다.

미셀린이 고개를 끄덕여 격려했다.

그들은 살아남아야 했다. 이제 그 무엇보다 그래야 했다. 지난주 새로 들어온 수감자들이 소식을 전해주었다. 러시아가 독일에 진군해 나치군을 물리치고 패배시키고 있었다. 아우슈비츠(폴란드 남부 수용소)가 해방되었다. 연합군이 서쪽에서 연이어 승리하고 있다고 했다.

생존을 위한 경주가 시작되었고 모두 그것을 알았다. 전쟁은 끝나고 있었다. 이사벨은 살아남아서 연합군의 승리와 자유 프랑스를 봐야 했다.

맨 앞줄에서 호루라기 소리가 들렸다.

수감자들이 급히 잠잠해졌다. 주로 여자들이었고 아이가 몇 명 있었다. 그들 앞쪽에서 친위대원 세 명이 개들을 데리고 왔다갔다했다.

그들 앞에 수용소 사령관이 나타났다. 그는 걸음을 멈추고 뒷짐 지었다. 그가 독일어로 뭐라고 외치자 친위대원들이 앞으로 나섰다. 이사벨은 그 말을 알아들었다.

"밤과 안개."

친위대원 한 명이 그녀를 손짓하자, 다른 대원이 여자들을 떠밀며 그 사이로 들어와, 바닥에 쓰러진 여자들을 밟거나 위로 지났다. 그는 이사벨의 앙상한 팔을 잡고 힘껏 당겼다. 그녀는 친위대원 옆에서 비틀비틀 걸으면서 신발이 벗겨지지 않기를 기도했다 - 신발을 잃으면 벌로 채찍질을 당했고, 또 신발을 잃으면 그녀는 겨울이 끝나도록 동상에 걸려 맨발로 지내야 했다.

멀지 않은 곳에서 미셸린이 다른 친위대원에게 끌려가고 있었다.

이사벨은 오직 신발이 벗겨지지 않게 해야 된다는 것밖에 생각할 수 없었다.

친위대원이 한마디 소리쳤고 이사벨은 말뜻을 알아들었다.

그들은 다른 수용소로 보내질 것이다.

그녀에게 무력한 분노가 밀려들었다. 눈밭을 걸어 다른 수용소에 도착할 때까지 살아 있지 못할 것이다.

"안 돼."

이사벨이 중얼댔다. 혼잣말이 생활의 일부가 되었다.

몇 달간 줄지어 불쾌하고 오싹한 작업을 하면서 자신에게 속삭였다. 줄줄이 땅을 파서 만든 변기에 앉아 이질(소화기 계통의 전염성 질환)에 걸린 여자들에 둘러싸여 악취에 토하지 않으려고 애썼다. 그러면서 미래에 대해, 과거에 대한 기억들을 자신에게 이야기했다.

이제 그냥 단어만 나열했다. 가끔은 그녀가 인간이고 살아 있다는 것을 되새기려고 아무 말이나 횡설수설 떠들었다.

발가락에 뭔가 걸려서 더러운 눈밭에 얼굴을 박고 엎어졌다.

"일어나. 걸어."

누군가 소리쳤다.

이사벨은 움직일 수 없었지만 여기 있으면 다시 채찍질을 당할 것이다. 아니면 그보다 나쁜 일을 당하리라.

"일어나."

미셀린이 말했다.

"못 하겠어요."

"할 수 있어. 당장. 네가 넘어진 걸 저들이 보기 전에."

미셀린이 이사벨을 부축해서 일으켰다.

두 사람은 비뚤비뚤한 수감자들의 줄로 들어가 힘없이 나아갔다. 벽돌 담장이 둘러진 수용소 구역을 지날 때는 망루에서 경비병이 매섭게 감시했다.

그들은 이틀간 56킬로미터를 걸었고, 밤이면 추운 땅바닥에 쓰러져서 서로 달라붙어 온기를 나누면서 새벽을 맞이하기를 기도했다. 호루라기 소리에 잠을 깨면 다시 행진하라는 명령을 들었다.

가는 길에 몇 명이 죽었을까?

이사벨은 그들의 이름을 기억하고 싶었지만 너무 춥고 배고프고 지쳐서 머리가 제대로 돌아가지 않았다.

마침내 그들은 목적지인 기차역에 도착했고, 죽음과 배설물 냄새가 자욱한 가축 칸에 밀려들어갔다. 눈이 하얗게 내리는 하늘에 검은 연기가 피어올랐다. 나무들은 나목이 되었다. 이제 하늘에는 새가 없었고, 이 숲에는 산 것들이 지저귀거나 끼익 소리를 내거나 재잘대는 기척이 전혀 없었다.

이사벨은 벽쪽에 쌓여 있는 건초더미 위로 올라가서 최대한 몸을 조그맣게 만들었다. 피 나는 무릎을 가슴에 끌어안고 양팔로 발목을 감싸서 그나마 남은 온기를 간직하려 했다.

가슴 안에서 통증이 쥐어짜듯 심했다. 그녀는 입으로 손을 막고 몸을 숙인 뒤 쿨럭쿨럭 기침을 했다.

"거기 있네."

뒤쪽에서 미셸린이 말하고는 건초더미에 올라와서 옆에 앉았다.

이사벨은 안도의 한숨을 내쉬고 곧 다시 기침을 했다. 한 손으로 입을 가리니 손바닥에 피가 튀는 게 느껴졌다. 벌써 몇 주째 피를 쏟는 기침을 하고 있었다.

이사벨은 마른 손을 이마에 짚고 다시 기침을 했다.

"열이 펄펄 나."

가축 칸의 문이 덜컥 닫혔다. 열차가 흔들리더니 커다란 쇠바퀴들이 구르기 시작했다. 열차가 흔들리고 덜컹댔다. 안에서 여자들은 한데 몰려 앉았다. 이런 날씨에는 적어도 소변통이 얼어붙어서 넘치지는 않을 터였다.

이사벨은 친구 옆에 축 처져서 눈을 감았다.

어딘가 멀리서 고음의 호루라기 소리가 들렸다. 폭탄이 가까운 곳에 떨어졌다. 기차가 끽 소리를 내며 멈추었고 흔들렸다. 연기와 불꽃 냄새가 자욱했다. 다음 폭탄은 이 기차에 떨어져서 모두 죽을 수도 있었다.

*

　나흘 후 마침내 기차가 완전히 정차해서(폭격을 피하려고 수십 번 속도를 늦춘 끝에) 덜컥대며 문이 열리자 하얀 풍경이 나타났다. 밖에서 대기 중인 친위대원들의 검은 외투만 흰색이 아니었다.

　이사벨은 일어나 앉다가 춥지 않은 것을 알고 놀랐다. 더웠다. 너무 더워서 땀이 흐르고 있었다.

　그녀는 밤사이 친구들이 몇 명 죽었는지 알았지만 그들을 애도할 시간이 없었다. 기도를 올리거나 작별 인사를 속삭일 짬도 없었다. 플랫폼에서 나치들이 그들에게 다가와 호루라기를 불고 독일어로 소리쳤다.

　"빨리! 빨리!"

　이사벨은 미셀린의 옆구리를 찔러 깨웠다.

　"제 손을 잡으세요."

　이사벨이 말했다.

　두 사람은 손을 잡고 천천히 건초더미에서 내려왔다. 시신에 발이 걸렸다. 이미 누군가 신발을 가져갔다.

　플랫폼 저쪽에 수감자들이 줄을 서고 있었다.

　이사벨이 다리를 절면서 앞으로 나아갔다. 앞에 있던 여자가 비틀거리다 무릎을 꿇고 주저앉았다.

　친위대원이 그 여자를 홱 일으키더니 얼굴에 총을 쐈다.

　이사벨은 걸음을 늦추지 않았다. 추워서 얼어붙다가 타는 것처럼 덥다가 하는 와중에, 불안한 걸음으로 비척비척 앞으로 나아갔다. 그렇게 눈 쌓인 숲을 지나니 마침내 다른 수용소가 눈에 들어왔다.

　"서둘러!"

이사벨은 앞에 있는 여자들을 따라갔다. 그들은 열린 문을 통과해서, 회색 줄무늬 파자마를 입은 남자들과 여자들 무리를 지나갔다. 해골 같은 사람들이 철망 사이로 새로 온 사람들을 쳐다보았다.

"줄리엣!"

이사벨은 그 이름을 들었다. 처음에는 상관없다고 생각했지만 다시 부르는 소리가 들렸다. 그제야 기억이 났다.

그녀는 줄리엣이었다. 그리고 그 전에는 이사벨. 또 나이팅게일. 단순히 F-5491이 아니라.

이사벨은 철망 뒤에 줄지어 선 뼈만 남은 수감자들을 힐끗 보았다. 누군가 그녀에게 손을 흔들고 있었다.

여자. 잿빛 도는 피부, 굽은 뾰족한 코, 퀭한 눈.

눈.

이사벨은 자신에게 꽂힌, 익숙하고 지친 눈길을 알아보았다.

아눅.

이사벨이 비틀거리며 철망으로 다가갔다.

아눅이 그녀와 만났다. 얼음장처럼 찬 철망 사이로 둘의 손가락이 얽혔다.

"아눅."

이사벨이 말하다가 목소리가 끊겼다. 그녀가 입을 막고 가볍게 기침을 했다.

아눅의 검은 눈에 배인 슬픔은 견딜 수가 없었다. 친구의 눈길이 굴뚝에서 퀴퀴한 검은 연기를 내뿜는 건물로 향했다.

"저들이 저지른 만행을 감추려고 우리를 죽이고 있어."

"앙리는요? 폴은? ……가에탕은?"

"모두 체포됐어, 줄리엣. 앙리는 시내 광장에 교수형 당했어. 나머지는······."

아눅이 어깨를 으쓱했다.

이사벨은 친위대원이 그녀에게 고함치는 소리를 들었다. 그녀가 철망에서 물러났다. 아눅에게 '진솔한' 말을, 오래오래 기억될 말을 하고 싶었지만 기침 말고는 아무것도 할 수가 없었다. 그녀는 입을 가리고 비틀대며 옆으로 물러가 다시 줄을 섰다.

그녀는 친구가 입술을 달싹여 '안녕'이라고 말하는 것을 보았다. 이사벨은 대답조차 하지 못했다. 너무너무 지쳐서 작별 인사도 하지 못했다.

37

하늘이 파란 3월, 드 라 부르도네 대로의 아파트는 커다란 묘처럼 느껴졌다. 먼지가 사방에 덮이고 바닥에도 켜켜이 쌓여 있었다. 비안느는 창문으로 가서 암막을 뜯어내서, 몇 년 만에 처음으로 햇빛이 들어오게 했다.

한동안 이 아파트에 아무도 들어오지 않은 것 같았다. 아버지가 이사벨을 구하러 떠난 이후로 그랬을 것이다.

여전히 벽에 그림들이 달려 있고 가구들이 제자리에 놓여 있었다―일부는 장작으로 쓰려고 쪼개져서 구석에 쌓여 있었다. 빈 수프 볼과 숟가락이 식탁에 놓여 있었다. 아버지가 직접 출판한 시집들이 벽난로 선반에 가지런히 꽂혀 있었다.

"이사벨이 여기 왔던 것 같지 않네. '뤼테티아 호텔'(파리 6구의 유서 깊은 호텔, 파리 해방 후 전쟁 포로, 피난민 등의 귀환 센터로 이용)에 알아봐야겠는걸."

비안느는 가족의 물건을 꾸려야 된다는 것을, 예전 삶의 흔적을 챙겨야 된다는 것을 알았지만 지금은 그럴 수가 없었다. 그러고 싶지 않았다. 나중에 할 일이었다.

그녀와 앙투안, 소피는 아파트를 나섰다. 바깥 도로에 나서자 사방에 복구의 흔적이 있었다. 파리지앵들은 두더지처럼, 어둠 속에서 몇 년을 보낸 후 햇살을 찾아서 밖으로 몰려나왔다. 하지만 여전히 어디나 식료품을 사려는 줄이 있고, 배급과 궁핍이 계속되었다. 전쟁은 소강상태에 접어들고 있겠지만-사방에서 독일군이 퇴각하고 있었다- 아직 끝나지는 않았다.

그들은 '뤼테티아 호텔'로 갔다. 이곳은 점령하에서 방첩국 본부였고 지금은 수용소에서 귀환하는 사람들의 안내 센터였다.

비안느는 웅장한 로비에 서 있었다. 로비는 복잡했다. 주위를 둘러보니 뱃속이 메스껍고, 다니엘을 마리-테레즈 원장 수녀님에게 맡기고 오길 잘했다는 생각이 들었다. 안내 구역에는 누더기를 입은 비쩍 마르고, 대머리에 눈이 움푹 들어간 이들이 버글댔다. 다들 걸어 다니는 시체 같았다. 그 주위를 의사, 적십자 대원, 기자 들이 오갔다.

어떤 남자가 비안느에게 다가와서 얼굴에 바랜 흑백 사진을 쑥 내밀었다.

"이 아이를 본 적이 있나요? 아이가 아우슈비츠에 있다는 말을 마지막으로 들었는데요."

예쁘장한 소녀가 자전거 옆에 서서 환하게 웃는 사진이었다. 채 열다섯이 안 됐을 것 같았다.

"아니요. 죄송해요."

비안느가 말했다.

남자는 비안느와 똑같이 망연자실한 표정으로 이미 저만치 걸어가고 있었다.

고개를 돌리는 곳마다 초조한 가족들이 보였다. 그들은 떨리는 손에 사진을 들고 사랑하는 이들의 소식을 애타게 찾아다녔다. 오른쪽 벽에는 사진, 메모, 이름, 주소가 빼곡하게 붙어 있었다. 잃어버린 가족을 찾는 살아 있는 이들. 앙투안이 비안느에게 다가가서 손으로 어깨를 잡았다.

"우린 이사벨을 찾을 거야, 브이."

"마망? 괜찮아요?"

소피가 물었다.

비안느는 딸을 내려다보았다.

"너를 집에 두고 올 걸 그랬다."

"저를 보호하기에는 너무 늦었어요. 그걸 아셔야 해요."

소피가 대답했다.

비안느는 무엇보다도 그 진실이 싫었다. 그녀는 딸의 손을 꼭 잡고 단호하게 사람들 사이를 지나갔다. 앙투안이 옆에서 따라왔다.

왼쪽 구역에 꼬질꼬질한 줄무늬 파자마 차림의 사내들이 무리지어 있었다. 젓가락처럼 마른 몸이 해골 같았다. 그들은 어떻게 아직도 살아 있을까?

비안느는 멈춰 서 있는 줄도 모르다가 어떤 여자가 앞에 나타났다.

"마담?"

적십자 대원이 부드럽게 불렀다.

비안느는 수척한 생존자들에게서 눈을 돌려 여자를 보았다.

"찾는 사람들이 있는데요…… 여동생 이사벨 로시뇰이에요. 적을 도운 죄로 체포되어서 추방 당했어요. 그리고 절친인 라셀 드 샹플랭도 추방 당했고요. 그녀의 남편 마크는 전쟁 포로였어요. 저는…… 그들에게 어떤 일이 벌어졌는지, 혹은 어떻게 그들을 찾아야 될지 모르겠어요. 그리고…… 카리보에 있는 유대인 어린이들의 명단을 갖고 있어요. 그들을 부모와 만나게 해줘야 해요."

호리호리한 회색 머리의 적십자 대원이 종이를 꺼내서 비안느가 알려준 이름들을 적었다.

"기록 데스크로 가서 이 이름들을 확인해보지요. 어린이들에 대해서는 이리로 오세요."

그녀는 세 사람을 복도 끝에 있는 방으로 데려갔다. 책상에 쌓인 서류더미 뒤에 수염이 긴 노인이 앉아 있었다.

적십자 대원이 말했다.

"무슈 몽탕, 이 부인이 유대인 어린이들에 대한 정보를 갖고 있다는데요."

노인이 충혈된 눈으로 그녀를 올려다보더니, 털이 덥수룩한 긴 손가락을 움직이며 말했다.

"들어와요."

적십자 대원은 방에서 나갔다. 대단한 소음과 소동 속에 있다가 갑자기 조용해지니 당황스러웠다.

비안느가 책상으로 다가갔다. 땀이 나서 손이 축축했다. 그녀는 치마 옆자락에 손을 문질렀다.

"저는 비안느 모리악이에요. 카리보에서 왔습니다."

그녀가 핸드백을 열어서, 어젯밤에 따로 보관한 세 가지 명단을 추려 만든 목록을 꺼냈다.

"이 아이들은 숨어 지낸 유대인 어린이들입니다, 무슈. 아이들은 마리-테레즈 원장 수녀님의 보살핌하에 드 라 트리니테 수녀원에 있습니다. 아이들을 부모와 재회시킬 방법을 몰라서요. 명단의 맨 위에 있는 아이만 빼고요. 아리 드 샹플랭은 제가 데리고 있습니다. 저는 아이의 부모님을 찾고 있어요."

"열아홉 명이군요."

그가 나직하게 말했다.

"많은 수가 아닌 줄은 알지만……"

그가 비안느를 겁먹은 생존자가 아니라 영웅이라도 되는 듯 올려다보았다.

"열아홉 아이는 부모와 있었다면 수용소에서 같이 죽었을 겁니다, 마담."

"아이들을 가족과 상봉하게 해주실 수 있나요?"

그녀가 상냥하게 물었다.

"노력해보겠소, 마담. 하지만 아쉽게도 이 아이들은 대부분 이제 고아입니다. 수용소에서 들어오는 명단마다 똑같아요. 어머니 사망, 아버지 사망, 프랑스에 생존한 친척 없음. 그리고 생존한 아이들도 없다시피 하고요."

그는 숱 없는 잿빛 머리를 손으로 넘기면서 덧붙여 말했다.

"부인이 준 명단을 니스의 아동구조자선단체 사무소로 넘기도록 하지요. 그쪽에서 가족 상봉을 주선하고 있거든요. 고맙습니다, 마담."

비안느는 잠시 기다렸지만 그는 더 말하지 않았다. 그녀는 남편과 딸을 다시 만났고 그들은 사무실에서 나와, 피난민과 가족들, 수용소 생존자들 속으로 들어갔다.

"이제 어떻게 하죠?"

소피가 물었다.

"적십자 대원의 소식을 기다려 봐야지."

비안느가 말했다.

앙투안이 실종자들의 사진과 이름이 붙은 벽을 손짓하며 말했다.

"저기서 이사벨을 찾아봐야겠는걸."

두 사람이 눈길을 주고받았다. 거기 서서 실종자들의 사진을 살펴보는 게 얼마나 마음 아픈 일인지 안다는 뜻이었다. 그래도 그들은 사진과 메모의 바다를 향해 다가가서 하나하나 살피기 시작했다.

거의 두 시간이 지난 후에야 적십자 대원이 돌아왔다.

"마담?"

비안느가 몸을 돌렸다.

"유감이네요, 마담. 라셀과 마크 드 샹플랭은 사망자 명단에 있네요. 그리고 이사벨 로시뇰에 대한 기록은 어디에도 없고요."

비안느는 '사망자'란 말을 듣고 견딜 수 없는 슬픔을 느꼈다. 그녀는 단호하게 감정을 옆으로 밀어냈다. 라셀 생각은 나중에, 혼자 있을 때 하고 싶었다. 바깥에 나가 주목나무 밑에서 샴페인 한 잔 앞에 놓고 친구와 이야기하리라.

"그게 무슨 뜻인가요? 이사벨의 기록이 없다니요? 독일군이 동생을 끌고 가는 것을 제가 봤는데요."

"집에 가서 동생이 돌아오기를 기다리세요."

적십자 대원이 말했다. 그녀는 비안느의 팔을 쓰다듬으며 덧붙였다.

"희망을 가지세요. 아직 수용소들이 전부 해방된 건 아니니까요."

소피가 고개를 들고 말했다.

"어쩌면 이모가 자취를 감췄나 봐요."

비안느는 딸의 얼굴을 바라보며 가까스로 서글픈 미소를 지었다.

"네가 완전히 컸구나. 대견하기도 하고 동시에 서운하기도 하네."

"가요."

소피가 그녀의 손을 당기면서 말했다. 비안느는 딸이 이끄는 대로 따라갔다. 복잡한 로비를 지나서 환한 도로로 나가면서 비안느는 엄마가 아니라 자식이 된 기분을 느꼈다.

몇 시간 후 가족은 집으로 향하는 기차에 올랐다. 3등칸의 나무 의자에 앉아서 비안느는 창밖의 폭격당한 시골을 내다보았다. 옆에 앉은 앙투안은 지저분한 창문에 머리를 기대고 잠들었다.

"기분이 어때요?"

소피가 물었다.

비안느는 불룩 나온 배에 손을 댔다. 작은 태동이-발차기가- 손바닥에 전해졌다. 그녀가 소피의 손을 잡았다.

소피는 손을 뿌리치려고 했지만 비안느가 가만히 붙들었다. 그녀는 딸의 손을 배에 올려놓았다.

소피는 태동을 느끼자 눈이 휘둥그레졌다. 소피가 비안느를 올려다보았다.

"엄마는 어떻게……."

"이 전쟁으로 우리 모두 변했어, 소피. 이제 라셀이…… 떠났으니 다니엘은 네 동생이야. 진짜 네 동생. 그리고 이 아기는, 남자애든 여자애든 자기 출생에…… 죄가 없어."

"잊기가 힘들어요. 그리고 난 잊지 않을 거예요."

소피가 조용히 대답했다.

"하지만 틀림없이 사랑이 미움보다 더 강할 거야. 그게 아니면 우리에겐 미래가 없어."

소피는 한숨을 쉬고 어른스럽게 말했다.

"그렇겠죠."

비안느는 딸의 손 위에 자신의 손을 올렸다.

"우리가 서로 되새기게 해주자, 알겠지? 힘든 날에 그렇게 하자. 우린 서로를 위해 강해질 거야."

*

점호가 몇 시간이나 계속되었다. 이사벨은 털썩 주저앉았다. 무릎이 땅바닥에 닿는 순간 '살아남아'라는 생각이 떠올라서 버둥대며 다시 일어났다.

경비병들은 개를 데리고 주위를 돌면서 가스실에 보낼 여자들을 골라냈다. 다시 행진을 해야 될 거라는 소문이 돌았다. 이번에는 마우트하우젠(오스트리아 린츠의 강제 수용소), 이미 수천 명이 노역하다가 죽은 곳이었다. 소련 전쟁 포로, 유대인, 연합군 조종사, 정치범. 그 수용소 문으로 들어간 사람은 아무도 걸어나오지 못한다는 말이 있었다.

이사벨은 기침을 했다. 손바닥에 피가 뿌려졌다. 경비병들이 보기 전에 얼른 더러운 치맛자락에 손을 닦았다.

목구멍이 뻐근하고 머리가 욱신대며 아팠다. 통증에 신경을 몰두하느라 한참 동안 엔진 소리를 알아차리지 못했다.

"저 소리 들려?"

미셸린이 말했다.

이사벨은 수감자들 사이에 소란이 이는 것을 느꼈다. 몸이 너무 아플 때는 집중하기가 힘들었다. 숨을 쉴 때마다 가슴이 아팠다.

"저들이 떠나고 있어요."

이사벨은 그 말을 들었다.

"이사벨, 봐!"

처음에는 청명한 하늘과 나무와 죄수들만 보였다. 그러다가 알아차렸다.

"경비병들이 없어요."

그녀가 걸쭉한 쉰 소리로 중얼댔다.

수용소 문들이 덜걱대며 열리고 미군 트럭이 연달아 들어왔다. 가슴에 총을 멘 병사들이 트럭 보닛에 앉아 있고 뒤칸에도 매달려 있었다.

'미국인들.'

이사벨의 무릎이 후들거렸다.

"미-셸-린. 우리가…… 살…… 았어요."

그녀가 속삭였다. 정신이 없고 목소리가 갈라졌다.

*

그해 봄 전쟁이 마무리되기 시작했다. 아이젠하워 장군은 독일에 항복을 촉구하는 방송을 했다. 미국인들이 라인 강을 건너서 독일로 진군했고 연합군은 전투마다 승리를 거두며 수용소들을 해방시키기 시작했다. 히틀러는 벙커에서 살고 있었다.

그런데도 이사벨은 집에 오지 않았다.

비안느는 우편함을 쾅 소리가 나게 닫았다.

"꼭 애가 사라진 것 같아."

앙투안은 잠자코 있었다. 몇 주 동안 그들은 이사벨을 찾아다니고 있었다. 비안느는 전화 통화를 하려고 몇 시간이나 줄을 섰고 여러 단체와 병원에 편지를 수없이 썼다. 지난주에 그들은 더 많은 난민 수용소에 찾아갔지만 소용이 없었다. 이사벨 로시뇰의 기록은 어디에도 없었다. 꼭 이사벨이 지구상에서 사라져버린 것 같았-수십만 명과 함께.

어쩌면 이사벨은 수용소에서 생존하다가 연합군이 도착하기 하루

전에 총에 맞았을지도 몰랐다. 베르겐 벨센(독일 북서부 수용소.〈안네의 일기〉주인공 안네 프랑크가 사망한 곳)이라는 곳의 수용소를 해방하러 간 연합군은 아직 따뜻한 시신 더미를 발견했다.

왜?

그들은 이야기하려 하지 않았다.

"나랑 같이 가."

앙투안이 아내의 손을 잡으면서 말했다. 이제 비안느는 그의 손길에 몸이 굳거나 움찔하지 않았지만 느긋해지지도 않는 것 같았다. 앙투안이 돌아온 후 몇 달간 그들은 사랑을 나눌 때 연기를 했고 두 사람 다 그걸 알았다. 앙투안은 아기 때문에 사랑을 나누지 않는 거라고 말했고, 그녀는 그게 최선이라고 응수했지만 두 사람 다 사실을 알았다.

"당신이 놀랄 일이 있어."

앙투안이 그녀를 뒷마당으로 데리고 나가면서 말했다.

빛나는 파란 하늘 아래 주목나무가 서늘한 갈색 그늘을 드리웠다. 정자에서는 몇 안 되는 남은 닭들이 흙을 쪼고 꼬꼬 소리를 내며 날개를 퍼덕였다.

주목나무 가지와 앙투안이 헛간에서 찾아낸 철제 모자걸이 사이에 낡은 침대보가 늘어져 있었다. 그는 비안느를 돌 베란다에 놓인 의자로 안내했다. 그가 집을 비운 몇 년 사이 이끼와 풀이 잔뜩 자라서, 바닥이 고르지 않은 탓에 의자가 흔들렸다.

비안느는 조심스럽게 앉았다. 요즘 그녀는 배가 많이 나와서 둔했다. 남편이 그녀에게 짓는 미소는 기쁨으로 빛났다. 그 친밀감은 놀라웠다.

"아이들과 내가 온종일 준비했지. 당신을 위한 일이야."

'아이들과 나.'

앙투안이 늘어진 이불보 앞에 자리를 잡고 서서 다치지 않은 팔을 들었다가 쭉 뻗는 시늉을 했다.

"신사숙녀, 어린이들, 깡마른 토끼, 똥 냄새 풍기는 닭 여러분······."

막 뒤에서 다니엘이 키득대자 소피가 쉿 하고 주의를 주었다.

"마드모아젤 모리악이 첫 주연을 했던, 파리의 마들렌의 멋진 전통에 따라서 르 자르댕 가수들을 여러분께 소개합니다."

그는 화려한 동작으로 이불보 막의 한쪽을 들춰 옆으로 밀었다. 그러자 잔디 위에 놓인 기우뚱한 나무 무대가 나타났다. 그 위에 소피와 다니엘이 나란히 서 있었다. 두 아이는 담요를 망토처럼 두르고 목에는 사과나무 꽃이 핀 가지를 둘렀다. 빛나는 쇠붙이 왕관에는 예쁜 색유리 조각이 붙어 있었다.

"안녕, 마망!"

다니엘이 손을 힘차게 흔들면서 말했다.

"쉿! 기억하지?"

소피가 다니엘에게 말했다.

다니엘이 진지하게 고개를 끄덕였다.

아이들이 조심스럽게 돌아서서―아이들이 움직이자 널빤지 바닥이 출렁댔다― 손을 잡고 비안느와 마주 섰다.

앙투안이 은색 하모니카를 입에 대고 구슬픈 가락을 불었다. 그 소리가 오랫동안 허공에 퍼지면서 떨렸다.

소피가 높고 맑은 목소리로 노래하기 시작했다.

"자크 형제님, 자크 형제님······."

소피가 쭈그리고 앉자 다니엘이 위로 뛰어오르면서 노래했다.

"자고 있나요? 자고 있나요?"

비안느는 손으로 입을 가렸지만 곧 웃음을 터뜨렸다.

무대에서 노래가 계속되었다. 소피가 예전에 부모를 위해 자주 했던 작은 공연을 해서 얼마나 행복한지, 다니엘이 맡은 역할을 잘하려고 얼마나 집중하는지 비안느는 알 수 있었다.

정말 마법 같으면서도 아주 평범해지는 느낌이 들었다. 그들이 이전에 누리던 삶의 한순간. 비안느는 마음속으로 기쁨이 피어오르는 것을 느꼈다.

그녀는 '우린 다 괜찮을 거야.'라고 생각하면서 앙투안을 바라보았다. 증조할머니가 심은 나무 그늘에서 자식들의 목소리를 들으면서 그녀의 반쪽을 바라보니 다시 '우린 다 괜찮을 거야'라는 생각이 들었다.

"딩……동……댕……."

노래가 끝나자 비안느가 열렬하게 박수를 쳤다. 아이들은 멋있게 절을 했다. 다니엘은 망토에 발이 걸려서 잔디로 떨어졌지만 웃으면서 일어났다.

비안느가 무대로 가서 아이들에게 키스와 칭찬을 퍼부었다.

"진짜 멋진 아이디어야."

그녀가 사랑과 대견함이 가득한 눈빛으로 소피에게 말했다.

"난 정신 차리고 노력했어요, 마망."

다니엘이 으스대며 말했다.

비안느는 포옹을 풀 수가 없었다. 그녀가 힐끗 봤던 이 미래로 인해 영혼은 기쁨으로 넘쳤다.

"파파랑 계획을 세웠어요. 예전처럼요, 마망."

소피가 말했다.

"나도 계획을 세웠어요."

다니엘이 작은 가슴을 들먹이며 말했다.

비안느가 웃음을 터뜨렸다.

"두 사람 다 어찌나 노래를 멋지게 하던지. 그리고……."

"비안느?"

뒤에서 앙투안이 불렀다.

비안느는 다니엘의 미소에서 눈을 뗄 수가 없었다.

"네 파트를 배우는 데 얼마나 걸렸니?"

"마망, 여기 누가 왔어요."

소피가 조용히 말했다.

비안느가 뒤돌아보았다.

앙투안이 뒷문 근처에서 두 남자와 서 있었다. 둘 다 허름한 검은 양복과 검은 베레모 차림이었다. 한 사람은 낡아빠진 서류 가방을 들고 있었다.

앙투안이 아이들에게 말했다.

"소피, 잠깐 네가 동생을 봐주겠니. 우리가 이분들이랑 의논할 게 있단다."

그가 비안느 옆으로 가더니 그녀를 일으켜 세우고 걷게 했다. 아이들은 말없이 줄지어 집으로 들어갔다.

문이 닫히자 손님들이 비안느와 마주 섰다.

"나다니엘 레르네르라고 합니다."

둘 중 더 나이 든 남자가 말했다. 회색 머리에 홍차 얼룩이 진 식탁보 같은 피부색이었다. 뺨에 큰 검버섯들이 있었다.

"저는 랍비 호로비츠입니다. 우리는 아동구조자선단체 사람들입니다."

다른 남자가 말했다.

"무슨 일로 여기 오셨나요?"

비안느가 물었다.

랍비가 점잖은 목소리로 대답했다.

"아리 드 샹플랭의 일로 왔습니다. 아리는 미국에-보스턴에- 친척이 있고 그들이 저희에게 연락을 취했습니다."

앙투안이 붙잡아주지 않았다면 비안느는 주저앉았을 터였다.

"부인이 혼자서 유대인 어린이 열아홉 명을 구출하셨다는 것을 압니다. 그리고 독일 장교들이 댁에 들어와서 기숙했다지요. 대단한 일입니다, 마담."

"영웅적이지요."

랍비가 거들었다.

앙투안이 그녀의 어깨에 손을 올렸고, 그의 손길로 그녀는 얼마나 오래 입을 다물고 있었는지 알아차렸다.

비안느가 조용하게 말했다.

"라셀은 가장 친한 친구였어요. 저는 친구가 추방되기 전에 자유지역으로 넘어가도록 도우려 했는데……."

"그녀의 딸이 목숨을 잃었지요."

레르네르가 말했다.

"어떻게 그걸 아세요?"

그가 대답했다.

"사연을 모으고 가족의 재회를 주선하는 것이 저희 일입니다. 아우슈비츠에 라셀과 함께 있던 여자분 몇 명과 대화했습니다. 안타깝게도 라셀은 거기서 채 한 달도 못 살았지요. 그녀의 남편인 마크는 13A 포로수용소에서 죽었습니다. 부인의 남편 같은 행운이 따르지 않았지요."

비안느는 아무 대꾸도 하지 않았다. 그녀는 그들이 시간을 주고 있다는 것을 알았고, 그게 고마우면서도 싫었다. 이런 상황을 받아들이고 싶지 않았다.

"다니엘은 -아리는- 마크가 전쟁에 나가기 1주일 전에 태어났어요. 아이는 양친 모두에 대한 기억을 갖고 있지 않아요. 아이가 내 아들이라고 믿게 하는 게 가장 안전한 길이었습니다."

"하지만 아리는 당신의 아들이 아닙니다, 마담."

레르네르의 목소리는 부드러웠지만 그 말은 채찍질 같았다.

"아리를 안전하게 지키겠다고 라셀에게 약속했어요."

비안느가 말했다.

"그리고 그렇게 하셨지요. 하지만 지금은 아리가 가족에게 돌아갈 때입니다. 그의 민족에게."

"아이가 이해 못할 텐데요."

비안느가 말했다.

"아마도 그렇겠지요. 그래도."

레르네르가 말했다.

비안느는 도움을 바라며 앙투안을 바라보았다.

"우린 그 아이를 사랑해요. 아이는 우리 가족의 일원이에요. 우리랑 같이 살아야 해요. 당신도 다니엘이 같이 지내기를 바라지 않아, 앙투안?"

그녀의 남편은 진지하게 고개를 끄덕였다.

비안느가 손님들에게 시선을 돌렸다.

"저희가 아이를 입양해서 친자식으로 키울 수 있어요. 하지만 물론 유대인으로 키울 거예요. 아이에게 누구인지 말해주고 유대회당에도 데려가고……."

"마담."

레르네르가 한숨을 쉬면서 말했다.

랍비가 비안느에게 다가서며 양손을 잡았다.

"부인이 아리를 사랑하고 아리도 부인을 사랑한다는 것을 저희도 압니다. 아리가 너무 어려서 이해하지 못하리란 것도 알지요. 아이는 울면서 부인을 그리워하겠지요. 아마 몇 년 동안이나."

"그런데도 아이를 데려가고 싶으시군요."

"부인은 한 아이의 아픈 마음을 봅니다. 제가 여기 온 것은 내 민족의 아픈 마음 때문입니다. 이해되십니까?"

그의 얼굴이 늘어지고 못마땅해하는 입매가 되었다. 랍비가 덧붙였다.

"이 전쟁에서 수백만 명의 유대인이 목숨을 잃었습니다, 마담. 수백만 명이 말입니다."

그는 여운이 감돌도록 잠시 말을 끊었다가 말을 이었다.

"한 세대 전체가 사라졌습니다. 이제 우리는 하나로 뭉쳐야 합니다. 남은 사람이 얼마 안 되지만 우린 다시 일어나야 합니다. 자기가 누군지 기억 못 하는 남자애 한 명이 빠진다고 무슨 대수일까 싶겠지만 우리에게 그 아이는 미래입니다. 부인이 본인과 다른 종교로 아리를 키우고 기억나면 회당에 데려가게 놔둘 수가 없습니다. 아리는 본래 자기 모습으로 자기 민족과 함께 지내야 합니다. 분명히 아이 모친도 그걸 바랄 겁니다."

비안느는 '뤼테티아 호텔'에서 본 사람들을 떠올렸다. 멍한 눈의 걸어 다니는 해골 같은 이들과 벽에 끝없이 붙은 사진들.

수백만 명이 목숨을 빼앗겼다.

잃어버린 한 세대.

어떻게 랍비에게 그것을 부인할 수 있을까? 혹은 아리를 제 민족에게서, 가족에게서 떼어놓을 수 있을까? 비안느는 두 아이를 위해서라면 죽도록 싸우겠지만 맞서 싸울 적이 없었다. 양쪽 모두 상실감만 있을 뿐이었다.

"누가 아이를 데려갈 건가요?"

목소리가 갈라졌지만 그녀는 아랑곳하지 않고 물었다.

"아이 어머니의 사촌입니다. 그녀에게는 열한 살 딸과 여섯 살 아들이 있습니다. 그들은 아리를 진짜 가족처럼 사랑할 겁니다."

비안느는 고개를 끄덕이거나 눈물을 닦을 힘도 낼 수가 없었다.

"그들이 저한테 사진을 보내주겠지요?"

랍비가 그녀를 물끄러미 바라보았다.

"새 삶을 시작하려면 아리는 당신을 잊어야 될 겁니다, 마담."

비안느는 그 말이 맞다는 것을 뼈저리게 알고 있었다.

"언제 아이를 데려갈 건가요?"

"지금."

레르네르가 말했다.

지금.

"저희가 이 결정을 바꿀 수는 없습니까?"

앙투안이 물었다.

랍비가 대답했다.

"그렇습니다, 무슈. 아리가 가족에게 돌아가는 게 옳습니다. 그 아이는 행운아입니다― 아직도 살아 있는 가족이 있으니."

비안느는 앙투안이 손을 잡는 것을 느꼈다. 그는 아내를 계단으로 데려갔고, 두어 번 팔을 당겨서야 계속 걸음을 옮기게 할 수 있었다. 비안느는 납덩이를 매단 것처럼 말을 듣지 않는 다리로 나무 계단을 올라갔다.

그녀는 아들의(아니, 그녀의 아들이 아니었다) 방에서 몽유병자처럼 움직이며, 얼마 안 되는 옷가지를 꺼내고 소지품을 챙겼다. 하도 만져서 눈이 빠진 너덜너덜한 원숭이 봉제 인형, 다니엘이 지난 여름 강가에서 발견한 화석이 된 나무 조각, 비안느가 아이가 작아서 못 입는 옷으로 만든 조각이불. 이불 뒤에 그녀는 '우리 다니엘에게. 사랑하는 마망, 파파, 소피가'라고 수를 놓았다.

비안느는 처음 그 문구를 읽은 다니엘이 '파파가 돌아와?'라고 물었던 기억이 났다. 그녀가 고개를 끄덕이면서 가족은 집으로 찾아오는 길을 찾아낸다고 말해주었는데.

"난 아이를 잃고 싶지 않아요. 그럴 수가 없어요."

앙투안이 그녀를 꼭 안고 울게 해주었다. 마침내 비안느가 진정하자 그가 귀에 대고 속삭였다.

"당신은 강인해. 우린 그래야 해. 우린 다니엘을 사랑하지만 우리 자식이 아닌걸."

비안느는 강인해야 되는 게 넌덜머리났다. 그녀는 얼마나 많은 상실을 견딜 수 있을까?

"내가 다니엘에게 말하는 게 좋겠어?"

앙투안이 물었다.

비안느는 남편이 그러기를 바랐지만, 그 무엇보다 그러기를 바랐지만 이것은 엄마가 할 일이었다.

그녀는 손을 흔들면서 다니엘의—아리의— 소지품을 낡은 천 배낭에 넣었다. 그런 다음 방에서 나오다가 앙투안을 놔두고 나왔다는 것을 한발 늦게 깨달았다. 계속 숨을 쉬려면, 움직이려면 모든 힘을 쏟아야 했다.

안방에 들어가서 화장대를 뒤져서, 그녀와 라셀의 사진이 든 액자를 꺼냈다. 10년이나 12년 전에 찍은 사진이었다. 그녀는 사진 뒤에 두 사람의 이름을 적은 다음 배낭 주머니에 쑤셔넣고 방에서 나왔다.

비안느는 아래층에 있는 손님들을 모른 체하고 뒷마당으로 나갔다. 아이들이―여전히 망토를 두르고 왕관을 쓰고 있었다― 급조한 무대에서 놀고 있었다.

손님들과 앙투안이 뒤따라 나왔다.

소피가 그들 모두를 바라보았다.

"마망?"

다니엘이 웃음을 터뜨렸다. 그녀는 언제까지 딱 저 소리를 기억할까? 오래는 아니겠지. 비안느는 이제 그걸 알았다. 기억은―가장 좋은 기억도― 흐려지기 마련이었다.

"다니엘?"

그녀가 목청을 가다듬어야 해서 다시 불렀다.

"다니엘? 이리 와주겠니?"

"무슨 일이에요, 마망? 울고 있었던 것 같네요."

소피가 말했다.

비안느가 배낭을 옆에 끼고 앞으로 나아갔다.

"다니엘?"

아이가 씩 웃으며 그녀를 보았다.

"우리가 노래를 다시 불러주면 좋겠어요, 마망?"

다니엘이 물었다. 아이는 머리 한쪽으로 흘러내리는 왕관을 고쳐 썼다.

"이리 와줄래, 다니엘?"

비안느가 확실히 하기 위해 다시 말했다. 그녀는 머릿속에서 펼쳐지고 있는 상상이 너무나 두려웠다.

다니엘이 밟지 않도록 망토자락을 당기면서 그녀에게 터벅터벅 걸어왔다.

비안느는 풀밭에 무릎을 꿇고서 다니엘의 손을 잡았다.

"네가 이 일을 이해하게 할 방법이 없구나."

그녀는 목이 메었지만 말을 이었다.

"시간이 흐르면 내가 다 말해줬을 거야. 네가 더 컸을 때. 우린 네 옛날 집에도 갔을 거야. 하지만 시간이 없구나, 다니엘 대장."

아이가 이마를 찌푸렸다.

"무슨 말이에요?"

"우리가 너를 얼마나 사랑하는지 알지."

비안느가 말했다.

"네, 마망."

다니엘이 대답했다.

"우리는 널 사랑한다, 다니엘. 그리고 네가 우리 삶에 들어온 순간부터 사랑했지만 처음에 너는 다른 집안 사람이었단다. 네게는 다른 마망과 파파가 있었고 그들도 널 사랑했지."

다니엘이 찡그렸다.

"다른 마망이 있었어요?"

그녀 뒤에서 소피가 중얼댔다.

"어머, 세상에……."

"그분 이름은 라셀 드 샹플랭이었고, 온 마음을 다해서 널 사랑했어. 그리고 네 파파는 마크라는 용감한 사람이었지. 네게 그들의 이야기를 해줄 수 있으면 좋을 텐데 그럴 수가 없네."

비안느의 눈에서 눈물이 흘렀다. 그녀가 이어서 말했다.

"왜냐면 네 엄마의 사촌 역시 너를 사랑해. 그래서 너를 미국으로 데려가서 같이 살고 싶어해. 그곳은 먹을 게 넉넉하고 갖고 놀 장난감도 많아."

다니엘의 눈에 눈물이 고였다.

"하지만 내 마망은 여기 있어요. 난 가기 싫어요."

그녀는 '나도 네가 가는 게 싫단다'라고 말하고 싶었지만 그러면 아이가 더 겁먹기만 할 것이다. 아이가 안전하다고 느끼게 하는 게 그녀가 어머니로서 해야 할 마지막 일이었다.

비안느가 조용히 말했다.

"나도 알아. 하지만 거기가 마음에 들 거야, 다니엘 대장. 그리고 새 가족은 널 사랑하고 예뻐할 거야. 아마 거기 강아지가 있을지도 몰라. 네가 늘 갖고 싶어했잖아."

다니엘이 울기 시작했고 비안느는 아이를 품에 안았다. 아이를 보내려면 어쩌면 그녀 평생 가장 큰 용기가 필요했다. 비안느가 일어났다. 곧 두 남자가 그녀 옆에 다가섰다.

"안녕, 친구."

랍비가 다니엘에게 말을 걸면서 굳은 미소를 지었다.

다니엘이 큰소리로 울었다.

비안느가 아이의 손을 잡고 집 안을 지나 앞마당으로 나갔다. 기억의 리본들이 걸린 죽은 사과나무 옆을 지나 망가진 대문 밖으로 나가니, 길가에 파란색 푸조 승용차가 있었다.

레르네르는 운전석에 올라탔고 랍비는 뒤쪽 펜더 옆에서 기다렸다. 시동이 걸리면서 배기관으로 연기가 빠져나왔다.

랍비가 뒷문을 열었다. 그는 비안느에게 마지막으로 안타까운 표정을 짓고 뒷좌석으로 들어갔다. 그가 자동차 문을 열어놓았다.

소피와 앙투안이 옆으로 다가왔고, 모두 몸을 숙이고 다니엘을 끌어안았다.

소피가 말했다.

"우린 언제나 널 사랑할 거야, 다니엘. 네가 우리를 기억하길 바라."

비안느는 그녀만이 다니엘을 차에 태울 수 있다는 것을 알았다. 아이는 그녀만 믿을 터였다.

이 전쟁에서 겪은 마음 아프고 무서운 일들 중에서도 이게 가장 끔찍한 일이었다. 비안느는 다니엘의 손을 잡아서, 그들을 갈라놓을 차로 이끌었다. 아이가 뒷좌석에 올라탔다.

다니엘은 어리둥절하고 눈물이 그렁그렁한 눈으로 비안느를 바라보았다.

"마망?"

소피가 말했다.

"잠깐만요!"

소피는 집으로 다시 뛰어 들어갔다. 잠시 후 소피는 곰인형 베베와 토끼 인형을 다니엘에게 주었다.

비안느는 몸을 굽히고 다니엘의 눈을 들여다보았다.

"이제 너는 가야 해, 다니엘. 마망을 믿으렴."

아이의 아랫입술이 파르르 떨렸다. 다니엘은 인형을 가슴에 꼭 안았다.

"네, 마망"

"착한 아이가 되거라."

랍비가 몸을 숙여서 문을 닫았다.

다니엘은 창에 달라붙어서 유리에 손바닥을 댔다. 아이는 울면서 소리쳤다.

"마망! 마망!"

차가 사라진 후에도 몇 분간 아이의 외치는 소리가 들렸다.

비안느가 조용히 말했다.

"잘 살아라, 아리 드 샹플랭."

38

이사벨은 차렷 자세로 섰다. 점호 때는 똑바로 서 있어야 했다. 어지럼증 때문에 앞으로 쓰러지면 매질이나 그보다 나쁜 일을 당할 터였다.

아니, 이건 점호가 아니었다. 지금 그녀는 파리에, 어느 병실에 있었다.

뭔가 기다리는 중이었다. 누군가.

미셸린은 로비에 모여 있는 적십자 대원들과 기자들을 만나러 가고 없었다. 이사벨은 여기서 기다려야 했다.

문이 열렸다.

"이사벨, 서 있으면 안 되는데."

미셸린이 꾸짖는 투로 말했다.

"누우면 죽을까 봐 걱정돼서요."

이사벨이 말했다.

이사벨처럼 미셸린은 성냥개비처럼 마르고, 펑퍼짐한 드레스 아래로 엉덩이뼈가 관절처럼 도드라졌다. 거의 머리가 없었고-여기저기 조금씩 자라고 있었다- 눈썹도 없었다. 목 주위와 팔에는 진물이 나는 아물지 않은 상처들이 잔뜩 있었다.

"가자고."

미셸린이 말했다. 그녀는 이사벨을 병실에서 데리고 나와, 말없이 발을 질질 끄는 누더기 차림의 귀환자들 사이를 지나갔다. 눈물 흘리며 사랑하는 이들을 찾는 가족들 사이를 지나 질문을 해대는 기자들 앞을 지났다. 미셸린은 이사벨을 더 조용한 방으로 데려갔고, 그곳에는 다른 수용소 생존자들이 축 처져서 의자에 앉아 있었다.

이사벨은 의자에 앉아서 얌전하게 손을 무릎에 올렸다. 숨을 쉴 때마다 폐가 아프고 달아올랐고, 아픈 머리가 지끈거렸다.

"집에 갈 시간이야."

미셸린이 말했다.

이사벨이 고개를 들었다. 황량하고 멍한 눈빛이었다.

"내가 같이 가주길 바라?"

이사벨은 천천히 눈을 깜빡이면서 생각하려고 애썼다. 두통이 심해서 앞이 보이지 않았다.

"내가 어딜 가는데요?"

"카리보. 언니를 만나러 가야지. 언니가 널 기다리고 있어."

"언니가요?"

"네가 탈 기차는 40분 후에 출발해. 내 기차는 한 시간 후에 있고."

"어떻게 돌아가죠?"

이사벨이 용기를 내서 물었다. 속삭임에 가까운 목소리였다.

"우린 행운아들이야."

미셸린이 말하자 이사벨이 고개를 끄덕였다.

미셸린은 이사벨이 일어나도록 부축했다.

두 사람은 절룩이며 병원의 뒷문을 나갔다. 거기 자동차와 적십자 트럭이 줄줄이 서서, 생존자들을 기차역까지 데려다주려고 대기했다. 두 사람은 나란히 바싹 붙어서 순서를 기다렸다. 지난해 내내 자주 그랬다 – 점호 줄에서, 기차 가축 칸에서, 배식줄에서.

적십자 요원 제복을 입은 환한 얼굴의 젊은 여자가 서류판을 들고 방에 들어왔다.

"로시뇰?"

이사벨이 뜨거운 손을 들어 미셸린의 주름진 얼굴을 감쌌다.

"사랑했어요, 미셸린 바비노."

그녀가 부드럽게 말하고 노부인의 마른 입술에 입 맞추었다.

"자신에 대해 과거 시제로 말하지 말아."

"하지만 저는 과거 시제인걸요. 예전의 여자애는……"

"그녀는 사라지지 않았어, 이사벨. 아프고 모진 학대를 받았지만 사라질 수가 없는 사람이지. 그녀는 사자의 심장을 갖고 있었어."

"이제 미셸린이 과거 시제로 말하네요."

솔직히 이사벨은 그 여자애가 기억나지 않았다. 생각 없이 레지스탕스 운동에 뛰어든 여자애. 무모하게 조종사를 아버지 아파트로 데려갔고 어리석게 다른 조종사를 언니네 헛간에 데려간 여자애. 피레네 산맥을 넘고 파리에서 피난 나오면서 사랑에 빠진 여자애.

"우린 살았어."

미셸린이 말했다.

이사벨은 지난주에 이 말을 자주 들었다. '우린 살았어.'

미군이 수용소를 해방시키려고 도착했을 때, 모든 수감자들의 입에서 이 말이 터져 나왔다. 그제야 이사벨은 안도감을 느꼈다 – 매질과 추위, 굴욕, 질병, 눈밭 행진, 이 모든 것을 겪은 후 그녀는 생존했다.

하지만 이제 삶이 어떻게 될 수 있을지 의아했다. 예전의 그녀로 돌아갈 수 없지만 어떻게 앞으로 나아갈 수 있을까? 그녀는 미셸린에게 마지막으로 손을 흔들어 작별을 고하고 적십자 차량에 올라탔다.

나중에 기차에서 그녀는 사람들이 쳐다보는 눈길을 알아차리지 못하는 체했다. 반듯하게 앉으려고 애썼지만 그럴 수가 없었다. 비스듬히 앉아서 머리를 차창에 기댔다.

눈을 감자 곧 잠이 들었고, 덜컹대는 가축 칸에 탄 꿈을 꾸었다. 아기들이 울고 엄마들은 아기를 달래려고 안간힘을 쓰고…… 그러다가 열차 문이 열리고 개들이 기다리고…….

이사벨이 퍼뜩 정신을 차렸다. 정신이 없어서 안전하다는 것을 기억하는 데 시간이 걸렸다. 그녀는 소맷부리로 이마를 훔쳤다. 다시 열이 났다.

두 시간 후 기차가 카리보로 접어들었다.

'난 살았어.'

그런데 왜 아무것도 느껴지지 않을까?

그녀는 일어나서 어렵사리 기차에서 내렸다. 플랫폼에 발을 딛었더니 마구 기침이 났다. 허리를 굽히고 손에 피를 쏟으며 기침을 해댔다. 다시 숨을 쉴 수 있자 몸을 폈고, 텅 빈 기분을 느꼈다. 늙어버린 기분.

언니가 플랫폼 끝에 서 있었다. 그녀는 임신해서 배가 불렀고, 물 빠지고 기운 여름 원피스를 입고 있었다. 붉은 금발이 더 자라서 어깨 아래까지 곱슬거렸다. 기차에서 내리는 사람들을 훑어보던 비안느의 눈이 이사벨을 지나쳤다.

이사벨이 앙상한 손을 들어 인사했다.

비안느는 그녀가 손을 흔드는 것을 보고 얼굴이 창백해졌다.

"이사벨!"

비안느가 소리치면서 달려왔다. 그녀가 동생의 홀쭉한 뺨을 손으로 감쌌다.

"너무 가까이 오지 마. 나한테 냄새 나."

비안느는 이사벨의 터지고 부은 입술에 입맞추고 속삭였다.

"집에 온 걸 환영한다, 동생아."

"집."

이사벨은 기대하지 않던 단어를 따라 말했다. 그 어휘에 어울리는 어떤 이미지도 연상할 수가 없었다. 생각이 너무 뒤죽박죽이고 머리가 울렸다.

비안느가 동생에게 가만히 팔을 두르고 끌어안았다. 이사벨은 언니의 부드러운 살결과 머리의 레몬향을 느꼈다. 언니가 등을 쓰다듬어주었다. 어린아이였을 때와 똑같이. 그러자 이사벨은 생각했다.

'난 살았어.'

집.

*

"너 펄펄 끓는데."

그들이 르 자르댕에 돌아왔을 때 비안느가 말했다. 이사벨은 깨끗하게 몸을 씻고 따뜻한 침대에 누워 있었다.

"응. 이 열을 떨칠 수가 없는 것 같아."

"내가 아스피린을 가져올게."

비안느가 일어나려 했다.

"아냐, 날 두고 가지 마. 제발. 나랑 누워 있어."

비안느가 작은 침대로 들어갔다. 건드리면 멍이라도 들새라 그녀는 이사벨을 조심스럽게 안았다.

"벡 일은 미안해. 용서해……."

이사벨이 기침하면서 말했다. 그녀는 이 말을 하는 순간을 천 번도 넘게 상상하면서 이 시간을 정말 오래 기다렸다.

그녀가 말을 이었다.

"……내가 언니와 소피를 위험에 빠트린 것을……."

"아냐, 이사벨. 나를 용서해. 난 매번 널 외면했어. 파파가 우리를 마담 뒤마에게 맡기고 갔을 때부터 시작해서. 그리고 네가 파리로 달아날 때, 남자 때문에 떠난다는 말도 안 되는 소리를 어떻게 믿을 수 있었을까? 그 생각이 늘 머릿속에 맴돌아."

비안느가 부드럽게 말했다. 그녀가 이사벨에게 몸을 기대면서 덧붙였다.

"이제 다시 시작할 수 있을까? 마망이 우리에게 원했던 자매 사이가 될 수 있을까?"

이사벨은 정신을 차리고 있으려고 애썼다.

"난 그러면 좋겠어."

"난 이 전쟁에서 네가 한 일이 정말로 자랑스러워, 이사벨."

이사벨의 눈에 눈물이 고였다.

"언니는 어때?"

비안느가 눈길을 돌렸다.

"벡 이후에 다른 나치가 여기서 기숙했어. 나쁜 사람이었어."

이 말을 하면서 배를 건드렸다는 것을 비안느는 알고 있을까? 얼굴에 수치심이 얼룩진 것을 알까? 이사벨은 언니가 어떤 일을 견뎠는지 본능적으로 알았다. 집에 기숙한 병사들에게 강간당한 여인들의 사연을 수없이 들은 터였다.

이사벨이 말했다.

"내가 수용소에서 배운 게 뭔지 알아?"

비안느가 동생을 바라보았다.

"뭔데?"

"저들이 내 마음은 건드리지 못한다는 것. 그들은 내 안에 있는 본모습은 바꾸지 못했어. 내 몸은…… 처음 며칠새 망가뜨렸지만 내 마음은 그러지 못했어. 그 작자가 무슨 짓을 했던 그것은 언니의 몸에 한 거고 몸은 치유될 거야."

그녀는 더 많이 말하고 싶었다. 어쩌면 '사랑해'라고 덧붙이고 싶었지만 기침이 한바탕 터져 나왔다. 기침이 가라앉자 그녀는 반듯하게 누워서 얕고 거친 숨을 쉬었다.

비안느는 몸을 더 바싹 붙이고, 찬 물수건으로 열이 나는 이마를 눌렀다.

이사벨은 이불에 번진 피를 물끄러미 보면서 어머니의 마지막 나날을 떠올렸다. 그때도 어머니는 그런 피를 토했다. 그녀는 비안느를 바라보았고, 언니 역시 그 기억을 떠올린다는 것을 알았다.

*

이사벨은 나무 바닥에서 깼다. 몸이 얼어붙는 동시에 뜨거워서 오들오들 떨면서도 땀을 흘렸다.

아무 소리도 들리지 않았다. 쥐나 바퀴벌레가 바닥을 기어가는 소리가 나지 않았다. 물이 벽의 갈라진 틈으로 들어와 두꺼운 얼음이 되는 소리도, 기침이나 울음소리도 나지 않았다.

이사벨은 천천히 일어나 앉으면서 아주 작은 움직임에도 찡그렸다. 온몸이 아팠다. 뼈, 살갗, 머리, 가슴. 아파할 근육이 남아 있지 않았지만 관절과 인대가 아팠다.

요란한 타타타타 소리가 들렸다. 총소리. 그녀는 머리를 감싸고 구석으로 파고들어 몸을 잔뜩 웅크렸다.

아니.

여기는 라벤스브뤼크가 아니라 르 자르댕이었다.

그것은 지붕에 빗줄기가 떨어지는 소리였다.

천천히 일어나는데 현기증이 느껴졌다. 얼마나 오래 여기 있었을까? 나흘? 닷새?

절룩절룩 걸어서 침대 옆 탁자로 갔다. 거기 도자기 물병과 미지근한 물이 담긴 대야가 있었다. 그녀는 손을 씻고 얼굴에 물을 적신 다음, 비안느가 걸쳐놓은 옷을 입었다 ― 소피가 열 살 때 입던 원피스를 입으니 헐렁했다. 그녀는 계단을 내려가기 시작했다. 길고 더딘 여정이었다.

현관문이 열려 있었다. 밖에 비가 내려 사과나무들이 흐릿해 보였다. 이사벨은 문간으로 가서 상쾌한 공기를 들이마셨다.

"이사벨? 내가 사골 수프를 준비할게. 의사는 네가 그걸 마실 수 있을 거라고 말하더라."

비안느가 뒤에서 다가오며 말했다.

이사벨은 무심히 고개를 끄덕였다. 위가 수프를 못 받아들이지만 먹으면 달라질 것처럼 비안느가 말하도록 놔두었다.

그녀는 빗속으로 나갔다. 소리로 세상에 생기가 돌았다 ― 새들이 지저귀는 소리, 교회 종소리, 비가 지붕을 때리고 웅덩이에 떨어져 튀기는 소리. 좁은 흙길에 차들이 잔뜩 늘어서 있었다. 사람들을 집으로 데려오는 승용차, 트럭, 자전거에 탄 사람들이 경적을 울리고 손을 흔들고 서로 고함을 질렀다. 덜컹대면서 지나가는 미군 트럭에 탄 풋풋한 얼굴의 병사들이 지나가는 사람들에게 함박웃음을 지었다.

그들을 보자 비안느는 히틀러가 자살했고 베를린이 포위되어서 곧 함락될 거라고 말한 기억이 났다. 그게 사실일까? 전쟁이 끝나는 건가? 그녀는 몰랐다. 기억이 나지 않았다. 요즘은 머릿속이 뒤죽박죽이었다.

절룩절룩 걸어서 도로로 나가서야 맨발이라는 것을 한발 늦게 깨달았지만(신발을 잃어버려서 매질을 당할 터였다), 계속 걸어갔다. 덜덜 떨리고 기침이 나왔다. 비에 쫄딱 젖은 채로 폭격 당한 후 미군 부대가 접수한 비행장 앞을 지나갔다.

"이사벨!"

그녀가 마구 기침을 하면서 몸을 돌렸다. 손에 피가 튀었다. 이제 추워서 몸이 덜덜 떨렸다. 옷이 흠뻑 젖었다.

비안느가 말했다.

"여기서 뭐 하는 거야? 그리고 신발은 어디 있니? 발진티푸스와 폐렴에 걸렸는데 빗속에 나와 있으면 어떡해."

비안느는 상의를 벗어서 이사벨의 어깨에 둘러주었다.

"전쟁이 끝났어?"

"어젯밤에 그 이야기를 했는데 기억나지?"

비가 내려 앞이 뿌옇게 보였다. 빗줄기가 그녀의 등에 들이쳤.

이사벨은 떨면서 습한 공기를 들이마셨고, 눈물이 솟구치는 것을 느꼈다.

'울지 말아.'

그게 중요한 줄 알지만 왜 그런지 기억나지 않았다.

"이사벨, 넌 아파."

"전쟁이 끝나면 가에탕이 날 찾아오겠다고 약속했어. 그가 날 찾을 수 있게 내가 파리에 가야 해."

이사벨이 속삭였다.

"그가 널 찾으러 온다면 우리 집으로 올 거야."

이사벨은 알아듣지 못했다. 그녀가 고개를 저었다.

"가에탕이 여기 와봤잖아, 기억나지? 투르에 갔다가 여기 왔지. 그가 널 집에 데려왔잖아."

'내 나이팅게일. 내가 집에 데려다줄게요.'

"아, 그는 이제 날 예쁘다고 생각하지 않을 거야."

이사벨은 미소 지으려 했지만 그러지 못한다는 것을 알았다.

비안느가 이사벨의 어깨에 팔을 두르고 가만히 몸을 돌렸다.

"우리 가서 그에게 편지를 쓰자."

"편지를 어디로 보내야 되는지 모르는걸."

이사벨이 언니에게 기대면서 말했다. 열이 나는데 추워서 몸이 떨렸다.

어떻게 집에 왔더라? 확실하지 않았다. 앙투안이 그녀를 안아서 계단을 올라가고 이마에 입맞춘 것과 소피가 따끈한 수프를 갖다 준 것은 기억났다. 하지만 밤이 되자 곧 잠이 들었던 게 분명하다. 비안느가 창 아래 놓인 의자에 앉아서 자고 있었다.

이사벨이 기침을 했다.

비안느가 발딱 일어나서, 베개들의 위치를 바꾸고 이사벨이 몸을 일으키게 했다. 그녀는 침대 옆에 있는 물그릇에 수건을 담갔다가 물을 짜내고 이사벨의 이마에 얹었다.

"사골 수프 조금 먹을래?"

"아이고, 아니."

"넌 아무것도 안 먹잖아."

"넘길 수가 없어서 그래."

비안느는 의자에 손을 뻗어서 침대 가까이 끌어당겼다.

그녀가 이사벨의 달아오른 축축한 뺨을 만지면서 퀭한 눈을 들여다보았다.

"너한테 줄 게 있어."

비안느는 의자에서 일어나 방에서 나갔다. 잠시 후 그녀는 누렇게 변한 봉투를 들고 돌아왔다. 그녀가 봉투를 이사벨에게 내밀었다.

"파파가 우리한테 준 거야. 파파가 너를 보러 지로로 가는 길에 여기 들렀거든."

"그랬어? 파파가 나를 구하기 위해 자수할 거라고 언니한테 말했어?"

비안느는 고개를 끄덕이며 이사벨에게 편지를 주었다.

봉투에 적힌 그녀의 이름이 흐릿하고 길쭉해 보였다. 영양실조로 시력이 나빠졌다.

이사벨이 말했다.

"나한테 읽어줄래?"

비안느는 편지를 꺼내 읽기 시작했다.

이사벨과 비안느에게,

난 불안감 없이 지금 하려는 일을 한다.

후회스러운 것은 내 죽음이 아니라 내 인생이다.

내가 너희에게 아비 노릇을 못한 게 유감스럽구나.

핑계를 댈 수 있었지-난 전쟁으로 피폐했고 술을 너무 많이 마셨고,

너희 어머니 없이 살아갈 수가 없었지— 하지만 그런 건 전혀 중요하지 않아. 이사벨, 네가 나와 지내려고 처음 도망쳤을 때가 기억난다. 넌 혼자서 파리까지 왔지. 네 모든 것은 말했지, 날 사랑해줘요 라고. 하지만 그 플랫폼에서 날 필요로 하는 널 보고도 난 외면했지. 내가 손만 뻗으면 너와 비안느는 선물이라는 것을 어떻게 몰랐을까? 그럼에도 날 용서해다오, 내 딸들아. 그리고 내가 작별을 고하면서 온마음을 다해 너희 둘을 사랑했다는 것을 알아다오.

이사벨은 눈을 감고 베개를 베고 누웠다. 평생 그토록 기다린 말— 그의 사랑—이었는데 이제 느껴지는 것은 상실감밖에 없었다. 그들은 시간이 있을 때 서로 충분히 사랑하지 않았다.

"소피와 앙투안과 새로 태어나는 아기를 단단히 끌어안아, 언니. 사랑은 그렇게 잘 빠져나가는 거야."

"그러지 말아."

비안느가 말했다.

"뭘?"

"작별 인사. 넌 튼튼하고 건강해질 테고, 가에탕을 찾아서 결혼해서 이 아기가 태어날 때 함께 있을 거야."

이사벨이 한숨을 쉬면서 눈을 감았다.

"정말 예쁜 미래가 되겠네."

*

1주 후 이사벨은 뒷마당에서 담요 두 장과 거위털 이불을 두르고 의자에 앉아 있었다. 5월 초의 햇살이 내리쬐는데도 여전히 추워서 떨었다. 소피가 이모의 발 아래 풀밭에 앉아서 책을 읽어주었다. 조카는 등장인물마다 다른 목소리를 내려고 애썼고, 가끔 이사벨은 살갗이 감당하기 버거울 정도로 뼈가 무겁게 느껴지는데도 자기도 모르게 미소 짓고 웃음을 터뜨리기도 했다.

어디선가 앙투안이 요람을 만들고 있었다. 비안느가 전쟁 중에 때지 않은 나무 조각들이 남아 있었다. 비안느가 곧 출산하리란 것을 모두 알았다. 그녀는 느릿느릿 움직였고 늘 한 손으로 등허리를 짚고 있었다.

이사벨은 눈을 감고 아름다운 일상을 맛보았다. 멀리서 교회 종이 울렸다. 종전을 알리는 종소리가 지난주 내내 계속 울렸다.

소피가 문장을 읽다가 갑자기 멈추었다.

이사벨은 '계속 읽어'라고 말했다고 생각했지만 확신이 없었다.

그녀는 언니가 '이사벨' 하고 부르는 소리를 들었다. 용건이 있는 말투였다.

이사벨이 고개를 들었다. 비안느가 거기 서 있었다. 주근깨 있는 흰 얼굴로, 앞치마에 밀가루가 묻었고 붉은 머리에는 터번을 둘렀다.

"누가 널 만나러 왔는데."

"의사한테 난 괜찮다고 전해."

"의사가 아니야."

비안느가 생긋 웃으면서 덧붙였다.

"가에탕이 여기 왔어."

이사벨은 종잇장 같은 가슴에서 심장이 터질 것 같은 기분을 맛보았다. 일어나려다가 의자에 털썩 주저앉았다. 비안느가 부축해서 일으켰지만 서 있긴 해도 움직일 수가 없었다.

어떻게 그를 볼 수 있을까? 이사벨은 민머리에 눈썹이 없는 해골

바가지였다. 치아는 빠지고 손톱도 대부분 없었다. 그녀는 머리를 매만지다가 귀 뒤로 넘길 머리카락이 없다는 것을 조금 늦게 알아차리고 어색해했다.

비안느가 동생의 뺨에 입 맞추었다.

"넌 예뻐."

그녀가 말했다.

이사벨이 천천히 몸을 돌리자 거기, 열린 문간에 그가 서 있었다. 그녀는 가에탕이 얼마나 나쁜 상태인지 알았지만-체중이 줄고 머리가 없고 생기도 없었다- 그것은 중요하지 않았다.

그가 '거기' 있었다.

가에탕이 절룩이며 다가와서 이사벨을 품에 안았다.

그녀는 떨리는 손을 들어서 그를 끌어안았다.

며칠 만에, 몇주 만에, 일년 만에 처음으로 심장이 안정적으로 뛰며 생기를 뿜어냈다. 가에탕은 몸을 빼고 그녀를 내려다보았다. 그의 눈에 담긴 사랑이 모든 나쁜 것을 태워버렸고, 다시 두 사람은 함께였다.

가에탕과 이사벨. 전쟁 중인 세상에서 사랑에 빠졌던 두 사람.

"내가 기억하는 것처럼 아름답네."

그가 말했다.

이사벨은 웃음을 터뜨리다가 울었다. 그녀는 바보가 된 것 같아서 눈물을 닦았지만 얼굴에 계속 눈물이 흘렀다.

고통, 상실, 두려움, 분노 때문에. 전쟁과 그것이 그녀와 모두에게 저지른 짓 때문에. 결코 떨쳐버릴 수 없는 악을 안 것 때문에. 그녀가 있었던 곳에 대한 두려움과 살기 위해 저지른 짓에 대한 두려움 때문에.

"울지 말아."

어떻게 그러지 않을 수 있을까? 진실과 비밀을 나누려면, 서로 알려면 평생이 걸릴 터였다.

"사랑해요."

이사벨이 속삭였다. 아주 오래전 가에탕에게 그 말을 했을 때가 기억났다. 당시 그녀는 굉장히 어리고 빛났다.

"나도 사랑해. 당신을 처음 본 순간부터 그랬어. 그 말을 하지 않는 게 당신을 보호하는 거라고 생각했어. 내가 미리 알았더라면……."

가에탕이 갈라지는 목소리로 말했다.

인생이 얼마나 약한지, 그들이 얼마나 연약하지.

사랑.

그것은 모든 것의 처음이자 마지막이고, 바닥이자 천장이며 그 사이의 공기였다.

이사벨이 망가지고 추하고 아픈 것은 중요하지 않았다. 가에탕은 이사벨을 사랑했고, 이사벨은 가에탕을 사랑했다. 이사벨은 평생 사람들이 그녀를 사랑하기를 기다렸지만-갈구했지만- 이제 그녀는 정말 중요한 게 뭔지 알았다. 이전에도 그녀는 사랑을 알았고 그 축복을 누렸다.

파파. 마망. 소피.

앙투안. 미셀린. 아눅. 앙리.

가에탕.

비안느.

그녀는 가에탕을 지나 언니를, 자신의 다른 반쪽을 바라보았다. 언젠가 둘은 단짝이 될 거라고, 시간이 그들의 삶을 하나로 이어줄 거라던 어머니의 말이 기억났다.

이제 비안느도 울면서 배에 한 손을 올리고 고개를 끄덕였다.
'날 잊지 말아.'
이사벨은 속으로 중얼댔다. 그 말을 입 밖에 낼 힘이 있으면 좋으련만.

39

1995년 5월 7일
프랑스 어느 곳

비행기 객실 안의 전등이 갑자기 켜진다.

안내 방송을 알리는 '딩!' 소리가 난다. 우리가 파리로 하강하기 시작했다는 안내가 나온다.

줄리앙이 몸을 숙여서 내 안전벨트를 조정하고, 내 의자가 똑바로 세워져 있는지 확인한다. 내가 안전한지.

"다시 파리에 착륙하는 기분이 어떠세요, 엄마?"

뭐라고 말해야 좋을지 모르겠다.

*

몇 시간 후, 내 옆의 전화가 울린다.

아직 잠이 깨지 않은 상태에서 전화를 받는다.

"여보세요?"

"아, 엄마. 주무셨어요?"

"그랬지."

"지금 세 시예요. 재회 모임에 몇 시에 출발하실래요?"

"파리를 산책하자꾸나. 한 시간이면 준비할 수 있는데."

"제가 들러서 모시고 나갈게요."

네브래스카만한 침대에서 빠져나와 대리석 천지인 욕실로 향한다. 뜨거운 물에 샤워를 하니 다시 정신이 들었다. 화장대 앞에 앉아 전구가 달린 타원형 확대경으로 얼굴을 쳐다볼 때에야 생각이 난다.

내가 집에 왔구나.

내가 미국 시민이고, 프랑스보다 미국에서 산 세월이 더 길다는 것은 전혀 중요하지 않다. 난 집에 왔다.

공들여 화장을 한다. 그런 다음 눈처럼 하얀 머리를 뒤로 넘겨서, 떨림이 멈추지 않는 손으로 목 뒤쪽에 올려붙인다. 거울에 우아한 노부인이 보인다. 주름진 부드러운 피부, 윤나는 연분홍색 입술, 근심이 담긴 눈.

이 정도가 내가 할 수 있는 최선이다.

옷장으로 가서 챙겨 온 겨울용 흰 바지와 터틀넥 스웨터를 꺼낸다. 어쩌면 색이 있는 옷이 더 좋았을 거라는 생각이 든다. 짐을 챙길 때는 그 생각을 못 했다.

내가 준비를 마쳤을 때 줄리앙이 도착한다.

아들은 내가 앞을 못 보는 장애인이라도 되는 것처럼 부축한다. 나는 그를 따라서 기품 있는 호텔 로비를 지나, 봄날 파리의 마법 같은 빛 속으로 나간다.

줄리앙이 도어맨에게 택시를 부탁하자 나는 말린다.

"모임 장소까지 걸어서 가자."

아들이 얼굴을 찌푸린다.

"하지만 연회장은 '일 드 라 시테'에 있는데요."

나는 줄리앙의 발음에 찡그리지만, 사실 내 잘못이다.

도어맨이 빙그레 웃는다.

"내 아들은 지도를 좋아하죠. 그리고 파리에 처음 와봤거든요."

내가 말하자 도어맨이 고개를 끄덕인다.

줄리앙이 내 옆에 서며 말한다.

"먼 길이에요, 엄마. 그리고 엄마는……."

난 미소 짓지 않을 수가 없다.

"늙었다고? 나도 프랑스 사람이야."

"힐을 신으셨잖아요."

줄리앙이 도어맨에게 몸을 돌린다. 그가 장갑 낀 손을 올리고 말한다.

"세 라 비, 무슈(그게 인생이지요)."

"알았어요. 걷자고요."

줄리앙이 마침내 말한다.

나는 그의 팔을 잡는다. 팔짱을 끼고 복잡한 인도로 발을 내딛으면서 순간적으로 다시 아가씨가 된 기분을 느낀다. 차들이 경적을 울리고 끽 소리를 내면서 급히 우리 앞을 지난다.

이 눈부신 오후, 소년들이 인도에서 스케이트보드를 타고 관광객과 시민들 사이를 누비고 지나간다. 밤꽃 향기와 빵 굽는 냄새, 계피와 휘발유, 자동차 배기가스, 햇볕에 말라붙은 돌 냄새가 진동한다. 내게 언제까지나 파리를 연상시킬 냄새다.

오른쪽에 내 어머니가 좋아하던 빵집 한 곳이 있다. 문득 어머니가 내게 나비 모양 마카롱을 주던 기억이 난다.

"엄마?"

나는 줄리앙에게 미소 짓는다.

"이리 와라."

나는 아들을 작은 가게로 데리고 들어간다. 긴 줄이 있고 나는 줄의 맨 끝에 선다.

"쿠키를 싫어하시는 줄 알았는데요."

나는 아들의 말을 무시하고, 고운 색깔의 마카롱들과 초콜릿 빵이 든 유리 진열창을 빤히 쳐다본다.

차례가 되자 나는 마카롱 두 개를 산다-코코넛 하나, 산딸기 하나. 그 중 코코넛 마카롱을 꺼내서 줄리앙에게 준다.

우리는 다시 밖으로 나와서 걷는다. 줄리앙은 마카롱을 한입 베어 물다가 갑자기 걸음을 멈춘다.

"우아."

1분쯤 지나고 그가 말한다. 그러더니 다시 한번 중얼댄다.

"우아."

나는 미소 짓는다. 누구나 첫 파리의 맛을 기억한다. 아들에게는 이것이 처음 맛이 되겠지.

그는 손가락을 핥고 봉투를 버리자, 다시 내 팔짱을 낀다.

센 강이 내려다보이는 예쁘장한 작은 식당 앞에서 내가 말한다.

"와인 한잔 마시자."

막 5시가 지났다. 우아한 칵테일 아워(디너 직전이나 오후 4시에서 6시)다.

우리는 야외에 자리를 잡는다. 꽃이 만발한 밤나무가 차양처럼 뻗어 있다. 길 건너 강변을 따라 초록색 가판대가 있다. 유화부터 오래된 '보그' 표지들, 에펠탑 열쇠고리까지 별별 것을 다 판다.

우리는 고깔 모양 유산지에 담긴 기름진 감자튀김을 먹고 와인을 홀짝인다. 한 잔이 두 잔으로 넘어가고, 오후가 뿌연 어스름 무렵으로 넘어간다.

파리에서 시간이 얼마나 은근슬쩍 지나는지 잊고 있었다. 활기찬 도시지만 사람을 끌어들이는 적막감이, 고즈넉함이 있다. 파리에서 와인 한 잔 들고 있으면 그저 '존재'할 수 있다.

센 강을 따라서 가로등이 켜지고 아파트 창들이 금빛으로 물든다.

"일곱 시예요."

줄리앙이 말하자, 나는 그가 내내 시간을 확인하면서 기다렸다는 것을 깨닫는다. 참 미국인답다. 자신을 잊고 느긋하게 앉아 있지 못한다. 내 젊은 아들은. 그러면서도 이 아이는 내가 마음을 가라앉힐 수 있게 해준다.

나는 고개를 끄덕이고 줄리앙이 계산하는 모습을 지켜본다. 우리가 일어나니, 잘 차려입은 커플이 담배를 피우면서 우리 자리에 앉는다.

줄리앙과 나는 팔짱을 끼고 퐁 네프로 간다. 센 강에 놓인 가장 오래된 다리. 그 뒤로 한때 파리의 심장이었던 섬, 일 드 라 시테가 있다. 하얀 벽이 솟은 노트르담은 거대한 독수리가 멋진 날개를 펼친 듯한 모양이다. 센 강이 강변의 가로등 불빛을 반사해서 금빛 고리 문양들이 물살에 이지러진다.

"마법이네요."

줄리앙이 말한 게 딱 맞는 표현이다.

우리는 천천히 걸어서, 4백 년도 더 전에 세워진 기품 있는 다리를 건넌다. 다리를 지나 치솟은 고딕 양식의 노트르담 성당을 등지고 서니 좌판을 정리하는 노점상이 있다.

줄리앙이 걸음을 멈추고 골동품 스노볼을 집는다. 그가 볼을 기울이니 유리공 안에서 눈송이가 휘휘 돌면서 금박 에펠탑을 가린다.

나는 작은 눈송이들을 보면서, 눈이 가짜인 줄–아무것도 아닌

줄— 알지만 그 무시무시한 겨울을 떠올린다. 구두에 구멍이 나고, 몸에 신문지와 구할 수 있는 모든 천을 감았던 시절.

"엄마? 몸을 떠시네요."

"늦었다."

내가 말한다.

줄리앙은 골동품 스노볼을 내려놓고 우리는 다시 걸음을 옮겨, 노트르담에 입장하려고 기다리는 사람들 앞을 지난다.

호텔은 성당 뒤편 골목에 있다. 호텔 옆에 파리에서 가장 오래된 병원인 시립병원이 있다.

"두렵구나."

내가 말한다. 그걸 인정한 게 스스로 놀랍다. 사실 자주 두렵지만 그걸 인정한 게 언제였는지 기억도 나지 않는다. 4개월 전 암이 재발되었다는 진단을 받고, 겁이 나서 샤워하다 찬물이 나올 때까지 울었다.

"정 그러면 안 들어가도 돼요."

줄리앙이 말했다.

"아니, 들어가야지."

한 걸음씩 서서히 움직여 로비로 들어서니, 연회장이 4층이라는 안내문이 있다.

엘리베이터에서 내리니, 어떤 남자가 마이크에 대고 말하는 소리가 들린다. 목소리가 증폭되고 본래 목소리가 나지 않는다. 복도에 테이블이 있고 이름표가 흩어져 있다. 그걸 보자 '콘센트레이션(집중)'이라는 티브이 프로그램(같은 카드를 기억하는 어린이 게임쇼)이 떠오른다. 대부분 사람들이 가져갔지만 내 이름표는 남아 있다.

그리고 내 이름표 아래 내가 아는 이름이 있다. 그것을 보자 내 가슴이 조여들어 뻐근해진다. 내 이름표에 손을 뻗어 집는다. 이름표의 뒷면을 벗기고 홀쭉한 가슴에 붙이지만 내내 눈은 다른 이름에 가 있다. 그 이름표를 집어서 멍하니 쳐다본다.

"마담! 저희가 기다리고 있었습니다. 자리가……."

테이블 뒤에 앉은 여자가 얼굴을 붉히며 일어난다.

"난 괜찮아요. 연회장 뒤쪽에 서 있을게요."

"무슨 말씀을요."

그녀가 내 팔을 잡는다. 사양할까 고민하지만 지금은 그럴 의지도 없다. 그녀를 따라서 방에 꽉 찬 접이의자에 앉은 좌중을 지나 연단 쪽으로 간다. 연단 뒤에 노부인 세 사람이 앉아 있다. 구깃구깃한 파란 재킷과 면바지 차림의 청년이-분명히 미국인- 연단에 서 있다. 내가 들어가자 그가 말을 중단한다.

좌중이 조용해진다. 모든 사람의 시선이 내게 쏠린다.

나는 연단에 앉은 부인들 앞을 지나서 청년 옆 빈 의자에 앉는다.

마이크 앞에 선 청년이 나를 쳐다보면서 말한다.

"아주 특별한 분이 오늘 밤 우리와 함께 자리하셨네요."

연회장 뒤쪽에서 팔짱을 끼고 벽에 기대선 줄리앙이 보인다. 얼굴을 찌푸리고 있다. 분명히 왜 내가 연단에 앉는지 의아하겠지.

"한 말씀 해주시겠습니까?"

청년이 두 번이나 똑같이 물은 후에야 나는 알아듣는다.

실내가 너무 조용해서 의자 삐걱대는 소리, 카펫 바닥을 발로 두드리고 여자들이 부채질하는 소리까지 들린다. '아니, 아니요. 됐어요'라고 말하고 싶지만 내가 어떻게 겁쟁이처럼 굴 수 있을까?

천천히 일어나서 연단으로 나간다. 생각을 정리하면서 오른쪽의 노부인들을 힐끗 본다. 그들의 이름표가 눈에 들어온다. 알마도라, 엘리안, 아눅.

나는 나무 연단의 가장자리를 꽉 잡는다.

난 처음에는 조용조용하게 말한다.

"제 여동생 이사벨은 대단한 열정을 가진 여성이었어요. 그 아이는 모든 일을 브레이크 없이 전속력으로 밀어붙였지요. 이사벨은 어릴 때 늘 가족의 걱정거리였어요. 언제나 기숙학교, 수녀원 학교, 교양 학교에서 도망쳤거든요. 몰래 창밖으로 빠져나와 기차에 탔지요. 저는 동생이 무모하고 책임감 없고, 너무 예뻐서 쳐다보기도 힘들다고 생각했어요. 전쟁 중에 이사벨은 저한테 그걸 이용했지요. 연애하려고 파리로 도망갈 거라고 말했고 저는 그 말을 믿었어요. 세월이 흐른 후에도 그게 제 가슴을 아프게 합니다. 동생이 남자가 아니라 신념을 쫓아간다는 것을 알았어야 했는데, 그 아이가 중요한 일을 한다는 것을 알아야 했건만."

나는 잠시 눈을 감고 기억에 잠긴다. 가에탕을 끌어안고 서서, 눈물 고인 빛나는 눈으로 나를 바라보는 이사벨. 사랑이 넘치는 눈망울. 그러다가 그녀는 우리가 알아듣지 못할 말을 중얼대고, 자신을 사랑하는 남자의 품에서 마지막 숨을 거두었다.

그때 난 거기서 비극을 보았지만 이제 아름다움을 본다.

그 순간 뒷마당의 분위기를 다 기억한다. 우리 머리 위로 뻗은 주목 가지와 재스민 향기.

나는 손에 쥔 이름표를 물끄러미 바라본다.

소피 모리악.

내 예쁜 딸은 진중하고 사려 깊은 여성으로 성장해서 평생 내 곁에 머물렀다. 늘 어미 닭처럼 날 염려하고 챙겨 주었다. 두려워하면서. 소피는 우리가 헤치고 나온 세상을 약간 두려워했고 난 그게 싫었다. 하지만 그 아이는, 소피는 사랑하는 법을 알았고 암에 걸려서도 겁

내지 않았다. 마지막에 내가 손을 잡자 소피는 눈을 감고 말했다. '이모…… 거기 있네요.'

이제 곧 그들이, 내 동생과 딸이 나를 기다리고 있을 것이다.

나는 이름표에서 시선을 돌려 다시 청중을 바라본다. 그들은 내 눈가가 촉촉한 것을 개의치 않는다.

"이사벨과 제 아버지 줄리앙 로시뇰과 친구들은 나이팅게일 탈출로를 운영했습니다. 그들이 함께 117명의 조종사들을 구했지요."

나는 침을 꿀꺽 삼킨다.

"이사벨과 저는 전쟁 중에 별로 대화하지 않았습니다. 동생은 자기가 하는 위험한 일에서 저를 보호하려고 거리를 두고 지냈지요. 그래서 이사벨이 라벤스브뤼크에서 돌아오기 전까지 저는 그 아이가 하는 일을 다 알지 못했어요."

나는 눈물을 닦는다. 이제 의자 삐걱이는 소리도, 발로 바닥을 두드리는 소리도 나지 않는다. 청중은 꼼짝하지 않고 나를 바라보고 있다. 뒤쪽에 서 있는 줄리앙의 잘생긴 얼굴이 보인다. 혼란에 빠진 표정이다.

이 모든 이야기를 그는 처음 듣는다. 평생 처음으로 그는 우리 사이에 다리보다는 골이 있음을 이해한다. 이제 나는 단순히 그의 어머니가, 그의 연장선상이 아니다. 나는 온전한 여인이고, 그는 나를 어떻게 이해할지 잘 모른다.

"강제 수용소에서 돌아온 이사벨은 투르의 폭격에서 살아나거나 피레네 산맥을 넘은 그 여자가 아니었어요. 집에 온 이사벨은 피폐하고 병들었지요. 동생은 많은 것에 확신이 없었지만 자신이 한 일에 대해서는 그렇지 않았습니다."

나는 앞에 앉은 사람들을 바라본다.

"죽기 전날 이사벨은 그늘에서 제 곁에 앉아 손을 잡고 말했어요. '난 이만하면 충분해.' 제가 '뭐가 충분하다는 거야?'라고 물었더니 '내 인생. 충분해.'라고 말하더군요. 그랬습니다. 이사벨이 이 방에 계신 몇몇 분들을 구했다는 걸 알지만, 여러분 역시 그녀를 구했다는 것도 압니다. 이사벨 로시뇰은 영웅이자 사랑에 빠진 여자로 죽었습니다. 그녀가 다른 선택을 했을 가능성은 없습니다. 이사벨이 원하는 것은 기억되는 것밖에 없었어요. 그래서 그녀의 인생에 의미를 주시고, 그녀의 가장 좋은 점을 끌어내주시고, 이렇게 오랜 세월이 흐른 후에도 기억해주시는 여러분께 감사드립니다."

나는 연단을 붙든 손을 놓고 뒤로 물러난다.

청중이 일제히 박수를 치면서 일어난다. 울고 있는 많은 노인을 보자 문득 이런 생각이 든다. 이들은 이사벨이 구한 사람들의 가족이다. 그녀가 구한 사람들이 다 집에 돌아가 가족을 일구었고, 더 많은 이들이 용감한 아가씨와 아버지와 친구들에게 목숨을 빚졌다.

그 후 나는 감사와 회고담과 사진에 휩싸인다. 모인 사람들 모두 내게 개인적으로 감사 인사를 하고 이사벨과 아버지가 어떤 의미인지 말하고 싶어한다. 어느 시점에서 줄리앙이 내 곁으로 와서 보디가드 역할을 한다. 아들은 내게 말한다.

"우리가 할 이야기가 아주 많은 것 같네요."

나는 고개를 끄덕이고 아들의 팔을 잡고 계속 움직인다. 나는 그녀가 받아 마땅한 감사 인사를 받으며 최선을 다해 대리인 노릇을 한다.

인파를 거의 지났을 때―이제 와인을 마시러 바로 옮기느라 사람이 줄고 있었다― 귀에 익은 목소리가 들린다.

"안녕하세요, 비안느."

기나긴 세월이 흘렀어도 그의 눈을 알아볼 수 있다.

가에탕. 그는 내 기억보다 키가 작고 어깨가 약간 굽었다. 그을린 얼굴에 세파에 생긴 주름이 깊다. 어깨까지 내려오는 긴 머리는 치자꽃같이 하얗지만, 어디서든 난 그를 알아볼 것이다.

"비안느, 내 딸을 보여드리고 싶었습니다."

가에탕이 고전적인 미인인 젊은 여성에게 팔을 뻗는다. 세련된 검은 원피스와 화사한 분홍 스카프 차림이다. 그녀는 원래 가까운 사이인 것처럼 환하게 웃으며 내게 다가온다.

"이사벨이에요."

그녀가 말한다.

나는 줄리앙에게 몸을 기댄다. 이사벨을 기억하는 이 작은 일이 그녀에게 어떤 의미일지 가에탕이 알까.

물론 그는 알고 있다.

그가 가까이 몸을 숙이고 내 양뺨에 입 맞추고 속삭인다.

"저는 평생 그녀를 사랑했습니다."

가에탕이 물러난다.

몇 분 더 가벼운 대화를 나누다가 그가 떠난다.

문득 고단하다. 지친다.

나는 아들의 염려스러운 손길을 뿌리치고 사람들을 지나 조용한 발코니로 나간다. 거기서 밤으로 들어선다. 노트르담에 조명이 들어와서 센 강의 검은 물결을 빛나는 색으로 물들인다. 강이 돌에 찰싹찰싹 부딪치는 소리와 보트 줄이 삐걱대는 소리가 들린다.

줄리앙이 다가와 내 곁에 선다.

"그러니까 어머니 동생이-제 이모가- 추락한 조종사들을 구할 탈주로 개척을 도왔기 때문에 독일 수용소에 갇혀 있었네요? 그녀가 피레네 산맥을 넘어 다녔다는 게 이 탈주로인가요?"

그는 영웅적인 일이라는 투로 말한다.

"제가 왜 이런 이야기를 들어본 적이 없죠? 엄마한테만 듣지 못한 게 아니에요. 소피 누나도 한마디도 하지 않았어요. 쳇, 저는 사람들이 산맥을 넘어서 탈출했다거나 나치에 저항한 여자들을 가둔 수용소가 있었다는 사실조차 몰랐다고요."

"남자들은 이야기를 떠벌리지."

내가 말한다. 이게 그의 질문에 대한 가장 진실하고 간결한 대답이다. 나는 이어서 설명한다.

"여자들은 그걸 안고 견디고. 우리에게 그것은 그림자 전쟁이었어. 전쟁이 끝났을 때 여자들에게는 퍼레이드나 훈장 같은 건 없었다. 역사책에 언급되지도 않았고. 우리는 전쟁 중에 해야 될 일을 했고, 전쟁이 끝나자 남은 것들을 모아서 다시 삶을 꾸리기 시작했지. 네 누나도 나만큼 전쟁을 간절히 잊고 싶어했단다. 어쩌면 그게 내가 저지른 또 하나의 실수였지. 소피가 잊게 내버려둔 것이. 어쩌면 우린 그 이야기를 했어야 했는데."

"그러니까 이모는 조종사들을 구하려고 떠났고, 아버지는 전쟁 포로였고 엄마랑 누나만 남겨졌네요."

나는 아들이 모르는 게 얼마나 더 있는지 궁금해하면서 벌써 나를 다르게 본다는 것을 안다.

"엄마는 전쟁에서 뭘 하셨어요?"

"나는 살아남았지."

내가 조용히 대답한다.

그것을 인정하니 견디기 힘들 만큼 내 딸이 그립다. 사실은 '우리'가 살아남은 거였으니까. 함께. 모든 역경에도.

"그게 쉬웠을 리 없어요."

"쉽지 않았지."

순순히 인정하다니 스스로 놀랍다.

갑자기 우리는 모자 관계로 서로 바라본다. 줄리앙은 외과의다운, 아무것도 놓치지 않는 눈길로 날 바라본다— 새로 생긴 주름이나 너무 빠른 심장박동이나 목에서 두근대는 맥을 보는 게 아니다.

그가 부드럽게 웃으면서 내 뺨을 어루만진다. 내 아들.

"과거사가 엄마에 대한 제 감정을 바꿀 수 있다고 생각하세요? 정말 그런 거예요, 엄마?"

"모리악 부인?"

누군가의 방해가 고맙다. 나로서는 대답하기 꺼려지는 질문이다.

고개를 돌리니 잘생긴 젊은 남자가 나와 대화하려고 기다린다. 미국인이지만 꼭 그렇다고 할 수는 없다. 뉴요커일까. 잿빛으로 변하는 머리를 짧게 자르고 디자이너 안경을 썼다. 몸에 꼭 맞는 검은 블레이저 재킷에 고급 흰 셔츠, 물 빠진 진바지 차림.

내가 손을 내밀고 앞으로 나아간다. 그도 똑같이 손을 내밀며 앞으로 나오고 둘의 눈이 마주치자 나는 발을 헛디딘다. 내 나이에는 흔한 일이지만 줄리앙이 옆에서 붙잡아준다.

"엄마?"

나는 앞에 있는 사람을 본다. 그에게서 내가 그토록 깊이 사랑한 아이와 내 가장 친한 친구였던 여인을 본다.

"아리 드 샹플랭."

내가 그의 이름을 말한다. 그것은 속삭임이고 기도다.

그가 나를 끌어안고 힘껏 포옹하자 추억이 밀려온다. 마침내 아리가 포옹을 풀자 우리 둘 다 울고 있다.

"마망이나 소피를 잊은 적이 없어요. 가족은 잊으라고 했고 저도 그러려고 했지만 그럴 수 없었어요. 오랫동안 두 분을 수소문했어요."

다시 가슴이 조이는 느낌이 든다.

"소피는 15년 전쯤 세상을 떠났어."

아리가 시선을 돌린다. 그가 조용히 말한다.

"저는 오랫동안 누나의 인형을 안고 잤어요."

"베베."

내가 기억하며 말한다.

아리가 주머니에서 나와 라셀의 사진이 든 액자를 꺼낸다.

"제가 대학을 졸업하자 어머니가 이걸 제게 주더군요."

나는 눈물 고인 눈으로 사진을 물끄러미 본다.

"마망이랑 소피가 제 목숨을 구해주셨어요."

아리가 담담하게 말한다.

나는 줄리앙의 숨소리를 듣고 그 의미를 알아차린다. 그는 묻고 있다.

"아리는 내 단짝의 아들이야. 라셀이 아우슈비츠로 추방 당하자, 난 우리 집에 아리를 숨겼지. 나치가 들어와서 사는데도 그것은 꽤…… 두려운 일이었지."

"모친께서 겸손하게 말씀하시네요. 전쟁 중에 유대인 아이 열아홉 명을 구하신 분이 말이죠."

아리가 말한다.

아들의 아연실색한 눈빛을 보고 나는 미소 짓는다. 자식들은 부모를 몹시 불완전하게 본다.

내가 조용히 말한다.

"나도 로시뇰 사람이야. 나름대로 '나이팅게일'이라고."

"생존자시고요."

아리가 덧붙인다.

"아버지도 아셨어요?"

줄리앙이 묻는다.

"네 아버지는……."

나는 말을 멈추고 숨을 들이쉰다.

'네 아버지.'

그게 내가 모든 것을 묻어버리게 만든 비밀이다.

나는 거기서 도망치느라, 잊으려고 애쓰면서 평생을 보냈지만 다 쓸데없는 짓이었음을 이제 알겠다.

앙투안은 중요한 모든 면에서 줄리앙의 아버지였다. 아버지를 결정하는 것은 생물학적인 면이 아니다. 바로 사랑이다.

나는 줄리앙의 뺨을 쓰다듬으면서 그를 올려다본다.

"너는 나를 삶으로 되돌려 주었어, 줄리앙. 모든 추악한 일을 겪은 후 너를 안았을 때 다시 숨쉴 수 있었지. 네 아버지를 다시 사랑할 수 있었어."

전에는 그 사실을 깨닫지 못했다. 줄리앙이 나를 다시 살게 해주었다. 그의 탄생은 절망 속에서 하나의 기적이었다. 그는 나와 앙투안과 소피를 다시 가족으로 만들었다. 난 아버지가 떠난 후에야 사랑한다는 것을 너무 늦게 알았고, 그의 이름을 아이에게 주었다. 소피는 언제나 되고 싶던 누나가 되었다.

나는 마침내 아들에게 내 인생을 들려줄 것이다. 기억 속에는 아픔이 있을 테지만 기쁨도 있겠지.

"다 말해주실 거죠?"

"거의 다. 프랑스 여자는 자기만의 비밀을 간직해야 되거든."

나는 미소를 지으면서 말한다.

나는…… 한 가지 비밀을 간직할 것이다.

두 사람에게, 나를 무너뜨렸을 수도 있지만 각자의 방식으로 나를 구해준 두 아들에게 미소 짓는다.

그들 덕분에 이제 뭐가 중요한지 알고, 그것은 내가 잃어버리지 않은 것이다. 바로 나만의 기억.

상처는 치유된다. 사랑은 지속된다.

우리는 남아 있다.

옮긴이의 말

소설이나 시를 읽은 후 '좋은 작품'이라고 판단하는 잣대는 저마다 다를 것이다. 나는 문학 장르 중 유독 소설을 좋아하는 독자이자 번역 작가로 꽤 많은 소설을 접했지만, 어떤 경우에 그것을 좋은 작품으로 여기는지 잘 모르고 지냈다. 막연히 등장인물들이나 그들의 삶이 '감동적'이거나 '크게 공감' 되면 훌륭한 작품으로 느꼈다.

그런데 크리스틴 해나의 『나이팅게일』 번역 작업을 마치고 대단한 작품이라고 느끼면서, 내게 좋은 작품으로 각인되는 요소가 무엇인지 깨달았다. 소설을 다 읽은 후나 번역 작업을 끝낸 후 '이래서 소설이 필요하지'라는 생각이 드는 소설이 좋은 문학작품으로 남는다는 걸 알았다.

소설은 인물들이 어떤 상황에서 살아가는 이야기다. 그 사연과 삶의 궤적을 통해 새로운 것을 알게 되고 공감하고 깨달으면 우리의 내면이 풍성해진다. 사는 것에 대한 이해가 깊어진다. 그게 문학이 필요한 이유다. 서사와 인물들의 생각과 감정을 밀도 있게 묘사하는 장르인 소설을 읽어야 되는 이유다.

사회, 역사, 문화 안에서 인간의 모든 일면을 인물들의 사연을 통해 알고 공감하게 하는 삶의 교과서가 소설이다. 내게는 그런 소설이 좋은 작품이고, 『나이팅게일』이 바로 그런 책이다.

『나이팅게일』은 프랑스에서 제2차 세계대전의 소용돌이에 휘말린 로시뇰(영어로 '나이팅게일'이라는 뜻을 가진 성씨) 일가의 이야기다. 두 딸인 비안느, 이사벨과 그들의 아버지 줄리앙은 인간이 맞닥뜨리는 최악의 상황인 전쟁 속에서 한없이 비참하고 절망스러운 현실을 겪으면서도 사랑과 희생과 존엄을 지킨다.

시골에서 평온하게 살다가 남편의 참전과 마을의 독일군 점령으로 생지옥 같은 삶을 감당하는 비안느. 열아홉 살 나이에 저항 운동가(레지스탕스) 청년을 사랑하지만 이별한 후 자유 프랑스를 위해 투신하는 이사벨. 두 딸과 소원한 관계로 지내다가 파리가 점령되자 앞장서서 저항하는 아버지. 서로 실체를 감춘 채 전쟁이라는 불행에 맞서는 가족의 삶이 캔버스 위에 물감이 켜켜이 쌓이듯 그려진다.

소설이 펼쳐지면서 내 마음에 질문들이 꼬리를 물고 떠올랐다. 목숨을 걸고 가족과 가정을, 사랑과 자유를 지키는 여성들. 이들이 두려움에 맞서 감행하는 일들과 영원까지 감추어야 되는 비밀들. 대체 이들은 무슨 힘으로 그 시공간을 견뎠을까. 운명이라는 한 마디로는 다 설명되지 않는 아픈 삶의 파편들. 그 길을 따라가자니 숨이 가쁘고 현기증이 나기도 했다.

『나이팅게일』은 제2차 세계대전과 독일군의 유대인 학살, 프랑스 수탈을 그린 역사 소설이다. 애증이 얼룩진 자매와 아버지의 관계를 그린 가족 소설이기도 하다. 젊은 여성들이 절망과 고통을 용기와 희생으로 맞서게 되는 성장 소설로 읽을 수도 있다. 또한 전쟁 통에서 만난 남녀의 연애 소설이기도 하다. 읽는 이의 관심에 따라 어떤 소설로도 읽힐 수 있다. 등장인물들의 발자국을 각자의 느낌대로 따라가면 그뿐이다. 그 길의 끝에 인간과 세상과 역사에 대한 통찰과 공감이 있고, 어느결에 소설에서 위로와 희망을 얻는다. 『나이팅게일』은 내게 그런 소설이다.

공경희

나이팅게일

초판 1쇄 발행 2025년 12월 15일

지은이 | 크리스틴 해나

옮긴이 | 공경희

펴낸이 | 정광성

펴낸곳 | 알파미디어

편집본부장 | 임은경

디자인 | 황하나

홍보, 마케터 | 차재영

출판등록 | 제2018-000063호

주소 | 05387 서울시 강동구 천호옛12길 18, 한빛빌딩 2층(성내동)

전화 | 02 487 2041

팩스 | 02 488 2040

ISBN | 979-11-7502-014-6 (03840)

*이 책은 저작권법에 따라 보호를 받는 저작물이므로 무단전재와 복제를 금합니다.
*이 책 내용의 전부 또는 일부를 사용하려면 반드시 저작권자의 서면 동의를 받아야 합니다.
*잘못된 책이나 파손된 책은 구입하신 서점에서 교환하여 드립니다.

알파미디어에서는 책에 관한 기획이나 원고 투고를 기다리고 있습니다. 출간을 원하시는 분은 alpha_media@naver.com으로 연락처와 함께 기획안과 원고를 보내주세요.